바닷가에서

BY THE SEA
by Abdulrazak Gurnah

세계문학전집
210

Abdulrazak Gurnah : By the Sea

바닷가에서

압둘라자크 구르나 장편소설

황유원 옮김

문학동네

일러두기

1. 번역 대본으로는 *By the Sea*(Abdulrazak Gurnah, Bloomsbury Publishing, 2002)를 사용했다.
2. 주석은 모두 옮긴이주다.
3. 본문 중 고딕체는 원서에서 이탤릭체로 강조한 부분이다.

차례

데니즈에게

유물

1

그녀는 나중에 들르겠다고 말했고, 그렇게 말할 때면 가끔 정말로 들르곤 한다. 레이철. 내 아파트에는 전화가 없기 때문에 그녀가 엽서를 보냈는데, 나는 전화를 들일 생각이 없다. 그녀는 만일 자기가 찾아가는 게 문제가 된다면 전화 달라고 썼지만, 나는 그러지 않았다. 나는 그럴 마음이 없다. 이미 늦은 시각이고, 그러니 어쨌든 그녀가 올 것 같진 않다, 적어도 오늘은.

물론 엽서에는 오늘 여섯시 이후라고 쓰여 있긴 했다. 어쩌면 그저 해 보이는 것만으로도 충분한 그런 제스처에 지나지 않는 말일 수도 있다. 나를 생각해서, 그 말을 들으면 내가 위안을 얻을 거라고 확신하며 하는 말일 텐데, 실제로 위안이 되긴 한다. 그런 것은 아무래도 상관없고, 나는 다만 그녀가 한밤중에 나타나서 해명하고 유감을 표하느라 소란을 피워 이곳에 충만한 침묵을 산산조각내지 않기를, 불쑥 계획을 말해서 남은 어둠의 시간을 더 앗아가지 않기를 바랄 뿐이다.

어둠의 시간이 내게 그토록 소중해지다니, 말 위를 맴도는 기묘한 무음으로 그토록 무서울 만큼 고요하고 그토록 팽팽하던 밤의 침묵이 이제는 그처럼 중얼거림과 속삭임으로 가득하게 다가오다니 놀랍기만 하다. 마치 이곳에 살러 온 일이 좁은 문 하나를 닫고, 점점 넓어지는 중앙 통로로 향하는 또다른 문을 열어놓기라도 한 것처럼. 어둠 속에서 나는 공간감을 잃고, 이 아무데도 아닌 곳에서 나를 더욱더 견고한 존재로 느끼며, 목소리들이 벌이는 놀이를 마치 처음 들려오는 소리인 듯 더욱더 선명히 듣는다. 때로는 멀리서 들려오는, 열린 공간에서 연주되어 낮은 속삭임으로 내게 다가오는 음악소리를 듣는다. 비록 어둠과 그 무한한 방房들과 모양이 바뀌는 그림자들이 두렵긴 하지만, 나는 무미건조한 낮이면 밤을 열망한다. 때로는 허물어지는 집의 잔해와 혼돈 속에 사는 게 나의 운명이라는 생각이 든다.

어쩌다 상황이 이렇게 되었는지 명확히 이해하기도 어렵고, 그 일이 처음에는 이러했다가 저리되더니 또 달리 되어, 그러다 지금 여기에 이르게 된 거라고 어느 정도 확신을 갖고 말하기도 어렵다. 순간들은 내 손가락 사이로 빠져나간다. 심지어 그 순간들을 다시 헤아리고 있는 지금도 내가 억누르고 있는 것과 깜빡해서 기억나지 않는 무언가의 메아리가 들려오고, 그래서 나의 바람과는 무관하게 이야기를 하기가 정말 어려워진다. 그래도 무언가를 말할 수는 있고, 나는 이 이야기를 들려주고픈 충동을 느낀다. 내가 목격했고 배역도 맡았으며 그 끝과 시작이 내게서 뻗어나가는 이 사소한 드라마에 대한 이야기를 들려주고 싶다.

그것이 고결한 충동이라고는 생각지 않는다. 그러니까 내 말은, 내가 전하고 싶어 안달할 만큼 위대한 진실을 깨달은 것도 아니고, 그렇다고 우리가 처한 상황과 시대에 빛을 드리울 만큼 모범적인 삶을 살지도 않았다는 거다. 나는 살아왔지만, 살아버린 것이기도 하다. 이곳에서의 삶은 너무나도 달라서, 마치 하나의 삶을 끝내고 이제 또다른 삶을 살고 있는 것만 같다. 그러니 어쩌면 나는 나 자신이 한때 다른 곳에서 또다른 삶을 살았지만 이제 그 삶은 끝나버렸다고 말해야 하는지도 모르겠다. 그럼에도 나는 예전의 삶이 내 뒤에서, 또 내 앞에서 무례한 건강함으로 충만하게 고동친다는 걸 안다. 내 손에는 시간이 주어져 있고, 나는 시간의 손안에 있으니, 내가 직접 이야기를 들려주는 편이 좋겠다. 조만간 우리는 그 일을 해야만 한다.

나는 평생을 그래왔듯이 바닷가의 소도시에 살고 있는데, 물론 생의 대부분은 여기서 멀리 떨어진 따뜻한 초록빛 바다 옆에서 보내긴 했다. 이제 나는 텔레비전 화면에 비치는 실내를 힐끗 쳐다보고, 산책을 하며 만나는 사람들을 괴롭히는 끊임없는 불안이 무엇일지를 추측해보며 이방인의 두번째 삶을 살아가고 있다. 나는 그들이 어떤 곤경에 처해 있을지 전혀 짐작도 못하면서, 계속 눈을 뜬 채 볼 수 있는 것을 최대한 보려 하는데, 그럼에도 제대로 보지 못하는 것 같아 두려운 마음이 든다. 그들이 불가사의해서가 아니라, 그들의 낯선 느낌이 나를 무장해제시키기 때문이다. 나는 그들의 가장 일상적인 행위에 어떤 수고가 드는지 거의 이해하지 못한다. 그들은 어딘가에 정신이 팔려 있거나 산만해 보이고, 그들의 눈은 나로서는 이해할 수 없는 소란에 맞서 분투하느라 분주하다. 어쩌면 내가 과장하고 있는지도 모르고, 나와 그들의 차이를 계속 곱씹을 수밖에 없는데다 둘의 대비가 만들어내는 드라마에 사족을 못 쓰는지도 모르겠다. 어쩌면 그들은 탁한 바다에서 불어오는 차가운 바람에 맞서 안간힘을 쓰고 있을 뿐이고, 나는 그런 모습을 이해하고자 너무 열심히 애쓰고 있는지도 모르겠다. 그리도 많은 세월이 흘렀지만, 그럼에도 보지 않는 법을 배우고, 보고 있다고 생각되는 것의 의미를 분별하기란 쉬운 일이 아니다. 나는 그들의 얼굴에 매료되었다. 그 얼굴들은 나를 야유한다. 그런 것 같다.

거리는 나를 긴장되고 불안하게 만들고, 때로는 문이 잠긴 집안에 있으면서도 아래쪽 공기를 동요시키는 바스락거림과 속삭임 때문에 편히 잠을 잘 수도, 앉아 있을 수도 없다. 위쪽의 공기는 늘 동요로 가득한데, 그곳에 신과 그분의 천사들이 거하면서 고귀한 정책을 논하고 배신행위와 반란 세력을 몰아내느라 그렇다. 그들은 건성으로 듣는 자나 밀고자나 자기밖에 모르는 자를 환영하지 않으며 우주의 운명을 짊어지느라 눈살은 어둡게 찌푸려지고 머리가 하얗게 센다. 박해의 일환으로 천사들은 때때로 유해한 소나기를 뿌리고 몸이 성하지 못할 상처를 입히겠다고 위협하며 짓궂게 엿듣는 자들의 귀를 막는다. 중간 쪽의 공기는 언쟁의 각축장으로, 그곳에서는 사무원들과 대기실의 악마들과 말 많은 정령들과 무기력한 뱀들이 자기보다 잘난 자들의 조언을 듣겠다고 안간힘을 쓰느라 몸을 비틀고 퍼덕거리고 씩씩거린다. 킥킥, 저 인간이 한 말 들었어? 대체 무슨 뜻이지? 어두컴컴한 아래쪽 공기 속에서는 무엇이든 믿고 무엇에든 따르는 무해한 기회주의자들과 몽상가들, 한데 모여 북적이며 협소해진 공간을 오염시키는 잘 속고 생기 없는 군중들을 만날 수 있는데, 나를 만날 수 있는 곳도 바로 여기다. 나한테 이만큼 어울리는 곳도 없다. 어쩌면 그곳만큼 어울렸던 곳이 없었다고 말해야 하는지도 모르겠다. 바로 그곳이 인생의 한창때를 화려하게 보내던 나를 만날 수 있었을 곳인데, 왜냐하면 이곳에 온 이후로 나는 이 소도시의 공기와 길에서 느껴지는 불안감과 동요를 그냥 지나치지 못하기 때문이다. 물론 어디서든 그런 건 아니다. 그러니까 내 말은, 내가 어느 곳에서나 매번 이런 동요를 느끼는 건 아니라는 뜻이다. 아침의 가구점들은 한적하고 툭 트여 있어서 나는 어느 정도 마음의 평정을 얻은 채 그곳을 거니는데, 그럴 때 나를 방해하는 건 공기를 가득 메워 내 콧구멍과 기관지의 내벽을 부식시키는, 그리하여 결국 나를 한동안 밖으로 쫓아내고 마는 인조섬유의 작은 입자들뿐이다.

나는 그 가구점들을, 이곳으로 처음 이주하게 된 초기에 우연히 발견했는데, 물론 그전부터 늘 가구에 관심이 있었다. 적어도 그것은 무게로 우리를 눌러 땅에 붙어 있게 해주고, 헛된 삶의 공포가 우리를 압도할 때도 나무에 기어올라가 벌거벗고 울부짖는 일이 없게 해준다. 그것은 우리가 길 없는 황야에서 목적 없이 방황하지 않게 해주고, 숲속 빈터와 물이 뚝뚝 떨어지는 동굴에서 서로 잡아먹을 궁리를 하지 않게 해준다. 비록 주제넘게 나의 시시한 지식에 말없이 가만히 있는 자들을 끼워넣긴 했지만, 나는 지금 내 생각을 말하고 있다. 어쨌든 난민기구의 사람들이 내게 이 아파트를 구해주었고, 이전에 머물던 아침식사가 제공되는, 실리아의 민박집에서 이곳으로 나를 데려다주었다. 그곳에서 오는 여정은 짧았지만 비슷한 집들이 늘어선 몽탕한 거리들에 난 샛길을 돌고 또 돌아야 했다. 마치 어느 은신처로 안내받는 듯한 기분이었다. 그것 말고는 거리가 정말 조용하고 정말 곧아서, 내가 한 때 살았던 다른 소도시의 일부라고 해도 될 정도였다. 아니, 그건 아니다. 그 거리는 너무 깨끗하고 밝고 탁 트여 있었다. 너무 조용했다. 거리는 너무 넓고, 가로등은 너무 일정하게 서 있고, 길가의 도로 경계석은 아직 멀쩡했다. 모든 게 정상적으로 돌아가고 있었다. 내가 예전에 살았던 소도시가 지나치게 더럽고 어두웠다는 말은 아니지만, 그곳의 거리들은 뒤틀린 채 서로 포개져 있었고, 발효되어 끓어오르는 친밀함이 남긴 부패한 찌꺼기에 단단히 휘감겨 있었다. 아니, 그 소도시의 일부까진 아니어도 그래도 어딘가 비슷한 점이 있긴 했는데, 왜냐하면 그곳에서도 둘러싸인 채 관찰당하는 기분을 느꼈기 때문이다. 그래서 나는 그들이 떠나자마자 밖으로 나가 내가 있는 곳이 어디인지, 주변에 바다가 있는지 살펴보았다. 그러다가 이곳의 길모퉁이를 돌아 가구점들이 모여 있는 작은 마을을 발견하게 되었는데, 가구점은 모두 여섯 개로 각각이 창고만큼이나 컸으며 정사각형 모양으로 정렬된 그 주위를 주차 공간이 둘러싸고 있었다. 미들스퀘어파크라고 하는 곳이었다. 그곳은 오전에는 보통 조용하고 텅 비어 있어서, 나는 섬유가 나를 쫓아낼 때까지 침대와 소파 사이를 거닌다. 나는 매일 다른 가구점에 들어간다. 점원들은 한두 번 겪고 나더니 더이상 나와 눈을 맞추지 않는다. 나는 소파와 식탁, 침대와 사이드보드 사이를 돌아다니며 잠시 소파에 느긋이 몸을 기대어보고, 기구를 시험삼아 조작해보고, 가격을 확인해보고, 이 직물 저 직물을 비교해본다. 말할 것도 없이 어떤 가구는 추하고 장식이 과하지만, 또 어떤 가구는 우아하고 독창적이어서, 나는 이 창고들에서 한동안 일종의 만족감, 그리고 자비와 면죄의 가능성을 느낀다.

나는 난민이자 망명 신청자다. 익히 들어서 별것 아니게 들릴 수도 있겠지만, 이것은 결코 단순한 말이 아니다. 나는 작년 11월 23일 늦은 오후에 개트윅공항에 도착했다. 그것은 우리 이야기의 익숙하고 사소한 클라이맥스로, 잡다한 짐꾸러미를 몇 개 들고 비밀과 왜곡된 야망을 숨긴 채 우리가 아는 곳을 떠나 낯선 장소에 도착하는 순간이다. 나 같은 사람에게는 하늘을 날아서 한 첫 여행이었고, 비록 내가 해로와 육로로 여행하고 상상 속에서도 여행을 해봤지만 공항처럼 그렇게 기념비적인 장소에 도착한 것은 그때가 처음이었다. 나는 차갑게 불이 켜진 조용하고 텅 빈 터널 같은 곳을 천천히 걸었는데, 돌이켜보니 내가 일렬로 늘어선 의자와 커다란 유리창과 표지판과 지시문을 지난 걸 알겠다. 터널들, 가랑비가 쏟아지는 바깥쪽의 흘러내리는 어둠과 나를 끌어들이는 안쪽의 빛. 우리가 아는 것은 끊임없이 우리를 무지로 끌어당기고, 마치 어린 시절에 공포를 겪고는 알게 된 그 얕고 미지근한 웅덩이에 여전히 쪼그리고 앉은 듯한 상태로 세상을 보게 만든다. 나는 천천히 걸었고, 불안스레 방향을 틀 때마다 나를 기다리고 있다가 어디로 가야 할지 알려주는 지시문에 놀랐다. 나는 갈림길을 놓치거나 표지판을 잘못 읽지 않기 위해, 당황해서 소동을 일으켜 너무 일찍 남의 이목을 끌지 않기 위해 천천히 걸었다. 그들은 여권 심사대에서 나를 데려갔다. "여권을 보여주세요." 내가 그 남자 앞에 조금 오랫동안 서서 발각되어 체포되길 기다리고 있는데, 그가 말했다. 공허한 눈에는 아무런 의도도 담지 않으려 하나, 그의 얼굴은 엄격해 보였다. 나는 아무 말도 하지 말라는, 영어를 전혀 못하는 척하라는 말을 듣고 온 터였다. 왜 그래야 하는지 확신할 순 없었지만, 그 조언에는 간교한 울림이, 무력한 자들이라면 알 만한 일종의 꾀바른 계략이 담겨 있었기에 나는 내가 들은 대로 하게 되리라는 걸 알았다. 그들은 당신의 이름과 당신 아버지의 이름, 그리고 당신이 살면서 무슨 이로운 일을 했는지를 물을 겁니다. 아무 대답도 하지 마세요. 그가 여권 주세요, 하고 두번째로 말했을 때, 나는 학대와 위협이 이어질 거란 생각에 움찔하며 여권을 넘겼다. 나는 아주 작은 사고에도 노려보고 식식대는, 상대방을 갖고 놀며 순전히 신성한 권한을 휘두르는 기쁨을 누리려고 상대방을 욕보이는 공무원들에 익숙해져 있었다. 그래서 나는 작은 칸막이벽 뒤편에 있는 출입국 관리소 일꾼이 뭔가를 기재하길, 으르렁거리거나 고개를 내젓길, 천천히 고개를 들어 행운아가 탄원자를 바라볼 때처럼 활활 타오르는 확신의 눈길로 나를 노려보길 기다렸다. 하지만 그는 나의 우스꽝스러운 서류를 대충 훑어보더니 마치 방금 막 낚싯대에 입질이 오는 걸 느낀 낚시꾼처럼 기쁨을 억누른 눈을 하고 고개를 들었다. 무비자 입국. 그러고서 그는 수화기를 들더니 잠시 뭐라고 말했다. 이제 대놓고 미소를 지으며, 그는 내게 한쪽에서 대기해달라고 했다.

나는 심사를 위해 나를 데려갈 남자가 다가오는 걸 보지 않으려고 눈을 내리깔고 서 있었다. 그는 내 이름을 부르고는 내가 고개를 들자 미소를 지었는데, 어느 정도 자신감 있게 이런 말을 할 법한 상냥하고도 세속적인 미소였다. '해결할 문제가 조금 있는데 같이 가보실래요?' 그가 앞장서서 씩씩하게 걸어가는 것을 보면서 나는 그가 과체중에 건강이 나빠 보인다고 생각했고, 우리가 심사실에 이르렀을 무렵 그는 헐떡거리며 셔츠를 잡아당기고 있었다. 그는 의자에 앉자마자 불편하다는 듯 자세를 바꾸었고, 나는 그가 자신이 싫어하는 형상에 갇혀 땀을 흘리고 있는 사람처럼 여겨졌다. 나는 그가 불쾌감으로 나에 대한 호의를 거둘까 두려웠지만, 그는 다시 미소를 지었고 나긋나긋한 목소리로 친절하게 굴었다. 우리가 들어온 곳은 창문 없는 작은 방이었고 바닥은 딱딱했으며, 테이블 하나가 우리 사이에 있고 한쪽 벽에는 길게 벤치가 놓여 있었다. 기다란 형광등이 빛을 강하게 발하고 있어서 곁눈질할 때마다 백랍색 벽이 나에게로 다가오는 것처럼 느껴졌다. 그는 재킷에 단 배지를 가리키며 자신을 케빈 에덜먼이라고 소개했다. 부디 신께서 그대를 건강하게 지켜주시길, 케빈 에덜먼. 그는 다시 미소를 지었고, 그것도 아주 많이 지었는데, 어쩌면 그건 내가 최대한 노력했음에도 불안해하는 것을 알아차리고 나를 안심시키려 그랬을 수도 있고, 어쩌면 앞에 있는 사람의 불편함에 즐거움을 느끼는 것이 그의 직업상 불가피한 탓에 그랬을 수도 있다. 그는 자기 앞에 노란 종이로 된 메모장을 놓더니 잠시 내 엉터리 여권에서 이름을 옮겨 적었고, 그러고서 내게 말을 걸었다.

"티켓 좀 보여주시겠어요?"

티켓이라, 아, 물론이지.

"보아하니 수하물도 있으신 것 같네요." 그가 손가락으로 가리키며 말했다. "수하물 태그도 보여주세요."

나는 못 알아듣는 척했다. 티켓이야 영어를 몰라도 알 수 있겠지만, 수하물 태그는 수준이 좀 높아 보였다.

"제가 선생님의 수하물을 찾아드리겠습니다." 그가 메모장 옆에 티켓을 놓아두며 말했다. 그러고는 다시 미소 짓느라 그 화제를 더이상 입에 올리지 못했다. 긴 얼굴, 관자놀이에는 살집이 불거졌는데, 특히 미소를 지을 때 그랬다.

어쩌면 그는 순전히 내 수하물을 뒤적이는 일이 주는 뒤섞인 즐거움과, 내가 협조를 하든 안 하든 거기서 자신이 알아내야 할 것을 보게 될 거라는 확신에 찬 기대감 때문에 웃었는지도 모른다. 마치 공개될 준비가 되기 전, 거짓 없는 보통 때의 모습이 일종의 구경거리로 미처 탈바꿈하지 못한 방을 들여다보는 일처럼, 나는 그러한 철저한 조사에 나름의 즐거움이 있을 거라고 상상한다. 나는 사람들이 숨기고자 하는 것을 폭로하는 암호를 확실히 거머쥐는 일, 고고학적 자취를 좇거나 해상 운송 지도에 그어진 선들을 따라가는 수하물의 해석학에도 즐거움이 있을 거라고 상상한다. 나는 침묵을 지키며 서서히 올라오는 그의 짜증을 나도 느낄 수 있도록 그에게 맞춰 호흡했다. 영국에 입국하려는 이유는요? 관광객이신가요? 휴가차 오셨나요? 자금은 있으신가요? 여행자수표? 파운드화? 달러화? 신원을 보증해줄 지인이 계신가요? 연락처는요? 영국에 머무는 동안 함께 지낼 분이 계신가요? 아아, 빌어먹을, 이런 빌어먹을. 영국에 가족이 있나요? 영어를 전혀 할 줄 모르시나요, 선생님? 유감스럽게도 선생님의 서류는 유효하지 않은 것 같고, 따라서 선생님의 입국은 거부될 수밖에 없군요. 선생님이 처한 상황에 대해 무슨 말이든 해주시지 않는 한은요. 선생님이 처한 상황을 이해하는 데 도움이 될 만한 서류가 있을까요? 증명서 말입니다. 갖고 계신 증명서가 아무것도 없나요?

그는 방을 떠났고, 나는 차분하게 조용히 앉아 안도의 한숨을 참으며 그가 얘기하는 사이 145까지 셌던 숫자를 거꾸로 세기 시작했다. 내가 일부러 조용히 있는 걸 눈치챘을지도 모른다는 생각에 앞으로 몸을 숙여 그의 메모장을 살펴보고픈 충동을 억눌렀지만, 실은 누군가가 작은 구멍으로 나를 들여다보며 죄지은 사람처럼 행동하길 기다리는 건 아닐까 하는 의심이 들기도 했다. 드라마틱한 순간이었기 때문에 그런 생각이 들었을 것이다. 마치 내가 코를 후비거나 내 뱃속에 다이아몬드를 감추고 있진 않을지 누가 신경이라도 쓰는 듯 말이다. 조만간 그들은 알아야 할 것은 전부 알게 될 것이었다. 그들에게는 그런 목적으로 사용하는 기계가 있었다. 나는 사전에 경고를 들었다. 그리고 이 나라의 공무원들은 나 같은 사람들의 거짓말을 간파해내기 위해 큰 비용을 들여 훈련받은 자들인데다 관련 경험도 풍부했다. 그래서 나는 고통스러워하다가 생각에 잠겼다가 또 얼마간 체념하기도 했다는 뜻을 내비치기 위해 이따금 눈을 감은 채 가만히 앉아 조용히 숫자를 셌다. 나를 당신 좋을 대로 하시오, 오, 케빈.

그는 내가 수하물로 가져온 작은 초록색 천 가방을 들고 돌아오더니 그 가방을 벤치에 올려놓았다. "실례지만 이 가방을 열어주시겠어요." 그가 말했다. 내가 불안해하고 이해하지 못하는 것처럼 보이길 바라며 나는 그가 더 설명해주길 기다렸다. 그는 눈을 부릅뜨고 나를 쳐다보며 가방을 가리켰고, 그래서 나는 이제 이해했다는 안도의 미소와 함께 그를 달래기라도 하듯 고개를 끄덕이며 자리에서 일어나 가방의 지퍼를 열었다. 그는 그 안에 든 것을 한 번에 하나씩 꺼내 벤치 위에 조심스레 늘어놓았는데, 마치 세심하게 다루어야 하는 옷의 포장을 뜯는 듯한 모습이었다. 셔츠 두 벌, 푸른색 하나, 노란색 하나, 두 벌 다 색이 바랬고,

흰색 티셔츠 세 벌, 갈색 바지 한 벌, 팬티 세 벌, 양말 두 켤레, 칸주* 한 벌, 사루니** 두 벌, 타월 한 개와 작은 나무상자. 마지막 물건에 이르자 그는 한숨을 짓더니 그것을 손에 들고 관심 있게 이리저리 돌려보고는 킁킁 냄새를 맡았다. "마호가니인가요?" 그가 물었다. 공기도 안 통하는 그 답답한 방의 벤치에 인생의 보잘것없는 기념품들이 펼쳐져 있는 광경에 잠시 마음이 움직인 나는, 물론 아무 대답도 하지 않았다. 거기 널린 것들은 나의 인생이 아니라 내가 전하고픈 이야기의 증표로 선택된 것들이었다. 케빈 에덜먼은 상자를 열고는 우선 그 내용물에 놀랐다. 아마도 보석이나 귀중품을 기대했던 모양이다. 아니면 마약이나. "이게 뭐죠?" 그가 이렇게 묻고는 킁킁거리며 상자 속 냄새를 조심스레 맡았다. 그가 상자를 열자마자 그 작은 방이 놀라운 향기로 가득찼기 때문에 하나 마나 한 질문이었다. "향이로군요." 그가 말했다. "향이죠, 그렇죠?" 그는 상자를 닫아 벤치 위에 올려놓았고, 그의 지친 눈은 즐거움으로 반짝거렸다. 지독한 열기를 내뿜는 어느 시장에서 온 흥미로운 전리품. 나는 그가 시키는 대로 의자에 앉았고, 그가 메모장을 들고 다시 벤치로 가서 거기 펼쳐진 지저분한 물건들을 항목별로 메모장에 적는 동안 앉아서 기다렸다.

그는 테이블로 돌아온 후에도 이제는 두세 페이지를 꽉 채운 그 메모장에 잠시 더 메모를 이어나갔고, 그러고는 펜을 내려놓고 몸을 뒤로 젖혔는데, 의자 등받이가 그의 지친 견갑골에 맞물리자 살짝 움찔했다. 그는 스스로에게 만족한 듯했고, 쾌활해 보일 정도였다. 나는 그가

---

* 동아프리카에서 남자가 입는 길고 흰 겉옷.

** 허리 아래로 두르는 옷.

이제 막 말을 꺼내려고 하는 걸 알았고, 밀려오는 우울함과 극심한 공포를 억누를 수 없었다. "샤반* 씨, 저는 당신이 누구인지 모르고, 당신이 무슨 이유로 여기 왔는지, 혹은 얼마나 많은 비용을 들여서 왔는지도 전혀 모릅니다. 그러니 이제 제가 해야 할 일에 대해 죄송한 마음이 드는데, 유감스럽게도 당신의 영국 입국은 허가할 수 없을 것 같습니다. 당신은 유효한 입국 비자를 소지하고 있지 않고 체류 자금도 없으며 신원을 보증해줄 사람도 없습니다. 제가 무슨 말을 하는지 알아들으실 것 같진 않지만, 어쨌거나 여권에 도장을 찍기 전에 그래도 말씀은 드려야 할 것 같네요. 일단 제가 당신 여권에 입국이 거부되었다는 도장을 찍고 나면, 다음번에 영국 입국을 시도하실 때에도 자동적으로 입국이 거부될 텐데, 물론 유효한 증명서를 소지하지 않았을 때 얘기지만요. 제 말 이해하셨나요? 네, 아닌 것 같군요. 죄송하지만 그래도 이런 형식적 절차는 반드시 거쳐야만 해서요. 당신 나라 말을 아는 사람을 구해서 나중에 전부 설명해드리도록 하겠습니다. 우선은 여기 올 때 이용하신 항공사 비행기를 타고 출발지로 다시 돌아가실 수 있게 해드릴게요." 그는 이렇게 말하고 내 여권을 훑으며 빈 페이지를 찾았고, 아까 돌아오면서 테이블에 올려두었던 작은 도장을 집어들었다.

"난민." 나는 말했다. "망명."

그가 고개를 들었고 나는 눈길을 떨구었다. 그는 화가 난 눈빛이었다. "아, 영어를 하시는군요." 그가 말했다. "샤반 씨, 그동안 저를 줄곧 놀린 거로군요."

---

* Shaaban. 나중에 서술되듯 영국인들은 장음(長音) '아' 발음에 익숙하지 않은 탓에 원래 '샤아반'으로 발음해야 할 이름을 '샤반'으로 발음하고 있다.

"난민." 내가 거듭 말했다. "망명." 나는 이렇게 말하며 고개를 들어 힐끗 쳐다보았고, 내가 그 말을 세번째로 반복하려는 순간 케빈 에덜먼이 끼어들었다. 낯빛은 살짝 어두워져 있었고 호흡도 달라져서 그와 호흡을 맞추기가 전보다 살짝 어려웠다. 그는 숨을 깊게 두 번 들이쉬고 내쉬었고, 레버를 당겨서 내 아래의 바닥을 열어 나를 끝없는 허공으로 떨어뜨려버리고 싶은 마음을 억누르고자 애쓰는 것이 눈에 보였다. 나도 안다, 나도 똑같은 심정이었던 적이 앞선 삶에서 수도 없이 많았으니까.

"샤반 씨, 영어를 할 줄 아시나요?" 그가 물었다. 그의 목소리는 다시 느긋해졌지만 이번에는 기름보다는 땀에 전 듯한 목소리였고, 이제 공무상 부드럽게 말하며, 업무를 처리하는 느낌이었다. 어쩌면 나는 영어를 할지도 모르고, 어쩌면 못할지도 모른다. 나는 다시 그의 호흡을 따라가고 있었다.

"난민." 내가 나의 가슴팍을 가리키며 말했다. "망명."

그는 나에게 핍박이라도 당하듯 한참을 쳐다보며 싱긋 웃었고, 이번에는 나도 미소로 응수했다. 그는 지친 한숨을 내쉬더니, 아마도 상황을 모르면서 웃는 내 모습이 재밌었는지 천천히 고개를 젓고는 킬킬거렸다. 그의 태도에 나는 심문을 받다가 방금 전에 하찮은 말장난으로 심문관에게 좌절감을 안겨준 성가시고 멍청한 죄수가 된 기분이 들었다. 나는 기습 공격을 조심해야 한다고 나 자신에게 불필요하게 상기시켰다. 그것이 불필요했던 까닭은, 그에게는 여러 선택권이 있었지만 나에게는 선택지가 단 하나뿐이었기 때문이다. 케빈 에덜먼이 화가 나서 뭔가 인정사정없는 조치를 떠올리지 않게 하는 것. 죄수 같은 기분이

들었던 것은 분명 그 작은 방과 그가 내게 말할 때 느껴지는 그 표리부동한 정중함 때문일 텐데, 나는 들어가려고 하고 그는 나를 들어오지 못하게 하고 있다는 걸 우리 둘 다 알고 있었다. 그는 지친 얼굴로 내 여권을 대충 넘겨봤고, 나는 또다시 내가 성가신 골칫거리라는, 합리적인 사람에게 불필요한 문제와 불편함을 안겨주는 존재라는 기분이 들었다. 그러고서 그는 다시 나를 그 방에 남겨둔 채 무언가를 알아보고 확인해보러 갔다.

나는 그가 영국 정부에서, 심지어 지금까지도 그 이유를 완전히 이해할 수는 없지만, 나처럼 다른 곳에서 온 사람들이 생명의 위협을 느끼고 있다고 주장하는 경우에는 망명을 신청할 수 있다고 정해놓은 사실을 확인할 것임을 알았다. 영국 정부는 국제사회의 청중들에게 자신들이 우리 정부를 그 국민에 위험한 요소로 간주한다는, 그들과 우리 모두가 오래전부터 알고 있었던 사실을 주장하고 싶어했다. 하지만 시대가 변했고, 이제 국제사회의 모든 교만한 일원들은 그 바싹 마른 사바나에 바글거리는 다루기 힘들고 영원히 말다툼하는 폭도들의 터무니없는 행동을 더는 그냥 두고볼 생각이 없음을 보여주어야만 했다. 더이상은 용납할 수 없었다. 우리 정부가 그 이전에 비해 무슨 더 사악한 짓을 저질렀던가? 이전에는 자국민들을 투옥하고 강간하고 살해하거나 타락시킬 뿐이었다면, 이제는 부정선거를 치러서 국제감시자들 앞에서 수치를 조작했다. 이 불량한 행실 때문에 영국 정부는 생명을 위협받고 있다고 주장하는 사람이라면 누구든 망명을 승인해주었다. 이는 준엄한 비난을 표하는 알뜰한 방법이었고, 게다가 우리의 숫자는 그렇게 많지도 않았는데, 왜냐하면 그곳은 티켓값을 지불할 수 있는 사람이 얼마

없는, 상대적으로 가난한 사람들이 사는 작은 섬에 불과했기 때문이다. 수십 명의 젊은이들이 부모나 친척들을 등 떠밀어 비밀리에 모아둔 돈을 내놓거나 꿔오도록 해서 티켓값을 모으는 데 성공했고, 런던에 도착해서는, 아니나 다를까 생명의 위협을 느끼고 있다는 이유로 망명 신청을 승인받았다. 나 또한 생명의 위협을 느끼고 있었고, 지난 수년 동안 그래왔으나, 그 두려움이 위기 수준까지 이른 것은 고작 최근의 일이었다. 그래서 나는 젊은 친구들의 망명이 허락되었다는 말을 듣고는 몸소 여행길에 올랐던 것이다.

그래서 나는 케빈 에덜먼이 몇 분 안에 다른 도장을 손에 들고 돌아올 거란 걸, 그러고 나서 나는 구금되거나 다른 곳에 머물게 되리란 걸 알았다. 내가 하늘에 떠 있던 동안 영국 정부가 마음을 바꾸지 않았다면, 우스갯소리를 너무 오래 해왔다고 판단하지 않았다면 말이다. 그런 일은 없었는데, 왜냐하면 몇 분 후에 케빈 에덜먼이 못마땅해하면서도 재미있다는, 동시에 졌다는 표정을 지으며 돌아왔기 때문이다. 어쨌든 나는 그가 나를 내가 왔던 곳으로, 억압당하는 사람들이 간신히 생존해나가는 그 다른 곳으로 돌아가는 비행기에 태우지 않으리라는 걸 알 수 있었다. 그 사실에 나는 안도했다.

"샤반 씨, 굳이 왜 이러시는 겁니까, 당신처럼 나이드신 분이 왜요?" 그는 이렇게 말하며 어색하게 자리에 앉아 슬픈 표정으로 걱정스레 이마를 찌푸렸고, 그러고는 의자 등받이에 기대앉아 천천히 어깨를 움직였다. "실제로 얼마나 생명의 위협을 느끼고 계시죠? 지금 뭘 하고 있는지 알고나 계신 건가요? 누가 종용했는지는 모르겠으나, 제가 한마디하자면, 그건 결코 호의가 아닙니다. 당신은 영어도 못하고, 아마 앞으로도 절대 못할 겁니다. 나이든 사람이 새로운 언어를 배우는 건 극히 드문 일이에요. 알고 계셨나요? 망명 심사에만 수년이 걸릴 테고, 그러고는 어차피 돌려보내지겠죠. 누구도 당신께 일자리를 주지 않을 겁니다. 당신은 외롭고 비참하고 가난할 테고, 이곳에서는 병에 걸려도 돌봐줄 사람이 없을 거예요. 편안히 늙어갈 수 있는 고국을 왜 떠나오신 겁니까? 이 일은, 이 망명 사업은 젊은이들이 벌이는 게임인데, 실은 유럽에서 직업과 성공을 찾으려는 것이나 마찬가지니까요, 안 그런가요? 그것은 도덕과는 전혀 관계없는, 그저 탐욕일 뿐입니다. 생명과 안전에 위협을 느껴서가 아닌, 그저 탐욕을 부리는 것뿐이라고요. 샤반 씨, 당신처럼 나이드신 분이 이렇게 어리석은 짓을 해서는 안 됩니다."

대체 얼마나 나이를 먹어야 목숨이 아깝지 않게 되는 거지? 혹은 언제가 돼야 두려움 없이 살기를 바라지 않게 되는 거지? 내 목숨이 자신들이 들여보내주는 젊은이들의 목숨보다 덜 위협받는지는 어떻게 아는가? 그리고 더 안전하고 나은 삶을 살고 싶은 것의 어디가 부도덕하단 말인가? 왜 그게 탐욕이나 게임일 뿐이란 말인가? 그래도 나는 그가 해준 염려에 감동을 받았고, 침묵을 깨고 그에게 걱정할 것 없다고 말해주고 싶었다. 나는 애송이가 아니었고, 스스로를 돌볼 줄도 알았다. 제발 그 여권에 도장을 찍어주세요, 친절하신 선생님, 그리고 저를 어디든 안전한 장소로 보내 구금시켜주세요. 나는 나의 초롱초롱한 눈빛이 내가 그의 말을 이해했다는 사실을 누설하기라도 할까봐 눈길을 떨구었다.

"샤반 씨, 당신 모습을 한번 보세요, 당신이 들고 온 이것들을 한번 보시라고요." 그가 딱 봐도 좌절감이 느껴지는 얼굴로 이렇게 말하며 내 재산들을 향해 팔을 내밀었다. 만일 여기 머물게 되신다 한들 이 이상 가질 수도 없을 겁니다. 여기서 뭘 찾게 될 것 같으세요? 제 말씀을 좀 들어보세요. 저의 부모님은 루마니아에서 온 난민이었습니다. 시간만 더 있었다면 그 이야기를 해드릴 텐데, 그러니까 제 말은, 오래 살던 곳을 떠나 다른 어딘가로 살러 가는 일에 대해 제가 좀 안다는 거예요. 저는 이질적인 존재가 되어 가난하게 살아가는 어려움이 어떤 건지 아는데, 왜냐하면 저의 부모님이 이곳에 와서 바로 그런 어려움을 겪었기 때문이고, 반면 어떤 보상이 따르는지도 알고 있습니다. 하지만 제 부모님은 유럽인이고, 응당한 권리가 있으며, 한 가족이나 마찬가지예요. 샤반 씨, 당신 모습을 한번 보세요. 당신께 이런 말씀을 드리자니 슬퍼지는데, 왜냐하면 당신은 제 말을 이해하지 못할 테고 저는 당신이 알아듣길 정말 간절히 바라니까요. 어떤 피해를 줄지는 전혀 생각도 하지 않은 채 당신 같은 분들이 이곳으로 쏟아져들어오고 있습니다. 당신들은 이곳에 속하지 않고, 당신들은 우리가 가치 있게 여기는 것들을 전혀 가치 있게 여기지도 않고, 여러 세대에 걸쳐 그 가치에 대한 대가를 치르지도 않았으며, 그리고 우리는 당신들이 여기 있길 원치 않습니다. 우리 때문에 당신들의 삶은 힘들어질 것이고, 치욕을 겪거나, 어쩌면 폭력이 가해질지도 모릅니다. 샤반 씨, 왜 이런 일을 자청하시는 건가요?"

이 너무나도 단단한 육체가 녹아 풀려서 한 방울 이슬로 변해버렸으면.* 그가 말하는 동안, 말이 전부 끝날 때까지 나의 호흡을 그의 호흡에 맞추기란 쉬운 일이었는데, 그의 목소리가 마치 규칙이라도 암송하

* 셰익스피어의 『햄릿』 1막 2장에 등장하는 햄릿의 독백.

듯 대체로 침착하고 평범했기 때문이다. 에덜먼, 독일 이름이었던가? 아니면 유대인 이름? 아니면 지어낸 이름? 이슬로, 유대인, 주주.* 어쨌거나 유럽 주인의 이름, 유럽의 가치를 알고 여러 세대에 걸쳐 그 가치에 대한 대가를 치른 사람의 이름이다. 하지만 전 세계는 이미 유럽적 가치를 위해 대가를 치른 지 오래인데, 긴 시간 동안 그 대가를 치르고 또 치렀음에도 그 가치를 즐기지는 못했지만 말이다. 나를 유럽이 가져간 물건들 중 하나로 생각해요. 나는 이와 비슷하게 말해주고 싶었지만, 물론 그러지는 않았다. 나는 유럽에 처음 온, 공항에 처음 온, 하지만 심문을 받는 건 처음이 아닌 망명 신청자였다. 나는 침묵의 의미를, 말의 위험성을 알았다. 그래서 이런 말을 그냥 마음속으로만 생각했다. 당신은 원주민들의 투박하고 부주의한 손에 맡기기에는 너무 여리고 섬세하다는 이유로 유럽으로 보내진 물건들의 끝없는 목록을 기억하나요? 나도 여리고 소중한 존재, 신성한 작품, 원주민들의 손에 맡기기에는 너무 섬세한 존재예요, 그러니 이제 나도 챙겨가는 게 좋을 거예요. 나는 우스갯소리를 한다, 우스갯소리를.

치욕과 폭력에 관해서라면, 나는 그것들을 그저 운에 맡기는 수밖에 없을 것 같다—비록 전자를 피할 수 있는 곳은 많지 않고, 후자는 난데없이 들이닥칠 수 있지만. 늙고 가난해졌을 때 돌봐줄 누군가에 관해서라면, 그런 위안에는 너무 큰 희망을 갖지 않는 게 좋을 것이다. 오, 케빈, 당신 인생의 방향타가 영영 진실되기를, 당신이 탁 트인 공터에 있을 때 절대 빗발이 내리치지 않기를. 당신이 이 탄원자에 대한 인내심

* 발음에 따른 연상으로 이슬(dew)과 유대인(jew)의 발음이 이어져 주주(juju)가 되었다. 주주는 서아프리카 주술에서 쓰이는 주물 혹은 그 주술의 한 종류.

을 잃지 않기를, 그리고 당신이 내 엉터리 여권에 도장을 찍어줄 만큼 친절한 사람이어서 내가 유럽 여러 세대의 가치를 킁킁 냄새 맡을 수 있게 해주기를, 알함두릴라*. 나는 당장 방광을 비워야 해요. 이 마지막 말은 감히 할 생각도 못했다, 그 당시에 정말 그랬는데도. 침묵은 예상 밖의 불편함을 가져다주는 법이다.

그는 이마를 찡그리고 고개를 흔들며 계속 이야기를 이어나갔지만, 나는 더이상 듣지 않았다. 그것은 내가 앞선 삶에서 견뎌야만 했던 요란한 거짓말들로부터 잠시나마 숨을 돌리고자 수년에 걸쳐 혼자서 터득해낸 기술이다. 대신 나는 케빈 에덜먼에게 너무 멀리 나갔다는 걸 상기시켜주려고, 그래서 그가 오락을 끝내고 내 이름을 기입하게 만들려고 나의 여권만 묵묵히 바라보았다. 그는 유럽은 그곳의 정당한 소유자들에게 맡기고 내가 다시 비행기에 오르도록 설득하려던 자신의 선의에 좌절감을 느끼며 갑자기 말을 멈췄고, 그러고는 손가락 사이에 아까와는 다른 도장, 좋은 도장을 끼고서 내 여권을 뒤적거렸다. 그러더니 무언가 생각났다는 듯 미소를 지었다. 그는 내 가방으로 돌아가서 상자를 꺼냈다. 그러더니 아까처럼, 상자를 열고 킁킁 냄새를 맡았다. "이게 뭐죠?" 그가 나를 향해 얼굴을 찡그리며 더 엄숙한 어조로 물었다. "이게 뭐죠, 샤반 씨? 향인가요?" 그는 상자를 내 쪽으로 내밀었고, 그러고는 냄새를 깊이 한 번 들이마시고서 다시 내밀었다. "이게 뭐죠?" 그가 달래는 듯한 목소리로 물었다. "익숙한 냄새예요. 일종의 향이로군요, 그렇죠?"

* '신께 찬미를'이라는 뜻의 아랍어 표현.

어쩌면 그는 정말 유대인이었는지도 모른다. 나는 말없이 쳐다보다가 눈길을 떨구었다. 나는 그게 우디*라고 말해줄 수도 있었고, 그러고는 그가 그 향기를 기억하는 연유에 관해, 그의 부모가 여전히 그에게 기도와 축일에 참여하길 바라던 어린 시절의 어떤 의식에 관해 유쾌한 대화를 나눌 수도 있었지만, 그러면 그는 내 여권에 도장을 찍지 않았을 것이고, 나의 작고 바싹 마른 사바나에서 어쩌다 내 목숨이 위험에 처하게 되었는지 정확히 알고 싶어했을 것이고, 심지어 영어를 못하는 척했다는 죄로 쇠고랑을 채워 나를 다시 비행기에 태워 돌려보냈을지도 모른다. 그래서 나는 그게 최상품의 우드알카마리ud-al-qamari로, 내가 삼십 년도 더 전에 얻은 위탁물 중 유일하게 남은 물건이고, 그래서 새로운 삶으로 가는 이 여행길에 차마 두고 올 수 없었다고 그에게 말해줄 수 없었다. 다시 고개를 들고 보니 그는 그걸 내게서 훔치려는 것 같았다. "이건 저희가 검사를 좀 해봐야겠는걸요." 그가 미소를 지으며 이렇게 말하고는 내가 그 말을 이해했는지 확인하기 위해 오랫동안 기다리더니 그 상자를 다시 테이블로 가져갔다. 그는 그걸 자기 옆에, 자신의 노란 메모장 바로 옆에 내려놓았고, 몸을 좀더 편하게 하기 위해 셔츠를 세게 잡아당기고는 계속 써내려갔다.

우드알카마리. 그 향기가 이따금, 예기치 않은 순간에, 목소리의 파편이나 내 목에 감긴 연인의 팔이 새긴 기억처럼 내게로 돌아온다. 나는 이드** 때마다 향로를 준비해서 향기의 구름이 집의 가장 깊은 구석

* 아랍어 'oud'에서 파생된 스와힐리어 단어로, '향목(香木)'을 뜻한다.

** 무슬림들이 라마단을 끝내고 벌이는 두 축제를 일컫는 말.

까지 스미도록 흔들며, 그것이 나와 내가 사랑하는 사람들에게 가져다 준 즐거움에 기뻐하며, 그토록 아름다운 것을 소유하기 위해 했던 노동의 기억 속을 서성이며 내 집 주변을 걸어다녔다—한 손에는 향로, 다른 한 손에는 우드로 가득한 놋쇠 접시를 들고. 침향나무, 우드알카마리, 달의 나무. 나는 이 단어가 그런 뜻인 줄 알았으나*, 내게 이 위탁물을 넘겨준 사람이 설명하길 키마리qimari, 즉 캄보디아를 뜻하는 크메르Khmer가 변형된 말이라고 했는데, 왜냐하면 캄보디아야말로 전 세계에서 제대로 된 침향나무를 발견할 수 있는 몇 안 되는 장소 중 하나였기 때문이다. 우드는 곰팡이에 감염된 침향나무에서만 만들어지는 수지였다. 건강한 침향나무는 아무짝에도 쓸모없었지만, 감염된 침향나무는 이처럼 아름다운 향을 내뿜었다. 그분께서 선사하신 또하나의 작은 아이러니.

내게 이 우드알카마리를 넘긴 사람은 바레인 출신의 페르시아인 상인으로, 무심**의 바람인 계절풍과 함께, 아라비아와 페르시아만과 인도와 신드***와 아프리카의 뿔****에서 온 수만 명의 다른 상인들과 함께 우리 지역으로 건너온 사람이었다. 그들은 적어도 지난 천 년 동안 매년 그렇게 해왔다. 일 년의 마지막 몇 달은 인도양을 지나온 바람이, 해류가 순순히 항구로 가는 물길을 제공하는 아프리카 해안으로 끊임

---

* 'qamari'는 아랍어로 '달 같은'을 뜻한다.

** musim. 원래 '계절'이라는 뜻으로, 그 자체로 '계절풍'을 뜻하기도 하고 한해 중 특정 기간을 뜻하기도 한다.

*** 파키스탄의 인더스강 하류 지역.

**** 아프리카 대륙 동북부를 통칭하는 말로, 모양이 코뿔소의 뿔을 닮은 데서 유래했다.

없이 불어간다. 그리고 해가 바뀌면 또 몇 개월은 바람이 방향을 바꿔 거꾸로 불기 시작하면서 상인들을 집으로 빠르게 돌려보낼 준비를 한다. 마치 모든 게 꼭 이렇게 의도된 것 같았고, 그래서 바람과 해류는 소말리아 남부에서 소팔라까지 쭉 뻗은 해안을 지나, 모잠비크해협으로 알려진 북부 끄트머리까지밖에는 이르지 못했다. 이 해안의 남쪽에서 해류는 사납고 차갑게 변했고, 그 구역을 넘어간 배들은 다시는 소식이 들려오지 않았다. 소팔라의 남쪽 바다는 기이한 안개와 폭이 1마일이나 되는 소용돌이, 한밤중에 빛을 내며 수면으로 솟아오르는 거대한 노랑가오리떼와 수평선을 가리는 무시무시하게 큰 오징어떼 때문에 통과하기 불가능한 곳이었다.

수세기 동안 용감무쌍한 상인들과 선원들, 분명 대부분 야만적이고 가난했을 그들이, 무심의 바람을 막아내려고 아주 오래전에 뾰족해진 아프리카 대륙 동쪽의 그 쭉 뻗은 해안으로 해마다 여행을 떠나왔다. 그들은 자신들의 물건과 신과 자신들이 세상을 바라보는 방식, 자신들의 이야기와 노래와 기도를 함께 들고 왔고, 그 지식을 흘낏 쳐다보는 것만으로도 그들이 들인 노력의 정수를 얻는 것이나 마찬가지였다. 그리고 그들은 자신들의 굶주림과 탐욕, 자신들의 환상과 거짓말과 증오를 가져와서 그것들 중 일부는 평생 그곳에 내버려두었고, 자신들이 사들이고 거래하거나 앗아갈 수 있는 것들은 가져갔는데, 사람들도 마찬가지로 사거나 납치해서 고국에 노예로 팔아먹었다. 그 많은 시간이 흐른 뒤 그 해안에 살았던 사람들은 자기들이 누구인지 거의 알 수 없게 되었지만, 자신들과 아프리카 내륙에 사는 인류의 외딴 자손들 중에서 경멸스러운 부류와 자신들을 차별화시키는 것을 고수할 정도로는 알았다.

그러고는 대륙을 돌던 포르투갈인들이 그 통과할 수 없는 미지의 바다에서 정말 불현듯이, 정말 재앙과도 같이 들이닥치더니 자신들의 해상용 대포로 중세의 지형도를 엉망으로 망쳐놓았다. 종교적 광기에 사로잡힌 그들은 섬과 항구와 도시 들을 아수라장으로 만들고는 주민들을 약탈하고 잔인하게 굴며 크게 기뻐했다. 그러고는 오만인들이 들어와서 그들을 몰아내고 진실한 신의 이름으로 그곳을 차지했는데, 그러면서 인도의 돈도 함께 들여왔고, 그렇기에 그들 뒤에는 영국인들이, 또 그 영국인들 뒤에는 독일인들과 프랑스인들, 그리고 자금력을 가진 기타 등등이 바싹 붙어 있었다.

땅을 1인치도 빠짐없이 돈으로 환산할 수 있도록 새로운 지도들, 완전한 지도들이 만들어졌고, 그래서 이제 모두가 자기가 누구인지, 혹은 적어도 자기가 누구에게 속해 있는지를 알게 되었다. 그 지도들, 그것들은 정말이지 모든 걸 완전히 바꿔놓았다. 그리하여 이윽고 아프리카 해안을 따라 바닷가에 드문드문 자리한 그 소도시들은 내륙으로 수백 마일씩 이어진 거대한 지역의 일부가 되었고, 그들이 자신보다 열등하게 여기던 사람들, 때가 되자 즉시 그 빚을 갚았던 사람들로 북적이게 되었다. 그 바닷가 소도시가 박탈당한 수많은 것 중 하나는 바로 무심교역이었다. 연말이 되어도 항구에 선체를 바싹 붙이고 있는 범선의 무리, 그 사이로 보이는 범선의 번들거리는 쓰레기로 반짝이는 바다, 소말리아인이나 수리아라비아인이나 신드족이 거리에 몰려다니며 물건을 사고팔거나 이해할 수 없는 싸움을 벌이고 밤에는 빈터에서 노숙을 하며 유쾌한 노래를 부르거나 차를 끓이고 때묻은 누더기를 걸친 채 바닥에 몸을 뻗고 누워 서로 요란한 음담패설을 주고받는 모습을 더는 볼 수 없었다. 그로부터 한두 해 동안, 연말의 거리와 빈터는 그들이 없어 고요했고, 특히 그들이 들여오던 기ghee 버터와 고무진, 조잡하게 망치를 두드려 만든 싸구려 장신구와 옷, 가축과 소금에 절인 생선, 대추, 담배, 향수, 장미수, 향과 온갖 종류의 경이로운 물건들 몇 움큼이 없다는 걸 느낄 때면 더더욱 그랬다. 우리는 그들이 온 동네를 너저분한 흥겨움으로 가득 채우던 때를 그리워했다. 하지만 우리가 독립 이후 영위하던 새로운 삶에서 그들은 상상하기 어려운 존재가 되더니, 곧 우리 대부분이 그들을 잊어버렸다. 어찌됐든, 그게 아니었어도 조만간 발길을 끊게 되었을지도 모른다. 페르시아만의 부유한 나라들에서 호사스러운 삶을 살 수 있는데 어느 누가 수백 마일의 바다를 건너 우리에게 옷과 담배를 팔러 오겠는가?

이것은 내게 그 우드를 넘겨준 상인의 이야기다. 나는 이런 식으로 이야기를 하게 될 텐데, 왜냐하면 누가 내 이야기를 듣고 있을지 더는 알지 못하기 때문이다. 그의 이름은 후세인으로 바레인 출신의 페르시아인이었는데, 그는 누구든 자신을 아랍인이나 인도인으로 오해하면 그 즉시 이 사실을 상기시켜주곤 했다. 그는 상인들 중 부유한 편에 속했고, 페르시아만 스타일의 수놓은 연한 크림색 칸주 차림에 늘 청결했고 향수를 뿌렸으며 흠잡을 데 없이 정중했는데, 그것은 무심을 타고 온 상인들에게서 흔히 볼 수 있는 모습이 아니었다. 그의 정중함은 특별한 능력, 일종의 재능이었고, 형식과 태도를 무언가 추상적이고 시적인 것으로 공들여 만들어낸 것만 같았다. 그는 향과 향수 사업을 했는데, 솔직히 말해서 그런 정중함과 부유함과 고약膏藥의 조합은 그를 약삭빠르고 가식적인 사람으로 보이게 했다. 무슨 이유에선지 그는 나를 친구로 삼았다. 왜 그가 나를 친구로 삼았는지 전혀 알 수 없었다는 뜻은 아닌데, 하지만 후세인은 그런 일을 공공연히 입 밖에 내는 부류가 아니었고, 그래서 나는 이런 추측을 해서 무례하게 보이진 않을지 겁이 난다. 나는 내가 결국 자기 자랑을 하게 되진 않을지, 그리고 후세인이 섬세하게 쌓아올린 우리의 친분을 무언가 조잡한 것으로 만들어버리게 되진 않을지 두렵다.

이때는 1960년의 무심이 불어올 때였고, 나는 이제 막 공공연히 사업을 시작한 참이었다. 그 일을 시작하기 전 나는 약 사 년을 재무부 행정관으로 일하면서 곁다리로 작은 부업을 병행하고 있었다. 하지만 영국인들은 자신들이 고용한 행정직원들이 개인 사업을 병행하는 것을 불안해했고, 특히 금융 서비스업과 관련된 일일 때는 더더욱 그랬는데, 나로서는 기회가 찾아온 셈이었기 때문에 그 일을 비밀리에 하면서 어느 정도 자본을 모으는 수밖에 없었다. 그러다가 1958년에 아버지가 돌아가시면서 내게 사업으로 생계를 꾸려나가기에 충분한 유산을 물려주셨다. 사업가로 산다는 것은 잔인하고 무자비하고 착취적이며 오해와 소문에 무방비로 노출된다는 뜻이다. 사업을 시작했을 무렵에는 그런 사실을 몰랐다. 그러다가 이윽고 새어머니가 돌아가셨다. 그 이야기를 할 때가 되면 더 자세히 말하겠지만, 나는 내 결정에 반대하는 사람들의 악의적인 불평에도 상당한 예의와 격식을 갖춰 두 분을 묻어드렸다. 후세인을 만났을 때 나는 서른한 살로, 얼마 전에 아버지와 사별하고 곧이어 새어머니와도 사별하고는 안락한 집에서 혼자 살며 내게 찾아온 그런 행운 때문에 많은 이들의 부러움을 사고 있었다. 다들 내게 짓궂은 혀를 놀려댔고, 나는 내가 살고 있는 작은 동네에서 이러한 대접을 받는 건 영락없이 세력이 커지고 있다는 징표라고 생각했다. 허영에 찬 나머지, 나는 내 주변에 아른거리는 악의를 보지 못했다.

수년 전, 영국 당국은 그들 방식의 교육을 더 받고자 열망하는 원주민 남학생 무리에서 나를 골라 기회를 줄 만큼 친절했는데, 물론 우리가 열망하던 게 무엇이었는지 우리 모두가 알진 못했던 것 같지만 말이다. 우리가 숭배하고 또 숭배하라고 들은 것은 예언자 무함마드의 가르침에 대한 배움이었지만, 그들의 배움에는 현대 세계를 알게 된다는 느낌이 주는 어떤 화려함이 있었다. 또한 나는, 고향에서 그렇게 멀리 떨어진 곳에 와서도 그토록 확신을 갖고 진두지휘하는 그들의 대담함도 그렇고 질병을 치료하고 비행기를 띄우고 영화를 만드는 등 중요한 일들에 대해 많은 걸 알고 있어서 우리가 영국인을 남몰래 동경했다고 생각한다. 어쩌면 동경했다는 말은 우리의 느낌에 대한 나의 생각을 지나치게 단순히 표현한 것인지도 모르겠는데, 왜냐하면 그것은 우리의 물질적 삶에 대한 그들의 지휘를 마음속으로만이 아닌 실제적으로도 인정하는 것, 그들의 맹렬한 자기 확신에 굴복하는 것에 가까웠기 때문이다. 그들의 책에서 나는 우리 역사에 대한 노골적인 이야기들을 읽었고, 그것들은 노골적이었기 때문에 우리끼리 하는 이야기들보다 더 진실해 보였다. 나는 우리를 괴롭힌 질병에 대해, 우리 앞에 놓인 미래에 대해, 우리가 사는 세상과 그 속에서의 우리의 위치에 대해 읽었다. 그들이 우리를 다시 만든 것이나 다름없다고, 더이상 아무 의지할 데 없는 우리로서는 그것을 그저 받아들이는 수밖에 없었다고, 그렇게 그 책은 우리에 대해 너무나도 완벽하고 잘 들어맞게 이야기하고 있었다. 그 이야기의 어조가 냉소적이었던 것 같진 않은데, 그들 스스로도 정말 그렇게 믿는 모양이었다. 그들이 우리와 그들 자신을 이해하는 방식이 그랬고, 그 이야기가 참신하며 도전받지 않는 한, 그 압도적인 현실성 속에서 우리가 논쟁할 여지는 별로 없었다. 그들이 우리를 지배하기 전에 우리가 스스로 생각하던 이야기들은 중세적이고 공상적으로만 느껴졌고, 예배와 관련된 은유와 신봉하는 의례에 불과한 신성하고 비밀스러운 신화로, 우리가 적극적으로 지켜도 그들의 지식과는 겨룰 수 없는 다른 범주의 지식으로 보였다. 그러니까 이 광대한 세상의 넘쳐나는 이야기에 대한 지식이나 아이러니에는 조금도 의지하지 않은 채, 아이였을 때로 돌아가 생각해보면 그렇게 보인다는 말이다. 그리고 학교에서는 그 다른 이야기들을 위한 시간이 거의 없거나 아예 없었다. 즉 그들이 우리에게 가져다준 진정한 지식을 질서 있게 쌓아올렸을 뿐인 것들, 책의 형태로 읽을 수 있게 만들고 언어를 통해 우리에게 가르친 이야기들뿐이었다.

하지만 그들은 너무 많은 여백을 방치했고, 세상일이라는 게 대개 그렇듯 그것을 어찌할 방도가 없었기에, 이윽고 입을 크게 벌린 구멍들이 이야기에서 모습을 드러내기 시작했다. 그것은 공격받으며 해어지고 풀어졌으며, 투덜거리며 후퇴할 수밖에 없었다. 물론 그것이 이야기의 끝은 아니었다. 아직 수에즈가 남아 있었고, 콩고와 우간다에서 벌어진 비인도적 행위, 그리고 작은 곳들에서의 또다른 격렬한 유혈극이 남아 있었다. 그렇다면 우리가 스스로 저지른 만행에 비하면, 영국인들은 우리에게 선한 일만 해준 것처럼 보일 것이다. 하지만 그들의 선의는 아이러니에 빠져 있었다. 그들은 교실에서 우리에게 폭압에 저항하는 일의 고귀함에 대해 말하고선 일몰 후 통행금지령을 내리거나 팸플릿에 독립에 대한 글을 쓴 사람들을 선동죄로 감옥에 보냈다. 뭐, 괜찮다. 그들은 샛강에 배수시설을 설치했고, 하수처리시설을 개선했으며, 백신과 라디오를 들여왔으니까. 그들의 떠남은 결국 너무 갑작스러워 보였고, 느닷없고 어쩐지 심술을 부리는 것 같아 보였다.

어쨌든, 그들은 열망에 찬 학생들 무리 가운데 나와 다른 세 명의 학생을 그해 캄팔라의 마케레레대학교 장학생으로 선발했는데, 그때 그 대학교는 변화를 겪은 지금과는 다른 곳이었다. 나는 열여덟 살이었고, 이제 와서 생각해보면 정말 운이 좋았던 것 같은데, 그로 인해 세상을 다르게 보는 방식에 눈을 뜨고 그쪽 시각에서 우리가 어떻게 보이는지도 알게 되었으니 말이다. 보잘것없고 남루한 존재들.

후세인. 1960년의 무심은 축복받은 바람이었다. 고요하고 일정한 바람, 물건을 잔뜩 싣고 항해해 와서 무사히 항구로 들어가는 수십 척의 배들, 바다에서 목숨을 잃은 사람은 아무도 없었고, 바람에 떠밀려 돌아간 사람도 아무도 없었다. 그해에는 수확량도 많았고, 교역이 활발했으며, 가끔 상스러운 선원들 사이에 일어나는 선박회사 간의 혈기왕성한 싸움도 거의 없었다. 그것은 후세인의 세번째 무심이었고, 그는 내가 연 새 가구점에 있는 몇몇 물건들을 보러 왔다. 실제로는 새 가게가 아니었는데, 가구와 여타 아름다운 물건들을 팔 생각으로 아버지의 할와* 가게를 개조해 칠도 다시 하고 조명도 다시 달았다. 하지만 온갖 노력에도 가게 안에는 여전히 뜨거운 기 버터의 냄새가 남아 있었

* 아프리카, 서남아시아 등지에서 먹는 달콤한 과자의 일종.

고, 실의에 빠진 시기에는 그 가게가 아버지가 작은 접시에 할와를 담아 팔던 우중충하고 어두운 동굴과 다를 바 없어 보였다. 하지만 나는 다를 바 없지 않다는 것을 알았고, 나의 실의가 그저 우울함과 심약함 때문이라는 것을, 그런 의기소침한 순간들은 어쩔 수 없이 찾아온다는 것을 알았다. 나는 이처럼 현명해지려고 애썼다. 나는 그 가게가 깔끔하고 사치스러워 보인다는 것을, 내가 그곳에 진열한 물건들만 봐도 더 이상의 설명은 필요치 않다는 것을 알았다. 나는 늘 가구에 관심이 많았다. 가구와 지도. 아름답고 복잡한 것들. 나는 캐비닛 제작자 두 명을 고용해 가게 뒤편 헛간에 앉혀두고, 주문받은 대로 물건을 만들도록 했다. 옷장, 소파, 침대 같은 것들을. 그들은 이런 일에 능해서 디자인에도 익숙했고 나무도 잘 다루었다. 하지만 진짜 돈이 되는 것과 사업에 있어 나의 진짜 열정은, 경매 품목으로 나온 집안 물건을 취득한 다음 귀중품과 골동품을 골라내는 데 있었다. 코친이나 트리반드룸*에서 백단향 재목으로 만든 작은 캐비닛 한 개가, 헛간을 가득 채운 반지르르하고 거대한 새 마호가니 가구나 자질구레한 칸막이 창보다 훨씬 더 많은 기쁨과 돈을 가져다주었다. 물론 새 가구든 칸막이 창이든 어쨌든 내게서 그것을 사가는 고객과 상인이 있어 소소하게 이윤을 가져다주긴 했다. 복원 작업이 필요할 경우에는 전부 내가 직접 했다. 처음에는 어림짐작으로 했는데, 나의 고객들이 나보다 더 잘 몰랐기 때문에 해가 될 일은 없었다.

나의 고객들? 골동품과 정교한 공예품의 경우, 고객들이란 유럽인

* 코친은 인도 서남부 케랄라주에 있는 항구도시, 트리반드룸은 케랄라주의 주도.

관광객과 식민지의 영국인 주민이었다. 우리는 남아프리카에서 유럽으로 갔다가 돌아오는 캐슬 라인 크루즈선들이 하루 동안 기항하는 곳에 있었다. 다른 여객선들도 있었지만, 캐슬 라인은 한 주에 두 번씩, 그러니까 올라가면서 한 번, 내려가면서 한 번씩 정기적으로 기항했다. 배에서 내린 관광객들을 공인된 가이드가 (수수료를 대가로) 나의 가게로 인도했다. 비록 내가 식민지 관료인 주민들과 다른 식민지 국가, 정확히 말하면 프랑스와 네덜란드의 영사관 관료들 한두 명과도 소규모 거래를 하긴 했지만, 관광객들이야말로 내가 가장 환영하는 최고의 고객들이었다. 한번은 '파도의 지배자'*이신 바로 그 '영국인 주민'께서 대리인을 보내 지난 세기에 만들어진 은장식이 박힌 말라카** 프레임 거울을 살펴보게 한 적이 있다. 불행히도 가격은 그의 예산을 초과했다. 내가 가격을 말하자, 그가 보낸 부하는 마치 내가 값을 너무 세게 부르기라도 했다는 듯 당황하여 불쾌감을 보이며 붉은 입술을 삐쭉거리고 금발머리를 매만졌는데, 아예 못 치를 가격은 아닌 듯싶었다. 그는 몇 차례 발을 구르며 달아오른 뺨을 빠끔거리고 말도 안 돼, 말도 안 돼 하고 혼잣말을 하면서 제독 스스로가 원하는 가격을 정할 권리에 내가 복종하길 기다렸지만, 나는 조심스레 미소를 지으며 귀를 닫았다. 말라카의 가치를 아는 사람이라면 누구든 거기서 한 푼도 더 깎을 수 없다는 사실을 알았을 것이다.

---

* 대영제국을 상징하는 애국적인 노래 〈지배하라, 브리타니아여〉의 구절 "지배하라, 브리타니아여! 파도를 지배하라: 영국인은 결코 노예로 살지 않으리(Rule, Britannia! rule the waves: Britons never will be slaves)"에서 차용.

** 수마트라 해안 원산의 등나무.

내 동포들이 이 물건들의 아름다움을 볼 줄 몰랐던 것은 아니다. 나는 그 물건들 중 가장 아름다운 것들을 가게에 전시했고, 사람들은 그것들을 보러 들어와서 감탄을 금치 못했다. 하지만 그들은 내가 요구하는 가격을 지불할 생각도, 능력도 없었다. 그들에게는 내 유럽인 고객들이 가진 바로 그 강박적 욕구가 없었다—세상에서 가장 아름다운 것들을 획득해 집으로 가져가서 자신들의 고상하고도 편견 없는 마음의 징표로 삼으려는, 자신들의 풍부한 세상 경험과 바싹 마른 수많은 사바나를 정복했다는 트로피로 삼으려는 욕구 말이다. 다른 시절 같았으면 그 '영국인 주민'의 부하는, 특히 그게 세상에 몇 개 없는 물건이라는 나의 말을 듣고 난 후에는, 그 은장식이 박힌 말라카 거울을 가격 때문에 단념하지는 않았을 것이다. 그는 지배자의 권리로, 전체적으로 우리 둘 간에 상대적인 가치를 반영해 그것을 자신이 원하는 가격에, 혹은 거저 가져갔을 것이다. 케빈 에덜먼이 나의 우드알카마리 상자를 가져간 것과 비슷하게 말이다. 내가 그 욕망을 이해하지 못하는 바는 아니다.

나는 후세인이 가게로 들어왔을 때 그를 바로 알아보았는데, 그는 키가 크고 다른 사람과 혼동할 여지가 없는, 표정에 온갖 세상을 다 담고 있는 남자였다. 그가 가게로 들어오자 내 머릿속은 이런 단어들로 가득찼다. 페르시아, 바레인, 바스라, 하룬알라시드*, 신드바드** 등등. 그와 아는 사이는 아니었지만 나는 그를 거리와 모스크에서 본 적이 있었다. 심지어 그의 이름도 알고 있었는데, 사람들이 그가 그 전해에, 과거에 나와 까다로운 거래를 몇 건 했던 공공사업부 직원 라자브

---

* 아바스왕조의 제5대 칼리프로, 『천일야화』의 등장인물로도 유명하다.

** 『천일야화』에 등장하는 선원으로, 불가사의한 항해를 일곱 번이나 한 것으로 유명하다.

샤아반 마흐무드의 집에서 하숙했던 상인이라고들 했기 때문이다. 그는 1960년에는 그 집에 살지 않았고, 소문에 따르면 중상모략으로 서로 사이가 틀어진 듯했는데, 그럼에도 여전히 그 구역에 살았으며 관대한 사람으로 통했다. 그가 관대하다는 말을 들었을 때, 나는 늘 앓는 소리를 하는 그자들, 우리의 관대함 덕분에 나약함과 비굴함으로도 삶을 살아갈 수 있는 그 염치없이 징징대는 인간들이 벌써 그에게 구걸하러 갔겠지 싶었다. 그는 내게 아랍어로 말을 걸며 정중하게 인사를 건넸고 건강이 어떤지를 물었으며 사업의 번영을 기원해주었는데, 아무래도 점점 과해지는 감이 있었다. 나는 내 아랍어 실력이 기껏해야 드문드문 알아듣는 수준밖에는 못 된다고 사과하고는 그에게 스와힐리어로 말했다. 그는 애석하다는 듯 미소를 지으며 말했다. 아 수아힐. 니나웨자 키도고 키도고 투. 조금 할 수 있습니다, 아주 조금은요. 그러더니 놀랍게도 내게 영어로 말을 했다. 놀라웠던 이유는, 물론 그들 나름의 고결한 예의를 갖추고 있지 않다는 말은 아니지만, 무심을 타고 온 상인들과 선원들은 보통 무례하고 거친 하층민들이었기 때문이다. 물론 후세인은 그렇게 보이지도 그렇게 행동하지도 않았지만, 그래도 영어를 사용한다는 것은 학교를 다녔다는 뜻이었고, 학교를 다닌 사람은 선원이나 무심 상인이 되어 비좁고 지저분한 다우선*에 올라 두툼한 머릿고기 같은 귀와 시끄러운 입을 가진 때투성이 동료들과 함께 세상을 누비지 않았다.

그는 내가 권한 의자에 앉아 흑옥색 콧수염을 쓰다듬고 미소를 지으

---

* 인도양·아라비아해·동아프리카 등지에서 사용하는 큰 삼각돛을 단 연안무역 범선으로, 후에는 아라비아의 각종 배를 총칭하게 되었다.

며 내쪽에서 사업 이야기를 물어오길 기다렸다. 그는 내 가게에 대해 들어봤다며, 가게에 정말 아름다운 물건이 많다고 말했다. 그는 친구에게 줄 선물로 뭔가 섬세하고 매력적인 것을 찾고 있었다.

"친구의 가족에게 줄 겁니다." 그가 말했다.

나는 이 말을 듣고는 그가 여자에게 줄 선물, 어쩌면 사업상 친구의 아내이거나 어쩌면 그렇지 않을 여자에게 줄 선물을 원한다는 것을 알았다. 나는 그에게 가게를 구경시켜주었고, 그는 호리호리한 흑단 상자에 가장 먼저 마음을 빼앗겼다. 그것을 입수했을 때 나는 자객의 단도가 들어 있던 물건이겠거니 생각했었다. 그러고서 그는 아치형 문간과 바퀴가 문양으로 새겨진 둥근 티크 캐비닛 앞에 잠시 멈춰 섰다. 하지만 나는 그의 눈이, 매우 윤이 나는 흑단으로 만들어서 멀리서도 전율스레 빛나는, 우아하게 굽은 다리가 세 개 달린 낮은 테이블로 쏠리는 걸 이미 알아차린 터였다. 그것에 이르기 전에, 그는 은쟁반에 놓인 세로 홈의 초록색 고블릿 한 세트를 오랫동안 쳐다보다 도금을 한 테두리를 손가락으로 만지며 탄식을 내뿜었다. "아름다워요." 그는 중얼거렸다. "정말 정교하군요."

"그리고 이……" 그가 탐내고 있다는 걸 이제 나도 알게 된 그 흑단 테이블에 우리가 이르렀을 때, 그가 말했다.

"이 작은 물건이요?" 내가 물었다. 가격을 말해주자 그가 예의바르게 미소를 짓고는 고개를 끄덕였다. 우리는 의자로 돌아와서 그 건에 대해 즐겁고 정중하게 의견을 교환하기 시작했다. 잠시 후, 합의에 도달하기에는 서로 생각하는 가격이 너무 다르다는 게 분명해지자 후세인은 그 이야기를 그만두고 다른 이야기를 하기 시작했는데, 그게 무슨 이야기였는지는 이제 기억나지 않는다. 그렇게 우리는, 그 아름다운 테이블을 사이에 두고 편하게 의견을 교환하다가, 예의를 차려 서로에게 베푸는 사소한 말들을 즐겁게 누리다가 친구가 되었다. 어쩌면 서로 영어로 말하고 있다는 데서 오는 즐거움도 어느 정도 있었는지 모르겠다. 낮시간 어느 때면 후세인은 꼭 가게로 걸어들어와 그가 내 테이블이라고 부르던 그것이 아직 있는지 살펴보았고, 그러고는 편안히 앉아 수다를 떨곤 했다. 가끔은 다른 누군가가 거기서 시간을 때우며 소식을 전하거나 듣고, 사업 이야기도 조금 하면서 소도시 삶의 유쾌한 일상을 보내고 있을 때도 있었다. 그러면 후세인은 편안히 앉아서 할 수 있는 한 대화의 흐름을 따라가보려고 했다. 거창할 것 없는 대화였지만, 그럼에도 후세인은 주의깊게 귀를 기울였고, 특히 놓치고 싶지 않은 이야기가 나올 때면 내게 도움을 요청했다. 그 또한 그가 지닌 공손함이라는 재능의 일부였는데, 때로는 사소한 소문의 즐거운 반전을 놓치지 않으려고 그러기도 했다. 하지만 가게에 아무도 없을 때면 그는 의자에 등을 기대고 앉아 오른쪽 발목을 왼쪽 허벅지 아래에 끼운 채 몸을 뚱뚱한 궐련처럼 만들고 수다를 떨었다.

이번은 그가 아프리카에서 보내는 세번째 무심이었다. 그의 가족은 전에는 이런 사업을 해본 적이 없었고, 주로 먼 동쪽에서 교역을 했었다. 그의 할아버지 자아파르 무사는 전설적인 상인이었다. 그는 말레이 반도와 시암*에서 인생의 대부분을 보냈는데, 자신의 아버지가 알던 또

* 태국의 옛 명칭.

다른 페르시아 상인을 따라서 소년 수습생으로 그곳에 갔던 것이었다. 페르시아와 아라비아의 상인들은 수세기 동안 말레이반도에서 교역을 해왔고, 예언자 무함마드가 마카*에서 계시를 받은 때와 동시대인 7세기에는 하드라마우트**의 상인들이 그곳으로 이슬람의 메시지를 전했다. 그곳에는 인도와 중국에서 온 상인들 또한 있었는데, 이 모든 사람들이 교역의 형태로 일하고 경쟁했다. 하지만 말레이반도에 퍼진 이슬람의 말씀은 무슬림 국가와 제국을 건설하기에 이르렀다. 비록 포르투갈인들과 네덜란드인들이 1500년대부터 이곳을 자신들 특유의 방식대로 정복하고 지배하려 오긴 했지만, 이슬람화된 말레이반도의 힘이 마침내 무력화된 것은 1850년대에 영국인들이 으스대며 들어오고 나서의 일이었다. 이 모든 일들이 후세인의 이야기와 연관되어 있었다.

후세인의 할아버지 자아파르 무사의 노력은 그가 말레이반도에서 지낸 초창기부터 축복을 받았고, 그는 아직 젊은 나이에 부자가 되었다. 전성기 때는 온갖 종류의 사업을 벌였으며 아시아의 바다 전역에서 선박 몇 척을 운행했다. 이 큰 번영의 시기는 유럽인들, 특히 영국인들이 세계를 더욱 강력하게 장악해가던 시기와 일치했다. 1880년대의 극동 무역에서 그들은 더 수준 높은 문명의 이름으로 다른 모두를 쥐어짜고 몰아냈다. 그들은 아편, 고무, 주석, 목재, 향신료를 원했고, 원주민, 무슬림이나 수많은 악마들의 숭배자, 그리고 특히 자신들의 지휘권 밖에 있는 지역에서 온 상인들을 비롯해 어느 누구의 방해도 없이 그 전부를 얻고자 했다. 그들이 어디에서든 그래왔듯이 이곳에서도 자기

* 이슬람 최고의 성지이자 예언자 무함마드의 탄생지인 '메카'의 아랍어 명칭.

** 아라비아반도 남부, 아라비아해에 접해 있는 지방.

마음대로 할 거라는 생각은 전혀 근거 없는 상상이 아니었다. 그래서 자아파르는 그러한 순간을 어느 정도 미뤄볼 요량으로 유럽인들을 자기 배의 선장과 자기 사무실의 사무원으로 고용했다. 무언가 간교한 수를 써서, 그는 유럽인 고용인들이 자신을 부리고 있다고, 자신의 꾀바른 종자從者들에게 놀아나고 있으며 자기가 없으면 사업이 망해버릴 것처럼 보이게 하는 데 성공했다. 대충 겉으로만 보면 그것은 유럽인 회사였지만, 실상은 자아파르 무사가 사무실 뒤쪽 나무로 된 예전의 방에 머물면서 자신의 사업에 내린 신의 축복을 세어가며 새로운 모험을 꾀하고 있었다. 그의 배들은 남쪽으로는 술라웨시*까지, 동쪽으로는 키마리의 나라인 크메르제국까지, 그리고 서쪽으로는 바레인까지 가서 교역을 했으며, 그 사이에 있는 다른 나라들은 두말할 것도 없었다. 조용히, 뽐내던 유럽인 회사들이 파산하고 그 배들의 늠름한 선장들과 선원들이 자살을 하거나 선창의 부랑자가 되어가는 모습을 그는 지켜보았다. 물론 그들 모두가 파산한 것은 아니었지만 상당수는 그러했고, 기선들과 연발 소총들, 말레이반도의 술탄들이 새로운 세계 질서에 굴복하기 위해 줄을 섰음에도 불구하고, 얼마 후에는 자아파르 무사가 말레이반도에서 가장 부유한 상인 중 하나가 되어가고 있다는 사실을 누구도 모를 수 없게 되었다.

그에게는 크나큰 위험의 순간이었고, 그도 그 사실을 매우 잘 알았다. 영국인들은 가능한 모든 영역에서 간섭을 해대며 현지 정부의 질서정연한 난장판 사이를 정력적으로 돌파하려 했고, 날카로운 질문을

* 인도네시아 중앙부에 있는 'k'자 모양의 섬.

던져댔고, 보고서를 썼고, 싹쓸이를 했고, 영사를 도입하거나 거주민을 들이고 관세규칙을 강요했고, 한두 푼 생길 일이라면 모조리 담당하며 질서를 만들었다. 그리고 여기 이 부유한 페르시아인 상인이 있었다. 소문과 추측이 실제보다 더 큰 부자로 만들어놓고, 부러움이 전설적이고 무자비한 음모자, 폭군, 노예 상인, 하렘의 소유주, 어린 소년들을 건드리는 남색자로 뒤바꿔놓았으며, 원래 더 합당한 사람이 맡아야 할 교역을 능수능란하게 조정하는, 영국인들이 줄곧 아랍인이라고 부르던 상인 말이다. 그의 사업 방식을 조사한다거나 심지어 납치와 살인을 벌인 죄로 그가 형사소송 절차를 밟게 될 수도 있다는 말까지 나돌았다. 누구도 자아파르 무사 앞에서 이런 말을 꺼내지는 않았지만, 그는 이것이 유럽인들이 멋대로 떠들어댄 이야기라는 것을 알았고, 그들이 이 말이 사실이 되기를 간절히 바란다는 것도 알았다. 그는 자기 밑에서 일하는 유럽인들의 눈빛을 보며, 비록 그들이 여전히 아부하며 올바른 품행을 보이고 있긴 하지만, 속으로는 그 어느 때보다도 자신을 비웃고 있다고 의심하게 되었다.

자아파르 무사에게는 아들 하나와 딸이 둘 있었는데, 전부 세상을 먼저 떠난 연인인 마리암 쿠파가 말레이반도에서 낳은 자식들이었다. 부디 신께서 그녀의 영혼에 자비를 베푸시길. 두 딸 제이나브와 아지자는 이런 사건들이 벌어지고 있을 무렵 이미 명예롭게 혼인하여 봄베이와 시라즈*에서 남편과 함께 살고 있었는데, 남편 둘 모두 자아파르의 먼 친척이었다. 지난 수십 년 동안, 어쩌면 수세기 동안 이루어져왔던

* 봄베이는 인도 서쪽 연안 중앙부에 위치한 뭄바이의 옛 명칭, 시라즈는 이란 중남부에 있는 도시.

방식이었다. 사람들이 교역을 위해 얼마나 멀리까지 여행하든, 그들은 늘 소식을 들었고 소식을 전했으며, 그들의 아들딸들이 결혼할 시기가 되었을 때는 늘 명예로운 선택지가 주어져 있었다. 우리 시대에는 더이상 유효하지 않지만, 어쨌든 자아파르의 딸들은 그랬다. 자아파르 무사는 영국인들의 탐욕이 저항할 수 없을 만큼 커지기 전에 신중하게 위장하여 말레이반도에서 발을 빼기 시작해야 한다는 것을 본능적으로 느꼈다. 그는 딸들의 이름을 빌려 사업지를 봄베이와 시라즈로 이전하고, 상황이 바뀌어 아들과 함께 재산을 최대한 고스란히 들고 떠날 수 있게 될 때까지 사위들에게 사업을 맡기려 했다.

그의 아들 레자는 동의하지 않았다. 수년 동안 그는 유럽인들이 사업을 운영하는 것처럼 보이게 만든 아버지의 속임수에, 아버지와 자신 모두를 고압적으로 무시하는 듯 보이는 이 고용인들의 태도에 조바심을 내왔다. "만일 지금 그들이 원하는 게 전쟁이라면, 한번 해보죠." 그가 아버지에게 말했다. 오만한 개들을 내쫓고 말레이인들과 인도인들과 아랍인들을 고용한 다음 잡아먹지 않으면 잡아먹히는, 가능한 한 치열한 교역을 해야만 한다고 말이다. 어른이 되고서 줄곧 잡아먹지 않으면 잡아먹히는 교역을 해왔던 자아파르 무사는 아들의 분노에 깜짝 놀라며 괴로워했다. 지금 우리가 말하는 이 사람들은 마을의 술탄들이 아니라 세상의 지배자들이다. 그는 아들을 달랬고, 그에게 자신들이 처한 냉정한 현실에 대해 말했으며, 결국에는 아들을 상대로 고집을 부렸다. 레자는 순종적으로 단념했지만 설득되지는 않았고, 여전히 그 부당함에 속을 끓이고 있었다.

1899년에 자아파르 무사는 뇌졸중을 일으켰다. 그는 여느 때처럼 자신의 아름다운 정원으로 오후 산책을 가려고 자기 집의 넓은 위층 베란다를 걷고 있었는데, 그때 누군가가 자신의 횡격막에 강력한 주먹을 날린 듯한 충격을 느꼈다. 그의 심장은 파열됐다. 정원사인 압둘라자크, 언제나 늦은 오후에 화단에 물을 주던 그, 그리고 주인이 나타나 칭찬하며 지시를 내릴 때까지 언제든지 대기하고 있던 그, 그리고 마음속으로는 이런 대화를 근무시간의 클라이맥스로 생각하던 그는 그 순간에 그 상인의 침실과 연결되어 있는 베란다를 한쪽 눈으로 바라보며 아내에게 줄 재스민꽃을 꺾고 있었다. 그래서 자아파르 무사가 몸을 웅크리다 옆으로 쓰러지는 것을 보았고, 세상이 끝나는 광경에 잠시 못박힌 듯 꼼짝없이 서 있었다. 정원사는 위층으로 달려가며 도와달라는 고함을 질렀고, 정강이가 까지게 미끄러져서 윤이 나는 티크 계단에 진흙투성이 발자국을 남겼다. 그는 그 상인을 품안에 꽉 안고서 아이처럼 흔들었고, 누구든 와서 도와달라며 고함을 질렀다. 아무도 오지 않았다. 그 시간에 집의 이쪽 편에 올 사람은 아무도 없었다. 이곳은 그 상인의 정원 테라스로, 지난 시절 그가 연인 마리암 쿠파와 앉아서 초저녁 시간을 보내며 그녀와 이야기를 나누거나 그녀의 낭송을 듣고, 어머니가 돌아가시기 전 이곳에 살던 딸들이 때로 자리를 함께하며 노래를 하고 웃고 떠들던 곳이다. 레자도 어렸을 때는 그들과 함께 앉았다. 심지어 그들이 떠난 후에도, 정원사를 제외하면 그 시간에는 아무도 집의 이쪽 편에 오지 않았다. 그리하여 자아파르 무사, 그 전설적인 무자비한 아랍 상인은 얼굴이 눈물과 콧물, 슬픔에 힘줄이 터져 흐른 피로 뒤덮인, 자신의 정원사 압둘라자크의 품안에서 숨을 거두었다.

"심지어 대규모 장례 행렬을 이끄는 동안에도, 저의 아버지 레자는 변화를 계획하고 있었어요." 후세인이 말했다. "가망 없는 일이었고, 할아버지가 예견했던 대로 아버지는 사업을 망치고 말았죠. 아버지는 1900년의 어느 때에 제일 먼저 유럽인 고용인들을 해고했지만, 그러고 나니 함께 일하겠다는 사람을 구할 수가 없었는데, 어쨌든 상급직은 구할 수가 없었어요. 그들은 영국인들을 너무 두려워했어요. 그 무렵에는 모든 술탄들이 영국인들이 내민 보호조약에 서명을 마친 상태였습니다. 저의 아버지 레자는 자신이 해고한 모든 선장들과 관리자들, 그리고 위탁물과 배달물을 기다리고 있던 모든 회사에 큰 보상금, 아주 큰 보상금을 지급해야 했어요. 그들은 법정에서 돈을 치르게 만들었죠. 보험업자들은 아버지에게 보험을 적용해주지 않았어요. 세관은 모든 걸 뒤지고 모든 걸 지연시키고는 아버지를 뇌물수수죄로 고소했고요. 그건 아마도 사실이었을 거예요. 아버지는 아마 그게 바로 그들이 원했던 거라고 생각했을 거예요. 아버지는 이십대였고 자신이 누구에게도 뒤떨어지지 않는다고 생각했지만, 실은 그렇지 않았죠. 어쨌든 유럽인들보다는 뒤떨어졌어요. 그렇게 천천히 그들은 아버지의 목을 조였고, 사업은 망해갔죠. 아버지는 오만불손한 영국인들은 고사하고 지역 금융권에서도 융자를 받지 못했어요. 1910년 이후에는 조호르와 북부의 여러 주들까지 포함한 말레이반도 전체가 그들 손에 들어갔고, 할아버지께서 그토록 교묘하게 세우신 그 거대한 회사는, 비록 부채는 없었지만, 그 십 년 동안 그저 하찮은 회사에 불과해졌죠. 아버지는 강박적으로 부채를 피하려 했습니다. 결국 아버지는 집과 거기 딸린 아름다운 정원을 파는 방안을 고려해볼 수밖에 없게 되었어요. 정원사는 그 정원을 계속 아름답게 관리했습니다. 그러고서 그 집이 매물로 나오자, 노예 상인이라느니 범죄자라느니 하는 할아버지에 대한 그 모든 소문들이 다시 떠돌기 시작했어요. 다만 이번에는 할아버지가 그 정원사를 따먹었다는, 거친 표현을 용서해주세요, 그래서 할아버지가 돌아가셨을 때 그의 품에 안겨 있었던 거라는 소문이 추가되었죠. 아버지가 그런 후안무치하고 추잡한 사람들로부터 떠날 때가, 도망칠 때가 되었던 거예요."

이것이 레자가 후세인에게, 그리고 말레이반도에서 그가 보낸 시절에 대해 알고 싶어하는 다른 사람들에게 들려준 이야기였는데, 그가 기꺼워하며 입에 올리는 화젯거리는 아니었다. 그는 그 이야기를 하면서 화를 냈고, 때로는 그 부당함에 눈물을 흘렸다. 그것은 들려주기 좋은 이야기가 아니었는데, 특히 아들에게는, 그리고 특히 레자가 바레인에서 관계를 맺고 있던 상인들에게는 더더욱 그랬다. 그는 아버지가 그토록 부지런히 쌓아올린 재산을 그처럼 아득히 먼 곳에서 전부 날려먹었다. 자아파르 무사는 모든 상인들이 꿈꾸던 일을 이루었다. 그는 재물을 싣고 먼 목적지로 떠나서 번영을 이루고 존경을 받고자 하는 상인의 소망을 실현했다. 평생 교묘한 술책과 희생으로 쌓아올린 것을 아들이 전부 날려먹었으니 레자의 손실로 그 꿈이 악몽으로 변한 것이나 마찬가지였다. 후세인의 이야기를 들은 나도 그렇게 생각했다. 심지어 나는, 레자가 그 이야기에 들어온 순간 그가 모든 걸 날려먹게 될 것임을 예상했다. 아니, 모든 걸 날려먹지는 않았다. 그는 그 잔해에서 바레인에서 또다른 사업을 시작할 수 있을 만큼은 건져내 시암과 말레이반도와 더 동쪽에 있는 곳들에서 향수와 향과 옷을 수입했다. 우리가 알던 세상의 대부분이 그랬듯 바레인 또한 영국의 지배를 받고 있었고, 그들 정부는 금방이라도 무너질 듯한 상황이었다. 영국인들에게 그곳은 그저 적들에게 공격을 개시하고 배에 연료를 보급하는 곳에 불과했다. 그리고 수세기 동안 바레인을 거점으로 활동해온 페르시아인들과 아랍인들 그리고 인도인들은 잘난 체하며 업신여기는 영국인들의 태도에 겁을 먹기엔 너무 약삭빨랐다. 1930년대에 그들이 그곳에서 석유를 발견하기 전까지는, 어차피 수입 무역 말고는 서로 다툴 일이 별로 없었다. 채굴해서 전리품 삼아 유럽으로 가져갈 수 있는 주석이나 고무나 황금 같은 것들이 없었으니까.

때로 레자는 주문이 들어올 때, 아가*가 대저택을 짓고 그의 목수들이 계단에 사용할 티크나 그의 침실에 사용할 마호가니를 필요로 할 때면 희귀 목재를 취급하기도 했다. 혹은 어느 시리아인 술탄이나 러시아인 남작이나 독일인 은행가 쪽 중개인이, 그들이 들어앉아 자신의 적지 않은 재산을 흡족한 듯 바라볼 궁전을 지을 재료를 사들일 때도. 이런 거래들은 내 상상 속의 일들인데, 물론 차르의 페르시아 정복이 임박했다고 생각하며 그 준비의 일환으로 마슈하드**에 정착한 러시아인 남작 편에서 일하던 중개인과 사업을 했다는 이야기는 실제로 후세인이 하기도 했다. 그때 무슨 물건을 취급했다고 말했는지는 잊었다. 어쩌면 말하지 않았는지도 모른다. 레자는 심지어 물건을 얻을 중개상 역할을 하거나, 얼마나 작든 간에 여전히 자기가 손에 쥐고 있는 재산을

* Agha. 터키 등의 이슬람 국가에서 고관대작을 가리키는 말로, 단순 존칭으로도 사용한다.

** 이란의 북동부에 위치한 도시.

돌볼 목적으로 말레이반도에 사업의 잔재를 남겨두고 있었다.

어쨌든 바레인으로의 이주는, 물론 똑같이 눈부신 방식으로 이루어진 것은 아니었지만, 그의 아버지가 말레이반도에서 그랬던 것처럼 축복을 받았다. 터키인들과의 전쟁은 그에게 해는커녕 이익만을 가져다주었는데, 이라크로 전쟁하러 가기 위해 그곳을 거쳐 가는 수천 명의 끔찍한 영국인과 인도인 군대들을 따라 일거리가 들어왔던 것이다. (불쌍한 이라크, 영국인들은 이번 세기에 이런저런 이유로 그곳에서 너무나도 자주 전쟁을 벌여왔다.) 그리고 1918년에 전쟁이 끝난 직후, 그는 결혼해서 세 딸에 후세인까지 얻는 축복을 누렸다. 사람들은 자극적인 향내가 감도는 그곳 분위기 속에서 물건을 사든 팔든 자리에 앉아 떠들든 늘 환영받을 거라고 확신하며 그의 가게를 하루종일 들락거렸다. 그의 아이들이 가게 주변을 서성거리면 모두가 마냥 떠받들어주고 칭찬해주었고, 그런 애정표현을 아이들은 조숙하게도 태연히 받아들였다.

"아버지는 자식들을 사랑하셨어요." 후세인이 추억에 눈물을 글썽이며 말했다. "그리고 아이들도 아버지를 사랑했고요. 아버지는 그 문제에 있어서 정말…… 감정적이셔서, 다른 사람들도 모두 자기 아이들을 사랑해주길 바라셨죠."

후세인이 열 살이 되었을 때, 레자는 말레이반도로 떠나 아직 거기 남아 있는 사업의 잔재를 정리하기로, 그러면서 그 옛 장소들을 다시 한번 찾아가보기로, 그리고 소식을 궁금해하던 모두에게 일이 꼭 다 잘못 풀린 것만은 아니었음을 보여주기로 마음먹었다. 그는 자신에게 내린 행운의 증거로 후세인을 데려갔는데, 그것은 또한 후세인이 넓은 세상을 구경하고 그것에 대처하는 법을 처음으로 배우게 하기 위해서이기도 했다. 그들은 사 개월 동안 여행을 하며 바다를 항해했고, 사업을 했고, 관광을 했고, 친구들을 방문해 그들과 시간을 보냈다.

"잠깐, 잠깐." 내가 후세인에게 말했다. "지도를 좀 가져와야겠네요. 이야기한 곳들을 전부 다 알려주시면 좋겠어요. 그곳들이 어디 있는지 내 눈으로 확인하고 싶어요."

그들은 심지어 레자가 십대 때, 사정이 안 좋아지기 전에 아버지의 중개인과 함께 몇 달간 살았던 방콕에도 갔다. 그때 그곳은 수로와 강변 대로가 있는 고요하고 아름다운 항구도시였지, 사람들이 바글거리는 훗날의 베헤못*이 아니었다. 사람들이 전 세계에서 그곳으로 모여들었다. 중국인들, 인도인들, 아랍인들, 유럽인들. 후세인에게 그 일은 거짓말 같은 여행, 도저히 믿어지지 않을 여행이었고, 그 시절의 인상은 그의 마음속에 평생토록 남았다. 그리고 그가 내게 이야기로 들려주었을 뿐인데도, 그후로 그 이야기는 내 마음속에도 평생토록 남았다. 지금까지도 나는 그가 걸어서 통과했다고 이야기한 그 장엄한 섬의 사원 뜰을 상상하고, 그가 이야기한 엄숙한 평온함과 그 사원 돔의 압도적인 권위를 상상한다. 나는 이곳에 온 후에 그 사원을 사진으로 보았지만, 그것은 후세인이 이야기한 아름다움을 조금도 드러내지 못했다.

방콕에서 그의 아버지는 위탁판매용으로 캄보디아산 최고급 우드알카마리를 구입했고, 자신들이 돌아갈 때 탄 배에 실어 바레인으로 가져왔다. 우드알카마리, 즉 달의 나무는 우드-알-키마리, 크메르의 나무가

* 「욥기」 40장 15~24절에 등장하는 거대한 짐승으로, 보통 괴물처럼 거대한 것을 뜻한다.

변형된 말이라고 설명해준 사람도 바로 그, 후세인의 아버지였다. 그들이 바레인으로 돌아오고 얼마 지나지 않아 중일전쟁이 발발했고, 이후로 칠팔 년 동안은 다른 우드를 구할 수 없었기에 레자는 그 위탁물로 상당한 수익을 얻었다.

"아직도 조금 가지고 있습니다만." 그 여행과 우드 이야기가 나를 아주 흥분시키고 매혹시킨 것을 보고는 후세인이 미소를 지으며 말했다. 그 수완 좋은 후세인이 여전히 그 흑단 테이블 값을 흥정중이었음을 깨달은 건 바로 이때였다. 그는 그것을 잠깐 흘낏 보고는 내게 다 안다는 표정을 다정히 지어 보였다.

"아직도 가지고 있다고요?" 내가 물었다.

그래서 그는 그다음번에는, 그 향을 들이마시는 것만으로도 내 인생 최고의 행운이었던 더없이 훌륭한 우드알카마리가 든 작은 마호가니 상자를 들고 왔다. 가게 건너편의 커피장수에게서 벌겋게 달아오른 숯 몇 조각을 얻은 후세인은 향로를 준비해서 우리가 들이마시던 공기를 향기롭게 했다. 거리를 지나던 사람들이 가던 길을 멈추고 벌겋게 타는 그 향 옆에 앉으러 들어왔다. 커피장수는 길을 건너와 계단에 서더니 "마샤알라, 마샤알라, 정말 아름답군, 알라 카림.* 커피 좀 갖다드릴까요, 마울라나**?"라고 말했다. 감사하는 그 마음이 나에게까지 번져오진 않았는데, 왜냐하면 그의 삶을 망쳐놓은 장본인이 바로 나였기 때문

---

* 마샤알라는 "신의 뜻이 그렇게 되도록 하셨다"라는 뜻으로, 흔히 놀라움이나 감사를 나타낼 때 쓰고, 알라 카림은 "자비로우신 신이시여"라는 뜻이다.

** 원래는 이슬람 학자나 종교 지도자를 뜻하는 아랍어이지만, 스와힐리어에서는 '선생님'이라는 뜻의 단순한 존칭으로도 사용한다.

이다. 알다시피 커피 한 잔 없이 할와를 먹을 수는 없는 노릇이고, 그래서 내가 할와 사업을 접었을 때 나는, 그의 표현대로라면, 그의 목을 따버린 셈이었다. 내가 그를 암살했다. 하지만 이제 심지어 그마저도 가게 안에 자리를 잡고는 우리 모두와 마찬가지로 그 향기로운 공기를 들이마셨다. 나는 그 자욱한 향기 속에서 그 먼 곳들의 환상이 풍기는 냄새를 감지할 수 있을 것만 같았고, 순전히 후세인이 자신의 이야기에서 그 둘을 한데 묶어놓았기 때문에 그랬겠지만, 그만큼 그 둘에 완전히 굴복해버렸다.

물론 결국, 나는 후세인에게 그 흑단 테이블을 내주고 말았다.

"하나만 말씀해주세요." 협상을 하던 가운데, 나는 그가 원한다면 그것을 농담으로 여길 수 있도록 미소를 지으며 이렇게 말했다. "당신은 왜 그토록 이 테이블을 원하는 거죠? 특별한 사람에게 주려는 건가요?"

그가 얼버무리는 미소를 짓더니 눈꺼풀을 극적으로 내리깔며 속이려 들었다. "민감한 사안이라서요." 그가 말했다.

그가 여행 초기에 하숙했던, 그리고 여전히 방문하곤 하는 집의 주인인 공공사업부 직원 라자브 샤아반 마흐무드의 아름다운 아들에게 구애하고 있다는 것은 나도 알고, 우리 모두가 아는 사실이었다. 나는 이 이야기를 이런 식으로 하게 될 것이다. 이렇게 하면 이야기에 흠집이 나겠지만, 나는 누가 내 이야기를 듣고 있을지 더는 알지 못하기 때문이다. 어쨌든, 후세인이 공공사업부 직원 라자브 샤아반 마흐무드의 아름다운 아들에게 구애하고 있다는 소문이 돌았다. 그가 이미 그 눈부신 젊은이를 범했는지는 내 알 바 아니었으나, 그 흑단 테이블이 어떤 식으로든 그 젊은이의 흥미를 끌 것 같지는 않았다. 그런 젊은이의 허영심을 부추기는 데는 그가 선물했다던 돈이나 비단천이 훨씬 더 적절해 보였다. 뜨거운 스튜 같은 열정에 사로잡힌 젊은이에게는 물건의 아름다움에 대한 감각이 없다. 어쩌면 그 테이블은 라자브 샤아반 마흐무드에게 주는 선물인지도, 아들을 유혹할 마음을 먹은 것이 그 아버지를 존경하지 않는다는 뜻은 아니라는 의미의, 정중함의 징표인지도 몰랐다. 뇌물. 어쩌면 그 교활한 페르시아인 상인은 훨씬 더 복잡한 게임을 벌이고 있는지도, 아들의 뒤를 따라다니는 척하면서 실은 라자브 샤아반 마흐무드의 아름다운 아내 아샤를 쫓아다니고 있는지도 몰랐다. 그녀는 정말 아름다운 여인이었고, 내가 그때까지 아주 짧게 만나본 바에 의하면 정중하고 자존심이 센 사람이었다. 물론 후세인 일과 관련해, 그런 일들을 전하는 데 타고난 사람들의 말에 따르면, 그녀가 과거에 기꺼이 한두 번의 짧은 정사를 즐겼으며 여전히 그러고 싶어한다는 소문이 돌긴 했지만 말이다. 이런 일들은 확인이 어려우며 논하기에 비참한 것이지만, 그것들은 소도시에서 매일 이루어지는 교역의 화폐나 마찬가지이고, 그에 관해 이야기하지 않는 것은 잘못일 것이다. 그럼에도 불구하고, 그렇게 하자니 마음이 불편하다. 그리고 이제는 그토록 항변했던 것이 멍청하고 가식적으로 느껴진다. 어쩌면 그건, 적어도 처음에는, 자신의 물건을 처리하고 바람이 바뀌어 돌아갈 날만 기다리며 긴 무심의 여러 달 동안 머물고 있는 후세인을 향한 짓궂은 괴롭힘이었는지도 모른다. 내가 전혀 상관할 바 아니었지만, 그런 좁은 곳에서는 그런 일들을 도저히 모를 수가 없었다.

우리는 내가 테이블 값으로 요구하는 금액의 반을 후세인이 현금으로 지불하고, 나머지는 20파운드짜리 우드알카마리 꾸러미로 대신하기로 합의를 봤다. 그가 관대했거나, 아니면 내가 생각보다 흥정에 능했나보다. 그는 그 상자, 케빈 에덜먼이 내게서 강탈해간 그 상자를 후세인과 그의 아버지가 전쟁 전해에 방콕에서 가져온 마지막 우드알카마리와 함께 내게 선물로 주었고, 그 상자는 내가 이전 삶을 떠나오며 가져온 짐의 전부, 나의 다음 삶을 위한 양식이었다.

케빈 에덜먼, 유럽의 바와브*, 한 집안 소유의 뜰에 있는 과수원 문지기, 세상을 먹어치우러 가는 수많은 무리들을 내보냈으며 우리가 끈끈하게 들러붙어서 들어가게 해달라고 빌고 있는 바로 그 문. 난민. 망명신청자. 자비.

하지만 그 작은 흑단 테이블을 두고 우리가 했던 합의가 후세인과 했던 마지막 거래는 아니었다. 그해에는 집으로 돌아가는 무심의 바람이 너무 늦게 찾아왔고 초반에는 불다 말기를 반복했다. 어쨌든 후세인은 지루했는지 장난을 치고 싶었는지 자신의 능력 이상으로 과도하게 거래를 했다. 그를 조금 더 잘 알게 되면서, 나는 그가 벌이는 많은 일들이 짓궂은 장난이라는 것을 알게 되었고, 그 나쁜 장난이 작은 대혼란과 원한을 불러올 때 그의 웃음소리는 매몰찬 회심의 미소로 짙어졌다. 그런 순간들에 나는 그 정중함과 고소해하며 킬킬대는 웃음 아래 숨겨진 무언가 잔인한 면, 복잡할 것 없이 확실한 엄격함이나 냉소

* 아랍어로 '문지기'를 뜻한다.

를 어렴풋이 보았다고 생각했다. 나는 그가 자신이 소중히 여기는 것을 보호할 필요가 있다고 느끼면 살인을 하거나 누군가에게 참을 수 없는 고통을 안겨줄 수도 있을 것 같다고 생각했다. 그렇게 소중히 여길 만한 게 뭔지는 모르겠지만. 어쨌든, 나는 그가 지루해서, 단지 무언가 할 일이 필요해서 교역을 하는 거라는, 몰락을 향해 조금씩 나아가고 있다는 상상이 들었다. 그게 좋은 사업 방식처럼은 들리지 않지만, 그는 향과 향수를 거래하면서 자신의 이야기와 정중함으로 미끄러지듯 움직이며 분쟁을 간발의 차로 피해, 보는 우리를 정말 평범한 존재로 만들어버리던 페르시아인이었다. 그에게는 그렇게 거창한 방식으로 일하는 것이, 매일 먹을 양고기 커리를 확보하는 방식으로 일하는 것보다 더 합당하게 느껴졌을지 누가 알겠나?

그는 거창한 방식의 대가를 과소평가했고, 그것 또한 좋은 사업 방식처럼 들리진 않는데, 어쨌든 그는 상당한 금액을 빌려달라며 내게 왔고, 다행히도 나에게는 그렇게 해줄 만한 여유가 있었다. 사업은 번창했는데, 그 말은 나의 고객들이 내가 부르는 값을 지불할 만큼 멍청했고 목수들이 급여를 올려달라고 요구할 생각을 못했거나, 아니면 내가 무슨 일이 닥쳐오든 약삭빠른 실력과 신중한 절약 정신으로 해결해냈다는 뜻일 것이다. 내가 무엇을 해냈건, 나는 자못 흡족하게도 후세인이 필요로 하는 돈을 빌려줄 수 있는 행복한 처지였다. 물론 모두가 한낱 동전이나 뒤지고 있는 요즘에는 꿈도 꿀 수 없는 일이겠지만, 그렇게 돈을 빌려주는 일은 상인들, 특히 바다를 가로지르는 상인들 사이에서는 흔했다. 그 시절에는…… 내 나이 또래의 사람에게는 정말 슬픈 말이고, 그 모든 일이 일어나고 난 다음에는 정말 쓸모없는 말이다.

그때는 누군가가 여기 당신에게서 돈을 빌려 다른 어느 곳으로 교역을 하러 갔고, 그러고는 빌린 돈을 또다른 곳에서 당신의 동료에게 갚았다. 동료는 당신이 요청한 물품을 구입하고 배에 실어 당신에게 보냈다. 모두가 자신의 몫을 챙겼고, 상인들 사이에서는 명예와 신뢰가 최우선이었으며, 혼인을 약조했고, 가족끼리 더 가까워졌고, 사업은 번창했다. 때때로 일이 잘못되면 드라마와 음모가 벌어졌고 추문이 위협을 가했지만, 의무감과 자존심이 혼란에 빠지는 일을 막았고, 만일 최악의 상황이 닥쳐오면 저명인사인 법학자와 종교학자, 때로는 한 인물이었는데, 그런 사람을 불러와서 중재를 맡겼다. 물론 그때만 해도 수십 년간의 영국 지배로 이미 많은 게 변해 있어서, 최악의 일이 정말 끝내 발생할 경우, 그 뒤를 이은 떠버리들과는 달리 당시 선량하고 신사적이던 카디*보다는 샤앤드샤, 파텔앤드선스 같은 구자라트인 변호사에게 상담을 받는 일이 더 많았지만 말이다.

어쨌든, 나는 사업은 처음이었고 내가 말한 그런 종류의 동료, 내 돈을 자기 돈인 양 관리할 수밖에 없도록 매인 사람은 아무도 없었다. 그런 동료란 친척이거나 평생의 결과물, 즉 일구어져서 자손 대대로, 한 삶에서 다음 삶으로 물려 내려오고 의무와 의무로 맺어진 관계여서 달아나기도 끝내기도 불가능했다. 그래서 나는 후세인에게 빌려준 돈에 대한 저당물을 요구했다.

"물론이죠." 그가 안도의 미소를 지으며 말했다. 그러자 나는 그가 나에게 말한 것보다 더 큰 어려움을 겪고 있는 건 아닌지 의아한 마음이

* 이슬람의 규칙인 샤리아에 따라 판결을 내리는 무슬림 판사.

들었다. "저도 봄베이에서 그런 실수를 저지른 적이 있습니다. 다행히 소소한 액수에 불과했지만, 1아나*도 돌려받지 못했죠."

"봄베이라고요." 내가 말했다. "당신의 모험에 끝이 있긴 한 겁니까? 거기선 뭘 하셨던 건가요?"

"거기서 학교를 다녔습니다. 고모가 저를 부르셨거든요. 기억하시겠지만, 제이나브 고모가 말입니다. 학교를 다니게 하려고 고모가 저를 그곳으로 부르셨어요." 후세인이 고모의 열성을 살짝 비웃고는 눈살을 찌푸리며 말했다. "봄베이, 그 부정不正이 넘쳐나는 도시에서 저는 많은 걸 배웠습니다. 우리의 정복자들의 언어도 배웠죠, 부디 신께서 그들에게 힘을 주시길."

나는 그 마지막 말을 그의 도발적인 빈정거림 중 하나로 여기고 무시해버렸다. 어쨌든, 후세인은 그 돈에 대한 담보로 줄곧 생각해두었던 놀라운 문서를 들고 왔다. 그것은 그 전해에 그가 당시 집주인이었던 라자브 샤아반 마흐무드에게, 나에게서 빌리고자 하는 정확히 그 액수를 빌려주었다는, 그리고 그로써 라자브 샤아반 마흐무드 자신이 그 돈을 십이 개월 이내에 갚겠다고 약속하는 증서였다. 돈을 갚지 못할 경우 위약금은 라자브 샤아반 마흐무드의 집과 집안 물건 일체였다. 그 증서는 카디가 증인으로 참석한 가운데 맹세한 것이었다.

"그냥 그분한테 돈을 받으시지 그래요?" 왜 그렇게 하지 않는지 잘 알 것 같았지만, 그래도 나는 물었다. 라자브 샤아반 마흐무드는 금지된 음료, 악마의 술을 좋아하는 공공사업부 직원이었고, 그 증서로 미

* 인도·파키스탄의 옛 화폐 단위.

루어봤을 때 완전 바보였다. 그는 그 집을 고작 그 전해에 고모인 비 사라에게서 물려받았는데, 그걸 제외하면 자신의 명의로 된 재산도 거의 없었을 것이다. 왜 위약금으로 집을 넘기는 데 동의한단 말인가? 자신이 거처하는 바로 그 집을 말이다. 그리 대단한 집은 아니었지만 창피를 면하고 자신이 사랑하는 이들의 머리가 비에 젖는 것을 막아줄 정도는 되었다. 그가 그 돈을 무슨 수로 갚는단 말인가? 후세인은 그 사실을 진작 알았던 게 분명했고, 어떤 이유에서인지 그에게 지독한 의무를 지우기 위해 돈을 빌려주었던 게 분명했다. 그리고 만일 후세인이 그의 아들을 유혹하려 한다는 소문에 일말의 진실이 있다면, 그 유혹의 이유는 장난기 가득하고 악의적으로 보이기 시작하는 욕망을 만족시켰기 때문일 것이다.

"저는 돈을 갚으라고 요구할 생각이 없습니다." 틀림없이 내 생각을 읽었을 후세인이 말했다. "만일 동의하신다면, 이 증서를 당신께 넘기고 제가 내년에 돌아올 때까지 담보로 맡겨두고 싶습니다. 그때 제가 당신께 돈을 갚고 당신도 이 증서를 제게 돌려주시면 되겠죠."

나는 그 제안을 거절했어야 했는데, 왜냐하면 그가 그해 무심의 끝 무렵 라자브 샤아반 마흐무드의 집안을 그렇게 아수라장으로 만들어 놓고 다시 이곳에 돌아올 것 같지는 않았기 때문이다. 물론 그 무모하고 오만한 페르시아인 상인이 무슨 일을 할지, 그가 어떤 정령들과 악마들을 놀이 친구로 데리고 있을지, 그가 태연히 감내할 수 있는 불명예와 수모는 무엇일지 확신할 수 없었다. 나는 다음 무심까지 대략 여덟 달 동안 내게 주어진 선택지를 생각하며 기다렸지만, 아니나다를까 후세인은 돌아오지 않았다. 그는 또다른 상인을 통해 인사와 사과와 다른 곳에서 사업하느라 바쁘다고 소식을 전하며, 내년에 우리가 다시 만날 때까지, 인샤알라*, 신께서 나의 사업을 축복해주시길 바란다는 편지를 보내왔다. 그는 또한 내게 선물로 지도를 보내왔다. 선원들이 사용하는 남아시아 지도였다. 그는 그 지도가 자기 할아버지 자아파르 무사의 것이었다고 편지에 적었는데, 그렇게 많이 사용한 것처럼 보이진 않았다. 그는 그것을 아버지의 서류 가운데서 발견했으며, 내가 가지고 싶어할지도 모른다고 생각했다고 했다. 그 선물은 나를 미소 짓게 했다. 그는 내가 지도를 무척 좋아한다는 사실을 기억했던 것이다. 정말 훌륭한 지도였다. 돈은 내년에 받아도 괜찮았고, 내게는 여전히 그 집에 대한 증서가 있었다. 사업은 번창했다, 알함두릴라. 나는 이런 식으로 혼잣말을 해봤지만, 그 사건으로 인해 가득 생겨난 불안을 잠재우기에는 역부족이었다.

나는 지도에게 말을 건다. 그러면 가끔 그것들이 내게 뭐라고 대답해준다. 이것은 생각만큼 이상한 일이 아니며, 전례가 없는 일도 아니다. 지도가 있기 전에 세상은 무한했다. 세상에 형상을 부여하고, 그것을 어떤 영역처럼, 단지 파괴되고 약탈당하는 것이 아닌 소유할 수 있는 무언가처럼 보이게 만든 것은 바로 지도였다. 지도는 상상력의 끄트머리에 있던 장소들을 손으로 쥘 수 있고 특정 자리에 위치시킬 수 있는 것으로 보이게끔 만들어주었다. 그리고 나중에 그럴 필요가 있게 되었을 때, 지도상 접근하기 어렵고 미개한 다른 장소에 살던 사람들이

* '신의 뜻대로'라는 뜻의 아랍어 표현.

속하는 위계를 구성해내기 위해 지리학은 생물학이 되었다.

내가 처음 본 지도는, 물론 그전에도 몰랐을 뿐 다른 지도들을 봤을 게 틀림없지만, 우리가 일곱 살이었을 때 선생님이 보여준 것이었다. 이 경험을 나와 함께했던 다수의 아이들이 몇 살이었는지는 확실하지 않지만, 어쨌든 나는 일곱 살이었다. 어쨌든 그 나이나 그 나이쯤이었을 것이다. 어떤 이유에서인지는 모르겠으나, 학교에 입학하려면 어느 특정 나이 아래여야만 했다. 나는 이 사실의 기묘함에 대해 한 번도 제대로 생각해본 적이 없었는데, 이제 와 생각해보니 그것이 기이하다는 것을 알겠다. 특정 나이를 넘기게 되면, 너무 익어서 마실 수 없게 된 코코넛처럼, 나무에 너무 오래 내버려두어서 씨앗으로 부풀어오른 정향처럼, 가르침을 받을 수 있는 때를 놓쳐버리는 것이나 마찬가지였다. 그리고 지금 생각해봐도 이런 엄격한 배제의 이유를 설명할 방법을 찾지 못하겠다. 영국인들이 우리 땅에 학교를 들여왔고 학교를 운영하는 규칙을 들여왔다. 만일 입학하려면 여섯 살이어야 하지 이를 넘겨서는 안 된다는 게 규칙이라면, 그렇게 해야만 했다. 그렇다고 학교들이 자기 마음대로 했다는 말은 아닌데, 왜냐하면 부모들이 아이들을 입학시키기 위해서라면 나이를 몇 살이고 낮추어버렸기 때문이다. 출생증명서? 그들은 가난하고 무지한 사람들이었으며 그런 걸 받으려 해본 적도 없었다. 그리고 바로 그래서, 자신들 같은 짐승이 되지 않게 하려고 그들이 아들을 학교에 보내려는 것이었다.

우리만 있던 시대에는 모두가 몇 대에 걸쳐 추오니*에 다녔다. 추오

* 스와힐리어로 '학교', 특히 쿠란을 배우는 학교를 뜻한다.

니는 우리가 쿠란을 읽고 예언자 무함마드에게 평생 닥친 기적적인 사건들을 들을 수 있도록, 살라-알라후-와-알레*, 알리프-베-테**를 배우러 가는 곳이었다. 그리고 시간이 남거나 책장에 민첩하고 둥글게 감기듯 적혀 있는 글자들에 집중하기에는 날이 너무 더울 때면, 우리는 우리 중 몇몇의 사후에 기다리고 있을 머리카락이 쭈뼛해지는 고문에 대한 이야기를 들었다. 추오니에서는 누구도 나이에 개의치 않았다. 우리는 거의 배변훈련을 끝내자마자 추오니에 갔고, 쿠란을 처음부터 끝까지 읽을 수 있을 때까지, 혹은 도망칠 용기가 솟아날 때까지, 혹은 선생님이 우리를 더는 못 견뎌할 때까지, 혹은 부모님께서 선생님이 급여로 받던 보잘것없는 수당을 지불하길 거부할 때까지 그곳에 머물렀다. 대부분의 아이들은 열세 살 정도가 되면 그곳을 빠져나갔다. 하지만 학교에서 아이들은 여섯 살 때부터 시작해 해마다 가능한 만큼 실력을 향상시켜 갔고, 모두가 같은 나이였다. 그곳에는 한 학년을 꿇어야 하는 낙오자가 학급마다 늘 한두 명씩 있었고, 그들은 학교를 다니는 내내 그 수치심을 안고 가야 했다. 나머지 학생들은 모두 서류상 같은 나이였다. 반 친구들이 실제로 몇 살인지는 절대 알 수 없었다. 조금 더 나이가 들자 어떤 아이들은 어린 나이에도 콧수염이 자랐고, 어떤 아이들은 며칠 간 사라졌다가 비밀스러운 앎으로 불타는 눈빛을 하고 돌아왔으며, 뒤이어 시골에서 조용히 결혼식을 올렸다는 소문이 퍼졌다. 그 시절에는 결혼을 빨리 하는 경향이 있었다. 여학교

* '[무함마드]와 [그의] 자손에게 신의 축복이 있기를'을 뜻하는 아랍어 표현. 보통 예언자 무함마드의 이름을 언급한 직후에 사용한다.

** 아랍어 알파벳의 첫 세 문자.

에서는 무슨 일이 있었는지 모르는데, 알았더라면 하는 마음이 이제는 든다. 어쩌면 여자아이들은 그냥 학교에서 사라져버렸을지도, 어느 날 거기 있다가 다음날 없어져버렸을지도 모르고, 다른 아이들은 모두 결혼해서 그렇다고 짐작했을지도 모른다. 시집을 갔다고, 누군가의 아내가 되었다고, 결혼을 당했다고. 나는 그게 어떤 기분일지 상상해보려 애쓴다. 나는 나 자신이 무언의 정당화, 이루 말할 수 없는 최악의 정당화에 희생된 연약한 여자라고 상상해본다. 무릎 꿇려진 나 자신을 상상해본다.

하지만 나는 내가 처음 본 지도에 대해 이야기하던 중이었다. 같은 반의 다른 아이들이 몇 살이었는지는 잘 몰라도, 선생님이 그걸 우리에게 보여주었을 때 나는 일곱 살이었다. 칠은 상서로운 숫자이고, 내가 이곳에 머문 지 칠 개월이 되었는데, 내가 처음으로 지도를 본 순간을 이야기하며 그 숫자에 집착하는 것은 물론 그 때문이 아니지만 말이다. 내가 일곱 살이었다는 사실을 아는 것은 그때 내가 2학년이었기 때문이고, 규칙이 요구하는 바에 따라 내가 입학했을 때 여섯 살이었으리라는 점은 대영제국의 완전함이 입증해주는 바이다. 선생님은 자신이 이야기할 주제를 드라마틱한 방식으로 소개했다. 선생님은 엄지와 검지로 달걀 하나를 들어올렸다. "어떻게 하면 이 달걀을 세울 수 있을지 누구 한번 말해볼 사람?" 선생님은 그렇게 크리스토퍼 콜럼버스를 우리에게 소개했다. 마치 나 또한 상상 밖의, 예상 밖의 대륙을 우연히 발견하기라도 한 것처럼, 그것은 엄청나게 대단하고 다시 없을 순간이었다. 그것은 이야기가 시작되려는 순간이었다. 이야기가 진행됨에 따라, 선생님은 흰 분필 한 자루로 칠판에 지도를 그리기 시작했다. 북서 유럽의 해안, 이베리아반도, 남유럽, 샴 지역*, 시리아와 팔레스타인, 북아프리카 해안에서 불룩 튀어나왔다가 안으로 들어갔다가 다시 쭉 미끄러져 내려와 희망봉까지. 지도를 그리면서, 선생님은 때로는 자세히 때로는 그냥 지나가는 말로 지명을 말해주며 이야기를 했다. 북쪽으로 선회해서 후부마 삼각주의 돌출된 부분, 쭉 뻗은 우리 아프리카 해안의 끝, 아프리카의 뿔까지, 그러고는 홍해안에서 수에즈까지, 아라비아반도, 페르시아만, 인도, 말레이반도, 그러고는 곧장 중국까지. 분필 한 자루로 하나의 선을 그어 알려진 세상의 절반을 그린 선생님은 거기서 멈추고는 미소를 지었다. 선생님은 아프리카 동해안의 중간쯤에 점 하나를 찍더니 말했다. "중국에서 멀리 떨어진, 여기가 바로 우리가 있는 곳이란다."

그러고서 선생님은 지중해 북부에 점 하나를 찍고는 말했다. "이곳이 크리스토퍼 콜럼버스가 있었던 곳이고, 그는 동쪽이 아닌 서쪽 항로를 통해 중국에 가려고 했지." 선생님이 그 탐욕스러운 크리스토발**의 모험에 대해 해준 이야기는 대부분 기억이 나질 않고, 너무나도 많은 다른 이야기들이 그 순수한 순간을 토사土砂로 뒤덮어버렸는데, 그럼에도 콜럼버스가 그라나다의 함락과 안달루스***에서의 무슬림 축출이 일어났던 바로 그해에 항해를 떠났다는 이야기는 기억이 난다. 이 지명들은 다른 수많은 지명들과 마찬가지로 내게 너무나 생소했는데, 선생

* 그리스와 이집트 사이에 있는 동지중해 연안 지역인 레반트 전체를 가리키는 말로, 좁게는 시리아와 레바논 두 나라를 지칭하기도 한다.

** 크리스토퍼 콜럼버스의 스페인식 이름은 크리스토발 콜론이다.

*** 이슬람제국이 스페인 경략(經略) 기간 동안 이베리아반도와 반도 내의 경략지를 통칭하여 부른 이름. 오늘날 스페인의 안달루시아란 지명은 여기서 유래한 것이다.

님이 그토록 경외하는 마음과 갈망을 담아 그것들—그라나다의 함락과 안달루스에서의 무슬림 축출—을 이야기했기 때문에 나는 그 순간을 절대 잊지 못했다. 작고 통통한 몸집에, 칸주와 코피아*와 빛바랜 갈색 재킷 차림에, 얼굴에 곰보 자국이 나 있지만 관용과 인내로 가다듬어진 표정을 한 선생님의 모습이 지금도 눈에 선하다. 그리고 나는 우리에게 세상의 이미지를, 나의 첫번째 지도를 만들어 보였던 선생님의 유창한 솜씨를 기억한다.

달걀은 어떻게 되었느냐고? 이야기는 이러했다. 콜럼버스의 배에 올라 서쪽으로 항해한 선원들은 단 한 명도 대서양에 이르지 못했다. 누구나 생각했던 대로, 바다는 갑자기 끝이 났고 바닷물은 거대한 틈새로 떨어져내려 지하의 동굴과 협곡을 따라 흘러가서는 괴물과 악마가 우글거리는 심연에 고였다. 그 문제는 논외로 치더라도 여행은 길고 힘들었고, 바다는 텅 비어 있어서 망꾼이 아무리 눈을 씻고 쳐다봐도 캐세이**는 코빼기도 비치지 않았다. 그리하여 오합지졸들은 투덜대며 음모를 꾸몄다. 우리는 집으로 돌아가고 싶다. 결국 콜럼버스는 엄지와 검지로 달걀 하나를 들고 그들에게 맞섰다. 너희 중 누가 이 달걀을 세울 수 있느냐? 그가 물었다. 물론 아무도 할 수 없었다. 그들은 그런 긴박한 드라마에서 미신적인 역할을 맡은 채 투덜대며 개연성이 떨어지는 음모를 꾸며댈 수밖에 없는 운명을 타고난 한낱 선원에 불과했다. 콜럼버스는 달걀의 끝을 살짝 깨뜨렸고—선생님은 자신이 들고 있던 달

* 챙이 없는 원통형 모자로, 주로 동아프리카의 스와힐리족이 착용한다. '코피아'는 스와힐리어로 '모자'를 뜻한다.

** 옛 서양에서 중국을 가리키던 명칭.

걀로 시범을 보였다—그러고는 그것을 뒷갑판 난간 위에 세웠다. 이제 와서 드는 생각인데, 나는 그 이야기의 교훈이 달걀을 먹으려면 그것을 깨뜨려야만 하고 따라서 캐세이를 찾기 위해서라면 고난을 견뎌야만 한다는 것인지, 아니면 단지 콜럼버스가 그 선원들보다 훨씬 더 똑똑했고 따라서 가장 합리적인 행동을 취할 가능성이 컸다는 것인지 잘 모르겠다. 어쨌든, 선원들은 곧바로 폭동을 일으키려던 생각을 접고 그랜드 칸*을 찾기 위한 항해를 계속해나갔다. 일곱 살 때의 내가 그랬을 법하게 말이다. 선생님은 그 삶은 달걀을 나중에 먹으려고 조심스레 교탁 위에 올려두었다.

그 선생님은 우리 학교의 정교사였음에도 우리는 그분의 수업을 다시는 듣지 못했다. 그날은 우리 담임선생님이 결근한 날이었고, 그래서 그 선생님이 오전 시간에 우리를 돌봐주었던 것이다. 오전 수업이 끝나자 우리는 떼를 지어 우리 교실로 돌아갔고, 나중에 선생님이 우리에게 보여주었던 그 세계를 다시 보려고 교실 안을 살짝 들여다보았는데 그 지도는 이미 칠판에서 지워진 후였다.

후세인은 이런 사실을 몰랐을 테고, 어쩌다 지도가 내게 말을 걸기 시작했는지도 전혀 몰랐을 테지만, 그는 내가 지도를 쳐다보거나 모으는 일을 얼마나 사랑하는지는 알았고, 그래서 자기가 빚진 것이 있는 나를 달래고자 자기 할아버지의 오래된 지도를 내게 보냈던 것이다. 그 선물이 도착했을 때 나는 기쁨의 웃음을 터뜨렸지만, 또한 다시는 후세인을 보지 못하리라는 점도 거의 확신했다. 이 드넓은 세상에

* 당시 투르크제국과 몽골 등지에서 황제를 가리키던 말로, '칭기즈칸'과 같은 뜻이다.

서 랑군*과 시라즈처럼 멀리 떨어진 곳들, 도달하기 어렵고 바로 그렇기 때문에 아름다운 그곳에서 교역을 할 수 있는데 대체 왜 그가 우리 쪽으로 백단유와 장미수 같은 잡동사니를 팔러 오겠는가?

* 미안마의 수도 양곤의 옛 명칭.

2

그녀는 오지 않았다. 가끔은 오겠다고 말하고서도 오지 않는다. 그녀는 마음 내킬 때 나에게 오는 것이거나, 혹은 그런 것처럼 보이는데, 그것은 내가 늘 선호하기는 어려운 방식이다. 그럼 전화를 들이라고 그녀는 내게 말하지만, 나는 그렇게 안 하는 편을 택한다. 나는 집에 전화를 들였던 적이 한 번도 없고, 이제 와서 번거롭게 전화를 들일 마음도 없다. 이곳에 올 때면, 그녀는 자신의 일상이 업무들 사이에서 정신없이 추는 춤이고 따라서 불완전할 수밖에 없다는 듯 연출한다. 그녀에게는 그게 어울린다, 그 정신없음이. 그것은 그녀가 유예된 순간들 사이를 누비는 동안 들썩이는 에너지로 빛나게 해준다. 그것은 그녀의 두 눈에 종잡을 수 없는 깊이를 부여해서, 마치 그 두 눈이 그것의 진짜 초점인 감추어진 수렴점, 숨겨진 공간이나 순간을 은닉하기라도 한 것처럼 만들어준다. 이곳이 아니라, 이 순간이 아니라, 진짜 인생은 어딘가 다른 곳에서 쏜살같이 흘러가고 있다. 그녀의 이름은 레이철이다. 그녀는 밀입국자 수용소에 나를 방문하러 와서 처음 만난 날에 그렇게 말했다. "저는 당신 사건을 맡고 있는 난민기구의 법률 고문입니다. 제 이름은 레이철 하워드라고 해요." 그녀가 미소를 지으며 만나서 반갑다는 뜻으로 악수를 청하며 말했다.

그리고 내 이름은 라자브 샤아반이다. 진짜 이름은 아니고, 목숨을 구하려고 이번 여행을 떠나며 특별히 빌린 이름이다. 그 이름은 수년 전에 알았던 누군가의 것이었다. 샤아반은 또한 이슬람력에서 여덟번째 달, 분기점이 되는 달, 다가올 한 해의 운명이 결정되고 진정으로 회개하는 자들의 죄가 용서되는 달의 이름이기도 하다. 그것은 라마단의 달, 뜨거운 열기의 달, 금식의 달에 선행하는 달이다. 라자브는 그 둘 모두에 선행하는 달, 일곱번째 달, 숭배되는 달이다. 예언자 무함마드께서 제7천국을 지나 신의 임재하심을 체험하신 미라지의 밤*은 라자브의 달에 일어났다. 우리가 어릴 때 그 이야기를 얼마나 사랑했던가. 라자브의 스물일곱번째 되던 날 밤, 예언자께서 주무시고 계실 적에 천사 지브릴**이 그분을 깨워 날개 달린 짐승 부라크에 오르게 하셨고, 부라크는 하늘을 날아가 그분을 알쿠즈, 즉 예루살렘으로 데려갔다. 폐허가 된 그곳 성전산聖殿山***에서 그분은 아브라함, 모세, 예수와 함께 기

* '미라지의 밤'은 '승천의 밤(Laylat al-Miraj)'을 뜻하는 말로, '미라지'는 아랍어로 '승천' '사다리' '계단' 등을 뜻한다.

** 천사장 가브리엘.

*** 유대교·기독교·이슬람교의 성지. 유대인들은 이곳에서 아브라함이 아들 이삭을 번제물로 바치려 했다고 믿고, 무슬림들은 이삭이 아닌 이스마엘을 번제물로 바치려 했다

도하셨고, 그러고는 그들과 함께 '가장 먼 경계에 있는 시드라 나무'인 시드라트 알문타하, 전능하신 그분께 가장 가까워질 수 있는 그곳으로 승천하셨다. 예언자께서는 무슬림들이 하루에 쉰 번 기도해야 한다는 신의 명을 받으셨다. 돌아오시던 길에, 모세가 그분에게 신께 돌아가서 흥정할 것을 조언했다. 모세는 예언자보다 그 일에 종사해온 지 훨씬 더 오래였고, 그래서 신께서 아마 횟수를 좀 줄여주실 거라고 짐작했던 것이다. 전능하신 그분께서는 횟수를 다섯 번으로 줄여주셨다. 이야기를 듣고 있던 신도들은 이 순간에 저마다 큰 한숨을 내쉬었다. 매일 기도를 쉰 번이나 해야 한다고 상상해보라. 그러고서 예언자께서는 알쿠즈로 돌아와 다시 그 짐승 부라크에 오르고는 동이 트기 전에 마카로 돌아가셨다. 그곳에서 그분께서는 어쩔 수 없이 그 도시의 무지몽매한 자할****의 트집과 의심에 직면해야 했지만, 믿음 있는 자들에게 미라지의 기적은 즐거운 축제와도 같은 사건이었다. 라자브는 라마단에 선행하는 샤아반에 선행하며, 이 세 달은 성스러운 기간이다. 비록 신께서는 오직 라마단 기간에만 금식을 하라고 명하셨지만, 독실한 자들은 세 달 내내 금식을 한다. 그것은 이 이름을 가졌던 사람의 부모님이, 마치 아버지의 이름이 8월인 사람에게 7월이라는 이름을 붙이는 것처럼 아버지의 이름이 샤아반인 그에게 라자브라는 이름을 주며 그에게 던진 성스러운 농담이었고, 분명 부모님은 한바탕 낄낄대며 웃었을 테지만 라자브는 그 이름값을 했다. 만약 내 부모님이 내게 정말로 그 이름을 붙였더라면 나도 마찬가지였을 것이다.

고 믿는다.

**** '무지'를 뜻하는 아랍어.

나는 레이철 하워드가 밀입국자 수용소에 나를 방문하러 왔을 때 이런 이야기를 전혀 하지 않았다. 나는 아무 말도 하지 않았다. 그곳을 수용소라고 부르는 것은 과장일 것이다. 그곳에는 출입구가 잠겨 있다거나, 무장한 경비원들은 물론이고 제복을 입은 사람이라고는 단 한 명도 보이지 않았다. 그곳은 어느 사기업이 운영하는 시골의 캠프였다. 헛간 내지 창고처럼 보이는 커다란 구조물이 세 채 있고, 그곳에서 우리는 잠을 자고 밥을 먹었다. 그곳은 추웠다. 바깥에는 바람이 울부짖듯 윙윙대고, 가끔은 건물 전체를 들어올려서 내팽개쳐버릴 것처럼 몰아쳐댔다. 나는 마치 내 혈관 속 피가 흐르기를 멈추고, 날카로운 수정으로 변해 내 안쪽 피부를 파고드는 것만 같은 기분을 느꼈다. 움직임을 멈추면 즉시 사지가 마비됐다. 우리는 두 채의 건물에 나뉘어 잠을 잤는데, 한 채를 열두 명이, 다른 한 채를 열 명이 썼고, 취침 공간은 판자로 분할되어 있었지만 문은 없었다. 각각의 건물에 화장실과 샤워실, 그리고 '음용수' 라벨이 붙은 수도꼭지가 따로 있었다. 나는 그 말을 의아하게 여겼고, 그것이 내가 샤워실을 신중하게 사용해야 한다는 말인지, 아니면 물이 안전하다는 말인지 궁금했다. 우리는 세번째 건물에서 식사를 했는데, 음식은 거대한 정사각형의 금속 용기에 실려 승합차로 배달되어 왔다. 주름살투성이에 음울해 보이는 중년의 영국 남자 한 명이 우리에게 음식을 날라주었는데, 그때까지의 여정에서는 아직 만나본 적 없는 유형이었지만 그후로는 숱하게 만나게 될 종류의 사람이었다. 사실 처음 몇 달 동안 만났던 많은 사람들의 겉모습이 나를 놀라게 했다. 그들은 수년 전의 내 기억 속에 있던, 등이 꼿꼿하고 웃지 않는 부류의 영국인들과는 너무 달라 보였다. 여기 우리 영국인의 이름은 해럴드였고, 그는 우리에게 배식을 해주었을 뿐만 아니라 샤워실과 화장실도 자신만의 방식으로 청소했다. 또다른 남자가, 공중전화와 조제실과 진찰실이 딸린 작은 건물의 사무실에서 자리를 지켰다. 그는 보통 밤에 집으로 돌아갔는데, 반면에 해럴드는 우리가 식사하던 그 건물에서 잠을 자며 언제나 우리 근처에 머무는 듯 보였다. 하루나 이틀 밤 정도 해럴드와 교대해주러 오는 또다른 사람이 있었는데, 그는 내가 거기 있는 동안 오직 한 번밖에 오지 않았고, 우리를 피해 멀리 떨어져 있었다. 해럴드는 억류자들에게 끝없이 놀림거리가 되었는데, 그는 마치 머릿속으로 일람표라도 찾아보듯 업무 목록에서 묵묵히 하나씩 할일을 제해가며 놀리는 소리를 침울하게 무시했다. 그는 우리 말고도 이곳을 거쳐가는 사람들을 많이 봤을 게 분명했지만, 우리에게는 그가 그렇게 가까이서 본 첫 영국인이었다.

우리가 거처로 삼았던 헛간은 한때 비를 피할 곳에 안전하게 보관해야 할 곡식 자루나 시멘트 포대 등 귀중한 물건을 보관했을 법한 곳이었다. 이제 그곳은 우리를, 통제되어야만 하는 임시적이고 무가치한 골칫거리를 담고 있었다. 사무실에 있던 남자는 우리의 돈과 서류를 빼앗아갔고, 만일 운동이 필요하면, 길을 잃지 않게 캠프가 시야 내에 있는 한에서 시골길을 걸을 수 있다고 말해주었다. "만일 당신들이 길을 잃어도 찾으러 가줄 사람은 아무도 없을 겁니다." 그는 말했다. "그리고 저 바깥은 밤이면 추워지는데, 당신네 중에는 그런 것에 익숙하지 않은 사람도 있을 테니까요." 날은 더 추워질 것이다, 그렇다는 사실을 나는 줄곧 알고 있었다. 나폴레옹은 2월이나 3월이 되어서야 모스크바에서 철수했고, 그때는 모든 게 얼어 있었다. 러시아군의 공격의 선두에 선

겨울 장군님. 나는 2월이 되기까지 세 달이 남은 11월에 도착했고, 깊어가는 겨울이 여전히 몇 달이나 남은 그때도 벌써 견딜 수 없을 만큼 추웠다. 날은 더 추워질 것이었다.

캠프에는 스물세 사람이 있었다. 우리 건물에 있던 열두 명 가운데 네 명은 알제리인, 세 명은 에티오피아인, 두 명은 잠들기 전 같은 침대에서 서로 끌어안고 속삭이며 흐느끼던 이제 갓 십대를 넘긴 이란인 형제, 한 명은 수단인, 또 한 명은 조언과 농담과 정치적 견해와 계획과 '앙골라 완전 독립 민족 동맹'이 전쟁에서 내세우는 대의의 정당성을 열성적으로 외쳐대던, 우리 시설의 정력가이자 활동가인 앙골라인이었다. 이곳에는 나이지리아인들이 없군, 그 앙골라인은 우리에게 말했다. 너무 많은 나이지리아인들이 구금되어 있고 그들은 너무 큰 골칫거리야, 그래서 그들은 인간이 거주하는 곳에서 떨어진 북쪽 동토의 오래된 성의 철창에 갇혀 있지. 이 세상에는 대체로 나이지리아인들이 너무 많아. 그의 이름은 알폰소였고, 그는 나이지리아인들에 대해 수그러들 줄 모르는 깊은 반감을 지니고 있었는데, 그 이유를 설명해준 적은 없지만 그러한 사실 자체가 그의 인생의 하루하루가 어떠했는지를 훤히 보여주는 것 같았다. 그는 그 캠프, 자신이 막사라고 부르길 선호하던 그곳에 있은 지 몇 주 되었다. 그는 집필중인 책을 끝내기 위해서는 격리와 시골의 공기가 필요하다고 말하며 옮겨가기를 거부했다. 만일 그곳을 떠나 거리에서 영국인들과 뒤섞이고 저녁을 온통 펍에서 축구 중계를 보며 보낸다면, 자신의 기억은 날카로움을 잃게 될 것이며 그동안 자신이 했던 모든 일은 무의미해져버릴 것이라 했다. 그는 그 막사에서, 자신의 정처 없는 교우敎友들 사이에 있는 것이 좋았고, 그걸로 됐다. 다른 건물에 있는 억류자들은 모두 남아시아에서 왔고, 인도와 스리랑카, 그리고 아마 다른 지역에서 온 인도계 사람들이었던 것 같다. 나도 잘 모르겠다. 그들은 우리와 따로 떨어져서 자기 할일을 했고, 식사 시간에 무리를 지어 함께 앉았으며, 우리 나머지가 이해할 수 없는 언어로 대화를 하는 듯했다.

내가 호출되어 레이철 하워드를 만난 곳은, 조제실과 사무실과 일종의 진찰실이 있던 작은 건물이었다.

"선생님께서 영어를 전혀 못 하신다는 건 잘 알고 있습니다." 그녀는 가져온 서류를 들춰보고는 엄청난 호의를 담은 미소를 한가득 지은 채 나를 바라보며, 내가 영어를 못 알아듣는다고는 하지만 자신을 이해해주길 열렬히 바라면서 말했다. 그때는 초기였고, 나는 심문을 받고 내 말을 문서로 남길 준비가, 그리고 어쩌면 다른 곳으로 옮겨갈 준비가 되어 있지 않았다. 캠프에 머문 지 이틀째 되는 날이었고, 다리에 감각이 느껴지지 않았음에도 나는 그곳이 좋았다. 마치 그 안에 용수철이라도 들어 있는 듯한 시골 지역의 스펀지 같은 초록색이 좋았다. 나는 습한 공기 속에서 나직이 들려오며 부유하던 우르릉거리는 소리와 굉음을 좋아했는데, 처음에는 멀리서 바다가 선박을 때리는 소리인 줄 알고 살짝 불안했지만 한참 후에 생각해보니 근처의 큰 도로를 지나는 차들이 내는 소음이었다. 나는 알폰소와 그의 무정부주의적인 즐거움을, 에티오피아인들과 그들이 자신들 사이의 어떤 밀약을 단속하며 지키던 가녀린 침묵을, 알제리인들과 그들의 격식을 차린 정중함, 그들이 깔깔대며 서로에게 퍼붓던 조롱, 그들의 끝없는 속삭임을, 진지하고 겁먹은 모습의 수단인을, 그리고 넘쳐나는 고통에 깊이 빠져 있던 그 이란인 소년 둘을 좋아했다. 나는 이처럼 오직 눈으로만 볼 수 있는 이들에게 서 구조될 준비가 아직 덜 된 것 같았다.

그들은 나를 셰베shebe, 아가agha, 영감님, 선생님이라고 부르며, 나를 위한 공간을 마련해주기 위해 발을 이리저리 움직였다. 어쩌다 신과 사랑하는 사람들로부터 이렇게 멀리 떨어진 곳까지 오시게 되었습니까, 야 하비비*? 눅눅한 기후와 차가운 구름이 선생님처럼 뼈가 오래되고 부서지기 쉬운 분에게 해가 된다는 걸 모르십니까? 나는 그들이 그렇게 말했을 거라고 상상했는데, 알폰소를 제외하면 우리 중 누구도 영어로 대화하지 않았기 때문이다. 알폰소는 두 팔을 이리저리 흔들며, 자신의 희극을 연기하며, 내가 듣기에는 간혹 심술궂게 느껴지는 다른 이들의 웃음소리, 특히나 경멸에 찬 알제리인들의 웃음소리는 무시하며, 누가 자신의 말을 듣건 말건 이해하건 말건 크게 신경쓰지 않는 듯했다. 나는 그 알제리인들이 그토록 자신감에 차 있던 이 말 많은 흑인보다 자신들을 더 고귀한 존재로 여겼을 거라고 짐작했다. 알폰소는 마치 자신을 해치거나 방해할 수 있는 건 아무것도 없다는 듯, 마치 자신을 계속 미친듯이 떠들게 하는 그 심술궂은 작은 악마들을 자신도 어찌할 수가 없다는 듯 개의치 않고 계속 재잘거렸다.

반면에 나는, 나에게 티켓을 팔았던 사람이 왜 영어를 못하는 척하라고 조언한 것인지, 혹은 언제쯤 영어를 할 줄 안다고 말하는 게 현명한 것인지 여전히 아리송했다. 그리고 나는 내 동료 캠프 거주자들이 영어를 모르는 게 나와 마찬가지로 전략적인 것은 아닌지, 그들이 영어

* '내 사랑'을 뜻하는 아랍어 표현으로, 연인이 아닌 친구 사이에도 사용한다.

를 모르는 척해야 하는 이유를 알고 있거나 혹은 그들 또한 다른 곳의 또다른 티켓 판매인에게서 들은 약삭빠른 조언에 따라 행동하고 있는 것은 아닌지에 대해서도 분간할 수 없었다. 어쩌면 그들은 우리 가운데 무모하게 영어를 말하는 어느 한 사람이 일종의 정보원은 아닐지 두려워했는지도 모르고, 실은 나도 그런 생각이 들긴 했지만, 어쨌든 그래서 그들은 위험이 지나갈 때까지 조용히 숨죽인 채 앉아 있었는지도 모른다. 우리는 권위가 완전한 복종과 비굴한 두려움을 요구하는 곳에서 다들 도망치는 중이었는데, 매일매일의 태형과 공개적인 참수형 없이는 이를 강제할 수 없는 만큼, 그 권위의 종들, 그 권위의 경찰과 군대와 안보기관은 무모한 반란이 위험하다는 사실을 보여주기 위해 옹졸한 악의적 행위를 반복해서 수행했다. 이 땅의 문지기들을 극도로 화나게 할 위반 행위가 무엇인지 내가 어떻게 짐작하겠는가? 나는 교활함을 제대로 익히지 못한 탓에 거짓을 간파당해 북쪽 동토의 오래된 성으로 옮겨지거나, 아니면 최악의 경우, 고국으로 돌아가는 비행기에 오르게 되는 사태를 바라지 않았다. 물론 그러면 그 매력적인 위치에서 레이철 하워드의 열성적인 미소를 놀라움에 빠뜨리는 드라마를 즐길 수는 있을 테지만, 그래도 속임수를 포기하기에는 어쨌든 너무 일렀다. 대신 나는 고개를 저으며 공격적으로 보이지 않게 천천히 어깨를 으쓱했고, 그녀에게 무력한 외국인 특유의 미소를 지어 보였다.

그녀의 머리카락은 검고 곱슬곱슬했으며 일부러 제멋대로 헝클어뜨린 스타일이었다. 그것은 살짝 명랑하고 젊은 느낌을 주었고, 그녀를 어둡고 조금 이국적으로 보이게도 했는데, 둘 다 분명 의도된 바였다. 내가 앞에 조용히 앉아 있는 동안, 그녀는 몸을 앞으로 숙인 채 서류를 보며 얼굴을 찡그렸다. 그러고서 얼굴을 들더니 미소를 지었고, 나는 그녀가 통역가를 데리고 다시 찾아오기 전까지는 더이상 할 수 있는 게 없을 거라고 생각했다. 그녀는 나를 안심시키려고 힘차게 고개를 끄덕이고는 양손으로 머리카락을 잡아당겼다. "이제 어쩌죠?" 양손으로 머리카락을 쥔 채 나를 오랫동안 쳐다보며 그녀가 말했다. 나는 그녀가 이렇게 영어를 못하는 척하는 수법에 친숙하며 그 점을 내가 알아주길 바라는 것인지, 아니면 그녀가 짓는 교활한 표정이 점점 더 흉악해질 음모를 내비친 것에 불과한지 알 수 없었다. 그녀는 자리에서 일어나 테이블에서 떨어진 곳으로 걸어가더니 뒤돌아서서 나를 바라보았다. 그때 나는 그녀가 실은 나를 바라보고 있지 않았으며, 그녀의 그 교활한 표정은 속으로 자신이 취할 수 있는 수단과 방법을 강구하느라 지은 것임을 알았다. 그녀는 키가 크지도 체격이 좋지도 않았는데, 그럼에도 그녀의 유연하고 자신감 있는 움직임은 육체적으로 강인한 사람임을 암시하고 있었다. 다부진 어깨로 봐서, 아마 규칙적으로 수영을 할 것 같았다. "수업을 들을 수 있게 저희가 선생님을 어딘가로 옮겨드려야 할 것 같아요. 어쨌거나 이 수용소에서는 꺼내드려야 할 것 같네요. 선생님의 연세를 생각하면 그렇게 어려운 일은 아닐 겁니다. 저희 당국의 보살핌을 받으실 수 있는 곳으로 선생님을 옮겨드리는 일이 급선무예요."

그녀는 나를 보지 않은 채 얼굴을 찡그렸는데, 그건 아마도 나를 위해 세운 계획을 말로 전해줄 수 없는 탓에 그다음에 뭘 어떻게 해야 좋을지 확신이 서지 않아서, 자신이 나에게 관심을 쏟고 있으며 유능하게 일하고 있다는 걸 느끼게 해주고 싶은 마음에서였을 것이다. 하지만 그녀는 아직 나를 바라보고 있지 않았고, 눈은 내면을 향해 있었다. 나는 그녀의 나이가 내 딸과 같은 삼십대 중반일 거라고, 내 딸이 살아 있었더라면 지금쯤 그 나이가 되었을 거라고 짐작했다. 그 아이를 내 딸이라고 부르는 건 터무니없는 소리로 들린다. 그 아이는 오래 살지 못했고, 그 아이는 죽었다. 레이철 하워드는 테이블로 돌아와 내 맞은편에 앉았다. 나는 내가 거기 있다는 사실을 알리려고 눈을 들어 그녀의 눈을 바라보았고, 그녀는 동요하지 않고 잠자코 앉아 나를 받아들였다. 그러더니 그녀가 손을 내밀어 내 팔에 얹었다. "예순다섯, 고향에서 도망치기 참 좋은 나이로군요." 그녀가 미소를 지으며 말했다. "대체 무슨 생각이셨던 거예요?"

나는 그녀가 내 딸을 생각나게 했다는 게, 그 생각이 비난이나 고통으로 느껴진 게 아니라 그토록 이국적이고 낯선 상황에서 작은 기쁨으로 찾아왔다는 게 좋았다. 나는 그 아이를 라이이야, 즉 평범한 시민, 보통의 토착민이라고 불렀다. 아이의 엄마는 그 이름이 도발적이라고 생각했고 아이가 자라면 분명 곤란해할 거라고 확신해서,* 아이를 예언자 무함마드가 첫번째 부인이자 후원자였던 하디자와의 사이에서 낳은 딸의 이름**을 따서 루키야라고 불렀다. 하지만 그 아이는 오래 살지 못했다, 그 아이는 죽었다. 라흐마툴라 알라이하.***

"통역가를 구할 수 있을지 한번 알아봐야겠군요." 레이철 하워드는 격려하듯 고개를 끄덕이며 말했는데, 신께서 그 아이의 영혼에 자비를

* '라이이야(raiiya)'는 아랍어로 '깃발'이라는 뜻으로, 그룹의 리더를 상징하기도 한다.

** 무함마드와 하디자의 둘째 딸 루카이야(Ruqayyah)를 가리킨다.

*** '신께서 그녀에게 자비를 베푸시길'이라는 뜻의 아랍어 표현.

베푸시길 바라며 내가 그 마지막 두 마디를 크게 소리 내어 말했기 때문이다. 그 아이가 시민이 채 되기도 전에 데려가버린 것이, 그러고는 내가 곁에 없던 사이 나도 모르게 그 아이의 어머니까지 데려가버린 것이, 신께서 그녀의 영혼에 자비를 베푸시길, 신과 그분의 천사들이라면 말이다.

"영어를 전혀 못하시는 건가요? 걱정 마세요, 저희가 여기서 꺼내드린 후에 학교에 보내드릴 테니까요. 일정 나이가 되면 무언가를 배운다는 게 쉽지는 않은 것 같아요." 그녀가 내 나이를 떠올리고는 다시 미소를 지으며 말했다. "걱정 마세요, 우선 선생님을 여기서 꺼내드릴 테니까요. 마음에 드실 거예요, 저희가 갈 곳이요. 바닷가에 있는 소도시랍니다. 며칠 내로 가시게 될 거예요. 저희가 아침이 제공되는 숙소를 구해드릴 거고 사회보장번호 같은 것들도 전부 마련해드릴 거고요. 그러고 나서 통역가를 찾아볼게요. 혹시 친척이나 친구 있으세요? 오, 꼭 그랬으면 좋겠어요. 그냥 그것만으로도 충분히 힘든 일인데, 하물며 선생님 같은 나이엔."

바닷가의 소도시. 그래, 괜찮을 것 같군, 하고 생각했다. 며칠 내로.

레이철이 제프라는 이름의 남자가 모는 차를 타고 나를 데리러 와서, 우선 나를 아침식사가 제공되는 숙소로 데려갔다. 그는 레이철보다 훨씬 어렸고, 큰 키에 굵은 뼈대, 불그스름한 머리칼과 지나치게 심각한 목소리를 지니고 있었다. 나는 이런 역할을 맡지 않았을 때의 그가 큰 소리로 웃으며 실컷 먹는 모습을 상상해보았다. 나는 케빈 에덜먼이 뒤적거리던, 이제는 그가 훔쳐가버린 우드알카마리 상자 대신 알폰소가 마지막 순간에 쑤셔넣어준 캠프 타월이 든 작은 가방을 옆에 끼고 차의 뒷좌석에 앉았다. “늘 깨끗하게 하고 다니셔야 해요.” 그가 일종의 무력감이 담긴 눈을 반짝이며 말했다. “바바*, 제 말 듣고 계세요? 그들이 당신에게 무슨 짓을 하든, 몸을 깨끗하게 하고 다니세요.” 나는 떠나기 전에 누가 내 가방을 수색해서 그 타월을 찾아내기라도 할까봐 불안했다. 나는 그것보다 훨씬 못한 것들, 비누 한 개나 빈 콜라병을 빼돌리다가 걸려서 흐느껴 울 때까지 두들겨맞은 사람들을 본 적이 있었다. 이곳이 아닌 그곳에서, 나의 앞선 삶, 나의 이전 삶에서. 하지만 내 가방을 수색한 사람은 아무도 없었다. 사무실에 앉아 있던 남자는 나를 차까지 바래다주었고, 내가 다른 모두와 악수를 하고 미소를 나누는 동안 참을성 있게 기다려주었다. 마아살라마, 그들은 말했다, 당신께 평화가 함께하길. 콰헤리, 나는 말했다, 그대들에게 행운이 따르길.** 레이철과 제프는 나의 해방에 고무되어, 자신들이 개선시킨 규칙과 법률에 대해 논했고, 자신들보다 한발 뒤처진 냉소적이고 편의주의적인 결정을 내렸던 공무원들과 장관의 이름을 거론했으며, 나의 의기양양한 석방과 아직 그 결정이 계류중인 다른 이들의 경우를 비교했다. 어쩌면 누구도 그들에게 내 나라의 정부 때문에 내 목숨이 위태롭다고 판단한 고위급 정책에 대해 이야기해주지 않았는지도 몰랐고, 어쩌면 그들은 그것이 나를 받아들일 이유로는 충분하지 않다고 생각했는지도 몰랐고, 또 어쩌면, 내 나라에서 온 망명 신청자들을 받아들여야 한다는 분연하고 우월한 도덕적 제스처에도 불구하고, 누군가가 내 나이쯤 되는

* ‘아버지’ ‘선생님’ 등을 뜻하는 애칭.

** ‘마아살라마’와 ‘콰헤리’는 각각 아랍어와 스와힐리어 작별인사이다.

사람을 영국에 받아들이는 데 드는 비용을 계산해보기 시작했는지도 몰랐다. 병원에서 일하기에는 너무 늙었고, 미래의 영국 크리켓 선수를 낳기에도 너무 늙었고, 사회보장연금과 정부지원주택, 보조금이 지급되는 화장火葬 혜택을 누리는 것 말고는 그 무엇도 할 수 없을 만큼 늙었다. 하지만 그들은 그 일을 해냈고, 나를 영국에 들였으며, 나는 내가 차에 앉아 그들의 흥분된 자축을 약간 조롱하는 마음으로 지켜봤다는 사실에 부끄러웠고, 계속 그들의 말을 이해하지 못하는 척해야 할뿐 아니라 내가 얼마나 떨릴 만큼 그들에게 감사하고 있는지 말해줄 수 없다는 사실에 애석함을 느꼈다.

아침이 제공되는 숙소는 대로에서 떨어진 조용한 거리에 위치한 오래되고 어두운 집이었다. 그곳을 운영하는 여자의 이름은 실리아였는데—실리아가 저 사람을 받기로 했어, 그 여자가 차를 마실 시간에 딱 맞춰서 가기로 했어, 우린 또 사양해야겠지만, 그 사람 이상하지 않아요, 하지만 정말 친절하긴 하지—우리는 열린 문 앞에 서서 벨을 눌렀고, 그녀는 우리더러 위층으로 올라오라며 소리를 질렀다. 현관홀은 작고 음울했으며, 바닥에는 올이 다 드러난 잿빛에도 군데군데 아직 붉은 조각이 보이는 해진 양탄자가 덮여 있었다. 몇 칸 안 되는 계단은 갑자기 오른쪽으로 꺾이더니 또다시 오른쪽으로 급하게 꺾여서 방어하기 좋은 위치를 만들어냈다. 오른손잡이가 아닐 확률보다 그럴 확률이 더 높은 침입자에겐 무기를 휘두를 공간이 없을 것이며, 또한 제대로 휘두른 막대기나 휙 끼얹는 뜨거운 기름 한 동이 같은 것들에 취약할 터였다. 실리아는 거실에서 소리를 죽인 텔레비전 앞에 앉아 잡지를 읽고 있었다. 나를 가장 먼저 엄습해온 것은 바로 냄새로, 뭔가 새로우면서도 익숙했는데, 이제 나는 경험으로 그것이 무엇인지 설명할 수 있다. 그 당시에 그것은 사방이 막힌 공간, 즉 계단통이나 선반에 닭들이 보금자리를 틀게 놔두는 그런 집, 그러니까 이 집과 크게 다르지 않게 계단이 급하게 휙휙 꺾이는 집, 내가 어렸을 때 가끔 어둠 속에서 계단을 더듬다가 건드리면 닭이 꼬꼬댁거리며 화를 내서 몹시 겁이 나던 그런 집에 있는 축축한 닭똥을 떠올리게 했다. 이제 나는 그것이 닭똥냄새가 아니라 오래되고 먼지 쌓인 닫힌 방의 냄새라는 걸 안다. 수십 년 동안 축축한 이물질을 빨아들인 쿠션, 인간의 털과 동물의 털과 부스러기와 씨가 뒤엉킨 혼합물을 꽉 붙들고 있던 빛바래고 해진 양탄자, 오래된 난로와 그을음에서 나던 지독한 악취, 방구석에 있는 옷과 가방 꾸러미가 내뿜던 퀴퀴한 냄새. 그 방 한쪽에는 놋쇠 스탠드 위에 새장 세 개가 놓여 있었고, 그 안에는 어느 정도 살아 있는 것으로 보이는 생명체들이 있었는데, 적어도 새장 주변에 널린 음식 조각들로 미루어보면 그러했다.

실리아는 키가 크고 건장한 여자로, 헤나로 물들인 머리카락은 길고 가늘었다. 우리가 들어가자 그녀가 자리에서 일어나 우리를 안으로 안내하며 부산하게 움직였다. "앉아서 차 좀 드세요." 그녀가 웃음기가 있음에도 불구하고 남을 괴롭히는 듯한 큰 목소리로 말했다. "바깥은 춥지 않나요? 주전자에 차가 좀 남아 있어요, 난로 옆으로 더 가까이 오세요, 그쪽 테이블에 컵이 몇 개 있을 거예요. 앉으세요. 안녕하세요, 모시게 되어 정말 기쁘네요. 여기는 마이클, 믹. 우리집에 새로 오신 손님분이랑 인사하세요, 믹."

그녀가 자기보다 더 나이들어 보이는, 칠십대쯤으로 보이는 남자, 맞은편 의자에 앉아 있던 남자를 가리켰다. 그는 다정한 얼굴로 나를 힐끗 쳐다보더니 다시 자신의 손을 빤히 쳐다보았다. 내가 알아낸 바에 의하면, 믹은 자신의 손을 빤히 쳐다보고 모두에게 다정하게 미소를 보내는 것 말고는 거의 하는 게 없었는데, 뭔가 청하는 말을 들으면 텔레비전에 나오는 무언가를 쳐다보거나 차를 마셨고, 심지어 누군가가 의견을 물어오면 어떤 문제에 대해 간략히 의견을 밝히며 그렇다, 아니다, 최고다, 라고 말하기도 했으며, 그러고는 실리아와 함께 쓰는 침대로 물러갔다. "그리고 여기는 이브라힘, 저기는 게오르기예요." 실리아가 그 방 뒤편의 커다란 테이블에 앉아 있던 젊은이 두 명을 향해 손짓했다. 이브라힘은 검은 티셔츠 위에 푸른 대리석 무늬가 들어간 초록색 셔츠를 걸치고 있었고, 둘 중 더 시커먼 게오르기는 지퍼를 채운 갈색 가죽 재킷을 입고 있었다. 그들은 둘 다 무심코 손을 흔들었는데, 나는 그들의 눈에서 실리아와 믹의 눈에서는 보지 못한 경계심, 약간의 으스댐, 번뜩이는 적의를 엿보았다. 나는 그들이 이곳에서 이방인임을 듣지 않고도 알아보았을 것이다. 그들은 레이철과 제프의 이름을 부르며 그들에게 명랑하고 건방진 웃음을 씩 웃어 보였고, 곧 정감어린 농담도 주고받을 준비가 되어 있었다. 나는 경계심, 어쩌면 그보다 더 나쁜 기분이 들었는지도 모르겠다. 돈을 노리는, 탐욕스러운, 딱 봐도 굶주린, 자포자기한, 어쩌면 무자비할 젊은이들, 확신할 수는 없었지만 어쨌든 경계심이 들었다. 그 정성 들여 다듬은 콧수염.

"이브라힘은 코소보 출신으로, 그 끔찍하고도 끔찍한, 피에 굶주린 세르비아인들에게서 도망쳐왔어요." 실리아가 나를 힐끗 쳐다보며 말했다. "제 생각에 당신은 괜찮을 것 같아요, 이브라힘, 그렇지 않나요?

그럼 물론이죠. 그의 가족은 사방에 흩어져 있어요. 그는 총에 맞았고, 거리에서 쫓겨 다녔죠. 끔찍해요. 그리고 이쪽은 우리 게오르기. 게오르기는 체코공화국 출신의 집시예요. 여기 온 지는 한참 됐죠. 그들은 계속 게오르기를 고국으로 돌려보내려 하고 있지만 그는 머리가 좀 이상하거든요."—실리아는 자신의 오른쪽 관자놀이를 두드렸다—"의사들은 야단을 떨어대고, 그러니 출입국 관리소에서 그를 한동안 가만히 내버려두는 거죠. 그 나라 사람들은 게오르기를 심하게 두들겨팼어요. 그를 망가뜨렸죠. 야구방망이로 얼굴을 때리거나 하는 그런 거 있잖아요. 야비한 짓이에요, 그가 집시라는 이유만으로 그러다니. 그 세르비아인들……"

"체코인들이에요." 레이철이 정정해주었다.

"그럼 체코인들이라고 하죠." 실리아가 성마르게 인정했다. "나는 아직도 왜 사람들이 서로를 못 견뎌하는 건지 잘 모르겠어요, 솔직히 정말 모르겠어요. 우리는 전쟁 때 도우면서 그들을 차별 대우하지 않았어요. 너는 체코인이고 걔는 집시지, 그러니까 너는 도와주고 걔는 도와주지 않을 거야, 라고 말하지 않았어요. 우리는 모두를 도왔어요. 이제까지는 이민국 사람들이 게오르기를 강제로 돌려보내지 못했어요. 그들은 계속 게오르기더러 상황이 그렇게 나쁘진 않았다고, 심지어 두들겨맞은 일도 없다고 진술하게 하려고 애쓰고 있어요. 내 생각에는 그들이 결국 게오르기를 돌려보내고 말 것 같아요, 불쌍한 우리 게오르기."

"아뇨, 아직은 기회가 있습니다." 레이철이 항변했다. "저희는 할 수 있는 한 최선을 다하고 있어요. 그를 위해 정말 열심히 싸우고 있습니다. 수업은 잘되어가나요, 게오르기?"

게오르기는 그 대화를 뜨거워진 눈으로 따라가며 고개를 끄덕였는데, 그것은 존엄성이 꺾여버린 비참한 광경이었고, 자신들의 열정의 결과를 논하는 사람들의 바로 그 열정이 유지되는 것에 목숨이 달린 그는 비극적인 몸뚱이였다.

"그리고 이 잉꼬들은 안티고네, 카산드라, 그리고 헬레네예요." 실리아가 나를 힐끗 쳐다보고는 그 새장들을 향해 차례대로 손을 흔들며 말했다. "더이상 누가 누구인지 기억나진 않지만, 얘네들은 별로 신경 안 쓰는 것 같더라고요. 자아, 이제 다 만나보셨네요. 와서 난롯가에 앉아 차 좀 드세요. 정말 추우시겠어요."

"샤반 씨는 영어를 전혀 못하세요, 실리아." 레이철이 사과하듯 말했다.

실리아는 나를 힐끗 쳐다보았고 나는 그 눈에서 불신을, 일종의 충격을 엿보았는데, 마치 그녀가 내 속을 꿰뚫어보기라도 한 듯한 기분이었다. 그녀는 그런 반전에 약간 불쾌하다는 듯 나를 쳐다보며 심지어 고개를 살짝 젓고는 입을 삐쭉거렸다. 내 마음은 우리가 너무 붐비는 거실에 들어와, 내가 나중에 자게 될 침대가 얼마나 불결할지에 대한 생각으로 불안해진 순간부터 서서히 가라앉고 있었다. 실리아의 의심은 내 마음을 더 깊이 침몰시켰다. 나는 실리아와 믹 같은 영국인, 그러니까 신경질적이고 마구잡이로 모정母情을 드러내며 움직임에서 너무 노골적으로 성적인 뉘앙스를 풍기는 여자와 온화하게 노쇠한 모습을 한 남자를 만나본 적이 없었다. 침울하고 쭈글쭈글한 해럴드와 수용소 사무실의 그 조용한 남자, 그리고 물론 케빈 에덜먼을 제외하면 내가 전에 상대했던 영국인들은 대부분 내 가구점의 고객이나 관광객이었고, 그리고 더 거슬러올라가면 내가 정부기관에서 일하던 시절의 부서 고위층들이 있었다. 그들은 모두 우월하고 부유했으며, 남의 기분을 잘 상하게 했고 호감을 갖기에는 조금 무례했다. 마치 경멸과 엄격함을 보이기 위해 정신을 늘 바짝 차리고 있기라도 하듯 모든 몸짓에서 젠체하는 분위기와 우쭐함이 드러났다. 나는 그들이 자기들끼리 있을 때 어떨지 상상할 수 없었지만, 내가 본 모습과 다를 거라고는 상상할 수 없었다. 그들 대부분이 그랬다고 말해야 할 것 같은데, 왜냐하면 위에서 말한 특성도 물론 다소 있었지만 그러지 않을 때에는 온화하고 정중하고 열정적이던 마케레레대학교의 두 선생님은 제외해야 하기 때문이다. 그리고 영국에 도착한 이후로 나는 공무원들을 상대해왔고, 자신의 업무를 처리하고 나 같은 거지들의 이야기와 설명을 평생 듣느라 스트레스를 받고 있는 그 사람들은 누구도 나를 제대로 보지 못했다. 실리아는 내가 누구인지를 보았다, 그런 느낌이 들었다. 그녀의 예리한 눈초리는 일종의 알아봄이었고, 내게는 누가 알아봐주길 바라는 욕망이 없었다. 왜 그런지는 곧장 생각해낼 수 없었다.

"흠, 그렇다면 수신호와 소리로 어떻게든 지내봐야겠군요." 실리아가 짜증 섞인 목소리로 말했다. "걱정 말아요, 레이철, 우리는 그런 일에 꽤나 익숙하니까요. 안 그래요, 믹? 아시겠지만, 그도 한때는 무슨 말인가를 하곤 했었죠. 믹, 당신이 쓰던 언어가 뭐였죠? 말레이어였어요, 그렇죠? 말레이어. 믹, 그게 말레이어였던가요? 이분께서는……?"

"샤반 씨예요." 여전히 얼굴에 작은 미소를 띤 채 살짝 찡그리면서, 안절부절못하며 손으로 바지 앞쪽을 한 번 쓸어내리면서 레이철이 말했다. 그녀가 그렇게나 자리를 뜨고 싶어한다는 사실에 나는 더욱 걱정이 되었다.

"샤반, 샤반, 샤반." 실리아가 내 이름을 연습했다. "샤반 씨는 말레이어를 하시나요? 아마 아니겠죠." 실리아는 거실 문 쪽으로 가서 수전 하고 두 번 외치더니 다시 자기 의자로 돌아왔다. "수전을 불러서 차를 좀 가져오라고 할게요. 샤반, 샤반."

수전은 실리아의 나이쯤 되는 여자로, 키가 작고 둥근 얼굴에 어쩔 줄 몰라하며 조바심을 내보였는데, 실리아처럼 시끄럽고 자신감 넘치는 골목대장 아래서 일하려면 당연히 그럴 수밖에 없을 것 같았다. 실리아의 말에 따르면, 자기가 사무를 보는 동안 그녀는 요리를 하고 집안 청소를 한다고 했다. 레이철과 제프는 수전이 불려오고 난 후 얼마 안 있어 차 대접을 사양하며 자리를 떴다. 그리고 수전이 토스트가 담긴 접시와 베이크트 빈스가 담긴 냄비, 얇게 썬 통조림 햄이 담긴 또다른 접시를 들고 돌아왔을 때, 나는 그들이 왜 그랬는지 너무 잘 알 수 있었다. 우리는 다 함께 커다란 식탁에 둘러앉아 차를 마셨다. 나는 얇게 썬 햄을 가리키며 실리아를 향해 고개를 저었다.

"돼지." 이브라힘이 입이 귀에 걸리도록 활짝 웃으며, 그리고 그 농담을 나누기 위해 게오르기 쪽으로 몸을 돌리며 말했다. "무슬림이잖아, 그는 돼지를 안 먹어, 오줌에도 알코올 한 방울 안 들어 있다고. 닦고 닦고 닦고, 씻고 씻고 씻고. 흑인."

흑인이라는 말에 게오르기가 큰 소리로 웃음을 터뜨렸다. 그가 웃은 게 무슬림인데다 검기까지 하다는 생각 때문인지, 아니면 검은 피부의 남자가 미친듯이 닦고 닦고 닦고, 씻고 씻고 씻고 하는 희극적인 모습이 떠올랐기 때문인지, 아니면 그저 자기들끼리만 통하는 농담을 나누고 있는 것인지 잘 모르겠다. 나는 나중에야 게오르기가 이브라힘이 하는 모든 말에 웃음을 터뜨린다는 사실을 알게 되었다. 그들은 둘 다 조롱하듯 히죽거리며 나를 빤히 쳐다봤고, 나는 그들의 적의를 어떻게 받아들여야 할지 도무지 알 수 없었다. 어쩌면 그들이 처한 상황과 느끼고 있는 불안이 그들에게 신랄함과 비웃음을 심어주었는지도, 그리고 애초에 억압을 당했다고 꾸며낸 이야기를 뒷받침하기 위해 필요했던 거짓말과 속임수가 그들로 하여금 자신들이 겪은 고통의 진상과 자신들과 같은 고백을 한 다른 이들의 진상에 대해 냉소적인 태도를 취하게끔 만들었는지도 모른다. 내가 적어도 침묵이라는 자비를 베풀어야 할 수모와 폭력의 목격자 혹은 희생자가 아니라고 그들은 어떻게 확신할 수 있었을까? 누구도 내 얼굴에 야구방망이를 휘두른 적은 없었지만, 그렇다는 걸 그들이 어떻게 알 것이며, 내가 그보다 더한 억압을 목격하지 않았으리라고 어떻게 확신할 수 있었을까? 뭐가 됐든 공포스러운 일을 겪은 그들이 어떻게 그런 일이 누구에게라도 일어날 수 있음을 더는 모르게 될 수 있었을까?

믹이 숟가락으로 베이크트 빈스를 먹는 동안, 실리아는 차를 홀짝이며 자신의 말을 방해할 사람은 아무도 없을 거라는 태도로 느긋하게 이야기를 했다. 그녀는 잉꼬들에 대해, 이 집에서 함께 지내다가 친구가 된 다른 손님들에 대해, 난민기구에 대해—그들은 정말 멋진 사람들이죠—시내에서 벌어지는 망명 신청자 반대 시위에 대해, 과장된 신문 기사에 대해, 자신이 세상에 일어난 변화들에 얼마나 무지했었는지에 대해 이야기했다. 이브라힘이 토스트를 몇 입 베어물고는 담배에 불을 붙이더니 마치 그것이 자기 혼자 즐기는 곁들임 요리라도 되는 양,

토스트와 콩과 햄을 위한 조미료라도 되는 양 꽁초로 넘쳐나는 재떨이를 자기 접시 옆으로 끌어갔다.

"이 길 아래에 교회가 있었어요, 성베드로교회라고, 예전에 우리가 다니던 곳이었죠. 우리 교회였어요." 실리아가 아무렇지 않게 손으로 담배 연기를 몰아내며 말했다. "이제 그곳은 클럽인지 카페인지 뭔지가 되어버렸죠. 디스코텍 말이에요. 우리가 특별히 신앙심이 깊었다든가 하지는 않았지만, 그래도 중요한 날에는 교회에 갔어요. 이제 그곳은 클럽인지 카페인지 뭔지가 되어버렸죠. 기독교 국가에서 교회를 돌보지 않는 것은 잘못이에요. 나샤브 씨의 나라에 있는 사원이 바 같은 걸로 변할 일은 분명 없을 테죠. 저는 그런 곳엔 절대 안 가요, 물론 여기 이 남자애들은 가는 것 같지만요, 그렇지? 애들이 그것 말고 또 뭘 하겠어요? 애들은 일하는 것도, 자기 집을 구하는 것도 허락되지 않은 채 그냥 여기 처박혀 있을 뿐이에요. 이곳에서는 어린 딸을 학교에 보내게 해주지 않아서 가련한 이브라힘은 아내와 딸을 런던으로 보내 형제의 가족과 함께 지내게 했어요. 아시다시피 부모들이 항의를 하죠. 자기 아이들이 다니는 학교에 그들이 있는 것이 싫다고, 부모들이 말하죠. 끔찍한 일이에요. 어쨌든, 남자애들은 그 바에 가끔 가지만 나는 절대 안 가요. 갈 수가 없었죠, 전에 예배와 기도를 드리러 그렇게나 많이 갔던 곳인 만큼 뭔가 잘못하는 기분이 들 테니까요. 이 길 저쪽에 화가가 한 명 살았었죠, 페인트공이 아니라 진짜 화가요. 어머니가 그 사람에 대해 말씀해주셨는데, 물론 그게 아니라도 그 사람을 머릿속에 떠올릴 수 있지만요. 그는 집 앞의 커다란 아래층 방에 자신의 작업실을 가지고 있었어요. 작업복을 입고 이젤 앞에 서 있는 그의 모습을 거리에서도 볼 수 있었죠. 잔뜩 기른 턱수염과 불룩한 배, 지금은 유명해진 것 같아요. 내가 어릴 때에는 외국인이 전혀 없었죠, 그냥 특이한 프랑스인 여행객이 있었을 뿐, 진짜 외국인은 없었어요. 아니면 그저 우리가 못 본 걸 수도 있는데, 어쨌든 만난 적이 없어요, 안 그래요, 믹? 종전 후에 이탈리아인 포로들이 들어오기 전까지는 그랬죠. 당신은 그때까지 여기 없었죠, 믹, 안 그래요? 깜빡 잊었네요. 그전에 본 적은 아무튼 없죠? 믹은 말레이반도에 있었어요. 이제는 그들의 나라에서 벌어지고 있는 이 끔찍한 일들 때문에 외국인이 없는 곳이 없어요. 예전에는 이렇지 않았어요. 나는 옳고 그름은 모르겠지만, 그래도 우리가 그들을 그냥 돌려보낼 수는 없잖아요, 안 그래요? 너희들의 끔찍한 나라로 돌아가서 다치든지 말든지 알아서 해라, 우리 살기도 바쁘다, 라고 말할 수는 없는 노릇이잖아요. 그들을 도울 수 있다면 도와야죠. 관대해져야 해요. 나는 거리에서 시위를 하며 망명 신청자들에 대해 뭐라 뭐라 떠들어대는 사람들을 이해할 수가 없어요. 그리고 국민전선당*의 가두행진 말인데, 나는 그 파시스트들을 견딜 수가 없어요. 예전에는 이 나라에 난민들이 그렇게 많지 않았지만, 우리가 어쩌겠어요? 그들을 그 끔찍한 곳으로 돌려보낼 수는 없잖아요. 나는 우리가 뭘 할 수 있을지 모르겠어요."

나는 고개를 숙인 채 그 말을 들었고, 다른 사람들은 침묵 속에 그 말을 들었다. 실리아의 한결같고 느긋한 이야기 방식으로 미루어봤을 때, 나는 그녀가 지칠 때까지, 자정을 훌쩍 넘겨서까지 이야기를 계속하

---

* National Front. 특히 인종 문제와 관련해 과격한 견해를 지닌 영국의 소수 극우 정당.

진 않을까 우려되기 시작했다. 나는 잠자리에 들고 싶다는 신호를 보냈고, 실리아는 마치 내가 난감한 부탁이라도 했다는 듯 속았다는 표정으로 눈살을 찌푸렸다. 겨우 여섯시가 막 지났을 뿐이었지만, 나는 그 억압적인 공간과 그곳의 이중성과 위선, 그곳의 냄새, 그곳의 부주의하고 잔인한 분위기, 그곳의 천박함으로부터 벗어나고 싶었다. 나는 어둠 속에 홀로 앉아서 내 머리 속의 뼈를 헤아리고 싶었다.

실리아가 나를 위층으로 안내했고, 또 한번 오른쪽으로 돌고 한번 더 돌자 한구석에 오래된 고동색 깔개 같은 것이 덮인 침대가 있는 작고 어수선한 방이 나왔다.

"나는 이 집에서 거의 육십 년 가까이 살아왔어요, 바샤트 씨." 그녀가 한 손으로 문틀을 잡은 채 문간에 서서 자신이 이룬 업적에 미소를 지으며 말했다. 그녀는 내게 그 집의 내력, 그리고 성베드로교회에서 꽃꽂이를 하던 자신의 어머니가 어느 성질 급한 예술가와 어쩌다 은밀한 사랑에 빠지게 되었는지, 그녀가 부도덕한 짓은 시작도 하지 않으려 해서 절망감에 어느 폭풍우 몰아치는 밤 도망을 쳤다가 다시 돌아와 그녀의 사랑을 구걸하며 창유리를 두들기던 그 예술가 이야기를 할 작정이었다. 어림도 없는 소리. "육십 몇 년이요, 그러고도 정신력이나 팔다리 같은 그런 면에 있어서 여전히 노익장을 과시하고 있죠, 가련한 믹과는 달리요. 물론 믹 영감이 자신의 인생을 더할 나위 없이 즐기고 있긴 하지만요. 그를 그렇게 만든 건 일본인들이에요. 그는 저 꼴로 돌아왔고, 나는 그를 받아주었죠. 이 방에 보이는 것들, 이것들은 전부 나에게 의미가 있는 것들이에요, 하나도 빠짐없이요. 부디 조심히 다루어주세요. 화장실은 바로 옆방이에요. 다 같이 사용하는 공간이니까 꼭 깨끗이 사용해주시고요. 그럼 이제 사람들도 다 만나보셨고, 그러니 당신이 곧 영어를 해서 우리가 제대로 된 대화를 나누게 되면 좋겠군요. 아, 그리고 이브라힘과 우리 게오르기가 바로 위층에서 자요."

그녀는 반감어린 표정으로 돌아섰는데, 그녀의 눈은 억눌린 짜증으로 날카로웠다. 이번에는 또 뭐지? 내가 그녀에게 뭘 했단 말인가? "아침식사 시간은 여덟시에서 열시 사이예요." 그녀가 반쯤 돌아서며 약간 건방지게 말했다. "시간을 잘 지켜주시면 감사하겠어요. 현관문은 밤 열시에 잠그니까, 만일 이후에 나가 계실 거면 누군가가 와서 문을 열어주기까지 벨을 누르셔야 할 겁니다. 그럼 좋은 저녁 보내세요, 쇼니스Showness 씨*."

침대 위의 깔개를 끌어당기자 얇은 먼지구름이 피어올랐다. 침대 시트는 겉으로 보나 냄새로 보나 누가 이전에 사용했던 것 같았다. 베갯잇에는 핏자국이 묻어 있었다. 침대에서는 아래층의 쿠션과 같은 냄새가 났다. 오래된 토사물과 정액과 흘린 차의 냄새. 더러움에 대한 비이성적인 두려움, 단지 질병에 대한 두려움이 아니라 어떤 내적인 오염에 대한 두려움 때문에, 나는 감히 그 위에 앉을 생각도 하지 못했다. 나는 우아해 보이는—그 선과 형태가 우아한—소파에 앉아볼까 했지만 그 쿠션에서도 침대의 깔개와 똑같이 고약한 냄새가 났다. 화장실에는 얇고 딱딱한 막이 형성되어 있었다. 세면대는 식물성 물질로 보이는 것으로 얼룩져 있었고, 욕조의 표면은 어둡고 짙게 변해 있었으며, 변기는 그 속이 보이지 않는 암흑의 블랙홀이었다. 헛구역질이 났지만 선

* 상대방이 영어를 못하는 척 쇼를 하고 있다고 생각해서 일부러 이렇게 부르는 것이다.

택의 여지는 없었는데, 그 음침한 어둠 속에 무언가가 살고 있고 그것이 나의 남자다운 자질에 식욕이 동할 이빨을 지니고 있을지도 모른다는 생각이 내내 들었다. 사람들은 웬만큼 나이가 들면 어느 정도 고상해지기 마련이다. 이튿날 레이철이 나의 결과 보고라고 부르는 걸 듣기 위해 나를 찾아오면, 내 입에선 영어가 터져나올 수밖에 없을 것이었다. 나는 부주의함으로 죽는 꼴을 당하려고 그 먼길을 떠나온 게 아니었다. 나는 실리아의 옛 기쁨과 그것만큼이나 해묵은 후회로 뒤범벅된 소중한 추억들을 살펴보고, 마치 내가 경매에서 얻은 택지의 일부라도 되는 듯 거기에 값을 매기고 평가하며 저녁을 보냈다. 테이블 위에는 별게 없었다. 병 속에 든 배, 값싼 장신구 몇 개, 꼴사나운 액자에 든 사진, 대영제국의 모든 곳에서 난 과일과 견과류로 만들어진 화환의 중심에 해군 대령 유니폼을 입은 남자가 그려져 있고 안에는 잡동사니가 든 비스킷 통, 단추, 배지, 깃털. 나중에 나는, 내가 이 물건들에 대해 전혀 관심을 갖지 않았다는 사실에, 그것들이 실리아에게 얼마나 소중한 물건일지 짐작해보기는커녕 그것들을 그녀의 인생과 결부시켜 상상해볼 생각조차 하지 않았다는 사실에 스스로도 놀라움을 느꼈다.

벽에는 금박을 입힌 커다란 거울이 걸려 있었는데, 그 어둡고 작은 방에는 지나치게 컸지만 금박은 상태가 좋았고 거울도 살짝만 손보면 될 정도였다. 그렇게 하면 한두 푼은 벌어들일 만했다. 그 음울한 빛 아래 거울에 비친 내 모습은 피어오르는 실안개 속에 떠 있는 생명체 같아 보였고, 어둠을 배경으로 비치는 타원형 빛은 내 어깨 부근에 올가미처럼 드리워져 있었다. 나는 알폰소가 억지로 쥐여준 타월을 베고 테이블 옆 바닥에 누워 잤다. 몸을 누인 양탄자는 딱딱하고 뱃속은 허기로 괴로워 잠이 올 것 같지 않았다. 그날 밤 늦게 나는 사랑을 나누며 리듬에 맞춰 쿵쿵거리는 것이 분명한 소리를 들었고, 그것이 실리아가 믹 위에 올라타서 내는 소리일지, 아니면 그 활기차게 농담을 해대는 남자애들이 내는 소리일지 궁금했다.

레이철은 이튿날 아침에 오지 않았다. 나는 눈을 감은 채 꼭 만져야 하는 것들만 손끝으로 만져가며 화장실을 사용했다. 그러고는 커튼을 걷고 알폰소가 준 타월을 아래에 깔고서 방바닥에 앉았다. 내 방은 집 뒤편에 위치해서, 커다란 덤불과 나무가 우울하게 우거진 방치된 정원을 내려다보고 있었다. 창유리를 타고 빗물이 흘러내리고 있었다. 나는 대정大淨* 이후로, 특히 콩을 먹으면 늘 그러듯 설사를 하고 나서도 몸을 제대로 씻지 못하고 있었다. 나는 휴지로 몸을 최대한 닦았지만 방바닥에 앉아 있으니, 내 아래로 얼룩이 번져나가는 기분이 들었다. 집은 조용했고, 다들 아직 침대에 누워 있었다. 나중에 계단을 울리는 발소리와 컵과 접시가 달그락거리는 소리를 들었을 때, 나는 실리아의 반감어린 표정 때문에 너무 불안해서 감히 방밖으로 나갈 수가 없었다. 나는 무시당할 염려 없이 알폰소의 마법의 양탄자 위에서 레이철을 기다려보려고 했다. 하지만 레이철은 오지 않았고, 그 먼지투성이에 어수선한 방의 바닥에 앉아 있자니 나의 하찮음 외에는 아무 생각도 나지 않았고, 그러다 너무 의기소침해진 나머지 아래층으로 내려갔다.

믹은 무릎에 더러운 칼과 접시를 올린 채 소리를 죽인 텔레비전 앞 자기 자리에 앉아 있었다. 실리아는 앞에 신문을 펼쳐놓은 채 식탁에

---

* 무슬림이 몸이 크게 부정해졌을 때나 금요일 정오 예배 전에 신체의 모든 부위를 씻는 행위인 '구슬(ghusl)'을 뜻하며, 소정(小淨)인 '우두(udhu)'와 구분된다.

앉아 있었다. 내가 들어서자, 고개를 들더니 의자에서 몸을 뒤로 젖히며 싱긋 웃었다. 그녀는 여전히 가운 차림이었는데, 제대로 꽉 여미질 않아서, 심지어 내가 있는 데서도 걸친 옷이 그것뿐이라는 걸 알 수 있었다. "좋은 아침이에요, 쇼보트Showboat 씨*. 간밤에 푹 주무셨겠어요, 그렇죠?" 그녀가 유쾌하게 손을 흔들어 내게 식탁으로 오라고 신호하며 말했다. "분명 잘 주무셨으리라 믿어요. 잠자리가 충분히 따뜻했다면 좋겠네요. 차를 좀 따라 드세요, 어서요. 아, 깜박했네. 차, 홀짝홀짝. 따르세요, 어서요." 그녀가 홀짝거리고 차를 따르는 동작을 해 보이더니 나를 보며 다시 싱긋 웃었다. "아니면 이 엄마가 따라줄까요?"

나는 차를 좀 따르고는 믹 옆으로 가서 앉아 그와 함께 음소거된 텔레비전을 보았는데, 고백하기 부끄러운 말이지만 그러면서도 식탁에서 신문을 읽고 있는 실리아를 계속 곁눈질했다. 가운은 그녀의 무릎 딱 아래까지 내려와 있었고, 그녀가 신문을 읽으며 몸을 좌우로 조금씩 흔들었기 때문에 이따금 다리 사이로 벌어진 틈이 엿보였다. 한번은 그녀가 무심코 손을 아래로 뻗어서 허벅다리 안쪽을 문지르기도 했다. 내 옆에서 믹이 킬킬거리는 소리가 들렸는데, 힐끗 쳐다보니 그의 눈은 텔레비전에 고정되어 있었다. 나는 나 자신을 웃음거리로 만들지 않기 위해 몸을 충분히 틀었다. 믹과 나는 음소거된 텔레비전을 응시하며 이렇게 끝도 없이 앉아 있었고, 나는 어디로 가야 할지, 무엇을 해야 할지 알지 못해 움직이기를 두려워하며 레이철을 기다렸고, 그러는 동안 실리아는 신문을 바스락거리며 이따금 한숨을 내쉬었다. 그녀가 신

* 원래 '순회공연선'을 뜻하는 말로, 여기서는 '유별난 행동으로 주위의 이목을 끌고 싶어하는 사람'을 뜻한다.

문을 다 읽고 접으며 말했다. "흠, 두 분은 거기서 사이좋게 잘 지내고 계신 것 같군요. 남자애들은 또 아침식사를 걸렀네요. 있잖아요, 걔네들은 하루종일 자거든요, 쇼보트 씨. 꼬마들처럼요. 불쌍한 애들, 하지만 달리 뭘 하겠어요? 걔네들은 티타임 때까지 자는 편이 나을 거예요. 점심값도 아끼고요. 저희는 점심은 제공하지 않아요, 쇼보트 씨. 그저 매일 아침식사, 그리고 협의를 통해 차를 제공하는데, 목요일, 그러니까 오늘은 빼고요. 수전이 쉬는 날이거든요. 아, 내가 당신을 쇼보트 씨라고 불러도 언짢아하지 않으시길 바라요. 그냥 내가 당신 이름을 기억하는 방법이니까요. 기분 상하지 않으셨으면 좋겠네요. 믹, 믹, 나는 가서 좀 차려입고 올게요. 믹은 손님이 와 있을 때 내가 이렇게 아침 내내 가운을 입고 있는 걸 좋아하지 않는답니다. 질투하거든요. 당신도 우리 방식에 익숙해지실 거예요, 쇼보트 씨. 내 생각에는 한동안 우리와 지내게 되실 것 같은데, 대부분의 망명 신청자들이 그렇거든요. 우리는 세계 어디서든 온 아주 멋진 친구들을 사귀었어요. 이제 당신이 영어만 배우면 되겠네요, 쇼보트 씨. 당신이 날 그렇게 쳐다보는데 속으로 무슨 생각을 하고 있는지도 모르는 건 부담스러우니까요."

나는 알폰소의 타월로 도망쳤고, 일단 거기 앉자 눈에 보이지 않는 공간에 들어온 것처럼 느껴졌다. 나는 오후 내내 그 위에 머물며 내게서 말하고 항의할 수 있는 힘을 빼앗아간 티켓 판매인을 저주했고, 나를 진지하게 만드는 삶을 산 사람들이 있던 밀입국자 수용소에서 나를 빼내 고작 구불구불한 계단 그리고 위험과 무시의 기운을 내뿜는 별난 바와브들이 지키는 이 지하 감옥으로 데려온 레이철과 제프를 저주했다. 나는 하루종일 아무것도 먹지 않았는데, 그 사실을 신경쓰는 사람이 없다는 것만 제외하면 내 나이의 사람에게 그렇게 끔찍한 박탈감이 드는 일은 아니었다. 내가 먹건 말건, 건강하건 아프건, 기뻐하건 슬퍼하건 아무도 신경쓰지 않았다. 나는 남자애들이 일어나서는 이내 한 쌍의 짖어대는 개코원숭이처럼 아래층으로 달려 내려가 실리아의 요란한 웃음소리와 추파 섞인 책망과 함께 환영받는 소리를 들었다. 정의와 인권의 대변자인 두 젊은이는 나를 동물원에 내려주고는, 친구들과 동료들에게 자신들이 한 노인을 그 끔찍한 수용소와 영국 파시스트의 손아귀에서 빼오면서 얼마나 많은 장관들을 이겨먹었는지 자랑하고, 이제 그 노인이 친절한 실리아와 그녀의 놀이 친구들의 자비로운 손길 안에 있다고 자랑하러 가버렸다. 레이철, 전능하신 신의 이름으로 내 그대에게 간청하나니.

그날 오후 늦게 나는 병들고 의식이 혼미해지는 기분이 들기 시작했기에, 야 라티프*, 오 자비로우신 분이시여, 오 자애로우신 분이시여, 하고 읊조릴 때가 되었다고 생각했다. 감옥에 있을 때 우리는 아프고 불안할 때면 함께 예배를 드렸는데, 원래 예배란 신도들끼리 모여서 병들고 괴로워하는 사람을 대신해 드리는 것이 가장 좋은 법이다. 하지만 나를 위해 예배를 드려줄 사람은 아무도 없었고, 내가 나 자신을 위해 예배를 드리는 게 관례에 어긋나는 일이 아니기를 바랐다.

나는 화장실로 가서 예배를 위한 준비의식으로 손과 얼굴과 양팔과 양발을 씻는 우두udhu를 행했다. 그러고서 알폰소의 타월로 돌아가서 예배를 시작했다. 우선 야 라티프를 행하겠다는 의도를 밝힌 다음, 신

---

* '오 자애로우신 분이시여'라는 뜻의 아랍어 표현으로, 신께 도움을 구할 때 쓴다.

께 사탄, 즉 돌팔매질 당한 자*로부터의 안식을 구했다. 그러고는 비스밀라, 자비로우시고 자애로우신 신의 이름으로.** 그런 후에는 알이클라스***를 세 번 외웠다. 일러 가로되 신은 단 한 분이시고, 영원하시도다. 그분께서는 성자와 성부도 두지 않으셨도다. 그분과 대등한 것 이 세상에 없노라. 그러고는 라티푼. 신은 그분의 종들에게 자비로우시도다. 신은 그분이 원하는 자에게 일용할 양식을 주시노라. 실로 그분은 강하심과 권능으로 충만하심이라.**** 그러고는 예언자 무함마드께 드리는 예배, 아름다운 소리의 예배.

아 살라투 와 살라무 알라이카 야 사이이디 야 하비바-알라
아 살라투 와 살라무 알라이카 야 사이이디 야 나비야-알라
아 살라투 와 살라무 알라이카 야 사이이디 야 라술라-알라
당신께 축복과 평화가 내리길, 오 신께서 가장 사랑하는 분이시여,
당신께 축복과 평화가 내리길, 오 신의 예언자시여,
당신께 축복과 평화가 내리길, 오 신의 전령이시여.

---

* 무슬림들은 매년 메카 순례인 하지를 떠나는 길에 메카 바로 동쪽에 위치한 도시 미나에서 세 벽을 향해 돌을 던지는데, 이를 '사탄 돌팔매질'이라고 한다. 여기서 사탄을 '돌팔매질 당한 자'라고 하는 것은 이 때문이다.

** '신의 이름으로'를 뜻하는 '비스밀라(bismillah)' 자체가 '자비로우시고 자애로우신 신의 이름으로'를 뜻하는 '비스밀라 히르라흐마 니르라힘'을 약칭한 것이다. 쿠란 제1장 1절로, 쿠란을 한 소절이라도 낭송하고자 하는 자는 사탄으로부터 보호받기 위한 주문으로 우선 비스밀라를 낭송해야 한다.

*** 쿠란 제112장. '알이클라스(al-Ikhlas)'는 '진실됨'을 뜻한다.

**** 쿠란 제42장 19절. '라티푼(latifun)'은 '자비로우시도다'를 뜻하는 말로, 그 자체로 이 절 전체를 가리킨다.

그러고는 서두르지 않고 천천히 야 라티프라고 말한 다음, 고개를 오른쪽으로 돌렸다가 왼쪽으로 돌리기를 천 번.

예배를 끝마쳤을 때는 이미 어두워져 있었고 마음도 훨씬 편안해져서, 나는 아래층에 내려가서 홀짝홀짝 마실 것과 남은 부스러기 같은 걸 좀 달라고 간청해야 할지, 아니면 밖으로 나가서 삼십 분 정도 한길로 쭉 걸어야 할지 고민하기 시작했는데, 그때 실리아가 위층으로 올라오는 소리가 들렸다. 어쩐지 본능적으로 그녀가 나에게 오고 있다는 느낌이 들었고, 그래서 나는 타월 위에 있는 모습을 그녀에게 들키지 않도록 자리에서 일어났다. 그녀는 들어가게 해달라며 문을 시끄럽게 두드렸고, 그러고는 지체 없이 안으로 들어왔다. 문은 잠글 수 없게 되어 있었다. "당신은 정말 잠자는 걸 좋아하시는군요, 쇼보트 씨." 그녀가 전등 스위치를 더듬어 찾으며 유쾌하게 말했다. "레이철이 방금 당신에게 메시지를 전했어요. 이브라힘이 사무실에 잠깐 들렀는데 레이철이 당신에게 말해주라고 했다는군요. 하지만 그건 참 바보 같은 말이지 뭐예요. 당신이 영어를 못한다는 사실을 깜박했나봐요. 뭐, 신경 쓸 거 없어요. 당신은 메시지가 온 사실을 모르고, 그러니 그걸 받지 못했다고 걱정할 일도 없겠죠. 보아하니 여기서 편안하게 지내시는 것 같네요."

"레이철." 나는 이렇게 말했는데, 내 목소리는 알랑거리는 거지처럼 애처롭게 꺽꺽대는 소리로 들렸다. 내 목소리는 아주 오랫동안 속삭이며 기도를 한 탓에 쉬어 있었다.

"네, 레이철이 메시지를 전했어요. 다 괜찮아요, 걱정할 거 하나도 없다고요, 쇼보트 씨. 아래층으로 내려와서 당신 친구 믹과 함께 텔레비전이라도 보지 그래요? 오늘 아침에 둘이 아주 잘 어울렸잖아요. 어서요, 하루종일 여기에만 계셨잖아요. 그건 당신한테도 좋지 않아요. 어서요, 와서 같이 놀아요." 그녀가 오른쪽 팔을 벌리고 엉덩이를 살짝 한 번 흔들며 말했다.

나는 그녀에게 손을 뻗어 레이철이 전한 메시지가 그 몸에서 떨어질 때까지 그녀를 흔들고 싶은 심정으로 아래층으로 따라 내려갔다. 전처럼 나는 안중에도 없이 그녀는 어깨 너머로 내게 말을 걸었고, 딱 한 번 반쯤 돌아서서 눈썹 아래로 나를 힐끗 쳐다보았다. "그분이 오셨어요." 그녀가 나와 함께 거실로 들어서면서 그 원숭이들의 세상에 그 사실을 알렸다. 믹은 내게 상냥한 미소를 보냈고, 게오르기는 씩 웃으며 손을 흔들었고, 이브라힘은 조롱 섞인 경례를 했다. 그 남자애들은 카드놀이를 하고 있었다. "어서요, 당신 자리에 앉으세요." 실리아가 이제 내 자리가 된 믹의 옆자리를 가리키며 말했다. 레이철, 이 세상에 오직 하나뿐이신 그분의 이름으로 비나니, 부디 서둘러줘요.

"레이철." 내가 이브라힘을 바라보며 말했다.

"레스철." 그가 씩 웃는 얼굴로 나를 조롱하며 말했다. "그녀는 당신이 너무 늙었다고 말해. 안 좋아. 흑인." 그리고 그 둘은 그 무례한 말에 반짝이는 눈길을 주고받으며 웃음을 터뜨렸다. "그녀는 젊은 남자 원해."

"나는 모르겠네요." 실리아가 아기처럼 까르르대며 말했다. "쇼보트 씨도 몸안에 약간의 생명이 남아 있긴 한 것 같은데." 그 말이 또 그들의 웃음을 유발했다. 흑인, 쇼보트 씨, 닦고 닦고 닦고, 씻고 씻고 씻고. 나는 이브라힘과 게오르기에 대해 알고, 그들의 말에 귀기울이고, 그들에게 동정심을 보이고, 그들이 그런 여행을 떠나오게 만든 공포와 야망에 대해 듣고 싶어했어야 한다고 느꼈지만, 그러지 않았다. 그들은 내가 알기를 바라지 않았다. 그들이 내게는 자신들의 비극을 알 자격이 없다고 생각하는 건 아닌지 의심이 들었다. 그러자 알폰소와 그 알제리인들이 떠올랐고, 그들이 알폰소 같은 부류가 지닌 무법자다운 자신감을 일종의 건방짐으로 치부하던 것이 떠올랐다. 그는 흑인이었고, 같은 아담의 아들이긴 해도 그들보다 못한 아들이었고, 비굴한 분노와 분별없는 활기만을 표출할 줄 아는 존재로 비쳤기 때문이다.

카드놀이를 끝내자 그들은 자리를 뜨려고 일어섰는데, 그때 어떤 이유에서인지 이브라힘이 나를 불쌍히 여겨주었다. 거실 문간에 선 채 그가 말했다. "레스철, 그녀 나중에 온다." 그러더니 그는 자신의 친절함에 만족한 모습으로 방을 둘러보며 미소를 지었다. 그 두 젊은이가 현관문 옆에 다다랐을 때 이브라힘이 실리아를 불렀고, 그녀는 미소를 지으며 자리에서 일어나 그들과 함께 나갔다. 웃음소리와 몸부림치는 소리가 들리더니 침묵이 이어졌다. 믹과 나는 우리만의 침묵 속에서 자리에 앉은 채 음소거된 화면만 응시했다. 몇 분 후 현관문이 쾅 하고 닫히더니 실리아가 눈을 반짝이며 돌아왔다. 그녀는 믹의 맞은편 의자에 앉아 잡지를 집어들었다. 레스철, 그녀 나중에 온다. 하지만 그녀는 오지 않았다.

나는 견딜 수 있는 한 최대한 오래 거실에 머물며 빵 한 조각이나 홀짝홀짝 마실 것 한 컵이라도 나타나길 바랐지만, 아무것도 없었다. 그날은 수전이 쉬는 날이었다. 결국 따분함과 굶주림으로 거의 혼수상태에 빠진 나는 급히 우회전을 하고 또 한번 급히 우회전을 해서 위층으로 기어올라갔다. 더러운 침대에 신경을 쓰기에는 너무 지쳤고, 밤은 점점 추워지고 있었다. 나는 옷도 갈아입지 않은 채 침대로 들어갔는데, 그럼에도 알폰소의 타월은 접어서 의자 등받이에 걸쳐놓았다. 내가 그렇게 한 것은 알폰소에 대한 고마움 때문이었고, 그의 자기 보호 본능에 대한 경의의 표시이기도 했지만, 그것은 또한 존엄성을 지키라는 그의 명령에 부응하지 못했다고 느껴서이기도 했다. 그들이 당신에게 무슨 짓을 하든, 몸을 깨끗하게 하고 다니세요. 나는 그렇게 할 수가 없었고, 내 몸이 깨끗하지 않아서 더러워진 것만 같은 옷을 입은 채 지저분한 침대에 누웠다. 내가 자유를 누린 첫날이 끝났고, 나는 한시도 지체하지 않고 잠이 들었다.

그녀는 오전 중에 찾아왔다. 나는 밖으로 나가서, 돌아오는 길을 쉽게 찾을 수 있도록 삼십 분 정도 한길로 쭉 걸어볼 생각이었는데, 혹시라도 그녀와 어긋나버려 그다음 방문까지 다시 며칠을 기다려야 할까 봐 두려웠다. 나는 몸이 마비된 기분이 들었다. 그래서 레이철이 매력적으로 보이는 고동색 슈트 차림에, 오래는 못 머문다는 듯 쾌활하게 분주한 분위기를 풍기는 미소를 지으며 찾아왔을 때, 실리아가 뒤쪽 어딘가에서 절약과 낭비에 대한 문제로 수전을 질책하는 동안 나는 음소거된 텔레비전 앞에 믹과 함께 앉아 있었다.

"적응하신 모양이네요, 샤반 씨." 레이철이 말했다. 나는 으르렁거리는 소리로 대꾸했지만 그런다고 달라지는 것은 아무것도 없었다. 그녀는 이미 상냥하고 너그러운 미소를 늘 빛나도록 머금고 있는 믹과 이야기를 나누고 있었다. 실리아가 들어오더니 분위기를 주도하며, 내가 그 집에서 얼마나 편안하게 지내는지, 내가 벌써 남자애들과 친구가 되었으며 믹과는 정말 잘 어울려서, 우리가 하루종일 그곳에 앉아 우윳빛 연못에 있는 두 명의 샘처럼 함께 텔레비전을 본다고 말했다. 그렇게 말했던 것 같은데, 물론 내가 잘못 들었을 수도 있다. 그것은 내가 모르는 표현이었다. "그는 가끔 좀 침울해하기도 해요." 실리아가 말했다. "하지만 그건 우리가 하는 말을 전부 알아듣진 못하기 때문인 것 같아요. 안 그래요, 쇼보트 씨? 나는 그를 이렇게 부른답니다. 우리가 붙여준 별명이죠. 그도 개의치 않아해요, 내가 물어봤거든요."

레이철이 약속된 나의 결과 보고를 듣기 위해 나를 자신들의 사무실로 데려가려고 찾아왔다는 것, 내가 한동안 실리아와 믹과 함께 지낼 것이므로 가방은 들고 갈 필요가 없다는 것, 그리고 우리가 사무실까지 걸어서 이동하게 되리라는 것을 알아내기까지는 시간이 좀 걸렸다. 레이철은 성큼성큼 걸어갔고 나도 할 수 있는 만큼 따라갔다. 이따금 그녀가 걸음을 늦추고는 멀지 않다고 말하며 미안해했다. 내가 영국의 거리를 걸은 것은 그때가 처음이었다. 나는 좀더 부산하고 정신없는 모습을 상상했었고, 어쩐지 모든 게 더 새롭고 눈부셔 보일 거라고 상상했었다. 그 거리는 어딘지 모르게 빛바래고 지저분하고 비좁은 실리아의 집을 떠올리게 했고, 우리는 천천히 걸어가는 많은 노인들과 언성을 높이며 남들을 어깨로 밀치고 지나가는 젊은이들을 스쳐갔다. 하지만 마치 내가 내 삶의 쇠사슬에서 풀려나 이제 또다른 삶을 돌아다니게 되기라도 한 것처럼, 내 안의 다른 무언가가 나의 걸음을 작은 주머니 하나만큼의 기쁨으로 들뜨게 했다. 그것은 내 안에서 점점 자라나게 될 기분이었고, 나의 이전 삶이 막을 내리고 새로운 삶이 시작되고 있다는, 이제 그 앞선 삶은 영영 닫혀버렸다는 기분의 시작이었다. 나는 그것을 이런 식으로 상상해본다. 이곳에 이르기 위해 나는 내 뒤에서 바짝 좁아지던 통로를 꿈틀거리며 빠져나와야 했던 거라고. 그 통로의 이미지를 보면, 어쩌면 어린 시절에 『천일야화』의 이야기를 너무 많이 접했는지도 모른다. 그것은 그저 비유에 불과했는데, 하지만 이전 삶이 여전히 내 안에서 고동치고 있다는 걸 알고 있음에도 삶이 종결된 기분은 다시금 나를 찾아온다.

사무실은 야채 가게와 펍 사이에 있었는데, 물론 그 당시에 나는 그게 펍으로 불린다는 사실은 알지 못했다. 선술집. 알았다면 좋았을 것이다. 나는 무엇보다도 이 시설의 문 위로 흔들리던, 밝은색 옷차림에 모자에는 깃털을 단 이전 시대 군대의 저명인사 그림에 마음을 빼앗겼다. 왕립 용기병The Royal Dragoon. 레이철은 동료 둘이 책상에 앉아 있던 큰 사무실에서 떨어진 면접실로 나를 데려갔다. 둘 중 한 명은 제프였는데, 그는 지나가는 나를 보고는 나를 향해 기계적으로 미소를 짓더니, 마치 내가 걸음을 멈추고 말을 걸어와 자기가 하던 중요한 일을 못하게라도 할 성싶었는지 고개를 푹 숙였다. 나는 더이상 국가의 아가리에서 구출된 소중한 난민이 아닌 모양이었다. 이제 나는 하나의 사례였다. 레이철은 재킷을 벗어 의자 등받이에 걸쳐놓았다. 그러고는 가지고 있던 서류를 테이블 위에 펼치고 문 쪽을 바라보는 자리에 앉았다. 그녀가 스스로 만족스럽다는 표정으로 나를 보며 미소를 지었다. 나는 잠시 어리둥절했는데, 하지만 그녀는 그저 자신의 일과 인생을 즐기고 있을 뿐이었던 것 같다. 나는 벽돌벽이 내다보이는 유리창 쪽을 향해, 그녀의 맞은편에 앉았다.

“샤반 씨, 더 일찍 찾아가지 못해 죄송합니다…… 하지만 저희는 무척 바빴어요. 어제 루마니아 출신 집시 110명을 태운 연락선이 르아브르*에서 들어왔거든요. 전원이 망명 신청자고요. 출입국 관리소 당국은 그들을 모두 돌려보내고 싶어했고, 우리는 그들 중 몇몇은 입국 허가를 받아야 한다고 주장했어요. 혹시 궁금해하실까봐 알려드리면, 그들은 전부 송환되었는데, 며칠 이내에 또다른 항구로 다시 들어올 것 같긴 해요. 어쨌든, 저는 통역가를 구하면 이 상황을 더 진전시킬 수 있을 거라고 생각했어요." 그녀가 익살스러운 표정을 지으며 말했다. "하지만 전혀 가망이…… 없을 것 같진 않은데, 왜냐하면 제가 접촉한 누군가가 오늘 아침에 제게 다시 연락을 줬거든요. 그가 기꺼이 해줄 것 같긴 하지만, 그래도 확실해지면 알려드릴게요. 어쨌든 이렇게 오긴 했는데, 앞으로의 일은 어떻게 처리해야 좋을지 모르겠지만, 하여튼 저는 선생님이 걱정하고 있을지도 모른다고 생각했어요. 아니면 우리가 선생님을 버렸다고 생각했든지요."

"통역가는 필요 없을 것 같습니다." 내가 말했다. 물론 이렇게 말하며 속으로 고소한 기분을 느꼈다. 심지어 내 나이가 되어서도 그런 하찮은 승리감을 억누를 순 없는 노릇이고, 그 순간에 내가 느낀 고소한 기분은 내가 아이 때 느꼈던 것이나 나중에 뜻밖에도 아는 게 깜짝 놀랄 만큼 많아지고 나서 수백 번은 느낀 것과도 다르지 않았다. 나는 그 티켓 판매인이 자신의 약삭빠른 조언으로 무슨 피해를 면하게 해주려고 애썼던 것인지 더는 신경쓰지 않았고, 그의 약삭빠름이 실은 무력한 자의 피해망상에서 비롯된 것은 아니었을까 생각하기 시작했다. 실리아의

* 프랑스 북부 센강 어귀에 위치한 항구도시.

집에서 침묵을 지키며 수모를 견뎌야만 했던 시간은 나를 무모하게 만들었고, 내게는 그곳의 감금생활로부터 기분을 북돋울 의기양양한 순간의 감미로움이 필요했다. 그리고 실리아와 믹과 그 남자애들이 편협한 그들 존재의 불결함으로 썩히기 전에, 누군가가 나의 새 삶을 돌보아야 한다는 것만은 분명한 사실이었다. 그리고 자신들의 안전한 성채 안에서 그 자극적인 전투를 치르고 있던 레이철과 제프는 둘 다 너무 바빠서 그렇게 해줄 수가 없었다. 그러니 나는 셀 수 없이 많은 부주의한 손에 맡겨져 긁히고 밀리고 당기고 말없이 계속 굴욕을 겪으며 다른 사람들의 만족스러운 이야기에 도구로 쓰일 것이었다. 그리고 나는 굶주림으로 죽어가고 있었다. 레이철은 망연자실한 표정으로 넌더리를 내며 나를 응시했다.

"그렇군요." 미소는 온데간데없이 그녀가 말했다. "이게 무슨 의미죠? 왜 영어를 전혀 못한다고 하셨죠?"

"못한다고 말하지는 않았습니다." 내가 말했다.

"좋아요, 왜 상대방이 영어로 말을 거는데도 대답하지 않으셨죠?" 잠시 후, 그녀는 노련한 변호사의 신중함으로 질문을 바꾸어 말하며, 분노로 조금 날카로워진 어조로 물었다.

"저는 그렇게 안 하는 편을 택하고 싶었습니다." 맞은편에 난 창문으로 벽돌벽을 힐끗 쳐다보며 내가 말했다.

"뭐라고요!" 이제는 염치없이 화를 내며 그녀가 외쳤다.

그래서 나는 그녀가 「필경사 바틀비」 이야기를 모른다는 걸 알았다.*

---

* 허먼 멜빌의 소설 「필경사 바틀비」에 등장하는 화자의 변호사 사무실 유리창 밖으로 3미터 거리에 바싹 붙어 있는 높다란 벽돌벽이 보인다. 이 작품에서 바틀비는 나중에 자

나는 그 방에 들어와서 벽돌벽을 보자마자 그 이야기가 떠올랐고, 일단 입을 떼고 나면, 그녀도 그 벽돌벽을 보고 똑같은 생각을 했는지 알아보기 위해 그 문장을 말할 방법을 찾아내리라고 마음먹었었다. 아름다운 이야기다.

"우리가 통역가를 구하려고 얼마나 고생했는지 알기나 하세요?" 그녀가 다시 한번 진저리치며 비웃듯 물었다. "우리는 선생님이 사용하는 언어가 뭔지도 몰랐어요. 우리는 런던대학에서 선생님 지역의 전문가로 있는 누군가를 찾았고, 그도 도울 마음이 있어요. 그는 여기 와서 선생님을 돕는 데 기꺼이 자신의 시간을 내주려고 했어요. 그렇게 모두를 잔뜩 고생시켜놓고는, 이제 와서 줄곧 영어를 할 수 있었다고 말씀하시다니요. 적어도 왜 그랬는지 설명이라도 해주시면……?" 그녀는 이제 짜증으로 달아오른 찡그린 얼굴에 붙은 흐트러진 곱슬머리를 치웠고, 메모장을 자기 쪽으로 끌어당겨 내가 하는 말은 무엇이든 받아 적어서 나를 비난할 증거로 삼을 준비를 했다.

"미안합니다." 내가 말했다.

내 지역의 전문가, 틀림없이 나에 대한 여러 권의 책을 썼을 것이고, 나에 대해 모르는 게 없을 것이며, 나보다도 나 자신에 대해 더 많이 알고 있을 누군가. 그는 내 지역의 흥미롭고 중요한 모든 장소들을 방문했을 것이고, 내가 분명 한 번도 보지 못했고 관련 신화와 통속적인 이야기만 어렴풋이 들어봤을 그곳들의 역사적이고 문화적인 맥락을 꿰고 있을 것이다. 그는 수십 년간 내 지역을 슬며시 들락거리며 나를 공

신에게 업무가 맡겨질 때마다 "저는 안 하는 편을 택하겠습니다(I would prefer not to)"라며 거절한다.

부하고 나를 받아 적고 나를 설명하고 나를 요약했을 것이며, 그럼에도 나는 바쁜 그의 존재를 알아차리지 못했을 것이다.

"티켓을 구입했을 때, 이곳에 도착하면 영어를 할 줄 안다고 하지 말라는 조언을 들었습니다." 내가 말했다. "이유야 알 수 없었지만, 그냥 두고 보자고 생각했죠. 지금이라고 더 잘 알게 된 건 아니지만, 그래도 말하는 게 낫다는 생각이 들었어요. 실리아의 집에서 모든 게 복잡하고 불편해져갔고, 그래서 도저히 어찌할 수 없는 상황에 이르기 전에 말을 하는 게 낫겠다고 생각했습니다. 비록 안 하는 편을 택하고 싶긴 했지만요."

나는 혹시 그녀가 처음에 못 들었을지도 모른다는 생각에 참지 못하고 다시 그 문장을 슬쩍 끼워넣어봤지만 아무런 반응도 없었다. 나는 그녀가 스스로와 갈등하는 모습을 보았고, 어쩌면 그녀는 방에서 뛰쳐나가 제프를 찾으러 가서 나의 짜증스러운 가식에 대해 넋두리를 늘어놓고 싶었을 수도 있었다. 하지만 그녀는 그러지 않았고, 비록 그녀의 두 눈이 짜증스러운 불만으로 여전히 이글거리긴 했지만, 나는 그 성난 달아오름이 잦아들고 있는 것을 보았다. 그녀는 그렇게 사소한 일, 그렇게 하찮은 책략을 무의미한 속임수에 불과한 것으로 여겼어야 마땅했는데, 그러지 않고 그처럼 굴욕감을 느꼈다는 사실에 나는 그녀가 염려되었다. 그녀는 남들이 자기 이야기를 하는 동안 잠자코 듣고 있을 필요가 없었고, 그저 한두 단체에 전화를 걸어서, 자신이 세계의 문화지리학에 너무 무지해서 뭔지 추측할 수 없는 언어를 사용하는 의뢰인을 도울 통역가가 있느냐고 물어보기만 하면 됐다. 그것은 심지어 무지도 아니었고, 전체적인 상황에서 보자면 내가 무슨 언어를 하는지는 크게 중요하지 않다는 확신이었는데, 왜냐하면 나의 필요와 욕구는 예측 가능한 것이었고, 조만간 나는 내 말을 이해시킬 방법을 배울 것이기 때문이었다. 혹은 조만간 그녀는 내가 그렇게 할 수 있게 만들어줄 전문가를 찾을 것이었다. 하지만 나는 그녀가 염려되었고, 그래서 그녀에게 나의 속임수와 그로 인해 벌어진 작은 불편함에 대해 이야기해주었고, 그러면서 나 자신을 우스꽝스럽게 만들었기 때문에 결국에는 그녀도 다시 미소 지었다. 이제 나는 말을 할 수 있으므로, 그녀는 망명에 대한 나의 탄원을 들어줄 준비가 되었다. 나는 만일 우리 정부의 통치하에 우리가 생명의 위협을 느낀다고 주장한다면 망명이 승인될 거라는 이야기를 들은 것과, 내가 어떻게 해서 망명자가 되기로 결심했는지를 그녀에게 솔직히 말해주었다. 그녀는 고개를 끄덕였는데, 그들은 이미 난민기구의 협조실에서 그 이야기를 전해들은 터였다. 그러고서 그녀는 다시 내 편으로 돌아와 자신만의 영리함으로 효율적 방안을 강구하느라 신경을 곤두세우더니, 탄원서를 준비하려면 세부적인 정보가 좀더 필요하다고, 또 나의 사회보장번호를 받으러 갈 약속을 잡아두었고 주택 공급 담당 부서와 연락을 취하고 있으며, 물론 약간의 형식적 절차가 남아 있긴 하지만 머지않아 작은 아파트 하나를 얻을 가능성이 있다고 말해주었다. 그녀는 특히 내 나잇대에 맞는 GP*에 나를 등록시켜주었고, 내가 가져온 누더기들보다 이곳 기후에 더 알맞은 구호용 의복을 몇 벌 받을 수 있도록 주선해두었다. 거기다가 지역 대학의 난민 전화 상담 서비스를 통해 영어 수업도 잡아두었는데, "물론 이제 그건

* 'general practitioner'의 약자로, 영국에서 '지역 보건의'를 뜻하는 말.

필요 없을 것 같지만요"라고 말하며 반짝거리는 너그러운 미소를 지었다.

"잊지 말고 그 대학 사람에게 전화해서 이제 안 도와주셔도 된다고 말해줘야겠어요." 그녀가 속아넘어갔다는 표정을 지으며 말했다.

"너무 많은 폐를 끼치게 돼 죄송합니다." 내가 말했다. "그리고 런던 대학의 제 지역 전문가께도 신경쓰이게 했네요. 미안하다는 말을 꼭 좀 전해주세요."

그녀는 손을 저어 나의 사과를 몰아내고는 자신의 메모를 들춰보았다. "라티프 마흐무드. 그게 그 사람 이름이에요. 제가 나중에 전화해서 결국 도와줄 필요가 없게 되었다고 말하죠." 레이철은 잠시 바쁘게 서류를 뒤적이며 그것들을 차례대로 정리하더니 우리의 면담을 끝냈다. 그 이름을 듣게 되다니 충격적이었다. 나는 그 이름과 그것이 지칭하던 남자, 내가 그 사연을 알던 남자에 대해 곰곰이 생각했다. 나는 그의 사연의 일부를 아주 잘, 너무 잘 알고 있었지만, 그건 그가 누군가의 아들이고 젊었을 때, 그리고 다른 이름으로 불리던 때의 일이었다. 그의 나머지 삶, 진짜 삶의 이야기를 나는 소문으로만 알고 있었다. 나는 그를 생각하며, 그렇게 먼길을 떠나왔음에도 그에게 이렇게 가까워지고 말았다는 사실에 걱정과 불안을 억누를 수 없었다. 그래, 그가 우리 지역의 전문가였군! 마샤알라, 그것은 대단한 일이었다, 그 전문가라는 게 우리를 요약하러 온 이방인이 아니라 우리 중 하나라는 것은. 그러자 침묵을 깨뜨린 것이 후회스럽게 느껴졌다.

"라티프 마흐무드, 놀랍군요." 내가 말했다.

"그분을 아시는군요." 레이철이 아주 기뻐하며 말했다.

"조금요." 내가 말했다. "그가 아주 어렸을 때 알았죠."

"제가 그분의 자동응답기에 남긴 메시지에 선생님의 이름을 언급했던 것 같아요." 레이철이 유쾌하게 말했다. "분명 그랬던 것 같네요. 그러니 만일 두 분이 아는 사이라면, 그분이 아마 연락을 주겠죠. 아, 정말 안 믿겨요. 저는 선생님이 주위에 이야기를 나눌 사람도 없이 그냥 그렇게 혼자 지내실 줄로만 알았는데, 실은 줄곧 그냥…… 그 우울한 고요 속에서 활짝 웃고 계셨다니요. 이해합니다, 저를 기분 나쁘게 하려고 그러신 건 아니었겠죠. 그런데 말이죠, 대체 왜 망명자가 되기로 결심하신 건가요? 말씀해주세요. 정말로 생명의 위협을 느끼셨던 건 아닌 거죠, 그렇죠? 선생님이 말씀해주신 바에 따르면, 선생님이 떠나오신 건 그저……"

"저는 오랫동안 생명의 위협을 느껴왔습니다." 내가 말했다. "지금에야 비로소 영국 여왕 폐하의 정부가 그 사실을 인지하고 제게 피난처를 제공했을 뿐이죠. 이제는 쓸모없는 목숨일 뿐이지만, 그래도 제게는 아직 소중하거든요. 어쩌면 지금보다 훨씬 더 소중했던 옛날에도 똑같이 쓸모없는 목숨이었을지 모르지만."

"생업으로 어떤 일을 하세요, 샤반 씨?" 내 말에 흐르는 침울한 기류에 당혹감을 느낀 게 분명한 그녀가 물었다. 나는 어떤 적의나 신랄함도 피해가며 차분하게, 심지어 부드럽게 말하려 애썼지만 그러면서도 그 환하게 불이 켜진 방에서 우리 사이에 오가는 대화의 무거움을 느낄 수 있었다.

"지난 몇 년 동안 저는 바나나와 토마토와 설탕 봉지나 팔았을 뿐, 별로 한 일이 없습니다. 그전에는 상인, 사업가였죠. 그 두 시기 사이에 저는 국사범으로 감옥에서 여러 해를 보냈습니다." 가련한 레이철, 그녀는 나의 무자비한 답변에 망연자실한 채 내 앞에 앉아 있었다. "하지만 이제 다 괜찮을 겁니다." 나는 이렇게 말을 이었는데, 말을 시작하자마자 할말이 떨어져버렸다. "이곳 바닷가에서. 작은 아파트에서요."

"저는 이제 그만 가봐야겠어요." 그녀가 다시 침착하게 나를 바라보며 말했고, 나는 그녀가 망연자실해 보인다는 생각이 나의 착각이었을지도 모른다고 생각했다. "선생님의 이야기를 더 들을 수 있으면 정말 좋겠네요. 음, 꼭 더 들을 거예요." 그녀가 즐거워하며, 하지만 불친절하지는 않게 상냥한 미소를 보였다. 나는 자기 연민에 빠져 그렇게 무자비하게 말한 것이 후회스럽게 느껴졌다.

라티프 마흐무드. 만약 그녀가 그에게 내 이름을 말했다면 그에게서도 이야기를 더 듣게 될 거라고 생각했다. 그가 나에 대해 알아보러 와서는 그때 그 세월 이래로 자기에게 무슨 일이 있었는지 전부 들려줄 거라고 생각했다.

일단 나는 의회와 레이철이 나를 위해 마련해준 집에 앉아 있고, 이 집의 언어와 소음이 내게 낯설긴 하지만 그래도 이곳에서 안전함을 느낀다. 때로는. 또다른 때에는 이제 너무 늦어버렸다는, 이제 멜로드라마같이 되어버렸다는 기분이 들기도 한다. 그리고 이럴 때 나는, 모든 것들이 때로는 자기 볼일을 보면서, 또다른 때에는 나처럼 망연자실하고 버려진 모든 우주를 조용히 비웃느라 부들부들 떨면서 미끄러지듯 지나가는 동안 한군데서 쭉 어슬렁거리며 가만히 서 있었던 것처럼, 시간이 몰래 지나가는 것에 두려움이 들기도 한다. 그럴 때 나는, 마치 그것들을 위한 자리가 이미 정해져 있으며 내가 그것들을 소리 내어 말하기도 전에 이미 의미가 주어져 있기라도 하듯, 내가 말할 모든 것의 자리를 결정하고 설명하는 뉘앙스들의 고압적인 무게에 져버린 기분이 든다. 나는 내가 또다른 존재의 계획 아래 내 뜻과는 무관하게 사용되는 도구, 다른 누군가가 들려주는 이야기의 등장인물이라고 느낀다. '나'가 아니라. '나'라는 존재가 자신에 대해 이야기하며 자신을 영웅적으로 만드는 일 없이, 자신을 포위당한 것처럼 보이게 만드는 일 없이, 논박할 수 없는 것을 논박하고 바꿀 수 없는 것에 앙심을 품는 존재로 그린다는 건 있을 수 없는 일 아니겠는가?

라티프

3

거리에서 누군가가 나를 히죽거리는grinning 블랙어무어*라고 부르며 시대착오적인 말을 했다. 히죽거리는 검둥이. 그 광경을 한번 상상해보라. 나는 조금 서두르며 지하철역에서 일터로 성큼성큼 걸어가고 있었는데, 왜냐하면 나는 의무적으로 가야 하는 목적지 덕분에 단호하고 규제된 발걸음으로 역에서 걸어나가는 드라마 같은 순간을 좋아하기 때문이다. 하지만 나는 늦을지도 모른다는 습관적인 불안감 때문에 서두르고 있기도 했다. 나는 종종 시계를 쳐다보는데, 그날 아침에는 시계가 없었다. 몇 달 전에 시곗줄이 삭아서 끊어졌는데, 새 시곗줄을 구할 짬이 없었다. 그 결과, 나는 실제로는 전혀 그렇지 않은데도 늦

---

* blackamoor. '검둥이'라는 뜻으로, 특히 아프리카 흑인을 낮잡아 이르는 말.

었을 거라고 생각하는 바람에 시계를 찼을 때보다 더 걱정이 많아지고 말았다. 나는 내가 왜 그러는지, 왜 시간 때문에 노심초사하는지 모르겠다. 그것은 건강하지 않게 느껴진다. 물론 나는 어쨌거나 걱정이 꽤 많은 편이고, 늦어서 바삐 서두르고 실망시키고 사과해야 하는 일을 질색하긴 하지만 말이다.

그리하여 나는 평상시의 구질구질한 일, 업무, 무언의 후회, 방치된 할일로 들끓는 마음으로, 하지만 과도하지는 않게 그저 약간 걱정을 하며 출근하느라 토트넘 코트 로드 역에서 내려 베드퍼드스퀘어 북쪽을 따라 성큼성큼 말렛 스트리트로 향하고 있었다. 나는 보도에서 가까워지면 내게서 살짝 비킬 줄 알았던 맞은편 남자를 피하기 위해 방향을 약간 틀었다. 나는 그가 다가오는 걸 딱히 신경쓰지 않았고, 그저 그렇다는 것만 알아차리고는 몸을 비킬 준비를 했다. 나중에 보니 그는 지나갈 공간을 만들어주지 않았고, 그래서 나는 내 생각보다 조금은 더 과장된 방식으로 몸을 비켜야 했다. 마치 고국에서 보낸 옛 십대 시절에 우리가 책을 보고 익혀 추려고 했던 그 우스꽝스러운 사교댄스처럼, 나는 어깨를 치켜세우고 살짝 옆으로 걸으며 그 일에 너무 힘을 들였던 것 같다. 그렇게 거의 지나갔을 때, 나는 그가 쉿 하고 화내는 소리—쉬이이이이이이이—나처럼 그것에 익숙하지 않은 사람에게는 기이하고 위협적이고 중세적으로 들리는 소리를 들었다. 뒤돌아보지 않은 채 나는 순간적으로 내가 주목하지 않고 스쳐지나온 남자를 마음속에서 돌아다보았다. 그러고서 제대로 쳐다보자, 묵직하고 비싼 검은색 외투를 걸쳤으며, 키는 크지 않고, 어깨는 약간 굽은 나이든 남자가 보였다. 쉬이, 그는 또다시 쉬이이 소리를 냈다. 그러더니 말했다. "히죽거리는 블랙어무어 놈."

물론 그 잘난 인간을 쳐다보기 위해 돌아선 다음 히죽거리긴 했지만, 나는 내가 히죽거리고 있는지도 몰랐다. 그는 오십 년대 영국 영화에서 흔히 볼 수 있는, 상의를 바지에 집어넣은 전형적인 영국인, 해결할 수 없는 도덕적 갈등으로 괴로워하는, 근엄하고 아래턱이 축 처진, 그 영화 시대의 은행원이나 공무원처럼 보였고, 이제는 우리가 서로를 지나쳤으므로, 그는 불운한 영웅처럼 일부러 타가닥타가닥 소리를 내며 한가로이 걸어가고 있었다. 히이죽거리는gwinnin 블랙어무어 놈. 하지만 조롱하려는 건 아닌데, 그는 위기의 한복판에서 자멸을 생각하고 있는지도 몰랐고, 그가 혐오감을 보이며 낸 쉿 소리는 딱딱한 학대로 위장했을 뿐, 실은 도와달라는 외침인지도 몰랐다. '블랙어무어'라는 말은 정말 이상한 말이어서 '블랙'과 '무어' 사이에 있는 '어a'가 나를 즉시 신경쓰이게 만들었고, 나는 습관 탓인지 훈련 탓인지, 사람들이 거리를 돌아다니다가 한가로이 거닐고 있는 검둥이에게 다가가 사용하는 정도의 평범한 언어 사용이든, 아니면 옛 시절의 말투를 구성해내는 방식의 문학적 재창조든, 실제 사용되는 예를 생각해보기 시작했다. 사무실에 도착하자마자 나의 축약본 옥스퍼드 사전에서 그 말을 찾아보았는데, 거기 적힌 내용은 아주 적었다. 흑인negro, 블랙black + 무어moor. 누가 해도 이것보다는 낫겠군. 그래서 나는 '블랙'을 찾아보고는 움찔했다. 속이 시커먼blackhearted, 음침한 얼굴을 한blackbrowed, 블랙리스트blacklist, 불한당blackguard, 공갈blackmail, 죄수 호송차Black Maria, 암시장black market, 골칫거리black sheep. 그런 항목들이 쭉 이어졌고, 그래서 그것들을 다 읽었을 때쯤엔 빗발치는 질책에 더럽혀져 비

루하고 의기소침해졌다. 물론 나는 '블랙'이 타자他者, 못된, 짐승, 심지어 누구보다도 피부가 없는* 문명화된 유럽인의 가장 내밀한 영역에 존재하는 어떤 사악하고 어두운 장소 등으로 해석된다는 걸 알고 있었지만, 그래도 한 페이지에서 그렇게 많은 블랙 블랙 블랙을 보게 되리라고는 예상치 못했다. 무방비 상태로 그 사실을 마주하게 된 것은 구시대 영화 속 심술난 인물처럼 보이는 남자에게서 '히이죽거리는 블랙어무어'라는 말을 들은 것보다 훨씬 더 충격적이었다. 그로 인해 나는 미움받고 있다는 기분, 그러한 연상에서 오는 일종의 공포에 갑자기 나약해지는 느낌이 들었다. 이곳이 내가 살고 있는 집이다, 라고 나는 생각했다, 모퉁이를 세 번 돌면 꼭 한 번은 내 뒤에서 나를 향해 짖고 나를 멸시하는 언어.

그러고서 나는 감히 '무어'는 찾아볼 생각도 못했다. 하지만 오후 늦게, 일주일 중 가장 바쁜 그날의 수업 세 개를 끝낸 후, 나는 도서관으로 가서 나의 마나님인 OED**에서 '블랙어무어'를 찾아보았다. 거기서 찾아낸 내용에 따르면, 그 단어는 1501년에 처음 활자화되었고, 이후로는 인도적인 시드니***, 독보적인 W. 셰익스피어, 신중한 피프스**** 같은 영문학의 대가들부터 해서 일군의 다른 소수 권위자들의 펜에서 미끄러지듯 떨어져나왔다. 그것은 내 기분을 돋우어주었다. 그 모든 고난의 시기 동안 내가 잊히지 않고, 밀림의 늪지에서 먹을 것을 뒤지면

---

* '피부가 없는'으로 옮긴 'skinless'에는 '민감한'이라는 뜻도 있다.
** '옥스퍼드 영어 사전(Oxford English Dictionary)'의 줄임말.
*** 영국 궁정 시인·정치가·군인 필립 시드니.
**** 영국 일기 작가·해군 대신 새뮤얼 피프스.

서 씩씩거리거나 벌거벗은 채 나무 사이를 건너다닌 것이 아니라 바로 그곳에 존재하면서, 수세기 동안 정전正典 사이에서 히죽거리고 있었다는 기분이 들었다.

나는 사무실로 돌아와 난민위원회에 전화를 걸었다. 아니면 그건 다른 날에 있었던 일인지도 모르겠다. 얼마 전 누군가가 내 사무실의 자동응답기에 메시지를 남겨서 이제 막 잔지바르에서 도착했고 영어를 전혀 못하는 망명 신청자 노인의 통역을 도와줄 수 있는지를 물었었다. 메시지를 남긴 여자는 내가 그쪽에서 사용하는 언어를 안다고 전해 들었다고 했다. 나는 내 고국에서 온 누군가를 만나야 할 때면 늘 느끼던 두려움을 억눌렀다. 그들은 내가 정말 영국인이 되었다고, 정말 다르다고, 자신들과 정말 동떨어져 있다고 말하거나 속으로 그렇게 생각할까? 마치 내가 변했건 변하지 않았건 세상에는 이곳과 그곳밖에 없다는 듯이, 마치 그것이 소외에 관한 무언가 단순한 사실을 입증하기라도 한다는 듯이, 마치 내가 더이상 나 자신이 아니라 스스로를 속이는 가식적인 존재, 가공된 꼭두각시라도 된다는 듯이. 그리고 나는 또한 그들이 그쪽에서 말하는 언어가 무엇인지 말로 표현할 수 없거나 알 수 없다는 암시에 짜증이 치미는 것을 억눌렀는데, 실은 그리스어나 덴마크어나 스웨덴어나 네덜란드어를 하는 사람보다, 혹은 어쩌면 그 사람들을 다 합친 것보다 스와힐리어를 하는 사람이 더 많기 때문이었다. 아마도.

나는 전에도 난민기구를 위해 이런 종류의 일을 해본 적이 있었고 기꺼이 또 그 일을 했을 테지만, 자동응답기에 남겨진 다음 메시지는 먼젓번의 요청을 취소하는 것이었다. 나는 어쨌거나 번호를 받아 적어서 내 책상 위 보드에 핀으로 꽂아두었고, 그리하여 그것은 다른 무언가의 잠재적인 원천이라고 생각해 마찬가지로 핀으로 꽂아둔 다른 종이 쪼가리들 사이로 섞여들었다. 아이디어, 시詩, 업무상 약속과 분주함 같은 것들. 내가 몸담고 있는 일에서 계속 승승장구하기란 쉽지 않다. 몇 주 후—아니, 몇 달 후, 그다음 학기중의 언젠가…… 오십 년대 영국 영화 속의 암울한 영웅이 나를 '히죽거리는 블랙어무어'라고 불렀던 날 혹은 또다른 날…… 어느 늦은 봄날—나는 그 망명 신청자 노인이 어떻게 되었는지 알아보려고 그 번호로 전화를 걸었다. 어쩌면 거리에서 욕을 얻어먹은 탓에 일종의 연대를 바라게 되었는지도 모른다. 그 일은 그렇게 시작되었다.

나는 시를 혐오한다. 나는 그것을 읽고 가르치고 혐오한다. 나는 심지어 그것을 좀 쓰기도 한다. 나는 그것을 학생들에게 가르치고(물론 내가 쓴 쓰레기를 가르치진 않는다, 하느님 맙소사) 그것에서 짜낼 수 있는 것을 짜내서, 장황하고 가식적인 것을 간결하게 만들고, 어설프게 사색적인 것을 지혜롭고 예언적으로 만든다. 시는 아주 정교하게 말하는 게 아무것도 없고, 시는 아무것도 드러내 보이지 않으며, 시는 그 어떤 것으로도 이어지지 않는다. 벽지나 학과 조교 사무실 밖에 있는 안내문만도 못하다. 언제나 명료한 산문이 훨씬 더 좋다.

자동응답기의 두번째 메시지 덕에 내가 고국을 기만적으로 떠나온 사실을 속죄하지 않아도 되어 큰 안도감이 들었다. 내가 번호를 받아 적었던 것은 두번째 메시지를 믿지 않았기 때문이었다. 나는 그들이 다시 연락해올 거라고 생각했고, 멍청하고 몽롱하고 느긋하게 있다가 그 일이 닥쳐왔을 때 마구 휘둘리느니, 그 번호를 보드에 붙이고 계속 상기시키며 촉각을 곤두세운 채 다가올 공격에 대비했다. 그러다가 결국 나는 몇 주가 지나고, 몇 달이 지난 후에야, 내가 안전한지를 확인하기 위해 전화를 걸었다. 내 전화를 받은 남자는 나에 대해서나 나에게 전화가 간 일에 대해서나 전혀 아는 바가 없다고 퉁명스럽게 말했다. 나는 그가 내 이름을 알아주길 바라서가 아니라 어디까지나 예의상 내 이름을 밝히며 대화를 시작했다. 뭐라고요! 제 이름을 한 번도 들어본 적이 없다는 말씀이신가요? 나는 다시 퉁명스러운 목소리로 돌아와 내가 그 부족의 일원이거나, 적어도 익명으로 나누는 전화 통화에서 예의상 하는 기이한 말들을 익히 알고 있다는 사실을 내비쳤고, 그런 후에 우리는 다정하고 수다스러운 대화를 나누었다. "아, 그래요, 그 어르신. 한참 됐네요, 꽤 오래된 일이지만 그 사람을 기억합니다. 당신에게 전화한 건 분명 레이철일 거예요. 그 사람 담당이거든요. 이제 아마 괜찮을 거예요. 이상한 사람인데, 그동안 영어를 할 수 있으면서도 그렇게 안 하는 편을 택하고 싶었다더군요." 그 남자가 택하고 싶었다에 억양을 붙였기 때문에 그가 마치 인용을 하고 있는 것처럼 들렸다.

"택하고 싶었다고요. 바틀비처럼." 으스대고 싶어서, 문학 선생으로서 내가 지닌 자격을 확실히 보여주고 싶어서 늘 안달인 내가 말했다.

"레이철더러 당신께 전화하라고 전할게요." 그가 말했고, 그래서 나는 그가 그 이야기를 모르는 게 분명하다고 생각했다.

"아, 아닙니다, 그러실 필요는 없어요. 그냥 좀 궁금했었거든요."

"전혀 문제없습니다." 그가 가벼운 선의를 발하는, 똑같은 편에서, 똑같은 차차차 선율에 맞춰 춤을 추는 목소리로 말했다, 성스러운 예복을 걸친 우리 난민 구세주들.

"아, 그래주시면 정말 감사하겠습니다." 내가 말했다. "그분이 어떻게 되었는지 정말 궁금하군요. 그 여자분이 제 사무실 번호를 알긴 할 테지만 그래도 당신께 번호를 남기겠습니다." 나는 그녀의 연락을 받고 싶지 않다. 단지 내가 위험에서 벗어났는지를 확인하고 싶었을 뿐이다. "자동응답기가 있으니 언제든 괜찮습니다."

그녀가 몇 분 안에, 혹은 다음날인가에 전화를 걸어왔다.

"레이철 하워드라고 합니다." 분주하고 산만하게 말했는데, 어쩌면 내게 말하는 동안 무언가를 읽고 있었는지도 모른다. 나는 그 목소리의 주인공을 마음속에 그려봤다. 젊고, 날씬함을 유지하려고 무척 애를 쓰며, 그 모든 긴장감과 부담감 때문에 겨드랑이 아래에 약간 땀이 찬 사람.

"당신이 예전에, 아무래도 한참 전일 텐데 제게 전화를 걸어서 잔지바르 출신의 영감님 말을 통역해줄 사람이 필요하다고 하셨었죠. 그 일로 연락드렸습니다. 제 자동응답기에 메시지를 남기셨더군요. 그분은 어떻게 지내는지, 모든 게 다 잘 해결되었는지 좀 궁금했습니다."

"네, 감사해요." 그녀가 말했다. "그분은 잘 계세요, 아파트로 거처를 옮기셨고 스스로를 아주 잘 돌보고 계십니다. 그분은 잘 계세요, 충분히 자족하며 살고 계시죠. 그분의 나이가 예순다섯이라는 걸 제가 말씀드렸던가요? 고향에서 도망치기에는 좀 많은 나이지만, 이런 분도 있네요. 그분 생각은 다르더라고요. 그분에 대해 묻는 전화를 주셔서 감사해요. 그분께도 말씀드릴게요."

"마음 써주셔서 정말 감사합니다." 퇴장을 준비하며, 수화기를 내려놓기 위해 팔꿈치의 무게중심을 이동시키기 시작하며, 작별인사와 감사의 말을 전하기 위해 입술을 둥글리며 내가 말했다.

"당신이 전화주셨다고 하면 기뻐하실 거예요." 그녀가 명랑하게 말했다. "그분이 제게, 두 분이 서로 아는 사이라고 하셨거든요."

"우리가요?" 내가 물었다. 너무 늦었다, 가슴이 철렁 내려앉는 그 기분. "그분 성함이 어떻게 되시죠?"

"그분 성함을 메시지에 남겼다고 생각했어요. 죄송합니다." 그녀가 말했다. "제가 그분께 당신 이름을 언급하자 그분이 당신을 안다고 하셨어요. 저는 당신이 연락이 닿길 원하려나 생각했고요. 그분 이름을 남긴 줄 알았는데." 내가 그 나이든 도망자에게 이따금 이야기를 읽어주고, 그가 버려진 자기 존재의 구슬픈 선율을 접할 수 있도록 카시다*를 노래해줄 잠재적인 오후 방문자가 될 수도 있다는 사실을 암시하는 말이었다.

"그분은 샤반 씨예요. 라자브 샤반 씨." 그녀가 흥분해서인지, 아니면 그 이름을 똑바로 발음하는 데 집중했기 때문인지 목소리를 약간 높이며 말했다. 그녀는 라자브Rajab의 j를 더 강하게 발음했어야 했고, 샤반Shaaban의 a를 장음으로 발음했어야 했다. "아시는 이름인가요? 혹시 어떤 식으로든 관련이 있을까요?"

"아니요." 내가 말했다.

---

* 아랍의 시체(詩體)로, 보통 단운시(單韻詩)이다.

"아, 유감이로군요. 이것참, 그분이 실망하시겠어요. 어쨌든 전화주셨다고 그분께 말씀드릴게요."

나는 히죽거리는 블랙어무어다. 너는 히죽거리는 블랙어무어다. 그는 히죽거리는 블랙어무어다. 그녀는 히죽거리는 블랙어무어다. 우리는 히죽거리는 블랙어무어다. 그들은 히죽거리는 블랙어무어다. '어a'가 블랙과 관련된 다른 복합어에서는 떨어져나갔으면서 어째서 블랙어무어에서는 살아남았는지는 분명하지 않았다. OED의 축적된 지혜로도 알 수 없는 최고의 수수께끼. 십대 때 봤던, 지중해의 바이킹선이 어느 시점에 이르러 북아프리카 왕국의 흑인 술탄과 조우하는 장면이 있는 영화가 어렴풋이 떠오른다. 아름답게 빛나는 검은 나신을 드러낸 술탄이 오른쪽 팔꿈치를 얹은 채 편히 앉아 있다, 히죽거리면서. 바이킹 강간범들 중 한 명이 자신의 넓은 칼날로 그 히죽거리는 웃음을 지워주기 전에 그를 히죽거리는 블랙어무어로 부르던가? 술탄 역은 타의 추종을 불허하는 배우 시드니 포이티어*가 맡았고, 그 자세를 포착한 사진은 〈에보니〉**의 표지를 장식했던 것 같다. 정말이다, 기억이 전부 되살아나는데, 그 영화의 제목은 〈전함 바이킹〉이었으며, 그 바이킹 약탈자들은 분명 ' 히죽거리는 블랙어무어 놈'이라고 말했다. 블랙어무어가 태양을 닮지 않은 것만큼이나 현실에 훨씬 못 미치게.

그의 두 눈은 진주가 되었노라.*** 라자브 샤아반은 내 아버지의 이

---

* 미국 배우로, 흑인으로서는 최초로 아카데미 남우주연상을 수상했다.

** 1945년에 창간된 아프리카계 미국인을 대상으로 한 월간지.

*** 셰익스피어의 『템페스트』 1막 2장에 등장하는 '에어리얼의 노래'의 한 구절로, 에어리얼이 퍼디넌드의 아버지가 익사했다고 믿게 하려고 부르는 애도가이다. T. S. 엘리엇이 그의 장시 「황무지」에서 인용한 것으로도 유명하다.

름이었다. 누군가가 그의 이름을 주워 그를 되살려놓았다. 혹은 어쩌면 내 아버지만큼이나 그 이름에 대한 권리를 가진 사람인지도 몰랐다. 내 아버지의 이름은 성스러운 무언가가 아니다.

그는, 그러니까 내 아버지는 늦는 일에 대해 나보다도 걱정이 많았다. 아버지는 그 일로 사람들을 정말이지 성가시게 했다. 그리고 아버지는 다른 사람들이 늦는 일에 대해서도 자기가 늦는 일만큼이나 걱정을 했다. 아버지는 우리가 우리 인생의 대부분을 기다리면서, 누군가를 기다리면서, 가서 누군가를 만나려고 기다리면서, 무에진*이 기도 시간을 알리길 기다리면서, 라마단의 시작을 알리는 초승달이 떠오르길 기다리면서, 그 달이 라마단이 끝날 때 다시 떠오르기를 기다리면서, 배가 부두에 도착하길 기다리면서, 사무실 문이 열리길 기다리면서 보낸다는 걸 자각하게 해주셨다. 아버지에게 이 모든 기다림은 무시해버릴 수 없는 극도의 괴로움이었고, 그래서 나는 아버지가 그로 인해 겪은 고통을 보고, 늦어지는 걸 몹시 두려워하게 되었다. 하지만 다른 많은 일들에 대해 아버지는 거의 태만하다고 할 수 있을 만큼 매우 무심했다. 아버지는 살면서 무자비한 일을 정말 많이 당하셨기 때문에 가혹하게 비판하기 망설여지지만, 아버지는 분명 태만했다. 그래서 아버지는 그보다 더 현명하게 굴었어야 할 때 그러지 못해 나의 형 하산을 잃고 집도 잃었으며, 이후로 만족할 만한 일은 그 어떤 것도 아버지를 찾아오지 않았다. 아버지가 어쩌다 어머니를 잃었는지는 나도 모른다, 정확히는.

* 모스크의 첨탑인 미나레트 꼭대기에서 기도 시간을 외쳐 알리는 사람.

어머니가 아버지를 경멸한다는 걸 이해하기까지는 오랜 시간이 걸렸다. 나는 심지어 시간이 한참 지나고도 그 사실을 이해했다고는 생각하지 않는다. 나는 내가 이십대가 되어 집에서 멀리 떠나기 전까지는, 어머니가 아버지에 대해 지닌 감정을 그 단어로 설명할 줄은 몰랐을 거라고 생각한다. 하지만 어느 시점에 이르러, 나는 우연히 듣게 된 것들로, 어머니가 아버지에게 사용한 어조로, 어머니가 삶을 살았던 방식으로 미루어 그 사실을 파악했다. 그들이 그것에 대해 말해준 적이 없기 때문에, 나는 이 업신여김이 어떻게 시작되었는지를 한 번도 들어본 적이 없다. 부모들은 그와 똑같은 불행이 자기 자식들에게 닥쳐오기 전까지는 그런 이야기를 하지 않는 것 같고, 그럴 때조차도 자신들은 그 불행을 극복했다고 생각하며 그런 이야기를 하는 것 같다.

나의 형 하산 또한, 그가 다른 거의 모든 것에 대해서는 지혜와 은밀한 지식의 원천, 율법의 기운찬 근원이자 돌판과도 같은 존재였음에도 불구하고 그것에 대해 언급한 적은 한 번도 없었다. 하산은 알지 못하거나 정교하고 상세한 이론을 갖추지 못한 적이 없었다. 보통 그는 전혀 힘들이지 않고 자연스럽게 설명이나 묘사를 시작했는데, 가끔은 지어내고 꾸미기 전에 몇 초간 뜸을 들이기도 했다. 한번은 그가 나에게 줄리어스 시저의 시신 앞에서 브루투스가 했던 연설을 들려주었던 일이 기억난다. 어떤 이유에서인지 그는 영어 선생님이 시켜서 그것을 외워야만 했다. 그러니까 당신과 나만큼이나 영국인이던, 칸주와 코피아 차림으로 학교에 나오던, 그리고 경건한 무슬림이자 열렬한 영국 예찬자였으면서도 아무런 모순이나 불안을 느끼지 않던 학교 영어 선생님 말이다. 선생님은 자기 학생들이 위대한 작품들의 구절을 외워서 날마다. 잇따라, 매 수업마다 낭독하기를 진심으로 바라셨는데, 그렇게 할 수만 있다면 더할 나위 없었을 것이다. 그러고서 선생님은 교실 뒤쪽에 앉아 눈을 감고 얼굴에 작은 미소를 띤 채 학생들이 『줄리어스 시저』나 키플링의 작품이나 「무정한 여인」*의 구절들을 낭독하는 것에 귀를 기울이곤 하셨다. 하산은 그게 시간 낭비라고, 크로스컨트리 레이스나 토요일 아침의 학교 대항 토론회("우리측은 여자가 있어야 할 곳은 마땅히 집이라고 믿는 바입니다")에 참석하는 것만큼이나 시간 낭비라고 생각했지만, 선생님은 주머니에 짧은 가죽끈을 넣고 다니며 그 구절들을 암기하는 성실함이 부족한 학생들에게 휘둘렀다. 그리고 내 생각에 하산은 그 강렬한 구절들을 외우기를 꽤나 좋아했던 것 같다.

그는 『줄리어스 시저』에 들인 노력이 정점에 이르자, 집밖의 단차가 작은 계단에 나와 함께 앉아, 팔을 고대 로마의 원로원 의원처럼 가슴 위로 비스듬하게 올리고 턱은 현명한 사람처럼 각을 세워 올리고는 그 결과를 나에게 힘차게 읊었다.

> 로마 시민들이여, 나의 동포이자 사랑하는 여러분! 나의 대의명분을 끝까지 들어주시오. 그리고 내 말을 들을 수 있도록 조용히 해주시오. 나의 명예로 나를 믿어주시고, 나의 명예를 존중해 나를 믿어주시오. 여러분의 지혜로 나를 판단하시되, 더 나은 판단을 할 수 있도록 여러분의 의식을 깨어나게 하시오.**

---

* 영국 시인 존 키츠의 발라드.

** 셰익스피어의 『줄리어스 시저』 3막 2장에 등장하는 브루투스의 대사. 이어서 인용되는 '단도'에 관한 구절도 같은 곳에 나오는 브루투스의 대사다.

그리고 그가 줄리어스 시저가 누구고 그에게 무슨 일이 일어났으며, 마크 안토니와 브루투스, 로마인들과 셰익스피어가 누구라고 설명해 주었음에도 불구하고 그 연설은 당시 나에게 별다른 인상을 주지 못했는데(나는 아홉 살이나 열 살이었다), 그 시절 한 주에 두세 번씩 열리던 집회에서 인사를 하는 정치인들을 떠올리게 하는 첫머리만은 예외였다. 그것 말고도 나 자신에게도 똑같은 단도를 주겠소라는 구절은 예외였는데, 왜냐하면 단도dagger라는 단어의 소리가 마음에 들었기 때문이다.

이 말을 끝으로 물러가겠소. 나는 로마를 위해 나의 가장 친한 친구를 죽였는데, 조국이 나의 죽음을 요구한다면 나 자신에게도 똑같은 단도를 주겠소.

단도가 뭐야? 내가 하산에게 물었다. 그리고 어떤 이유에선지 그가 말을 더듬었다. 그건 위스키 한 잔이야, 그가 얼버무리듯 대답했다. 나는 그게 음료이고 하람*이라는 것은 알았지만 정확히 무엇을 말하는지는 몰랐다. 그러자 하산은 원래의 자신감을 되찾고는 내게 로마 문화에서 위스키가 어떤 의미인지 얘기하며, 만일 군중이 자신의 연설을 좋아해주지 않으면 브루투스가 그것을 한 잔 마시려 하는 거라고 말해주었다. 그것은 그의 서투른 순간들 중 하나였고, 그런 순간은 그때 말고

* 이슬람법이 정한 행위의 다섯 범주 가운데 다섯번째로 금지된 행위를 뜻하는 말.

도 많았지만, 그의 각색이 아주 즐거운 순간들도 있었다. 그러고서 그는 정령과 고대 왕국, 프랑켄슈타인이 만들어낸 괴물의 비극적 삶, 그 불쌍한 괴물이 유빙에 오른 채 절망적으로 표류하던 북극에 뜨는 한밤중의 태양, 무슬림 스페인*의 장엄함과 나치 독일의 엄청난 엄격함에 대해 이야기했다. 그에게서 쏟아져나오는 말들이 어찌나 유창하고 명쾌하고 확신으로 반짝이던지, 그것이 사실이라고 믿을 수밖에 없었다. 하지만 내가 기억하기로, 어머니가 우리 아빠를 업신여기는 것에 대해서나, 상대방이 시간에 늦으면 충분히 사나워질 수 있는 우리 아빠가 어머니에게는 왜 항의라고는 안 하는지에 대해서는 한마디도 하지 않았다.

하산은 나보다 여섯 살이 많았고, 나는 인생 초반에 바라던 모든 것을 형에게서 얻었다. 그는 내가 필요로 하는 걸 알고서 사랑과 안도감을 주었다. 그는 그것들을 자신만의 방식으로, 때로는 거친 말과 사나운 주먹의 형태로 주었다. 그는 내가 맞닥뜨리고는 불안함이나 불확실함을 느낀 것들의 의미를 설명해주었다. 그가 허락해줄 때마다 나는 그를 강아지처럼 졸졸 따라다녔고, 그러는 동안 그는 무표정한 얼굴로 즉흥적인 이야기를 지어내 재치 있는 장난꾸러기라는 명성을 얻었다. 종종 그는 오로지 자신과 현격한 차이가 나는 존재에게 권위를 행사하는 기쁨을 누리기 위해, 우리를 짓뭉개버릴 지경에 이른 끊임없는 우발적 사고에 반론을 펴고, 뭔가를 획책하면서 잠자코 있기를 거부하며, 마치 침묵이 자기를 익사시키기라도 할 것처럼 추측하고 고함을 지르며, 찬

* 안달루스를 달리 이르는 말.

란한 미소와 가벼운 음담패설로 어쩌고저쩌고 떠들어댔는데, 그 외설의 정도는 해마다 더해졌다. 그는 나의 실존주의적 전사, 나의 무법자였고, 그래, 나는 그를 형제처럼, 아버지처럼, 연인처럼 사랑했다. 남들은 그의 빛나는 젊음의 우아함에 탐욕스러운 시선을 던졌다. 나는 안다. 그러고서 결국, 그리 오래잖아, 그는 수평선 너머로 거만하게 으스대며 걸어갔고, 이제 그는 내 곁에 없다.

내 어머니가 그런 것처럼, 그들 모두가 그런 것처럼. 어머니는 아름다우셨다. 어머니의 이름은 아샤였는데, 여섯 살 때 예언자 무함마드와 결혼을 해서 세번째 아내가 된 분의 이름*에서 따온 것이었다. 오후에 어머니가 외출을 하기 위해 몸치장을 할 때면, 나는 콜**로 눈썹을 그린 반짝이는 눈과 아직 마르지 않은 피처럼 희미하게 빛나는 입술을 바라보며 자부심과 동시에 일종의 두려움을 느꼈다. 나는 어머니를 그렇게 많이, 그렇게 자주 두려워하진 않았고, 오로지 어머니가 나의 하찮은 어리석음 때문에 욱하고 화를 냈을 때에만 두려워했는데, 그렇다면 나는 어머니를 두려워했다기보다 어머니가 잘못될까봐 염려했던 게 틀림없다. 아홉 살이었을 때 그렇게 생각했다는 이야기는 아니다. 나는 어머니를 보면 그저 두려웠고, 그녀가 나의 어머니라는 사실에, 그녀의 미소가 정말 환하고 깊고 정말 복잡하다는 사실에 자부심을 느꼈다. 나는 어머니가 짙은 구름 같은 향수를 두르고 향에 담갔던 옷을 입은 채 문가에 서 있으면 그저 두려웠다. 그러고서 어머니는 친구와 이웃을 방문하러 갔고, 저녁 늦게까지 돌아오지 않았다. 그중 어떤 오후에는 남

---

* 예언자 무함마드의 세번째 부인의 이름은 '아이샤(Aisha)'다.

** 이슬람 국가의 여성들이 화장용으로 눈가에 바르는 검은 가루.

자들을 만났다. 나의 어머니는 애인들을 사귀었다. 어머니는 다른 남자들과 잤다. 직업적으로 그런 건 아니었고, 여러 명과 그런 것도 아니었다. 한두 명 정도였을 것이다. 모르겠다. 재미로 그랬거나 어쩌면 다른 이유가 있었을 것이다. 여기서 한 번, 저기서 한 번 정사를 나누는 정도. 그런 것 같다. 물론 나중에 어머니가 그 출처를 밝힌 적 없는 값비싼 선물들을 잔뜩 모으긴 했지만 말이다. 나는 나이가 들면서, 내가 그동안 봤던 것들의 의미를 이해하기 시작하면서, 그리고 학교에서 사람들이 나를 놀렸기 때문에, 그리고 가끔 거리에서 여자애들이 나를 조롱하고 빈정거리는 말을 외쳐댔기 때문에 그 사실을 알게 되었다. 하지만 나는 내가 알던 것을 확실히 알지 못했을 뿐, 그전에도 알고는 있었다. 그리고 어머니가 두르던 향수는 나에게 늘 침실과 음모, 그리고 무르익은 수치심을 떠올리게 했다. 말년에, 독립 이후의 시절에 어머니는 조심성이 없어졌고, 그러자 모른다는 건 불가능해지고 말았다. 그러고는 어머니가 대놓고 일탈적인 삶을 살았기 때문인지, 아니면 내가 나이를 먹고 나를 괴롭히던 사람들도 나이가 들었기 때문인지, 아니면 하산에게 일어났던 일이나 우리 모두에게 일어났던 다른 일들 때문인지 거리에서 비웃음이 멈췄다. 아니면 어머니의 연인들 중 한 명이 막강한 힘을 가지게 되어서일 수도 있었다. 어쨌든, 내가 절대 확실히 알 수 없을 이유들로 인해, 그 말년에는 내가 있는 자리에서 어머니에 대한 그 어떤 얘기도 나오지 않았다.

내가 아홉 살이던, 그리고 하산이 열다섯 살이던, 그리고 나의 어머니는 친구들과 연인들 사이에서 짧은 오후 여행을 즐기기 위해 몸치장을 하던 해에, 나의 아버지 라자브 샤아반 마흐무드는 공공사업부 직원으로 일하고 있었다. 어떤 사람들은 아버지를, 나는 기억나지 않는 무언가로 아주 유명했던 그의 할아버지, 그러니까 나의 증조부의 이름을 따서 빈* 마흐무드라고 불렀다. 아니, 그것은 사실이 아닌데, 실은 증조부가 무엇으로 유명했는지 아주 잘 알고 있다. 높은 경지의 정직성과 경건한 영혼이었다. 그 자체로는 쓸모없고, 어쩌면 그분에게도 쓸모없었겠지만, 그분과 다른 모두를 더 인간답게 느끼도록 만들어주었던 무언가. 나의 아버지는 경건하지 않았다, 아직은, 그해에는. 아버지는 술을 마셨고, 우리의 삶의 방식에 비추자면 수치스러운 실패자였다. 그리고 아버지가 신중했다고는 하지만 그런 것을 숨길 방법은 없었다. 때로 잠에서 깨어나면 아버지가 집에 있다는 걸 알 수 있었는데, 집에서 술 냄새가 났기 때문이다. 방 네 개짜리 집이었고, 하산과 나는 둘이 방을 같이 썼는데 우리는 잠자리에 들면서 방문을 꼭꼭 걸어 잠갔지만, 그 냄새는 여전히 나를 잠에서 깨웠다. 아버지는 거리에서도 모든 사람들에게 그 지독한 악취를 풍겼을 게 틀림없었다. 한 번인가 두 번, 내 기억으로는 기껏해야 두 번이었을 테지만, 도를 넘는 바람에 아버지는 남의 도움을 받아 조용히 눈물을 흘리며 집으로 돌아와야 했다. 수치스러운 일이었을 것이다. 그 두어 번 모두 아버지는 그런 일이 있고 나서는 눈을 내리깔고 슬금슬금 다녔고, 더없이 부드러운 발소리로 걸어다녔다.

나의 아버지는 공공사업부 직원이었다. 아버지가 거기서 무슨 일을 했는지는 나도 모르겠다. 매일 아침, 아버지는 깨끗한 흰색 셔츠에 연

* 빈(bin)은 '~의 아들'을 뜻하는 아랍어. '빈 마흐무드'는 '마흐무드의 아들'이라는 뜻이다.

갈색 바지와 가죽 샌들 차림으로 오전 일곱시에 집을 나섰고 공공사업부 지점까지 몇 분을 걸어갔다. 아버지는 지각한 적이 한 번도 없었을 것 같다. 한시 오 분 전, 오전의 끝을 알리는 사이렌이 울리면 나의 아버지는 집으로 점심을 먹으러 왔다. 집에 돌아온 아버지는 마치 일이 자신을 의기소침하게 만들기라도 했다는 듯, 혹은 땡볕 아래 집으로 걸어오느라 지쳤다는 듯, 혹은 무언가에 활기를 빨아먹히기라도 한 듯 늘 피곤하고 불행해 보였다. 아버지는 집에 돌아와서 우리가 어디에도 보이지 않으면 이름을 부르며 늘 잊지 않고 하산과 나를 찾았다. 그러고는 얼굴에 작고 슬픈 승리의 웃음을 지으며 우리의 머리를 쓰다듬고는 점심을 먹기 전에 샤워를 하러 갔다. 나는 그 의식을 언짢아한 적이 한 번도 없었고, 하산도 비록 나이가 들면서는 아버지가 얼굴을 쓰다듬으려 하면 경멸에 찬 표정을 지으며 고개를 돌리기 일쑤였지만 그때는 크게 언짢아하지 않았던 것 같다. 나는 그러지 않으려고 무척 애썼지만, 가끔은 웃음으로 화답하고 싶은 마음을 도저히 참을 수가 없었다.

내가 아홉 살이고 하산이 열다섯 살이던 그해 무심 동안, 한 남자가 와서 우리와 함께 지냈다. 우리는 그를 후세인 삼촌이라고 부르라는 말을 들었다. 아버지는 그와 카페에서 만나 이야기를 나누었는데, 서로 정말 잘 맞았는지 둘은 신이 났고 절친한 친구가 되었다. 물론 그들은 친한 사이가 되기까지 몇 차례 만나 여러 번 이야기를 나누었을지 모르지만, 어쨌든 내가 아이였을 때는 그런 식으로 이해했을 법하다. 그는 어느 금요일에 우리와 식사를 함께하러 왔는데, 어머니의 여성 친구들과 사촌들 말고는 방문객이 없던 우리로서는 드문 사건이었다. 나는 어머니의 친구들과 친척들을 절대 분간할 수 없었는데, 모두가 마치 나와 무언가를 나누기라도 한 것처럼 나를 불렀고 별반 다르지 않게 나를 마음대로 대했기 때문이다. 후세인 삼촌이 그날 금요일 오후에 식사를 하러 왔을 때 그는 여전히 나의 좋은 친구였고, 그 말은 영어로 나왔다. 아버지가 그를 그렇게 불렀다. 아버지는 쿠란을 술술 읽을 수 있었지만 아랍어로 대화를 나누진 못했고, 후세인 삼촌은 스와힐리어 단어를 몇 개 아는 정도였으므로 그들은 서로 영어로 말을 했다. 나의 좋은 친구는 우리집으로 들어오고 나서야 우리 삼촌이 되었다. 그는 키가 컸고, 연한 벌꿀색에 은실로 수를 놓은 페르시아만 상인 스타일의 칸주를 입고 있었다. 그는 윤기가 흐르는 별보배조개 껍질 같은 웃음을 지으며 자연스럽고도 우아하게 바닥의 양탄자에 푹 주저앉았다. 우리네 히죽거리는 블랙어무어들이 살던 집을 한번 묘사해봐야겠다. 그러면 후세인 삼촌의 기억이 내게 안겨주는 부담이 덜해질 것이다.

집은 이층짜리였다. 위층에는 방이 세 개 있었는데, 하나는 하산과 나의 방이고 하나는 부모님의 방이었다. 세번째 방은 손님을 맞이하거나 라디오를 듣거나 그냥 앉아 있곤 하는 거실이었다. 그곳에는 작은 테라스가 있었는데, 테라스의 가려진 공간에서는 어머니가 요리를 했고, 테라스의 트인 공간에는 빨래를 널었다. 위층은 우리가 모두 모여 있으면 비좁은, 익숙하고 친숙한 공간이었고, 지금 생각해봐도 친밀하게 느껴진다. 아래층의 현관문 바로 옆으로는 커다란 방이 하나 있었고, 그 너머로는 위층으로 올라가는 야외 계단이 놓인, 담에 에워싸인 작은 안뜰이 있었다. 그 안뜰은 하늘이 트여 있어서 위층 테라스에서 내려다보였다. 안뜰은 늘 조용하고 시원했으며, 비가 세차게 내릴 때면 콘크리트 바닥이 물로 가득차서 미끄러지듯 들어가 첨벙거릴 수 있는 얕은 웅덩이로 변했다. 아래층의 큰 방은 이드 때나 마울리드 나비* 때, 혹은 장례식이나 결혼식 때 일가친척이 아닌 남자 손님들을 맞이할 때 사용했다. 그렇기 때문에 그 방은, 남자들의 탐욕스러운 시선이 화목한 가정의 부드러운 맥박을 뚫고 들어오는 일을 막기 위해 현관문 옆에 있었던 것이다. 아버지가 이국풍의 남자를 우리집에 초대하거나 이드와 마울리드 나비 때 일부가 그러듯이 집을 개방하지도 않았기 때문에 그 방은 보통 사용할 일이 별로 없었다. 나는 그 방이 나의 할머니가 돌아가신 후에 여자들이 경야經夜를 하고 쿠란을 낭독할 때 썼을 거라고 상상하는데, 하지만 그때 나는 겨우 세 살이어서 그 기억이 전혀 없다.

그 방은 보통 잠겨 있었고, 덧창도 닫아건 채 임시 창고로 사용했지만 정작 넣을 물건은 거의 없었고, 어떤 이유에서인지 아버지는 그곳을 자신이 계획한 공적 용도로 언제든 개방하기라도 할 것처럼 깨끗하고 깔끔하게 유지하길 좋아했다. 벽 한쪽에는 덧창으로 빛이 조금이라도 새어드는 것을 방지하기 위해 말아서 세워둔 양탄자가 있었고, 방 한쪽 끝에는 목판으로 된 침대가 하나 놓여 있었다. 목판 위에는 거적이 깔려 있었다. 그곳은 금욕적인 방이었지만, 그곳에는 무심을, 그러니까 항구에서 흔들리는 다우선들과 말린 생선과 햇볕에 익은 피부와 바다의 물보라 냄새를 풍기는 선원들을 떠올리게 하는 얼얼함이 있었다. 그곳은 바싹 마르고 돌투성이인 곳들을, 선원의 때와 땀으로 얼룩진 넝마를 떠올리게 했다.

* '예언자의 생일'을 뜻하는 말로, 예언자 무함마드의 히즈라력 탄생일.

아버지는 그 말아놓은 양탄자를 보하라*라고 부르며 그것에 신경을 썼다. 매년 라마단 때마다 우리는 그 양탄자를 안뜰에 펼쳐놓고 막대기로 두드려 먼지를 떨어내고는 다시 말아서 캔버스 천을 씌웠다. 그럴 때가 아니면 그 방은 잠겨 있었고, 자루 몇 개와 상자 그리고 황동 자물쇠가 달린 목공예 트렁크를 제외하면 거의 텅 비어 있었다. 한번은 집에 나 혼자 있을 때 미친듯이 그 방의 열쇠를 찾았던 적이 있다. 나는 어머니가 귀중하고 비밀스러운 것을 즐겨 숨기는 장소인 옷장, 약병들 뒤, 장롱의 장신구 서랍, 도어매트 아래, 창문 위 선반, 빈 화병, 바지 주머니를 뒤졌으며, 결국에는 그 열쇠를 찾게 되리라는 걸 한시도 의심하지 않았다. 그 방안에 뭔가 소중한 것이나 위험한 것이 있을 것 같지는 않았으니까.

열쇠를 찾았을 때, 그 열쇠는 문틀 위의 작은 틈에 끼워져 있었고, 나는 현관문 바로 안쪽에 있는 조립식 벤치 위에 의자를 올리고서야 겨우 그것을 볼 수 있었다. 그 방은 늘 그렇듯 어둡고 시원했는데, 이번에는 아마 친척이나 친구, 혹은 친구의 친척이나 친척의 친구를 위해 보관해두었을 커다란 질항아리가 두 개 놓여 있었다. 그것들을 보니 항아리 안에서 솟구쳐나오는 정령들, 납치되어 항아리 안에 갇힌 젊은 여자들, 항아리 하나에 숨어 연인의 방으로 실려가는 젊은 왕자의 이야기가 떠올랐다. 나는 그런 이야기들을 알고 있었다. 대어를 간절히 바라던 운 없는 어부의 그물에 질항아리 하나가 걸린다. 처음에 그는 마침내 자신에게 행운이 찾아왔다는 생각에, 지금 끌어당기는 그물 안에

* 본래 투르크메니스탄의 테케족이 짜던 양탄자로, 현재 널리 사용되는 '보하라(Bokhara)'라는 명칭은 우즈베키스탄의 도시 부하라(Bukhara)에서 온 말이다.

오래된 잔해 대신 요동치는 커다란 청새치가 걸려 있을 거라는 생각에 매우 기뻐한다. 하지만 열심히 끌어당기면서 자신이 끌어당기고 있는 것의 엄청난 무게를 느끼고는 그 안에 기껏해야 악취를 풍기는 죽은 동물, 당나귀나 개가 들어 있지는 않을까 하는 의심을 품는다. 알고 보니 그것은 커다란 질항아리, 주름이 쪼글쪼글하고 뼈만 앙상한 그 어부의 몸집만한 질항아리로, 주둥이에는 두툼한 은색 봉랍이 붙어 있었다. 흐음, 그는 신께서 이 장난기 가득한 작은 하사품을 그가 어떻게 받아들이는지 보고 계실 경우를 대비해 어쨌든 알함두릴라 하고 중얼거린다. 불운하다고 심통을 부리는 것은 절대 분별 있는 행동이 아닌데, 정의를 내려주시는 그분께서 그분의 자비를 우리가 얼마나 신뢰하는지 앉아서 보고 계실지도 모르고, 우리의 그 심통 때문에 더한 불운을 얻음으로써 그분의 지혜에 대한 신의를 지켜야 한다는 교훈을 얻게 될지도 모르기 때문이다. 그리하여 어부는 어쨌든 알함두릴라 하고 말하고는, 그 은색 봉랍이 돈이 좀 되겠다고, 그리고 안이 너무 더럽지만 않으면 항아리 또한 그렇겠다고 생각한다. 그러고서 그는 봉랍을 떼어내려고 애를 쓰고, 마침내 그것을 홱 떼어낸다. 그 즉시 항아리에서 거대한 연기, 까맣고 노랗고 빨갛고 불과 지하 감옥과 비늘로 뒤덮인 육신의 냄새를 풍기는 연기가 뭉게뭉게 피어오른다. 당연히 충격으로 벌렁 나가떨어진 어부는 허둥지둥 일어나더니 최대한 빠른 속도로 달아난다. 하지만 그가 멀리 도망치기도 전에, 이제는 너무도 커지고 낮아져서 태양을 가리게 된 그 거대한 기둥 같은 연기는 짙어지고 굳어지기 시작하더니 길게 구부러진 빛나는 칼을 손에 든, 은빛 비늘로 덮인 정령으로 변한다. 어부는 두려움에 꼼짝없이 그 자리에 굳어버리고는, 정령이 하늘에서 몸을 구부려 아주 오래된 유황불 같은 숨을 자신에게 쏟아내길 기다린다. "나는 천 년 넘게 이 항아리 속에 갇혀 있었다." 정령이 우렁우렁한 목소리로 말한다. "신의 지혜로 정령들과 동물들에 대한 권위를 부여받으신 솔로몬*께서 나를 여기 집어넣으셨지. 솔로몬께서 봉랍에 엄청난 주문을 거셔서 나는 아무리 애를 써도 그것을 제거할 수 없었다. 처음 백 년이 지나는 동안 나는 그 봉랍을 열어주는 자에게 왕국들과 부와 지식과 지혜와 영생을 주겠노라고 맹세했다. 두번째 백 년을 보내는 동안 나는 나를 해방시켜주는 자에게 그저 왕국들과 부만을 주겠노라고 다짐했다. 그렇게 삼백 년이 지난 후, 나는 나를 삼백 년 동안이나 갇혀 있게 한 대가로 그 봉랍을 여는 자를 죽이겠노라고 맹세했다. 그러고서 백 년이 지날 때마다 나는 그자를 죽일 더욱더 지독한 방법을 고안해냈다. 그래, 이제 왔구나, 이 구역질나고 보잘것없는 미물아, 네가 바로 그 영광의 주인공이다. 너는 내 것이고, 너는 이제 곧 아주 사악한 방식으로 죽게 될 것이다."

그리하여 어부는 자신이 어차피 곧 죽을 목숨이라고 생각하고는 약간 허풍을 떨며 재빨리 계획을 짜낸다. "나는 당신이 정말 저 항아리에서 나왔다는 것도, 위대한 솔로몬께서 정말 당신을 저 안에 가두었다는 말도 믿을 수 없소. 아니, 당신이 이렇게 거대하고, 이렇게 웅장하고, 이렇게 도도하니, 저 항아리 안에는 당신의 엄지발가락도 들어가지 않을 게 아니오." 이 말에 정령은 즐겁다는 듯 웃으며 말한다. "내가 직접 보여주지." 정령은 다시 한번 거대한 연기구름으로 변하더니 항아

* 다윗의 아들로, 기원전 10세기 이스라엘의 현명한 왕.

리 속으로 도로 빨려들어가고, 뼈만 앙상한 어부는 당장 앞으로 튀어 나가 그 봉랍을 다시 탁 채우고는 항아리를 조심스레 굴려 바다로 돌려보낸다. 알함두릴라, 그가 말한다, 눈을 살짝 치켜뜨고는 매우 감사하다고.

나는 그 항아리들 중 하나를 침대 옆으로 옮겼고, 그러고는 우선 침대를 밟고 올라선 다음 그 항아리 안으로 들어갔다. 서 있으니 그 항아리는 아홉 살이던 내 어깨 높이에 이르렀는데, 하지만 나는 그것의 볼록한 부분까지 쪼그리고 앉으면 내가 그 속으로 사라진다는 사실을 알게 되었다. 항아리 안은 시원하고 음울했고 기분좋게 축축했는데, 뜨거운 오후의 마른 우물 바닥이 딱 그럴 것이다. 내가 시험삼아 알함두릴라 하고 말했을 때 내 목소리는 긴 터널 아래로 울려퍼져서 식별할 수 없을 만큼 단조롭게 들렸는데, 마치 그 공간 자체가 내 머리를 후두 위로 짓누르는 듯했다. 나는 다른 세계world들을 상상하며 다른 말word들을 발음해봤고, 그러다 때가 되어 잠이 들었다. (물론 나는 안 그랬는데, 하지만 알리바바는 그랬고 깨어나보니 사십 인의 도적의 동굴에 있었다.) 어쨌든, 그 방이 그 금요일에 후세인 삼촌이 와서 우리와 함께 식사를 했던 방이고, 그다음 주에 그가 와서 살게 된 방이다.

나는 앞을 바라보고 싶지만 늘 뒤를 바라보고 있고, 이후로 일어났던 다른 사건들, 내게 커다랗게 다가와서 모든 일상적 행동들을 지시하는 폭군 같은 사건들에 의해 아주 미미해진 아주 오래된 시간을 뒤적이고 있다. 그래도 뒤를 돌아보면, 어떤 대상들은 여전히 눈부신 악의로 빛나고 모든 기억이 피를 흘리게 한다. 그곳은 음침한 장소, 기억의 땅, 가끔 가서 버려진 물건들을 뒤지며 시간을 보내는, 널빤지는 썩어가고 계단은 녹슬어버린 어둑하고 처참한 창고다. 이곳은 저물녘 쌀쌀한 오후, 따스하게 데워진 가로등으로 이미 환하고, 차량들과 쉼없이 움직이는 군중의 깊고 낮은 웅웅거림과 곤충 야영지에서 들려올 법한 재잘대고 비비대는 끊임없는 윙윙거림으로 요동치고 있다. 내가 사는 다른 곳은 고요하고 중얼거리는, 말에 소리가 없고 거의 누구도 움직이지 않는, 어둑해진 후의 침묵이다. 그곳이 내가 늘 그를, 나의 불쌍한 아버지를 발견하는 곳이다. 아버지는 작은 남자로, 조용하고 꼼꼼했으며, 매일 깨끗한 흰 셔츠를 입고 고개를 살짝 옆으로 기울인 채 눈을 내리깔고 직장까지 걸어갔다. 아버지는 점심시간 때 집으로 돌아오면 두 아들의 얼굴을 쓰다듬고는 샤워를 하고 시에스타*를 즐겼다. 오후 늦게 외출하면 때로 밤늦게 창피할 만큼 술에 절어 돌아왔다. 나는 가끔 아버지에게도 아버지가 있으면 어떨지 상상했고, 그랬다면 아버지를 어떻게 생각했을지 궁금히 여겼다. 혹은 현재 아버지의 모습을 봤다면 무슨 생각을 했을지. 아버지는 자신의 아버지에 대해 언급한 적이 한 번도 없었고, 심지어 자신에게 아버지가 있었다고 말한 적조차 없다. 나는 아버지가 고개를 숙이고 걷는 것이, 자신의 아버지가 보면 대견해하지 않을 거라고 생각했기 때문인지, 아니면 우리가 아버지를 존경하지 않고 우리 아이들에게 절대 언급하지도 않을까봐 두려웠기 때문인지, 아니면 어머니의 사랑을 잃었다는 걸 알았기 때문인지 궁금했다. 내가 그런 일들에 대해 생각한 것은, 다른 일들이 너무 많이 일어나서 세상

* 더운 나라들에서 점심 무렵에 가지는 낮잠 시간.

에 생각하지 못할 게 없고 더는 성스러운 것도 없던 나중의 일이었다. 그리고 그 시점에는 아버지의 아버지가 보잘것없는 사람이었다는 것을, 술을 마시고 매음굴을 드나들다 일찍 세상을 떠난 야만인이라는 것을 알고 있었다.

아주 어렸을 때의 나는 아버지가 작고 불쌍한 남자라고는, 혹은 심지어 나의 어머니가 아름답다거나 아버지를 사랑하고 또 그 사랑을 거두어들일 수도 있는 사람이라고는 생각할 수 없었을 것이다. 하지만 아버지는 작았고, 후세인 삼촌에 비해 너무 작았고, 후세인 삼촌은 우리 모두에 비해 너무 컸다. 후세인 삼촌은 식욕이 왕성하고 호쾌한 남자, 제대로 된 히죽거리는 블랙어무어였는데, 그럼에도 불구하고 우리와 함께 살러 왔을 때 아버지에게 행복과 활기를 가져다주었다. 반면에 아버지는 어둠을 두려워하는 사람이었다.

나는 어쩌다 일이 그렇게 되었는지 전혀 기억하는 바가 없는데, 그냥 어느 날 오후, 우리 모두 그 방을 청소하고 질항아리를 안뜰로 옮기고 라마단이라도 된 것처럼 양탄자를 두들긴 후 펼쳐놓으니 그 방이 갑자기 깊은 호박색으로 빛났던 것만 기억한다. 아버지는 미소를 지으며 우스갯소리를 했고, 하산에게 이제 후세인 삼촌과 연습을 할 수 있을 테니 영어 실력이 얼마나 늘지 보자며 그를 놀려댔는데, 어머니가 새로 협의된 상황에 의구심을 가지며 투덜거리는 것에는 전혀 불쾌감을 드러내지 않았다. 그저 한 달, 무심이 끝날 때까지만이라고 아버지는 말했다. 그러고는 후세인 삼촌이 들어왔다. 매일 아침 나는 식사하기 전에 어머니와 아버지께 인사를 했고, 학교 가는 길에 후세인 삼촌 방의 열린 문 앞에 서서 인사를 했다. 그리고 매일 아침 그는 나에게는

1실링*, 하산에게는 2실링을 조용히 건네주며 우리가 그 후한 마음씨를 누설하지 않게끔 손가락을 입술에 갖다댔다. 오후가 되면 아버지는 때로 그와 함께 점심식사를 했고, 그러고는 한자리에 앉아서 한두 시간쯤 떠들고 나서야 자신에게 없어서는 안 될 시에스타를 즐기기 위해 자리를 떴다. 나중에 그들은 함께 카페에 가거나 산책을 갔고, 그러고는 돌아와서 후세인 삼촌이 마련한 라디오로 영어 프로그램을 들었다. 때로 아버지와 친한지 전혀 몰랐던 사람들이 찾아와 함께 앉아 라디오를 들으며 떠들었고, 그들 모두가 영어와 아랍어와 스와힐리어를 섞어가며 여러 언어로 유쾌하고 쩌렁쩌렁 떠들어댔기에 그 방에서 들려오는 웃음소리와 소음이 온 집안에 가득했다. 심지어 커피장수까지 우리 집을 한 바퀴 지나가는 동선에 포함시켜서, 신사분들께서 커피를 드시고 싶지는 않은지 확인차 매일 밤 들렀고, 그러고는 한동안 머물며 포-포-포 하고 흉내내곤 하던 그들의 영어에 감탄했다. 그러고서 아버지는 가톨릭 성당의 그늘 아래 있던 지저분한 고아** 술집에 발길을 끊었다. 아버지가 가던 술집이 거기였는지는 모르겠지만, 내가 알던 술집이 그곳뿐이니 아버지가 그 술집에 다녔으리라 생각했다. 오랫동안 나는 술집은 항상 그렇게 생긴 곳이라고, 창문에 녹슨 철사 창살이 달린 곳이라고 생각했다. 어머니는 저녁에 집으로 돌아오면 그 방안을 들여다보지 않은 채 남자들에게 인사를 했고, 만일 우리가 거기 앉아 있는 걸 눈치채면 지나가며 우리를 불러 위층으로 따라오라고 했다.

* 영국령 동아프리카의 화폐 단위.

** 인도 남서해안의 옛 포르투갈령인 고아에 살던 사람들은 19세기 중반부터 잔지바르에 들어와 살았고, 이들은 모두 가톨릭 신자들이었다.

후세인 삼촌은 한 번도 위층에 올라오지 않았다. 그럴 필요가 없었다. 안뜰 뒤쪽에는 아래층 화장실bathroom이 있었다. 음, 수세식 변소, 수도, 알루미늄 양동이와 블루 밴드* 마가린 깡통으로 만든 바가지가 있는 실room이 있었는데, 대다수의 다른 집에 있는 것들보다 더 깨끗하다고 할 만큼 모두 완벽히 훌륭하고 깨끗했다. 그곳은 약간 어두웠고 밤에는 무서운 생각이 드는 곳이어서 오직 위층 화장실이 사용중이고 정말 급할 때만 썼는데, 후세인 삼촌은 바다를 수백 마일이나 건너 그곳에 온 사람이었고, 자신이 세정식을 치르는 동안 어둠 속을 종종걸음으로 뛰어다니는 존재들을 거의 알아차리지 못했을 것이다. 어쨌든, 그는 한 번도 위층에 올라오지 않았다. 만일 뭐든 필요한 게 있으면 계단 끝에 서서 아버지의 이름을 불렀다. 아버지가 외출중이거나 시에스타를 즐기는 중이어서 어머니가 대신 대답을 할 때면, 어머니는 모습을 보이지 않은 채 뒤로 물러서서 말을 했다. 하산이나 내가 대답을 할 때는 경의를 표하기 위해 계단 꼭대기에 섰고, 혹은 급히 아래로 내려가 후세인 삼촌이 가져온 것을 챙겼다. 누가 대답을 하건 그는 조심성 없이 위쪽을 힐끗 쳐다봤다가 혹여나 공교롭게도 계단 꼭대기에 서 있던 어머니를 당황하게 할까봐 눈을 내리깐 채 자신의 용건을 말했다. 그는 보통 매일 무언가를 가져왔다. 우리의 저녁거리가 될 생선 몇 마리, 그의 눈에 띈 상태가 좋은 과일이나 채소, 커피콩과 달콤한 대추야자 열매, 언젠가 소말리족 선원에게서 가져온, 헤센** 조각을 덮개로 탄탄하게 싸맨 꿀단지, 또다른 때에 가져왔던 향이 좋은 고무진과 몰약, 그리

* 네덜란드의 마가린, 치즈 스프레드 브랜드.

** 특히 자루를 만들 때 쓰는 튼튼한 갈색 천.

고 때로 그가 아무 말 없이 건넸던 엉뚱한 물건들, 나를 위한 중국어 관용구집, 하산을 위한 묵주.

그는 보통 아버지가 돌아오시기 직전에, 정오 예배 시간 후에 집으로 돌아왔다. 그는 문을 조금 열어둔 채 자기 방의 양탄자에 앉아 독서용 안경을 끼고는 자신의 노트를 살펴보거나 쿠란을 읽었다. 그 안경은 정말로 필요해서 끼고 있는 건 아닌 듯, 혹은 그가 정말로 계산이나 독서를 하고 있는 게 아니라 실은 그저 미소를 머금은 채 살짝 장난을 치고 있을 뿐인 듯 늘 좀 경박하게 보였다. 우리는 집을 들락거리느라 그 방 앞을 지날 때면 인사를 했다. 우리가 말없이 지나가면 그는 우리를 되부르곤 했다. 이런 식의 요구가 불쾌하게 느껴지진 않았다. 만일 여자 방문객들이 지나가며 인사를 하면, 그는 경의를 표하기 위해 고개를 들지 않고 답했다. 아버지는 집으로 돌아오면 문간에 멈춰 서서 그와 몇 마디 말을 주고받거나, 대개는 알아들을 수 없는 장황한 말들을 영어로 잔뜩 나누며 웃음과 농담을 주고받았는데, 그게 너무 과했던 나머지 때로는 하산과 나를 불러 그 특유의 슬픈 표정으로 우리의 얼굴을 쓰다듬어주는 일을 잊기도 했다. 아버지는 가끔 점심식사를 아래층에서 후세인 삼촌과 함께 들겠다고 했고, 그 둘은 아래층에 앉아 점심을 먹으며 한 시간 가까이 대화를 나누었다.

후세인 삼촌의 점심식사를 아래층으로 가져다주는 것은 하산의 일이었다. 어머니는 보통 삼촌의 식사를 먼저 챙겼고, 그러고서 나머지 우리는 함께 위층에서 식사를 했다. 점심식사 후 하산은 쟁반을 가지러 아래층으로 내려갔고, 그러고는 영어 수업을 받기 위해 다시 후세인 삼촌에게 갔다. 그 영어 수업은 후세인 삼촌의 아이디어였다. 어느 날 오후 하산은 아버지의 고집에 못 이겨 브루투스의 연설을 낭독했고, 후세인 삼촌은 감격한 나머지 매일 오후에 수업을 해주겠다고 제안했다. 그가 하산이 언어에 재능이 있다고 말했다며, 아버지는 우리에게 자랑했다. 그리하여 매일 오후 하산은 서둘러 점심식사를 마치고는 후세인 삼촌이 자기를 불러주길 기다렸다. 만일 아버지가 아래층에서 수다라도 떨고 있으면, 하산은 안절부절못하고 성큼성큼 걸어다니며 그가 불러주길 애타게 기다렸다. 나는 비가 오건 건조하건 폭풍이 몰아치건 매일 점심식사 후 쿠란 학교에 가야 해서 그 수업을 내 눈으로 직접 본 적이 한 번도 없는데, 어떤 이유에선지 하산은 수업 이야기를 해줄 마음이 없어 보였다. 그가 하는 이야기는 이제 온통 후세인 삼촌이 어쩌고 후세인 삼촌이 저쩌고 하는 것뿐이었다. 그가 이걸 했다는 걸, 저걸 봤다는 걸, 거기 가봤다는 걸 알아? 그리고 오늘 나한테 무얼 주었게? 손목시계, 만년필, 공책, 값비싼 물건들. 나는 그 이야기들을 탐냈다—비록 어머니가 들려주던 상인들과 가난한 사람들, 그리고 마법에 걸린 공주들과 격분한 정령들에 대한 이야기만큼 흥미로울 것 같지는 않았지만—그리고 나는 그 선물들을 시기했다—하산이 물건에 있어 관대했기 때문에 참을 수 없을 만큼은 아니었지만—하지만 무엇보다도 나는 후세인 삼촌이 하산을 좋아하는 것만큼 나도 좋아해줬으면 했다. 그가 오후에 나를 자기 방으로 불러 옆에 앉혀놓고는 내게 이야기를 들려주고 아주 귀중한 선물들을 줬으면 했다.

나의 부모님이 집을 잃게 된 그 계약이 이루어진 시점이 분명 그맘때였을 것이다. 그때 나는 어른들의 그런 복잡한 일을 알아차리거나 이해하기에는 너무 어렸고, 내가 그 일을 아이들이 그러듯 부적절하게 발설해버릴 경우를 대비해 내 앞에서는 아예 얘기된 적도 없었던 것 같다. 내가 아버지와 후세인 삼촌이 맺은 계약에 대해 듣게 되었을 때에는 이미 문제가 심각해져서 오로지 불만사항과 배신행위로만 언급되었다. 나는 후세인 삼촌이 우리와 머문 한 달 남짓 동안 아버지가 얼마나 행복해했는지, 새로운 친구를 발견해 얼마나 만족스러워했는지, 그리고 그전보다 얼마나 더 아버지다워 보였는지를 기억한다. 자신감 있고 독선적이고, 자신의 애정과 요구에 있어 단호하며, 자신의 온 마음을 사로잡는 일을 해나가기 위해 우리를 열심히 옆으로 밀쳐내고, 남자다운 거만함을 드러내며 세상 경험이 풍부한 남자 무리에 섞여 왔다갔다하던 모습. 예전에는 고개를 떨군 채 걸어다녔고 때로는 며칠씩 침묵을 지키던 아버지가 거리에서 외설적인 말과 웃음을 시끌벅적하고 태연히 쏟아내는 걸 듣게 되다니 뜻밖의 일이었다. 아버지가 후세인 삼촌과 동업을 하는 만용을 부린 것은 바로 그 기쁨과 자기 확신 때문이었던 것 같다. 어쩌면 침대 옆에서 향로가 부드럽게 연기를 내뿜는 동안 그 둘이 보하라에 앉아서 한쪽 팔꿈치는 기대고 한쪽 무릎은 세운 채 서로 앞으로 살짝 몸을 기울여 낮은 목소리로 나누던 대화 중에 일 이야기도 오갔는지 모른다. 그들은 영어로 말했고, 그것은 내게 오직 포-포-포로 들릴 뿐이었기에 목소리를 낮출 필요는 전혀 없었는데, 그래도 그들은 누가 엿듣기라도 할까 두려워하며 그렇게 유혹하듯 속삭여대곤 했다. 내가 나중에 이해하기로 그 계약이란, 아버지가 집값을 담보로 돈을 빌려 후세인 삼촌 사업에 투자하는 것이었다. 사업이 망했을 때, 후세인 삼촌 말로는 그랬는데, 아버지는 빌린 돈을 갚을 형편이 안 돼 집을 포기해야만 했다. 요약하자면 그랬다. 나는 그 계약이 그렇게 성사되었다고, 즉 후세인 삼촌이 세상에 중요한 결과를 낳고 아버지를 대담하고 영리한, 제대로 된 남자로 보이게 해줄 은밀한 계획을 속삭여 꼬드겼다고 밖에는 생각할 수 없다.

어느 날 오후 나는 설사병을 앓아 선생님께 조퇴를 허락받고는 평소보다 조금 일찍 쿠란 학교에서 집으로 돌아왔다. 분명 거리에서 사먹은 무언가가 원인이었을 것이다. 내가 느낀 불편함은 오해의 여지가 전혀 없는 것이어서, 나는 부끄러움도 잊은 채 몸부림을 치고 끙끙거리며 허락도 없이 급히 화장실로 달려갔고, 그래서 내가 돌아오자 선생님은 나에게 집에 가도 좋다고 말씀하셨다. 집에 도착했을 땐 또 한바탕 일을 치러야 할 상황이었는데, 화장실은 사용중이었다. 나는 아래층의 어두운 화장실로 달려갔는데 그곳 또한 사용중이었다. 나는 다시 위층으로 달려가서 문밖에서 춤을 추며 안에 있는 누군가에게 나를 좀 들여보내 달라고 소리쳤다. 샤워기에서는 물이 마구 쏟아지고 있었고, 나는 그처럼 요란하게 쏟아지는 물이 때로는 물을 잠그기가 서러울 만큼 몸을 폭 감싸주는 것을 잘 알고 있었다. 하지만 나는 절망적인 상태였고, 그래서 문을 두들기며 폭발 직전인 아홉 살짜리 아이가 낼 수 있는 최대한 불쌍하고 애처로운 목소리로 징징거렸다. 하산이 문을 열었는데, 그는 물에 젖어 반짝이는 몸에서 물을 뚝뚝 떨어뜨리며 거기 서 있더니 눈을 내리깐 채 나를 지나쳐갔다. 나는 급한 볼일 때문에 서둘러 안으로 들어갔고, 나중에야, 고통이 가라앉고 몸도 씻어낸 후에야 살짝 찌르는 듯한 두려움을 느꼈다.

하산이 처음 문을 열었을 때 그의 눈은 고통으로, 혹은 어쩌면 당혹감이나 죄책감으로 휘둥그레져 있었다. 그러고서 그는 한마디 말도 없이 눈을 내리깐 채, 무엇인가에 깊이 몰두해서는 나를 지나쳐갔다. 그 모든 게 그답지 않은 행동이었다. 나는 그가 오후 그 시간에 샤워를 하는 건 처음 봤다. 그는 벌거벗은 채 몸을 반짝이며 거기 서 있었고, 그러고는 그 상태로 화장실 밖으로 걸어나왔는데, 보통 때는 우리 침실 밖에서 절대 옷을 벗고 있지 않았다. 부모님 중 한 분이라도 근처에 있었다면 그의 벗은 몸은 참을 수 없을 만큼 외설적으로 여겨졌을 것이다. 하산은 체격이 좋고 당당한 젊은이였고, 최근에는 자신의 성숙함을 아주 의식한 나머지 방에 우리 둘만 있을 때에도 예전 같으면 신경도 안 쓰고 내키는 대로 축 늘어뜨리기도 했을 자신의 생식기를 가리기 시작했다. 그리고 어떤 식으로든 학대를 받으면 노려보고 쏘아보거나 경멸과 장난기와 반항이 가득한 눈빛을 띠던 그의 얼굴에 드러난 그 파멸의 표정. 내가 우리 방으로 갔을 때 그는 이미 없었고, 나중에 나는 너무 아파서 그날 오후에 본 그의 이상한 행동을 신경쓰고 생각해볼 겨를이 없었다. 알고 보니 나의 설사는 꽤나 심각했고, 나는 며칠 동안이나 고열에 시달리고 고통스럽게 아래로 쏟아내다가 섬망 상태에 빠졌기 때문이다.

내가 산 자들의 세상에 다시 합류했을 때, 의식을 되찾고 잠에서 깨어났을 때, 나는 우리 방에서 홀로 잠들어 있었고 하산의 침대는 벌거벗겨져 있었다. 나는 사흘 동안이나 의식이 없었고—왜 늘 사흘일까?—더는 가망 없을 것 같은 순간도 있었다. 부모들이 아이들 일이라면 으레 유난 떠는 소리처럼 들리지만, 분명 부모님은 내가 귀한 목숨을 잃게 될까봐 정말 두려워했던 것 같다. 내가 무슨 병에 걸렸는지 확신할 수 없었고, 의사도 모르기는 마찬가지였는데, 물론 그에게 아주 드문 일도 아니었다. 대체로 말해서 그는 모두에게 주사를 놓았는데, 그렇게 하면 치료비가 좀 불어났기 때문이고, 또 자신의 약국에서 제조한 혼합물이나 알약을 처방했는데, 그렇게 하면 환자들이 약을 타러 다시 찾아왔기 때문이다. 의사의 진단이 너무나도 불확실했기에 하산마저 그 병에 걸릴까봐 부모님은 그 맏이이자 공중 왕국의 후계자를 방에서 추방했다. 그는 거실 바닥에 깔린 깔개 위에서 잠을 자야 했다. 하지만 후세인 삼촌이 그 말을 듣고는 그것을 허락하지 않았다. 바닥은 불편할 테고 또 모두가 지나다니는 데 방해가 될 것이었다. 오히려 그가, 후세인 삼촌 자신이 방에서 나와 하산이 아래층 방을 쓰게 해주어야 할 판이었다. 이번에는 아버지가 이 말에 동의하지 않았다. 그래서 그들은 하산의 침대에서 매트리스를 떼어다가 아래층 후세인 삼촌의 방으로 옮겼다. 이제 영어 수업을 추가로 듣겠구나, 아버지가 하산에게 했을 말이 귓가에 울리는 듯하다.

내가 의식을 되찾은 다음날 밤, 하산은 우리 방으로 돌아왔으나 탐탁지 않아했다. 그는 침대에 누워 얼굴을 벽 쪽으로 돌린 채 병약자에게 더없이 어수선한 관심을 보였다. 나는 어머니가 하산에게 이 방으로 돌아오라고 처음 얘기를 꺼냈을 때 그와 다투던 소리를 들었고, 그러고는 그녀가 엄격하고 고집스러워지는 것을, 거의 분노로 날뛰는 것을 보았다. 네가 좋건 싫건 너는 네 방에서 자야 한다, 이 어린 죄인 녀석아, 어머니는 이렇게 말했고, 그토록 생소한 분노를 쏟아내며 말했기 때문에 그는 잠자코 있을 수밖에 없었다. 나는 그 모습을 보고는 어머니가 왜 그렇게 화가 난 것인지, 어머니가 화를 내는 이유가 하산 때문인지 후세인 삼촌 때문인지 궁금했다. 나는 그전에도 후세인 삼촌이 우리와 함께 사는 것에 대해 어머니는 어떻게 생각하는지 궁금했었다. 나는 어머니가 그에 대해 무슨 말을 하는 것을 한 번도 못 봤는데, 하지만 그녀의 침묵은 꺼림칙하리만치 유창했다. 아버지가 위층에서 우리에게 후세인 삼촌이 말하고 한 일에 대해 실컷 떠들어댔을 때, 그리고 그 말투가 마치 우리의 관심을 끌거나 심지어 우리가 아주 기뻐하고 즐기며 그 대화에 참여하길 요구할 때면, 어머니는 한마디 말도 없이 그저 무표정한 얼굴로 앉아 있곤 했다. 어머니의 경멸은, 다른 많은 경우에도 종종 그랬듯 당황스러운 열의를 보이는 아버지를 향해 있었던 것 같고, 그래서 그녀가 후세인 삼촌이 우리와 지내는 것을 귀찮게 여겼던 것인지는 확실하지 않다. 그 밖에는, 어머니가 계단 꼭대기에서 물러서서 그의 부름에 답할 때나 점심식사 쟁반을 그에게 내갈 준비가 되었을 때에는 모든 일이 순조롭게 진행되고 그가 존중받는다고 느끼길 바라며 애태우는 것처럼 보였다.

다음 며칠 동안 나는 학교에 가기에는 몸이 너무 허약해서 집에 머물렀는데, 그래도 더이상 병상에 누워 있지는 않았다. 하산은 여전히 나에게 화가 나 있었고, 그건 아니었다 해도 어쨌거나 별로 말을 걸어오지 않았다. 오후에 그는 예전과 똑같은 열의를 보이며 영어 수업을 들으러 갔고, 흥분한 동시에 비참한 표정으로 돌아왔다. 나는 나대로 수업을 들으러 가야 했기 때문에 평소에는 후세인 삼촌과의 수업을 마치고 온 그를 보지 못했었고, 그래서 그가 그런 표정을 지은 것이 힘든 수업 때문인지가 궁금했다. 바로 그때 나는 어머니의 눈에 담긴 표정을 보게 되었고, 후세인 삼촌에게 두려움을 느끼고 있다는 것을 알게 되었다. 나는 집에 있는 동안 아침 내내 어머니를 따라 집안을 돌아다녔고, 요리를 하는 어머니 옆에 같이 앉아 있었다. 어머니는 이야기를 하고 미소를 지었으며, 여느 어머니가 아픈 어린 아들에게 그러듯 나를 위로해주고 골려주었던 것 같다. 하지만 딱 하나 기억나는 순간이 있다. 우리는 현관문에서 나는 열쇠 소리를 들었는데, 어머니는 앉은 채로 꼼짝도 하지 않고 주의를 기울이며 오로지 휘둥그레진 눈만 좌우로 굴렸다. 그러더니 마른침을 삼키고 눈을 깜박거렸는데, 어떤 이유에서인지 나는 그것을 보며 어머니가 위험에 처했거나 몸이 좋지 않다는 생각이 들었다. 어쩌면 어머니는 나를 힐끗 쳐다보며 미소를 지었는지도 모른다. 어쩌면 어머니가 그렇게 드라마틱한 방식으로 곁눈질을 하고는 마른침을 삼키고 눈을 깜박거렸다는 것은 상상일 뿐인지도 모른다. 어쩌면 후세인 삼촌이 집에 왔을 때 나는 집 어딘가 다른 곳에 있었고, 나중에야 어머니가 문에서 나는 열쇠 소리를 듣고 어떤 표정을 지었을지 상상했는지도 모른다. 그리고 어머니가 그와 이야기를 나누고는 그를 따라 그의 방으로 들어간 것을 본 날은 어쩌면 다른 날이었는지도, 전혀 그날이 아니었는지도 모른다.

두 사람은 내가 밖에서 놀고 있다고 생각했던 게 틀림없다. 나는 외출이 허락될 만큼 건강을 되찾은 상태였고, 그래서 두 사람은 내가 어느 이웃집에 놀러갔다고 생각했던 게 틀림없다. 정말 그러긴 했지만, 이미 돌아와 있었고 그 방에 있다 안뜰로 옮겨진 커다란 질항아리들 가운데 하나로 기어들어가 있었다. 나는 항아리의 깊은 고요 속에 몸을 웅크린 채 위층 테라스 위로 보이는 한 조각의 하늘을 올려다보고 있었다. 어머니의 목소리가 들려왔을 때 나는 곧장 일어나 어머니를 깜짝 놀래주어야겠다고 생각하며 혼자서 킥킥거렸다. 그런데 어머니가 계속해서 속삭이는 소리가 들려왔고, 나는 망설였다. 천천히 바깥을 내다보니 어머니와 후세인 삼촌이 그의 방의 열린 문 밖에 서로 가까이 붙어서 있는 모습이 보였다. 그러더니 어머니가 말했다. "우나타카 니잉기에 응다니?" 내가 들어가면 좋겠어요? 어머니는 그를 지나쳐 그 방으로 걸어들어갔고, 그는 그 뒤를 따라 들어가며 문을 닫았다. 그것이 내가 본 것이었고, 나는 아무것도 이해하지 못하면서도 약간의 불안감을 느꼈으며, 내가 발각되지 않았다는 사실에 크게 안도했다.

후세인 삼촌은 그 일이 있은 후 곧 무심의 귀로에 올랐던 게 틀림없는데, 왜냐하면 그해에는 그것 말고 그에 대해 떠오르는 기억이 없기 때문이다. 후세인 삼촌이 머무는 동안 찾아왔던 남자들은 한동안은 계속 찾아오다가 발길을 끊었다. 아버지는 한동안 후세인 삼촌에 대해 이야기하며 그의 친절함과 위업을 떠올렸지만, 머지않아 그것도 줄어들었다. 이윽고 집은 다시 침묵에 잠겼고 아버지는 원래의 조용한 모습으로 돌아왔는데, 다만 이번에는 아버지가 전례없이 고약하게 구는 일이 여러 차례 있었고, 특히 어머니한테 그러했다. 예전에는 어머니의 경멸을 외면하며 불쾌감과 마음의 상처로 움찔하는 듯 보이던 아버지는 이제 그녀를 향해 으르렁거리며 침을 뱉었다. 이럴 때 아버지의 입은 전에 없이 뒤틀려 있었다. 하지만 후세인 삼촌이 떠난 일이 아버지에게 일종의 상실이었다면, 하산에게는 버려짐이고 사별이었다. 그는 거의 누구와도 말을 하지 않았고, 집에 있을 때면 얼굴을 벽 쪽으로 돌린 채 침대에 누워 있거나 앉아서 후세인 삼촌이 준 공책에 글을 쓰거나 항공우편으로 보낼 편지를 썼다. 그는 멀리까지 산책을 가거나 장시간에 걸쳐 홀로 자전거를 탔으며, 함께 어울리던 남자애들 무리에는 흥미를 잃은 듯 보였다. 소문이 빠르게 돌기 시작했고, 나는 그 일로 학교에서 아이들의 비웃음을 샀다. 그들은 우리집 손님이 그곳에서 하산을 따먹었다고, 꿀을 따먹었다고 말했다. 그것은 무언가를 보다 노골적으로 표현하는 말이었고, 그들은 그 일에 대해서도 노골적으로 말했다. 하산의 옛 친구였던 중등학교 학우 중 하나가 쿠란 학교로 걸어가던 나를 거리에서 보고 쫓아오더니, 내게 새아버지가 생긴 게 사실이냐고 물었다. 길모퉁이에서 영원히 그럴 것처럼 어슬렁거리는 어른들의 무리를 지나칠 때면 그들이 내 뒤에서 능글맞게 웃었다는 생각이 들었고, 그랬을까봐 두려운 마음이 들었다.

그들은, 그 육체의 약탈자들은 그후로 절대 하산을 그냥 내버려두는 법이 없었다. 그들이 했거나 하고자 했던 짓에 동성애적인 느낌은 전혀 없었다. 그들은 그의 우아함과 그의 자연스럽고 유연한 아름다움을 탐냈고, 그가 옆을 지나가면 그에게 돈과 선물을 쥐여주며 소곤대고 속이 뻔히 들여다보이는, 포식 동물 같은 미소를 건넸다. 어떤 남자가 집에 가서 전해주라며, 학교 공책의 한 페이지를 찢어내 쓰고는 장부나 쇼핑 리스트가 적힌 페이지처럼 거칠게 접은 편지 한 통을 내게 건네주었다. 나는 집에 와서 그 편지를 읽어보려 했지만 영어로 적혀 있어서 내용을 전혀 알 수 없었다. 하산은 그 편지를 읽더니 그것을 아주 먼 어딘가에 버릴 생각으로 갈기갈기 찢어 낡은 봉투에 넣고는 그 봉투를 다시 주머니에 집어넣었다. 그들은 절대 그를 그냥 내버려두지 않았다. 그들의 눈빛과 말투와 가벼운 손길 그 모두가 외설적이었고, 잔인한 게임인지 고의적인 스토킹 연습인지 알 수 없는 무언가였다. 하산은 고통스러워했다. 이제 그가 이 태연한 구애 행위를, 오직 고통만을 약속하는 유혹적인 미사여구를 외면하는 법을 배우게 됨에 따라 자신만만하고 수다스러운 모습은 자취를 감추었다. 나는 조만간 그들이 그를 마모시켜버릴 거라고 생각했다.

그러던 어느 날 항공우편으로 하산에게 편지 한 통이 도착했다. 아버지가 어느 점심시간에 그것을 집으로 가져왔다. 언젠가 하산이 자신의 팔을 난폭하게 뿌리친 이후로, 아버지는 직장에서 집으로 돌아와 우리를 부르지도, 예전에 하던 대로 우리의 얼굴을 쓰다듬지도 않았다. 아버지는 앞으로 나아가 자신이 쓰다듬어주려 했던 얼굴을 철썩 때리고는 이후로 다시는 우리를 어루만지지 않았다. 그 편지를 가져온 날, 아버지는 위층에 올라와 하산을 부르고는 그에게 그것을 건넸다. 항공우편 봉투는 길게 찢어져 있었고, 그것을 건네주고 받으면서 아버지와 아들은 서로 오랫동안 시선을 주고받았다. 그것은 후세인 삼촌에게서 온 편지였다. 하산은 내게 그렇다고 말해주었지만 더는 아무 말이 없었다. 그러고는 다른 주소를 통해 편지를 받아온 게 분명한데, 왜냐하면 얼마 있다가 그가 후세인 삼촌이 다음 무심 때, 그러니까 몇 달 후에 돌아온다고 내게 말했기 때문이다.

그가 돌아왔을 무렵, 우리집은 우르릉거리는 하찮은 가정비극에 걸맞은 상태가 되어 있었다. 부모님은 서로를 거의 견딜 수 없어했고, 하산은 자신보다 훨씬 더 나이 많은 새 친구들을 사귀었다. 어머니는 오후면 주로 외출을 해서 저녁 늦게까지 돌아오지 않았다. 아버지는 술냄새를 풍기며 늦게 귀가했다. 나는 하산이 새 친구들과 무엇을 했는지, 그들이 그를 굴복시켜 약속했던 고통을 안겨주었는지 알지 못한다. 나는 한 번도 물어보지 않았다. 후세인 삼촌은 돌아와선 우리집에서 지내지 않았지만, 아버지와 합의한 사업이 잘되지 않았으며 빌린 돈은 갚아야 하는 채로 남아 있다는 소식을 전하러 오긴 했다. 후세인 삼촌이 빌린 돈에 대한 보증을 서두었으므로, 그때까지는 그가 집을 담보로 한 그 문서를 맡아둘 것이고, 어쩌면 결국에는 사업이 번창하게 될지도 모를 일이었다. 그렇게 간단했을 리 없지만, 어쨌든 내가 들은 이야기는 그랬다. 아버지가 빌린 돈을 갚을 가능성은 없었으므로, 후세인 삼촌은 우리집을 가로챈 것이나 다름없었다. 암살자. 이제 와서 돌이켜보면 거의 믿을 수 없는 일이지만, 후세인 삼촌은 예전처럼 가끔 우리를 방문하며 생선과 과일과 고무진과 우드와 옷감을 선물로 들고 왔는데, 한번은 아버지가 부숴버리겠다고 협박했으나 결국에는 아래층 방에 자리잡게 된, 하산에게 줄 빛나는 흑단 테이블을 들고 오기도 했다.

하산은 이 시기에 거의 집에 없었고, 있을 때는 어머니와 늘 끝없는 언쟁을 벌이는 것처럼 보였다. 내가 어디 갔었느냐고 물으면 그는 친구를 보러 갔었다거나 후세인 삼촌을 보러 갔었다고 말했다. 그는 이제 내게 전혀 관심을 기울이지 않았다. 잔인하게 군 적은 없지만, 그가 사는 곳은 내가 모르는 먼 곳이었고, 나를 그곳에 들일 마음도 없었다. 그러다가 무심이 방향을 바꾸자 후세인 삼촌은 떠났고, 하산도 사라졌다. 요약하자면 그랬다. 그는 후세인 삼촌과 함께 수평선 너머로 거만하게 으스대며 걸어갔고, 그후로 우리는 그의 소식을 전혀 듣지 못했다. 삼십사 년 전의 일이다. 그가 그렇게 마음을 다잡고 마치 어린 신부처럼 한 남자를 따라간 것은 그 당시에도 대단하게 느껴졌고, 지금은 훨씬 더 대단하게 느껴진다.

하산이 떠난 일은 우리의 끔찍한 작은 이야기의 종지부를 찍을 클라이맥스의 제1막에 불과했다. 후세인 삼촌은 그 계약서를 팔았고, 그 돈으로 빌린 돈을 갚았다. 그는 그것을 멀고 소원해진 우리 친척인 가구장이 살레 오마르에게 팔았고, 이제 그 집은 그의 소유였다. 이 년 후에 살레 오마르는 집안 물건들과 함께 그 집의 소유권을 얻었고 우리는 강제로 집에서 나와야만 했다. 그때쯤 나의 아버지 라자브 샤아반 마흐무드는 술에 취하지 않은 맑은 정신과 경건함을 크게 되찾았고, 그리하여 사람들은 그를 그의 존경받는 할아버지 마흐무드에 비견하기 시작했다. 아버지는, 독립 바로 직전의 그 시절에 새로운 관계들을 맺고 인생에서 일종의 즐거운 목적을 갖게 된 어머니에게는 전혀 관심을 갖지 않았다.

그런데, 그 집을 잃은 지 삼십이 년이 지난 지금, 라자브 샤아반으로 불리는 한 남자가 망명 신청자로 영국에 도착해 통역가를 필요로 하고 있다. 그 사람은 나의 아버지가 아니었고, 아버지는 돌아가신 지 오래였는데, 그게 아니더라도 나는 아버지가 그런 여행길에 오르리라고는 상상할 수 없다. 그것이 그 남자의 원래 이름이었을 수도 있고, 아니면 장난으로 혹은 여권 사기의 일환으로 혹은 농담으로 그 이름을 빌렸을 수도 있다. 혹은 어쩌면 내가 원한과 회한과 피해망상에 빠져 그 모든 일들을 상상해냈는지도 모른다. 어쩌면 그것은 그저 불길한 예감이었는지도 모른다. 하지만 나는 누군가가 농담을 하고 있는 거라고, 그 남자가 일종의 익살을 떠느라 나의 아버지 이름을 빌린 거라고 확신했다. 그리고 나는 그 누군가가, 뭐가 농담인지 늘 전혀 갈피를 못 잡던, 때로 자기한테나 웃기는 농담을 하던, 자신의 머릿속에 떠오르는 재치 있는 생각에 혼자서 가만히 미소를 지으며 앉아 있던 살레 오마르라고 생각했다. 살레 오마르라고 생각할 만한 진짜 이유는 없었으며, 그것은 그저 불길한 예감, 그 남자와 우리의 관계가 아직 끝난 게 아니라는 비참한 두려움일 뿐이었다. 나는 그것들을 죄다 무시해버리고 끝없는 뒷이야기들을 뿌리쳐버릴 수 있길 바랐지만, 나는 내가 그럴 수 없으리라는 걸, 내가 그 가능성에 초조해하고 기진맥진해하며 나의 비겁함과 신중함을 부끄러워하게 되리라는 걸 알았다. 그래서 나는 난민 사무실에 다시 전화를 걸어 레이철 하워드에게 조만간 라자브 샤아반 씨와 만날 약속을 잡아달라고 부탁했다.

4

나는 살레 오마르를 예전에 한 번, 수십 년 전에 방문한 적이 있다. 나는 그가 나를 맞이하는 방식에 깜짝 놀랐다. 나는 그가 나를 짧은 말로 멸시할 거라고, 언제든 나를 쫓아낼 거라고 예상했다. 그 집의 열린 문 옆에 서서 내부의 음울함으로부터 얼굴을 돌린 채 상대방의 기분을 상하게 하지 않으려고 애써 부드럽게 만든 목소리로 사람을 부르면서, 나는 그렇게 되리라 생각했다. 나는 그 음울함 속에서 누군가가 모습을 드러내 거기 무력하게 서 있는 나를 쌀쌀맞게 응시하며 말없이 경멸할 거라고, 그러고는 환대할 수밖에 없기에 어쩔 수 없이 나를 집안으로 들일 거라고 예상했다. 저는 살레 오마르를 만나러 왔습니다, 나는 그렇게 말할 것이었다, 그러니까 그 가구 상인을 만나러 왔다고. 그러고서 나는 그 악의 속에 그 남자와 대면해 우리의 요구를 전달하고는 떠날 것이었다. 그것들 모두로부터 떠나고, 떠나고, 도망칠 것이었다.

키가 크고 살집이 있는 남자가 문으로 다가와 그 집의 어둠 속에서 느긋하게 모습을 드러내더니 나를 보고 반갑다는 듯 입을 열었다. 그는 살레 오마르의 사람이었다. 그는 처리할 필요가 있는 일들을 처리했고, 오마르의 가구점에서 그를 위해 일했고, 낯선 방문객이나 상인이 부르면 그 집 문가로 나갔고, 계단을 쓸었고, 장을 보러 갔고, 그 외에도 그가 섬기는 사람만 알고 보고 있을 다른 수많은 일들을 했을 게 분명했다. 사람들은 그를 파루, 즉 코뿔소라고 불렀는데, 그 이유는 잊었고 더는 관심도 없다. 나는 문가로 나올 사람이 그라는 걸 잊고 있었다. 나는 신경써서 옷을 차려입고서, 상대방이 뚫어지게 쳐다보길, 무례하게 살펴보길 각오하고 있었건만, 그 남자는 내 얼굴에서 눈을 떼지 않았다. 마치 나의 방문을 기대하고 고대하기라도 했다는 듯 그의 눈은 호기심으로 초롱초롱했다. 그는 마치 미소라도 지을 것처럼 보이더니, 곧 예의바르게 단조롭고 냉담한 표정을 지었다.

"그분을 만나러 왔습니다." 내가 말했다.

"환영합니다." 그가 전혀 망설임 없이 말하고는 나에게 그 집의 음울함 속으로 들어오라는 동작을 취했다. "가족분들께서 다들 안녕하시길 바랍니다."

그 흐릿함 속에서 나를 가장 먼저 엄습해온 것은 바로 냄새로, 벽과 양탄자에 스며든 진하고 비대한 향기가 나의 숨을 헐떡이게 했다. 몇 걸음 후에 그 남자가 문을 열자 바람이 잘 통하고 빛으로 넘쳐나는 공간이 나왔다. 사방의 벽에 성인의 키 높이만큼 타일을 두른 작은 안뜰이었다. 타일은 세월이 지나며 더 짙어진 푸르스름한 빛, 가끔 해변에서 발견되는 질그릇 조각의 익숙한 광택을 띠고 있었다. 한쪽 벽 가까이에는 내가 수년 전에 들어가 놀던 알리바바 질항아리와 똑같이 잿빛 점토로 빚어진 커다란 토분에 난쟁이 종려나무 두 그루가 심겨 있었다. 나는 엉겁결에 위쪽을 힐끗 쳐다보고는 격자를 단 발코니가 이층까지 쭉 이어져 복도를 내려다보는 걸 알았다. 나는 목소리를 죽인 여자들의 대화 소리를 들은 것 같았다.

"투나 음게니." 나를 환영했던 그 남자가 부드러운 동시에 멀리까지 퍼져나가게 하려는 목소리—그런 겉모습과 평판을 지닌 남자로서는 놀라운 목소리, 매우 섬세하고 고상한 훈련된 목소리—로 외쳤다. 손님이 오셨습니다. 목소리들이 잠시 멈추더니 이윽고 다시 들려오기 시작했다.

나는 왼쪽 첫번째 방으로 안내되었다. 나를 맞아준 남자는 문 옆에 서서 안으로 들어가라는 듯 몸을 굽혔다. 그는 예의바르게 눈을 내리깔고 있었는데, 나는 그의 눈에서 다시 미소를 본 것만 같았고, 나는 그가 미소를 지은 것이 옆에 있는 내가 너무 우스꽝스러워 보였기 때문인지, 아니면 『천일야화』의 한 이야기에 등장하는 어쩔 줄 몰라하는 내시처럼 행동해야 하는 자신이 우스웠기 때문인지 궁금했다. 나는 이 남자를 알았고, 거리에서 그의 눈을 본 적이 있었고, 그의 눈이 수년 전에 하산을 어떤 식으로 바라보았는지도 보았고, 심지어 그에게서 편지를 건네받아 나의 형에게 전해준 적도 있었다. 그리고 내게 편지를 맡긴 사람이 그가 아니었다고 해도, 그를 몹시 닮은 사람이었을 것이다. 그리고 설령 수년 전의 그 눈이 그의 눈이 아니었다고 해도, 그의 눈을 몹시 닮은 눈이었을 것이다. 그 은밀한 미소는 나를 몸서리치게 했다.

내가 걸어들어간 그 방은 큰 정사각형 모양이었고, 벽에는 금테 두른 커다란 거울이 두 개 걸려 있었다. 나는 그 거울도, 거기 비친 내 모습도 못 보고 지나칠 수가 없었다. 그것들은 나란히 문 쪽을 향해 있었고, 갑자기 내 모습을 보여주며 나를 깎아내리고 위협했다. 눈길을 돌려버리기도 전에 그것들은 상대에게 말을 걸었다. 자, 이게 너야. 이 애처로운 이미지가 바로 너야. 살레 오마르는 바다가 보이는 창가에 앉아 있었다. 독서를 하고 있었던 것 같다. 내가 방에 들어서자 그는 어깨 너머로 쳐다보더니 다시 바다 쪽으로 잠시 고개를 돌렸고, 그러고는 자리에서 일어나 선 채로 내가 다가오기를 기다렸다.

그리하여 나는 수년간의 분쟁과 굴욕 끝에 나의 아버지에게서 우리 집과 그에 딸린 모든 물건을 빼앗아간 그 남자, 태연한 속임수와 악행 및 파렴치한 탐욕에 대한 이야기가 끝도 없이 들려오던 그 암살자 바로 앞에 서 있었다. 우리 모두가 모여 살던 극히 좁은 동네에서, 나는 거리에서 살레 오마르의 형체를 알아볼 때마다 그의 얼굴을 절대 바라보지 않는 법을, 내가 그를 봤다는 사실을 절대 드러내지 않는 법을 배워야만 했다. 나는 누군가를 못 본 척하는 법을 알기에는 너무 어렸다. 만일 그를 알아본다면 나는 그에게 인사를 할 수밖에 없었는데, 왜냐하면 그것이 우리가 날 때부터 배워온 예의였기 때문이다. 만일 내가 그에게 인사를 한다면 그것은 나의 아버지와 어머니에 대한 배신행위가 될 터였다. 그의 앞에 서서, 나는 그의 얼굴이 갸름하고 단호한 것을, 그리고 그의 눈이 마치 나의 결점을 보기라도 하려는 듯 나를 침착하고 근엄하게 바라보고 있는 것을 보았다. 마치 선생이나 부모처럼, 내가 자신을 실망시킬 거라는 듯. 마치 자신은 스스로를 더럽히지 않고 오물 위를 떠다닐 수 있어서, 그곳을 어설프게 비틀거리며 지나가는 나머지 우리를 비웃고 경멸할 수 있다는 듯. 마치 자신이 '빛'을 지니고 선과 악을 구분하셨던 우두머리 다이*라도 된다는 듯. 마치 자신이, 다른 사람들의 물건을 뒤져 영국인들이 정복지에서 전리품으로 가져갈 자질구레한 장신구를 찾아주는, 영국인들의 엉덩이를 핥아주는 악명 높은 아첨꾼이 아니라는 듯. 마치…… 마치 자신이 내가 이 년 전에 봤던, 유연하고 우아한 옷차림으로 우리 삶의 잔해를 옆에서 지켜보며 느긋하게 이야기하면서 한편으론 자기 주변을 전부 파악하기 위해 눈을 굴리며 여기저기 재빠른 시선을 보내던 그 남자가 아니라는 듯.

내가 전에 그를 본 것은 우리의 모든 가재도구를 이 아름다운 집으로 운반한 손수레들을 따라왔을 때였다. 아버지는 그러지 못하게 막았지만, 어쨌거나 나는 그 손수레들 뒤를 따랐다. 모든 게 손수레 세 대에 실렸다. 가구, 보하라를 포함한 양탄자, 문자판이 은으로 된 오래된 벽시계, 어머니의 재봉틀, 아버지가 누군가로부터 물려받은 청동 고블릿과 스테인드글라스 고블릿, 그리고 심지어 벽에 걸려 있던 쿠란 구절 액자까지. 우리의 옷과 예배용 깔개, 그리고 부엌에서 쓰던 솥과 냄비는 그대로 가져도 된다는 허락이 있었다. 심지어 더러워졌을 게 분명하고 그 위에서 수년 동안이나 뒤척인 몸뚱이들의 냄새를 풍겼을 매트리스도 실려갔다. 안감을 꺼내서 하루이틀 햇볕에 놓아두어 빈대를 죽이고 땀과 부지불식간에 흐른 침 같은 것의 냄새를 빼고 나면 새 매트리스 커버 안에 쑤셔넣을 수 있었으리라. 나는 손수레에서 짐을 부리는

* '초대하는 자' '부르는 자'라는 뜻의 아랍어로, '선교사' 정도의 뜻을 지닌다. '우두머리 다이'란 예언자 무함마드를 가리킨다.

것을 보려고 머물렀었고, 바로 그때 우리 삶의 잡동사니들 사이를 걸어 다니며 무엇인가를 골라내고는, 쥐꼬리만한 금액 이상은 기대도 안 한다는 듯 나머지를 경매에 부치라고 즉석에서 지시하던 살레 오마르를 보았다.

내가 더 가까이 갈 기미를 안 보이자 그는 어정쩡한 자세를 취하더니, 한참을 그렇게 있다가 근처의 의자를 가리켰다. 나는 그의 형식적인 권유를 못 본 척했고, 대신 값나가는 가구로 가득한 그 방을 무례하게 둘러보았다. 편안한 의자, 양탄자, 양각한 청동 장식이 달린 검은 알미라*, 금박 거울. 그 물건들은 모두 각각의 아름다움과 용도를 지닌 것들이었지만 그 방에 난민들처럼 서 있었고, 자부심과 위엄의 요구로 가만히 서 있긴 했지만 다른 곳에 있었을 때 더 활기찬 삶을 누렸을 것 같았다. 누군가의 영리함과 부를 기념하기 위한, 환하게 불을 켜고 로프를 친 미술관이나 박물관의 물건들처럼 보였다. 약탈품처럼 보였다.

"부모님은 잘 계신가?" 그가 부드럽게 물었다. 그는 나의 침묵과 나의 무례한 짐작에 즐거워하며 이제 미소를 짓고 있었는데, 적어도 근엄한 실망감은 얼굴에서 사라지고 없었다. 그에게 대들면서, 점차 나의 분노는 정점에 이르러 입술이 다 떨릴 지경이었다. 나는 내 목소리가 떨릴까봐 입을 열기가 두려웠다. (고통의 두려움 때문에 내 목소리가 떨린다고 느낀 것은 아니었다.)

"이스마일," 내가 그곳에 전하러 왔으리라 생각되는 말을 꺼내도록 유도하며, 그가 말했다. "부모님은 잘 계신가? 내가 그분들을 어떻게 도

* 커다란 인도식 목재 찬장.

와드리면 되겠는가?" 그의 집에 온 게 나였으므로 사업과 관련된 이야기일 리는 없었다. 그는 내가 그곳에 동냥을 받으러, 보시를 받으러, 구걸을 하러 왔다고 생각했음에 틀림없었다. 그리고 나는 어떤 의미에서는 그런 이유로 그곳에 간 것이었으리라.

"어머니가 보내셔서 왔습니다." 내가 말했고, 목소리가 약간 떨리는 게 느껴졌다. 나는 이 비참한 심부름을 하지 않게 해달라고 간청했었지만, 어머니는 다시 내게 간청했고, 그래서 나는 이 샤이크 알자발* 앞에 나서지 않을 수가 없었다.

그의 얼굴이 기뻐하는 미소로 빛나기 시작했지만, 그는 곧장 그 미소를 억눌렀다. "그렇다면 자네는 안주인분의 심부름으로 온 것이로군." 그가 문 쪽으로 걸음을 떼며 말했다.

"어머니가 당신께 전할 말씀이 있다고 하셔서 왔습니다." 나는 말했고, 이제 내 목소리는 용건을 밝힐 때가 가까워진 탓에 단호해져 있었다. "작은 흑단 테이블에 관한 것입니다."

이제 그는 아까 바다 쪽을 향해 앉아 있던 의자가 아니라 가까이에 앉았다. 오른쪽 팔꿈치를 무릎에 얹고 턱을 손바닥에 괸 채 몸을 앞으로 기울였다. 앞으로 나아가 그의 무릎에 얹힌 그 팔꿈치를 발로 차버리고 그의 얼굴에 주먹을 날리고 싶은 마음이 어찌나 간절했는지, 그때를 떠올리면 아직도 속이 부글부글 끓어오를 지경이다. 작은 주먹, 때리는 게 익숙하지 않았고, 심지어 주먹의 형태가 되는 것에도 익숙하지

* '산[山]의 샤이크'라는 뜻의 아랍어로, 흔히 암살단의 두목을 가리키던 표현이다. '샤이크'는 원래 '오십 세 이상의 존경할 만한 자'를 뜻하는 말로, 아라비아의 부족장, 수피 신도회의 수장 등을 일컫는 말이다.

않았다. 그것을 썼다면 아마 그보다 내가 더 아팠을 것이었고, 그래서 갑절은 더 우스꽝스러웠을 것이다. 나는 그저, 그토록 우쭐해하며 내가 그 흑단 테이블을 놓고 어떤 터무니없는 제안을 할지 들어보려고 기다리던 그를 바라보며 느꼈던 좌절감만을 기억한다. "어머니는 그것이 자기들 것이 아니었다고 말하라고 하셨습니다. 그것은 하산의 소유였습니다. 그가 선물 받은 물건이었습니다. 그래서 어머니는 당신께서 그것을 돌려주길 바라십니다. 어머니는 하산이 돌아올 때를 대비해 그것을 돌려주시기를 바라십니다. 어머니는 돌려받고 싶어하십니다. 하산의 것입니다. 선물 받은 것입니다. 어머니는 그것이 자기들 소유가 아니었다는 말을 전하라고 하셨습니다. 그러니 그것을 가져가지 말았어야 합니다. 그것은 하산의 것입니다."

그는 내가 할말이 떨어질 때까지 이렇게 계속 부질없는 이야기를 지껄이게 했고, 그러고는 이십 초 정도 나를 침묵 속에 두어 내가 나의 횡설수설의 메아리를 들을 수 있게 하고서야 입을 열었다. "몹시 유감스러운 일이지만 내가 법 쪽에는 조예가 깊지 않아 자네의 주장이 얼마나 설득력 있는지는 알 도리가 없군. 나는 그 집과 거기 버려져 있던 물건들 일체를 차지했네. 나는 그것들을 팔았고, 거기서 나온 돈을 자네 아버지께 보냈으나 받지 않고 거절하셨어. 그래서 그 돈을 자네 어머니께 보냈지만 그분 역시 거절하셨지. 그래서 나는 그 돈을 주마* 모스크에 기부해서 그곳 관리인들이 적절하다고 생각하는 곳에 쓰게 했네. 지

---

* '금요일'을 뜻하는 아랍어로, 주마 모스크는 '금요 모스크', 즉 '대(大)모스크'를 뜻한다. 금요일 정오에 대모스크에 모여 단체로 금요 예배를 드리는 것은 무슬림 공동체의 의무이다.

금 자네 어머니께서 원하시는 그 작은 테이블은 내가 간직하고 있었지만, 유감스럽게도 팔아버렸다네. 자네 어머니께 그렇다고 말씀드리고, 부모님 두 분께 안부 전해주게나."

그 테이블은 그의 가게에 매물로 나와 있었다. 우리의 옛집에서 그 테이블을 본 누군가가 알아보고는 그 사실을 어머니께 말해주었다. 그제야 어머니는 테이블이 하산의 것이었음을 떠올리곤 그것을 되찾는 일에 관심을 가지게 되었다. 가엾은 하산, 우리는 그에 대해 말하는 일이 거의 없었는데, 어머니가 그 테이블에 대해 이야기하기 시작하자 그가 떠나면서 빚어진 불행과 서로의 잘잘못을 따지던 일이 모두 되살아났다. 갑자기 그 테이블을 되찾는 것이 어머니에게 굉장히 중요한 일이 되어버렸다. 나는 가능성이 별로 없다고 말했지만, 어머니는 시도라도 해달라며 내게 간청했다. 하산을 위해, 자기를 위해, 어머니로서 내게 해준 모든 일들을 봐서라도. 나는 그렇게 했고, 그 남자가 승리를 자축하며 능글맞게 웃는 동안 그의 앞에 바보처럼 서 있었다. 짧은 작별인사를 끝낸 후, 살레 오마르는 파루를 불러 나를 집밖으로 바래다주게 했다. 왼발 오른발, 왼발 오른발, 그리고 부모님께 안부 전해주십시오. 나 또한 밖으로 나가는 길이었고, 떠나는 중이었는데, 이제 와서 생각해보면 그것은 마치 내가 살레 오마르의 집에서 바로 그 나라 밖으로 나와서는, 수년이 지나도록 바닷가에 있는 그의 또다른 집으로 가는 길을 찾고 있었던 것처럼 느껴진다. 그것은 그저 공상일 뿐이었고, 헐떡이며 안간힘을 써왔던 일이 고작 처음부터 정해진 결론에 이르기 위한 무의미한 노력이었다는 생각에 느낀 순간적인 허탈감일 뿐이었다.

떠남. 나는 그것에 대해, 떠남과 도착함에 대해 수년 동안 생각해왔다, 결국 매 순간들이 딱딱한 겉껍질과 쭈글쭈글하게 일그러진 형태를 이루며 일종의 고귀함을 얻게 될 때까지. 나는 열일곱 살 때 공부를 하러 동독으로 떠났다. 만일 그것이 현시점에서 말도 안 되는 소리처럼 들린다면, 그것은 부분적으로는 동독이 너무나 극렬한 속도로 상상 속의 불모지로, 완강하고 뒤틀린 정부와 더불어 이주자들의 집이 타들어가는 불길에 그 삭발한 머리가 실루엣으로 드러나는 오늘날의 심기 불편한 실업자 네오파시스트들이 등장하는 텔레비전 속의 세계로 변해버렸기 때문일 것이다. 수십 년 전에는 그렇지 않았다. 우리에게 그곳은 열렬하고 저돌적인 자기 확신으로 상대방을 위협하는 빛나는 신체제처럼 보였다. 독립 후 처음 몇 해 동안 여기서 언급하기에는 너무나도 많은 변화가 일어났다. 우리 학자들이 우리를 깨달음에 이르게 할 작은 단계들을 묵묵히 헤쳐나가기 싫고 귀찮을 때 흔히 쓰는 표현처럼 말이다.

처음에 미합중국과 존 케네디 대통령은 우리에게 흥미를 보이며 우리 대통령을 워싱턴에 공식 초청했다. 우리 대통령이 백악관 잔디밭에서 미소를 지은 채 할리우드와 로큰롤의 황제 옆에 서 있는 모습을 담은 그 방문 영상은, 극장에서 모든 회차의 오프닝 영상으로 몇 주 동안이나 상영되었다. 미국 공보원은 에어컨이 설치된 도서관과 열람실을 대사관 부속으로 열었다. 푹신한 의자, 반짝이는 책상, 엄격하게 일렬로 늘어선 강화유리, 각도를 조절할 수 있는 테이블 위에 놓인 책과 잡지의 대열. 영국은 육십 년이나 식민 통치를 하면서 한 번도 그럴 생각을 아 했다. 그때는 창문에 철사 창살이 설치되어 있고 입구 옆 책상에 앉은 문지기가 입장을 승인하거나 거부하던 회원 전용 영국인 도서관이 있었다. 독립 이후 '파도의 지배자'가 떠난 후, 그곳의 문은 닫히고 자물쇠가 채워졌으며, 거리에서 보면 무슨 폐기된 창고나 가게처럼 보였다. 그 책들이 어떻게 되었는지, 버려졌는지 본국으로 보내졌는지 팔렸는지는 나도 모르겠다. 어떤 책들은 조금씩 밖으로 빼돌려져 유통되었지만, 나는 그 도서관의 책들이 최후의 운명을 맞이하기 전에 그곳을 떠나왔다. 차선책은 우리 학교 도서관으로, 떠나면서 자신들의 남는 책을 기증하던 행정관들이 지난 수십 년 동안 가장 애용한 장소였다. 학교 선생님들 대부분이 유럽인—영국인, 스코틀랜드인, 로디지아인, 남아프리카인—이었기에, 어쩌면 떠나는 정복자들은 이 유럽 지성의 결실을 책임감 있는 자들에게 맡긴 것처럼 느꼈는지도 모를 일이다. 그 책들이 이미 우리가 읽을 만한지를 기준으로 선별된 것임을 알고 있던 우리는 그곳에서 무작위로 행운을 시험했고, 가끔은 성공을 거두기도 했다. 학교 도서관에는 출입이 금지된 구역이 있었는데, 하지만 그 두꺼운 책들을 몰래 들여다보아도 그게 누설하는 것은 아무것도 없었다. 지도, 라틴어 산문, 그리고 위화감이 드는 어조의 목소리가 있었을 뿐. 나는 그게 신사의 서재 끄트머리에 감춰진 책들이었을 거라고, 그 특출난 학구적 외설스러움이 현지인 사춘기 남자아이에게는 거의 아무런 의미도 없었을 버턴판板 『아라비안나이트』 같은 것들이었을 거라고 상상해본다. 그리고 그 책들에는 저마다의 표정과 냄새, 잘 보존된 책 표면에 맞닿은 빛바래거나 거무스름해진 책등, 그것의 전 주인과 절대 분리되지 않는 역사가 있었는데, 그 주인들의 이름과 헌정사와 여백의 메모는 때로 그것들을 돌려달라고 요구하는 것처럼 보이기도 했다. 우리는 가끔은 성공을 거두었지만, 가끔은 우리가 처음 들어본 말이어서 더더욱 유해한 욕설과 비웃음에 가슴을 떨며 앉아 있기도 했다.

미국 공보원 도서관은 완전히 차원이 달랐다. 그곳에서는 에어컨이 있는 편안한 환경에서 잡지와 신문을 읽을 수 있었고, 방음장치가 되어 있는 부스에서 푹신한 이어폰을 낀 채 레코드를 들을 수 있었으며(그들이 재즈라고 부르는 이건 대체 뭐지?), 책을 빌릴 수도 있었다. 책들은 아름다웠다. 커다랗고 묵직하고, 종이는 두껍고 빛났으며, 하드커버 테두리는 금박과 은박이 되어 있었고, 제목과 작가의 이름이 책등에 도드라지게—장식으로—새겨진, 그리고 식민지 교육을 받으면서 한 번도 들어보지 못한 이름의 작가들이 쓴 책들. 랠프 월도 에머슨, 너새니얼 호손, 허먼 멜빌, 프레더릭 더글러스, 에드거 앨런 포, 훈육과 계급 담론으로 오염되지 않았기에 고상한 호기심을 자극하던 이름들. 그런 책들을 집으로 가져갈 수 있고, 내가 책상으로 쓰던 뒤집어놓은 나무 상자 위에 올려둘 수 있으며, 그 책들이 내 방에 있던 다른 모든 것들의 하찮음을 겸허하게 만드는 순간을 볼 수 있다니 놀라운 일이었다.

그러다가 우리 대통령은 미국인들에게 환멸을 느끼게 되었다. 부분적으로는 당시 아프리카 전역에서 미국에 대한 불만의 목소리가 높아졌기 때문이었다. 미국인들은 콩고의 파트리스 루뭄바*의 암살과 관련해 손에 든 패를 너무 공공연하게 보여주었고, 뽐내기 좋아하는 CIA 요원들은 출처가 모호한 이야기를 못 참고 떠들어댔다. 그들은 당시 우

* 콩고의 초대 총리였으나 반대파에게 살해되었으며 그 배후에는 미국과 벨기에가 있었다고 전해진다.

리 모두에게 친숙하던 열망, 전 세계의 비유럽인들을 오만하게 억압하는 데 대한 우리의 불만과 공명하던 열망에 차 투표권과 시민으로서의 동등한 권리를 원할 뿐이던 고국의 검은 미국인들을 살해하고 있었다. 개를 풀어 흑인 시위대에 달려들게 하는 미국 경찰의 사진들이 그들과 똑같은 짓을 하고 있는 아파르트헤이트*의 공포 경찰 사진과 신문에 나란히 실렸다. 미국과 그들의 CIA는 모든 문제에 개입하고 싶은 모양이었고, 자신들의 관심을 사로잡은 크고 작은 모든 문제들을 조작하고 지배하고 싶은 듯했다. 최후의 결정타는, 긴 논의 후 미국 정부가 우리 대통령이 국가 발전에 필수적이라고 생각했던 개발사업에 자금을 대지 않기로 한 일이었다. 중화인민공화국은 융자해주기로 합의했다. 소비에트연방은 무기를 유상 원조해주었다. 독일민주공화국**은 경영과 과학 기술 분야의 교육을 제공했다.

그리하여 독립 오 년 만에 우리는 적과 시시덕거렸다는 이유로 미국인들에게 버림받았다. 그사이 우리 대통령은 사회주의로 전향했고, 때가 되면 몸소 변종 사회주의의 이론가이자 그 전형이 될 예정이었다. 그는 연설을 했고, 칙령을 내렸으며, 그러고는 이 모든 게 결국 우리 인류를 드높이는 일이 될 것임을 설명하는 책을 썼다. 아무래도 좋았다. 우리는 이제 염가판으로 나온 미하일 숄로호프(『고요한 돈강』)와 체호프(『단편선』)를 읽거나, GDR 정보원에 있는 실러***의 박스판 작품집

* 남아프리카공화국의 인종차별정책으로 1994년 폐지되었다.

** 1990년 독일이 통일되기 전까지 사용된 동독의 정식 국호. GDR는 그 영어식 약칭이다.

*** 독일 시인이자 극작가 프리드리히 폰 실러.

을 훑어볼 수 있었다(대출은 되지 않았다). 그리고 우리는 물론 부탁만 하면 『작은 빨간 책』*과 마오 주석의 라펠 배지를 가질 수 있었다.

나는 동독으로 가 치과의사로 육성될 인원으로 선발되었다. 나를 포함해 십여 명이 소집된 모임에서 교육부 공무원이 그 소식을 직접 전해주었다. 그때 GDR 대사관에서 나온 누군가도 그 자리에 있었는데, 은발에 뿌루퉁하고 냉소적인 붉은 입술의 그 사람은 개회 전에는 얼굴을 찌푸린 채 살짝 안달하고 심지어 짜증을 내는 것처럼 보이더니, 일단 모임이 시작되자 환한 미소를 지었다. 우리 모두가 GDR로 가는 장학금을 신청했는데, 그 공무원이 이야기해준 바에 따르면, 수백 명의 지원자 중에서 교육부 장관이 우리를 선발했다는 것이었다. 우리 중 누군가는 의사가, 누군가는 엔지니어가 될 것이었고, 나는 치과의사, 닥타리 와 메노가 될 것이었다. 나를 포함한 우리 모두는 그 마지막 직종을 듣고 킬킬거렸다. GDR 공무원은 잠시 얼굴을 찡그리더니 나를 향해 단호하고 용기를 북돋우는 표정으로 고개를 끄덕였다. 치과의사가 되는 것은 전혀 문제될 게 없습니다. 우리 중 누구도 선호하는 직종을 밝히라는 요청을 받은 적이 없었고, 그래서 우리는 장관이, 혹은 그 일을 위임받은 누군가가 우리에게 어떤 직종을 정해주었을지 알고 싶어 안달했는데, 어떤 방식으로 정했을지는 신경쓰지도 않았다. 치과의사는 처음에는 좀 충격이었지만, 우리가 미래의 직업으로 서로를 호칭하고 놀리기 시작하면서 나는 그것에 익숙해졌다. 그러고는 대사관 공무원이 자리를 넘겨받아 우리에게 앞으로의 일을 설명했다. 서류, 여정,

* 중국 마오쩌둥의 연설문과 저서 가운데 핵심만 추린 책으로, 원래 제목은 『마오쩌둥 어록』이다.

일 년간의 어학원 생활, 이어서 전문가 과정. 그는 또한 독일인들의 우애의 인사를 전하며 양국의 우정을 자랑스럽고 기쁘게 생각한다고 덧붙였다.

어머니는 내가 치과의사가 되는 것을 달가워하지 않았다. 그렇다는 걸 알 수 있었다. 어머니는 내가 그 말을 하자마자 자기도 모르게 혐오스럽다는 표정을 지었다. 치과의사가 되는 것은 전혀 문제될 게 없어요, 나는 어머니에게 그렇게 말했지만 그 말로 안심시키기에는 역부족이었다. 어머니는 터무니없다는 듯 살짝 미소를 지었고 전혀 납득하지 못하겠다는 표정이었다. 며칠 후 나는 다시 교육부로 불려갔고, 이번에는 나 혼자였는데, 예전에 우리를 상대했던 바로 그 공무원이 내게 이해하기 힘든 실수가 있었다고 알려주었다. 장관인 샤이크 압달라 할판이 직접 나를 의대 과정에 선발했는데, 어떻게 된 일인지 모르겠으나 누군가가 내 이름을 치과학 쪽으로 옮겨두었다는 것이었다. 그 공무원은 이렇게 말하며 어리둥절해하는 표정을 지으려 애썼고, 마치 이 혼란스러운 사건의 배후에 악의적인 음모가 도사리고 있기라도 하듯 심지어 약간 의심스럽다는 표정까지 지어 보였다. 그것은 우리 중 누구에게도 불가사의한 일이 아니었고, 나는 그 공무원의 친절한 연기에 고마움을 느꼈다. 나의 어머니는 그 장관의 연인이었다. 아마 어머니는 그를 모시는 두셋 혹은 그 이상의 여자들 중 하나였을 것이다. 그는 떠오르는 정부 인사였고, 자신의 명을 받드는 다수의 여자들로 자신의 음경의 권위를 기꺼이 입증해 보이고 싶었을 것이다. 아니다, 나는 어머니에 대해 너무 가혹하게 말하고 있고, 어머니가 왜 그랬는지에 대해서는 거의 아는 게 없다. 어쨌건, 그 장관의 공무용 차가 어머니를 데리러 와서는, 우리가 아버지 때문에 첫번째 집을 잃은 후에 입주한 작은 집이 있는 골목길 끝에서 기다렸다. 그러면 어머니가 느긋하고 태연하게, 거의 일부러 대놓고 연인을 만나러 가는 아름다운 여인의 모습으로 천천히 걸어나왔다.

애초에 이 관계가 나를 장학생 명단에 오르게 해주었으며 이제 나를 의대 과정으로 옮겨주었다는 데는 의심의 여지가 없었다. 나는 그 공무원에게 어깨를 으쓱해 보이고는, 나는 치과학을 하길 원했다고 말했다. 그는 싱긋 웃더니, 이것은 장관이 결정을 내린 사안이며 나의 행운에 대해 투덜거려서는 안 된다고 말했다. 나는 치과학을 정말로 원했다고 말했고, 수년 동안 교사로 일하다 최근에 교육부로 옮겨온 그 공무원은 오랫동안 말없이 나를 쳐다보았는데, 어머니가 안 좋아하실 텐데, 라는 말이 거의 입 밖에 나오려다 만 것 같았다. 좋아하지는 않으셨지만, 어머니 또한 그저 어깨를 으쓱하고는, 자신의 짧은 소견으로 봤을 때 침이 그득하고 이가 썩어 냄새나는 입에 손가락을 집어넣는 치과의사가 되는 것보다는 몸을 다루는 의사가 되는 게 더 명예롭지 않겠느냐고 말했는데, 하지만 그 문제에 있어 내가 고집을 부리겠다면 그것은 남이 상관할 바가 아니었다.

아버지에게 GDR로 가서 연수를 받고 치과의사가 될 거라고 말씀드리자 그는 천천히 고개를 끄덕이고는 다시 독서를 이어나갔다. 아버지가 머무는 그곳에는 그 어떤 것도 가까이 다가갈 수 없었다. 집 문제로 몸부림치던 어느 날, 아버지는 신을 발견했다. 아버지는 고아 술집에 완전히 발길을 끊었고, 자신의 시간을 전부 회개와 기도와 공부에 썼다. 경건하다는 말은 적절하지 않았는데, 한 달이 전부 일요일이라도 어림없고, 제비 한 마리가 왔다고 여름이 온 것도 아니다.* 아버지는 샤이크가 되었다. 때로는 신자들의 예배를 이끌었고, 직장에서 돌아온 후에는 하루종일 쿠란을 읽었으며, 저녁 내내 모스크에서 법과 교리에 대한 책들을 읽고 연구했다. 깨끗한 흰색 셔츠와 세심하게 다린 갈색 바지 또한 입지 않았고, 이제는 심지어 직장에 갈 때에도 칸주와 코피아와 마크바디 샌들 차림이었다. 우리가 마침내 그 집을 잃고 마을의 또 다른 구역에서 방 두 개짜리 집을 임차할 수밖에 없었을 때에도 달라질 것은 없는 듯했다. 아버지는 아는 사람들이 있고 자신이 신에 대한 헌신으로 축복해주어야 할 사람들이 있는 모스크에 가기 위해 우리가 예전에 살던 구역까지 쭉 걸어갔다. 아버지는 우리의 새집에서 시간을 보내는 일이 거의 없었고, 집에 있더라도 예배와 독서에 몰두했다. 어머니에게 말할 때에는 눈길을 옆으로 돌렸고, 내가 먼저 다가가지 않는 한 나에게는 절대 말을 걸지 않았다. 내가 GDR로 떠날 준비를 하고 있던 그때, 아버지는 이맘**이 되셔서 노래하는 듯한 고음의 목소리로 의무적인 예배를 이끌고, 놀랄 만큼 능숙하게 장례식을 거행하고, 문의받은 종교와 법 문제에 대해 이론의 여지가 없는 확신을 가지고 의견을 표명했다. 그 모습은 마치 아버지의 존재의 축이 이동해서, 이제 그가

* '한 달이 전부 일요일(a month of Sundays)'은 '오랫동안'을 뜻하는 관용구로, 일요일이 종교 활동 등으로 느리게 흘러가던 데서 생겨난 말이고, '제비 한 마리가 왔다고 여름이 온 것도 아니다(nor does a single swallow a summer make)'는 '하나의 경우로 모든 걸 속단해서는 안 된다'는 뜻의 관용구를 변형한 표현이다. 따라서 이 문장은 '경건하다는 말은 적절하지 않았는데, 어떤 경우에도 그렇게 말할 수는 없고, 그렇게 속단할 수도 없다' 정도로 풀어 쓸 수 있다.

** '지도자'를 뜻하는 아랍어로, 모스크에서 열리는 집단 예배를 이끄는 자를 말한다. 위대한 이슬람 학자에 대한 존칭으로 사용되기도 한다.

예전과는 다른 공간을 점유한 채 그곳에서 퉁겨지고 진동하며 오직 자신만이 들을 수 있는 공명음을 내고 있는 것과도 같았다. 그래서 아버지가 고개를 끄덕이며 다시 책으로 돌아갔을 때, 나는 그게 무슨 의미인지 알았다. 꺼져라, 나는 전혀 관심이 없으니, 네가 원하면 가서 공산주의자나 되어라. 나의 하느님과 내가 적절한 시기에 너를 찾으면 네가 무슨 대가를 치르게 될지 알게 될 것이니.

내가 떠나기 전날 오후, 아버지가 나의 이름을 부르더니 모스크를 향해 나서면서 내게 함께 가자고 하셨다. 우리는 아름다운 늦은 오후의 이글거리는 빛 속에서 밀물이 들고 있는 개울의 흙막이벽을 따라 함께 걸었다. 아버지는 나와 살짝 팔짱을 꼈는데, 그것은 한낱 친밀함의 팔랑거림일 뿐이었다. 아버지는 왜소한 남자였고, 칸주와 코피아 차림이었으며, 눈은 평상시처럼 내리깔고 있었는데, 그렇게 팔랑거리듯 나와 팔짱을 끼고 있으니 평소보다 훨씬 더 작아 보였다. 우리가 눈을 내리깐 채 함께 산책중인 두 명의 가짜 철학자처럼 보이지 않게 나는 턱을 치켜든 채 나란히 걸으며, 아버지가 아직도 하산을 생각하는지, 그리고 모든 걸 포기하고 신을 향해 윙윙거리는 수벌이 된 것이 하산이 떠났기 때문인지 아니면 집을 잃었기 때문인지 궁금해했다. 아니면 아버지, 내가 평생을 알아온 이 까다로운 남자가 이제 신의 말씀과 그분의 이름을 외치는 데서 위로와 도움을 찾게 된 것이 어머니 때문에 상처를 입어서인지. 그리고 나는 아버지가 말할 용기를 얻으면 내게 하게 될 말이 무엇일지 궁금했다. 우리가 지나가면 사람들은 아버지에게 경건하게 인사했고, 그는 신의 종이자 피조물답게 겸손하게 답례했다.

"준비는 다 끝냈니?" 아버지가 물었다.

"네." 내가 대답했다. "준비할 게 별로 없네요."

아버지는 나를 옛집으로 데려갔고, 우리는 한동안 그 앞에 서 있었다. 그 집은 크림색과 버터 같은 색으로 새로 칠해져 있었고, 창문은 수리되었고, 현관문 쪽의 계단은 콘크리트가 다시 발려 있었다. 내가 서 있던 곳에서는 그 집을 따라 내려가는 길 아래에 있는 바다가 언뜻 보였고, 나는 하루 중 이맘때에 뒤쪽 테라스로 올라가면 바다의 미풍을 쐴 수 있다는 걸 경험으로 알고 있었다. "이 집은 우리집이다." 아버지가 말했다. "이 집은 너의 집이고 나의 집이고 너의 어머니의 집이다."

"그리고 하산의 집이기도 하죠." 나는 말했다. 아버지는 아무 말도 하지 않았다.

"이 집은 너의 대고모, 그러니까 나의 아버지의 누이의 집이었고, 그분께서 내게 남긴 것이다." 하산의 이름의 울림이 저멀리 사라진 후, 아버지가 말했다. "그리고 그 사람들이 이 집을 우리에게서 훔쳐갔지. 내가 죽으면 네게 남겨줄 것이라고는 이 집이 전부다. 이 집이 네가 물려받을 유산이다."

나는 소리 내어 웃을 뻔했다, 정말이다. 다른 쪽 다리를 걸어 놀려보라, 종이 울릴 것이니. 한 달이 전부 일요일이라도 어림도 없다. 달 위에 있군, 귀여운 왕자님.* 경건한 멍청이 노인네가 나를 왕가의 불화 같은 일에 새로 개입시키려고 여기까지 데려왔다. "그러니까 그 말은 제가 이 집을 절대 잊지 않았으면 한다는 뜻인가요? 그런 말을 하려는 건가요, 아빠? 언젠가 다시 돌아와서 이 집을 되찾으라고요?"

---

* 관용적 표현들로, '말도 안 되는 소리 하지 마세요' '평생을 기다려도 불가능한 일인걸요' '자기도취에 빠졌네요' 정도의 뜻이다.

잠시 후 아버지는 다시 내게 팔짱을 끼더니, 내가 확실히 따라오도록 나를 조금 세게 잡아당기며 걸어가기 시작했다. 사실 나는 그 팔을 뿌리치고 아버지 곁을 떠나고 싶었지만, 그래도 따라갔다. 아버지가 옹졸한 패배자처럼 혼자 무슨 말을 하든 그냥 내버려둔 채. 나는 애초에 부모님이 하산을 잃었다는 사실을 견딜 수 없었고, 그러고는 그러한 상실을 비통해하는 법을 내게 알려주지 못하는 것 또한 견딜 수 없었다. 아버지는 나를 모스크로 데려갔고, 자신이 이끌 저녁 예배를 알리는 소리를 기다리는 동안 내가 옆에 앉아 있도록 당부했다. 아버지는 맨 앞줄에 선 신도들이 모스크를 가로지르며 자신의 뒤로 정렬할 때까지 그들을 향해 서 있었고, 그러고는 키블라* 쪽으로 걸어들어가 예배를 시작했다. 예배가 끝난 후, 아버지는 반쯤 돌아서서 책상다리를 하고 앉아 우리가 예언자 무함마드와 그분의 동료와 그분의 가족을 찬양하며 낭송하길 바라는 축복의 기도를 차례로 이르셨다. 신도들이 부르는 축복의 기도가 이어지는 동안, 아버지는 키블라 밖으로 몸을 내밀어 내게 가까이 오라고 손짓했다. "하느님이 안 계신 그곳에 가서도 예배드리길 잊지 말거라." 아버지가 말했다. "내 말 알아들었니? 네가 다른 무슨 일을 하건, 하느님을 잃지 말고, 너의 길을 잃지 말거라. 그곳에 바로 어둠이 있으니."

그것 또한 내가 물려받은 유산이었다. 그게 아버지가 내게 마지막으로 했던 말 같다. 왜냐하면 나는 그러고서 곧 모스크를 떠났고, 내가 다음날 아침에 잠에서 깼을 때 아버지는 이미 출근한 후였기 때문이다.

* 원래 '방향'을 뜻하는 아랍어로, 무슬림이 예배할 때 향하는 메카의 방향을 뜻한다.

그날 오후 나는 베를린으로 가는 비행기를 탔다. 어머니의 마지막 말? 기억나지 않고, 기억할 만한 것도 아니었다. 아마도 여권을 안전하게 넣었는지 확인하라고 말했거나, 그들에게 당하지 말라고, 독일인들 때문에 취하거나 속아넘어가는 일이 없게 하라고 주의를 주었을 것이다. 어머니는 그 말을 이미 여러 번 했었고, 공항으로 가는 택시 안에서 그리고 내가 의무적인 몸수색과 철저한 보안 수색을 당하기 앞서 작별인사를 나눈 공항 터미널에서 빠짐없이 되풀이했을 것이다. 우드 향이 나는 옷을 입은 아름답고 차분한 얼굴의 어머니가 작별의 키스를 보내는 모습은 모두의 이목을 끌었다.

어머니와 헤어지면서 내가 마지막으로 무슨 말을 했는지는 모르겠다. 심지어 나는 내가 정말로 어머니를 생각했는지, 혹은 떠나는 나를 바라보며 어머니가 무슨 생각을 했을까 떠올려봤는지조차 모르겠다. 게이트를 통과해서 승객들만 갈 수 있는 구역으로 이동하며 염려와 불안으로 몸을 떨었던 기억이 난다. 하지만 그것은 내가 비행기를 처음 타보기 때문이었고, 쑥스럽고 어린애 같은 짓은 하고 싶지 않았기 때문이었다. 나는 어머니를 생각하지 않았고, 그 순간이 앞으로의 삶에 어떤 긴 그림자를 드리우게 될지도 생각하지 않았다. 나는 나중에 그 출발 전의 마지막 순간들을 기억할 수 있도록 내 주변의 모든 것에 주의를 기울여야 한다는 생각을 품지 않았다. 나는 앞으로의 척박한 몇 년, 침묵 속에 있던 기억이 갑자기 떠올라 나의 아름다운 어머니와 헤어진 방식 때문에 어쩔 도리 없이 슬픔으로 떨게 될 그 몇 년을 대비해 그 순간의 이미지와 광경과 냄새를 숨겨놓아야 한다고 스스로에게 상기시키지 않았다.

우리가 떠나온 때는 10월로, 독일의 학기가 시작된 지 이삼 주 정도 지났을 때였다. 치과학을 하는 사람은 나뿐이었으므로, 나는 나머지 아이들과는 다른 소도시로 보내졌다. 우리는 모두 독일어를 배우며 첫해를 보내야 했는데, 나중에 학업을 시작할 곳 가까이에서 언어를 배우게 되어 있었다. 그렇게 하면 그 지역에 익숙해질 테니까 합리적인 생각 같지만 그럼에도 나는, 특히 비행기에서 내려 기차 여행을 하면서는 다른 아이들과 함께 있는 편을 택하고 싶었다. 내가 보내진 마을은 노이슈타트라는 곳이었는데, 그곳으로의 첫 여정은 기억이 나질 않는다. 누군가가 나에게 티켓을 주고는 열차에 태웠을 게 분명했고, 응당 그래야 하는 대로 모든 일이 일어났을 게 분명했다. 이상한 것들이 기억난다. 어느 순간엔가 비가 내렸고, 소나기가 차창을 때리면서 차창 너머로 질펀한 진흙길이 모습을 드러냈다. 나는 그 기차가 얼마나 빨리 달렸는지, 혹은 그렇게 보였는지, 그것이 얼마나 시끄러웠는지를 기억한다. 풍경은 그때그때 따분하거나 푸르거나 잿빛이거나 진흙투성이였고, 질서정연한 모습일 때도 있었는데, 하지만 그 느낌은 우중충하고 음울했다. 객차 어딘가에 창문이 열려 있어서 그곳으로 거세고 차가운 바람이 불어들어왔다. 내가 내려야 할 역을 어떻게 알고 있었는지도 잘 모르겠다. 누군가가 그곳으로 나를 마중나와 있었는데, 우리가 어떻게 대학 숙소에 갔는지는 기억이 나질 않고, 그러니 분명 그곳에 차를 타고 갔을 것이다. 나중에 나는 그 남자가 그 숙소의 관리인임을 알았는데, 그는 학생들을 마치 이해할 수 없는 사건이라도 되는 듯 쳐다보고 자신이 해야 할 일을 마치 부당한 의무라도 되는 듯 처리하던 웃음기 없는 얼굴의 중년 남자였다. 그런 점에서 그는 나의 옛 학교의 관리인과 비슷했기 때문에 나는 안심이 되었고, 다른 학생들이 그의 뒤에서 파시스트의 거수경례를 흉내내며 그의 찡그린 얼굴을 조롱한 데 반해 나는 그가 어떤 부류인지를 알아봤다는 사실에 기뻤다. 가끔 그는 으르렁거리며 연기를 잔뜩 뿜는 승합차를 몰았으니 그가 역으로 나를 마중 나왔을 때 몰고 온 건 그 차가 분명했다. 우리가 버스를 타고 숙소로 간 것은 분명 아닌데, 왜냐하면 나는 GDR 버스에 처음 탔을 때를 아주 똑똑히 기억하기 때문이다.

숙소는 콘크리트와 유리와 석면으로 지어진 직사각형 모양의 현대식 건물이었고, 난방이 안 되는 작은 방들은 학생들이 두 명씩 사용하도록 되어 있었다. 복도는 좁고 모퉁이마다 날카롭게 각이 져 있어서, 비록 건물의 외관이 기념비적인 인상을 주었음에도 내부는 비좁고 숨이 막혔다. 그곳에 익숙해지기 전까지는, 마치 조용한 공황 속에 침대에 누워 부패한 채소 맛이 나는 나쁜 공기를 들이마시느라 헐떡이며 숨을 쉬기 위해 몸부림치는 기분이었다. 건물 전체가 난방이 거의 되지 않았기 때문에 창문은 결코 열지 않았다. 건물의 가장 구석진 곳에서 창문이 하나라도 열리면 곧장 차가운 외풍이 모든 갈라진 틈새로 몰아쳤고 범인은 당장 잡혀 벌을 받았다. 그것은 『적과 흑』*에서, 자신이 공작부인의 재산을 물려받게 되리라는 걸 거의 확신하면서 함께 지내러 간 쥘리앵이 밤에 침실 창밖으로 몸을 내밀어 담배를 피우는 순간을 떠올리게 했다. 그가 모르는 사실은 그 공작부인이 담배 냄

* 프랑스 작가 스탕달의 장편소설.

새를 혐오한다는 것이고, 그가 또 모르는 사실은 그가 창문을 여는 바람에 차가운 외풍이 집안의 모든 갈라진 틈새로 몰아쳐 그 일이 발각되고, 그 때문에 추방되고 상속권도 박탈당하게 되리라는 것이다. 아니면 『허영의 시장』*에서 일어난 일이었던가? 아무래도 상관없지만, 우리의 기념비적인 숙소에서는 그 어떤 창문도 일단 열리면 분명 발각될 수밖에 없었고, 그래서 우리는 무수히 많은 오염 물질이 탁하게 밴 공기 속에서 살고 호흡하고 먹고 배설했다.

나는 기니에서 온 알리라는 이름의 학생과 방을 함께 썼다. 숙소의 모든 학생들은 외국에서 온 이들이었다. 그러니까, 어두운 색깔의 외국에서. 처음에 알리는 나를 경멸하며 싫어했다. 명예를 위해서인지, 어쩌면 우리 사이에 위계를 세우기 위해서인지, 오직 처음에만 그랬다. 그는 영어를 잘했고, 우리가 친구가 되기 전에 그는 내가 도움을 청할 때마다 일부러 틀리게 알려주는 데 영어 실력을 써먹었다. 첫날 저녁에 그는 자신의 침대에 앉아 내가 보잘것없는 짐을 푸는 것을 보더니 미소를 지으며 질문을 던졌다. 초콜릿은 가져왔어? 아니면 달러는? 여기는 동유럽이야. 여긴 아무것도 없어. 아프리카만큼이나 형편없다고. 그 바보 같은 티셔츠를 입을 일이 있을 것 같아? 여긴 늘 얼어붙을 듯이 추워. 넌 몇 살이야? 열여덟이라고! (나는 거짓말을 했다.) 백인 여자랑 아직 못 자봤어? 대체 뭘 기다리는 거야? 여기서는 매일 저녁으로 스튜가 나와. 말린 고기 알갱이로 만드는데, 그게 원래 무슨 고기였는지, 고기이긴 한 건지, 그중 일부가 염소 사료나 석면은 아닌지 이제 아무도

* 영국 작가 윌리엄 메이크피스 새커리의 장편소설.

모르지.

나는 그에게 빠르게 익숙해졌고, 내가 그의 불친절에 격분하거나 속상해하지 않을 때면—실은 그의 의견에 따르며 환심을 사려고 미소를 지을 때면—그는 잔인함을 누그러뜨리며 그것을 날카롭고 가벼운 농담으로 바꾸었다. 내게는 선택의 여지가 없었다. 그는 강하고 자신감 있어 보였으며, 자신이 하는 모든 경멸적이고 조소적이며 아는 체하는 말들의 상스러운 힘으로 나를 위협했다. 나는 그와 같은 방을 썼고 그가 나를 좋아해주길 바랐다. 형제처럼 좋아해주는 게 아니라, 나를 박해하거나 쫓아다니며 괴롭히지 않고 바보 같은 기분에 빠뜨리지 않을 정도로만. 그 당시에는 그런 생각을 하지 못했다. 그리고 나는 이미 모두에게 친구가 있는 걸 보았으며, 친구가 없는 이들은 활기가 없고 불안해 보였다. 나는 내가 왜 환심을 사고 경의를 표하는 일에 방어적인지 모르겠다. 그것은 현명한 조치였는데, 곰곰이 생각해보고 한 일이 아니었기에 더더욱 그랬다. 어쩌면 그 또한 본능이었는지 모른다. 어쩌면 나는 알리에게 과장된 느낌이 있다는 걸, 그가 실제보다 더 거칠고 더 잔인하게 굴고 있다는 걸 감지했는지도 모른다. 어쨌거나, 며칠이 지나자 그는 나를 자신의 계획에 끼워주기 시작했고, 내가 뭘 하러 갔다 언제 오는지 속속들이 알고 싶어했다. 그러니 어쩌면 나는 그의 부하가 될 수밖에 없었는지도 모른다.

숙소에는 남학생들뿐이었고, 게다가 이런저런 빛깔의 검둥이들, 모두 아프리카 출신이었다. 이집트인, 에티오피아인, 소말리아인, 콩고인, 알제리인, 남아프리카인. 그 지하 묘지에는 분명 우리들이 백 명 이상 와글댔을 것이고, 겉으로 보이는 요란하고 떠들썩한 무질서에도 불구하고 그곳에는 우위와 배제와 혐오에 따른 정교한 질서가 존재했다. 나는 그렇게 많은 소음과 놀음과 폭력 속에서 살아본 적이 없었고, 처음에 나는 아무 의문이나 놀라움 없이 그것들 대부분을 조심스럽게 즐겼다. 나는 그때까지 부모님이 잠을 자는 집이 아닌 곳에서 잔 적이 한 번도 없었다. 그 별난 행동들에도 불구하고 부모님은 늘 자기 침대에서 밤을 보냈다. 집을 떠나면서 나는 내가 다시는 그들과 한 지붕 아래서 같이 살 수 없을 거라고는 생각도 하지 못했다. 그 당시에 나는 다시는 그들과 한 지붕 아래서 같이 살지 않아도 되기를, 다시는 그들을 보지 않아도 되기를, 그들을 그들의 성난 타락과 유독한 삶 속에 내버려두기를 탐욕스럽게 바랐다. 이제 와서 생각하면 죄책감이 들지만, 나는 그랬으면 했고, 그 당시에는 그것이 나의 진심이었다.

나는 수업이 즐거웠고, 수업을 사랑했다. 나는 아침에 기쁨과 기대로 흥분한 채 잠에서 깼고, 그러고는 그 이유를 기억해냈다. 수업이 있었다. 우리 교실은 옆에 붙은 보다 작은 건물에 있었고, 장비가 아주 잘 갖추어져 있었다. 연습실, 편안한 책상, 따뜻한 난방. 우리는 하루의 많은 시간을 그곳에서 보냈고 오후에도 추가로 공부를 해야 했다. 때로 나는 문 닫는 시간까지 계속 머물렀는데, 왜냐하면 그곳이 숙소보다 훨씬 더 따뜻했기 때문이다. 선생님은 내가 독일어에 소질이 있다고, 나의 악센트가 벌써 꽤나 훌륭하다고 말해주었다. 선생님들은 모두 독일인이었고, 그들이 유일하게 할 줄 아는 다른 언어는 영어였는데, 많은 학생들이 영어를 할 줄 몰랐고, 그래서 혼동과 오해와 무례와 장난의 여지가 많았다. 나는 선생님들이 자기 학생을 좋아한다는 느낌을 크게 받지 못했다. 모든 점에서 보자면, 우리가 좋은 학생이었던 것 같지는 않다. 교실에는 웃음과 장난이 넘쳐났다. 가장 이상한 것은 학생들이 마치 자신들이 선생님들은 전혀 모르는 것들—그저 결혼식 노래 몇 곡이나 낭랑한 기도나 하모니카 연주법이 아닌, 유용하고 복잡한 것들—을 알고 있기라도 하듯 선생님들보다 더 우월하게 굴었던 것이다. 나는 그때도 궁금했고, 지금도 여전히 궁금한데, 대체 우리는 우리가 뭐라고 생각했던 걸까? 어쩌면 우리는 우리가 다른 누군가가 그린 계획의 가난한 볼모라는 걸, 포획되어서 그곳에 넘겨졌다는 걸 알고 있었는지도 모른다. 그곳에 억류되어 있다는 걸. 어쩌면 그 경멸은, 죄수가 폭동을 일으키는 정도까지는 아니더라도 교도관의 권위를 교활하게 거부하는 것과 비슷했는지도 모른다. 혹은 어쩌면 우리 대부분은 마지못해 학생이 되었고, 마지못해 학생이 된 이들은 늘 선생님들에게 그렇게 구는지도 모른다. 혹은 어쩌면 더 나아가서, 우리 선생님들의 태도에 남아 있는 근엄하고 완고하고 경멸적인 무언가가 우리로 하여금 그들에게 저항하게 했는지도 모른다. 혹은 어쩌면 심지어 더 나아가서, 선생님들 중 한 명이 했던 말처럼 우리 나라들과 우리 음식의 열기가 우리의 동기와 추진력을 차츰 떨어뜨려서 우리를 본능과 방종의 포로로 만들어버렸는지도 모른다. 수업이 없는 날은 일요일뿐이었다.

정해진 일과와 낯선 환경에 너무 기진맥진한 나머지 나는 수업에 들어갈 때를 제외하고는 숙소를 떠나지 않았고, 일요일 오후에 알리와 함께 산책을 갈 수 있게 된 것은 분명 그곳에 도착한 지 두 주가 지나서였을 것이다. 노이슈타트는 현대적인 소도시, 신도시로, 격자로 된 거리에 회색과 푸른색 집들이 일렬로 늘어서 있었고, 그 사이로는 바람이 불어치는 우울한 길들이 있었다. 텅 빈 보도와 역시 텅 비어 있는 넓은 공터. 벽을 자갈로 덮은 집마다 회색이나 짙은 파란색으로 칠한 창틀이 있었고, 완만하게 경사진 지붕들 여기저기 가시 같은 텔레비전 안테나가 보였다. 그곳에는 낮은 벽돌 건물이 한 채 있었는데, 거기에는 세 개의 독립된 간판이 붙어 있었다—우체국, 식료품점, 그리고 지하로 이어질 것처럼 보이는 입구가 낮고 어두운 채소 가게. 출입구 옆에는 빈 상자들이 놓여 있었다. 다른 문 두 개는 금속 문틀에 유리를 넣은 것이었는데, 자물쇠와 쇠줄로 잠겨 있었다. 일렬로 늘어선 집들 사이로 언뜻 보이는 빨랫줄에 걸린 빨래를 제외하면 살아 있는 인간의 흔적은 여전히 찾아볼 수 없었다.

"오늘은 일요일이잖아. 그래서 이렇게 텅 비어 있는 거야. 사람들은 여기선 잠만 자고 일은 드레스덴에 가서 하거든." 알리가 버스 정류장을 가리키며 말했다. "여기서 멀지 않아. 차비가 생기는 대로 우리도 조만간 가게 될 거야. 그곳에서 하루를 보내자."

"여기가 드레스덴에서 가깝다고?" 내가 물었다. "드레스덴 근처에 사는 친구가 한 명 있는데."

"고향 친구?"

"독일인 친구야." 내가 말했다.

"무슨 독일인 친구?" 알리가 못 믿겠다는 듯 미소를 지으며 물었다. "넌 여기 온 지 두 주밖에 안 됐고, 수업을 들으러 갈 때나 화장실에 갈 때 말고는 네 방을 떠난 적도 거의 없잖아."

"펜팔 친구야." 내가 말했다. "엘레케."

알리가 조롱 섞인 감탄의 휘파람을 불었다. "이런 악당 같으니, 나랑 같이 가능한 한 빨리 엘레케를 만나러 가야겠네. 사진 있어?"

"지금은 없어." 내가 말했다.

그녀의 이름을 말한 것만 해도 이미 배신행위라고 느꼈는데, 왜냐하면 그것을 말한 순간 알리가 그렇게 휘파람을 불며 독일인 여자를 사귀는 것에 대한 이야기를 시작할 줄 알았기 때문이다. 나는 만일 지금 그에게 사진을 보여주면 그가 그녀의 어떤 특정 부위, 그녀의 얼굴이나 옷에 대해 조롱하는 말을 하거나 그 사진으로 어떤 음란한 장난을 칠 거라고 생각했다. 하지만 그랬다, 실은 사진이 있었다. 나는 사진과 함께 그녀의 주소도 챙겨 왔는데, 그녀를 만날 수 있을 만큼 가까이 오게 될 거란 생각은 못했지만, 편지를 써서 놀래줄 생각은 했었다. 그럴 가능성이 생기자마자 그녀를 떠올리긴 했지만, 나는 내가 독일에 오게 될 거란 사실을 일부러 언급하지 않았었다. 그녀를 놀래줄 편지의 첫 문장은 이미 준비되어 있었다. 안녕, 있잖아, 나 지금 GDR에 와 있어.

그녀의 이름과 주소는 다른 두세 명의 이름과 함께, 이들이 펜팔 친구를 찾는 동독의 학생들임을 알리는 학교 안내문에 적혀 있었다. 나는 아무 생각 없이, 시간이나 때우려고 편지를 썼는데 기쁨으로 가득한 유쾌한 답장이 도착했다. 그녀는 편지에 쓰기를, 답장은 기대하지도 않았는데 수천 마일이나 떨어진 곳에서 기별이 왔다고 했다. 그리하여 우리는 거의 이 년 동안 어쩌다 가끔 대수롭지 않게 다정하고 수다스러운 편지를 주고받았다. 오랜 세월이 흐른 지금, 나는 우리가 서로에게 적어 보낸 단어 하나조차 기억이 나질 않고, 알리와 있던 당시에도 그 기억이 더 또렷했을 거라고는 생각하지 않는다. 아마도 책에 관해서나 친구들과 뭘 했는지 적었을 것이다. 그녀가 내게 보낸 흑백사진 속에는 전부 여자인 여섯 명의 친구 한 무리가 야유회라도 온 듯 외투를 걸치고 맵시 있는 신발을 신은 채 일렬로 서 있었다. "왼쪽에서 두번째가 나야." 그녀는 표범 무늬 외투를 입었고 가운데서 가르마를 탄 머리는 연한 색을 띠고 있었다. 그녀의 왼쪽 어깨는 카메라 쪽으로 살짝 기울어 있었고 그녀의 왼발은 오른발보다 반보 앞으로 나와 있었다. 계산된 포즈였지만 상냥하게 빈정거리는 미소 덕분에 쾌활하고 약삭빠르게 보였는데, 마치 자신이 패러디하고 있는 사진의 장르가 무엇인지 알고 있는 듯한 모습이었다. 무리의 다른 다섯 명은 카메라의 응시를 회피하며 카메라로부터 살짝 눈길을 돌리거나 모든 감정을 억누르며 카메라를 똑바로 쳐다보고 있었다. 나는 그녀에게 편지를 쓰면서, 내 편지를 읽으며 그와 똑같이 미소 지을 그녀의 모습을 상상했다.

나는 다른 어느 펜팔 친구들의 편지보다 그녀의 편지에서 더 큰 즐거움을 느꼈다. 그렇다, 내게는 다른 펜팔 친구들이 있었다. 크라쿠프의 애덤, 인버네스의 헬렌, 그리고 바스라의 파딜.* 어쩌면 그녀가 나와 나이가 가장 비슷했거나 아니면 편지를 잘 써서 그랬을 것이다. 애덤은 조언을 해주거나 키츠보다 바이런이 훌륭한 이유에 대해 토론하고 싶어했고(나는 키츠를 선호했다)**, 혹은 도보 여행이나 암벽 등반을 하러 가서 찍은 자신의 사진을 보내주고 싶어했다. 특별히 기억나는 사진이 한 장 있는데, 그것은 바로 반바지와 부츠와 반팔 티셔츠 차림의 애덤이 옆에 배낭을 내려놓은 채 포말이 이는 개울가 바위에 앉아 있는 사진이다. 그가 자신감 넘치는 미소를 짓고 있어서 그 사진을 볼 때마다 나도 미소가 지어졌다. 나는 그의 편지에서 흘러나오는 느긋한 어조

---

* 크라쿠프, 인버네스, 바스라는 각각 폴란드, 스코틀랜드, 이라크의 도시들이다.

** 존 키츠와 조지 고든 바이런은 모두 영국 낭만주의 시인이다.

의 목소리를 들을 수 있었는데, 그가 우리의 나이 차이 때문에 처음부터 형처럼 굴어서 그렇게 되었다. 솔직히 말해서, 나는 그가 보내준 편지와 사진을 살아 움직이게 만들 수 없었다. 인버네스의 헬렌은 내게 눈과 최신 히트곡에 대한 이야기를 들려주었고, 자기가 좋아하는 스타들에 대한 잡지 기사와 신문 기사를 오려서 보내주었다. 그녀는 해변과 바다에 대해, 그리고 더운 기후에서 사는 건 어떤 느낌인지에 대해 물었다. 때로 나는 그 편지에 적힌 구절을 읽고 또 읽어봐도 그녀가 대체 무슨 이야기를 하고 있는 것인지 알 수가 없었다. 헬렌은 키츠에는 관심이 없었다. 그 점은 파딜도 마찬가지였는데, 그럼에도 그는 바스라에 대해 또 '인생'에 대해 서정시처럼 아름다운 편지를 썼다. 자신이 생각하기에 낭만주의자들에게는 무언가 여리고 가짜 같은 느낌이 있다고, 그는 편지에 썼다. 가짜 이상주의와 가짜 급진주의. 그는 휘트먼과 이크발의 단호한 어조를 선호했다.* 나는 미국 공보원 도서관을 다니던 시절에 휘트먼을 알게 되었고, 그래서 『풀잎』을 읽고 마음이 어지러울 만큼 괴팍한 반감을 느꼈음에도 불구하고 아마 그 주제에 대해 의견이 있는 것처럼 굴었을 것이다. 당시에 나는 낭만주의자들을 선호했다. 슬프게도 이크발에 대해서는 한 번도 들어본 적이 없었는데, 식민지배하에 있는 우리의 무지를 보여주는 너무나도 전형적인 예가 아닐 수 없다. 나는 파딜의 편지가 즐거웠고 그것에 부응하기 위해 무척 애를 썼는데, 하지만 나는 내가 실패했음을 안다. 그가 사용하는 언어의 명료하고 의례적인 아름다움은 내가 근처도 가지 못할 정도였고, 나는

* 월트 휘트먼은 미국 시인이고, 무함마드 이크발은 파키스탄 시인이다.

그가 그런 완벽하고 균형 잡힌 문장을 쓰는 법을 어떻게 배웠는지를 부러워하며 궁금해했다. 그리고 엘레케가 있었다. 이번에도 키츠는 없고, 그저 수다스러운, 아주 살짝만 회의적인 기색을 띤 즐거운 편지들. 친구에게서 온 편지처럼 느껴졌고, 나는 그것들을 읽으며 미소를 지었다.

나는 알리가 그 남자 숙소 분위기 속에서 그녀를, 내가 그녀에게서 느낀 즐거움을 놀림감으로 삼기를 원치 않았다. 물론 사진을 보며 그녀가 매력적이라고 생각하긴 했지만, 그럼에도 그녀를 실재하는 사람으로, 혹은 여자로 생각하진 않았던 것 같다. 나는 편지들 뒤에 우리가 만질 수 있는 손이나 우리가 팔을 두를 수 있는 몸이 있다고 상상해본 적이 없었다. 내가 들은 것은 목소리, 그 위로 상냥하고 빈정거리는 미소가 맴도는 목소리였다. 나는 그 기억에 애정을 느꼈다. 알리는 침묵하는 나를 보며 아무 말도 하지 않았는데, 특히 그 순간 축구공을 튀기며 우리 쪽으로 걸어오는 한 무리의 젊은이들이 보였기에 더욱 그랬다. 나는 알리가 긴장한 것을 느꼈고, 그를 힐끗 쳐다보자 그가 네모난 얼굴을 찡그리며 준비 동작으로 손을 쥐었다 폈다 하기 시작하는 모습이 보였다. 만일 내가 그 젊은이들 중 하나였다면 그 건장하고 다부진 몸을 한 번 쳐다보고는 바로 길을 건너버렸을 것이다. 하지만 이들은 용감한 독일 남자애들이어서, 우리에게 가까워질수록 더 활짝 웃었고, 우리를 지나치면서는 웃음소리를 거의 억누르지 못했다. "아프리카니셰."* 그들 중 하나가 말했고, 다른 이들은 요란한 웃음을 터뜨렸다. 그

* '아프리카인'을 뜻하는 독일어.

들의 허세와 그들의 웃음소리가 그 단어를 추하게 만들었다. 그것은, 그 태연한 조롱은 충격적이었는데, 하지만 거기에, 또 그보다 더 심한 것에 익숙해질 시간이, 그런 의기양양한 무시에 상처받지 않는 법을 배울 시간이 있을 것이었다.

나중에, 서로 아주 조금 떨어진 침대에 누운 채 어둠 속에서 알리가 말했다. "그 여자애 말이야, 너의 펜팔 친구, 걔 때문에 GDR에 온 거야?" 그는 우리의 독일인 선생님들이 하던 것처럼, G 발음을 낮게 깔고 R 발음을 굴려서 소리를 웅장하게 만들며 GDR를 조롱하듯 발음했다.

"아, 아니야, 그건 이거랑은 아무 상관도 없어." 내가 놀라서 웃으며 말했다. 그것은 호기심 때문이었다, 세상을 구경하고픈 호기심. 나는 거의 어디라도 가겠다고 했을 텐데, 물론 마지못해서 떠난 것은 아니었다. 나는 벗어나고 싶었다. 하지만 알리에게 그렇게 말하지는 않았다. 그에게는 이렇게 말했다. "나는 공부를 하러 GDR에 왔어, 기술을 배우려고. 배우고 나면 곧장 고향으로 돌아가서 우리 민족에 도움이 되는 일을 할 거야."

알리가 어둠 속에서 킬킬거렸다. "그것 때문에 여기 온 건가, '젊은 개척자'여? 나는 여기 오고 싶지 않았어. 프랑스에 가고 싶었지만 장학금을 받을 수 있는 곳은 사회주의 형제 국가들뿐이어서, 여기 아니면 소비에트연방으로 가서 제설차 모는 법을 배우는 수밖에 없었어. 내 생각에는 여기 있는 학생들 모두가 다른 곳에 가고 싶었을 거야."

나도 그렇게 생각했고, 그래서 학생들이 수업과 선생님들을 자기들보다 못하게 여기는 거라고 생각했는데, 왜냐하면 그들은 여기 있고 싶어하지 않았기 때문이다. 설령 그 세련된 기쁨들 때문만은 아니었을지라도 우리 모두는 코카콜라와 청바지의 나라에 있고 싶어했다. 내가 왜 여기 왔던가? 어머니가 구슬렸으니까. 그것은 내가 엘레케의 편지 한 통을 번역해서 어머니에게 보여주고 난 어느 아침의 일이었는데, 어머니가 말했다. "거기 가보면 어때? 그곳에서 공부할 수 있는 장학금이 있다고 들었는데, 그 장학금을 받으면 어떨까?" 그리고 몇 주 동안이나 어머니가 나를 찔러보고 떠밀자, 내가 신청했다. 나는 벗어나고 싶었고, 거대한 세상을 구경하고 싶었다. 어머니는 무난하게 GDR에 갈 수 있도록 해주셨는데, 물론 내게 선택의 여지가 있었다면 나는 매사추세츠에 가는 편을 택했을 것이다. 정말 아름다운 이름이다, 매사추세츠.

"그럼 너는 왜 온 거야?" 내가 알리에게 물었다.

"어머니가 그러길 바라셨거든." 그가 말했다.

"나도." 다시 한번 놀라서 웃으며 내가 말했다. "왜? 어째서?" 우리 둘은 수완이 좋은 어머니들의 술책에 유쾌히 웃음을 터뜨렸다. 물론 둘 다 웃으면서도 어머니가 몹시 그리웠고 마음이 많이 아팠다.

"어머니는 내가 여기 있으면 더 안전할 거라고 생각하셨거든." 알리가 말했다.

그날 밤 그가 내게 얼마나 많은 말을 했는지는 기억나지 않지만, 그가 나와 그런 이야기를 나눈 것은 그때가 처음이었다. 그의 아버지는 다른 많은 인텔리겐치아들과 마찬가지로 세쿠 투레*의 감옥에 있다고, 그는 말했다. 그가 그 단어를 썼던 게 기억난다. 그의 아버지는 프랑스

* 기니의 정치가이자 초대 대통령으로, 자신의 독재정치에 걸림돌이 되는 사람들을 창이 없는 콘크리트 감옥인 '보이로 수용소'에 가두었다.

리옹에서 십 년간 영어 선생님으로 일했다. 알리는 자신의 형 카비르와 마찬가지로 그곳에서 태어났다. 그러고서 1960년이 되자, 19세기에 수 년 동안 프랑스 침략자들에 맞서 싸웠던 사모리 투레의 증손자인 아메드 세쿠 투레가 독살스럽게 기니의 독립을 쟁취해냈다. 알리의 아버지는 독립 후에 수치심이 북받쳐 귀국을 결심했다. 시간이 흐르자 열정은 쓰라림으로 변했고, 이런저런 무분별한 행위들이 뒤따랐다. 하지만 세쿠 투레는 아주 작은 반란도 참아줄 기분이 아니었다—이미 너무 많은 암살 시도가 있었던 것이다. 귀국한 다른 수많은 인텔리겐치아들과 마찬가지로, 알리의 아버지도 결국 체포되고 말았다. 삼 년 전 일이었다. 그들은 이따금 풀려난 누군가를 통해, 혹은 고작 아버지가 아직 살아 있다는 정보를 얻기 위해 돈을 찔러줘야 했던 감옥의 연락책을 통해 소식을 전해들었다. 그리고 아버지가 체포된 지 이 년이 지난 후, 그의 형이 사라졌다. 형은 어느 날 저녁 직장 동료를 만나러 나가서는 돌아오지 않았다. 그 당시 국가의 악의로부터 벗어나려던 아주 많은 사람들과 마찬가지로 그가 도망쳤다는, 그 나라를 탈출했다는 소문을 누군가가 퍼뜨렸다. 하지만 그것은 그의 명예를 실추시키고 그에게 가해진 위해를 은폐하기 위한 '보안상의' 시도에 불과했다. 어쩌면 그는 감옥에 갇힌 채 여전히 살아 있는지도 몰랐고, 어쩌면 이미 처리되었는지도 몰랐다. 형에 대한 소식은 아무것도 들을 수 없었다. 어머니가 알리더러 떠나도록, 어딘가 안전한 곳으로 가도록 설득한 것은 바로 그때였는데, 왜냐하면 코나크리에 있다가는 조만간 발을 헛디뎌 발가락을 찧게 될 게 뻔했기 때문이다. 자신에게는 도움이 절실할 때 의지할 친척들이 있는데다 자기처럼 쓸모없는 늙은 여자에게 해를 끼칠 사람은 아무도 없을 거라고, 어머니는 말했다. 그래서 그는 GDR로 가는 정부 장학금을 신청했고, 지금 여기에 우리 모두와 함께 있게 된 것이었다.

그렇다, 비록 그의 이야기의 상당 부분이 시간이 지나며 희미해졌지만, 그렇게 해서 우리 모두가 거기 함께 있게 된 것이었다. 아버지가 체포된 후에는 다들 할머니 집으로 이사를 갔는데, 할머니는 오묘하고도 좀처럼 이해하기 힘든 슬기로운 이야기들을 들려주었고, 왜 그런지 모르겠지만 그 이야기들이 그들의 기운을 북돋워주고 그들의 불안을 무언가 고귀한 것으로 바꿔주었다고 했다. 알리는 자신이 열 살 때까지 리옹에서 다니던 학교와 그곳에서 만난 친구들인 카림, 파트리스, 앙통에 대해(어떤 이유에서인지는 모르겠으나 이 이름들은 나의 뇌리에 박혀 있다), 떠나기 전 마지막 몇 달 동안 코나크리에서 만나던 여자아이에 대해 이야기했다. 그는 커다란 항구도시인 코나크리에 대해, 그 도시에 비가 얼마나 세차게 오랫동안 내렸는지에 대해 이야기했다. 그것 말고도 정말 많은 것들에 대해 이야기했다. 내가 그에게 얼마나 많은 이야기를 했는지는 딱히 기억이 나질 않는다. 나는 내가 다른 무엇보다도 습관 때문에 무척 신중했다고 생각한다. 알리가 나의 화답에 신경을 썼는지는 기억나지 않는데, 하지만 분명 나도 속마음을 털어놓던 친밀한 대화에서 무언가 화답을 했을 것이다. 특별히 숨겨야 할 중요한 게 있지는 않았으나, 내가 그의 상실과 억압에 대한 끔찍한 이야기를 들은 대가로 그에게 우리 집안의 우스꽝스러운 가정 멜로드라마를 들려주었을지도 모른다고 생각하면 갑자기 너무 부끄러워진다. 물론 그가 자신의 형이 어느 날 저녁 사라졌다는 이야기를 들려주었을 때 나에게도 수평선 너머 어딘가로 사라진 형이 있다고 말을 하긴 했지만, 그럼에도 그에게 하산이 어떻게 해서 떠나게 되었는지는 말하지 않았을 게 분명하다.

나는 독일에 온 지 약 한 달 만에 엘레케에게 편지를 썼는데, 답장은 오지 않았다. 알리는 나를 비웃었다. 그녀는 네가 거기에, 수천 마일 떨어진 곳에 있기를 바랐던 거야, 자신의 문지방이 아니라, 그가 말했다. 몇 주 후에 나는 다시 편지를 썼고 이번에는 거의 곧바로 답장이 왔는데, 그 정중한 쪽지에는 환영의 말과 함께, 내 쪽에서 먼저 이야기한 것처럼 원한다면 방문하러 와도 좋다는 초대가 담겨 있었다. 아무러면 어떤가. 그저 생각에 불과했는데.

이제는 한겨울이 되어 혹독한 추위가 찾아왔다. 새해에 우리는 내가 입을 따뜻한 옷을 사고 그 도시에서 하루를 보내기 위해 고대하던 드레스덴 여행을 떠났다. 우리에게는 돈이 별로 없었고 살 것도 별로 없었으므로, 우리는 그 아름다운 도시를 돌아다니며, 우리를 쳐다보는 사람들의 시선은 신경 안 쓰려고 애쓰며 하루를 보냈다. 비록 몇 달째 그곳에서 버스로 이십 분 거리인 사실상의 근교에 살고 있었음에도, 나는 드레스덴에 대해 아는 것이 없었다. 나는 그곳이 중세에 이룬 업적, 그곳의 부와 독창성, 그곳의 거대한 산업, 그곳의 아름다운 건물들에 대해 알지 못했다. 나는 작센 선제후*들의 위대함에 대해 알지 못했다. 그들에 대해 들어본 적도 없었다. 나는 드레스덴이 엘베강을 끼고 있는 커다란 항구도시라는 사실도 알지 못했다. 심지어 엘베강이라는 게 있

* 신성로마제국 황제를 선출하는 역할을 했던 선거인단으로, 위계상 신성로마제국의 봉건 제후들 가운데 왕 또는 황제 다음으로 높았다.

는지도 알지 못했다. 그리고 나는 1945년 5월의 참상*에 대해서도 알지 못했다. 혹은 그곳에서 있었던 다른 참상이나 그곳이 그 적들과 희생자들에게 가한 참상에 대해서도 전혀 알지 못했다. 나는 뉴펀들랜드의 어장, 그리고 런던대화재와 크롬웰, 그리고 마페킹** 포위와 노예무역 폐지에 대해서는 조금 알고 있었는데, 내가 받은 식민지 교육이 내게 알기를 요구했기 때문이고, 반면에 드레스덴이나 다른 수많은 드레스덴들에 대해서는 아무것도 알지 못했다. 내가 그러했음에도 불구하고 그곳들은 이 수세기 동안 나를 모른 채, 나의 존재는 안중에도 없이 거기 있어왔다. 알 수 있는 게 그렇게 조금뿐인데도 만족해하며 살아왔다니, 그 사실이 도저히 믿기지 않았다.

하지만 알리는 나만큼 무지하지 않았다. 그는 나를 알트슈타트***로 데리고 가서 건물들의 이름을 말해주었고, 마치 자기가 그때 거기 있기라도 했던 것처럼 1945년 5월의 공습에 대해 말해주었다.**** 우리는 츠빙거궁전에 가서 라파엘로의 '시스티나 성모'를 보았다. 그곳은 내가 처음으로 가본 미술관이었고, 알리가 나보다 살짝 앞서서 거니는 동안 나는 기꺼이 초보자가 되어주었다. 우리는 국립 오페라극장 앞을 지나갔지만 안으로는 들어갈 수 없었다. 무장한 경비원이 우리가 들어가지

---

* 1945년 5월 8일 나치 독일은 연합국에 항복했다. 드레스덴에는 1945년 2월 13일부터 15일까지 미국과 영국에 의해 네 차례의 대규모 '드레스덴 폭격'이 이루어지기도 했다.

** 남아프리카공화국 케이프주의 도시로, 보어전쟁 때 보어인에게 217일간 포위되었다.

*** '구시가지'라는 뜻의 독일어.

**** 1945년 2월의 '드레스덴 폭격' 이후로도 3월 2일에 두 차례, 4월 17일에 한 차례 소규모 폭격이 있긴 했지만, 5월에는 폭격의 기록이 없다.

못하게 막았고, 알리가 농담 섞인 간청을 해봐도 소용이 없었다.

그다음날 엘레케에게서 편지가 왔다. 자기 집에 꼭 놀러오라는 말과 함께, 어느 버스를 타야 하며 어디서 만날지를 설명했다. 알리는 일주일 내내 끊임없이 졸라대며 만일 내가 혼자 가면 길을 잃을 거라는 둥 내가 독일인 깡패들을 만날지도 모른다는 둥 엘레케와 만나면 자기 도움이 필요할지도 모른다는 둥 떠들어댔다. "너는 너무 어려." 그가 말했다. "경험이 너무 부족해. 덤불에서 막 기어나온 처량하기 짝이 없는 동물이랄까. 표범 무늬 외투를 입은 여자를 만나려면 세상 경험이 더 많은 사람의 도움이 필요할 거야." 나는 간신히 그를 물리쳤는데, 물론 그에게 사진을 보여주고 그 표범 무늬 외투가 그의 관심을 사로잡은 다음이었다. 그리하여 일요일에 나는 버스를 타고 시내 터미널로 가서 설명대로 매표소 옆에서 기다렸다. 엘레케가 거기서 나와 만나 버스를 잠깐 타고서 역시나 나를 간절히 만나고 싶어하는 어머니가 있는 집으로 함께 갈 계획이었다. 나는 그녀가 내게 거들먹거리지 않았으면 했다. 내가 만났던 너무 많은 독일인들은 안 그러는 게 불가능해 보였으니까.

나는 그 사진이 적어도 이 년은 되었다는 것을 알고 있었고, 그녀에게 더는 그 옷이 없을지도, 혹은 그 옷이 해어지고 빛바래서 그보다 못한 용도로 사용된 지 오래일지도 몰랐지만, 그래도 눈을 똑바로 뜨고 표범 무늬 외투를 찾았다. 나는 표범 무늬 외투를 찾는 데 너무 전념한 나머지 일 미터도 채 떨어지지 않은 곳에 서서 나에게 말을 거는 남자도 의식하지 못했다. "내가 엘레케야." 그가 말했다.

아니, 나는 내가 이 매복 공격을 어떻게 받아들였는지 설명할 가치조차 느끼지 못한다. 내 입은 떡 벌어지고, 놀라서 비명을 질렀을 것이다, 아마도.

"얀이라고 해." 그가 손을 내밀며 말했다. 그는 활짝 웃고 있었지만 그의 눈은 살짝 불안감을 내비쳤다. 만일 알리가 거기 있었더라면 그는 그 손을 찰싹 때리고는 자리를 박차고 떠났을 것이다. 엘레케는 대체 어떻게 되었단 말인가? 이 남자는 나를 놀리러 온 그녀의 남자친구일까? 혹은 오빠? 나는 그와 악수를 하고는 그의 미소가 안도의 웃음으로 바뀌는 것을 보았다. "내가 다 설명해줄게." 그가 말했다.

그래서 우리는 버스 터미널에서 조금 걸어나와 작은 공원에 있는 벤치에 앉았다. 얀은 동근 얼굴로 미소를 지었고 그 또한 그 상황을 그리 즐기고 있는 것처럼 보이진 않았지만, 그래도 나는 엘레케를 기다리고 있었지 얀이라는 남자와 함께 버스에 오를 마음은 없었다. 이것은 그의 이야기이고, 어쨌거나 나는 그 이야기를 믿었으며 그와 함께 버스에 올라 그의 어머니를 만나 차를 마시려고 갔다. 결국 엘레케는 없었는데, 어쨌든 내가 상상한 대로의 그녀는 아니었다. 얀의 대학에 초청 연사가 와서 GDR가 아프리카에서 하고 있는 일에 대해 말해주었다. 그는 그 지역 사람으로 시교육청의 공무원이었으며, 한 아프리카 국가의 고문으로 자원해 일 년 동안 지내다가 막 돌아온 참이었다. 그 아프리카 국가가 바로 내 나라였다. 그는 GDR가 하고 있는 중요한 일에 대해 매우 낙관적으로 말했으며, GDR가 독일 청년들과 형제 같은 아프리카 청년들 사이에 다리를 놓아주는 데 관심이 많다고 말했다. 그는 우리 학교의 주소를 적고는 학생들에게 학장실에서 신청하라고 부추기며 친선을 권유했다. 그래서 얀은 충동적으로, 답장에 대한 기대 없이, 그 초청 연사가 형제 관계에 대한 뻔한 캠페인성 헛소리를 하는 거라고 생각하며 엘레케를 만들어냈다. 내가 알톤슈타트의 집주소로 엘레케에게 편지를 썼을 때 그는 기뻤고 또 어쩔 줄 몰랐다. 그의 어머니도 편지를 읽고는 아주 신나했다. 그는 나에게 보낼 답장을 쓴 후 어머니에게 편지의 어조를 확인받았는데, 왜냐하면 엘레케의 목소리를 제대로 만들어내지 못했을까봐 몹시 걱정됐기 때문이다. 그리하여 어머니도 그 음모의 공모자가 되었다. 그녀는 얀이 편지를 부치기 전에 읽고, 때로는 살을 붙였으며, 엘레케에게 보낸 내 편지를 읽었다.

"그저 재미로 한 일이었어." 얀이 사과하듯 미소를 지으며 말했다. "너무 화내지 않았으면 좋겠다." 그는 나보다 키가 아주 조금 컸는데, 어쩌면 한 살 정도 많았는지도 모르겠다. 별 차이는 없었다. 그는 내가 상상했던 엘레케의 목소리보다 훨씬 더 투박하게 말했다.

"나한테 사진을 보냈잖아." 내가 말했다. "표범 무늬 외투."

나는 사진을 달라고 했었고, 그는 어떻게 해야 좋을지 몰랐다. 그는 내 첫 편지를 받고부터 내내 그 문제를 생각했다. 어디까지 속여야 하는 걸까? 그러던 어느 날 체코슬로바키아에 사는 사촌이 그의 어머니에게 그 단체 사진을 보내왔다. 어머니의 가족은 예전에 체코슬로바키아에 살았었다. 그 사진은 완벽해 보였다. 그 자신이 만일 엘레케였다면 그런 모습이길 바랐던 그대로였다. 나는 그의 말이 무슨 뜻인지 알았고, 내가 바라던 엘레케의 모습도 그랬다고 그에게 말했으며, 그러고는 버스를 타러 가자고 제안했다. 나는 왜 내가 GDR에 도착한 후 편지를 썼을 때 답장을 안 했는지 물었고, 그는 유감스러운 듯 어깨를 으쓱했는데, 나는 그게 무슨 뜻인지도 알았다. "너를 화나게 하고 싶지 않았어." 그가 말했다. "엘레케 대신 나를 만나게 해서 말이야. 하지만 답장을 하지 않고 그렇게 불친절하게 구는 건 너무 무례한 짓 같았어. 그래서 우리는 너를 집으로 초대해서 모든 걸 설명해주기로 했지. 그리고 지금 나는 너를 만나서 정말 기뻐."

우리는 또다시 악수를 했고 더 무난한 일들에 대해 이야기를 나누며 남은 길을 갔다. 대학생활은 어때? 드레스덴에선 어디를 가봤어? 어학 수업은 몇 년을 들어야 해? 나는 그가 공과대학에서 자동차 디자인을 공부하는 학생이라는 것을 알게 되었다. "어학원을 끝내고 너도 거기로 올 수도 있겠다." 그들은 오래된 고층 아파트 이층에 살았다. 계단은 지저분하고 먼지투성이였으며, 천장에서 전선이 말려 내려와 있었다. 얀이 조용히 문을 두드렸고, 잠시 후 나이든 백발의 여인이 문을 열었다. 그녀는 키가 크고 호리호리했으며, 젊은 시절에는 아름다웠을 윤곽이 뚜렷한 얼굴을 하고 있었다. 그녀의 눈은 갈색에 크고 차분했으며 동요를 찾아볼 수 없었는데, 어쩌면 불안과 압박감이 다 지나간 후였는지도 몰랐다. 그녀는 미소를 지으며 고개를 살짝 숙여 가벼운 환영의 몸짓을 보였다. 그녀는 내게 들어오라고 손짓하고는 손을 내밀었다. 나는 도어매트에 발을 닦으며 아래를 힐끗 내려다보았는데 매트 위에 피가 보였다. 얀의 어머니도 그 피를 본 게 분명한데, 왜냐하면 조용히 외치는 소리가 들렸기 때문이다.

무언가가 내 신발 밑창을 뚫고 들어와 내 발에 깊은 상처를 냈는데, 나는 그런 줄도 모르고 있었던 것이다. 그것은 내가 가져온 신발로, 가볍고 얇은 밑창에, 바람이 들어오게끔 앞부분이 느슨하게 기워져 있었는데, 이는 전적으로 열대지방의 길거리를 가볍게 걷는 용도인 동시에 내가 떠나오던 당시 한창 유행하던 스타일이기도 했다. 그것은 독일에서는 아무짝에도 쓸모가 없었고, 축축하고 차가운 곳에서도 아무 쓸모가 없었으며, 미끄러운 보도에서는 위험했다. 그것을 신고 바깥을 걷기란 극도로 고통스러운 일이었는데, 왜냐하면 내 발의 감각이 점점 없어지고 없어지다 결국 사라져버렸기 때문이다. 그러고서 실내로 돌아와 발이 점점 따뜻해지기 시작하면 극심한 고통이 찾아왔다. 내 양말 또한 너무 얇았는데, 오래 신어서 해진 열대지방용 양말이었다. 나는 그 딱 맞는 작은 실내화 속으로 그 어떤 두꺼운 것도 밀어넣을 수가 없었다. 만일 비라도 내리면 곧장 물이 새어들어왔고, 나는 걸으면서 미끄러지며 철벅거리는 소리를 냈다. 맨 처음 눈을 밟았을 때, 그 기이한 물질 위에 난생처음 발을 내디뎠을 때, 나는 미끄러져 엉덩방아를 찧고 말았다. 다시 한 걸음씩 내디딜 때마다 다시금 엉덩방아를 찧었다. 나는 초보 발레 무용수처럼 눈 위를 걷는 법을, 아니 차라리 그 위를 아예 걷지 않는 법을 배웠다. 그냥 실내에 머물며 창문 너머로 눈을 바라보는 법을. 알리와 내가 그 며칠 전에 드레스덴으로 나들이를 갔을 때는 신발을 바꾸려다 실패하고 말았는데, 왜냐하면 그가 내가 동상에 걸려 발을 절단해야 할 수도 있다고 생각했기 때문이고, 또한 그가 내가 신발을 벗을 때 나는 냄새를 못 견뎌했기 때문이다. "이미 너무 늦은 것 같아." 그가 말했다. 하지만 우리는 드레스덴에서 신발을 찾지 않았고, 짝을 내 신발을 찾아보려고도 하지 않았다. 대신 우리는 거리를 걸었고, 그러면서 알리는 내게 아름다운 건물들을 보여주고 그것들에 얽힌 이야기를 들려주었다. 바그너는 드레스덴의 국립 오페라극장을 사랑했고, 실러는 저 아래쪽에서 한동안 살았어. 실러, GDR 문화원에 있던 우리의 실러! 그 이야기를 들으니 그가 전설 속 인물이나 지난 시대 인물이 아닌 실제 인물로 느껴졌다. 그리고 그러는 내내 내 발의 감각은 점점 없어지고 없어져 절단의 순간이 닥쳐오는 것만 같았다.

그리하여 나는 거기 서 있었다, 얀의 어머니의 아파트 바깥 도어매트 위에 피를 흘리며, 발이 너무 둔해진 나머지 한쪽 발에 깊은 상처가 난 줄도 모른 채. 그녀는 앞으로 걸어나와 내 손을 잡고는 나를 잡아당겨 안으로 이끌었다. 얀은 미안해하는 기색을 내비치며 뒤따라 들어왔는데, 그 순간에 펼쳐진 드라마에도 불구하고 나는 그가 내 뒤에서 문을 잠그고 빗장을 거는 것을 알아차렸다. 얀의 어머니는 나를 소파에 앉혔는데, 극도의 연민으로 얼굴이 초췌해져 있었다. 그녀는 내 발을 받쳐놓을 무언가를 찾아 주위를 둘러보더니 창문 아래에 조금 쌓인 오래된 신문지 중 하나를 집어들었다. 창문 양옆으로는 책장이 있었는데, 창문의 가장자리에 단 두꺼운 붉은 커튼과 맞닿아 있었다. 한 책장 위에는 사진을 넣은 나무 액자가 두 개 있었는데, 하나는 운동복 같은 저지 셔츠 차림의 남자가 산을 배경으로 찍은 사진이었고, 다른 하나는 헐렁한 가운 차림의 키 큰 여자와 그 옆의 의자에 올라서서 턱을 여자의 오른쪽 어깨에 기댄 채 얼굴을 카메라 쪽으로 반쯤 돌린 반바지 차림의 남자아이를 찍은 사진이었다. 벽난로 건너편에는 책장이 하나 더 있었고, 그 옆에는 낡은 갈색 의자가 놓여 있었다. 그 뒤로는 한구석에 종이와 잡지가 조금 쌓여 있는 테이블이 있었다. 벽난로 선반의 위쪽 벽면에는 그림을 걸었다 뗀 흔적이 희미하게 남아 있었고, 방을 둘러보니 그림을 걸었다 뗀 흔적이 두 군데 더 보였다.

얀은 헝겊과, 레이스 장식 같은 형상이 새겨져 있고 살짝 포물선을 그리는 주둥이엔 총안銃眼이 있는 커다랗고 화려한 유리그릇에 물을 담아 들고 방으로 돌아왔다. 그는 나를 마주보고 바닥에 무릎을 꿇고 있던 자신의 어머니 옆에 그릇을 놓았다. "정말 지독한 환영인사네." 얀이 말했다. 그의 어머니는 숨죽여 무슨 말인가를 하고는 조심스럽게 내 왼쪽 신발끈을 풀었다. 그녀가 신발을 벗기기 위해 내 발을 들어올리자 피 때문에 달라붙은 신문지가 함께 딸려 올라왔다. 얀의 어머니는 그것을 떼어내고는 천천히 신발을 벗겼다. 그러고는 얀이 내 다리가 바닥에 닿지 않게 받쳐들자 그녀는 양손으로 양말을 벗기며 자신이 본 난감한 광경에 쯧쯧 혀를 찼다. 그녀는 헝겊을 서너 조각으로 찢고는 그중 하나를 물에 적셔 내 발바닥을 닦아주기 시작했다. 물은 차가웠지만 그 감각은 나를 달래주었다. 잠시 후 그녀가 말했다. "발에 박힌 건 아무것도 없는 것 같구나." 그러고서 그녀는 깨끗한 헝겊을 물에 적셔 발가락 사이, 발등, 발뒤꿈치 등 발의 나머지 부분을 닦아냈다. 그녀는 또다른 헝겊을 가느다랗게 찢어 나의 상처를 처매주었고, 작업이 다 끝나자 발뒤꿈치를 든 채 쪼그리고 앉아 미소를 지었다.

"너를 만나게 될 거라고 생각은 했지만, 그게 너일 줄은 몰랐구나." 그녀가 말했다.

나는 그녀의 그 말뜻을 이해할 수 없었고 분명 얼굴을 찌푸렸을 테지만, 그래도 나는 무언가를, 그러니까 그녀가 내가 놀라운 방식으로 채워준 자신의 소망을 표현하고 있었음을, 그녀가 바라던 그 무언가가 결국 나로 밝혀졌음을 이해했다. 너를 만나게 될 거라고 생각은 했지만, 그게 너일 줄은 몰랐구나. 좀 이상하게 일리가 있는 말이다. 만일 의사나 당신을 승객으로 태운 비행기의 조종사가 그렇게 말했다면 당신은 분명 식은땀을 흘리겠지만, 한때 아름다웠을 나이든 독일 여인이 당신의 상처를 씻겨준 후 당신 앞의 바닥에 쪼그리고 앉아서 일말의 동요 없이 심지어 편안해 보이기까지 하는 표정으로 그런 말을 한다면, 당신은 의미심장한 기분을 느낄 것이다. 그럴 것 같다, 당신은 이야기가 시작되는 순간에 있는 듯한 기분을 느낄 것이다. 어쨌든, 나는 그랬다.

"제가……?" 얀이 어머니가 일어날 수 있게 해주려 손을 내밀며 말했다.

"그래." 그녀가 얀의 손을 잡고 일어나더니 그에게 미소로 고마움을 표하며 말했다. 그녀의 모든 행동은 깊이 생각한 후에 이루어지는 것처럼 느긋해 보였다. 무슨 일이 닥치든 그녀는 놀라지 않고 똑같은 미소를 지을 거라고 짐작했다. "오디세우스가 이십 년 후에 고향에 돌아와서 자신의 정체를 드러내지 않자 그의 아내 페넬로페가 그를 알아보지 못하는 것을 기억할지 모르겠네. 기억하니? 그를 알아보는 이는 에우레클리타인가 하는 노파인데, 왜냐하면 집에 온 것을 환영하며 그의 발을 씻겨주는 게 그 노파이기 때문이지. 이런 이야기에서 흔히 그렇듯 그녀는 어린 오디세우스의 유모였어. 기억하니? 모든 위대한 영웅과 왕자는 왕실의 난로 잿더미 옆에 방치된 채 앉아 있는 지친 노파의 젖을 먹고 자랐지. 에우레클리타는 오디세우스의 발에 있는 흉터를 알아보고는 그 집의 주인이 돌아왔다는 것을 알게 돼. 네가 미래에 우리에게로 돌아오면, 우리도 너를 알아볼 수 있겠지?"

그 당시에 나는 귀향하는 오디세우스에 대해, 혹은 호메로스나 『일리아스』나 『오디세이』에 대해 거의 아는 바가 없었다. 내가 아는 것은 영화 〈아르고 황금 대탐험〉 〈헤라클레스의 대역습〉이나 〈트로이의 헬렌〉에서 본 내용이 전부였다. 그리고 나는 이 영화들에서 본 오디세우스가 마음에 들지 않았다. 그리스인들더러 목마를 만들어서 속임수로 트로이에 잠입하게 한 다음, 일단 들어가자마자 살해하고 불구로 만들고 강간하고 도시에 불을 지르게 한 것은 그의 아이디어가 아니었던가? 나는 이 문제에 있어서는 트로이인들의 편이었다. 하지만 그녀는 그 말을 하며, 마치 그 이야기의 엉뚱한 생각을 즐기기라도 하듯 점점 환하게 미소를 지었다. 그리고 나는 얀을 힐끗 쳐다보았는데, 그 또한 똑같은 미소를 지으며, 당장에라도 손을 뻗어 그 구절을 우리에게 큰 소리로 읽어주기라도 할 것처럼 책장 쪽으로 몸을 살짝 틀고 있었다. 그러더니 얼마 지나지 않아 책을 꺼냈고, 어머니가 기다리는 동안 목차를 훑었다.

"에우리클레이아네요." 얀이 마침내 느긋한 목소리로 말했고, 그러고는 한 구절을 읽었다. "에우리클레이아는 흉터가 있는 그의 다리에 손을 뻗어 잡자마자 그 흉터를 알아보고는 바로 발을 떨어뜨렸다."*

"맞아, 바로 그 사람이야." 그녀가 말했다. "에우리클레이아. 그 노파는 페넬로페의 정원 그늘 속에 웅크리고 앉아 있었어. 아우어바흐가 그 구절에서 정말 멋진 논의를 이끌어내지.** 그 사건에 대한 아우어바흐의 논의를 알고 있니? 아, 내가 책을 빌려줄게. 독일어는 읽을 수 있니?" "아직은요." 내가 말했다. "별로 어렵진 않단다." 그녀가 동정어린 표정을 지었다. "음, 읽을 수 있게 되면 그때 빌려줄게." 그녀가 말했다. 그녀는 영어를 유창하게 말했지만 그 억양은 내게 익숙하지 않았다. 헝

---

* 『오디세이아』 제19권 467~469절.

** 독일 문학연구가 에리히 아우어바흐는 『미메시스』의 1장 '오디세우스의 흉터'를 해당 구절에 대한 설명으로 시작한다.

접과 그릇을 치우고 커피를 내온 다음에 그녀가 물었다. "어쩌다 여기 오게 되었니? 어쩌다 너의 아름다운 나라를 떠나 이곳으로 오게 되었니? 네 편지를 받고 우리는 정말 슬펐단다. 우리가 여기서 사소한 것들로 불안해하는 동안, 네가 그곳 바닷가에서, 눈부신 햇살 속에 자유롭고 따뜻하게 지내고 있다는 생각을 하면 행복한 기분이 들었거든. 적어도 누군가는 안전한 셈이니까. 보렴, 얀은 벌써 내가 무슨 말을 하진 않을지 걱정하고 있잖니, 네가 신고할 수도 있을 테니 말이야."

"아니에요……" 나의 피 묻은 신발과 자신의 남는 신발 사이즈를 비교하느라 바쁜 얀이 듣는 둥 마는 둥 하면서 항변했다. 그는 유난히 큰 나의 발 사이즈 때문이라면 모를까, 나 때문에 걱정을 하는 것처럼은 보이지 않았다. 그리고 그들은 내가 쓴 그 매혹적인 편지 때문에 내가 바닷가에서 자유롭고 따뜻하게 살았다는 생각을 하게 된 것 같았는데, 내가 그들이 이런 곳에서 살고 있을 거라고는 상상도 하지 못한 것과 마찬가지였다. 나는 그들을 상상조차 하지 않았었고, 심지어 그들이 존재하는지도 몰랐다—그저 그 표범 무늬 외투에서 미소를 지으며 흘러나오는 목소리가 있었을 뿐.

"얀이 엘레케가 아니라는 것을 알고 얀에게 화가 많이 났었니?" 의자에 등을 기대고 앉은 채 내가 전혀 안 그랬을 거라고 확신하며 그녀가 물었다. "많이 실망했었니?"

"처음에는요." 쓴 커피를 홀짝이며, 얼굴을 찌푸리지 않으려고 애쓰며 내가 말했다. 이제 내 발은 그 고통 못지않게 아까 했던 치료와, 고대의 용기와 잔인함을 노래한 이야기의 영향으로 욱신거렸다. 만에 하나 감염될 수 있으니 병원에 가서 주사를 맞아야 하는 게 아닐까?

"음, 엘레케는 내 이름이란다." 그녀가 말했다. "그건 진짜야. 또다른 이름을 생각해내기에는 얀이 너무 게을렀거든. 내가 그 엘레케는 아니지만, 어쨌든 너는 엘레케를 만난 셈이고 그렇게 말해도 거짓은 아닐 거야."

"표범 무늬 외투를 입은 여자아이의 진짜 이름은 뭐죠?" 내가 물었다. "체코슬로바키아에 있는 사촌 말이에요. 얀은 당신의 가족이 그쪽 출신이라고 말했어요."

"그 아이의 이름은 베아트리체, 어둠 속에서 이끄는 자이지."* 그녀가 말했다. "맞아, 우리 가족은 그곳 출신이란다. 우리 가족은 모스트 근처, 그러니까 모스트는 아니고 거기서 그리 멀지 않은 마을 근처의 대지주였어. 여기서 국경만 건너면 바로 모스트지. 얀과 함께 가보지 그러니. 얀도 몇 년 동안 그곳에 가보질 않았으니까."

"제가 도착했을 때 그들이 제 여권을 가져갔어요." 내가 말했다. 나는 그것 때문에 걱정이 되었다. 그들은 왜 그랬을까? 내가 떠나기라도 할까봐? 아니면 모스트를 방문하려고 할까봐? 내가 숙소에 도착하자마자 사무실에 있던 여자가 내 여권을 가져가고는 신분증을 주었다. 도착하자마자 그들이 나를 불신한다고 생각하니 불안한 마음이 들었지만, 나는 싸움에 나서기에는 너무 겁먹은 상태였다.

"내가 아이였을 때 모스트는 오스트리아 땅이었지." 엘레케가 말했다. "오래전 일이야." 그녀가 얀을 힐끗 쳐다보고는 그에게 미안하다는

* 베아트리체는 이탈리아 시인 단테가 사랑한 여인이며, 단테의 『신곡』「연옥」편에서는 단테가 베르길리우스를 떠나보내고 울고 있을 때 나타나 그를 '천국'으로 이끄는 존재로 등장한다.

듯 애달픈 미소를 보냈다. "얀은 이 이야기를 너무 많이 들어서, 내가 이야기를 시작하는 걸 듣자마자 벌써 가슴이 내려앉았을 거야."

"이 친구에게 그때 이야기를 들려주세요, 엄마." 얀이 힘차게 고개를 끄덕이며 말했다. "엄마가 해주는 이야기는 늘 달라서 아무리 들어도 질리지 않아요. 부탁해요, 엄마."

"아, 아니야, 새 친구가 우리를 방문한 첫날부터 지루하게 만들어서야 되겠니." 엘레케가 얀이 한 말에 킬킬거리며 말했다. "하지만 네가 이야기에 관해 한 말은 사실이야. 그것들은 늘 손가락 사이로 스르르 빠져나가고, 형태를 바꾸고, 도망치려고 발버둥친단다."

"저도 그때 이야기를 듣고 싶어요." 예의상 다르게 대답할 여지는 없다고 느끼며, 그리고 그들 사이에 오가는 강렬한 대화에 어쩐지 호기심을 느끼며 내가 말했다.

"음, 그곳에는 아름다운 정원이 딸린 큰 집이 있었지." 엘레케가 말했다. "정원보다는 공원에 가까웠어, 개울이 숲을 통과해 작은 호수로 흘러들던 곳이었으니까. 그곳에는 잔디밭과 꽃이 늘 활짝 피어 있는 화단, 그리고 아름다운 과수원이 있었지. 과수원은 정말 보기 좋은데, 봄에 핀 꽃들이 나중에 여름이 되면 전부 완벽하게 열매를 맺거든. 그곳에는 그 식물의 가장 깊은 내장에서 끌어내기라도 한 것처럼 정말 자줏빛의, 정말 아주 어두운 진보랏빛 진달래 화원이 있었어. 그곳에는 마차 진입로, 마부와 하인, 마구간과 말과 말 관리자, 그리고 필요한 모든 일을 하던 정말 많은 하인들과 그들의 가족들이 있었지. 진입로에는 온갖 종류의 나무들이 심어져 있었어. 나무에 대한 이런 사랑은 몇 세대 전 조상으로부터 비롯되었단다. 그곳에는 수령이 이백 년 된 카슈미

르산産 나무, 해방되기 위해 안간힘을 쓰고 있는 무언가처럼 비틀리고 내뻗은 카슈미르 사이프러스나무가 한 그루 있었지. 그것은 우리 어린 시절의 이국적인 나무였어."

"이제는 전부 사라져버린 것들에 대한 기억이란다." 오랫동안 침묵한 끝에 우리를 번갈아가며 쳐다보고 아주 맛없는 커피를 아무렇지도 않게 한 모금 홀짝이며 엘레케가 말했다. "실제보다 더 단순하게 기억하고 있는지도 몰라. 심지어 겨울에도 방마다 아름다운 꽃이 있었던 게 기억나. 지금 그 꽃들을 생각하면 내 영혼은 무엇을 향한 것인지 모를 열망으로 가득 차오른단다. 이제 나는 그 모든 하인들, 별로 가진 것 없이 살면서 우리로서는 생각조차 할 수 없던 천한 일을 하던 그 많은 사람들을 생각해. 그것은 전쟁 전의 일이었지. 정말 끔찍한 전쟁이었고, 수많은 재앙이 잇따랐어. 그리고 오스트리아는 전쟁에 졌고 그다음 전쟁에도 졌고, 그러고는 거의 모든 걸 잃고 말았지."

나는 그 기억이 그녀를 우울하게 하고 얀도 우울해하게 하는 걸 보았지만, 그래도 더 듣고 싶었다. 그들은 어쩌다 그곳에서 이곳으로 오게 되었을까? 나는 책장 위의 사진 두 장을 힐끗 쳐다보았다. "저게 얀인가요?" 내가 물었다.

"아니, 아니야." 그녀가 소리 내어 웃으며 말했다. "얀은 매일 보는데 왜 사진을 책상 위에 올려놓겠니? 저건 내 어머니와 남동생이고, 왼쪽에 있는 분은 내 아버지란다. 저 사진들은 우리가 케냐로 떠나기 직전, 오스트리아였던 무언가에 작별을 고하려고 카르파티아산맥으로 여행을 떠났을 때 찍은 거야."

"케냐라고요!" 내가 외쳤다. 그러니까 영어를 잘하는 것은 바로 그 때문이었다. 하지만 나는 카르파티아라고 말하고 싶기도 했는데, 그것은 매사추세츠처럼 유연하고 암시적이진 않지만 그 나름대로 미끄럽고 비밀스러운, 정말 아름다운 단어였다. "정착민이셨나요?"

그녀가 움찔했다. "그래, 정착민이었지."

"왜 케냐였죠?"

그녀는 대답을 하기 전에 잠시 멈추었는데, 그러고서 다시 말을 시작할 때 보니 집중을 하느라 얼굴을 찡그리고 있었다. "그 질문을 그런 식으로 받아본 적은 없었던 것 같구나. 왜 다른 곳이 아니라 케냐였냐고 물으려던 건 아니겠지. 왜냐하면 만일 그런 뜻이었다면, 케냐든 다른 어디든 상관없었다고 말해야 할 테니까. 우리는 유럽인이었어. 이 세상 어디든 원하는 곳에 갈 수 있었지. 네 말은 왜 굳이 가서 다른 사람들이 가졌던 것을 빼앗았느냐는, 그리고 왜 그것을 우리 것이라고 부르며 이중성과 무력을 앞세워 번영을 누렸느냐는 뜻이겠지. 심지어 우리에게 권리가 없던 것을 얻기 위해 싸우고 못 쓰게 만들면서까지 말이야. 그런 뜻으로 한 말 아니니? 음, 왜냐하면 우리는 우리에게 그 모든 일들을 할 수 있는 권리가, 검은 피부와 곱슬곱슬한 머리를 한 사람들이 차지하고 있을 뿐이던 장소들에 대한 권리가 있는 것처럼 여겨지던 시대를 살았으니까. 그것이 바로 식민주의의 의미였고, 우리가 원하는 곳에 갈 수 있게 해준 방법들을 우리가 모르는 척하게끔 회유하는데 모든 수단과 방법이 동원되었어. 우리 부모님은 응공 언덕의 땅을 사들여서 커피 농장을 경영했지. 토착민들은 누그러졌고 노동력은 값이 쌌어. 우리 부모님은 어떻게 해서 그렇게 될 수 있었는지 그 이유를 묻지 않았고, 누구도 그러도록 부추기지 않았는데, 물론 거기서 살다보니 그 이유가 쉽게 이해되기는 했지. 응공이 어딘지 아니? 나이로비에는 가봤니?"

"아니요, 전혀 몰라요." 내가 말했다. "가본 곳도 전혀 없고요."

"드레스덴에는 와봤잖아." 얀이 미소를 지으며 말했다.

"그래, '왜 케냐였죠?'라는 그 질문에 무고하게 답할 수 있는 방법도 있긴 하지." 우리를 무시하며, 자신이 하던 이야기를 밀고 나가며, 우리를 가르치며 엘레케가 말했다. "유럽과 그곳의 전쟁에서 벗어나려 그랬다고 말이야. 우리 부모님은 더이상 오스트리아에 머물고 싶지 않아 했고, 그래서 재산에서 받을 수 있던 몫으로 응공의 그 농지를 사들이셨어. 그때는 1919년이었고, 우린 우리 생각에 놀랄 만한 일들을 하며, 정말 많은 것들을 이루며 그곳에서 1938년까지 살았지. 우리는 여행을 했고 많은 것들을 배웠어, 물론 지금에 와서는 우리가 충분히 배우지 못했다는 것을 알지만. 시간이 지나면서 우리가 그곳에서 행하고 느꼈던 것들이 점점 덜 경이롭게 느껴져."

"어머니는 케냐에서 보낸 시절에 대한 회고록을 쓰셨어." 얀이 말했다. "독일어로. 아름다운 글이야."

"그건 거짓된 노스탤지어일 뿐이야." 엘레케가 미소와 함께 얀에게 손사래를 치며 말했다. "만일 내가 지금 그 글을 쓴다면, 나는 지루한 노인네처럼 끔찍한 이야기들도 써서 모두를 우울하게 만들 거야. 우리가 왜 전쟁이 터지기 직전에 그곳을 떠나 독일로 온 줄 아니? 왜냐하면 일단 전쟁이 터지고 나면 우리는 억류될 거라고 당국이 경고했고, 왜 그런지는 모르겠지만 세월이 흐르면서 우리 부모님이 오스트리아인이라는 사실에 다시 자부심을 갖게 되었거든. 물론 그분들이 알던 오스트리아는 더이상 존재하지 않았지. 그분들이 살던 지역은 그때 이미 체코슬로바키아로 불렸고, 오스트리아의 나머지 지역은 독일의 일부가 되어 있었어. 하지만 그럼에도 그분들은 케냐에서 영국인들에게 억류되느니 차라리 챙이 달린 모자와 은색 장식 수술이 달린 제복 차림의 노상강도 귀족*과 오만한 승리주의자들이 있는 독일로 오기로 했지. 우리 모두는 치욕스럽게 억류되어 검둥이들에게 조롱을 당하는 불행을 겪느니 차라리 떠나는 편을 택했거든. 나를 용서하렴, 그게 우리가 말하던 방식이었단다. 물론 우리에게 그럴 자격이 없다고 생각한다면 나를 용서하지 않아도 좋아. 하지만 그게 우리가 말하던 방식이었고, 지금 나는 그렇게 말하면서 경멸을 표하려는 게 아니라, 그저 네게 우리에게 있던 자기 연민의 오만함이 어떤 것인지를 살짝 보여주려는 것뿐이란다. 나의 아버지는 토착민들에 대한 우리의 우월성은 오직 그들의 동의를 통해서만 가능하다고 말하길 좋아하셨지. 모든 유럽인들은 토착민에 대한 기이한 도덕적 권위를 부여해주는 그 가느다란 선을 넘지 말아야 했고, 그것을 되찾으려면 우리는 고문과 살인을 해야 할 거라면서. 불쌍한 아빠, 그분은 우리에게 그 권위를 부여해준 것이 애초에 우리 이름으로 저질러진 고문과 살인이라는 걸 모르셨어. 그분은 그것이 정의와 온화한 품행과 관련된 신비한 무언가, 우리가 헤겔과 실러를 읽고 미사를 드리러 가서 얻은 무언가인 줄 아셨지. 배제와 추방, 경멸에 찬 확신에서 내려진 즉결 심판은 상관없이. 연대聯隊와 감옥은 상관없이. 토착민이 우리를 두려워한 것은 우리의 도덕적 우월성 때문이

* 자신의 영지를 통과하는 여행자를 갈취하는 중세의 영주를 말한다.

라는 거지. 뭐, 우리도 곧 그에 대한 우리의 몫을 치렀고, 그러면서 철학과 시가 그 수수께끼를 작게 만든 게 아니라 더 크게 만들었을 뿐임을 알게 되었지만 말이야. 하지만 우리는 케냐에 남아 검둥이들이 우리를 비웃게 할 수는 없었어. 그래서 유럽과 그 땅에서 일어난 전쟁이 결국 우리 부모님의 발목을 잡았고, 우리는 드레스덴에 와서 살게 되었단다. 이 집에서. 우리의 예전 집과 멀지 않은 이곳에서. 이것 참, 이야기는 이제부터 더 심각해지는데, 음울한 내 이야기를 너에게 더 들려주고 싶지는 않구나. 너는 그냥 베아트리체에 대해 알고 싶어했을 뿐이지만, 나는 일단 이 문제에 대해 이야기를 시작했다 하면 점점 더 말을 끊기가 어려워지는 것 같아. 늙은이의 자기중심주의랄까."

"저는 사진에 대해 물어봤는데요." 내가 말했다. 그녀를 안심시켜주려는 뜻에서 한 말이었는데, 그 말을 내뱉은 내 목소리는 가냘프고 샐쭉했다. 나는 상처 때문에 열이 나는 것 같았고, 날이 어두워진 지금 그 아파트의 추위는 살을 에는 듯했다.

"아산테.*" 그녀가 스와힐리어로 말하고는 미소를 지었다. "아직도 단어 몇 개는 기억하고 있지. 소중한 친구야, 우리가 너를 어떻게 부르면 되겠니? 이스마일이라고 부르면 될까? 친구들이 너를 그렇게 부르니?"

"라티프예요." 내가 말했다. 비행기에서 결심했었다. 내가 받은 이름을 사용하지 않고, 대신 그 억양이 상냥하고 부드러운 라티프가 될 것이며, 분노나 신성모독 없이 경의를 표하는 마음으로 그 신의 이름**을 받

---

* '고맙구나'라는 뜻의 스와힐리어.

** 아랍어로 '자애로운 자'를 뜻하는 '라티프(Latif)'는 이슬람에서 신을 칭하는 여러 이름 중 하나이다.

아들이겠다고. 나의 이름은 이스마일 라자브 샤아반 마흐무드였다. 그것이 서류에 적힌 나의 이름이었다. 나의 이름, 아버지의 이름, 할아버지의 이름, 증조할아버지의 이름. 내가 여행을 시작했을 때 승무원이 나를 마흐무드 씨라고 불렀고, GDR의 공무원들도 나를 그렇게 불렀다. 그것에 이의를 제기하며 내가 사는 곳에서 나는 내 이름이자 내 아버지의 이름인 이스마일 라자브로 불린다고 말할 기회는 없었다. 나는 이의를 제기하고 싶지 않았다. 그리고 그에 더해, 나는 상냥함을 지니고 싶다는 마음으로 그때부터 나 자신을 라티프로 불러야겠다고 생각했다. 그래서 그렇게 된 것이다. 그때부터 나는 친구들이 라티프라고 부르는 이스마일 마흐무드였다. 알리가 나를 부르는 이름이 라티프였고, 숙소의 모두가 나를 그렇게 불렀으며, 얀과 엘레케가 앞으로 나를 부르게 될 이름이기도 했다. "이스마일은 저의 공식적인 이름이에요. 친구들은 저를 라티프라고 불러요." 내가 말했다.

"결국 일이 이렇게 풀리는구나." 엘레케가 웃으며 말했고, 그녀의 눈은 일종의 기쁨으로 반짝였다. "엘레케는 얀이 되고, 이스마일은 알고 보니 라티프였는데, 그 이름은 둘 다 똑같이 향기롭겠구나." 나는 그것이 『로미오와 줄리엣』의 인용임을 알고는 그녀가 알아차릴 수 있도록 실컷 낄낄거렸다.* "라티프, 너는 그 발로는 오늘밤에 숙소로 돌아갈 수 없을 것 같고, 우리가 너의 아주 얇은 신발을 씻고 수선할 때까지 기다려야겠어. 너는 이 신발보다 더 나은 신발이 필요해. 오늘밤은 우리집에서 지내고, 내일 얀이 너를 숙소까지 바래다주는 걸로 하자꾸나. 얀

---

* 셰익스피어의 『로미오와 줄리엣』 2막 2장에 나오는 '이름에 뭐가 있나? 장미는 다른 이름으로 불려도 똑같이 향기로울 텐데'라는 구절을 말한다.

이 내일 자초지종을 대신 설명해줄 거야. 이제 함께 뭘 좀 먹자."

나는 얀이 불안해하는 표정을 봤는데, 그러더니 그는 고개를 저었다. "안 돼요, 엄마, 라티프는 오늘밤에 숙소로 돌아가는 편이 나을 거예요. 제가 같이 갈게요. 외박을 하면 질문을 너무 많이 받게 될 거예요. 그들은 외국 학생들이 숙소로 복귀하는 문제에 매우 엄격하거든요. 나중에는 우리도 심문을 받게 될 거예요. 제가 같이 가서 확실히 하고 올게요. 그리고 라티프는 다른 주말에 또 놀러오면 되니까요."

엘레케가 남자였다고 말해주자 알리는 넌더리를 냈다. 더 정확히 말하면, 그게 나에게 편지를 쓰고 자신을 엘레케라고 부르던 남자의 어머니 이름이었다고 말해주자 그런 반응이었다. "이 독일 인간들은 희한한 장난을 친다니까." 그가 말했다. "그 사람들을 멀리하는 게 나아. 그들이 너에게서 뭘 원하는지도 모르잖아."

하지만 나는 그들을 멀리하지 않았고, 그들을 만나기 위해 드레스덴을 다시 찾으려는 계획을 처음 세웠을 때 알리는 마치 배신이라도 당했다는 듯 나를 노려보며 부루퉁한 표정을 지었다. 내 발은 이제 나았지만, 그때는 비참하리만큼 추운 2월이었고, 실내에 있는데도 발은 이미 아무 감각 없이 뻣뻣해져 있었다. 알리는 내게 자신의 남는 신발을 신어보게 했는데, 그 신발이 내 발에 적당히 맞자 실망감에 얼굴을 찌푸렸다. "나랑 같이 가자." 내가 말했다. "그 사람들도 분명 너를 만나고 싶어할 거야." 하지만 그는 얼굴을 찡그리며 고개를 저었다. "나는 그들이 벌이는 게임에 절대 얽히고 싶지 않아." 그가 말했다. "너도 행정 당국과 문제가 생기지 않도록 조심하는 게 좋을 거야. 내가 보기에 그 사람들은 말썽꾼들 같으니까."

버스에는 나 말고 승객이 딱 한 명 더 있었는데, 키가 작고 얼굴이 거무스름한 그 남자는 좌석 등받이 너머로 몸을 구부린 채 눈을 떼지 않고 나를 오 분 정도 빤히 쳐다보았다. 그는 짙은 색의 무거운 노동자용 외투를 입고 있었고, 어깨는 귀 근처까지 구부정하게 끌어올리고 굽은 팔은 좌석 팔걸이에 걸친 채 제대로 오래 쳐다볼 수 있도록 편안한 자세를 취하고 있었다. 나는 창밖을 내다보았고, 비록 너무 꽉 조여서 발가락이 죄긴 했지만 알리의 신발이 고마웠다. 눈이 올 것 같았다. 다시 버스 안을 힐끗 쳐다보자 그 남자의 축축한 눈이 깊은 수수께끼를 풀기라도 하듯 나를 조심스럽게 응시하는 모습이 보였다. 그는 잿빛이 듬성듬성 섞인 커다랗고 수북한 콧수염을 기르고 있었는데, 내가 자기 쪽을 힐끗 쳐다보자 불안감에 콧수염이 살짝 씰룩거렸다. 나는 백미러에 비친 운전사의 눈을 보았는데, 그의 눈에서 즐거움이 엿보이는 것 같았다. 오 분이 지나자 그 남자는 코웃음을 치더니 다시 정면을 보았다. 그는 곧 콧노래를 흥얼거리기 시작했고, 그러고는 조용한 웃음 속에 어깨를 들썩이며 부드럽게 노래를 부르기 시작했다. 다시 운전사의 눈을 힐끗 쳐다보니 그도 웃고 있는 게 보였다. 나는 그들이 무엇 때문에 웃는지 알 수 없었다. 버스가 강을 건너는 동안 해가 떠올랐는데, 낮게 걸린 해는 강물을 물결치듯 퍼져나가는 납덩이로 바꾸어놓았고, 강을 따라 늘어선 배들로 하여금 새 둥지처럼 복잡하게 엮인 굵은 밧줄의 그림자를 부두에 드리우게 만들었다.

얀과 엘레케를 두번째로 방문했던 일은 막연하게만 기억한다. 그것은 그다음의 방문들과 뒤섞였고, 그 모두가 내 마음속에서 그들의 환대와, 그들이 수수한 음식을 놓고 베풀어준 의식, 정교하고 때로는 아름다웠으며 그 모두가 일종의 빛바랜 우아함을 지니고 있던 그릇에서 느낀 즐거움으로 빚어져 있다. 나는 그들이 모든 질문을, 마치 그들의 진실성을 시험받기라도 하듯, 마치 자신들이 이야기의 균형이 깨져서 무언가 영웅적인 것으로 뒤바뀌게 되는 불성실한 수정을 막기라도 해야 한다는 듯 대하던 것을 기억한다. 나는 그들의 자신감에 놀랐고, 내가 본 것이 엘레케가 자신의 부모님이 케냐에서 보였다는 자기 연민의 오만함이었는지, 아니면 그것이 다른 무엇, 그러니까 그들이 이론의 여지가 없다고 여긴 신념의 가치에 대한 느긋한 확신 같은 것이었는지 궁금했다. 심지어 식민주의의 추악함을 겪고도, 나치 전쟁과 홀로코스트의 비인간적 행위를 겪고도, GDR의 권위주의적 행태에 기인한 수모를 겪고도 완전히 파괴되지 않던 신념에 대한 그 지속적인 열정을 지금의 나라면 더 잘 이해할 수 있었을 것이다. 그때 나는 아는 게 별로 없었고, 그들의 태도를 드레스덴의 그 아파트의 축소된 현실 속에서 벌어지는 매력적인 기이함으로만 여겼다. "삶은 우리를 그렇게 끌고 다니지." 한번은 엘레케가 말했다. "우리를 이렇게 끌고 가다가, 우리를 뒤집어서는 또 저렇게 끌고 가지." 그녀가 말하지 않은 것은, 그 모든 과정을 통해 우리가 합리적인 무언가에 매달리게 된다는 말이었다.

내가 그들을 방문했던 기억들은, 무엇보다도 엘레케가 해준 이야기와 나중에 얀이 해준 이야기들로 합쳐지고 빚어졌다. 엘레케가 스물여덟이었을 때 그들은 드레스덴에, 그들이 당시에 살던 그 집에 살러 왔는데, 방 세 개를 쓰던 그때와 달리 예전에는 집 전체를 썼었다. 그녀의 부모님은 부자가 되어 돌아왔다. 엘레케는 케냐를 아주 많이 그리워했고, 그곳에 남겨두고 온 남자—그녀는 얀을 보고 싱긋 웃었다—를 그리워했다. 그의 이름은 대니얼이었고, 만일 그가 부탁했더라면 그녀는 그곳에 남았을 것이었다. "하지만 그랬다면 내게 얀은 없었을 것이고, 그러면 그게 다 무슨 소용이었겠니?" 그 열망과 불안의 시기에 그녀는 그들이 케냐에서 보낸 시간을 회고록으로 쓰기 시작했다. 그녀의 부모님도 열심히 응원해주었다. 그들 또한 케냐를 그리워하고 있었고, 독일에서 겪은 일들에 충격을 받은 상태였다.

수데텐 지방에 대한 독일의 요구가 절정에 달한 1938년 8월까지 그 회고록을 완성하기란 거의 불가능했고, 그러고는 위기에 위기가 뒤따르다가 전운이 감돌게 되었다. 엘레케는 전쟁에 대해서는 이야기하지 않았고, 그저 고개를 젓고는 눈길을 돌릴 뿐이었다. 그녀의 오빠 요제프는 북아프리카에서 살해당했고, 아버지는 1945년의 끔찍한 폭격이 있기 전에 돌아가셨다. 그는 거리에서 쓰러졌고 낯선 이들의 도움을 받아 집으로 올 수 있었다. 그러고는 1949년에 GDR가 수립되었다. 그해에 어머니가 돌아가셨고, 그들이 그 집을 빼앗아갔다. 얀의 아버지인 콘라트를 만난 것도 그해였다.

"그가 이 아파트를 되찾아서 우리가 살 수 있게 해주었지. 그는 지금은 행정부의 대단한 인물이지만, 그때는 당 활동에 열심이던 수학 교사였어." 엘레케가 말했다. "그는 친절한 남자였지만 참을성이 없고 가만히 있질 못했지. 내가 동의할 수 없는 것들을 열망했어. 어쩌면 그가 우리가 살던 시대를 더 잘 이해했을 거야."

"체코슬로바키아에 있던 가족들은 어떻게 되었나요?" 내가 물었다.

"그들은 전쟁 후에 모두 추방됐어." 엘레케가 말했다. "독일인들은 모든 곳에서, 그러니까 수데텐 지방, 실레지아, 동프로이센에서 추방됐지. 수백만 명이었어. 드레스덴은 수천 명의 난민들이 우글거리는 돌더미였지. 어디든 무엇이든 전부 우리의 채울 수 없는 파괴욕으로 폐허가 되어버렸어."

"그럼 베아트리체는요." 내가 말했다.

"그 아이의 할아버지는 체코인이었단다." 엘레케가 다행이라는 듯 미소를 지으며 말했다.

그녀는 우리에게, 그러니까 얀과 나에게 그곳에 가보라고 말했다. 그렇게 해서 우리의 여행 계획이 시작되었다. 우리는 모스트로 가는 버스에 올라 그냥 계속 달려서 프라하, 브라티슬라바까지 갔고, 자그레브로 가는 끝없이 아름다운 여행을 했으며, 오스트리아의 그라츠를 향해 불안한 기차 여행을 이어나갔다. 나는 얀이 탈출을 계획하고 있다는 것을 우리가 출발하기 전에 알았는데, 내가 그와 함께하기로 했던 것은 우리가 친구였기 때문이고, 내가 젊고 뭘 잘 몰랐으며 어딜 가든 내가 어떻게 되든 상관없었기 때문이다. 우리는 그와 엘레케가 모은 돈으로 여행을 했고, 마침내 독일 국경에 이르러 우리가 GDR에서 온 난민이라고 선언했다. 우리는 뮌헨으로 보내져 삼 주 동안 그곳의 숙소에 감금되어 지냈는데, 얀은 엘레케에 대한 죄책감과 슬픔으로 마음 아파했다. 나는 나를 면담한 출입국 관리소 공무원에게 영국으로 가고 싶다고 했고, 그는 미소를 지으며 내가 함부르크로 가는 기차 티켓을 구매하는 데 필요한 금액을 일회적으로 지원받을 수 있게 해주었다. 얀과 나는 뮌헨 기차역에서 작별을 고했고, 그후 다시는 서로 보지도 말을 나누지도 못했다. "내가 널 이 모험에 끌어들여서 네 인생을 망친 게 아니었으면 좋겠다." 얀이 말했다. 나는 알리가 나를 만류할까 두려운 마음에 그에게 작별인사조차 전하지 못했는데, 가끔은 그가 어디서 무엇을 하고 있을지 궁금해진다. 1984년에 세쿠 투레가 죽고 콘테의 새 정부가 감옥 문을 열었을 때 나는 그를 떠올렸다. 나는 그 어두운 지하 감옥에서 살아남아 어리둥절한 상태로 비틀거리며, 곧 펼쳐질 또다른 난장판의 빛 속으로 걸어나오던 그 굶주리고 상처 입은 이들 가운데 그의 아버지가 있을지 궁금했다. 그해 여름의 그 삼 개월 동안 나는 크게 원을 그리며 중앙 유럽을 두루 여행했는데, 불가리아를 빼먹은 게 유감이었다.

나는 마치 전 세계의 대양들을 일주한 듯한 기분을 느끼며 영국의 플리머스에 도착했다. 나는 선원들과 함께 배에서 내려 그들과 함께 유유히 게이트를 통과했다. 나를 못살게 굴거나 이름을 대라고 요구해온 사람은 아무도 없었다. 나는 그때까지 나의 방랑을 함께한 믿을 수 없는 행운에 감사하며 그 소도시를 몇 시간 동안 거닐었다. 나를 걱정하는 사람은 아무도 없어 보였다. 나를 쫓아내려 하거나 나를 가두었다 나중에 추방하려는 사람은 아무도 없었다. 내게 봉사나 충성을 바라는 사람은 아무도 없었다. 그날 오후 늦게 차가운 여름비가 내리기 시작했고, 나는 무엇을 해야 할지 몰라 항구 쪽으로 몸을 돌렸다. 어쩌면 나는 그냥 다시 배에 올라 계속 나아가면서 결국 내가 어디에 도착하게 되나 봐야 할지도 몰랐다. 나의 운명에 맞닥뜨리게 될 때까지 나의 삶을 그렇게 살아가면서. 나를 그렇게 생각하도록 한 것은 두려움과 움츠러드는 의지였다. 나의 삶을 다른 누군가에게, 사건들에 떠맡기기. 하지만 항구에 돌아갔을 때 배는 이미 떠났고 내 여행은 끝나 있었다. 게이트의 경비원이 내게 도움이 필요하냐고 물었고, 내가 찾던 배의 이름을 대자 그는 나를 항구 경찰소로 데려갔다. "저는 난민입니다." 바싹 자른 은발에 콧수염을 손질해 기른 그 근엄한 경찰관에게 내가 말했다. 그는 더 꼿꼿하게 앉아 더욱더 근엄한 표정을 짓고는 미심쩍다는 단호한 눈초리로 나를 쳐다보며 얼굴을 찡그렸다.

"글쎄요, 선생님, 그건 과장된 말씀 같은데요." 그가 말했다. "배를 놓친 승무원이시라고 알고 있습니다. 당신의 등록증을 자세히 확인해보는 게 좋을 것 같고, 그러고서 저희가 동료들 곁으로 돌아가실 가장 좋은 방법을 알아보도록 하겠습니다."

"저는 난민입니다." 내가 말했다. "GDR에서 왔어요."

"어디서 왔다고요?" 마치 내가 내뱉은 이해하기 어려운 말을 반드시 알아듣고야 말겠다는 듯 희끗희끗한 머리를 살짝 돌려 왼쪽 귀를 내게 완전히 드러내 보이며 그가 물었다.

"동독에서요." 내가 말했다.

그는 의자에 등을 기대고 앉아 그 기분좋은 희극적 전개를 음미하며 즐겁게 불신의 웃음을 터뜨렸고, 나는 그가 나중에 이 예기치 않은 삶의 작은 익살극으로 이야기를 꾸며내는 모습을 상상했다. 나는 그와 함께 싱긋 웃었고, 내가 농담을 이해했다는 생각에, 혹은 나의 우스꽝스러움을 기꺼이 나누려 하는 태도에 즐거워하는 그의 모습을 보았다. "구텐 탁."* 그가 말했다. 나는 그가 한 질문에 대답했고, 몇 분 후 나는 내가 말했거나 행한 무언가, 혹은 나 자신의 무언가 때문에 그가 나에

* 낮시간에 하는 독일어 인사.

대해 어떤 마음을 갖게 되었다는 것을 알게 되었다. 어쩌면 몇 살이냐고 묻는 질문에 내가 열여덟이라고 대답했기 때문인지도 몰랐는데, 왜냐하면 그때 그가 고개를 살짝 젓고는 짧고 딱딱한 미소, 진짜 그럴싸한 미소와 비교하면 그저 시늉에 지나지 않지만 그럼에도 미소라고 할 만한 것을 보였기 때문이다. 짧다고 해도, 친밀감을 전하고야 마는 악수처럼. "딱 열여덟 살 때 할 법한 멍청한 짓이로군요." 그가 말했다. 나는 그 경찰관에게 커피와 샌드위치를 나누어 받아 감사히 여기며 항구 경찰서에서 하룻밤을 보냈다. 배를 떠난 이후로 나는 아무것도 먹지 않았었다. 그는 내게 GDR에서 지낸 이야기와 중앙 유럽을 횡단한 이야기를 들려달라고 부탁했다. 이야기를 하고 있자니 그것은 내 귀에도 근사하게 들렸고, 그에게 들려주려고 여행을 기억해내는 동안 그 당시에는 알아차리지 못했던 광경과 디테일들이 내 기억에 있음을 알게 되었다. 혹은 어쩌면 내가 그것들을 덧붙인 이유는, 내가 좀더 주의를 기울였더라면 바로 그런 것들을 보게 되었을 것이기 때문인지도 몰랐다. 그는 때때로 상세한 설명을 듣고자 나의 말을 끊었는데, 그 외에는 자신의 커다란 회전의자에 기대앉아 질문으로 나를 유도하며 내가 이야기하도록 내버려두었다. "헝가리는 어땠나요? 집시들의 고향이 거기죠, 안 그래요? 나이드신 엄마가 우리 집안에는 집시의 피가 흐른다고 말씀하시곤 했는데, 하긴 모든 가족들이 그들 조상 중 누군가는 집시였다고 말하곤 하죠." 나는 어느 시점엔가 잠들어버린 게 분명했는데, 왜냐하면 동이 트자마자 눈을 뜨고 보니 나 혼자였고 내 몸은 담요에 덮여 있었기 때문이다. 나는 보통 잠을 잘 이루지 못하는 편이었는데, 아마도 두려움과 긴장감으로 지쳤던 모양이었다.

그의 이름은 월터였다. 오전 근무를 마치고 교대하기 전에, 그는 내게 난민기구의 명칭과 주소를 알려주고는 어서 가버리라고 말했다. "거리를 싸돌아다니지 말고 곧장 이 사람들한테로 가요. 게이트 바로 맞은편에 있는 큰길에 공용화장실이 있을 겁니다. 가서 좀 씻어요." 그가 엄하게 말했다. "그리고 머리도 잘라요. 당신네들 젊은이들은 다 똑같다니까."

침묵

5

나는 아파트의 열린 문 옆에 왼팔을 쭉 뻗은 채 기대서 있었다. 고안된 포즈, 준비된 자세였다. 나는 그가 계단의 마지막 모퉁이를 돌면서 오른손을 난간에 올린 채 잠깐 멈칫하는 모습을 보았고, 층계참의 커다란 창문으로 쏟아져들어온 빛이 그런 그를 비추었다. 아침이면 집 사이의 복도를 지나는 햇빛이 그 창문을 통해 곧장 들어왔고, 먼지와 유기체 잔해의 입자들을 근육질 가닥처럼 공중에 띄워놓았다. 하지만 이른 오후 무렵이면 그 빛은 단지 주변의 벽을 타고 흘러내려 계단 위에서 가냘픈 잿빛으로 빛날 뿐이었다. 그는 그 오후의 빛이 뿜어내는 희미한 광휘 속에 서 있었는데, 말끔히 면도를 한 갸름한 얼굴에, 앞으로 살짝 몸을 숙이고 있었다. 그의 얼굴, 조심스러워하는 얼굴이 점차 가까이 다가왔다. 나는 그를 거리에서, 영국의 거리에서 봤으면 두 번 정도 쳐다보았을 것이었고, 내가 그를 아는지, 그리고 내가 생각한 그 사람이 맞는지 궁금해했을 것이다. 나는 영국의 거리에서 사람들을 지나치다가 그곳에서 그들이 얼마나 낯설고 이질적으로 보이는지를 깨닫고는 놀랄 때가 많았고, 그럴 리는 없었지만 그들이 내가 아는 누군가는 아닐지, 죄책감을 느끼며 궁금해했다. 나는 그도 지나쳤을 거고, 그리고 이상하게도 내가 한때 알던 누군가를 떠올리게 하는 사람이라고 생각했을 것이며, 그러면서도 그의 이름을 떠올려보려고 오랫동안 애쓰진 않았을 거라고 생각한다. 어쩌면 심지어는, 그 기억이 나를 꽉 붙잡을 만큼 견고해지고 내가 안전하게 멀리 가두어두었던 다른 기억들을 소환하기 전에 급히 도망쳐버렸을 거라고도. 시간이 지남에 따라 분명하고 뚜렷하던 세부 기억들이 너무나도 많이 흐릿하고 부정확하게 변해버렸다. 어쩌면 그것이 바로 늙는다는 의미이고, 그림의 선을 하나하나씩 지워나가며 전체 이미지를 흐릿한 그림자로 만들어버리는 태양과 돌풍의 효과인지도 모르겠다. 비록 그렇게 빛이 바래고 흐릿해져버린 후에도 여전히 아주 많은 선들이 남아, 이제는 더 드문드문한 전체 속 파편들처럼 보이긴 하지만. 얼굴이 사라지고도 남아 있는 따뜻한 눈빛, 정작 그 선율은 들리지 않게 된 음악을 떠올리게 하는 냄새, 집이나 집이 있던 위치를 잊고도 떠오르는 방의 기억, 텅 빈 공간 한가운데 있는 도로변의 초원. 그렇게 시간은 우리 시간의 이미지들을 훼손한다. 혹은 고고학적으로 말하자면, 그것은 우리 삶의 세부 기억들이 층층이 쌓여 있고 이제 어떤 층들은 다른 사건들이 가한 마찰로 이탈해버렸는데, 어쩌다가 굴러떨어진 부수적인 조각들이 여전히 남아 있는 것이나 마찬가지다.

아파트 문간에 선 나를 쳐다보던 그 눈, 모든 것을 무표정한 침착함 뒤로 감추려 했으나 실패하고 만 그 눈을 잊지 않았다고 말할 수 있다면 좋으련만, 하지만 나는 그 눈이 나를 만나러 오는 줄 몰랐더라면 그냥 지나쳐버렸으리라. 나는 그 눈의 단호한 무관심을 느끼고는 나의 눈빛을 숨겼을 것이다. 그가 마지막 몇 걸음을 내딛기 시작했을 때 나는 문에서 손을 뗐고, 다가오는 그를 맞이하기 위해 어깨를 폈다. 그는 발을 헛디디지 않으려 조심했지만 이제는 서둘렀고, 그렇게 내 앞에 이르러서는 활짝 미소를 지어 보이며 자신의 오른손을 내밀었다.

"살람 알라이쿰."* 미소를 짓고, 신중을 기하며, 모든 인사들 가운데 가장 포괄적인 이 인사로 알아봄의 순간을 미루며 그가 말했다. 나는 고개를 끄덕이며 그의 손을 잡았는데, 응당 해야 하는 인사말로 대꾸하지는 않았다. 알라이쿰 살람. 나는 그가 그 생략**을 알아차린 것을 보고는 이제 그가 좀더 조심스럽게 굴지 않을까 하고 생각했다. 조심스럽게 행동하는 것이 최선인 듯했다. 그는 나의 안색을 살피며 나의 손을 계속 잡고 있었는데, 나의 여리고 앙상하고 커다란 손안에서 그의 손은 사로잡힌 작은 동물의 몸처럼 떨렸고 따듯했다. "라티프 마흐무드입니다." 그가 말했다.

나는 고개를 다시 끄덕였고, 그러고는 그의 손을 꽉 쥔 다음 놓아주었다. "환영합니다." 나는 이렇게 말하고는 옆으로 물러서서 그를 앞서가게 해주었다. 열린 문 옆에 선 우리는 시야를 점점 넓혀가며 집을 살폈는데 앞쪽으로는 부엌이, 왼쪽으로는 거실이, 오른쪽으로는 침실이

---

* 정중한 아랍어 인사로, '당신께 신의 평화가 깃들기를'이라는 뜻이다.

** '살람 알라이쿰'에는 '와 알라이쿰 살람'이라고 대답하는 것이 보통이다.

보였다. 나는 그가 주위를 잠깐 둘러보는 것을 보았고, 그의 시선이 내가 부엌문 바로 안쪽의 찬장에 테이프로 붙여놓은, 안달루시아의 안뜰을 찍은 작은 사진에 머무는 것을 보았다. 나 또한 앞서 아침에 그 사진 앞에 잠시 서서 그것이 내가 말하려는 것 이상을 누설하진 않을까 생각해봤지만, 그 이상 은밀해봤자 소용없다고 느끼며 그 자리에 그냥 내버려두었다. 내 집에 노년의 냄새와 다가오는 죽음의 기운을 풍기기 위해, 내 운명의 날을 기다리는 향기로운 수의가 든 트렁크를 최근에 열기라도 한 듯, 그날 아침에 나는 라벤더와 몰약을 태웠다.

"와서 당신께 인사를 드리고 경의를 표해야겠다고 생각했습니다." 작은 거실에서 내 앞에 선 채 손가락 끝을 가볍게 움켜쥔 그가 말했다. "난민기구에서 한참 전에 연락이 왔었습니다…… 몇 달 전에요. 아마 전해들으셨겠지요. 그들은 당신에게 통역가가 필요한 줄 알았는데, 알고 보니 그렇지 않았죠." 그가 나의 장난을 알은 척하며 미소를 지었다.

"정말 친절하시군요." 그가 그 일을 이렇게 상냥하게 넘어가주는 것에 나 또한 미소를 지으며 말했다. "이 영어 문제에 있어서는, 처음에 영어를 하지 말라는 조언을 들었습니다. '망명을 원한다는 말 외에는 아무 말도 하지 마세요, 더는 아무 말도요.' 나에게 티켓을 판 남자가 그렇게 말했죠. 그는 그 말을 강조했습니다."

"왜 그랬을까요?" 나야말로 그에게 왜 그런지 아느냐고 되묻고 싶었으나, 그가 흥미를 보이며 내게 물었다. "영어를 못하면 더더욱 이방인이나 난민에 가까워지고, 설득력도 커지겠죠." 그가 추측했다. "당신은 심지어 아무 사연도 없는, 그저 하나의 상태일 뿐인 존재가 되는 겁니다."

"어쩌면 그런 식으로 어려운 질문에 대한 답변을 피해갈 수도 있겠죠." 내가 말했다. "아니면 내게 티켓을 판 그 남자가 장난을 친 것인지도 모릅니다. 짓궂은 남자였는데, 그런 자신에 자부심이 있었죠. 따지고 보면 그 일은 어떤 해도 끼치지 않았던 것 같고, 오히려 그로 인해 당신의 친절한 방문까지 받게 되었군요."

"더 일찍 올 걸 그랬습니다." 그가 말했다. "여기 오신 지도 이제 거의 육 개월이 다 되었을 텐데요."

그는 왜 그러지 않았을까? 나는 오고 싶은 마음에 맞서 갈팡질팡하는, 내가 도착한 것과 나의 이름에 호기심을 느끼다가도 분개하는 그의 모습을 상상할 수 있었다. 그는 오고 싶기도, 오고 싶지 않기도 했다. 그러다 결국, 아마도 인생 그 자체가 엉터리 논리를 내세워 그 욕망의 순간을 흩뜨려버렸을 것이다.

"이제 거의 칠 개월이 되어갑니다." 내가 말했고, 내 목소리에 활기가 도는 것이 느껴졌다. "오기까지 시간이 오래 걸렸군요, 라티프 마흐무드. 겨우 며칠 전에야 그들로부터 당신이 오고 싶어한다고 전해들었습니다. 레이철. 그녀가 이름을 대며 당신이 방문하고 싶어한다고 말해주었죠. 물론 그녀가 당신 이야기를 해준 것은 육 개월도 더 전, 당신에게 처음 연락했을 때였지만요."

"더 일찍 올 걸 그랬습니다." 시간을 벌며, 이름이 바뀌고 머리숱이 적어진데다 색깔이 후추색처럼 변해버려서 어쩌면 내가 자신을 못 알아봤을지도 모른다고 생각했을 그가 말했다. 물론 그의 눈빛을 봐서는, 그가 누구인지 내가 안다는 사실을 이미 아는 듯했지만 말이다. 우리는 이제 거실에 서로 직각으로 놓인 두 의자에 앉아 있었고, 우리 사이에는 고상할 것 없는 낮은 직사각형 테이블이 놓여 있었다. 말을 더 잇기 전에, 나는 보온병에 미리 준비해두었던 커피를 작은 잔 두 개에 따랐다.

"나는 당신이 진작 오지 않아 놀랐습니다. 당신 아버지의 이름을 빌려간 사람이 누구인지 알고 싶은 호기심에 서둘러 올 줄 알았는데." 내가 말했다.

그리하여 결국, 알아차림의 순간이 찾아왔다. 우리는 서로를 주시하며 조용히 앉아 있었고, 나는 마음을 달래며 차분한 자세로 그의 앞에 앉아 그가 무슨 생각을 하는지, 내가 무슨 생각을 하고 있을 거라고 생각하는지 궁금해했다. 나는 그가 무슨 생각으로 여기 온 것인지 궁금했다.

"당신일 거라고 생각했습니다." 그가 말했다.

그는 체념한 듯한 작은 미소를 띤 채 내가 말을 하길 기다렸고, 나는 긴장하거나 불안해하지 않은 채, 그저 우리의 가짜 이름을 벗겨내는 것만으로도 이토록 감미롭고 잔인한 기억들이 밀려오는 것에 놀라움을 느끼며 그의 말을 기다렸다. 그 작은 미소와 그에 담긴 체념 혹은 평온함을 보자 마음이 놓였다. 그는 전쟁을 벌이러 온 것이 아니었다.

"어째서 나일 거라고 생각했나요?" 물론 그가 그렇게 직접적으로 말한 것에 놀라긴 했지만, 나는 침착하게, 부드럽게, 억양을 전부 억누른 채 물었다. "믿기 힘든 말이로군요."

그가 어깨를 으쓱했다. "저도 모르겠습니다. 그냥 본능적으로 그렇게 짐작했어요. 그 장난스러움으로 미루어보아, 아마도 당신일 것 같았습니다."

나는 그가 그렇게 서슴없이 하는 말에 기쁨의 미소를 짓지 않을 수 없었다. "분명 시인이나 예언자로서의 본능으로 그렇게 정확하게 짐작했겠군요." 내가 말했다.

"그걸 어떻게 아셨습니까?" 잠시 침묵한 후, 내가 자신이 시인이라는 것을 안다는 사실에 놀라며, 어쩌면 내가 예상보다 자신에 대해 더 많은 걸 알고 있을지도 모른다고 생각했을 그가 물었다. 아, 그렇게 나는 이 무의미한 작은 대화를, 이 작은 재담과 춤을, 여기서는 살짝 시늉만 했다가 저기서는 아주 미묘한 제스처를 취하는 일을 즐겼다. 무의미하고 무가치한 삶에 만족하지 못한 나는 그 삶의 거대한 무의미를 계속해서 즐기길 원한다.

"아, 당신이 유명한 시인이라는 것은 우리 모두 알고 있습니다." 적절하게 엄숙하고 경의를 표하는 표정으로 내가 말했다. "우리는 무엇보다 먼저 당신이 이룬 학문적 성취에 대해 들었고, 그러고는 당신이 런던에 있는 대학교의 교수라는 말을 들었습니다. 그러고서 우리는 당신에게 시적 재능이 있다는 말을, 당신이 새로운 이름으로 시를 쓴다는 말을 들었습니다. 외국어로 탁월한 시를 쓸 수 있다니요! 정말이지 대단한 음감을 지니신 것 같습니다. 누군가가 자신의 친척이 보내준 잡지에 실린 당신의 시 한 편을 나에게 보여주기도 했어요. 그것을 보고 우리는 무척 자랑스러웠습니다. 레이철이 나에게 라티프 마흐무드가 찾아오고 싶어한다고 말해주었을 때, 영광이라고 생각했습니다. 당신이 언제 올지는 알 수 없었지만, 언젠가는 올 거라고 생각했어요."

"저는 교수도 아니고, 유명한 시인도 아닙니다." 근엄하게 얼굴을 찡그리며, 눈길을 돌리며, 나의 아첨에 불쾌한 기색을 내비치며 그가 말했다. "저는 너무나도 관대하고 너그러운 작은 잡지에 한심한 시 몇 편을 발표했을 뿐입니다. 그 시를 하나라도 아는 사람이 있었다니 놀랍군요."

"글쎄, 그렇더군요." 그가 어찌됐건 본인이 진짜로 일구어낸 성취 때문에 자책하는 모습에, 하찮은 박수갈채를 대수롭지 않게 받아들이지 못하는 모습에 흥미를 느끼며 내가 말했다. 어쩌면 그는 그것을 조롱으로 여겼는지도 몰랐다. 그 모습을 보니 그는 자신에게 가혹할 수 있는 사람이라는 생각이 들었다.

"왜 제 아버지 이름을 사용하신 거죠?" 내 눈을 응시하며, 자백을 요구하며, 예의상으로라도 마음을 풀 생각이 없는 그가 내게 물었다. "아버지에게 그런 짓을 했으면서, 왜 그 이름을 사용하신 건가요? 그 이름이 무언가 성스럽다는 뜻은 아닙니다. 왜 하필이면 하고많은 이름 중에 그 이름이죠? 아버지에게 그런 짓을 했으면서 말이에요."

나는 그가 이 질문을 할 것임을, 그리고 그가 아마도 분노를 억누르며 질문할 것임을 알았지만, 그럼에도 내게 그렇게 묻자 대답을 하기가 꺼려졌다. 그런 짓이라니? 내가 그에게 무얼 했단 말인가? 나는 내가 해야만 하는 말에 넌더리가 났고, 나를 이 순간으로 이끈 그 모든 사건들에 참을 수 없는 피로를 느꼈다. 하지만 또한 나는 그에게 대답해야만 한다는 것도 알고 있었는데, 안 그러면 그는 나를 나쁘고 사악한 노인네로 여길 테고, 나를 찾아왔을 때 그랬던 것처럼 나를 그렇게 여기며 내 집을 나설 것이었기 때문이다. 그리고 내가 예전에는 나쁘고 사악했다 치더라도, 원숙한 나이에 이르면 젊은 시절의 어리석음과 적의를 해명하고 만회하려 들고, 부당함을 바로잡고 이해를 구하려 들기 마련이다. 나에게는 들려줘야 할 이야기가 있었고, 나의 고해를 들어줄 사람으로 그보다 더 적절한 사람은 있을 수 없었는데, 왜냐하면 그 또한 내가 알던 것을 알 필요가, 이 외딴 삶의 빈칸을 완전히 채우고 그 삶의 침묵을 이야기할 필요가 있었기 때문이다. 그런 생각이 들었다.

"내가 당신 아버지의 이름을 사용한 것은 내 목숨을 구하기 위해서였습니다." 내가 말했다. "당신 아버지께서 그 이름을 거의 없애버릴 뻔했다는 사실을 생각하면, 참으로 감미로운 아이러니가 아닐 수 없죠."

나는 1963년에 결혼했습니다. 그해는 내가 집의 소유권 문제를 놓고 라자브 샤아반 마흐무드와 다툰 소송에서 이긴 바로 그해였고, 영국인들이 씩씩거리며 떠나 그들 제국의 종말과 함께 우리를 혼란과 폭력 속에 남겨두기 바로 전해였어요. 물론 아내에 대한 나의 감정을 그런 말로 표현하기란 너무 부끄러운 일이겠으나, 어쨌든 나는 그녀, 나의 아내와 사랑에 빠졌습니다. 나는 그녀의 가족을 알았고, 예전에는 그녀도 알았었겠죠. 나는 어린 그녀가 거리에서 다른 아이들처럼 뛰노는 모습을, 그녀가 어머니나 이모의 심부름을 가거나 주황빛이 도는 핑크색 민소매 점퍼스커트에 크림색 셔츠를 입고 등교하는 모습을 봤을 겁니다. 하지만 여자들에게는 늘 그런 일이 일어나곤 했죠. 특정 나이가 되면 그들은 집안으로 사라져버렸고, 그러면 우리는 그들이 어떻게 생겼었는지를 잊고, 그들이 존재했었다는 사실도 잊고 마는데, 그러다가 수년 후에 그들은 신부나 어머니가 되어 다시 모습을 드러냈죠. 그들은, 그러니까 살하와 그녀의 어머니는 암녹색 벨벳을 덮어 소파를 만들기 위해 그 벨벳을 들고 가게로 찾아왔습니다. 살하의 어머니는 몸바사의 친척이 선물한 아름다운 직물이라며, 그 천의 부드러움을 느껴보라고, 손가락으로 쓸어내릴 때 그 색깔이 일으키는 잔물결을 보라고 말했습니다. 그들은 그게 새 소파에 완벽하게 어울릴 덮개라고 생각했죠. 살하, 나는 그 이름의 끝에서 마치 그 이름을 빨아들이거나 삼키기라도 하듯 발음되는 대기음*을 사랑합니다. 나는 가게에서 바로 그녀와 사랑에 빠졌는데, 물론 내게 일어난 일이 바로 그런 것임을 알기에는 내가 너무 냉담하고 순진했을 테죠. 이 문제에 있어 뭘 대단히 반박하려는 생각은 없지만, 어쨌든 그때 나는 내게 일어난 일을 설명할 말을 알지 못했을 겁니다. 내가 알던 유일한 말은 나로 하여금 유치하고 부끄러운 기분이 들게 만들었을 거예요. 그때 나는 서른두 살로, 이 땅에 연민과 사랑을 펼치는 사역을 막 마무리지으려 한 나사렛 사람 나비 이사**와 같은 나이였지만, 한 남자와 한 여자 사이의 단순한 애정을 표현할 말조차 알지 못했습니다. 그 대신 나는 살하에 관해 물을 생각으로, 그녀의 어머니에게 함께 지내는 손님이 있는지 넌지시 물었어요. "아니요, 아니요, 이 아이는 제 딸 살하예요. 벌써 이 아이를 잊으셨나요?" 그리고 내가 말을 더듬으며 한가한 장사꾼의 수다를 이어나가려고 애쓰는 동안, 살하는 미소를 지으며 어머니 옆에 서 있었습니다. 아마도 따님이 어딘가 다른 곳에 떨어져 지냈던 모양이라고, 나는 넌지시 말했습니다. 아니요, 이 아이는 늘 여기 있었어요, 살하의 어머니가 말했고, 그

* '살하(Salha)'의 ㅎ(h)음을 가리킨다. '그 이름을 빨아들이거나 삼키기라도 하듯 발음되는' 까닭은, '하'로 옮긴 'ha'의 발음이 실은 '하'와 '허'의 중간 발음에 가깝기 때문이다.

** 이슬람에서 예수를 가리키는 말로, '예언자 이사'를 뜻한다.

들은 심지어 이 가게 앞을 몇 번 지나간 적도 있다면서, 그 시기에 내가 정말 장사에만 눈이 가 있었나보다고 했습니다.

그들은 분명 가게 앞을 지나갔을 테지만, 나는 여자들이 정숙함을 지키기 위해 둘러야 했던 길고 검은 천 때문에 누구인지 알아볼 수 없었을 겁니다. 나는 머리부터 발끝까지 가린 부이부이* 차림의 여자가 지나가면 늘 눈길을 돌리곤 했습니다. 우리가 무례하고 난처한 시선으로 감탄하며 쳐다보는 그 사람이 실은 우리 누이거나 우리 형제의 연인은 아닐지 누가 알겠어요? 나에게는 형제자매가 없었지만, 그렇다고 다를 건 없었습니다. 심지어 지나가는 딸들을 보고 자신의 굶주린 쾌락을 소리 내어 내뱉고, 잠시 후에 자신의 딸들로부터 좋은 오후 되시라는 빈정거림을 들어야 했다는 사람들의 이야기도 있었죠. 그러니, 네, 나는 살하가 지나가는 걸 본 적이 없었고, 그렇기 때문에 내가 피도 눈물도 없는 가게 주인에 불과하다는 그녀의 어머니의 암시에도 불구하고 가게에 나타난 살하와 그렇게 드라마틱하게 다시 만나게 되어 행복했고 그녀와 사랑에 빠지게 되었습니다.

그들은 그후로도 가게에 두 번 찾아왔고, 한번은 그녀가 길에서 내게 말을 건넨 적도 있었는데, 전혀 부적절할 것 없는, 그저 인사말일 뿐이었습니다. "후잠보, 브와나** 살레?" 잘 지내시나요, 브와나 살레? 내가 막 지나치려고 할 때 그녀가 자신을 가리고 있던 부이부이 안쪽에서 입을 열기 전까지는 그게 그녀인지도 몰랐어요. 나는 그녀의 목소리를 알아차렸습니다. 한 달 후 소파를 배달할 준비가 되었을 때, 나는 그

* 아프리카 동부 연안의 이슬람 여교도가 숄로 두르는 검은 천.

** 동아프리카에서 '선생님' 정도에 해당하는 경칭.

녀에게 청혼했고 승낙을 받았죠. 그로부터 한 달 후인 1963년 11월, 우리는 결혼했습니다. 그날은 내 인생에서 가장 행복한 날이었어요. 나는 사람들이 그런 말을 하는 것을 들을 때마다 그 꼴사납고 과장된 말에 당황했고 민망해했는데, 그날 나는 정말로 그랬고, 어쩌면 내가 진실하지 못하다고 생각했던 다른 사람들도 정말 그랬는지도 모르겠습니다.

나는 조촐한 결혼식, 지인들만 참석하는 의식과 그저 몇 명의 손님과 친척들만 참석하는 피로연 정도만 원했는데, 그녀의 부모님은 그렇게 해주지 않았습니다. 그건 신부의 부모가 지출할 돈이며 내가 상관할 문제는 아니라고, 살하의 아버지가 내게 말했죠. 살하는 막내딸이었고, 그녀의 부모는 누구의 입에서도 딸이 사랑을 못 받았다는 말이 안 나오게 하고 싶어했습니다. 심지어 식을 치르느라 극빈자가 되는 한이 있어도 딸의 결혼식만은 성대하게 치를 작정이었어요. 그리하여 그들은 음악과 노래와 춤, 의식이 끝난 후의 비리아니* 만찬, 그날을 위해 주문한 특별한 할와, 그리고 신부를 신랑의 집으로 실어올 때 함께할 악단 행렬로 이루어진 총 사흘간의 화려한 연회를 열었습니다. 그 사흘 동안은 사모사와 마함리, 커리와 깨빵, 아몬드 아이스크림과 젤라비** 등의 음식이 끊임없이 제공되었고 손님들도 넘쳐났는데, 내가 보기에 그들 몇몇은 결혼식이 열리는 내내 집으로 돌아갈 생각조차 하지 않는 로파***와 식객에 불과해 보였습니다. 수천 실링어치 낭비였어요.

---

* 쌀을 향신료에 잰 고기나 생선, 계란, 채소 등과 함께 찌거나 볶아서 만든 요리.

** 사모사는 삼각형 모양의 일종의 튀김만두, 마함리는 코코넛과 카르다몸 분말로 만든 삼각형 모양의 도넛, 젤라비는 둥근 모양의 달콤한 스낵이다.

*** 스와힐리어로 '부랑자' '게으름뱅이' 등을 뜻한다.

하지만 내가 성대한 결혼식 때문에 곤란해질까 두려워한 데에는, 내게 그에 관해 얘기할 가족이 없다는, 혹은 더 정확히 말하면 내게 친절하게 말을 걸어줄 가족이 없다는 이유도 있었습니다. 그리고 나는 친구나 친한 동료도 없었는데, 내가 지난 수년 소홀히 한 적 없는 몇몇 사람들마저 라자브 샤아반 마흐무드의 집 문제로 내게 등을 돌렸기 때문입니다. 내가 승소한 지 몇 달 되지 않은 시점이었고, 결국 라자브 샤아반 마흐무드와 그의 가족을 내쫓는 결과만을 가져왔을 뿐인 그 일을 고집한 것은 옳지 않았다는 기분을 여전히 강하게 느끼고 있었어요. 적어도 그 문제에 대해 내게 얘기한 몇몇 사람들의 말을 듣고 내가 느낀 기분은 그랬죠. 세상에는 거의 모든 사안에 의견을 가지고 있으며 그것을 말하는 데 거리낌이 없는 사람들, 다른 모든 이들은 어리석다는 확신에 기반한 지혜를 지닌, 현명함과 자부심으로 거드름을 피우는 사람들이 있습니다. 나는 그들의 판단에 신경쓰지 않았지만, 예의상 침묵을 지키는 다른 모든 사람들도 같은 견해일지 모른다는 생각에 두려웠어요. 심지어 살하에게 청혼했을 때에도 나에 대한 사람들의 반감 때문에 거절을 당할지 모른다는 생각이 들었을 정도였죠. 하지만 잘못 생각한 것이었고, 결혼식에 대해서도 잘못 생각했었어요. 그것은 기쁨과 행복의 시간, 그 어떤 날보다 더 좋은 하루였는데, 왜냐하면 나는 그렇게 다행스럽고 만족스러운 기분, 주변 사람들과 하나된 기분을 그만큼 느껴본 적이 한 번도 없었기 때문입니다.

그녀는 열아홉이었고 나는 서른둘이었는데, 오늘날 듣기에는 어떨지 몰라도 그렇게 큰 나이 차는 아니었어요. 그녀는 지난 오륙 년을 어둠 속에서 보내며 자신에게 청혼할 남자가 나타날 때까지 빵처럼 부풀고 과일처럼 익어갔습니다. 그녀는 어디에도 가본 적이 없었고 거의 어떤 것도 읽어본 적이 없었으며 심지어 라디오도 들어본 적이 없었습니다. 그 시절 그녀의 삶이란 집에서 일하고 집안에서 즐거움을 찾는 것, 자신과 비슷한 제약을 받는 여자들을 맞이하거나 방문하기 위해 자신을 꾸미고 치장하는 것이 전부였어요. 그러는 동안 나는 여행을 했고, 조금, 아주 조금의 학식을 쌓았으며, 영국인을 위해 일하고 그러면서 우리의 구제할 길 없는 세상이 돌아가는 방식에 대해 무언가 이해하게 됐고, 번창할 사업을 시작했으며 집도 두 채 가지게 되었습니다. 우리는 결혼 전에는 거의 대화한 적이 없었고, 단둘이 있었던 적은 아예 없었으며, 나는 그녀가 그 검은 가리개 없이 서 있는 모습조차 본 적이 없었어요. 그럼에도 우리는 함께 살기 시작한 때 운이 좋았고 크게 어려움을 겪지 않았습니다. 그녀는 나만큼이나 그 집을 사랑했고, 바깥 베란다 문을 열면 몇 피트 떨어진 곳에 바다가 보이고 다른 문을 열면 안뜰이 내려다보이는 발코니로 이어지는 위층 방에 함께 앉아 라디오를 듣거나 카드놀이를 하는 시간을 사랑했어요. 그곳에서 우리는 전에는 말하지 않았던 것들에 대해 서로 이야기를 나누었습니다. 그리고 그때 나는 나의 삶이 그전에는 얼마나 사막 같았는지 깨닫게 되었고, 동반자와 나누는 침묵의 감미로움 또한 알게 되었죠.

우리가 늘 단둘이 있는 것은 아니었고, 우리네 삶의 방식이 그러하듯 오가는 사람들이 있었는데, 여자 방문객들은 살하 혼자서 맞이하고 대접해야만 했습니다. 그전에 몇 년 동안은, 그러니까 나의 새어머니가 돌아가시고 난 후로는 그 집에 어떤 여자 방문객도 찾아온 적이 없었고, 그래서 나는 그들의 출현을 내 삶의 내밀한 공간으로의 침입으로 느꼈으며, 그들이 나를 그곳에서 몰아냈다고 느꼈습니다. 나는 위층의 방들을 포기해야 했고, 아래층 방에서 끊임없이 오르락내리락하는 그들의 재잘거림을 들어야만 했죠. 살하는 그들과 함께 있는 데 익숙해 보였는데, 그런 관계가 없다면 어쩌면 상실감을 느꼈을지도, 자신이 함께 자라온 다른 모든 집안과 그 제한된 세상의 다정한 교제로부터 단절감을 느꼈을지도 몰라요. 조롱할 의도로 하는 말은 아닙니다. 반면에 나는 그들이 내게서 살하를 떼어놓고 있다고, 그녀를 내게서 빼앗아가고 있다고 느꼈습니다. 그리고 그녀가 임신을 못한다는 이유로 그들에게 괴롭힘을 당하고 있다고 생각했어요.

그녀는 그 일로 고통받았습니다. 이 년 동안 세 차례 유산했고, 그래서 아파하고 지쳐하다 불행해졌습니다. 그 이 년 동안 나는 그녀의 건강이 나빠지는 것을, 핼쑥해지고 살이 빠지는 것을, 그리고 너무 자주 무기력해하고 말없이 슬퍼하는 것을 보았어요. 나는 그녀의 건강을 지키기 위해 우리가 할 수 있는 일은 무엇이든 해야 한다고, 아이를 가지는 일은 전혀 신경쓰지 말라고 그녀에게 간청했습니다. 내 사랑. 병원에서 그녀에게 상담을 해준 부인과 전문의는 그녀의 자궁이 불안정하게 치우쳐 있다고 말했고, 임신을 유지할 수 있는 유일한 방법은 임신기간 동안 누워 지내는 것뿐이라고 말했어요. 나는 그 여자들이 수다를 떨며 그녀를 괴롭히고 있다고 생각했지만, 어쩌면 그러지 않았는지도 모릅니다. 그것은 그녀 역시 원한 바였고, 스스로를 그런 모습으로밖에 상상할 수 없었을 거예요. 그때는 독립 후의 시절이었고, 그후 얼마 안 있어 고행의 시기, 잔인함과 불확실성의 시절이 찾아왔는데, 아이를 낳기에는 전혀 적절하지 않은 황폐화된 세상의 시기였습니다. 하지만 우리가 결혼한 지 삼 년이 되던 해에 그녀는 정말 임신을 했고, 의사의 지시대로 그녀는 침대에만 틀어박혀 있었어요. 우리는 대체로 의사의 조언에 따랐는데, 환자를 돌봐주어야 할 그 여의사가 그곳에 없었기 때문이죠. 다른 곳에서 품위 있는 삶을 살아갈 수 있는 아주 많은 사람들이 그랬듯, 그녀는 그때쯤 이미 나라를 탈출했고, 그래서 살하의 어머니가 우리와 함께 살러 들어와서 그녀를 돌봐주었어요.

살하는 딸을 낳는 축복을 누렸습니다. 그 틀어박힌 생활과 임신, 우리가 살던 시대의 불안과 결핍은 그녀를 고생시켰어요. 나는 그녀를 걱정했고, 의사도 없고 약도 없이, 내게는 비밀로 하고 살하의 어머니가 구해다준 나무껍질과 가루약만 있는 상황에서 그 모든 작은 차질이 큰 희생으로 이어지기라도 할까봐 걱정했어요. 하지만 우리는 축복을 누렸습니다. 살하는 강제로 틀어박혀 지내던 탓에 짜증을 내며 안달복달했고, 그녀의 몸은 예기치 않은 방식으로 민감해졌지만, 마지막 몇 달 동안 건강이 나아졌고 체중도 늘었고 활기도 되찾았습니다. 그리고 많은 사람들과 교제했어요. 밤낮 할 것 없이 그녀의 방에는 언제나 여자친구나 그녀의 어머니가 와 있었고 때로는 웃으며 이야기를 나누고, 또 때로는 그녀의 침대 옆 바닥에서 만족스럽게 코고는 소리를 내는 듯했습니다. 우리 딸이 태어났을 때, 나는 아이의 삶을 하나의 발언으로, 우리의 통치자들이 우리를 우리가 태어난 땅의 시민이자 토착민으로서 인간답게 대해야 한다는 하나의 요구로써 아이에게 시민을 뜻하는 라이이야라는 이름을 주기로 했습니다. 그것은 수세기 동안 속수무책으로 정복되어온 국가의 시민들을 칭하던 유서 깊은 이름이라고, 나는 살하에게 말했습니다. 사실 그 이름이 사용된 맥락에서 정복자는 무슬림이었고 피정복민은 그렇지 않았지만, 상대의 자유를 빼앗고서 너희들의 바람대로 국정을 운영하라며 피정복민의 권리를 주는 것은 너그러움과는 거리가 멀었지만, 그럼에도 시민의 권리라는 생각은 고귀한 것이고, 우리가 그 이름을 우리만의 맥락에서 사용할 수 있지 않겠느냐고 말이에요. 그녀는 안 된다고, 그 이름은 도발적일 뿐, 그 다른 의미에 대해서는 아무도 알지 못할 것이며, 그 이름 때문에 아이가 나중에 놀림감이 될 거라고 했어요. 그래서 우리는 아이를, 예언자 무함마드가 첫번째 부인 하디자에게서 얻은 딸의 이름을 따서 루키야라고 불렀습니다. 이후로 우리집은 울음소리와 고함소리로 넘쳐났지만, 또한 기쁨과 예기치 않은 변화로 넘쳐나기도 했습니다. 그리고 여자들이 시끄럽게 떠들고 웃으며 끝도 없이 드나들었죠.

"저는 당신의 집을 방문한 적이 한 번 있습니다." 라티프 마흐무드가 말했다. "그 일을 기억하실지 모르겠군요. 아주 오래전 일입니다. 그리고 오랜 세월이 지난 지금, 이곳에서 당신의 다른 집을 방문하게 되었군요. 마치 짧은 끈 한 가닥이 갈고리발톱을 땅에 박힌 기둥에 매어놓은 상황에서, 자신이 여러 세상을 날아 건넜다고 상상하면서도 실은 줄곧 그곳을 긁어대고 또 긁어대고 있던 것처럼요."

"당신이 왔던 걸 기억합니다." 내가 말했다. 나는 그가 우리의 다음 대화를 자신이 원하는 대로 이끌어가길 기다렸지만, 그는 준비가 되어 있지 않았다.

"그렇게 말씀하시니, 당신 집에 방문했을 때 여자들의 목소리를 들은 기억이 납니다. 그해는 제가 독일로 떠난 해였어요." 우리가 나중의 사건에 비추어 과거 우리의 모습을 곰곰이 생각할 때, 그러니까 우리가 그때 어떠했고 무엇을 했었는지 생각할 때 흔히 취하는 수심어린 모습으로, 그가 부드럽게 말했다. 그러고서 우리는 이제 과거의 용기로 추억하기 좋아하는 우리의 순진함과 잃어버린 지 오래인 신념에 마음 아파했다. "1966년이었습니다. 저는 떠나기 바로 전에, 그러니까 떠나기 대략 십이 일 전에 당신의 집을 찾아갔었습니다. 아름다운 집이었는데, 타일을 두른 안뜰과 그곳을 내려다보는 격자 달린 발코니, 그리고 뇌문雷紋 세공 사이로 들어오던 빛이 기억나는군요. 종려나무가 심긴 항아리 여러 개와 한쪽 벽에 붙어 자라는 다른 무언가가 있었습니다. 재스민이었던 것 같아요. 맞습니까? 벽을 타고 자라던 게 재스민이었나요? 맞아요. 그런 종류의 안뜰은 그전에는 본 적이 없었던 것 같은데, 물론 그후에 이런 캡션이 달린 사진으로는 봤죠. '해안가 주택에 있는 전형적인 전통 안뜰로, 무어인에게서 유래한 이슬람 건축양식의 영향을 보여준다.' 저는 그런 타일과 격자를 단 발코니를 그처럼 작은 집 안에서 본 적이 없었으니, 그걸 전형적이라고 생각할 수가 없군요. 어쩌면 그것은 해안의 다른 쪽에서 보다 전형적인 양식이었는지도 모르겠습니다. 안 그런가요? 저는 해안의 다른 쪽에는 가본 적이 없어서요."

"아, 그러세요? 레이철은 당신이 우리 지역의 전문가라고 하던데요." 나는 놀라움을 숨기지 못한 채, 하지만 곧 레이철을 희생양으로 충분한 재치를 발휘해 말 사이에 살짝 비꼬는 느낌을 담아 말했다.

"저는 그 무엇의 전문가도 못 됩니다." 그가 자신을 비웃으며 말했다. "저는 영문학을 가르칩니다. 저는 그곳에 사는 동안 그 어디로도 여행을 가본 적이 없고, 이후로 그곳에 돌아간 적도 없습니다. 단 한 번도요. 거의 삼십 년 전 일이로군요. 지금 제 눈에는 그 집이 보입니다, 이렇게 당신 앞에 앉아 있으니 그 집이 다시 보여요. 그리고 이제 저는 당신의 다른 집, 어쩌면 당신이 남겨두고 온 그 집만큼 아름답진 않을지 모르지만 아무튼 그런 곳에 와 있군요." 그는 이렇게 말하며 미소를 지었는데, 무례함을 보이려는 뜻은 아니었다. "어쩌면 당신을 보러 오는 것은 제가 남겨두고 온 곳의 일부를 방문하는 것 같았는지도 모르겠습니다. 이런 제 말이 놀랍게 들리나요?"

"그렇습니다." 내가 말했고, 그는 고개를 끄덕였는데, 하지만 그는 할 말이 더 있는 듯 보였다.

"문으로 나온 남자가 있었습니다. 당신을 위해 일하던 자였는데, 힘쓰는 일을 하는 일종의 잡역부였지요. 제가 적절한 표현을 썼는지 잘 모르겠군요. 사람들은 그를 파루라고 부르곤 했습니다. 문으로 나온 그의 모습은 『천일야화』의 이야기들에 등장할 법한 찡그린 얼굴의 바와브, 자기 주인의 문간을 지키는 덩치 크고 살집이 있는 흑인처럼 보였습니다."

"파루, 맞아요. 그의 진짜 이름은 누후입니다."

"무슨 이유로 미소를 지으시는지 모르겠군요." 라티프 마흐무드가 거의 무례를 범할 듯이 나를 보고 눈살을 찌푸리며 신랄하게 말했다. 그는 내가 얼굴에서 미소를 지우길 기다렸고, 나는 그의 바람대로 했다. "아마도 당신은 그를 좋게 기억하시나봅니다. 『천일야화』 이야기에 나오는 그 바와브들은 소년 시절에 거세를 당했고, 그래서 아무 유혹도 느끼지 않은 채 주인의 귀중품을 지킬 수 있었죠. 그래서 그들이 살

집이 있고 고분고분했던 것인데, 왜냐하면 그들에게는 아랫도리를 들썩이는 욕구가 전혀 없었으니까요. 그 이야기에서 어떻게 그렇게 했다고 생각하십니까? 그들을 거세한 것 말입니다. 어떻게 그렇게 했다고 생각하십니까? 메스로? 아니면 돌로 고환을 짓뭉개서? 돌은 아닐 테지요, 그랬다면 합병증이나 위험한 상처가 생겼을 테니까요. 그러면 남는 건 메스, 그러니까 과학적인 거세 방법이겠지요. 파루에 대해 들리는 모든 이야기들은 그가 성적으로 위협적인 존재라는 것이었는데, 그러니 어쩌면 당신도 그를 그렇게 했어야 했는지 모릅니다. 대체 그는 어떻게 되었습니까?"

"누후는 내가 통제하고 거세할 수 있는 노예가 아니었습니다." 내가 말했다.

"그의 추잡함으로 남을 위협할 수 있는데 왜 그를 통제하겠습니까?" 이제는 사납게 화를 내며 그가 물었다. 그를 말려야 한다는, 이제 도를 넘었다고 말해야 한다는 생각은 전혀 들지 않았다. 그리고 나는 그가 도를 넘으리라고는 생각하지 않았는데, 그럴 거라면 애초에 여기 오지도 않았을 것이다. "결국 추잡한 사업이었던 거죠, 안 그런가요? 다른 사람들의 불행을 뒤적거리며 팔아먹을 귀중품이 있는지 확인하는 일, 파루는 딱 그 일의 적임자였습니다, 안 그런가요? 그가 추잡한 일을 하러 다녔기 때문에 주인은 뒤에서 품위 있게 행동할 수 있었습니다."

그러고는, 마치 자신이 도를 넘기라도 했다는 듯, 그는 한 발짝 뒤로 물러나 잠시 조용히 앉아서 창밖을 바라보았다. 그쪽 창문으로도 바다의 풍경이 보였고, 원경이어서 발끝으로 서면 아주 희미하게 보이는 정도에 불과했지만, 화창한 날이면 그 금속성 수면 위로 빛이 반짝이는 모습을 슬쩍 볼 수 있었다. 그가 찾아왔던 날은 화창했고, 나는 그에게 그 사실을 말해주고 싶었다. 만일 그가 발끝으로 서서 집들의 지붕 너머를 내다보면 바다를 슬쩍 볼 수 있을 거라고. "이제 와서 당신과 언쟁을 벌이려고 여기 온 건 아닙니다." 그가 유감스러운 듯 미소를 지으며, 스스로에게 실망했다는 표정으로 말했다. 그 미소는 미약했지만, 그것에 스민 회한은 얼굴 전체로 퍼져나가 눈에까지 이르렀다. "저는 당신을 보기 위해, 당신이 누구였는지 보기 위해 왔습니다. 당신이 제가 생각했던 그 사람이 맞는지 보기 위해서요. 언쟁을 벌이거나, 당신 집에서 무례를 범하거나, 비판을 하기 위해서가 아니라. 물론 그렇게 마음먹더라도 비판을 늘 억누를 수 있는 것도 아니지만요. 그저 오늘 이곳으로 오는 도중에 그가, 당신의 파루가 생각났을 뿐입니다. 저는 예전에 당신을 찾아갔을 때를 생각했고, 그를, 그리고 그 이름이 그의 추잡함에 얼마나 완벽히 어울렸는지를 떠올렸습니다. 그리고 그와 같은 바와브들과 내시들, 아무 패기도 없지만 비열함에 있어서는 열성적인 사람들이 늘 존재한다는 것을, 그리고 그들을 이용해먹을 준비가 된 사람들이 늘 존재한다는 것을 말이죠."

나는 그 비판을 들었고, 전에도 그런 비판을 들어본 적이 있었는데, 나 또한 예전에 가혹한 비판을 해본 적이 있다는 것 말고는 대답해줄 말이 없었다. 하지만 나는 그를 화나게 해서 자리를 박차고 나가게 할 마음이 없었고, 그리고 그가 내게 분노를 누그러뜨리는 미소를 지어 보였으므로, 나는 달래보려는 말을 했다. 커피를 좀 마시지 않겠느냐고 했고, 그는 거절했다. 나는 자리에서 일어나고 싶지 않았지만, 차를 좀 끓여오겠다고 말했다. 나는 피곤하고 의기소침했고, 우리가 정말 오랜

만에 작정을 하고 다시 떠올리고 있는 듯한 그 모든 잔인함을 마주할 여력이 내게 있는지도 알 수 없었다. 또한 최근에 나는 마치 그 안에 뼈다귀 말고는 아무것도 없기라도 하듯 때로 팔다리 안이 텅 빈 기분이 들곤 했다. 그럴 때는 몸을 움직일 생각조차 할 수 없었다. 하지만 그는 차도 거절했다.

"그의 이름은 누후였고, 그에게 파루라는 이름을 붙여준 이는 내 아버지였습니다. 오래전 일이지요." 목소리를 가볍게 바꾸며 내가 말했다. "나의 아버지가 할와를 팔던 시절, 아버지와 누후가 할와를 만들었습니다. 누후는 말 그대로 모든 것을, 고된 일을 전부 도맡아 했죠. 그는 화덕에 넣을 장작을 팼습니다. 아버지는 장작은 일정 정도 건조된 정향나무여야만 한다고 고집했는데, 그래야 굽는 온도가 적당해지고 할와가 활활 타오르는 정향나무의 독특한 향을 머금게 된다고요. 누후는 그날 만드는 할와의 종류에 따라 그 성분과 양이 달라지는 기 버터, 전분, 설탕의 무게를 모두 쟀습니다. 그는 견과의 껍질을 벗겼고 향신료를 정제해서 빻았어요. 본격적인 일을 시작하기 전에 준비 작업을 하는 데만 꼬박 하루가 걸렸죠. 그러고서 누후는 지름이 오 피트인 거대한 놋쇠 할와 냄비를 닦고 기름칠을 했고, 그러고 나면 아버지가 거리가 내다보이는 곳에 앉아 할와를 젓던 조리대 밑 화덕에 불을 지폈습니다. 아버지가 준비를 마치면 누후는 재료를 가져와서 냄비에 부었고, 아버지는 냄비를 저었어요. 그때쯤이면 둘 다 뜨거운 불의 열기 아주 가까이서 일하느라 땀을 비 오듯 흘렸습니다. 가끔, 자주, 사람들이 거리에 서서 그 모습을 지켜보곤 했어요. 바로 아래에 맹렬히 타오르는 화덕이 있는 조리대 위에 서거나 앉아서 그 긴 국자로 할와를 젓는 일은 대단히 숙련된 작업입니다. 그리고 적당한 농도로 만들기 위해서는 할와를 계속해서 저어줘야 했는데, 안 그러면 전분과 기 버터가 순식간에 덩어리져버렸죠. 누후는 정말 힘이 세서, 아버지는 그가 젓는 동안 칭찬하는 말을 외치고 노래하곤 했습니다. '저 녀석 좀 봐, 꼭 코뿔소 같다니까.' 그렇게 해서 그는 파루라는 이름을 얻게 되었죠. '저기 저 파루 좀 봐.' 그러면 누후는 의기양양해하며 익살을 떨곤 했습니다.

나의 아버지 밑에서 일하기 시작했을 때 그는 겨우 나보다 몇 살 많은 소년일 뿐이었어요. 아마 아홉 살이나 열 살쯤 됐을 겁니다. 아버지를 도와 할와를 만들고는 기름투성이 러닝셔츠 바람으로 가게에 앉아 할와를 작은 접시나 짚으로 만든 반 파운드짜리 바구니에 담아 파는 것은 원래 내가 해야 할 일이었어요. 하지만 내게는 다른 재능이 있었고, 혹은 적어도 나의 어머니는 그렇게 생각했는데, 부디 신께서 그녀의 영혼에 자비를 베푸시길, 그래서 어머니는 내가 그러는 대신 학교에 가야 한다고 주장하셨죠. 그리하여 누후는 수년 동안 할와를 만들고 가게에 앉아 그것을 팔거나 해야 할 다른 일을 했고, 그러면서 자신을 우리 가족의 일원으로 여기고 싶어했습니다. 만일 집에 다른 무슨 할일이 생기면 그는 그 일도 했죠. 누군가가 나를 모욕하거나 위협하고 있다는 생각이 들면 그 문제도 처리했고요. 그는 우리 사이에서 자기 위치가 그렇다고 여겼습니다.

그러다 갑자기 아버지가 돌아가셨어요. 그 일을 기억하기에 당신은 너무 어렸을 테고, 설령 그렇게까지 어리지 않았다고 해도 여전히 기억에 남아 있을 일은 아닐 겁니다. 정말 갑자기, 어느 이른아침, 아버지는 침대에서 일어나 앉아 끝도 없이 격렬한 구토를 하시고는 그만 돌아가셨어요. 아버지는 젊지 않았지만 그렇다고 아프지도 않았기에, 충격적인 일이었습니다. 아버지는 심지어 십 년 전에, 그러니까 어머니가 돌아가시고 수년이 지난 후에, 부디 신께서 그녀의 영혼에 자비를 베푸시길, 재혼까지 한 상태였습니다. 그때 우리는 당신이 전에 찾아왔던 그 집으로 이사를 갔죠. 나는 그 당시 다른 곳에 떨어져서 공부를 하고 있었고, 돌아와서야 우리가 이사를 갔으며 내게 새어머니가 생겼다는 사실을 알게 되었습니다. 어쨌거나, 아버지가 돌아가신 후 나는 할와 사업을 접었습니다. 언젠가 그렇게 되리라고 누후가 생각이나 해봤는지는 모르겠으나, 일이 그렇게 되자 그는 할일이 없어져버렸어요. 그제야 나는 그가 어디 사는지, 혹은 그에게 가족이 있는지 내가 전혀 모른다는 사실을 깨달았습니다. 알고 보니 그는 음부유니에 있는 어느 셋방에 살고 있었고, 그의 가족은 펨바*에 살고 있더군요. 그는 평생 동안 나의 아버지를 위해 일했고, 이제는 나를 위해 내가 원하는 무슨 일이든 할 것이었습니다. 나는 그를 그냥 보낼 수가 없었어요. 그는 가게에서 청소를 했고, 심부름을 했고, 가구를 고객들에게 배달하거나 창고로 날랐어요. 그는 매일 아침 일을 하러 나타나, 내가 부탁하건 하지 않건 스스로 무언가 할일을 찾아냈습니다. 만일 그가 자기 주인의 귀중품을 지키는 바와브였다면, 스스로를 그 자리에 임명한 거예요."

"당신은 그를 완전히 희생자처럼 말하는군요." 나로 하여금 날조자 같은, 이야기로 득을 보려는 사람이 된 기분이 들게 하는 표정을 지으며 라티프 마흐무드가 말했다. "거의 억압받는 고귀한 존재처럼 말이에

---

* 잔지바르 북쪽에 위치한 섬.

요. 그리고 심지어 당신 자신을 그의 비극에서 이득을 본 사람으로 그리고 있습니다. 하지만 당신은 분명 그가 고함을 치며 남을 괴롭히는 모습을 봤을 것이고, 분명 그가 다른 불량배들과 함께 거들먹거리며 거리를 활보하면서 소란스럽게 농담을 주고받는 소리를 들었을 겁니다. 당신은 분명 그가 어린 소년들을 포식하기로 악명 높았다는 것, 동전과 할와를 쥐여주며 매주 그들을 괴롭혀 끝내 굴복시키거나, 혹은 재미로 다른 누군가를 시켜 그들을 굴복하게 만들어서 그들이 수치심에 또다른 이들에게까지 항복하게 된 일을 알고 있었을 겁니다. 어린 소년들을 쫓아다니고 괴롭히고 위협해 그들로 하여금 수치심을 느끼며 항복하게 만들 수 있다는 이유로 자신들을 강하고 남자답다고 여긴, 그와 그 동류들에게 말이죠. 당신은 분명 알고 있었을 겁니다. 오래전에 당신 집에 찾아갔을 때 내가 본 것은 바로 그것이었습니다. 어린 시절을 박탈당한 채, 당신이 학교에 다니는 동안 당신 아버지의 화덕에서 일하게 된 희생자가 아니라요. 나는 자신의 잔인함을 으스대며 걸어다니는 식인종을, 어린아이들과 가난한 이들의 육신을 괴롭히는 자를 보았습니다. 오, 하느님, 제가 또 당신과 언쟁을 벌이고 있군요."

"어쩌면 당신이 나와 언쟁을 벌이고 싶어하는 것은 불가피한 일인지도 모르겠습니다." 내가 말했다.

"저는 그렇게 안 하는 편을 택하고 싶습니다." 그가 말하고는 미소를 지었다.

나는 확실히 하기 위해 잠시 그를 쳐다보았다. "바틀비." 내가 말했다. 그럴 의도가 없었지만, 내 입에서는 숨죽인 속삭임이 흘러나왔다.

"필경사 바틀비." 만면에 미소를 지으며, 뜻밖의 기쁨으로 눈가에 주름이 진 그가 갑자기 행복해하며 말했다. "그 이야기를 아시는군요! 아름다운 이야기죠. 좋아하시나요? 보아하니 좋아하시는 것 같군요. 저는 그 남자의 패배가 갖는 무표정한 권위를, 그의 인생의 고귀한 무용함을 사랑합니다. 어떻게 그 이야기를 알게 되셨는지 말씀해주세요. 학교 다니면서 알게 되셨나요? 저는 그 이야기를 수년 전에, 일을 처음 시작했을 때 가르치곤 했습니다."

"그냥 읽었습니다. 아주 오래전에요. 집안 물건들을 사들일 때, 특히 영국인들이 짐을 싸서 떠나던 때 엄청나게 많은 책이 손에 들어오곤 했어요. 내가 그 사업에 몸을 담았던 시기는 그들이 떠나던 시기와 얼추 맞았고, 그래서 여러 면에서 그들은 내 최고의 고객이었으며 나는 그들로부터 아주 많은 것을 배웠습니다."

"네, 사람들은 당신이 영국인들을 무척 좋아한다고 말했습니다." 하고 싶은 말이 그게 전부는 아니라는 듯 입꼬리에 들썩이는 미소를 참으며 그가 말했다.

"나도 압니다." 내가 말했다.

"사실, 그들은 그보다 더 심하게 말했습니다." 자신의 아버지에게서 들은 명언을 되풀이해서 말하고 싶은 유혹을 뿌리치지 못한 채, 이제는 활짝 웃으며 그가 말했다. "그들은 당신이 영국인들의 엉덩이를 핥아주었다고, 당신이 식민지의 앞잡이라고 말했습니다."

"네, 나도 압니다." 나는 말했는데, 하지만 그 이야기를 퍼뜨린 당사자가 그의 아버지인 라자브 샤아반 마흐무드였으며, 그에 더해 내가 영국인들을 위해 매춘부를 알선해주었고 그들을 위해 스파이 활동을 했으며 그들을 위해 무슨 짓이든 했다고도 퍼뜨렸다는 사실은 말하지 않왔다. "나는 그들에게 가구를 팔았고 그들이 떠날 준비를 마쳤을 때 그들의 집안 물건들을 사들였습니다. 하지만 네, 나는 다른 소문이 떠돌던 것을 압니다. 어쨌거나, 나는 때로 그들에게서 책을 사들였죠. 수백 권을 사들였다는 말은 아니고, 여기서 십여 권, 저기서 몇 권 사들이는 정도였어요. 그것들 중 일부는 그저 한 공무원에게서 다른 공무원에게로, 마치 가구의 일부처럼 전해졌던 것 같습니다. 만일 가치 있는 물건이라고 생각했다면 그렇게 두고 떠났을 리가 없어요. 영국인들은 책을 사랑했는데, 소장하고 조심스럽게 보관해둔 그 책들의 숫자와 종류를 보면 그렇다는 것을 알 수 있었죠. 어쩌면 나에게 팔아버린 특정한 책들에는 싫증이 났거나, 아니면 고향에 이미 같은 책들이 있었는지도 모릅니다. 나는 언젠가 시간이 나면 전부 읽어볼 생각으로, 혹은 적어도 시도라도 해볼 생각으로 그 책들을 전부 간직했죠."

"어떤 종류의 책들이었나요?" 여전히 미소를 지으며, 여전히 그 열띤 비난을 생각하고 있을 그가 물었다.

"대부분 예상하실 수 있는 책들이지요. 시선집과 식민지 시대의 모험담과 아동도서로, 그중 일부는 우리가 받은 식민지 교육으로 이미 익숙한 것이었죠. 러디어드 키플링과 라이더 해거드와 G. A. 헨티. 키플링이 아주 많았는데, 영국인들이 그의 책에 싫증이 났나 싶었어요. 그리고 『종의 기원』이 몇 권 있었고, 모든 것이 보다 더 확실했던 시대에 쓰인 정보서들, 『세계사』*, 뭐 그런 책들, 그리고 오래된 지도책 몇 권. 정말 흥미로웠어요, 그 지도책들이요, 아주 경쟁적이었죠. 세상의 얼마

* 윌리엄 나소 위츠가 편집한 역사 개론서.

나 많은 부분이 붉은색으로 칠해져 있는지 하는 내용들뿐 아니라, 삽화 페이지들도 무슨 서열처럼 배치되어 있었어요. 세상에서 가장 높은 산은 대영제국에 있고, 그러고는 다른 산 정보와 그것들이 어느 제국에 속해 있는지에 대한 페이지, 세상에서 가장 높은 폭포, 가장 긴 강, 가장 깊은 바다, 가장 건조한 사막. 그리고 또 그 모든 산과 강과 사막에 사는 사람들, 그러니까 희끗희끗한 머리에 산의 빛 때문에 눈을 찡그린 사람들의 얼굴, 발가벗다시피 하고 막대기 한 묶음을 든, 막대기처럼 비쩍 마르고 배만 불룩한 사바나의 사람들, 강둑에서 물레바퀴를 돌리는 터번 두른 소작농들을 그린 삽화들. 하지만 이 책들 중에서 나는 허먼 멜빌의 단편집을 찾아냈죠. 나는 그의 이름을 한 번도 들어본 적이 없었고, 그 당시에는 그 책을 끝까지 읽어내지 못했지만, 그래도 나중에 다 읽었어요. 나는 그때 「필경사 바틀비」를 읽고 큰 감동을 받았습니다. 어떤 이유에서인지 이곳에 도착했을 때 그 이야기가 떠올랐고, 그때 이후로 그 이야기가 머릿속을 완전히 떠나질 않고 있어요. 이따금 그 이야기가 다시 머릿속에 떠오릅니다."

우리의 재산 가운데 책이 있었던가? 나는 그의 눈에 스쳐지나가는 생각을 엿보았던 것 같다. 책이 있었는지는 기억나지 않는다. 그는 눈길을 떨구고 손으로 턱을 괸 채 나의 맞은편에 앉아 있었는데, 꽤나 놀라울 만큼 침착하고 고상한 몸짓이었다.

"그때 저처럼 자기 물건을 되돌려받으러 온 사람들도 있었나요?" 그가 마침내 준비가 되었다는 듯 물었다. "기억나시나요?"

"아니, 전혀요." 내가 말했다. "사람들은 팔 필요가 있었기 때문에, 혹은 더는 좋아하지 않게 된 가구를 처분하고 싶어서 그것들을 팔았습니다. 그것은 사업이었습니다."

"저의 형 하산의 것이었던 그 작고 검은 흑단 테이블. 기억하십니까? 저는 그것을 돌려받으러 갔었어요. 기억하십니까?" 여전히 턱을 괴고 앉은 채 그가 말했다. 그러고서 잠시 후에 허리를 꼿꼿이 펴고 앉아 나를 쳐다보며 억지로 뻔뻔한 태도를 취했다. "당신의 친구 후세인이 그를 몰래 데려가버리기 전에 주었던 것 말입니다. 삼십사 년 전입니다. 이런 일로 계속 괴로워한다는 게 우스울 만큼 아주 오래전 일이죠. 그 후로 형에 대해서는 어떤 소식도 듣지 못했어요. 그는 한 번도 연락하지 않았는데, 어쨌든 제가 거기 있는 동안은 그랬습니다. 왜 당신은 그 테이블을 그냥 돌려주지 않았습니까? 제 어머니께 말입니다. 왜 그냥 돌려주지 않았죠? 당신은 그 집을 가졌고, 약간의 가구를 비롯해 온갖 잡동사니들을 가졌습니다. 당신에게는 당신 소유의 아름다운 집이 있었고, 아내가 있었고, 예언자 무함마드가 하디자 사이에서 얻은 딸의 이름을 따서 루키야라고 이름 지은 딸이 있었습니다. 왜 당신은 그 테이블까지 가져야 했던 겁니까?"

"나도 모르겠습니다." 내가 말했다. "탐욕. 인색함. 그것은 사업이었어요. 돌려주었더라면 좋았을 것을." 그리고 그의 눈을 보자 내가 생각했던 것 이상으로 모르고 있다는 의심이 들었다. 그의 눈은 자기 자신으로 인해, 그 심부름으로 자기가 겪어야 했던 당혹스러움으로 인해 고통스러워하고 있었다. 그리고 페르시아인 연인을 따라 도망친 형으로 인해 고통스러워하고 있었다. 그 테이블에 대한 나의 인색함, 내가 비싼 대가를 치러야 했던 그 인색함 때문에 고통스러워하는 것이 아니었다. 그의 눈은 자기 자신으로 인해, 그리고 자신이 남겨두고 떠나온 것에 더 신경쓰지 못했음에 고통스러워하고 있었다. 그렇다는 생각이 들었다.

"삼십사 년 전입니다. 그뒤로 그가 돌아온 적이 있었습니까? 하산 말입니다. 저는 누구에게서도 그의 소식을 듣지 못했어요. 그에 대한 어떤 소식이라도 있었는지조차 모르겠군요." 그가 말했다.

나는 한참을 기다리다 그가 더는 아무 말도 하지 않자 그에게 물었다. "커피 좀 드시겠습니까?"

그는 내가 대답하지 않았다는 사실을 알아차렸고, 실은 결국 형에게 무슨 일이 일어났던 것인지 알고 싶지는 않았던 듯 그의 입에서 작은 한숨이 새어나오는 것을 나는 보았다. "아니요, 아니요, 커피는 이제 됐습니다. 감사하지만 정말이지 오래는 못 있을 것 같네요." 그가 말했다. "당신의 딸 루키야 말인데요, 지금 몇 살쯤 되었나요? 서른 살쯤?"

"그 아이는 두 돌을 맞이하기 전에 죽었습니다." 내가 말했다. "그 아이를 내 딸이라고 부르는 것은 터무니없는 소리로 들립니다. 그 아이는 오래 살지 못했어요. 그 아이는 내가 없는 사이에 죽었고, 그건 아이의 어머니 살하도 마찬가지였지요." 내 사랑.

루키야는 1967년 1월 24일에 태어났다. 그러니 그가 테이블을 돌려받으러 왔을 때 살하는 침대에 틀어박혀 있었을 것이고, 그가 들었을 목소리는 그녀가 자기 어머니나 여러 방문객들 중 한 명과 이야기를 나누는 소리였을 것이다. 내가 살하와 알고 지낸 시간은 정말 짧았고, 이제 그 시간을 떠올리면 그녀를 잃고 말았다는 사실이 늘 함께 떠오르는 듯해서, 나는 때로 그녀가 내 상상 속 존재나 꿈속의 존재는 아니었는지 두려운 마음이 든다. 그녀와 함께 지낸 그 사 년 이래로 비현실적인 일들이 너무나도 많이 일어났기에, 나는 실제로 일어난 일이 무엇이며 악몽 속에서 두려워했던 일이 무엇인지 확신할 수가 없다. 다른 사람들이 그녀에 대해 이야기하고 내가 알던 그녀가 한 무언가에 대해, 그녀와 관련해 기억하는 어떤 순간에 대해 언급할 때, 그녀는 더 실재하는 것처럼 보인다.

그렇게 오랜 시간이 흐른 지금에 와서 생각해보면, 그 테이블을 되돌려주길 거부한 것은 괴팍한 짓이었던 것 같다. 군말 없이 돌려주는 편이 정중하고 너그러우며, 교양 있기까지 했을 것이다. 나는 불쾌감에서 그렇게 행동했다. 물론 당시에는 그전에 있던 악의적인 언쟁에 끼어들지 않기로 하면서 내가 초연하게 행동하고 있다고 생각했지만 말이다.

후세인이 그 돈을 빌려달라고 했을 때 나는 우쭐했던 것 같다. 그는 내게 오직 지도상의 지점에 불과한 그 멀고 아름다운 곳들, 아주 멀리 있고 허구적이기 때문에 아름다운 곳들에 대한 이야기를 들려주는 남자였다. 비록 후세인이 이 모든 곳들에 직접 가보진 않았더라도, 그 이야기들은 그와 관련되어 있었고 그를 그 거대한 세상의 일부로 보이게 만들었다. 또한 그는 아주 친밀한 유대감 속에 자신의 이야기를 들려주었고, 영어로 들려줌으로써 우리가 있던 곳—우리가 있던 보잘것없고 초라하고 작은 곳—과 우리가 다르다고 하는 공통된 감각을 강화시켜주었다. 나는 그 다르다는 느낌이 우리를 친구로 만들었다고 생각했다. 나는 꾐에 넘어갔다. 내게 돈을 빌려달라는 부탁은 나 또한 그 세상의 일원으로 지명하는 것, 자신의 신뢰와 포용을 제안하는 것이나 다

릅없었다. 또한 내게는 돈이 있었다. 나는 성공했고, 그가 내게 부탁했을 때 나는 약간의 거드름을 피우지 않을 수 없었다. 하지만 설령 꾐에 넘어갔다 해도, 후세인이 이듬해에 돈을 갚을 거라는 믿음이 없었다면 그 돈을 빌려주었을 것 같지 않다. 나는 적어도 한동안은, 비록 그가 그 젊은이를 따라다닌다는 소문을 알고 있었음에도 불구하고 그렇게 믿었다. 나는 라자브 샤아반 마흐무드의 집이나 그 집 물건에는 아무 관심이 없었다. 나는 후세인이 그 집에 일으킬 풍파에 대해 전혀 알지 못했고, 그가 그 젊은이를 몰래 빼가면서 그 어머니에게 그런 창피를 안겨주고, 그러고는 그런 무모한 장난을 즐거워하며 그것을 조롱거리 삼아 남들에게 이야기할 사람들에게 자신이 한 일을 떠벌릴 거라고는 전혀 생각하지 못했다. 그 모든 일들은 그가 떠난 후에야, 그리고 그 젊은이가 누구에게 한마디 말도 없이 사라지고 난 후에야 밝혀졌다. 어쩌면 후세인은 자신이 안전하게 몸을 피할 때까지 비밀을 지키도록 추종자들에게 맹세를 시켰는지도, 혹은 어쩌면 추문이라는 것이 원래 그렇듯 자세한 이야기가 퍼지기 전까지는 시간이 좀 걸렸던 것인지도, 아니면 그중 일부는 그저 지어낸 이야기에 불과했는지도 몰랐다.

나는 말과 침묵으로 말하는 것만큼이나 몸짓으로도 말하며, 몸을 앞으로 살짝 숙였다. 그는 내가 할 이야기에 대해 조금은 알고 있었고, 내가 그에게 정확히 이런 식으로 말했던 것은 아닌데, 그럼에도 나는 몸을 앞으로 살짝 숙였다. 어떤 이야기는 큰 소리로 듣기 힘든 법이다. 그래서 나는 천천히 움직이며, 그가 내 말을 어떻게 받아들이는지 짐작할 수 있을 때까지 기다렸다. 그는 내게 고개를 끄덕였고, 나는 이야기를 이어나갔다.

커피를 몇 잔 마시면서 유쾌한 대화로 전해진, 그리고 정직함과 즐거움을 담아 이야기된 내용은 다음과 같다: 후세인은 그 가족과 머무는 동안 그 젊은이를 몹시 따라다녔고, 그런 일이 있을 거라고 의심한 그 어머니는 아들을 가만히 내버려두는 조건으로 그에게 자신을 바치겠다고 제안했어요. 이미 그녀에 대한 이런저런 소문이 돌고 있었기에, 그녀의 이 파렴치한 행위는 그럴싸하게 느껴졌습니다. 후세인은 그녀의 제안을 받아들였지요. 그가 그녀에게 어떤 일을 하게 했는지에 대한 자세한 내용들도 전해지지만, 자세히 이야기해봤자 그녀의 명예를 더럽히는 일만 될 겁니다. 그가 라자브 샤아반 마흐무드와 동업하기로 한 것은, 그러니까 집을 담보로 돈을 빌려다주기로 하고 자기 사업의 동업자로 만든 것은 바로 이때였습니다. 그는 이듬해에 돌아와서 그 사업이 잘 안 풀렸지만 걱정할 필요는 없다고 단언했지요. 그러는 동안 그는 그 젊은이를 계속해서 성공적으로 유혹해나갔고, 자신을 따라 바레인으로 올 수 있게 은밀히 계획을 짰습니다. 무심이 끝날 무렵 그는 바레인으로 돌아갔고 그 젊은이는 사라졌지요. 알려진 이야기는 그러했습니다.

그때는 내가 그와 만나 친구가 된 해, 그가 내게 돈을 빌리러 와서 대신 내게 라자브 샤아반 마흐무드와의 계약서를 담보로 준 해인 1960년의 무심이었습니다. 나는 더 현명했어야 했는데, 그러질 못했어요. 나는 그것이 증인이 참석한 가운데 법에 따라 작성된 계약서일 거라고, 그리고 이듬해에는 그가 돈을 가지고 돌아와서 그 담보물을 찾아갈 거라고 생각했죠.

그의 유혹에 대한 이야기가 알려지고 구설에 오를 무렵, 나는 후세인이 돌아오지 않으리라는 걸, 그리고 나 또한 사기를 당하고 꾐에 넘어갔다는 걸 알게 되었습니다. 십중팔구 그런 사업은 있지도 않았을 것이며, 라자브 샤아반 마흐무드와의 계약은 악의와 장난이 만든 추악한 작품, 그 오쟁이 진 남자로 하여금 자신의 집을 양도하게 해 조롱하려고 꾸며낸 짓이었습니다. 라자브 샤아반 마흐무드에게 위약금을 물릴 의도는 없었다는 후세인의 말은 아마 사실이었을 거예요. 그것은 아마 자신의 연인들과 돈을 펑펑 쓰고 돌아다니는 그 남자에게 창피를 주려는 바보 같은 생각에 불과했을 겁니다. 그러다가 사업에 새로 뛰어들어 어떠한 인맥이나 명성도 없는 나를 알게 되자, 상상력이 풍부한 그의 머릿속에서 어떤 생각이 자라나기 시작했고, 그래서 그는 바로 내 코앞에서 그 문서를 흔들고는 돌려주겠다는 약속과 함께 내게서 수천 실링을 가져간 것이지요.

사업의 시작은 순조로웠지만 운이 계속해서 따르진 않았고, 그 돈을 잃은 것에 진저리가 났어요. 영국인들이 우리에게 일종의 최소한의 자치를 준비하게 한 1961년 3월의 선거는 폭동과 살인, 국가비상사태 선언으로 막을 내렸죠. 질서를 바로잡고 케냐에서 날아온 '왕의 아프리카 소총'*을 지원하기 위해 제대로 된 군대, 영국군이 투입되었습니다. 그것은 우리의 지배자들에게는 너무 버거웠고, 그래서 일단 책임을 전가할 사람들을 다시 감옥에 집어넣고 나자, 그들은 독립을 위한 협상을

* King's African Rifles. 영국이 동아프리카에서 통치하던 여러 국가들에서 편성한 영국 식민지 부대를 일컫는 말로, 'KAR'로 약칭하기도 한다.

시작했어요. 그렇게 다들 발을 빼는 분위기 속에서는 누구도 값비싸고 정교한 공예품을 구입하는 데 관심을 보이지 않았고, 하루를 기항하던 크루즈선들도 당연히 더는 찾아오지 않았죠. 그리하여 내가 하던 사업은 사실상 끝이 났습니다. 그때 생각해보니, 내가 할 수 있는 최선의 선택은 가구 제작 쪽을 키우는 것, 혹은 적어도 현지 고객들을 위해 만들던 가구의 품질을 향상시키는 일이었어요. 그러기 위해서는 기계와 전문 기술, 새로운 부지에 약간의 투자가 필요했죠. 내가 데리고 있던 목수들은 손으로 일했습니다. 그들은 손으로 톱질과 대패질을 했으며, 열심히, 때로는 어설프게 페인트칠과 니스칠을 했어요. 스타일은 변하고 있었고, 유행하는 형태로 매끄럽게 만들려면 새 기계가 필요했죠. 나는 다르에스살람*으로 가서 대규모 생산자들이 무엇을 하고 있는지 봤습니다. 그들은 모두 인도인이었는데, 다들 사업과 정치적인 문제들에 대한 불만이 가득했어요. 그들의 삶과 사업은 영구적으로 붕괴가 임박한 상황에 빠져 있는 듯했습니다. 내게는 번창하고 있는 것처럼 보였고, 늘 그렇듯 그들의 입은 꾹 닫혀 있었는데, 습관적인 비밀스러움 때문에 어쩔 수 없이 내게 절반의 진실만 말해주었어요. 그래도 나는 일종의 계획을 세우고 내게 돈이 얼마나 필요할지 예측할 수 있을 만큼은 충분히 배웠습니다.

1961년의 선거 후, 후세인이 누구를 통해서도 자신의 일에 대한 소식을 전해오지 않자, 나는 바레인에 있는 그에게 편지를 보냈어요. 나는 지도를 선물해준 것에 감사를 표했고 그 선물을 받아서 정말이지

* 탄자니아의 옛 수도로, 아랍어로 '평화의 낙원'이라는 뜻이다.

행복했다고 말해주었습니다. 그러고서 내게서 빌려간 돈을 언제쯤 갚을 수 있는지 물었고, 왜 그 돈이 필요한지를 설명했습니다. 그는 내게 답장을 보내지 않았고, 내가 사무 변호사에게 의뢰해 보낸 편지에도 답장을 하지 않았습니다. 나는 어찌할 바를 몰랐어요. 그해의 7월 즈음, 나는 라자브 샤아반 마흐무드에게 만나서 상의할 일이 있다는 전갈을 보냈습니다. 이것이 바로 내가 품고 있던 생각이었고, 그것은 심지어 지금 생각해봐도 합리적이고 훌륭해 보입니다. 나는 그에게 내가 어쩌다 그가 후세인과 체결한 계약서를 소유하게 되었는지 설명할 생각이었습니다. 내가 그것을 가지고 있다는, 어떤 의미에서는 후세인에게서 그것을 샀다는 사실을 그가 알고 있을 것 같지 않았습니다. 더 나아가 나는 그의 집이나 집안 물건을 소유할 마음은 없지만, 내 사업에 재투자하는 데 쓸 돈, 독립과 함께 찾아올 변화에 대비하기 위한 돈은 필요하다고 설명할 생각이었습니다. 내가 그에게 하려던 제안은, 내가 그의 집을 담보로 은행 대출을 받을 수 있게 해달라는 것이었어요. 은행은 그 집이 이미 내게 저당잡힌 줄 모를 것이었고, 그 대출이 승인되자마자 나는 그와 후세인이 만든 계약서, 그리고 후세인과 내가 만든 계약서를 찢어버리고 빌려줬던 그 돈은 사업 손실로 치부해버릴 생각이었습니다. 대신 나는 라자브 샤아반 마흐무드와 새로운 계약을 맺어서, 그가 나 대신 은행에서 대출받은 돈을 아주 여러 해에 걸쳐 약정 할부로 갚도록 약속하고, 나의 사업을 그에 대한 담보로 제시할 생각이었습니다. 그런 식으로 그는, 비록 은행에 저당잡히게 되긴 하지만 그래도 집을 되찾을 수 있고, 나는 나의 사업에 투자하고 그를 위해 은행 대출금을 갚아줄 수 있을 것이었습니다. 그는 아무것도 잃지 않고, 돈 한 푼

안 들이고 집을 되찾게 될 것이었어요. 나의 제안에는 돈 계산과 관련된 마술이나 부정한 사기가 없었습니다.

나는 상의하고 싶은 일이 있으니 편할 때 불러주시면 감사하겠다는 단순한 내용의 전갈을 누후 편에 그의 집으로 보냈습니다. 누후는 어떤 답변도 듣지 못한 채 돌아왔고, 그저 라자브 샤아반 마흐무드가 듣고는 그에게 고맙다고 말하고서 문을 닫아버렸다고만 했어요. 나는 그와 거래해야 한다는 사실이 불만이었는데, 왜냐하면 나는 그 사람을 전혀 좋아하지도 존경하지도 않았기 때문입니다. 그의 집안에 그 재앙이 닥치기 전에 그는 겸손한 모습으로 돌아다녔는데, 마치 삶이 자신을 부당하게 취급했다는 듯이 그의 얼굴에는 불만이 어려 있었습니다. 그는 낮이면 갑자기 어디서 시끄러운 소리만 들려와도 깜짝 놀랄 사람처럼 걸어다니다가, 저녁이 되면 거리를 배회하며 돈 때문에 접근해올 여자들을 찾아다녔고, 그러고는 술을 마시러 갔습니다. 하느님께서 그것을 금하는 칙령을 내리셨는데도 그곳에서 술을 마시는 것은, 그로 인해 조롱과 박해를 당할 것이 뻔했기 때문에 그야말로 모욕을 불사한 짓, 무모할 정도로 어리석은 짓이었습니다. 다들 머지않아 하느님에게 받아야 할 벌이 있고, 그것은 그들과 창조주 사이의 문제겠지만, 그런 곳에 술을 마시러 간다는 것은 존경받을 권리를 포기하는 것이나 마찬가지였어요.

그의 아버지 샤아반도 그랬었지만, 사람들은 그의 할아버지인 마흐무드가 그토록 성스러운 분이셨기 때문에 그랬던 거라고, 때로 세상일은 그렇게 풀려서, 마치 사탄이 인간 의지의 박약함을 폭로하고 악의 힘을 보여주기 위해 타락과 죄악을 저지를 이들을 몸소 선별하기라도 하듯, 경건한 사람의 자식들이 사악함 그 자체가 되기도 한다고 말했습니다. 그리고 샤아반 마흐무드는 전혀 수치스러운 기색 없이 악을 행하며 술에 취해 거리에서 뒹굴었고, 밤새도록 목청껏 노래를 불렀고, 사창가를 방문했다기보다 거의 거기서 살았는데, 낮이면 스스로에게 관대한 사람 특유의 거드름을 피우며 이곳저곳을 어슬렁거렸죠. 그는 심지어 사십대에 세상을 떠났고, 자신의 성스러운 아버지보다 일 년 빨랐는데, 어쨌든 그렇게 조기 퇴장해서 모두에게 끼칠 폐를 덜어주었습니다. 라자브 샤아반 마흐무드는 자신의 아버지가 돌아가셨을 때 분명 일고여덟 살로, 나보다 한 살쯤 많았을 겁니다. 나는 어떤 이유에선지 샤아반 마흐무드를 무서워했던 기억이 나요. 거리에서 그를 보면 품위를 지킬 생각이나 망설임 따윈 없이 반대 방향으로 도망쳤는데, 어쨌거나 여섯 살 무렵에는 지킬 품위도 별로 없었을 겁니다. 그는 내가 자신을 무서워한다는 사실을 알았는데, 한번은 내가 경찰서 맞은편의 멀구슬나무 아래에서 다른 친구들과 놀고 있을 때 나에게 몰래 다가와 내 어깨에 손을 얹어서 내가 비명을 지르며 도망가기도 했죠. 그는 거리의 다른 모두와 함께 내가 우스꽝스럽게 달아나는 모습을 보며 웃음을 터뜨렸습니다.

왜 라자브 샤아반 마흐무드가 그와 똑같은 길을 걸었는지는 나도 모르겠어요. 천천히, 은밀히 그렇게 되었을 겁니다. 그리고 그를 수치스럽게 만든 것은 그의 나약함이었다는 사실을 누구나 쉽게 알 수 있었죠. 그러고서 그의 부인에 대한 소문이 돌기 시작했을 때, 사람들은 모두 인과응보라고 했습니다. 그녀는 남편에 대한 존경심을 잃고 자신을 존중하는 마음까지 잃은 상태였어요. 그의 할아버지가 살아서 그런 부정한 꼴을 보지 않아 오히려 다행이었죠. 이 모든 이야기들이 얼마나 진실된 것인지는 나도 모르겠습니다. 나는 그가 매춘부를 사거나 술을 마시는 걸 본 적이 없는데, 하지만 사람들이 그렇게 말했고, 왠지 나는 진실이 뭐든 간에 그가 그런 이야기를 듣는 건 그 자신의 어리석음 때문이라는 생각이 들었어요. 그러고서 그의 집안에 그 재앙이 닥쳤을 때, 너무나 열성적으로 종교에 귀의해버린 그를 보니 당황스러워 눈길을 돌리게 되었지요. 그의 태도는 더욱 겸손해졌고, 그의 목소리는 흐느낌으로 변했으며, 그리고 그는 마치 제물로 바쳐진 희생물처럼 고개를 한쪽으로 숙인 채 걸어다녔어요. 모든 일이 자신의 잘못이고 자신이 받은 벌이라도 된다는 양, 정말로 보란듯이, 정말로 오만하게. 그는 일터에서 돌아오면 모든 시간을 모스크에서 읽고 예배를 드리며 보냈고, 마치 자신이 이미 연옥에 와 있기라도 한 것처럼 굴었으며, 천천히 자살하기라도 하듯 살았습니다. 그후로 나는 후세인 때문에 겪은 고통과 창피와 불명예가 어쩌면 그의 정신을 앗아간 것은 아닐까, 세상에 대한 그의 균형 감각을 앗아간 것은 아닐까 생각했어요.

그렇기는 하지만, 그는 모욕을 당했고, 내가 그에게 할 제안이 합리적이기는 해도 입맛에 맞는 것은 아니었습니다. 게다가 그는 나에게 다른 식으로도 모욕을 당했다고 생각했는데, 물론 그 당시 나는 그에게 그런 감정이 얼마나 남아 있는지 알 수 없었어요. 그리하여 며칠이 지났는데도 그에게서 아무런 소식이 없자, 나는 마그리브 예배*가 끝나고 난 어느 저녁에 모스크로 찾아가 그와 이야기를 나누었습니다. 나는 모스크에 갈 수 있을 때만 갔고, 신께서 내게 하신 요구를 제시간에

* 무슬림이 하루에 다섯 번 드리는 예배 중 하나로, 일몰 후의 예배를 뜻한다.

지키지 못한 것을 이해해주시리라 믿었어요. 이런 식으로 나는 나의 창조주께 막대한 빚을 지고 있었습니다. 나는 그날 라자브 샤아반 마흐무드를 그가 늘 있는 자리, 미흐라브*에서 한두 발짝 떨어진 곳에서 만나게 되리라고 예상했습니다. 나는 그에게 우리 사이의 문제를 의논하기 위해 그를 방문해도 되는지, 아니면 내일 이른 오후 아무때나, 그러니까 그가 직장에서 돌아오고, 오후의 열기를 떨치기 위해 모두가 잠을 자서 내가 몇 시간 가게 문을 닫아놓는 사이에 가게로 나를 찾아올 시간이 있는지 물었어요. 하야**, 그가 말했습니다. 그리로 오겠다는 말이었죠.

나는 행인들이 우리가 무언가 불명예스러운 일을 속닥이고 있다고 생각하지 않도록, 그리고 우리가 거리에서 들어오는 공기를 조금 쐴 수 있도록 접이문 중 하나를 살짝 열어두었습니다. 그는 내가 평소에 방문객들에게 내주던 작은 나무 벤치에 앉았는데, 그것은 섬세하게 짜맞춘 접이식 벤치로, 허리의 굽은 부분과 엉덩이의 툭 튀어나온 부분이 안기게끔 아주 살짝 휘어 있어서 거기 앉으면 마치 그 나무 조각들이 당신의 몸에 맞게 아주 살짝 움직여주는 듯한 기분이 들었죠. 등받이의 맨 위쪽 가로대에는 레이스 같은 황동 조금彫金무늬가 새겨져 있고, 가벼운 주철로 만들어진 접히는 쪽 프레임은 검은색으로 칠해져 있었어요. 그 벤치는 한때 어느 구자라트인 은행가의 것이었는데, 1939년의 전

* 메카 방향을 가리키는 키블라 중앙에 있는 벽감으로, 이 앞에서 이맘이 예배를 주관한다.

** 아랍어로 '자연스러운' '겸손함' 등을 뜻하는 말로, 이슬람에서는 주로 겸손함의 맥락에서 사용하는 말이다.

쟁 이전에는 영향력이 있었지만 그후로는 그 운이 기울고 만 사람이었습니다. 그의 이름은, 아마도 그가 잘나가던 시기와 일치할 1926년이라는 연도와 함께, 등받이의 정중앙에 고정된 황동 명패에 새겨져 있었어요. 그것이 내 손에 들어온 것은, 지금은 여행사 직원인 그의 자손 중 한 명이 자기 사무실 가구를 현대화하기로 결정하고는 나의 목수들이 그의 건물을 새단장하는 데 대한 중도금 대신으로 그것과 다른 물건 한두 개를 내게 팔았을 때였습니다. 라자브 샤아반 마흐무드는 눈을 내리깔고 고개를 살짝 옆으로 돌린 채 이 아름다운 유물에 앉아 있었어요. 나는 그의 근처에, 내 책상 앞의 의자에 앉아 있었지요. 나는 그의 태도에 기운이 빠졌습니다.

그때는 바다가 거칠어지고 바람이 북동풍으로 변해 결국 꾸준한 계절풍으로 불어오게 될 카스카지*가 막 시작될 무렵의 뜨거운 오후였습니다. 나는 점토 물주전자에서 향기로운 고무진의 향이 진하게 스민 물을 한 잔씩 따랐어요. 나는 점토 특유의 시원함과 고무진의 풍미와 향이 가미된 이런 물을 사랑했습니다. 나는 내가 어쩌다 그가 후세인과 체결한 계약서를 소유하게 되었는지 설명하기 시작했어요. 우려했던 대로, 그는 내 소유가 된 것을 몰랐더군요. 그는 놀라서, 그리고 어쩌면 공포가 약간 어린 표정으로 나를 쳐다봤고, 그 순간에는 그가 눈물을 흘리거나 비명을 지르며 도망가지 않을까 생각했습니다. 내가 제안을 얘기하기 시작하자, 그는 얼굴을 살짝 찌푸리더니 다시 눈길을 떨구었어요. 나는 제안하고 싶은 바를 있는 그대로 이야기하기로, 그리고 그

* 스와힐리어 'pepo za kaskazi(북풍)'의 줄임말로, 계절풍이 불어오는 10월을 뜻한다.

가 대답하기 전까지는 그를 설득하거나 말을 꾸미려는 시도를 하지 않기로 결심한 상태였죠. 나는 그가 반대할 거라고 예상했던 것 같은데, 솔직히 말해서 결국 동의하는 것 말고 다른 선택의 여지가 있을 거라고는 생각하지 않았어요. 물론, 그는 거절했습니다.

그는 내가 말을 끝내고 나서도 일이 분 동안 여전히 눈을 내리깐 채 말없이 앉아 있었는데, 더는 말을 참기가 어려웠습니다. 그때 그가 내 얼굴을 쳐다보더니, 나에게서 그런 말을 들은 게 도저히 믿기지 않는다고 말했어요. 그와 그의 가족들에게 그런 일이 있었는데 어떻게 내가 나란히 앉아서 그런 말을 할 수 있느냐고. 내가 처음부터 그 사악한 거짓말쟁이, 그 개자식, 그 악마와 함께 작당하고 꾸민 짓이 분명하다고. 그는 그의 이름을 언급하지 않았죠. 우리 둘이서 처음부터 작당하고 모든 걸 꾸민 게 분명하다고. 점점 더 그렇게 몰아갔습니다. "당신 입에서 그런 말이 나오다니 나는 믿을 수가 없다, 정말 믿을 수가 없다. 처음부터 전부 당신이 꾸민 짓이 분명하다." 내가 말을 하려고 할 때마다 그는 경고의 의미로 집게손가락을 휙 내밀었어요. 조용히 하시오. 그의 이마에는 작은 땀방울이 송골송골 맺혀 있었고, 그의 뺨을 타고 비 오듯 흘러내리고 있었어요. 그의 눈은 모욕과 분노로 튀어나와 있었고, 분개하며 하는 말 중간중간 그는 스스로를 진정시키기 위해 기도를 중얼거렸죠. 마침내 그가 말을 멈추었을 때, 나는 그렇게 큰돈을 잃게 되는 일을 나 스스로 꾸몄을 리는 없다고, 우리 사이의 계약에 의해 나의 사업이 그가 은행에서 빌릴 돈의 담보가 되어줄 것이기 때문에 내 제안으로 그가 지게 될 위험부담은 거의 없다고 설명하려 애썼습니다. 그는 내가 한 말을 귓등으로도 안 들은 것 같았어요.

내가 말을 마치자, 그는 자리에서 일어나 영화에 나오는 멜로드라마풍의 왕자처럼 한쪽 팔을 휙 내밀더니 빳빳이 편 집게손가락으로 내게 손가락질을 하며 나를 비난했어요. "네놈은 도둑이야." 그가 말했어요. "네놈은 내 고모의 집을 훔쳐가더니, 이제는 이 집을 내게서 훔치려 드는구나. 우리가 네놈과 네놈 가족에게 무슨 짓을 했다고 우리에게 이렇게 앙심을 품는 것이냐? 그게 아니라면, 그저 우리를 나약하고 멍청하게 여겨서 그러는 것이냐? 네놈은 도둑이야." 그는 이제 목청껏 외쳐대며 내게 손가락질을 하고 침을 뱉었고, 마치 내가 일어나서 자신을 공격할까 두려운 듯이 출입문 쪽으로 뒷걸음질쳤어요. 그는 문을 발로 차서 활짝 열고는 다시 잠시 거기 씩씩거리며 서 있었죠. "이 도둑놈 같은 개자식." 그가 마지막 축복의 말을 내뱉었어요. "네놈은 그 집을 우리에게서 훔쳐가더니 이제는 우리에게 얼마 남지 않은 것까지 훔쳐가려 하는구나. 아, 신께서 네놈처럼 사악한 인간을 만드셨다는 사실을 도저히 믿을 수가 없군." 그리고 그 말을 끝으로 그는 환한 햇살 속으로 사라져 버렸습니다.

우리의 대화는 그리 길지 않았는데, 아마 십 분 남짓이었을 겁니다. 그는 물잔에는 손도 대지 않았고, 그래서 나는 물잔을 집어들고는 문 쪽으로 가서 거리에 물을 쏟아버렸습니다. 그곳에는 그림자 하나 보이지 않았지만, 어쩐지 나는 그 거리에 청중들이 모여 라자브 샤아반 마흐무드의 비난을 들었을 것 같은 기분이 들었어요. 그것은 분명 사람들끼리 습관적으로 바싹 붙어 사는 데서 오는 피해망상이었을 겁니다. 그곳에는 아무도 없었는데, 물론 그런 일에는 따로 청중이 필요하지 않았죠. 나는 분개한 라자브 샤아반 마흐무드가 지체 없이 자신의 이야기를 쏟아낼 거라는 확신이 들었습니다. 나는 당연히 혼자 은행에 가서 대출을 받으려고 했어요. 시내에 있는 은행 세 군데를 전부 가봤는데, 모두 거절했습니다. 영국인 지점장들은 늘 우리에게 대출해주길 거부했고, 그 세 은행의 지점장은 모두 영국인인 듯했죠. 어쨌든, 유럽인이었습니다. 내가 우리라고 할 때, 그건 인도인이 아닌 모든 상인과 사업가를 뜻하는 말이에요. 그냥 그렇다는 걸 여기서 말해두겠습니다. 그들 자신의 돈이었으니, 돈 관리를 맡기고 싶은 사람을 정하는 것도 그들 마음이었고, 자신들이 생각하기에 그 돈을 가장 잘 관리하고 불릴 수 있는 사람에게 마음대로 줄 수 있었어요. 내가 알기로 유럽인 은행 지점장들은 우리가 신뢰할 만하다거나 사업에 재능이 있다고 생각하지 않았고, 그래서 늘 대출을 거부했다는 걸, 그냥 그랬다는 걸 여기서 말해두겠습니다. 그런 연유로 나는 여전히 곤경에 처해 있었어요. 그 대대로 이어진 범죄에 대한 온갖 비난을 듣고 난 마당에, 이제 라자브 샤아반 마흐무드와는 어떤 계약도 할 가능성이 없었습니다. 그 비난은 충격적이었는데, 그래도 놀랍지는 않았어요. 누구도 내 면전에서 그런 말을 한 적은 없었지만, 나는 소문에 빠삭한 현자들에게 전해들은 이야기로 그러한 소문이 도는 걸 대충 짐작하고 있었으니까요.

"그렇다면 당신이 압류를 감행한 것은 역시 자존심 때문이었군요." 나를 조롱하며, 내가 낭패를 당한 이야기에 즐거워하며 라티프 마흐무드가 말했다. 나는 그가 나의 이야기를 차마 못 견뎌할까봐, 나의 거짓말과 날조된 말에 화를 내고는 떠나버릴까봐 두려워하고 있었다. 나는 여기서 말한 것을 그에게 전부 말하지는 않았지만, 거의, 거의 전부 말하기는 했다. 대부분은.

"네, 아마 자존심 때문이었을 겁니다." 내가 말했다. "그리고 그 비난의 부당함 때문이기도 했고요. 또한 이미 말했다시피, 나는 돈이 필요했습니다. 나는 선택의 여지가 없다고 느꼈어요."

그는 고개를 끄덕였다. 나는 그가 허기질 것이며 내가 무슨 말을 더 하기 전에 이제 가고 싶어할 거라고 생각했지만, 가야 한다는 말뿐이고 떠날 기미를 보이지 않았다. 나는 그에게 음식을 권하지 않았다. 나에게는 권할 음식이 매우 적었고, 그마저도 아마 그가 제대로 된 음식으로 여길 만한 것은 아닐 터였다. 저녁이면 나는 바나나 한 개나 주키니 호박 한 개나 호박 한 조각을 삶아서 설탕을 뿌려 먹었다. 그러고는 따뜻한 물 한 잔을 마셨는데, 그거면 밤을 보내기에 충분했다. 나는 그가 이제 그만 가서 나중에 다시 오길 바랐는데, 한편으로는 그가 아직 가지 않았으면 하고 바라기도 했다. 나는 멈추기 적당한 부분을 찾아서, 오늘은 이만하면 된 것 같습니다, 피곤하군요, 이만 돌아가시고 나중에 또 오시죠, 하고 그에게 말해주고 싶었다.

"아버지가 그날 집에 돌아왔을 때가 기억납니다." 내게서 눈길을 돌리며, 과거를 돌아보며, 라티프 마흐무드가 조용히 말했다. "음, 당신이 아버지의 고모의 집을 훔쳐가더니 이제는 우리집까지 훔쳐가려 했다는 이야기가 기억납니다. 제가 기억하는 게 그날이 맞는지도 잘 모르겠지만, 그래도 그 이야기는 기억납니다. 그것은 제 어린 시절의 이야기였어요. 「바틀비」를 처음 읽었을 때, 저는 제가 아버지를 모든 게 헛되다는 생각에 체념한 사람처럼, 당신을 아버지의 박해자처럼 생각해왔음을 깨달았습니다. 나중에 그 이야기를 다르게 읽는 법을, 체념과 헛

됨만이 그 이야기의 전부는 아니라는 것을 배웠지만, 처음 읽었을 때는 거기서 아버지를 봤습니다. 당신은 그 이야기가 감동적이라고 말했어요. 그렇게 말했던 게 기억납니다. 감동적이라고요. 왜 당신은 그에게 감동을 받지 않았던 거죠? 제 아버지 말입니다. 그가 감동적이었나요? 제가 당신을 그의 박해자라고 말해서 기분이 나쁘신가요? 물론 기분이야 당연히 나쁘시겠지만, 그러니까 제 말은, 그 말이 짜증스럽고 부적절하고 참을 수 없을 만큼 무례하게 느껴지나요?"

나는 이제 피곤함을 느끼며, 그가 가주길 바라며, 그가 가고 나면 단팥 통조림을 따서 차게 먹어야겠다고 생각하며 고개를 저었다. 도전에 응수해 그 모든 고통을 되짚어가며 이야기할 만한 정신력이 내게 남아 있는지 알 수 없었다.

"조금 전만 해도 저는 지금 이게 실제로 일어나는 일이라고는 도무지 믿을 수 없다고 생각하고 있었습니다." 화를 내며, 어쩌면 그 역시 피곤해하며 라티프 마흐무드가 말했다. "있을 법하지 않은 일이에요. 저는 당신일 거라고 생각했습니다. 왜 그런지는 모르겠어요. 당신일 거라고 생각할 이유는 없었고, 그저 짐작, 직감일 뿐이었죠. 하지만 그렇더라도 여기 오고 싶진 않았어요. 당신에게 목소리를 높이는 것 말고는 여기 올 이유가 아무것도 없어 보였고, 이제 와서 그러고 싶진 않았으니까요. 지금 생각해보니 저는 정말로 화가 났던 게 아니라, 화를 내야 한다고 느꼈던 것 같습니다. 만일 내가 누군가에게 화가 났다면 그건 바로 나 자신에게였는데, 물론 그것은 화보다는 나의 무지에 대한, 내가 나의 삶과 그 시절 사이에 성공적으로 벌려놓은 거리에 대한 죄책감과 자기방어에 더 가깝다고 해야겠지만요. 제가 당신께 이런 식으로 말하는 게 거슬리시나요? 이제 제가 여기 와서 당신이 이렇게 툭 터놓고 이야기를 들려주시는데, 저는 이게 실제로 일어나고 있는 일이라고는 믿기지가 않습니다. 저는 이 행운을 믿을 수가 없어요. 저는 당신이 무슨 말을 하는지 듣고 싶지 않습니다. 저는 제가 이런 종류의 행운을 원했는지 몰랐는데, 여기 왔으니 분명 원했던 것이겠죠. 이것 보세요, 다른 모든 것에 더해 지금 제가 스스로 무슨 행동을 하는지 잘 알아서 그렇게 했다는 식으로 또 호사를 누리려고 하네요. 어색하게 실수를 연발하거나 감추거나 몸을 사리는 대신, 마치 그게 제가 평소에 처신하는 방법인 것처럼 말이죠. 그리고 처음 왔을 때 일이 이렇게 될 줄 상상도 못했지만, 지금 우리는 마음을 열고 서로를 정중히 대하고 있습니다. 저는 당신을 일종의 유물, 제가 태어난 곳의 메타포로 상상했던 것 같고, 당신이 가만히 앉아 속마음을 숨긴 채 지옥의 심연에서 솟아오른 정령처럼 쓸데없이 씩씩거리는 모습을 여기 와서 지켜보게 될 거라고 상상했던 것 같아요. 제가 당신께 이런 식으로 말하는 게 거슬리시나요?"

"당신이 그렇게 해야겠다면야." 내가 말했다. "어떤 정령을 염두에 두고 있는 건가요? 가만히 앉아 속마음을 숨긴 채 쓸데없이 씩씩거리는 정령이 누구죠?"

"어떤 이야기냐는 말씀이신가요?" 미소를 지으며, 얼굴을 찌푸리며, 기억을 짜내려 애쓰며 그가 물었다. "기억이 나질 않는군요. 그냥 이미지만 떠오릅니다."

"뿔이 있나요? 당신이 떠올리는 이미지 속 정령에게 뿔이 있습니까? 거대한 이마 정중앙에 뿔이 하나 달려 있지 않나요?" 내가 물었다.

"네." 그가 의기양양하게, 만면에 미소를 띠며 말했고, 잠시 그는 그날 오후 내내 그랬듯이 음울한 자기징벌적인 남자의 모습이 아닌 자기 어머니처럼 보였다. 그에게는 어머니의 자포자기적인 유쾌함 같은 게 있었다. "영리한 노인이시로군요, 안 그런가요? 좋습니다, 어떤 정령인지, 어떤 이야기인지 제게 말씀해주세요."

"「카마르 자만」." 내가 말했다. "그 이야기에는 『천일야화』를 통틀어 가장 정적이고 가장 교활한 정령이 나오지요. 이마 정중앙에 뿔이 하나 달려 있고요. 내가 가장 좋아하는 정령이고, 당신이 나를 상상하면서 떠올린 완전히 기괴한 모습의 정령입니다."

"아니요, 아니요, 「카마르 자만」은 절대 아닙니다." 그가 말했다. "저는 그 이야기를 아주 잘 알아요."

"흐음, 그럼, 어떤 이야기죠? 당신이 전문가시니까요. 지옥의 심연에서 솟아올라 가만히 앉아서 속마음을 숨긴 채 쓸데없이 씩씩거리는 정령이 어느 이야기에 나오나요. 그건 바로 「카마르 자만」에 나오는 정령에 딱 들어맞습니다만."

"아니요, 그 이야기는 아니었습니다. 어떤 이야기였는지는 기억나지 않지만 찾아내겠습니다. 다음번에 올 때 말씀드리죠."

바깥은 어둑어둑한 저녁으로 바뀌고 있었는데, 여전히 밝긴 했지만 마음을 아주 무겁게 만드는 묵직하고 축축한 잿빛이 서려 있었다. 나는 그의 입에서 시간이 늦었다는 말이 나오게끔 하기 위해 보란듯이 창밖을 내다보았다. 만일 그가 나중에 또 올 생각이라면 이제 그만 돌아가서 내가 휴식을 취하며 생각을 정리할 수 있도록 해주어도 괜찮을 것이었다. 나의 지하 묘지 속 질서를 회복할 수 있도록.

"저 때문에 피곤하신가요? 이제 곧 가야겠군요." 그가 말했다. "하나만 말씀해주세요. 당신은 제 아버지의 비난이 부당했기 때문에 그 일을 밀어붙였다고 말했습니다. 뭐가 부당했다는 거죠? 제게 그 부분을 해명해주실 수 있을까요?"

나는 고개를 저었다. "이야기하자면 긴데, 아마 들어주기도 힘들 겁니다. 오늘은 이만하면 됐지 않습니까?"

"당신만 괜찮다면 저는 계속 듣고 있을 수 있습니다." 자신이 고집을 부리고 있다는 것을 알기에 겸연쩍은 표정을 지으며, 하지만 내게 이야기를 들려달라고 요구하고 나의 주장을 증명하라고 도발하는 입장에서 약간의 우월감도 느끼며 그가 말했다.

나는 내가 그에게 그 이야기를 들려주리라는 걸 알았다. 나는 고해를 할 필요가 있었다. 용서받기 위해서도 아니고, 사악함보다는 옹졸함과 허영심에 가깝고 그 결과로 이미 나와 다른 이들이 터무니없는 대가를 치러야 했던 나의 죄를 씻기 위해서도 아니었다. 그 죄를 가볍게 할 방법은 마땅히 없었고, 나는 그저 한 번도 말할 수 없었으며 그것을 말함으로써 누군가가 이해심을 가지고 들어주었으면 하는 갈망이 충족될 그 사건과 이야기의 짐을 고해로나마 덜어낼 필요가 있었다. 그는 나의 고해를 들어줄 사람이었고, 나는 그가 내게 요구한 이야기를 들려주리라는 걸 스스로도 알았다. 그러고는 그에게 이야기를 들려준 후, 이야기를 쉬어갈 적당한 부분을 찾아서 심지어 셰에라자드도 매일 동틀녘에는 약간의 휴식을 취했다고 말해줄 작정이었다. 나는 그가 나의 대답을 듣고서 떠날 것인지 확인하고자 실제로 그런 것보다 훨씬 더 내키지 않는 척을 하면서, 그저 나의 이점을 최대한 활용하고 있을 뿐이었다. 그리고 그는 자신에 대해 솔직히 말해주었고, 나는 그에 대해 아무런 보답도 하지 않는 사람처럼은 보이고 싶지 않았다. 그래서 나는 달콤한 홍차를 한 주전자 끓이고는 이야기를 이어나갔다.

내가 그 집의 소유권을 둘러싼 복잡한 문제에 대해 처음 알게 된 것은 1950년 마케레레대학교에서 돌아왔을 때였습니다. 나는 학업을 마치고도 급히 돌아올 것 없이, 삼 년 넘게 떠나 있었어요. 캄팔라에 있는 동안 정말 친한 친구 둘을 사귀었는데, 케냐의 말린디 출신으로 미술을 공부하던 세푸 알리, 그리고 빅토리아호의 탕가니카 기슭에 있는 부코바에서 왔고 경영학을 공부하던 자말 후세인이었습니다. 세푸는 모든 일에 열성적이었고, 세상에 만족시킬 것이라고는 자기 자신과 자신의 양심밖에 없는 것처럼 말하던 진정한 아티스트였어요. 자말은 가족이 바라던 대로 경영학을 공부하고 있었고, 세푸가 관습과 의무에 대한 통렬한 비난을 쏟아내면 책임감과 유용한 기술을 옹호하는 쪽에 가까웠죠. 나는 행정학을 공부하고 있었고, 그 당시에는 식민정부의 공무원이 될 수밖에 없는 운명인 듯 보였습니다. 기숙사의 우리 방은 다 같은 복도에 있는데다 서로 붙어 있었어요. 우리는 수업은 서로 달랐을지 몰라도 그 외에는 모든 걸 함께했죠. 우리는 이런저런 시험공부를 같이 했어요. 우리는 식당에 같이 다녔어요. 그 당시에 우리는, 마치 우리 학교가 적도의 옥스퍼드라도 되는 듯, 붉은색 학생 가운을 걸쳐야만 식당에 입장할 수 있었죠. 우리는 함께 시내로 산책을 갔고, 축구를 했고, 거대한 무화과나무 아래서 빈둥거렸으며, 라마단의 마지막 날이면 함께 단식을 끝냈고 함께 이드를 축하했어요. 모든 걸 함께했죠.

아마 사춘기여서 그랬던 것 같은데, 다른 학생들 몇몇이 우리가 심지어 화장실까지 같이 가고 어쩌고 하는 사이라며 우리를 놀려댔습니다. 하지만 그것은 아주 즐거운 한때였고, 우리는 평생 갈 것만 같은 유대감을 느꼈어요. 우리가 그런 말을 했었는지는 기억나지 않지만, 지나고 보니 내가 기대했던 것이 바로 형제와 나눌 수 있는 그런 종류의 맹목적이고 영속적인 유대감이었음을 알게 되었죠. 미안해요, 내게는 형제가 한 명도 없어서요. 그런 비교를 하면서 나는 나의 또다른 낙천적인 기대에 대해 말하고 있는지도, 형제가 있기를 바라며 그게 어떤 기분일지 상상하고 있는지도 모르겠군요. 어쨌든, 학업을 마친 후에도 우리는 헤어지길 망설였죠. 나는 이 좋은 친구들과 헤어지는 것에 대해 그 어느 때보다 더 큰 슬픔을 느꼈는데, 사랑하는 어머니의 죽음만 제외하면 그랬습니다. 부디 신께서 그녀의 영혼에 자비를 베푸시길, 내가 열한 살 때 겪은 어머니의 죽음은 이별보다는 자연재해, 이변, 해일, 일식이나 월식에 가깝게 느껴졌어요.

그리하여 서로 갈라지는 순간을 어느 정도 미루어보려고 우리는 서로의 집을 몇 달간 방문하며 한 달이나 두 달, 혹은 부모님이나, 세푸와 내가 배치될 관공서가 허락하는 만큼 최대한 길게 머물기로 했습니다. 우선 우리는 모두가 떠난 캠퍼스에 머물며 늦잠을 자고, 카드놀이를 하고, 테니스를 배우고, 또다른 무언가를 하면서, 젊은 시절 집을 떠나 있을 때 느끼는 그런 자신감 넘치고 누구도 못 말릴 경망스러움 속에 안도감을 느꼈어요. 마침내 대체로 친절하고 이해심 있는 사람이던 회계 담당자가 참다못해 우리를 쫓아냈죠. 그러고서 우리는 자말 후세인의 가족과 지내러 부코바로 갔습니다. 우리는 엔테베에서 호수를 건너기 위해 페리를 탔는데, 가는 내내 비가 내리며 기슭에 끝없이 늘어서 있던 파피루스*를 내리눌렀고 호수의 수면을 어두운 수은으로 바꾸어놓은 기억이 나요. 번갯불이 낮게 내려앉은 하늘을 가르며 번졌고, 바람은 겁먹은 짐승처럼 울부짖었죠. 내가 호수를 건너본 건 그때가 유일하고, 슬프게도 그때 내가 본 것은 이 고딕풍의 거창한 쇼가 전부인데, 물론 그 폭우 속에서 배가 휘청거릴 때면 점점 더 치솟던 모든 승객들의 공포는 말할 것도 없고요.

자말 후세인의 가족은 철물 사업을 하면서 솥과 냄비, 망치와 못, 에나멜 코팅이 된 꽃무늬 그릇과 쟁반을 대로의 커다랗고 침울한 가게에서 연석 쪽으로 쏟아냈습니다. 그들은 또 마을 외곽의 통풍 잘되는 창고에서 자전거와 농기구를 파는 다른 사업도 했어요. 전후 번영의 시기가 찾아오면서, 그 가족 기업은 농기구 창고 옆에 원펌프 주유소와 자동차 쇼룸을 열었습니다. 오스틴 자동차 전문 매장이었죠. 오스틴 아니면 모리스였어요.** 이곳은 영연방 탕가니카여서, 포드나 푸조 같은 외국 자동차 중개인이 되기란 쉽지 않았습니다. 요컨대 그 가족 기업은, 어쩌면 아주 부유해지기 직전까지 번창해 있었어요. 나는 그 직원들이 누구인지, 그들 모두가 서로 어떤 관계인지 전혀 알 수 없었지만, 어쨌든 그곳에서는 다양한 삼촌들과 사촌들이 지칠 줄 모르고 일을 하면서, 때로는 드라마틱한 분위기를 풍기며 성큼성큼 걸어다녔고, 또 때로는 옹기종기 모여 시끌벅적하게 소문과 소식을 나누고 끝없는 근심거리를 제쳐둔 채 잠시 휴식을 즐겼습니다. 집에는 마찬가지로 쉼없이 움직

* 키가 크고 대가 굵은 수생식물.

** 오스틴 자동차와 모리스 자동차는 모두 영국제 소형 자동차들이다.

이며 요리를 하고, 빨래를 하고, 왔다갔다하고, 얼핏 듣기에는 서로 고함을 질러대는 이모들과 그보다 많은 사촌들이 있었죠. 얼핏 듣기에 그랬다는 말은, 그들이 서로 구자라트어로 말해서 내가 그들이 무슨 말을 하는지 몰랐기 때문인데, 그래서 나는 그 고함이 끊임없이 이어지는 사소한 말다툼인지, 아니면 이번에는 누가 마당을 쓸 차례인지 하는 일상적이고 현실적인 대화인지 알 수 없었어요. 물론 그들의 고약한 몸동작을 보면 아무래도 전자가 아닐까 싶을 때가 많았지만요.

그 대가족 모두는 나란히 위치한 두 채의 커다란 집에 살며, 육각형 구멍이 촘촘한 철망과 나무콩 생울타리를 빙 둘러친 뒷마당을 공유했습니다. 자말이 정원이라고 부른 그 마당에는 바나나나무, 재스민 덤불, 구아바나무가 있었고, 뒷문과 닭장 옆에는 허브를 심어놓은 작은 화단이 있었어요. 콘크리트가 발린 모퉁이에는 실외 수도꼭지가 있어서, 도비*가 일요일만 빼고 매일 그곳에서 빨래를 했고, 마당에는 긴 빨랫줄들이 십자 모양을 만들며 사방으로 쳐져 있었죠. 세푸와 나는 그 마당의 별채에 있는 방 하나를 받았습니다. 그 별채에는 방이 두 개 있었는데, 나가는 문이 각각 있었고 중간에 화장실이 하나 있었어요. 닫혀 있던 다른 방은 창고로 사용되었고, 우리는 가끔 사촌이 생활용품을 가지러 그곳으로 오는 것을 보았어요.

우리가 도착했을 때 나는 긴장감을 느꼈습니다. 자말은 그의 가족에게 우리가 온다고 미리 알리지 않았는데, 자신이 그간 해둔 이야기로 미루어 흔쾌히 친구들을 머물게 해줄 거라고 생각했던 모양이었어

* 인도에서 하층 계급의 세탁부를 일컫는 말.

요. 캄팔라에서 보낸 그 마지막 몇 달 동안 우리를 정말 즐겁게 한 그 행복한 느낌 때문이기도 했을 겁니다. 물론 세푸 또한 1학년이 끝났을 때 가족 장례식에 참석하기 위해 해안으로 갔던 적이 한 번 있었지만, 우리 셋 중에서 방학 때 정기적으로 집에 갈 수 있을 만큼 캄팔라 가까이에 살던 건 자말뿐이었는데, 그냥 페리를 타고 호수를 건너기만 하면 됐으니까요. 나는 자말이 가족에게 캄팔라에 있는 자기 친구들 이야기를 했다는 것을 아는데, 왜냐하면 몇몇 사촌들이 우리가 했던 바보 같은 장난을 우리에게 되풀이해서 들려주었기 때문이죠. 이런 사실들로 미루어 자말은 우리가 모두 자신의 방, 혹은 자신이 그의 형제들인지 사촌들인지와 함께 쓰던 방에서 자게 될 거라고 생각했어요. 그들의 긴밀히 맺어진 목적지향적인 삶, 그리고 그 집의 어린 여자 사촌들을 보자마자, 나는 우리가 그 집안 식구들에게 절대 환영받을 리 없다는 걸 알았어요. 하지만 자말은 우리가 그 창고 중 하나에 머물게 되자 고통스러워했고, 우리를 무시하는 처사로 받아들여질까봐 예민하게 굴었죠.

그 방들은 사실 창고는 아니었는데, 그 사이에 화장실이 있는 것만 봐도 그건 분명했지만, 하인이나 정원사를 위해 만들어진 곳이었어요. 다만 그 가족들이 그런 사람들을 고용하지 않았기 때문에 그 방들을 다른 용도로 사용할 수 있었던 것이죠. 우리는 아침에 문밖으로 걸어 나오자마자 정원이 나오는 광경이 얼마나 멋진지, 가족을 방해하지 않고 밤늦게까지 카드놀이를 할 수 있어 얼마나 좋은지, 우리끼리 있어서 얼마나 편한지 말하며 자말에게 농담을 하려고 했어요. 하지만 긴장감이 돈 이유가 그것만은 아니었습니다. 우리는 식사를 따로 했고, 자말의 여자 형제들 중 한 명이 우리에게 음식을 가져가라고 외쳤는데, 우리를 위해 따로 빼놓기라도 한 듯 늘 똑같은 꽃무늬 에나멜 그릇이었어요. 그리고 자말 본인은 종종 다양한 일에 의무적으로 참석해야 했는데, 그것이 무엇인지를 우리에게 늘 설명해주진 않았습니다. 무엇보다도 우리가 마당에 들어설 때면 그 이모들과 사촌들이 대놓고 짜증을 내는 눈빛으로 우리를 빤히 쳐다보며 면전에서 구자라트어로 우리에 대해 떠들어댄 탓에 세푸가 괴로워했어요. 며칠 후, 자말은 자신이 가족 영업소 어딘가에 매일 나가봐야 한다며, 그래서 인근의 흥미로운 장소들로 놀러가자고 한 약속을 지키지 못할 것 같다고 해명했어요. 그의 가족이 다음 일요일에 호수 길 몇 마일 위쪽으로 소풍을 갈 때 함께할 수는 있을 거라면서 말이죠.

결국 우리는 그곳에 두 주 정도밖에 머물지 못했습니다. 어느 날 오후, 세푸와 나는 집 뒤쪽을 따라 걸으며 우리가 산책하려던 호수의 기슭으로 가는 길을 찾아 통로를 향해 가고 있었어요. 자말은 어디에도 보이지 않았는데, 빠져나올 수 있으면 산책에 합류하겠다고 말하긴 했었죠. 갑자기 위에서 우리를 향해 더운물이 세차게 쏟아져내렸는데, 우리 둘이 위를 쳐다보자 마침 위층 창문에서 안쪽으로 사라지기 전에 우리를 향해 히죽거리던 한 여자의 얼굴이 보였습니다. 그러고는 신나서 깔깔대는 소리가 들렸고, 잠시 후 그 장관을 보려고 다른 세 여자가 창문으로 얼굴을 내밀더군요. 그 일이 있은 후에는, 특히 우리에게 쏟아진 물이 때 빼고 난 비눗물이었다고 우리 둘 다 확신한 다음에는 더 두고 볼 것도 없었습니다. 우리가 몸을 씻고 옷을 갈아입고 얼마 안 되는 소지품을 챙겼을 때쯤 자말이 급히 집에서 뛰어내려오며 어깨 너머로 외쳤어요. 그는 해명과 사과의 말을 잔뜩 쏟아냈고, 세푸는 자말이 나타나자마자 자신의 커다랗고 꼴사나운 가방을 들고는 힘겹게 방을 빠져나갔습니다. 물론 나도 그의 뒤를 곧장 따랐죠. 우리가 거의 길에 이르렀을 때, 그가 자말에게 돌아서며 말했습니다. "너희는 건방지고 멍청한 쓰레기들이야, 너희 전부 다." 나는 자말에게 말했어요. "세푸한테 편지 써, 주소는 알잖아. 일을 이렇게 그르치진 마." 하지만 그는 한 번도 편지를 보내지 않았어요. 정말 슬펐죠. 어쩌면 그는 그러기에는 너무 창피했는지도, 아니면 전해야 할 말이 아무것도 없다고 결론 내렸는지도 몰라요. 나는 그들이 부코바에서 기르던 달콤한 자두와 늦은 오후에 호수가 밝은 보라색으로 빛나던 모습을 기억합니다.

세푸와 나는 버스를 타고 므완자로 갔다가 다시 버스를 타고 키수무로 갔고, 거기서 나이로비로 가는 기차를 타고 마침내 몸바사에 도착했어요. 총 나흘이 걸려 갔는데, 버스 터미널에서 하룻밤을 자고 나머지는 기차에서 잤죠. 우리는 몸바사에서 세푸의 친척 집에 머물며 밤을 보냈고, 그러고는 다음날 아침에 버스를 타고 말린디로 갔어요. 해안으로 돌아가니 집에 온 듯한 기분이, 혹은 그 이상으로, 세상에서 내가 속한 자리가 바로 이곳이라는 생각이 들었습니다. 내가 캄팔라에서 배운 것의 대부분은 과거를 짓밟아버리는 것, 내가 얼마나 무지한 존재인지, 우리가 얼마나 보잘것없는 자신감 속에 살았는지를 어렴풋이 깨닫게 해주는 것이었어요. 해안으로 돌아오니 내가 결국에는 너그럽고 고귀한 무언가의 일부임을, 나의 일부였으며 내가 너무 성급하게 헛되고 조잡한 것으로 치부해버린 그 삶의 방식을 느낄 수 있었어요. 나는 세푸와 그의 여러 친척들과 함께 세 달을 보내며 해안을 따라 먼 북쪽의 파테와 라무에 이르는 곳을 두루 여행했고, 세푸가 아는 누군가나 우리를 환영할 누군가가 있다는 곳에 들러 며칠을 묵었고, 그러고는 버스나 보트를 타고 다른 어딘가로 이동했습니다. 어디를 가든 우리는 아들처럼 대접받았고 이런저런 환대를 받았습니다. 우리가 어디를 가든 누군가는 세푸가 누구인지 아는 듯했고, 심지어 세푸가 만나본 적 없는 사람일 때도 그랬어요. 정말 놀라운 시간이었고, 어떤 곳에서든 사람들은 내게도 두 팔을 활짝 벌려주었어요. 세푸는 케냐에 머물며 직장을 찾으라고 나를 설득하려 했지만 내가 그럴 수 없다는 걸 알았는데, 왜냐하면 내가 받은 장학금의 조건상 돌아가서 최소한 삼 년은 식민지 행정일을 맡아야 했기 때문이죠.

해안에 처음 도착하고 몇 주 후, 나는 아버지에게 내가 어디에 있고 이제 천천히 집으로 돌아가고 있음을 알리는 편지를 보냈습니다. 답장을 기대하고 쓴 편지는 아니었어요. 어쨌거나, 아버지는 지난 삼 년 남짓 사이 내가 보낸 두서없는 전언 몇 통에 단 한 번도 응답한 적이 없었으니까요. 이 상황을 매정하다고 여기거나 아버지를 매정한 사람으로 여긴 적은 없었습니다. 나는 아버지에게 이따금 의무적으로 소식을 전했지만, 이에 반해 아버지란 사람들은 전하고 싶은 내용, 그러니까 지시 사항 혹은 금지 사항이 없으면 편지를 쓰지 않았으니까요. 아버지는 말린디에 있던 내게 편지를 보내서, 정부 공무원이 나의 소재를 물으러 찾아왔으니, 이제 돌아와야 할 때가 되었다고 말했어요. 나는 나의 새 근무지에 가능한 한 빨리 보고해야 할 의무가 있었는데, 그걸 잊은 모양이라고 했어요. 어쨌거나 처리할 다른 일들도 있는 만큼 돌아올 때가 되었다며, 아버지가 마중을 나갈 테니 어느 배로 도착하게 될지 알려달라는 편지였어요. 마지막 지시 사항은 아버지가 재혼을 했다는 소식을 완곡하게 전하는 것이었지만, 물론 나는 돌아가기 전까지는 그 말뜻을 이해하지 못했죠.

아버지는 이 년 전에 결혼한 상태였습니다. 아버지가 내게 처음 그 사실을 말했을 때, 나는 그게 헛된 짓이라고 생각했어요. 우리는 부두에서 집까지 걸어가는 중이었고, 나는 정말 오랜만에 돌아왔다는 사실에 도취되어 수년 동안 보지 못했던 사람들과 인사를 나누느라 분명 주의깊게 듣지 않았겠죠. 하지만 우리가 지나치는 사람들을 보고 활짝 웃으며 그들에게 손을 흔드는 동안, 나는 내가 이렇게 생각했다는 것을 압니다. 왜 당신 같은 노인네가 결혼을 하려는 거지? 물론 아버지에게 그런 말을 하지는 않았어요. 그랬다면 아버지는 나의 건방진 태도에 잠시도 망설이지 않고 나를 길 건너편으로 날려버렸을 겁니다. 어쨌거나 사실은 그렇지 않다는 걸 아는 지금, 나는 그 말을 입 밖으로 내지 않아서 다행이라고 생각하고 있어요. 나는 사람들이 살고 싶은 마음을, 혹은 동료애와 목적의식을 바라는 마음을 끝내 거두지 않는다는 걸 압니다. 우리 둘 모두 어머니를 정말 사랑했었기에, 아버지는 내가 그 소식을 나쁘게 받아들일까봐 걱정했던 게 분명해요. 하지만 그때도, 이후로도, 나는 그것 때문에 괴로웠던 적은 한 번도 없었어요. 우리가 그 집에, 아버지가 재혼하면서 옮겨간 그 집에 도착했을 때, 예전에 그곳에 살았던 사람들이 떠올랐습니다. "이분이 너의 어머니시다." 아버지가 말했고, 그 부인과 나는 점잖게 입을 맞추고는 정중한 대화를 나누었습니다. 나는 '아버지의 부인' 대신 '나의 새어머니'라고 말해야 했겠지만, 나는 그분을 한 번도 그렇게 생각해본 적이 없어요. 그분은 나의 아버지의 아내였습니다. 예전에는 비* 마리암으로 알았고, 그래서 늘 그렇게 불렀는데, 무례를 범할 생각은 전혀 없었지요.

예전에 그 집에 살았던 사람들이 떠올랐다고 말했는데, 그들이 나와 먼 사이였다는 인상을 줄지도 모르겠군요. 어쩌면 나는 그들이 누구인지 아주 잘 알았다고 말해야 했는지도 모르겠습니다. 비 마리암의 전남편은 나호다**, 즉 다우선의 선장이자 상인이었어요. 그가 누구인지 모르는 사람이 없었죠. 거리에서 이목을 끄는 나호다, 거리를 활보하며 상품과 세부적인 문제를 챙기는, 조수가 바뀌거나 바람이 잦아들기 전에 짐꾼들과 선원들을 부르고 재촉하는 바다의 남자. 그가 업무를 보러 지나다니면 사람들은 때로는 이름으로, 때로는 직함으로 그를 외쳐 부르며 그에게 인사했어요. 나는 그의 죽음을 기억하지 못했는데, 그러니 내가 캄팔라에 가 있는 동안 그렇게 된 게 분명했고, 나의 아버지는 비 마리암이 상복을 벗자마자 그녀를 낚아챈 게 분명했습니다. 나는 어쩌다 일이 그렇게 된 것인지, 혹은 무엇 때문에 아버지가 그런 것인지, 혹은 그 문제에 있어 비 마리암이 왜 그랬는지 전혀 알지 못해요. 내가 할 수 있는 말은, 내가 그들과 함께 산 세월 동안 그들은 괴로워 보이지 않았고, 흔히 생각하는 정도로 독선적이고 완고했다는 것뿐입니다. 그런 줄 몰랐더라면, 나는 그들이 재혼 후에 몇 년 같이 산 게 아니라 수십 년을 같이 살았다고 생각했을 거예요. 한쪽이 늘 다른 쪽의 생각을 아는 듯 보였고, 나는 문제가 불거졌을 때 그들이 서로 실랑이하는 모습을 한 번도 본 적이 없습니다. 아버지가 무언가 공격에 나서면, 비 마리암 또한

---

* 스와힐리어 '비비(bibi)'의 약자로, '부인' '할머니'를 뜻한다.

** 스와힐리어로 '선장'을 뜻한다.

분명 던질 작은 조약돌이나 작은 다트를 가지고 있는 것 같았어요. 그녀의 방식은, 자기 마음대로 되지 않으면 고집을 부리고 화를 내는 경향이 있던 아버지의 방식보다 보통 훨씬 더 미묘했습니다. 아버지가 특별한 섬세함을 요구하거나 비 마리암이 일 처리에 불만스러워할 때, 그들은 서로 바라는 것 때문에 짜증내는 일이 절대 없어 보였는데, 적어도 내 앞에서는 그랬어요. 간단히 말해서, 물론 나는 이렇게 말하며 무심하거나 별 감흥 없어 보이려는 뜻은 없는데, 그들은 만족해 보였어요.

내가 아는 것은 이러한데, 왜냐하면 내가 돌아온 지 몇 주가 지난 후, 언젠가 그 소문이 내 귀에 들려오게 될 테니 무슨 일이 있었는지 사태를 파악하고 있는 편이 좋겠다며 아버지가 내게 들려주었기 때문이에요. 내가 이해하고 믿었던 이야기를 여기서 되풀이하는 것입니다. 비록 아버지가 여러 면에서 무지하고 고지식했으며 그들 시대처럼 궁핍하고 소유욕이 강한 분위기 속에서 자란 사람이면 누구나 그렇듯 탐욕스러웠음에도, 나는 아버지를 이만큼은 존경합니다. 나는 아버지 또한 자신이 이해한 대로 내게 말했다고, 내게 해줄 수 있는 말을 해주었다고 믿어요. 나는 아버지에게 비 마리암과의 결혼을 서둘렀느냐고, 그 과부가 가진 돈 때문에 달려든 거냐고 묻지 않았습니다. 아버지에게 그런 것은 물을 수 없었어요. 아버지는 그것을 무례하게 여겼을 겁니다. 그리고 다른 누구보다 먼저 그 돈 많은 과부를 얻은 자신을 아마 운좋고 꾀바른 사람으로 여겼을 겁니다. 정말로 그랬던 것인지, 아니면 아버지가 수년 동안 비 마리암에게 애정을 품어오다 기회가 찾아오자 재빨리 움직인 것인지 나는 모르겠어요.

내가 아는 것은 이렇습니다. 비 마리암의 첫번째 남편, 모두가 좋아했고 거리에서 미소 띤 인사를 받던 나호다 나소르에게도 유산을 둘러싼 집안싸움이라는 흔한 사연이 있었죠. 가장 먼저, 친척들이 그가 아버지에게서 받아야 할 유산을 빼앗아갔습니다. 그들은 심지어 그가 태어나기도 전에 모든 걸 가져갔고, 그가 양막의 대망막*에 단단히 싸여 기억상실의 양수 속에서 아직 만족스럽게 몸을 흔드는 사이 자기들끼리 전부 나누어 가졌어요. 그는 아버지가 돌아가신 후 아버지 없는 아이로 태어났고, 그의 남자 친척들은 그가 아직 뱃속에 있는 동안 가져갈 수 있는 것을 전부 가져가서 자기들끼리 나누어 가지고는, 그에게 아무것도 남겨주지 않았어요. 노인들이 흔히 하던 말처럼, 심지어 수의를 지을 옷감 한 가닥 남겨주지 않았죠. 이것은 오만에서, 수도 무스카트에서 일어난 일이었습니다. 그의 어머니 또한 남편에게서 아무것도 받은 게 없었어요. 대신 그녀는 상복을 벗자마자 남편의 형제들 중 하나로부터 결혼 제안을 받았습니다. 이미 아내가 둘 있고 그 사이에서 낳은 자식도 한가득 있는 사람이었지만, 나소르의 어머니를 보호하고 체면을 세워주겠다며 결혼을 제안했어요. 그녀는 승낙하는 것 말고는 별도리가 없다고 생각했는데, 버려지고 수치스러운 자신을 가릴 다른 방법이 없었기 때문이었죠. 어머니의 새 남편은 나소르까지 거두어서 그를 자기 집의 부양가족으로 길렀습니다.

나소르가 그런 일들을 이해할 만큼 나이가 들었을 때, 그의 어머니는 그가 어떻게 해서 천부의 권리를 도둑맞게 되었는지 말해주었어요. 아마 그녀가 어두운 곳에 웅크린 채 불쌍한 남편 때문에 울고 있을 동

---

* 태아가 출생할 때 종종 머리에 쓰고 나오는 양막의 일부.

안 그들 둘에 대한 배신행위가 일어났다고, 그에게 말했습니다. 그 친척들이 한 짓은 상속법을 정확히 규정해놓은 신의 법에 위배되는 것이었다고, 그녀는 말했어요. 그 법은 이렇습니다. 누군가가 죽으면 그의 재산은 이렇게 정리되었어요. 1) 어떤 사업이나 공적인 의무에서 생겨난 고인의 빚은 상환할 것. 2) 남은 유산의 절반은 생존한 남자 자손들에게 균등히 배분할 것. 3) 3분의 1은 생존한 아내들에게 배분할 것. 4) 나머지를 딸들에게 배분할 것. 나소르는 그의 아버지가 남긴 유일한 남자 자손, 그리고 남녀를 불문하고 유일한 자손이었기 때문에 적어도 자신의 아버지가 가진 것의 절반은 물려받았어야 했어요. 무스카트의 집 두 채와 대추야자나무 몇 그루가 자라는 고향 마을의 땅뙈기 하나가 아버지의 재산이었죠. 그리고 그의 유일한 아내인 나소르의 어머니는 남편이 남긴 것의 3분의 1을 받았어야 했어요. 친척들은 나소르의 아버지가 죽었을 때 그녀가 임신중임을 알고 있었고, 그래서 아이가 청구권을 가지지 못하도록 서둘러 유산을 분배했습니다. 그리고 그 아내, 나소르의 어머니는 친척들 중 한 명과 결혼하도록 요구받으면서 자신의 몫인 3분의 1을 몰수당했어요. 그 친척들이 모자에게 저지른 짓은 배신과 죄악이었죠. 비록 그녀가 어느 수라* 몇 절이라고 대지는 못했지만, 이 문제와 관련된 법은 쿠란에 상세하고 명확히 제시되어 있었습니다. 예언자 무함마드 본인께서도 고아로 태어나셨고, 그분 또한 아버지로부터 아무것도 물려받지 못하셨어요. 그분의 상속권은 그분의 삼촌들이 나누어 가졌고, 반면에 그분은 할아버지의 피후견인이 되어 사

* 쿠란의 장(章)을 뜻하는 말.

막에서 베두인족 손에 길러지셨죠. '신의 책'에서 가족들 각자가 받아야 할 유산의 비율을 명시한 것은 그 때문이었습니다. 무지하던 시절의 부당함을 방지하기 위해서요.

어린 나이에, 아마 열둘이나 열세 살 무렵에 나소르는 일종의 사환으로 우리가 사는 지역에 처음 무심 여행을 왔고, 그후로 매년 돌아왔어요. 그때 그는 자기가 바다 일에 소질이 있음을 발견하기도 했고, 그래서 그는 무스카트에 돌아가 선원이 되어 삼촌을 통해 다양한 나호다들과 고용 계약을 맺었으며, 삼촌은 그들에게서 나소르의 급료를 챙겼죠. 일은 수년 동안 이렇게 흘러갔고, 그가 죽을 때까지 그럴 수도 있었을 텐데, 왜냐하면 삼촌의 아들들은 그들이 가장이 될 차례가 되었을 때 그를 다르게 대접할 이유를 느끼지 못했을 것이기 때문입니다. 그의 어머니는 삼촌과 결혼해서 자식들을 낳았으므로 안심할 수 있었지만, 나소르는 그저 부양가족일 뿐이어서 최대한 유용한 존재가 되어야만 했어요. 그의 어머니는 그에게 호통을 치고 장광설을 늘어놓으며 그의 아버지의 유산을 요구하라고 재촉했는데, 하지만 나소르는 자신이 그렇게 한다면, 그런 생각을 품고 있다는 걸 감히 입 밖에 내기라도 한다면 사촌들이 자신을 두들겨패고 집안에서 내쫓을 것이며, 그후 얼마 안 있어 자신의 삶이 불가사의한 종말을 맞게 되리라는 걸 알았죠. 그래서 어느 무심에 그는 돌아가지 않았고, 어머니에게 돌아갈 수 있을 때 가겠다는 편지를 보냈는데, 그것은 그래야만 한다면, 다른 모든 일이 실패하거나 어머니가 자기가 없어서 곤란해지면 그때 돌아가겠다는 뜻이었어요. 그때 분명 열일곱이나 열여덟 살이었을 텐데, 그는 해안을 쭉 따라 교역하는 배들의 선원으로 일했습니다. 그는 근면하고 총명하고 검소했으며, 서른 살 무렵에는 몇 개의 작은 회사의 공동 경영자이자 자신이 나호다로 있던 다우선의 공동 소유주가 되어 있었어요.

그 모든 세월 동안 나소르는 무스카트로 돌아간 적이 한 번도 없었습니다. 어느 무심에 그는 상인 한 명이 전해준 삼촌의 편지를 받았어요. 그것은 그 소식이 무스카트에까지 전해졌다며, 그가 일군 성공을 축하한다는 내용이었습니다. 그의 삼촌은 이제 그만 돌아와 어머니가 살아서 함께 축하해줄 수 있을 때 결혼을 하라고 했어요. 이미 사촌 한 명을 그의 아내로 골라놓았다며, 고향으로 불어오는 무심과 함께 돌아오길 바란다고 했죠. 나소르는 신이 나서 답장을 쓰며, 자신은 이미 결혼을 했고 또다른 아내는 필요치 않다고, 그리고 사업과 건강 사정이 허락할 때 방문하도록 노력해보겠다고 알렸어요. 그럴 일은 절대 없었죠. 하지만 그는 이제 친척들이 자신의 일에 대해 알고 있다는 사실을 깨달았고, 자신에게 사고라도 생기면 자신의 새 가족이 어떻게 될지 걱정하기 시작했어요. 그래서 그는 집을 한 채 사게 되었을 때, 자신이 예기치 않은 죽음을 맞더라도 욕심 많은 친척들로부터 지켜낼 수 있도록 집을 비 마리암 명의로 해두었는데, 왜냐하면 뱃일하는 사람들은 늘 위험에 노출되어 있었기 때문이죠. 그는 아이들이 태어나면 그들을 사업 명의자로 만들어 사업도 지켜내겠다는 계획을 세웠어요. 하지만 슬프게도 아이들은 태어나지 않았죠. 이러한 소식 또한 그의 친척들에게 전해졌으며, 그래서 아내를 들이라는 제안이 다시 왔고, 그에게는 아버지의 이름이 사라지지 않게 할 의무가 있다는 것을 기억하라는 어머니의 간청도 있었어요.

나소르는 그의 가족에게 발각되기 전까지는 비 마리암과 함께 만족스러운 삶을 살고 있었는데, 최근의 이런 접근 때문에 결심을 하게 되었습니다. 그는 자신이 가진 모든 것, 모든 사업을 그녀의 단독 명의로 바꾸기로 결심했어요. 왜냐하면 그가 생전에 원하는 대로 재산을 처분하는 걸 막을 법은 없었기 때문이죠. 그렇게 하면 그에게 무슨 일이 일어나든, 친척들이 마음대로 무슨 짓을 벌이든 아내는 안전할 것이었습니다. 하지만 그는 자신의 동업자들과 동료들 사이에 불안을 야기하지 않기 위해 그 계획을 비밀로 해두고 싶어했는데, 그러다가 그 일을 너무 오래 미루고 말았어요. 결국, 실행하지 못한 채로 자비로운 신께서 그를 데려가셨는데, 그가 걱정했듯이 바다에서 그런 것은 아니었고, 새로운 하루가 시작되는 이른아침에 일어나다 뇌졸중으로 쓰러진 것이었죠. 비 마리암이 여전히 상중이어서 남자 방문객들을 맞이하지도 업무를 처리하지도 못하는 동안, 무스카트에서 가족의 권리를 대변하러 한 사촌이 찾아왔어요. 남자아이가 없었기 때문에, 법에 따라 친척들은 빚을 상환하고 남은 나소르의 재산 대부분을 가질 수 있었습니다. 집은 제외하고요. 그것은 안전했죠. 그리고 비록 재산의 대부분은 친척들에게로 갔지만, 비 마리암은 법에 따라 남은 재산의 3분의 1을 받을 수 있었어요. 그러한 결과를 알게 된 모든 이들은 비 마리암의 행운에 기뻐하며 나호다 나소르의 기지와 세심함에 박수를 보냈고, 그는 생전에 그랬던 것보다 죽어서 훨씬 더 큰 호감을 얻었습니다. 신의 법에 반대하는 말을 내뱉는 이는 아무도 없었어요.

이제 비 마리암이 누구였으며 그분이 누구와 친척이었는지 설명해야겠군요. 나는 나소르의 이야기를 복잡하지 않게 하려고 이 이야기를 미루어두고 있었어요. 마리암은 경건한 마흐무드의 막내딸이었습니다.

그에게는 세 명의 자식이 있었죠. 첫째는 사라였고, 그다음은 샤아반, 그러고는 마리암 순이었습니다. 샤아반은 아들과 똑같이 술을 마시고 흥청거리던 미친개로, 바로 라자브 샤아반 마흐무드의 아버지였어요. 요컨대 나의 아버지의 아내 비 마리암은 라자브 샤아반 마흐무드의 고모였습니다.

비 마리암이 나소르와 결혼했을 때 신부의 아버지는 여전히 살아 있었고, 사람들이 바다에서 일하는 남자들에 대해 품는 지독한 의혹에도 불구하고 그 경건한 노인이 이 결합을 허락한 것을 여러 사람들은 축복으로 여겼어요. 의혹? 바다에서 일하는 남자들은 면밀히 관찰하기에는 너무 오래 나가 있었기 때문에 그들이 어떤 괴팍한 행위에 탐닉하는지 알 길이 없었습니다. 그리고 바다와 그곳의 제어하기 힘든 온갖 공허함은 마음을 뒤집어놓고, 사람을 강렬하고 별스럽게, 혹은 심지어 이상하리만치 난폭하게 만드는 경향이 있다고들 했어요. 하지만 경건한 마흐무드는 나호다 나소르에 대해 망설임이 없었고, 그것은 비 마리암도 마찬가지였습니다.

그녀의 오빠 샤아반 또한 여전히 살아 있었고, 거의 매일 저녁마다 거리에서 휘청거리고 노래를 불러대며 아버지에게 수치심과 비참함을 안겨주었는데, 비 마리암이 남편으로 택한 남자, 너그럽고 온화한 성격으로 유명하고 사업에 전념하느라 모스크에는 거의 모습을 드러내지 않는 그 남자는 마음에 들어했습니다. 샤아반은 모스크에 지나치게 자주 드나드는 사람들을 가급적 피하고 싶어했죠.

비 마리암이 첫번째 결혼생활을 시작했을 때, 그녀의 언니인 장녀 사라는 두 명의 전남편이 거의 곧장 눈앞에서 죽은 후에 세번째 결혼생활중이었어요. 그녀의 남편은 작달막하고 포동포동한 몸집에 성격이 조용한 코담배 중독자로, 눈에 거의 띄지 않는 사람이었죠. 비 사라는 비 마리암보다 겨우 네 살 위였지만 어딘지 모르게 병약하고 우울해 보였고 늘 최악을 예상하는 사람이라, 더없이 가벼운 소문이나 추문도 약간 지나치다 싶을 만큼 과하게 부풀려 말하기를 좋아했습니다. 그녀에게는 아이가 없었고, 그녀의 여러 질환들을 고려해볼 때 아이를 가질 가능성도 전혀 없어 보였어요. 하지만 그녀의 이전 과부살이가 무익했던 것은 아니어서, 두번째 남편이 죽은 후 그녀는 자신이 살던 작은 집을 물려받았습니다. 그녀가 그 집 때문에 세번째 남편을 맞이하게 되었다고 하는 것은 고약한 말이겠으나, 그녀는 그 경건함에도 불구하고 남의 마음을 끌 만한 다른 매력이 거의 없었고, 그녀의 비관적인 성향은 여러 남자들을 단념시켰을 거예요. 비 사라가 두번째 남편에게 물려받은 바로 이 작은 집이 훗날 라자브 샤아반 마흐무드와 나 사이에 논쟁의 대상이 되었습니다.

그로부터 십 년쯤 뒤, 나호다 나소르가 너무나도 갑작스러운 죽음을 맞이했을 무렵, 샤아반은 알 수 없는 병을 잠깐 앓고서 얼마 안 돼 세상을 뜬 후였습니다. 몇 달 뒤 그의 아버지 마흐무드가 그 뒤를 따랐죠. 비 사라의 세번째 남편 또한 죽은 후였고, 그녀는 또다른 남편을 얻으려고 굳이 애쓰지 않았는데, 어쩌면 이제는 남편을 처치하는 여자라는 악명을 떨치게 된 나머지 그 누구도 요절할 위험을 감수하고 자신과 결혼하도록 설득할 수 없었는지도 모릅니다. 그녀는 라자브 샤아반 마흐무드와 그의 아름다운 부인 아샤, 그리고 그들의 두 아이를 불러서 자신과 함께 살게 했어요. 그녀는 그들에게 이사 오라는 말을 더 일찍

할 수도 있었지만 라자브 샤아반 마흐무드의 어머니가 돌아가실 때까지 기다려야 했다고 했습니다. 그 여자가 자기 집에 있는 걸 견딜 수 없었을 거라고, 그녀는 말했는데, 왜냐하면 그 여자는 전혀 참는 기색 없이 고약한 방귀를 뀌는 역하고 비위생적인 버릇이 있었고, 그러고는 자신의 강력한 가스에 사람들이 투덜거리며 뿔뿔이 흩어지는 걸 보고 웃음을 터뜨렸기 때문이었죠. 나는 그녀가 선보이는 그런 구경거리를 직접 경험해보진 못했지만, 그녀의 품행은 전설적이었어요. 그녀는 뱃속에 병이 있던 게 분명했고, 정신도 아주 온전하지는 않았다는 말이 있었습니다.

그리하여 나호다 나소르가 사랑하는 아내의 재산을 지켜주기 위해 분명 마지막 순간까지 속을 썩이다 죽었을 무렵, 비 마리암에게 성인 남자 친척이라고는 이 세상에 라자브 샤아반 마흐무드밖에 없었어요. 그런 일에서는 협상에 임하고 협의한 내용에 동의하려면, 그리고 그저 대체로 예의를 지키기 위해서라도 남자 친척이 반드시 필요하죠. 라자브 샤아반 마흐무드는 그 당시에 이십대 후반이었고 결혼해서 아이 둘을 둔 아버지였는데, 하지만 그는 성품과 태도가 온화했고, 어쩌면 나소르의 탐욕스러운 사촌들에게 겁을 먹었는지도 모릅니다. 그에게 재력 있는 사업가이며 미묘한 문제들에 있어서 믿을 만하다고 알려진 나의 아버지를 찾아가 상담해보라고 한 것은 비 사라였어요.

비 사라는 수년 전부터 내 어머니의 친구였고, 나에게 마지막까지 자신을 이모라고 부르라고, 혹은 기분이 좋을 때면 자신을 어머니라고 부르라고 고집했습니다. 어머니가 돌아가신 후, 그녀는 나의 아버지에게 나는 어려서 관여할 수 없던 다양한 일들로 상담을 했어요. 어쩌면 그녀는 심지어 아버지를 어느 시기엔가 남편 자리를 채울 후보 중 하나로 생각해서 필요한 순간이 오기까지 그 관계가 식지 않도록 했는지도 모릅니다. 어쩌면요. 우리가 갖가지 방식으로 서로에게 부리는 책략과 그보다 한 수 앞서는 책략에는 끝이 없죠. 어쨌든, 이제 비 사라가 조언을 구하기 위해 라자브 샤아반 마흐무드를 나의 아버지에게 보냈고, 아버지는 아마 해줄 수 있는 현명하고 세속적인 도움을 주었겠지만, 그래도 그 친척들이 나소르의 재산 대부분을 가져가는 것을 막기엔 역부족이었어요. 어쩌면 비 마리암의 애도 기간이 끝났을 때 아버지가 구혼자 명단의 맨 앞에 있었던 것은 그 일 때문인지도 모르고, 아니면 비 마리암이 아버지의 도움에 고마움을 느꼈는지도 모르고, 아니면 비 사라가 급히 중매를 섰는지도 모르죠. 나는 아버지나 비 마리암에게 둘이 어떻게 결혼하게 되었는지 물어본 적이 한 번도 없습니다. 어쩌면 그들은 그저 단순히 서로를 택했는지도 모르죠. 그들이 결혼했을 때 아버지는 쉰 살이었고 그녀는 마흔 즈음으로, 모두가 훌륭하고 친절하다고 여긴 남자의 아내로 십 년 이상 살았으면서도 자식은 없었어요. 내가 그녀를 처음 알았을 때 그녀에게 절박하다는 느낌은 전혀 없었습니다. 부유하고 성숙한 마흔 살의 여인이지 자신의 삶을 부모에게 저당잡힌 아이가 아니었으며, 그녀의 선택은 세상이 어떻게 돌아가는지를 어느 정도 안 상태에서 이루어졌어요. 캄팔라에서 돌아와 그 둘이 함께 있는 것을 보았을 때 그들은 만족해 보였고, 그리고 그런 식으로 남은 팔 년의 세월을 함께 살았습니다. 애초에 둘이 어떻게 결혼을 하게 되었는지 한 번도 묻지 않은 것은, 그들이 서로의 편의에 맞춰 이리저리 움직이는 모습을 보고 있자니 그들 스스로가 원했다는 생각이 들었기 때문이었어요.

내가 캄팔라에 가기 전에 우리가 살던 집은 내가 태어난 곳이자 나의 어머니가 1941년에 매우 고통스럽게 돌아가신 곳이었습니다. 어렸을 때 나는 어머니가 어떻게 돌아가셨는지 듣지 못했지만, 그 일이 갑작스레 일어났다는 사실과 극도로 고통스러워하던 어머니의 얼굴과 어머니가 내던 듣고 있기 힘든 소리는 기억합니다. 나중에 캄팔라에서 돌아온 후, 나는 아버지에게 어머니가 어떻게 돌아가셨는지 물어보았고 맹장이 터져서 그렇게 되었다는 대답을 들었어요. 무지한 탓에 아버지는 그런 것에 대해서는 아는 바가 없었고, 그래서 그것이 뱃속의 어떤 문제, 그저 어딘가가 막히거나 눌려 있는 거라고 생각해서 어머니에게 설사약을 주었다고 했습니다. 그 당시 사람들은 설사약을 대단히 신뢰했죠. 아버지는 택시를 잡아서 병원에 가고 싶어했지만, 어머니는 괜찮다고, 설사약이 해결해줄 거라고 말했어요. 어머니는 용감하게 버티려고 했지만, 그러다가 때를 놓쳐서 독이 뱃속에 퍼지는 바람에 그런 고통 속에 죽고 말았습니다. 결국엔 아버지가 어머니를 병원으로 데리고 갔고, 그곳 의사였던 영국인은 이해할 수 없는 말로 아버지에게 호통을 쳤는데, 아버지는 그것이 자신의 무지와 태만을 꾸짖는 말임을 알았죠. 간호사는 마음 상하게 하지 않으려고 통역하는 대신 그저 동정어린 목소리로 구시렁거리기만 했지만, 아버지는 그녀를 그렇게 고통스럽게 죽게 한 것에 의사가 화를 내고 있다는 걸 알았어요. 네 어머니는 그렇게 돌아가셨단다, 흐느낌을 삼키며 아버지는 말했습니다. 부디 신께서 그녀의 영혼에 자비를 베푸시길.

우리는 현관문이 딸린 위층의 두 방을 바깥 계단과 함께 세내어 살았어요. 그 당시에는 집을 그렇게 짓는 게 드문 일이 아니었습니다. 나는 캄팔라에 가기 전까지 평생을 그곳에서 살았어요. 어머니가 살아 계셨을 때 그 현관문은 하루종일 열려 있어서, 여자 방문객들이 드나들거나 그 아이들이 심부름을 하느라 찾아오곤 했죠. 어머니가 돌아가신 후, 아버지는 현관문을 자물쇠로 잠그거나 안쪽에 빗장을 걸어놓았고, 그래서 나는 집에 돌아오면 아버지를 찾으러 가거나 들여보내달라며 문을 두들겨야 했어요. 아버지가 있던 앞방에서는 대로가 내려다보였고, 내가 있던 뒷방에서는 낚시꾼들이 바닥을 헤집어 미끼를 찾는 진흙투성이 개울이 보였죠. 보름달이 뜨면 조수가 개울까지 밀려와 그 악취나는 작은 만을 반짝거리는 석호로 뒤바꿔놓곤 했어요.

아버지는 비 마리암과 결혼한 후 우리의 예전 셋집을 떠나기로 하고 우리 짐을 모두 챙겨 아내의 집으로 이사를 갔습니다. 그러니 어떤 의미에서 아버지는 심지어 내가 살 곳이 바뀌었다는 사실을 알기도 전에 나를 이사시켜버린 셈이에요. 그들은 수년에 걸쳐 집을 개보수하는 데 큰돈을 썼고, 그것은 대부분 아버지의 돈이었을 텐데, 왜냐하면 비 마리암은 그 집 말고는 물려받은 게 거의 없었기 때문이죠. 그것은 아버지가 새로 열정을 쏟은 취미였어요. 아버지는 나와 함께 살면서 자신의 주변을 꾸미거나 개보수하는 데 그 어떤 관심도 보인 적이 없었고, 방에 페인트칠을 새로 하거나 기능이 다하지 않은 무언가가 교체된 것을 본 기억이 전혀 없는데, 심지어 기능이 다했을 때도 늘 교체되지는 않았고 아주 급하게 교체되지도 않았습니다. 내가 캄팔라에서 돌아왔을 때 아버지는 비 마리암과 살던 집에 관한 한 꼼꼼하고 요구사항이 많은 사람이 되어 있었어요. 그녀의 전남편이었던 나호다는 다른 이들에게 너그러움으로 존경받았지만 자기 자신과 아내에게는 그리 관대하지 않았습니다. 그 집에는 전기가 들어오지 않았어요. 화장실은 벽 높이 뚫린 두 개의 좁고 기다란 틈으로 환기되는 게 전부인 어둑어둑하고 답답한 곳으로, 지하 감옥, 불가피하게 찾아가는 수치스러운 장소였죠. 그 집의 천장 대들보 몇 개에는 벌레가 들끓었고, 장식도 다시 손볼 필요가 있었습니다. 비 마리암과 나의 아버지는 그 집을 현대화하면서 여러 작은 부분들에 변화를 주기 위해 창문과 격자무늬 덧창과 식물을 심은 화분을 더했고, 그래서 더 산뜻하고 바람도 더 잘 통하는 아름다운 집을 만들었어요.

비 마리암은 나호다 나소르와 함께하던 시절에 안고 살았던 재산에 대한 모든 불안감을 나의 아버지와 함께 사는 동안에도 분명 안고 있었던 것 같아요. 아니면 그들은 결혼생활에서 만족 이상의 무언가를 찾았는지도, 그리고 그녀는 신뢰와 사랑에서 우러난 행동으로 그것을 기념하고 싶어했는지도 모르죠. 그녀는 나호다 나소르가 큰 기지를 발휘해 자신에게 남겨준 그 집을 나의 아버지와 공동 명의로 바꿨어요. 나는 아버지가 돌아가시기 전까지 이 사실을 알지 못했고, 이 두번째 사별이 안겨준 슬픔과 충격에 압도된 비 마리암에게 그때 했던 일에 관해 들었어요. 그녀는 둘 중 누가 먼저 세상을 뜨게 되건 남은 사람이 친척들에게 괴롭힘을 당하지 않도록 둘 다 살아 있을 때 그렇게 한 것이었죠. 다만 그렇게 빨리, 그렇게 갑작스레, 그렇게 예고도 없이 그런 일이 닥쳐오리라곤 생각도 못했지만요.

아버지가 돌아가시던 날 밤에 나는 그녀가 소리치며 부르는 소리를 들었고, 위층으로 올라가기도 전에 그게 아버지고 아버지가 죽어가고 있다는 걸 알았어요. 내가 거기 갔을 때 아버지의 얼굴은 여전히 움직이고 있었고, 비 마리암은 침대 옆에 무릎을 꿇은 채 마치 무언가 당기거나 누르거나 끌 것을 찾고 있기라도 하듯 아버지 위로 손을 정신없이 움직이고 있었어요. 얼굴은 여전히 움직이고 있었지만 숨은 멎어 있었습니다. 아버지의 이불에는 토사물이 흩뿌려져 있었죠. 나도 아버지의 침대 옆에 무릎을 꿇은 채 그의 손을 잡았습니다. 아버지의 얼굴은 여전히 움직이고 있었지만 그는 죽어 있었고, 나는 아버지에게 일어난 일의 기이함에, 아버지가 방금 삶을 중단하고 돌아가셨다는, 떠나셨다는 사실에 감정이 북받쳤어요. 나는 아버지의 장례식에 필요한 준비를 했고, 이웃들은 오로지 죽음만이 되살려내는 그 옛 방식대로 우리를 도와주러 왔습니다. 누후와 나는 시신을 씻기는 일을 도왔는데, 나는 그 여위고 깡마른 몸에 놀랐어요. 아버지는 심지어 죽어서도 단호하고 활기차 보였습니다. 그때 나는 죽은 사람이 종종 그렇게 보인다는 사실을 알지 못했죠. 누후는 참지 못하고 흐느꼈어요. 이튿날 오후 우리는 시신을 상여에 실어 모스크로 옮겼고, 그곳에서 고인을 위한 예배를 드렸습니다. 우리는 조용히 기도문을 읊었고, 상여 앞에 열을 지어 선 수십 명의 사람들은 무릎을 꿇지도 바닥에 엎드리지도 않은 채 알라후 아크바르라는 타크비르*를 네 번 읊조렸습니다. 그러고서 우리는 상여를 모스크 밖으로 실어나르며 신의 이름을 거듭 외쳤고, 거리의 사람들은 우리가 지나가는 동안 자리에서 일어나 한동안 대열에 합류해서 우리가 묘지에 도착했을 때는 그 무리가 백 명 이상으로 불어나 있었어요. 그

* '(신의) 찬양'이라는 뜻의 아랍어로, '신은 위대하시다'를 뜻하는 '알라후 아크바르'라는 아랍어 표현을 가리키는 말이다.

러는 동안 비 마리암은 또다시 신의 법이 요구하는 대로 향후 넉 달과 십 일 동안 은둔과 절제를 하는 애도 기간에 들어갔습니다.

그가 내게 특별히 좋은 아버지는 아니었고 나도 그에게 좋은 아들은 아니어서, 우리는 서로를 등한시하고 기계적으로 보살피는 관계에 불과했어요. 하지만 아버지가 비 마리암의 마음속에서 건드렸던 무언가는 이제 달랠 수 없는 슬픔으로 부풀어 있었죠. 상중인 과부는 오직 여자 방문객들과 아주 가깝고 친한 남자 친척들만 만나도록 허락되어 있었고, 그래서 비 마리암과 슬픔의 크기를 비교할 대조군이 내겐 없는데, 하지만 비 마리암의 방문객들은 떠나면서 종종 눈물을 흘렸고, 그녀는 혼자 있을 때면 과부의 숄을 두른 채 자리에 앉아 조용히 내면을 들여다보았습니다. 늘 그렇듯 불가사의한 병으로 앓는 그녀의 언니 비 사라는 애도 기간 동안 매일 무거운 발걸음을 끌고서 우리집에 찾아왔지만, 그런 비극을 더 많이 경험해본 그녀조차도 비 마리암을 슬픔에서 빠져나오게 할 수는 없었죠. 비 마리암은 자신의 일을 전적으로 내게 맡겼어요. 이제 나는 나호다 나소르가 아내를 위해 지켜낸 집의 공동 소유주였고, 비 마리암은 누후가 우리의 이름으로 계속 운영하고 있는 할와 가게의 공동 소유주였습니다. 나의 아버지 또한 예금 계좌에 약간의 돈을 남겼고, 이것은 법이 정한 대로 우리가 나누어 가졌는데, 물론 우리 중 누구도 아직은 그 돈에 손을 댈 생각이 없었어요. 내가 할와 가게를 닫고 그것을 가구점으로 개장할 계획을 세운 것은 바로 이때인데, 하지만 그녀는 그런 문제에는 아무런 관심도 보이지 않았고 내게 알아서 하라고 말했습니다.

비 마리암이 상중이던 첫 세 달 동안 조카인 라자브 샤아반 마흐무드는 세상에서 유일한 그녀의 남자 친척이었음에도 그녀를 한 번도 방문하지 않았어요. 어떤 날은 그의 아내 아샤가 비 사라와 함께 오기도 했고 둘째 아들과 함께 온 적도 한두 번 있었지만, 라자브 샤아반 마흐무드는 올 기미가 전혀 없었습니다. 어쩌면 고모가 자신의 방문에 불안해할 거라고 생각했는지도 모르고, 어쩌면 자신의 가족들이 얹혀 지내는 집에서 비 사라에게 비 마리암의 상태가 어떤지 매일 소식을 전해 들었으므로 따로 찾아갈 필요는 없다고 생각했는지도 모릅니다. 그러던 어느 저녁, 내가 아래층에 앉아서 라디오를 듣고 있었을 때 비 마리암이 공황 상태 비슷한 것에 빠지고 말았어요. 나의 아버지가 돌아가신 이후로 그녀는 밤에 혼자 위층에 남겨지고 싶지 않아했고, 그래서 나는 라디오로 뉴스를 듣고 나면 위층의 남는 방으로 가서 자곤 했습니다. 이때 나는 아래층에 더 오래 머물렀는지도 모르고, 아니면 그녀가 평소보다 더 민감하게 반응했는지도 모르겠어요. 어쨌든, 나는 절박한 목소리로 나를 부르는 소리를 듣고는 최대한 빨리 뛰어올라갔습니다. 그녀는 거실의 매트 위에 앉은 채 벽에 기대 있었는데, 진이 빠지고 구제할 길 없는 모습이었죠. "내가 뜰 차례인가보다." 그녀가 말했습니다. "더는 남은 힘이 없구나."

나는 비 마리암 앞에 무릎을 꿇고 앉아 그녀에게 항의하며, 그런 말은 그녀를 슬프게 하고 나를 슬프게 할 뿐이니 해서는 안 된다고 말했어요. 아버지가 어머니 때 시간을 너무 오래 끌었던 것을 떠올린 나는 의사를 불러오겠다고 말했고, 전화를 신청해야겠다고 마음속으로 메모를 해두었습니다. 하지만 나는 그녀를 안심시킬 수 없었어요. 비 마리암은 자신이 죽어가고 있다고 확신했고, 내가 즉시 언니 비 사라에게 가서 자신이 죽기 전에 마지막 인사를 하러 올 수 있는지, 혹은 그럴 마음이 있는지 물어봐주길 원했습니다. 나는 그 바람대로 비 사라의 집 쪽으로 급히 달려갔는데, 가보니 그 집은 난리가 나 있더군요. 라자브 샤아반 마흐무드가 술에 만취해서 집으로 돌아와 있었어요. 보통 그는 이런 마주침을 피하는 듯 보였는데, 이번에는 웬일인지 비 사라가 그를 가로막은 것이었어요. 내가 전갈을 가지고 도착했을 때 내게 문을 열어준 사람은 바로 비 사라였고, 그녀는 자신의 조카의 사악한 행실에 대해 마구 말을 쏟아냈습니다. 그는 죄 많은 건달에 불과하고, 자기 아버지만큼이나 질 나쁜 주정뱅이라면서요. 그의 할아버지가 살아서 이 꼴을 보셨다면 뭐라고 하셨을까? 라자브 샤아반 마흐무드는 위층 어딘가에 있는지 어디에도 보이질 않았고, 비 사라는 어두운 뜰을 서성이다가 때때로 야외 계단에 몸을 기대며 자신이 느끼는 애통함과 혐오감을 이야기했습니다. 내가 그녀에게 비 마리암 얘기를 하자, 그녀는 즉시 동작을 멈추고는 급히 위층으로 올라가 부이부이를 가져왔어요. 내려오기 전에 그녀는 층계참에서 다시 한바탕 맹비난을 퍼부었고, 마지막으로 자신의 동생이 죽어가고 있다는 소식을 전하며, 동생은 적어도 전에 없던 이런 부끄러움과 함께 살 일은 없겠다고 말했어요.

비 마리암은 죽지 않았습니다. 어쨌든 그때는 아니었는데, 어쩌면 비 사라가 자기 여동생의 임종을 지켜야 했음에도 불구하고, 그리고 그 자리는 관습적으로 엄숙함과 화해의 자리였음에도 불구하고 당시 일어난 일에 분개한 탓에 다시 정신을 차렸는지도 모르겠습니다. 어쩌면 아주 여러 계절 동안 죽음에 대해 이리저리 생각해본 비 사라가 보기에 비 마리암이 그런 식으로 단번에 갈 것 같지는 않았는지도 모르죠. 비 사라는 그날 하룻밤을 묵어갔고, 나는 그녀가 몇 시간이고 떠들어대며 분개에 찬 익살을 쏟아내는 소리를 들었어요. 이튿날 나는 일터로 가는 길에 발보아 의사 선생님의 진료소에 들러, 전날 밤에 비 마리암에게 어떤 증상이 발발했으니 가능한 한 빨리 방문해줄 것을 요청했습니다. 일터에서 집으로 돌아왔을 때는 이미 의사 선생님이 찾아와 진정제를 처방해주고 그녀에게 평소처럼 주사를 놓아준 후였고, 비 사라는 이제 부정으로 더럽혀졌다고 표현한 자기 집으로 갈 수 있게 내가 돌아오기만을 기다리고 있었어요. 발보아 선생님은 자신만의 엄격하고 노련한 방식으로 비 마리암을 진정시키는 데 성공했고, 공황 상태를 겪고 난 그녀는 슬픔에 빠졌다기보다는 총명하고 사려 깊어 보였습니다.

며칠 후, 내가 어느 오후에 누후가 한숨 돌릴 수 있게 할와 가게 일을 보는 동안, 내가 없는 집으로 라자브 샤아반 마흐무드가 비 마리암의 특별한 부탁을 받고 찾아왔습니다. 그녀는 나중에 내게 말하길, 비 사라가 자신에게 말한 것을 그의 면전에서 물어보고 싶었기 때문에 그를 불렀다고 했어요. 비 사라는 분개한 나머지 라자브 샤아반 마흐무드가 사악하고 방종한 주정뱅이일 뿐만 아니라, 나의 아버지가 비 마리암을 속여서 집을 나에게 양도하게 했다는 추문을 퍼뜨리고 다닌다고 말했습니다. 아버지가 이처럼 영리하게 군 결과로 내가 그 집을 물려받게 되었고, 비 마리암이 죽을 때 그녀가 가진 다른 모든 것을 물려받게 될 거라고 말이죠. 그자, 라자브 샤아반 마흐무드는 비 마리암의 조카이자 합법적인 상속인으로서 자신의 고모가 죽으면 나를 고소해서 나의 아버지와 내가 고모에게서 훔쳐간 모든 것을 되찾을 생각이었습니다. 비 마리암은 언니에게서 그런 말을 전해들었다며, 라자브 샤아반 마흐무드에게 이에 대해 물었고, 그 사실을 인정하는지 부정하는지를 물었어요. 비 마리암에 따르면, 라자브 샤아반 마흐무드는 더듬더듬 항변하며 자신은 오직 그녀와 가족의 이익만을 생각했다고 말했지만 그 사실을 부정하진 않았습니다.

비 마리암이 내게 이 사실을 말했을 때는 그로부터 몇 주가 지난 후였고, 그때 그녀는 자신과 나호다 나소르가 겪어야 했던 친척과의 다툼이 되풀이될 수도 있다는 가능성에 어안이 벙벙해져 있었어요. 내게 이야기를 했을 때는 자신이 원하는 바가 무엇인지 생각할 시간을 가진 후였죠. 그때는 그녀가 이제 막 상복을 벗었을 때였고, 가능한 한 빨리 사무 변호사로 하여금 그 집과 그 사업 전체를 나의 명의로 하는 서류를 작성하게 할 작정이었습니다. 그렇게 하면 자신이 죽어도 사소한 다툼은 일어나지 않을 테니까요. 조카는 그 아버지와 마찬가지로 술꾼이 되어버렸다고, 그녀는 말했습니다. 그리고 그녀는 혹시라도 그에게 재산을 나누어 갖게 허락한다면 그가 물려받은 재산을 오로지 술로 탕진해버릴까봐 두려워했어요. 그녀가 보기에 내가 현재 소유하고 있는 그 집의 권리는 전적으로 나의 몫이었습니다. 그리고 내가 돌아와서 두 분과 함께 산 이후로 나는 아들이나 마찬가지였기 때문에, 그녀로서는 자신이 죽고 나면 내가 자기 몫 또한 가져야 한다는 것 외에는 다른 바람이 없었죠. 신의 법이 친척들 사이의 재산 분할을 그토록 명확히 요구하고 있었기 때문에, 그녀의 그 바람을 보장할 유일한 방법은 살아 있을 때 모든 것을 나의 명의로 해두는 것이었어요. 조카가 나의 아버지를 상대로 퍼뜨린 추문은 참을 수 없는 것이었고 나를 상대로 한 추문은 부당한 것이었는데, 그녀는 자신이 죽고 난 후에 아무 잘못도 없는 내가 그런 수모를 겪게 되는 것은 옳지 않다고 여겼습니다.

이 모든 말은 나에게 무척이나 놀라웠어요. 나는 라자브 샤아반 마흐무드가 나에 대해 수군거리고 다니는지 전혀 몰랐었는데, 물론 이제 이 사실을 알고 나니 사람들이 내게 했던 어떤 말들, 내가 그 추문을 더 두툼하고 맛깔나게 할 무슨 말을 보태진 않을지 살피며 넌지시 던지던 말들이 다시 들리긴 하더군요. 비 마리암에게 보인 나의 첫 반응은 물러서라고, 조심하라고 충고하는 것이었어요. 나는 대대로 이어지는 불화의 당사자가 되고 싶지 않았습니다. 하지만 조금 더 생각을 해보니 조금 덜 까탈스럽게 되더군요. 나의 허영과 탐욕은 그 제안에 우쭐해졌고, 처음에는 꺼림칙했지만 그것을 내 입맛에 맞춰 생각할 수 있게 되었어요. 비 마리암과 나의 아버지는 신뢰와 애정에서 우러난 사적인 이유에서 서로 그런 합의를 했던 것이었습니다. 그리고 나의 아버지는 그 집을 개보수하고 아름답게 꾸미기 위해 자신의 몫을 다했어요. 이제 비 마리암이 자신의 조카보다는 내가 자신의 몫을 가지길 바란다면, 그 선택은 그녀의 몫이었어요. 그처럼 뜻밖의 행운이 찾아왔는데 왜 내가 더 똑똑하게 굴려고 애써야 한단 말입니까? 그에 대한 타협안으로, 우리는 비 마리암이 서류를 준비는 하되 그녀가 이 모든 문제에 대해 좀더 시간을 들여 생각해보기 전까지는 그 효력을 발생시키지 않기로 합의했습니다.

하지만 나중에 알고 보니 그녀는 그렇게 하지 않았어요. 비 사라가 다시 우리집에 와서 하룻밤을 묵어간 바로 다음날, 그녀는 서류를 제출해서 며칠 안에 마무리되도록 해두었죠. 이번에는 비 사라가 우리에게 찾아왔는데, 라자브 샤아반 마흐무드가 술에 취해 울먹이며 집에 돌아와 비난하고 원망하며, 매춘부들과 거짓말쟁이들과 음모자들이 있는 이 집을 떠나 어딘가 깨끗한 곳에 가서 함께 살자며 큰 소리로 아들들을 곁으로 부르던 모습에 완전히 넋이 나가 있었어요. 아샤는 아들들이 밖에 나와서 아버지의 그런 모습을 볼 수 없도록 밖에서 그들의 침실 문에 빗장을 걸었죠. 비 사라는 작고 연약한 몸집으로 계단 꼭대기에 서서 조카가 아내에게 다가서는 것을 막았고, 그러는 동안 그는 그녀의 얼굴에서 얼마 떨어지지 않은 곳에서 서성거리며 소리를 지르고 울부짖고 분노와 눈물어린 비난을 내뱉었어요. 결국 비 사라는 발광하는 조카의 모습에 두려움을 견딜 수가 없었고, 도사린 채 그들을 기다리는 공허함과 비참함을 견딜 수가 없었습니다. 그리하여 비 사라는 아샤를 그녀의 남편한테 내버려두고, 여동생에게 한탄하러 와서는 비 마리암을 또다시 공황 상태에 빠뜨렸어요. 그로부터 며칠 후, 비 마리암은 자신의 사무 변호사로 하여금 그녀의 새로운 바람을 이행하게 했습니다.

그 일이 있고 나서 둘 중 누구도 그리 오래 살지는 못했어요. 그로부터 세 달이 지난 어느 날 아침, 비 사라는 선창가의 계단에서 넘어져 엉덩이뼈를 다쳤습니다. 그녀가 그 아래에서 무엇을 하고 있었는지 아무도 모를 일인데, 어쩌면 그녀는 어부들이 잡아 나른 신선한 물고기를 사려 했는지도 모르고, 어쩌면 충동적으로 그곳에 내려갔는지도 모르고, 어쩌면 그런 일들을 하곤 하던 인생의 초창기를 떠올렸는지도 모르고, 아니면 그 계단이 얼마나 질척하고 미끄러운지 알지 못한 채 호기심에 내려갔는지도 모르죠. 그녀는 다시는 의식을 되찾지 못하고 수술 후 몇 시간 만에 숨을 거두었습니다. 외과 의사는 그녀의 연약하고 쇠약한 몸으로 견뎌내기에는 트라우마가 너무 컸다고 말했어요. 마치 그녀가 사랑받았던 누군가, 성스러운 누군가라도 되는 것처럼 그녀의 장례식에는 군중들이 몰려들었습니다. 비 사라가 눈앞에 없었을 때 다른 곳에서 무엇을 하고 있었을지 궁금하게 하는 광경이었죠. 비 마리암은 한 달 후 발보아 의사 선생님의 진료소 옆 거리에서 오염된 과일 주스를 사 마시고는 장티푸스에 걸려 빠르고 조용히 세상을 떠났습니다. 그녀는 그날 아침에 막 그를 찾아갔었고, 그는 진정제를 한번 더 처방해주고는 그녀에게 평소대로 주사를 놓아주었었죠. 그녀의 장례식에 찾아온 문상객들은 언니와 남편이 죽은 후 그렇게 갑작스레 찾아온 그녀의 죽음이 어딘지 모르게 딱 들어맞는다고 생각했습니다—그녀가 아프길 바랐던 것은 아니고, 어쨌든 그것은 모두 신의 손에 달린 일이었지만, 그들은 사랑하던 사람들이 그렇게 갑작스레 불려간 후에 그녀가 오래 버티지 못한 것을 당연하게 여겼어요. 내게 그것은 작은 비극처럼 여겨졌는데, 그녀는 우울증을 겪다 최악의 고비를 아주 가까스로 넘긴 상태였고, 자신이 내린 모든 결정에 대해 다시 생각해볼 시간을 갖지 못한 채였으니까요. 나는 예의와 존경을 담아 그녀를 묻어주었고, 그녀와 그녀가 마지막 몇 달 동안 겪은 슬픔을 생각하며 마음 아파했습니다.

라자브 샤아반 마흐무드는 비 사라의 재산, 즉 자신의 가족들이 함께 살던 그 집과, 그녀의 결혼지참금이었을 가능성이 매우 큰 금으로 된 장신구 몇 개를 물려받았어요. 비 마리암이 죽기 전에 자기가 가진 모든 것을 나의 명의로 해놓았다는 사실이 알려지자 소문과 적의는 그 정도가 더 심해져서, 사람들이 그 사실을 내게 알려올 지경에 이르렀습니다. 그들은 나의 아버지와 내가 비 마리암을 속여서 모든 걸 양도하게 만들었다고, 우리가 세상 경험이 부족한 여자의 어리석음을 이용해 경건한 마흐무드 가족의 상속권을 박탈했다고 말했어요. 하지만 나는 나의 새 가구점을 개장하는 일을 계속해나갔고, 옛날에 세푸와 함께 케냐 북부를 여행했을 때 본 것과 같은 아름다운 푸른색 타일로 집의 뜰을 장식했지요.

라티프 마흐무드는 등을 기대고 앉아 있었는데, 수척한 얼굴은 의연하게 찡그린 채 굳어 있었고, 다문 입술은 기괴한 미소와 함께 옆으로 벌어지기 시작했다. 그는 자신의 아버지의 무능함에 대한 나의 이야기에 으르렁거릴지, 아니면 우리의 집안싸움을 시시하게 여길 수밖에 없고 스스로의 무죄를 입증하려는 나의 노력을 한심하게 여길 수밖에 없는 세상 경험 풍부한 사람처럼 미소 지어야 할지 알 수 없었던 것 같다. 그 방은 이제 영국 여름 저녁의 끈질긴 어스름 속에 잠겨 있었는데, 나는 처음에는 나를 불안하고 어쩔 줄 모르게 하던 그 빛을 견뎌내는 법을 배워가고 있었다. 나는 그저 그 밤의 느리고 무거운 습격이 동반하는 어둠을 쫓아내기 위해 커튼을 치고 방을 빛으로 넘치게 하고 싶은 마음을 참는 법을 배워가고 있었다. 나는 일어나서 차를 좀더 끓여야겠다고, 부엌에 불을 켜야겠다고, 우리가 앉아서 그렇게 몇 분 동안 지키고 있던 침묵을 깨뜨려야겠다고 생각했다. 하지만 내가 움직이자마자 라티프 마흐무드가 꼬고 있던 다리를 풀고는 몸을 앞으로 숙였다. 나는 그가 말을 꺼내길 기다렸지만 그는 아무 말도 하지 않았고, 잠시 후 그는 한숨을 내쉬더니 다시 등을 기댔다. 나는 피로함에 몸을 비틀거려 그가 나를 허약하게 보지 않도록 조심스레 일어나 부엌으로 갔다. 불을 켜고는 창유리에 비친 남자의 송장 같은 그림자를 힐끗 쳐다보지 않으려 했고, 그 얼굴에 늘 어려 있는, 속임수로도 가려지지 않는 깊은 결점 같은 선명한 씁쓸함을 피했다. 나는 얼굴을 돌린 채 커튼을 쳤고, 그러고는 서서 싱크대를 응시하며, 견잡을 수 없이 몸을 떨며, 절대로 흐릿해지지 않는 듯한 기억에 압도된 채, 우리 영혼의 남루함과 보잘것없음에 저항하기에는 결국 너무나도 허약했던 나 자신과 다른 많은 사람들에 대한 연민에 압도된 채, 결국에는 허약함을 느꼈다. 너무나도 많은 죽음들, 그러고는 앞으로 있을 더 많은 죽음들과 훼손들, 내가 저항할 수 없으며 예상할 수도 없는 패턴으로 오고 가는 기억들. 내가 거기 얼마나 오래 서 있었는지 모르겠는데, 어쩌면 너무 오래 그러고 있었는지도 모르겠다. 어쩌면 내가 소리를 냈는지도 모르겠다. 어쨌거나 나는 라티프 마흐무드가 다른 방에서 몸을 움직이는 소리를 들었고, 그래서 나도 몸을 움직여 주전자에 물을 채우고 우리가 차를 마실 컵을 씻었다. 나는 그가 부엌에 들어서는 소리를 들었고, 그 작은 공간에서 그의 존재를 느꼈는데, 내가 그를 향해 돌아서자 그의 커다랗고 선명한 두 눈이 상처로 반짝이는 게 보였다. 라티프는 나를 똑바로 쳐다보았고, 나는 이제 그가 무슨 말을 할지 두려워하며, 그동안 내 삶을 마모시킨 격렬한 비난에 진저리를 치며 눈길을 떨구었다.

"제가 피곤하게 했군요." 그가 부드럽게 말했다. 나는 잠깐 쉬자는 그의 제안에, 설령 그 순간에 불과했다 해도 눈물 짓지 않으려 애썼다. 결국, 허약하다. 고개를 들자 그도 미소를 짓기 위해 안간힘을 쓰고 있는 게 보였고, 그도 잠깐 쉴 시간이 필요하다는 생각이 들었다.

"내가 그런 이야기를 하는 것을 듣느라 분명 피곤하셨을 것 같습니다." 내가 말했다. "분명 아주 불쾌하셨을 거예요."

"저는 아주 많은 걸 잊었습니다." 얼굴을 찡그리며, 찡그린 얼굴을 펴며, 환한 표정을 지으며, 그러려고 애쓰며 그가 말했다. "일부러 그랬죠, 아마도요. 그러니까 제 말은, 저는 아주 많은 것을 일부러 잊었어요. 저는 당신 말을 들으며 생각했습니다, 세상에나, 그래 저랬었지. 정확히 그랬습니다. 그 모든 말다툼과 하찮음. 그 모든 모욕. 끝없는 원한과 적의를 품은 노인들. 그게 바로 제가 어렸을 때 느낀 것들이었어요, 속삭임과 비난, 그리고 늘 거슬러올라가고 또 거슬러올라가던 얽히고설킨 분노. 당신이 이야기를 들려주는 동안 그 감각이 돌아왔습니다. 그리고 비비, 저는 수년 동안 비비에 대해 생각해본 적이 없었어요, 당신이 비 사라라고 부르는 그분 말입니다. 우리는 집에서 그분을 비비라고, 그러니까 할머니라고 불렀어요. 저는 그녀를 잊고 있었습니다. 아니, 가능할 리 없어요, 아닌가요? 저 스스로 그녀를 잊으려 한 게 분명합니다. 비록 그 말년에 우리를 불러들여서 함께 살긴 했지만, 그분은 우리를 그리 좋아하지 않았어요. 하지만, 네, 저는 그날 밤을 기억합니다, 당신이 말하던 그날 밤 말이에요. 음, 당신이 상기시켜주니, 당신이 억지로 기억하게 만드니, 당신이 그때를 회상하게 하니 이제 기억이 납니다. 저는 당신이 그 이야기를 하는 걸 정말 듣기 싫었어요. 저는 그게 가족 내에서 일어난 일이고 다른 사람은 모를 줄 알았거든요. 하지만 당신이 줄곧 그에 대해 알고 있었다고 하니, 또 누가, 또 무엇을 알고 있을지 어떻게 알겠어요. 저는 분명 일고여덟 살쯤 됐었을 겁니다. 저는 비비가 아빠를 가로막았던 밤의 기억이 조금도, 정말 전혀 나질 않아요. 잠들어 있었던 게 분명합니다. 저는 당신이 억누른 기억에 갖는 감정과 달리, 아주 조금이라도 신경이 쓰인다거나 하는 느낌은 전혀 없고, 그저 놀라움에 호기심만 들 뿐이에요. 하지만 네, 저는 아버지가 우리에게 아래층으로 내려오라고 소리치고, 문 바깥에서 엄마가 빗장을 지르고는 우리에게 얼른 자라고 소리치던 그날 밤을 기억해요. 저는 아버지가 소리치고 욕설을 퍼부으며 흐느끼던 걸 기억합니다. 음, 아버지는 한 번도 소리친 적이 없었어요. 그런 흐느낌은, 자기 아버지가 그렇게 가슴이 미어지도록 흐느끼는 것은 상상도 할 수 없는 일인데, 만일 당신이 말해주지 않았다면 저는 아마 기억해낼 수 없었을 겁니다. 그렇게 소리치고 욕설을 퍼부은 것은 정말 충격적이었고, 엄마도 그를 주정뱅이라고 부르며 소리를 쳤는데, 비비는 울면서 아버지에게 조용히 하라고, 떠나라고, 사라지라고, 너는 죄악의 씨라고 말했었죠. 네, 이제 그 일이 생각납니다. 술 때문에 정말 난리가, 아무것도 아닌 일 때문에 정말 한바탕 난리가 났었어요. 비비가 그 집을, 자기 집을 떠나던 것은 기억나지 않지만 그 고함소리는 기억나요. 비비는 흠을 잡고, 지시를 내리고, 사소하게 놓친 것 하나하나에 불만을 표하는 걸 절대 멈추지 않았죠. 나는 우리가 그분에게 실망스러운 존재였다고 느꼈어요. 그분이 우리를 싫어한다고 느꼈죠."

주전자가 끓기 시작해서 나는 차를 준비하려고 몸을 돌렸다. 영국식으로 차를 준비했는데, 왜냐하면 우유를 끓이고 그 안에 찻잎을 넣어 우러나게 할 시간이 없었기 때문이다.

"어쩌면 그 이야기는 지금 시작하지 않는 게 좋을지도 모르겠군요." 그가 내 뒤에서 말했다. "오늘은 이곳에 이미 너무 오래 있었습니다. 이제 가보는 게 좋겠어요."

나는 돌아서서 그를 보며 히죽거렸다. "아무래도 절대 안 가실 것 같은데요." 내가 말했다.

"히죽거리는 블랙어무어시군요." 잠시 후 그가 살짝 미소를 지으며 말했다. "차만 마시고 가겠습니다. 하지만 나중에 또 오도록 하죠. 그래도 된다면요. 결국, 우리는 관계가 있는 듯하니까요."

"인척 관계일 뿐이지요." 똑같이 정감어린 목소리로 내가 말했다. "그리고 우리 사이에는 아무 일도 없었습니다."

"네, 하지만 당신은 내 아버지의 이름을 가져가셨어요. 그 조합 때문에라도 우리가 모종의 관련을 맺은 사이가 되지 않나요? 그리고 우리는 이국땅에 와 있습니다. 그런 사실이 우리를 자연히 관계가 있는 사이로 만들어주는 것 같은데, 어쨌든 제게 부탁을 하려고 전화를 했던 사람들은 그렇게 말하더군요. 당신은 왜 제 아버지의 이름을 가져갔는지 아직 말해주시지 않았습니다. 어쨌든, 그건 다 역사history*죠. 그건 하나도 중요하지 않습니다, 정말로요. 저는 그 역사가, 그러니까 무슨 일이 있었는지를 알고 우리가 어떤 존재인지, 우리가 어떻게 지금의 우리가 되었는지, 그리고 그 모든 것을 어떻게 이야기할지 이해하는 일이 중요하지 않다는 게 아니에요. 제 말은, 저는 비난을, 이 모든 가족 문제를, 늘 계속해서 거슬러올라가는 이 모든 투덜거림을 원치 않는다는 뜻입니다. 이슬람의 역사가 집안싸움과 매우 긴밀히 관련되어 있다는 것을 알아차리셨나요? 당신의 기분이 상하지 않도록 다른 식으로 바꾸

* '지나간 일'이라는 뜻도 있다.

어 말해보겠습니다. 저는 우리 무슬림들이 얼마나 예민한 무리인지 알고 있으니까요. 당신은 이슬람 사회의 역사에서 집안싸움이 얼마나 믿을 수 없는 결과들을 낳았는지 알아차리셨나요? 우마이야 가문은 예언자 무함마드의 손자 하산을 쫓아내고 다마스쿠스에서 백 년간 군림했습니다. 그러고는 예언자 무함마드의 숙부인 아바스 압둘무탈리브의 가문이 성스러운 가족의 이름으로 우마이야 가문을 제거하려는 전쟁을 일으키고는 바그다드를 거점으로 오백 년 동안 지배했습니다. 음, 엄밀히 말하면 그들이 오백 년 동안 지배한 것은 아니고, 처음 이백 년이 지나고 나서부터는 장군들과 투르크족 용병들이 지배했다고 봐야겠지만, 어쨌든 그들은 아바스 가문의 이름으로 그렇게 했습니다. 그러는 한편 북아프리카에는 예언자 무함마드의 딸 파트마와 그녀의 아들인 하산과 후세인의 후손임을 주장하는 파티마왕조가 있었어요. 그러고는 우스만*의 후손인 오스만 가문이 나타나 아주 잠시 동안 세계의 절반을 지배했고 그것의 큰 덩어리를 20세기에 이르도록 지켜내는 데 성공했죠. 그리고 우리 시대에는 압둘아지즈 이븐 사우드의 자손들이 검은 황금**의 바다에, 그들이 자기 성을 따서 사우디아라비아라고 부르는 지역에 자리잡고 있습니다. 저는 가족이 정말 싫어요."

나는 그에게 차를 한 잔 건넸고, 그는 차가 식는 것을 기다리기에는 너무 절박한 심정이라는 듯 그것을 곧장 홀짝였다. 그는 얼굴을 찡그리고 몸을 움찔하더니 잠시 내게서 고개를 돌렸다. 나는 아마도 그가 그렇게 말을 쏟아낸 후에 잠시 숨을 돌리고 싶어하는 거라고 생각하고는

---

* 이슬람의 제3대 정통 칼리프로, 예언자 무함마드의 양자였다.

** 석유를 뜻한다.

그보다 먼저 거실로 돌아갔다.

"당신의 친구 세푸는 어떻게 되었습니까?" 그가 물었다. "그 미술학도요. 결국 미술가가 되었나요?"

"그는 선생님이 되었습니다." 나는 말했고, 마치 그런 대답을 듣게 될 줄 처음부터 알고 있었다는 듯 그가 히죽거리는 것을 보았다. "어쨌든, 처음에는 그랬죠. 우리는 한동안 서로 편지를 주고받았고, 세푸가 우리 집에 찾아와서 함께 지내기도 했어요. 나는 케냐에는 다시 가보질 못했습니다. 그러고서 몇 년 후, 독립 직후에 그는 장학금을 받아 미국으로 공부하러 갔고, 그러고서는 두 번 다시 그의 소식을 듣지 못했어요. 아마 지금도 거기 살고 있겠죠. 그가 그곳에서 미술가가 되었는지, 아니면 돌아왔는지는 나도 모르겠어요. 돌아온 사람이 많지는 않죠."

6

그녀는 예기치 않게, 늦은 토요일 오후에 찾아왔다. 레이철. 예고 없이. 정말로 이상한 사고방식이고, 정말로 무의미한, 독단적인 생각이다. 예고가 있은 후에야 정중하게 방문할 수 있다는 것 말이다. 그러려면, 예고 없이 방문하려면, 제대로 된 직책명이 무엇인지는 모르겠으나 어쨌든 하인들과 말안장 관리자들과 요강 책임자들뿐만 아니라 집사를 밀치고 지나가야만 할 것이고, 땀이 날 만큼 서두르고 무례와 거절을 무릅쓰고 응접실로 불쑥 들어서야만 할 것이다. 마치 그들 자신이 어떻게 행동해야 하는지에 대한 생각을 흉내내는 자신들을 흉내내는 사람들이라도 된다는 듯이. 레이철은 벨을 눌러서 자신이 왔음을 알렸다. 가끔 그녀는 방문하겠다고 예고하고는 나타나지 않는다. 이번에 그녀는 예고 없이 나타난다. 하지만 기쁘게 해주려는 듯한 그녀의 제멋대로

인 태도는 늘 정중하며, 따라서 겨우 참아줄 만하다.

"전화를 들이셔야겠어요." 짜증이 나서 나도 모르게 얼굴을 찌푸린 것을 보고는, 그녀가 자신을 변호하듯 말했다.

"거의 그럴 뻔한 적이 한 번 있었죠." 내가 말했다. "나의 이전 삶에서요."

그녀는 기다리면서 내가 무슨 말을 더 할지 살폈고, 나를 재촉해야 할지 마음속으로 저울질했다. 물론 나는 비 마리암이 살짝 공황 상태에 빠진 후에 전화를 신청했던 때를 말하는 것이었다. 오래전 그때 나는 대기자 명단에 올라 있었고, 그러고는 그 건에 관해 영영 듣지 못했다. 레이철은 내가 권한 의자에 앉는 대신 거실의 출입구에 기대서 있었는데, 어쩌면 그저 잠깐 들렀다는 뜻을 내비치려 그랬을 수도 있었고, 아니면 나를 어딘가로 끌고 나가려고 찾아온 거라 그랬을 수도 있었다. 그녀는 이따금 후자의 행동을 하곤 했다. 그리고 그 토요일 오후에는 그 후자 때문에 온 것으로 판명이 났다. 내가 전화를 거부하는 것에 대해 습관적으로 투덜거려 나에게 한마디 듣고도 레이철이 물고 늘어지지 않은 것은 그 때문이었을 것이다. 거의 호박색 같은 투명함이 스민 그녀의 갈색 눈, 다른 때에는 은은하고 고요하며 그 고요함 가운데 예의 주시하던 그 눈은 계획으로 활기를 띠고 있었다. 레이철은 원할 때면 훌륭한 청자가 될 수 있었다. "저희 어머니께서 주말 동안 저와 지낼 건데, 오셔서 함께 저녁을 드셨으면 하고 우리 둘 다 정말 진심으로 바라고 있어요. 어머니가 요리를 할 거라 음식은 분명 맛있을 거예요." 그녀가 말했고, 말을 끝내며 얼굴을 찡그렸는데, 왜냐하면 벌써 내가 고개를 내젓는 게 보였기 때문이다. 그녀가 눈썹을 살짝 추켜올리며 내게 설명을 요구했다.

"그렇게 안 하는 편을 택하고 싶습니다." 내가 말했다.

"아, 또 그 바틀비처럼 구시는군요." 과장된 체념의 한숨을 내쉬며 그녀가 말했다. "이것 참. 이번에는 지난번처럼 오래가지 않았으면 좋겠네요. 왜 안 되는지 말씀해주셨으면 해요. 저희 어머니를 만나러 와서 어머니가 해주는 아주 맛있는 음식을 드시라는 저의 꽤나 진심어리고 관대한 초대에 예의 있게 대답하신 것처럼 들리진 않는군요. 정말 와주셨으면 좋겠어요. 선생님은 저희 어머니를 한 번도 만나본 적이 없고, 제 생각에는 만나면 좋아하실 것 같거든요."

나는 그녀에게 바틀비 이야기를 했었고, 그녀는 그것을 읽고는 과연 위대한 작품이 맞는지 의심스럽다고 내게 말했었다. 그녀는 그 작품에 너무나도 많은 우울과 체념이 들어 있다고, 그리고 벽과 툼스*와 피라미드와 어둑어둑한 감옥 안뜰에서 자라는 가느다란 풀 같은 상징적인 표현들이 너무 숨막힌다고 생각했다. 그녀 취향에는 자기 연민이 너무 심한, 그렇고 그런 19세기 멜로드라마였다. 어쩌면 그녀는 내가 스스로를 일종의 바틀비로, 비밀스럽고 부담스러운 사연을 지녔으며 침묵으로 그 속죄를 하려 하는 사람으로 여길까봐 두려웠는지도 모른다.

나는 그녀에게 그에게서 무언가 알아본 게 없었는지, 그의 무언가에 감응하게 되진 않았는지 선수를 쳐서 물었다. 그에게 무언가 익숙한 면, 무언가 바라던 면, 무언가 영웅적인 면이 없었는지?

"전혀요." 그녀는 말했다. "그는 위험한 사람, 자기 자신과 자신보다

---

* 1838년에 완공된 뉴욕시 법무청사 및 구치소의 별칭으로, '툼(tomb)'은 '무덤'을 뜻한다.

약한 다른 이들에게 사소한 가혹함을 계속해서 행사할 수 있는 누군가, 학대자를 떠올리게 했어요."

나는 바틀비를 그런 식으로 생각해본 적이 한 번도 없었는데, 물론 그가 자기 자신에게 가혹했던 것은 사실이었다. "어쩌면 요즘 시대에는 겸손함과 물러남을 택하는 사람을 표리부동한 존재로 여기게 되었는지도 모르겠군요." 내가 말했다. "그들을 회복할 수 없을 만큼 망가져서 오로지 정신 나간 잔학 행위밖에 못하는 존재로 여기게 되었는지도 몰라요. 어쩌면 당신들은 영혼의 야망을 신뢰함으로써 영웅적인 색채를 띠게 되는 그런 고립을 욕망하는 것에 대해 포용력을 잃었는지도 모릅니다. 그래서 스스로를 고행으로 내몰며 도피하는 듯한 바틀비의 행위가 오로지 위험한 예측불가능성이라는 의미로밖에는 읽히지 않는 거예요. 특히 그 이야기가 우리로 하여금 바틀비가 무엇 때문에 이런 상태에 이르렀는지 알려주지 않고, 그에게 연민을 느낄 수 없게 하기 때문에 더 그렇겠죠. 그 이야기는 우리가 그래, 그래, 하면서 이 경우에 있어서 우리는 그런 행동의 의미를 이해하고, 그것을 용서한다는 식으로 말할 수 없게 해요. 그 이야기는, 자기 자신이나 자신의 과거에 대해서는 전혀 말하지 않고, 판단이나 분석은 하지 않는 듯 보이며, 우리에게서 일시적 구제나 용서도 바라지 않는, 오로지 혼자 남겨지기만을 바라는 이 남자만을 우리에게 보여줄 뿐입니다."

"실존주의적 영웅이죠." 약간 거들먹거리듯 미소를 지으며 그녀가 말했다. "저한테는 자기 연민에 사로잡혀 자신의 패배를 즐기는 누군가로 보여요."

우리 둘 다 예전의 이 대화를 돌이켜본 게 분명한 침묵의 시간이 짧게 지나가고 그녀가 말했다. "오늘밤 오셔서 우리와 함께 저녁을 드시는 게 어때요?" 마침내 자리에 앉아 몸을 앞으로 굽혀 대화를 시도하려 하면서 그녀가 물었다. "저희 어머니는 선생님을 무척 만나고 싶어하세요. 저는 알아요. 어머니께 전에 선생님 이야기를 했었는데, 오늘 오후에 오셔서는 선생님에 대해 물으셨거든요. 그래서 저는 선생님께 한번 들르라고 하면 어떨까? 하고 생각했죠. 어머니는 그 생각을 정말 마음에 들어하셨고, 제가 이곳에 오려고 집을 나섰을 때는 이미 생선을 손질하기 시작하셨어요. 어머니는 유명한 요리사고 저를 만나러 오시는 일이 거의 없으니, 이런 기회는 또 없어요. 부모님은 멀리 떨어진 런던에서 정말 바쁘게 살고 계시죠. 저희 아버지는 절대로 찾아오는 법이 없고, 전화를 하기는커녕 제대로 받지도 않죠. 그건 그렇고…… 어쨌든, 어머니가 지금 여기 계세요. 어머니는 들려줄 이야기가 많고 대단히 박식하세요. 제가 어머니한테 선생님 이야기를 좀 해드렸는데, 기분 상할 일은 아니었으면 좋겠군요. 선생님도 어머니를 좋아하실 거예요. 제가 말을 끝내기도 전에 그렇게 고개를 젓지는 말아주세요. 잘 어울릴 수 있을 거예요…… 저는 알아요. 그리고 여기에 스스로를 마냥 가두고 있을 게 아니라 좀 나갈 필요가 있어요. 어서요, 운동화를 신고 같이 가요."

그녀는 내게 선물로 운동화 한 켤레를 사주었는데, 나는 스스로를 설득해서 그것을 한 번은 신을 수 있었지만 그 차림으로 해안가를 걷고 있자니 너무 야단스럽고 광대 같은 기분이 들어서 이제껏 다시 신은 적이 없었다. 그녀가 그 운동화를 사준 방식은 내게 친절을 베푸는 방식과 다르지 않았다. 어느 날 오후에 레이철은 산책을 가자며 나를 설득했고, 진작 의도한 대로 나를 커다란 백화점들 중 한 곳으로 유도

했다. 나는 돌아다니면서 그중 몇 군데를 즐거운 마음으로 조금씩 방문해보긴 했지만, 그 백화점은 내가 전에 가봤던 곳은 아니었다. 나는 공중에 맴도는 톡 쏘는 듯한 향을 맡기 위해 늘 향수 코너를 지나며 선명한 불빛과 그곳에서 손님을 응대하는 젊은 여자들의 깎아놓은 듯한 얼굴에 놀라워한다. 어쨌든, 그녀가 나를 데려간 그 백화점에 가 있는 동안, 그녀는 마치 장난이라도 치듯 내게 운동화 한 켤레를 신어보게 했다. 나는 그 바람대로 했고, 보조를 맞춰주려고, 약간의 장난도 받아줄 줄 모르는 사람처럼 보이진 않으려고 그 신발에 대해 의례적인 말을 했는데, 그러자 레이철은 그것이 내게 주는 선물이라고 말했다. 나는 처음에는 이의를 제기했는데, 그녀가 당황스러운 기색을 보이기 시작하자 내가 그녀의 보살핌과 배려의 표시에 대해 불손하고 불친절하게 굴고 있다는 기분이 들었고, 그래서 감사를 표하며 그 선물을 받아들였다.

"내가 스스로를 가두고 있다고 말하시는 이유를 모르겠군요. 나는 매일 밖으로 나갑니다." 내가 말했다.

"가구점으로요." 그녀가 말했다.

언젠가 나는 방심한 순간에, 레이철이 내게 간단한 점심 같은 것을 먹으러 나가자고 설득하고 있었을 때 그 이야기를 했다. 바로 길 아래쪽에 훌륭한 레바논 스낵바가 있어요, 정말 마음에 드실 거예요. "나는 매일 나갑니다." 나는 그녀에게 말했다. "나는 매일 아침마다 미들스퀘어파크에 있는 가구점들을 방문해요." 그녀에게 그것은 어찌할 바를 모르는 외로운 노인이나 할 법한 일처럼 들렸을 게 분명하다. 어쩌면 누구에게나 그렇게 들릴지도 모르겠다.

"오늘 아침에 나는 산책로를 십오 분 동안 걸었습니다." 그녀가 나를 괴롭히는 것에 이제는 미소를 지으며 내가 말했다. "아발론 스포츠센터에서 부두까지 쭉 걸었죠. 햄튼호텔 바깥에 갈색과 흰색 수녀복을 입은 수녀들이 인도에 무리지어 모인 채 고위 성직자가 도착하길 기다리는 것처럼 보이더군요. 그들 옆에는 커다랗고 휘황찬란한 바와브 두 명이 장식 수술이 달린 제복과 챙이 달린 모자 차림으로 리무진이 도착하면 문을 열어주기 위해 대기하고 있었어요. 그리고 햄튼의 깃발들이 그들의 머리 위로 힘차게 나부끼고 있었죠. 도로 경계석 위에 떡 벌어진 어깨로 굳건히 서 있는 이 커다란 남자 두 명과, 머리에 쓴 것을 공작 암컷 무리의 볼품없는 깃털처럼 펄럭이며 그들 옆에서 흔들거리고 있는 그 특색 없는 작은 여인들의 무리. 과시하려는 충동을 억누를 수 없는 그 남자들의 모습에는 무언가 영원한 것이 있었어요."

"그 두 남자를 뭐라고 부르셨죠? 도어맨들 말이에요. 무슨 단어였죠?" 그녀가 물었다.

"바와브." 내가 말했다. "문지기들, 문명화되고 번영한 문화에서는 없어서는 안 될 요소죠. 신드바드가 첫번째 여행을 마치고 부자가 되어 바스라에 돌아왔을 때, 그는 자신의 친구들을 즐겁게 할 첩과 멤루크* 를 사들이기 전에 집과 바와브부터 사들였습니다."

"요즘처럼 평온해진 시대에는 도어맨이라고 불리지요." 그녀가 말했다. "사람들은 그들이 그렇게 과시하고 호들갑을 떨길 기대해요. 가구점에 가기 전의 일이었나요, 다녀온 후의 일이었나요?"

---

* 원래 '소유된 자'라는 뜻의 아랍어로, '아랍인이 아닌 노예'를 가리킨다.

"네, 다녀온 후였죠, 당연히. 가구점은 오전의 영업으로 인조섬유가 공중에 날리기 전인 이른아침이 늘 가장 좋거든요. 오늘 내가 갔던 곳은 일련의 새로운 테이블을 들여놓았는데, 평소 그 가게의 스타일과는 꽤나 차이가 있었어요. 두툼하고 연한 색 목재와 무지막지한 직선들." 내가 말했다. "나는 작은 소용돌이 모양과 선조線條 세공, 그리고 섬세한 가장자리 장식을 좋아하지요. 이 테이블들의 목질이 좋다는 건 나도 알겠지만, 그것들의 대담한 실용주의적 자만심, 자신의 추함을 찬양하는 모습에는 혐오감이 듭니다."

"그것 때문에 바틀비 같은 기분이 드신 건가요? 그래서 해안가를 거닐면 마음이 진정될 거라고 생각하신 모양이군요. 어서요, 운동화를 신고 저랑 같이 절벽 쪽으로 드라이브를 가요. 같이 수면 위로 반짝이는 햇볕을 좀 쬐고, 그러고는 오늘밤 저녁식사에 오시도록 선생님을 설득해봐야겠네요."

나는 너무 피곤하다고 해명했다. 나는 그녀가 항복한 것을 봤고, 이런 순간이 찾아올 때면 늘 느끼는 것이지만, 그동안 친절을 베풀어온 레이철에게 배은망덕하게 군 기분을 느꼈다. 나는 알겠다고, 가겠다고 말하고 싶은 충동을 억눌렀다. 나는 정말로 피곤했고, 혹은 안면이 없는 누군가와 맨 처음부터 대화를 시작하기에는 일단 너무 피곤했다. 혹은 어쩌면 나는 그저 마음이 가라앉아 있을 뿐이었고, 자리에 앉아서 그날 일찍 꽃집 옆의 중고 서점에서 구입한 중앙아시아 여행책을 읽기를 고대하고 있었는지도 몰랐다. 길 건너편에도 중고 서점이 하나 있긴 했는데, 그곳 남자는 자신의 책들을 증오하는 듯 보였고, 지저분한 양복과 넥타이 차림으로 팔짱을 낀 채 그것들 옆에 서서 마치 반항적인 개코원숭이 무리를 지키고 있기라도 하듯 손님들을 쏘아보았다. 그의 책은 박스에 담겨 있었고, 급하게 사들여 헐값에 팔아치우는 상품처럼 쌓인 채 마구 뒤섞여 있었다. 『헤라트』*, G. B. 맬러슨 지음, 1880. 책을 펼쳐든 나는 이 문장을 읽었고, 그래서 그 책을 샀다. "양탄자에서 호박의 증기가 배어나왔다." 그것은 나의 우드알카마리와 향기로운 고무진으로 만든 향에 대한 향수를 느끼게 했다.

나는 레이철을 사랑하게 되었는데, 물론 감히 그 사실을 그녀에게 말하진 않을 것이다. 그녀는 내킬 때, 때로는 예고 없이, 그리고 대개는 어딘가에 가서 무언가를 하자는 계획을 갖고 나를 찾아온다. 그 계획이 늘 훌륭한 것은 아니고, 그래서 나는 어딘가 달갑지 않은 곳으로 끌려가는 일을 막기 위해 힘차게 저항해야만 한다. 하지만 종종 그 계획은 놀라운 것이어서, 집에 머물며 책이나 지도를 읽으려고 거절하려던 생각을 하는 수 없이 재고하게 만든다. 그녀는 지도를 좋아하는 나의 성향을 못마땅해하는 것 같고, 나는 그 이유를 알 수가 없는데, 왜냐하면 그녀는 그렇다고 절대 인정하지 않을 것이며 심지어 최근에는 내게 중세 포르투갈의 지도 제작을 다룬 책까지 사주었기 때문이다. 이런 겉모습에도 불구하고 내 안에 어떤 젊음이 남아 있다는 증거로 내가 더 활동적인 취미를 가졌으면 하는 게 그녀의 바람이라고 한다면, 어쩌면 그 성향은 나를 괴짜처럼, 혹은 너무 앉아 있기만 하는 사람처럼 보이게 하는지도 모르겠다.

그리고 레이철의 방문은 내게 도움이 되었다. 홀로 남겨졌다면 볼

* '헤라트'는 아프가니스탄 서부에 위치한 도시로, 15세기 티무르제국 시대에 이슬람 문화의 중심지였다.

수 없었을 더 많은 것을 보게 해주었으며, 정중함과 보살핌을 떠올릴 수 있게 해주었고, 내게 애정을 가져다주었으며 그에 대한 보답으로 애정을 베풀 기회도 주었다. 그렇게 보잘것없는 은혜라고는 할 수 없고, 사실 전혀 그렇지 않은데, 그럼에도 나는 내가 오해하고는 애초에 주어지지도 않은 사랑을 어리석게 되돌려주기라도 할까봐 심지어 혼자 있을 때도 그것에 대해 너무 깊이 생각하진 않으려 한다. 그래도 나는 레이철의 방문이 내게 도움이 되었다는 것을 안다. 나를 왜 방문하는지, 혹은 왜 내가 밖에 나가서 겉보기에는 아무 매력도 없어 보이는 이 계곡이나 저 절벽을 보거나 돌투성이 해변을 걷도록 신경을 써주는지는 나도 모르겠다. 내가 그녀에게 물어본 적은 한 번도 없고, 그녀 쪽에서 그 주제를 자발적으로 이야기한 적도 없다. 그녀는 그저 찾아와서 부산하게 움직이거나 의자에 앉아, 쓴 커피나 달콤한 홍차를 마시며 나와 한동안 이야기를 나누는데, 만일 레이철의 마음이 내키고 나도 그럴 기분이 들면 우리는 바닷가를 산책하거나 그녀의 차를 타고 그녀가 정한 어딘가로 가기도 하고, 그러면서 그녀는 그녀만의 열광적이고 사람을 무장해제시키는 방식으로 내게 말을 건다. 레이철의 방문은 내게 도움이 되었고, 처음 만났을 때 떠올렸던 내 딸처럼 그녀를 사랑하게 만들었다. 그녀는 별 이유 없이 흐트러진 머리를 손으로 잡고 마치 산만해서 그러는 것처럼 그것을 비트는 버릇이 있는데, 가끔 그녀의 그런 모습을 볼 때면 나는 수용소에서 그녀를 처음 만났을 때가 생각나고, 이유는 설명할 수 없지만 내가 아주 잠시 알았다가 잃고 만 나의 딸 라이이야, 나의 딸 루키야가 생각난다. 물론 나의 딸은 그런 머리를 한 적이 없고 그렇게 당긴 적도 없었지만, 레이철이 그럴 때마다 나는 나의 딸

라이이야, 나의 딸 루키야가 생각난다. 나는 감히 그녀에게 이 모든 이야기를 할 생각이 없고, 왜 그녀가 수고롭게 나를 보러 오는 것인지, 그녀의 표현에 따르면 왜 불시에 들이닥치는지 알 수 없다. 그녀는 내게 전화가 없어서 미리 전화할 수 없는 것에 대해 불평하고, 그래서 통화하는 대신 그 먼길을 와서 내게 무언가를 하지 않겠느냐고 물어볼 수밖에 없는데, 결국 내가 그러고 싶어하지 않으면 그녀는 바삐 움직이는 토네이도처럼 차를 타고 떠나며 무의미하게 다른 방향으로 또 나아갈 수밖에 없다. 지금처럼. 하지만 나는 전화를 원치 않았다. 나는 그 소음을 원치 않았고, 달갑지 않은 사람이 언제든 자기 좋을대로 전화를 걸어와 여기서든 다른 곳에서든 상대방이 듣고 싶어하건 아니건 떠들어대는, 정작 나는 그들이 찾아와 시간을 들여 예의를 차리거나 양해를 구하는 걸 보지도 못했는데 듣기 거슬리고 으르렁대고 윙윙거리는 클라리온 소리를 내며 남의 집에 뛰어들어와 대답과 정중할 것을 요구하며 떠들어대는 그런 침범을 원치 않았다. 나는 레이철의 불규칙한 방문, 어쨌거나 곧 뜸해지다가 끝이 날 거라 짐작되고 그럴까봐 염려되는 그 방문이 더 좋았다. 그리고 그렇게 생각하자, 나는 함께 가서 레이철과 그 어머니와 식사하지 않겠다고 하는 나의 행동이 그날을 앞당길 뿐일지도 모른다는 생각이 들었고, 그러자 거의 굴복해서 알겠다고, 가겠다고 말할 뻔했다.

"내일, 점심이요." 그녀가 미소를 띤 채 구슬리며 말했다. "오셔서 내일 같이 점심을 먹어요. 꼭 오셔야 해요. 오시지 않으면 어머니는 제가 선생님을 꾸며냈다고 말할 거예요. 어머니는 그렇게 이야기하길 좋아하세요, 제가 몽상가고 환상의 세계 속에 살고 있다고요. 혹은 적어도 예전에는 그렇게 말하곤 하셨어요. 제가 이 망명 관련 일을 시작하기 전까지는 그랬고, 그후에 어머니는 제가 진짜 세상에 눈뜨게 되었다고 생각하셨죠. '그건 정말 해볼 만한 의미가 있는 일이로구나.' 어머니는 말했어요. 자기가 진짜 세상을 안다고 생각하길 좋아하거든요, 저희 어머니 말이에요. 그런데 어머니가 자신의 가족, 저의 가족 이야기를 하는 걸 듣다보면, 어머니야말로 이야기를 해나가며 꾸며내는 어떤 역사적인 환상 속에 살고 있는 것 같다는 생각이 들어요. 듣자 하니 수세기 전에 우리는 하이파*에 살았고, 그러고는 스페인에서 세파르디**가 되었다가, 수세기 후에 트리에스테***로 쫓겨났고, 그러고는 제네바로 갔는데, 그러다가 외증조부가 지난 세기말에 런던으로 오신 듯해요. 어떤 의미에서는 믿기지 않는 이야기죠."

"어머니께서 그 여행들에 대한 이야기를 아신다고요?" 늘 오디세이****와 불가능한 여행에 대한 이야기를 갈망하는 내가 말했다, 아니 더 정확히는 물었다. "무슬림과 유대인이 안달루스에서 추방되던 시절의 스페인 이야기를요?"

"아마 그럴 거예요." 레이철이 말했다. "오셔서 어머니께 물어보시지 그래요? 두 분이 이른아침까지 코르도바*****의 벽으로 둘러싸인 정원에 대해 이야기를 나누는 모습이 눈에 선하네요. 어머니는 스페인의 유

---

* 이스라엘의 항구도시.

** 스페인·북아프리카계 유대인.

*** 이탈리아 동북부의 트리에스테만에 면한 항구도시.

**** 호메로스의 『오디세이아』에서 유래한 표현으로, '경험이 가득한 긴 여정'을 뜻한다.

***** 스페인 남부의 안달루시아 지방의 도시.

대인들에 관한 책을 모으세요. 한번은 안달루시아의 종교적인 노래들, 무슬림 노래들에 대한 책을 보여주신 적도 있죠. 그것들을 뭐라고 부르죠?"

"카시다." 내가 말했다.

"맞아요, 작고 낡아빠진 책이었어요."

"어머니께서 들려주시는 안달루스 이야기를 듣고 싶긴 하지만 내일은 찾아오기로 한 손님이 있어서요." 마치 그동안 비밀스럽게 군 듯한 기분을 느끼며 내가 말했다. "라티프 마흐무드 말입니다. 기억하시나요? 언젠가 만남을 주선해주셨던……"

"네, 알아요. 전화 통화를 한 적이 있거든요. 그분이 주중에 전화를 걸어왔어요." 비밀스러운 앎에서 우러나는 미소를 지으며, 거의 능글맞게 웃으며 그녀가 말했다.

"아." 내가 말했다. 이번에는 또 뭐지?

"그분은 두 분이 관계가 있다고 말했어요. 한 번도 그런 말씀은 없으셨잖아요. 제 생각에 그분은 당신을 만나서 꽤나 들떠 있는 것 같아요. 그 모든 일들을 수년간 생각도 하지 않았었고, 심지어 어떤 일들은 알지도 못했다고, 그분은 말했어요. 어떤 면에서는 질투가 나더군요. 정말 들떠 계셨어요. 그런 상황을, 그러니까 그간 알지도 못했던 자신의 인생 이야기를 듣게 된다고 한번 상상해보세요. 그 이야기를 듣자 우리가 하는 일에 대해 생각해보게 되더군요. 우리는 사람들을 기억하게 하려고, 그들이 스스로를 변호할 수 있게 하려고 애쓸 때가 정말 많죠. 그리고 만일 그들이 기억해내지 못하면 우리끼리 그것을 지어내야만 해요. 사라진 그 이야기들을 다른 누군가가 완성해준다고 한번 상상해보세요. 마치 부모가 예전에 당신이 무슨 일을 하고 무슨 말을 했는지 알려주는데 당신은 그 기억이 전혀 없는, 그런 아이 같은 존재가 되는 것이나 마찬가지일 거예요."

"알 만한 가치가 없는 것들도 있습니다." 내가 말했다.

레이철은 고개를 한쪽으로 기울인 채 심각한 얼굴로 잠시 그 문제에 대해 생각했다. "아니요, 저는 그게 거짓말과 혼돈으로 가는 일방통행로라고 생각해요. 저는 대체로 아는 편이 낫다고 생각해요. 그분이 끔찍한 일들 때문에 선생님을 보러 오는 건가요? 그러니까 제 말은, 그분이 잊었거나 알지 못했던 슬픈 일들을 말해주어야만 하는 건가요?"

"네." 내가 말했다.

"그리고 선생님께도 슬픈 일이고요? 유감이로군요. 그분이 선생님을 괴롭히고 있는 건 아니죠, 그렇죠?"

"아니요, 저는 그가 왔으면 좋겠습니다." 내가 말했다.

"그분은 선생님을 만나 정말 기뻤다고 아주 여러 번 말했고, 그러니 해주셔야 할 이야기가 마냥 슬플 리는 없을 거예요. 어쨌든, 괜찮으실 거예요. 제가 무슨 소릴 하고 있는 거죠……? 아, 저도 모르겠네요, 차분하고 사려 깊고 흥미로운 분이었어요. 꼭 만나보고 싶군요. 다음번에 오실 때면 무언가를 다 같이 할 수도 있을 거예요, 어쩌면요. 워터밸리까지 차를 타고 나가서 점심을 먹고 호숫가를 따라 오래 산책을 하거나 뭐 그런 거 말이에요. 아니면 제가 빠지는 게 좋을까요?"

"아니요, 아니요." 내가 말했다. "다음번에 그렇게 하죠."

정확히 약속한 시간에 벨이 울렸고, 그래서 벨을 울리기 전에 그가 아래층에서 기다리고 있었던 것은 아닌가 하는 생각이 들었다. 나는 쌀과 데친 야채를 곁들인 생선 요리 같은 걸로 변변찮은 점심을 준비해 놓았고, 그가 도착하자마자 미소를 짓고 열의를 보이며 이 호화로운 식사를 함께하기 위해 그를 부엌으로 안내했다. 레이철에게 들은 말이 있었지만 나는 그가 도착할 때 어떤 상태일지 전혀 알 수 없었다. 나는 그가 신랄한 싸움을 벌이기 위해, 허위와 왜곡을 이유로 나를 비난하러 왔을지, 아니면 무슨 말을 해야 할지 몰라 난처해할지 알 수 없었다. 나는 또한 그의 모습을 보고 놀랄 준비도 되어 있었다. 불과 며칠 전에 오후 한나절과 저녁 일부를 그와 함께 보내긴 했지만, 나는 그의 이목구비를 물 흐르듯 자연스럽게 기억해내기가 어려웠다. 어쩌면 나는 이야기하는 동안 그를 안 보려고 했는지도 모르고, 그가 이야기할 때 그 눈을 피했는지도 모른다. 어쨌든 나는 주중에 그를 생각하면서 깨달았는데, 내가 들려준 이야기를 받아들이는 그 얼굴의 움직임이나 그의 눈을 묘사할 수 없을 것 같았다. 내가 그를 알아보지 못했을 거라는 뜻은 아니고, 그저 얼굴의 미묘한 움직임이 어땠는지 기억에 확신을 가질 수 없었다는 말이다. 그래서 나는 우리가 다시 대화를 시작할 지점을 찾아낼 시간을 벌 수 있게 그가 도착하자마자 점심을 들자는 생각을 했다.

음, 도착했을 때 그는 미소를 짓고 있었고 나와 힘차게 악수를 했다. 그러니 분위기는 괜찮았고, 아마 그는 나에게 소리치러 여기 오지는 않았을 것이었다. 그러고서 우리는 예의상 주고받는 말들로 넘어갔다. 어떻게 지내셨습니까? 하시는 일은 어땠나요? 가족들은 잘 지내시는지요? "저는 가족이 없습니다." 그가 말했다. 나는 질문을 이런 식으로 했다. "집에 계신 분들은 다 무탈하신가요?" 그리고 그의 대답은 이랬다.

"집에는 아무도 없습니다." 나는 더이상 아무 말도 하지 않았고, 그가 나의 침묵을 눈치채고는 미소 짓는 것을 보았다.

"오랫동안 함께 지내던 사람이 있었습니다." 우리가 먹을 점심을 차리고 그에게 식사하자고 권하자 그가 말했다. "육 년을 함께했는데, 하지만 늘 당장이라도 끝나버릴 관계였죠. 우리는 행복하지 않았습니다. 이름은 마거릿이었어요. 우리는 함께 그럭저럭 살아갔고 서로 기쁨을 나누었지만 행복하진 않았습니다. 짜증이 솟을 일이 많았고, 제가 때로 그 사람을 꽤나 싫어했다는 걸, 증오했다는 걸 알아요. 우리는 학생일 때 만나서 그대로 붙어버렸죠. 행복한 순간들과 보살핌에도 불구하고 우리 관계는 클리셰 같았고, 감히 그 사실을 인정하기 훨씬 전부터 우리는 서로에게 질려버렸습니다. 그러고서 저는 다른 누군가와 이 년 반을 함께했죠. 그렇게 오래전 일은 아니고, 대략 일 년쯤 지났네요. 이따금 함께 살 집을 찾아보자는 말을 하곤 했지만 실제로 그런 일은 일어나지 않았습니다. 몇 주가 지나도록 저는 그 일에 대해 생각도 하지 않았고, 그러고는 다른 무슨 일이 생겨서 그 일에 대해서는 아예 생각도 하지 않게 되었죠. 그게 마지막이었어요. 저는 그후로 다시는 누구와도 함께 살지 않아요. 그렇게 지내는 편이 우리에게 더 쉽고 더 안전했습니다. 그녀는 클래펌에 있는 복층 주택에 살았고, 저는 배터시에 있는 아파트에 살았죠. 런던을 잘 아시나요?"

"한 번도 가본 적은 없습니다." 내가 말했다. "이름은 뭐였나요? 얼마 전에 헤어졌다는 그분 말입니다."

"앤절라요." 그 사실을 빼먹었다는 사실에 미소를 지으며 그가 말했다. 그리고 이름을 언급한 후 그녀에 대해 생각하기 시작했고, 그의 얼굴은 잠시 굳어졌다. "그녀는 프리랜서 번역가로 일하며 교과서, 과학 관련 기사 같은 것들을 옮겼어요. 이탈리아어를 했죠. 어쨌든, 그녀는 우리가 협의한 관계에 저보다 먼저 싫증을 냈고, 제가 결정을 내리길 바랐습니다. 저는 도저히 그럴 수가 없었어요. 그러니까 제 말은, 저는 그러고 싶지 않았습니다. 가족 말이에요. 그리고 저는 그녀와 알고 지내던 초반에 들었던 어떤 말이 잊히질 않았어요. 그녀와 남동생은 어머니에게 할말이 있어서 어느 주말엔가 도싯에 있는 집으로 가야 했는데, 왜냐하면 어머니가 아버지와 더이상 섹스를 하려 하지 않았기 때문이죠. 그 사람은 자신의 어머니가 너무 부당하게 군다고 말했어요. 그리고 그녀와 남동생은 어머니와 대화를 나누기 위해, 어머니의 이기심을 나무라기 위해 집으로 갔죠—그들의 아버지가 그러도록 부추겼고요. 저는 그 이야기를 잊을 수가 없었는데, 특히 함께 살자는 이야기가 진지하게 무르익었을 무렵에는 더욱 그랬습니다. 저는 제 아이들이 어느 날 집으로 원정을 와서는 제가 앤절라와 섹스를 하지 않는 것을 두고 저에게 설교하는 모습을 상상해보았어요—그녀가 곁에 앉아 투덜거리며 부채질하는 동안 말이죠. 생각만으로도 견딜 수가 없었습니다. 아, 저는 정말로 그러고 싶지 않았던 것 같은데, 하지만 저는 그 이야기가 얼마나 구질구질했는지 또한 잊을 수가 없었어요. 그리하여 이윽고 그녀는 제가 선호하던 가벼운 방식으로 저와 만나길 거부했고, 우리는 더이상 만나지 않게 되었습니다. 그런 다음에는 크게 신경쓸 일이 없었어요. 정말 감사합니다, 음식 말이에요."

"아무것도 아닙니다, 그저 허기나 면할 변변찮은 음식에 불과한 걸요."

"다시 오게 해주셔서 정말 감사합니다." 그가 말했다. "지난주에 제가 피곤하게 했고, 곤란한 일들에 대해 말씀하시게 한데다 불쾌하고 무례하게 굴었다고 생각했거든요."

"아니요, 저는 당신이 왔으면 했습니다. 잘 오셨어요." 나는 말했다.

"어쨌든, 저는 일주일 내내 지난번에 하신 말들을 생각하며, 그것들을 제 기억과 제가 안다고 생각했던 것과 일치시켜보려 애를 썼습니다. 비록 제가 당신의 이야기에 사로잡히긴 했지만, 그래도 저는 제 마음속 어디선가 저항감이 들었다는 걸 알아요. 그래서 저는 그 문제에 대해 생각하면서 그 이야기들을 서로 나란히 대어보았고, 그러고는 제가 절대 채울 수 없을 공백, 그리고 우리가 지난번에 가까스로 건드리지 않은 공백을 보았습니다. 저는 이 모든 세월이 흐른 뒤에 그 시절 그 장소에 대해 생각하느라 녹초가 된 기분이에요. 그리고 적의와 경멸과 깔보는 시선을 겪으며 제 삶의 모든 이런저런 일들을 껴안고 이곳에서 살아가느라. 저는 녹초가 되어 쓰라리고 상처로 멍이 든 듯한 기분입니다. 어떤 의미인지 이해하세요? 분명 그 기분을 아실 겁니다. 저는 이번주 내내, 알거나 알지 못하고, 그것에 대해 아무것도 하지 못하고 또 어쩔 수 없다고 느끼며 살아온 이 모든 세월 동안 제가 얼마나 녹초가 되었는지를 생각했습니다. 그래서 저는 이곳에 와서 당신의 이야기를 듣기를 고대했고, 그리하여 우리 둘 다 위안을 얻을 수 있기를 고대했습니다."

"네, 위안이 되겠죠." 내가 말했다.

"파루가 어떻게 되었는지 말씀해주실 수 있을까요? 전에도 여쭤본 일입니다만."

"누후. 그의 이름은 누후였어요. 그는 관세경찰이 되었습니다. 그러니까, 항구 게이트에 서서 모든 차량을 수색하고, 허가받지 않은 사람들의 출입을 막고, 모든 것에 뇌물을 요구하는 그런 사람 말입니다. 대부분의 사람들 눈에 하찮을 그런 종류의 일을 하는 데는 읽고 쓸 줄 아는 능력이 요구되지 않았고, 그래서 누후가 그 일을 할 수 있었던 것 같아요. 나는 그가 그런 종류의 일, 유니폼과 그런 무거운 신발에 매력을 느끼는지 몰랐습니다. 내가 체포된 후 그곳에서 일하기 시작했고, 나중에야 알게 되었는데, 왜냐하면 처음에 그는 물론 나를 도와 가게에서 일했기 때문이에요."

"체포되셨는지 몰랐습니다." 그가 숟가락 가득 뜬 밥을 입으로 가져가다 말고 멈칫한 채 말했다. 그렇게 말하며 충격을 받은 듯한 표정을 지어 보였기에 내가 그 말을 의심하진 않았을 텐데, 어쨌든 나는 이야기를 계속 이어나갔다.

"많은 사람들이 체포되었지요." 내가 말했다. "수천 명이요. 어쨌든, 몇 년 후에 누후는 떠날 방법을, 신만이 아실 곳으로 탈출할 방법을 찾아냈습니다. 당신은 그가 그러기에 좋은 위치에 있었다고 생각할지도 모르겠지만, 그 초창기에 관세경찰은 경계를 조금도 게을리하지 않는, 총과 강력한 모터보트를 지닌 이들이었지, 누후처럼 구부정한 자세로 서 있는 바와브들이 아니었어요. 그 당시에는 탈출 시도에 대한 처벌이 엄했죠. 그는 화물선들 중 하나에 올라 밀항했던 게 분명한데, 그때 잔지바르를 찾곤 하던 배들의 목적지로 판단컨대, 그는 지금 러시아나 중국, 아니면 예전에 GDR였던 곳 어딘가에 살고 있을 겁니다. 만일 그가 아무에게도 들키지 않고 살아남았다면, 혹은 만일 선원들이 그를 배 밖으로 던져버리지 않았다면, 혹은 만일 그가 거기까지 가기 전에 아덴이나 모가디슈나 포트사이드*에서 하선할 방법을 찾지 못했다면 말이죠."

"저는 GDR에 있었습니다." 우리들 삶의 하찮은 복잡함에 고개를 내저으며 그가 말했다. "드레스덴에요. 음, 드레스덴 근처라고 해야겠네요."

"네, 전에 말했었죠." 내가 말했다.

"알고 보니 드레스덴에 살고 있었던 펜팔 친구 이야기도 드렸었나요? 저는 고향에서 그에게 편지를 쓰곤 했는데, GDR에 가서 보니 그가 바로 길 아래쪽에 살고 있더군요. 그의 어머니는 제게 호메로스 읽는 법을 가르쳐주셨어요. 음, 직접 가르쳐주신 건 아닌데, 어쨌든 그걸 읽고 싶어지게 만드셨어요. 죄송합니다, 파루 이야기를 하시던 중이었죠."

"네, 당신은 어떻게 해서 옛 GDR로 떠나기 직전에 나를 보러 오게 되었는지 말했어요. 그 이야기에서 한 가지 빼먹은 게 있었습니다. 당신은 거기 와 있는 동안 살하가 내려와서 당신에게 말을 걸었다는 사실을 언급하지 않았어요. 어쩌면 잊었는지도 모르죠. 누후가 당신이 왔다고 살하에게 말했고, 그래서 그녀가 아래로 내려왔습니다. 당신의 어머니는 그녀가 꼼짝없이 누워 있을 때 그녀를 찾아오곤 했고, 그래서 당신이 분명 소식을 전하러 온 줄 알았던 거죠. 내려오지 말았어야 했습니다. 살하요. 휴식을 취하고 계단 사용을 피했어야 했는데, 하지만 당신의 아버지와 나 사이의 온갖 악감정에도 불구하고 당신의 어

* 아덴과 모가디슈와 포트사이드는 각각 예멘과 소말리아와 이집트의 항구도시이다.

머니가 찾아오곤 했기에 내려온 것이었어요. 여자들은 자비심도 더 컸고, 이런저런 일 사이의 균형 감각도 더 좋았죠. 그들은 서로를 돌보았고, 우리 사이의 일이 돌이킬 수 없는 지경에 이르지 않도록 신경을 썼어요. 살하는 당신에게 말을 걸었고 당신과 당신 어머니의 안부를 물었는데, 당신은 심지어 그녀 쪽은 쳐다보지도 않으려 했습니다. 그러고서 그녀의 인사에 대답하지 않은 채 떠나버렸죠. 당신은 그 일을 잊은 것 같군요. 오래전 일이니까요."

"아니요, 잊지 않았습니다. 그 일을 기억하진 못했는데, 하지만 기억하지 못하는 걸 그리 대수롭게 여기진 않았어요. 그녀에게 그렇게 무례하게 굴어서 죄송합니다."

"오래전 일입니다. 그리고 나는, 나는 그 테이블을 돌려주었어야 했어요. 정말로 사소한 물건이었죠. 살하는 내게 그것을 돌려주라고 말했지만, 나는 너무 화가 나 있었어요. 가져갈 게 거의 없다시피 하긴 했지만, 그녀는 내가 당신 아버지 집에 있는 물건을 가져간 것에 질겁했죠. 그녀는 그것을 보복에 가까운 용서할 수 없는 일로 여겼고, 만일 그때 그녀가 나와 함께 있었더라면, 우리가 결혼해 있었다면, 그녀는 나를 설득해서 그러지 못하게 했을 겁니다. 그때 내게는 그런 말을 해줄 사람이 아무도 없었고, 오로지 좌절과 불만이 이끄는 대로 했어요. 나는 중상모략으로 화가 나 있었고, 나에게 정당한 권리가 있다고 느꼈죠. 테이블 사건이 있었을 무렵에는 그 중상모략이 당신 아버지의 말도 안 되는 경건함 때문에, 신께서 내가 나의 죄를 보게 하실 것이며 내가 언젠가 부끄러움에 차서 그 모든 것을 그것의 적법한 소유자들에게 돌려주게 될 거라는 그의 호언장담으로 한층 심해져 있었습니다. 물론 그랬다면 더 좋았겠지만, 나는 당신이 찾아와서 그 테이블을 요구했을 때 그것을 돌려줄 수가 없었어요. 결국 그 일 때문에 당신 어머니는 우리에게 등을 돌리게 됐죠."

나는 심지어 라자브 샤아반 마흐무드가 나의 첫번째 제안을 거절한 후에도, 심지어 영국 식민지 법정에서 소송이 한창일 때도 타협안을 제안했습니다. 나는 그 집을 원하지 않는다고 해명했어요. 나는 사업에 쓸 자본금이 필요했고 곧 결혼을 앞두고 있었기 때문에 그저 대출을 받을 수 있었으면 했습니다. 그 돈은 합법적으로 나의 것이었지만, 나는 그 집을 원하지도, 그들이 이사를 가거나 집세를 내기를 바라지도 않았어요. 내가 대출을 받을 수 있게 나를 그 집의 명목상의 소유주로 만들어달라, 그리고 사업 기반이 확실해지면 그 집의 법적 소유권을 당신에게 돌려주겠다. 하지만 그는 단호히 거절했고, 내가 승소하자 그는 어딘가에 임대해놓은 작은 집으로 가족들을 데리고 가버렸어요. 그때쯤에는 일이 돌이킬 수 없는 지경에 이르러 있었고, 나는 내가 무슨 일을 저질렀는지조차 자각할 수 없게 되었습니다. 나는 그 집을 세놓고 대출금을 협상했는데, 결국 그 금액은 필요했던 것보다 훨씬 적었어요. 독립 직후에 은행들은 불안해하고 있었고, 나중에 알고 보니 그랬던 것도 무리는 아니었죠. 정부의 긴축재정과 혼란은 이 년 후에 모든 은행의 국유화와 약탈로 막을 내릴 운명이었습니다. 그것은 국민과 자립의 이름으로 행해졌지만, 실은 이익이 될 만한 것은 뭐든 가압류했던 것처럼 그냥 약탈에 불과했어요. 우리의 지배자들은 별로 건설한 게 없었고, 그들은 주로 건설을 행한 이들에게서 빼앗아가서는 그 떳떳하지 못한 몸뚱이를 잔뜩 불렸죠.

내가 라자브 샤아반 마흐무드의 집을 얻고 대출을 받으려고 시도했던 때는 아직 상황이 클라이맥스에 이르기 전이었지만, 은행들은 이미 위험을 감지하곤 조심스러워하고 있었어요. 내가 받을 수 있었던 소액의 대출금으로는 내가 세운 계획을 실현할 수 없었고, 사실상 거의 할 수 있는 게 없었죠. 결국에는 아무래도 상관없는 일이었지만요. 그러고 거의 일 년 안에 나라는 혼란에 빠졌고, 여력이 되는 사람들은 모두 나라 밖으로 돈을 빼낼 방법을 찾고 있었어요. 비록 이제 정교한 공예품을 위한 시장은 존재하지 않았지만, 내가 할 수 있는 일이라고는 하던 일을 계속 해나가는 것뿐이었습니다. 그 흑단 테이블이 내게 돌아온 후에 그것을 가게에 둔 이유는 팔 수 있을 거라고 생각해서가 아니라 그 테이블이 아름다웠고 날마다 우정과 야망의 무용함을 떠올리게 했기 때문이었어요.

라자브 샤아반 마흐무드는 다른 구역으로 이사를 간 후에도 그 동네 모스크로 기도를 하러 왔고, 패배하고 굴욕을 당한 신의 종복의 모습으로 고개를 숙인 채 매일 나의 가게 앞을 지나갔습니다. 그리고 사람들은 지나가는 그를 보며 그와 그 가족에 닥친 비극을 슬퍼했고, 그러고는 나를 악의 근원이라도 되는 양 쳐다보았죠. 이 무렵 그의 아내 아샤가 개발자원부의 장관 혹은 그 비슷한 직함을 단 압달라 할판의 정부라는 불쾌한 이야기가 떠돌았습니다. 그의 공무용 차가 집으로 그녀를 데리러 와서는 장관이 정한 어느 곳으로든 데려갔다가 나중에 다시 데려다줬어요. 소문에 따르면 그들은 수년 동안 연인 사이였는데, 이제 압달라 할판이 대단한 사람이 되었으므로 그들은 관계를 계속해서 숨길 이유가 없었죠. 권세가가 된 이 순간에 자신의 연인을 버리고 더 젊은 여자를 택하지 않은 것이 그 장관의 평판을 높여준 것 같았어요. 왜냐하면 아샤는 여전히 아름답긴 했지만 더는 젊지 않았기 때문이죠. 장관 또한 더는 젊지 않았으나, 그래도 그런 상황에 있는 남자들은 늘 자신이 젊다는 듯이 행동했으니까요. 이 모든 것이 경건한 라자브 샤아반 마흐무드에게 비극을 더해주었죠.

내가 테이블을 돌려주기를 거절한 것은, 아샤가 틀어박혀 지내던 나의 아내를 방문하고, 소송이 진행되고 끝나기까지 유화적인 태도를 보이며 아들 이스마일을 보내 이 작은 부탁을 해온 후였어요. 나의 옹졸함이 혐오감을 불러일으켰던 게 분명한데, 왜냐하면 그 일로 그녀는 나에게 완전히 등을 돌려버렸기 때문이죠. 그후로 그녀는 이윽고 완벽한 승리로 이어지게 될 자신만의 투쟁을 시작했습니다. 물론 그녀는 장관의 도움을 받았는데, 그래도 그의 개입이 영향력을 발휘하기까지는 시간이 좀 걸렸어요. 그녀가 나를 어떻게 할 생각이었는지는 모르겠으나, 일단 공포의 기계가 작동하기 시작하자 그 문제는 누구도 손을 쓸 수 없게 되어버렸습니다. 향후 이 년 동안 나는 다음과 같은 일련의 박해를 받았어요. 지금 이 자리에서 그것들을 일어난 순서대로 한번 말해보겠습니다. 그러기 전에, 이 일련의 사건들이 발생하던 초기는 살하가 틀어박혀 지내던 생활을 끝내고 우리의 딸 루키야를 낳은 시기이기도 하다는 사실을 말해두어야 할 것 같군요. 부디 신께서 그들의 영혼에 자비를 베푸시길.

그는 나의 말을 가로막았는데, 그때가 처음은 아니었다. 다른 때에 그랬던 것을 여기 언급하지 않은 것은 나의 이야기를 어지럽히고 싶지 않았기 때문이고, 그리고 대체로 놀라움을 표하거나 좀더 상세히 말해 달라고 청하는 내용이었기 때문이다. 하지만 이번에 그는 식탁에서 일어나더니 우리가 점심식사를 마치고도 여전히 앉아 있던 부엌 밖으로 걸어나가버렸다. 그러고는 몹시 화가 나고 격분한 모습으로 곧장 되돌아왔다.

"이제 나의 어머니를 공격하려 드는군요." 반감과 분노로 어두워진 얼굴을 찡그리며 그가 말했다. "아버지 이야기는 다 끝내신 모양입니다. 아버지는 앙심을 품고, 분별 있게 행동하길 거부한 무능한 남자에 불과했어요. 아버지의 말도 안 되는 경건함. 그러니 그것으로 그 이야기는 전부 끝이겠지요. 이제는 어머니 차례로군요. 네, 저도 그 장관에 대해 알고 있었고, 다들 알았죠. 어머니는 좋은 사람이었습니다. 저는 어머니를 그렇게 기억해요. 저는 오후에 어머니가 그를 만나러 가기 위해 차려입은 모습을 보면 겁에 질려 어쩔 줄 몰라하곤 했죠. 저는 몹시 두려워하기도 했는데, 무엇 때문에 그랬는지는 모르겠어요. 저는 어머니가 왜 그래야만 했는지 모르겠습니다. 저는 지금껏 내내 당신 말을 들으며 저자는 거짓말을 하고 있어, 저건 거짓말이야, 하고 생각했어요. 저자는 그저 자신의 이야기에 사로잡혀 있는 거라고. 그 이야기를 그럴듯하게 만들고 싶을 뿐이라고. 하지만 이제 당신은 그것을 발전시키려고, 그것을 진짜 드라마로 만들려 하고 있어요. 이제는 어머니와 어머니의 추잡한 장관이 당신을 박해할 차례로군요."

나는 그를 쳐다보지 않도록 했다. 그리 대단한 지혜는 아니었으나, 그래도 나는 감옥에서 화가 난 사람과 눈 마주치는 일을 피해야 한다는 것을 배웠다. 나는 그의 곁에 앉아서 그와 같은 방향을 쳐다봐야 한다는 것을 배웠다. 그래서 그가 출입구에 서서 분노의 말을 쏟아내는 동안, 나는 눈길을 돌리고 기다렸다.

"저는 더이상 듣고 싶지 않습니다." 그가 말하고는 다시 부엌 밖으로 걸어나갔다. 나는 몇 분 동안 기다렸고, 그러고는 일어나 어질러져 있던 접시와 쟁반을 치우고 싱크대에서 설거지를 했다. 그러고서 주전자를 불에 올려 달콤한 생강차를 준비하기 시작했다. 내가 찻쟁반을 들고 거실로 갔을 때, 그는 창가에 서서 나의 작은 조각만한 바다 쪽을 내다보고 있었다. 나는 차를 따르고는 그가 와서 내 맞은편에 앉을 때까지 기다렸다.

그러니까 내게 닥쳐온 사건들은 이렇습니다. 그것들 대부분은 극적인 드라마 없이는 말하기 어렵고, 그중 일부는 나를 고통에 휩싸이게 하지만, 나는 그 이야기를 정말 하고 싶고, 그로써 내 시절에 대한 판단과 표리부동한 우리 삶의 하찮음을 드러내 보이길 간절히 원합니다. 나는 간략히 이야기할 것인데, 왜냐하면 쓰라림과 무력함 속에 내게 남은 얼마 안 되는 것들마저 사그라질까 두려운 마음에 대부분 깊이 생각하지 않으려 애써온 사건들이기 때문이에요. 나는 그것들에 대해 생각하고 그것들을 이치에 따라 따져보며 여러 해를 보냈고, 그러면서 다른 사람들처럼 참을 수 없는 가혹함을 견뎌내야만 하느니, 차라리 까져서 상처가 나고 접질린 채 조용히 사는 게 낫다는 것을 깨닫게 되었습니다.

1967년 공화국 대통령이 낭랑한 목소리로 라디오를 통해 직접 우리에게 알린 은행 국유화 선언 이후, 나는 그동안 스탠더드은행이었다가 이제는 인민은행이 된 곳의 지점장으로부터 내가 받아간 대출금을 전액 상환하라는 요청을 받았어요. 비록 나에게는 정당한 권한이 있었고 오 년에 걸쳐 돈을 갚기로 한 계약에 상환기한이 시작된 지 이제 겨우 이 년밖에 되지 않았지만, 지금은 권리와 적법성 문제를 따질 때가 아니었기에, 나는 자비를 구하러 은행에 갔습니다. 나는 지점장에게 자비를 빌러 은행에 갔어요. 국유화는 대부분 외국인이었던 이전의 무리들이 사보타주하는 일을 방지하려고 모든 고위 인사들을 하룻밤 사이에 교체하는 것을 의미했습니다. 새 지점장은 나를 만나길 거부했고, 부지점장은 상환 요청은 협상이 불가능하다고 내게 설명했어요. 그들은 관련 정부 부처의 지시에 따라 움직이고 있었죠. 외국인들은 신용거래를 중단했고 지난 몇 달 동안 고객들이 대거 빠져나간 상황이었기 때문에 모든 대출금이 회수되고 있었습니다. 왜 제가 다른 어떤 상인에게서도 이런 소식을 듣지 못했죠? 나는 물었어요. 음, 부지점장이 설명하기를, 대출금은 단계적으로 회수되고 있으며, 내가 그 시작이라고 했습니다. 나에게는 전액 상환할 돈이 없다고, 나는 말했어요. 그렇다면 은행은 담보로 맡고 있던 집을 넘겨받을 수밖에요.

사 주 후, 내가 라자브 샤아반 마흐무드와 법정 다툼을 벌이던 그 집은 은행의 소유물로 관보에 고시되었고, 내가 그 집에 들인 세입자는 즉각 퇴거할 것을 통보받았습니다. 라자브 샤아반 마흐무드와 그의 아내 아샤는 그 집이 비자마자 곧장 다시 이사를 들어갔죠. 그후로 그는, 이제는 관리직으로 승진해 공공사업부로 출근하며 나의 가구점 앞을 매일 지나갔습니다. 그리고 이전에는 눈을 내리깔고 목을 한쪽으로 기울인 채 자신의 굴욕을 과시하기라도 하듯 걸어가던 그는, 이제 이글거리는 눈빛으로 내 쪽을 쳐다봤어요. 그는 자신의 합법적인 소유지로 돌아왔고, 나는 죗값을 치르고 있었죠. 그가 다가오는 것을 보자마자 그러지 말아야겠다는 것을 깨닫고는 시선을 들어 쳐다보지 않았는데도, 지나가며 나를 응시하는 그의 눈빛을 느낄 수 있었습니다. 아샤가 예전의 집으로 돌아와 살고 있었지만 이제는 자신의 마음대로 이용할 수 있는 차까지 생긴 만큼 그녀를 거리에서 볼 일은 거의 없었죠. 어쩌다 보게 될 때면 한마디 말도 없이 지나가는 그녀의 걸음에 나른함이 더해진 것처럼 보였어요.

그로부터 오 개월 후, 나는 당사로 소환되었습니다. 수요일 아침에 지역 위원장이 가게로 찾아와 나와 함께 물 한잔을 마시고는 다음날 오후에 출석해야 한다고 내게 전했죠. 그는 라자브 샤아반 마흐무드가 나를 고소했다고 설명했습니다. 내가 자신의 고모 비 마리암의 유언장을 위조했고, 고모가 죽자 혈연관계가 아닌데도 내가 지금 거주하고 있는 그 집을 부정하게 취득했다는 취지로 진술했다는 것이었어요. 나는 위원장에게 그것은 사실이 아니라고 말했지만, 그는 어깨를 으쓱하더니 자기는 뭐라고 말할 입장이 아니라고 했어요. 당 사무소에 가서 그쪽 사람들에게 다 말하고 그들이 뭐라고 하는지 들어보라면서요. 살하에게 소환 사실을 말하자 그녀는 절망했습니다. 그녀는 내게 또다른 불행이 닥칠 것을 기다리고 있었지만 여러 달이 지나면서 최악의 고비는 넘겼다고 믿고 있던 참이었어요. 나는 당사로 소환되는 것보다 더 두려운 게 있었습니다. 나는 뭐라 말할 수 없는 굴욕과 상처, 신체의 손상을 두려워했습니다. 가끔 비몽사몽간의 그 꿈결 같은 세상에서 나는 어린 시절에 주위를 배회하던 인물, 코가 완전히 잘려나가 눈과 입 사이의 공간에 곧장 머리로 이어지는 두 개의 살색 구멍이 뚫려 있던 남자를 어렴풋이 보았어요. 강간을 저지른 벌로 그렇게 불구가 된 그 남자는 누더기를 걸친 채 거리를 돌아다녔고, 너무 주눅이 든 나머지 보복하거나 자신을 방어할 생각은 할 수도 없었으며, 우리 중 가장 보잘것없는 인간의 조롱과 비웃음을 견디는 것 말고는 다른 도리가 없었습니다. 나는 당사보다 그게 더 두려웠지만, 그럼에도 그곳에서 내게 무슨 짓을 하려는 걸까 생각하면 떨리기도 했어요.

우리는 당사에서 이루어지는 공청회에 대해 알고 있었는데, 그것은 실은 그들이 바라는 대로 법을 집행하는 즉결 재판소에 가까웠죠. 당의 사무총장이 의장을 맡은 가운데 누구든 시간이 되는 남자나 여자로 구성되었는데, 때로는 공화국 대통령이 자신의 국민들 사이에서 놀아보고 싶은 기분에 직접 참석하기도 했고, 때로는 그의 운전사나 경찰국장이 참석하기도 했습니다. 내가 당사에 출두했을 때, 그 자리엔 다음과 같은 사람들이 있었어요. 여기서 그들의 이름을 거론하는 것은 그 이름이 알려지길 바라기 때문이고, 그리하여 우리에게 일어난 일들이 어쩌다 일어난 일로 보이지 않도록 하기 위해서입니다. 1) 의장은 당의 사무총장이었고, 그의 이름은 모르는 사람이 없을 것입니다. 2) 라자브 샤아반 마흐무드의 아내 아샤의 연인이었던 개발자원부 장관 샤이크 압달라 할판. 3) 출입국 관리소장 압둘카림 하지. 4) 인민군 중위 아흐메드 압달라. 5) 학교 선생 비비 아지자 살민. 당사 건물 뒤쪽의 베란다가 딸린 커다랗고 어둑어둑한 방에서 그들은 테이블 뒤로 길게 줄지어 앉아 있었고, 나는 그들을 마주보며 앉아 있었습니다. 이른 오후의 눈부신 시간에 그런 어둠은 환영할 만한 것이었지만, 그곳의 공기는 지하실의 눅눅하고 썩어가는 냄새를 풍겼어요. 지역 위원장은 나와 안쪽까지 동행해서 참고인 자격으로 한쪽에 앉아 우리 지역 내 소문의 진원지에 대한 보고를 준비했죠.

위원회는 잘 속아넘어가는 여자를 이용해 훌륭하고 경건한 남자의 가족에게서 그들의 적법한 소유물을 사취한 나의 범행에 대해 돌아가며 장광설을 늘어놓았습니다. 개발자원부 장관은 말을 거의 하지 않았지만, 일이 돌아가는 상황에 만족한 듯 보였어요. 나는 주로 출입국 관리소장 압둘카림 하지와 학교 선생 비비 아지자 살민 때문에 고생했는데, 그들은 나를 여자를 등쳐먹는 걸 업으로 삼은 남자의 대표로 여기고 싶어했죠. 이 위원회에 있는 저명인사들 중 나와 구면인 사람은 하나도 없었지만 그들 모두에 대해 진작 듣고 있었어요.

나는 스스로를 죄인으로 만드는 몇몇 질문에 대답해야 했습니다. "당신 아버지가 비 마리암과 결혼한 순간부터 그녀에게서 갈취할 계획을 세웠다고 인정합니까?" 나는 대답을 한차례 시도하고는 입막음을 당했죠. 나는 비 마리암이 여전히 살아 있었을 때 그 집이 내 소유가 되었지 물려받은 게 아니라고 설명했어요. 비 마리암의 유언장에는 그 집에 대한 아무런 말이 없었는데, 그것은 비난과 고발을 피하기 위해 그분 자신이 살아 있는 동안 내가 그 집을 법적으로 소유할 수 있도록 이미 손을 써놓았기 때문이라고 말이죠. 비비 아지자 살민이 나의 뻔뻔스러운 낯짝에 놀라움을 표하고, 출입국 관리소장이 위원회가 나의 현재 공소 사실에 또다른 항목—위원회를 바보 취급한 것—을 추가해야 한다고 제안하는 바람에, 나는 이 이상은 말할 수가 없었습니다. 그 외에는 그들이 바라는 대로 나의 남용에 대해 한 시간 이상 듣고 있기만 하면 되었어요. 내가 그들 앞에 앉아 있는 동안 판결이 내려졌습니다. 비비 아지자 살민이 먼저 말했고, 다른 이들이 점점 더 앙심을 품은 채 뒤를 이었으며, 마침내 위원회의 의장인 사무총장 본인이 약식으로 판결을 내렸죠. 나는 그 집과 관련된 서류를 다음날 사무총장의 사무실로 보내야 했고, 그러고 나면 그 집의 법적 소유권이 비 마리암의 가족에게 돌아가게 될 것이었습니다.

나는 지역 위원장과 함께 걸어서 집으로 돌아갔는데, 그는 일이 훨씬 더 안 좋게 풀렸을 수도 있었다면서, 내가 한차례 먹히지도 않을 말을 쏟아낸 후에 더는 아무 말도 하지 않은 것은 잘한 일이라며 나를 안심시켰어요. 나에게는 여전히 해오던 사업이 있으니 굶어죽진 않을 것이었고, 그리고 신께서 또 어떤 기회를 만들어주실지 누가 알겠어요? 그날 밤 우리는 꾸릴 수 있는 짐을 모두 꾸렸고, 누후의 도움으로 짐을 손수레 가득 실어 살하 부모님의 집과 가게로 실어날랐습니다. 누후는 더이상 내 밑에서 일하고 있지 않았지만 내가 도움을 청하면 와주었어요. 이웃들은 살짝 열린 창문 뒤에서 지켜보았지만 우리의 기분을 더 상하게 할 말은 전혀 하지 않았고, 몇몇은 우리가 살던 시대를 슬퍼하며 경건한 말을 나직이 읊조리기도 했죠. 우리는 큰길은 피해가며 집 뒤쪽 바퀴자국이 깊이 팬 길 위로 손수레를 밀고 당기며 오갔습니다. 나는 집에서 우리를 강제로 쫓아내려는 시도가 있을 경우에 대비해 그날 밤은 모두 살하의 부모님 집에서 보내자고 주장했어요. 다음날 아침 일찍, 나는 증서를 들고 사무총장의 사무실로 찾아갔고, 그 저명인사께서 정오를 조금 앞두고 도착하기 전까지 그곳에서 몇 시간을 기다려야 했죠. 나는 그의 사무실에 들여보내졌는데, 그는 책상에 앉아 친절하게 미소를 짓고 있었습니다. 서류를 받아들고는 그것을 쳐다보지도 않은 채 책상에 올려놓았어요. 그러고서 내게 커피 한 잔을 권하고 내가 그것을 조심스레 두 모금 홀짝이게 놔둔 뒤, 우리와 함께 그 방에 있던 군장교에게 손짓을 보내더군요. 그 장교는 양손을 골반에 올린 채 내 쪽으로 걸어와서는 살찐 머리를 퉁명스럽게 홱 돌리며 내가 그보다 먼저 사무실 밖으로 나가야 한다는 뜻을 내비쳤습니다. 그는 나를 창살이 달린 창문 하나가 높이 달려 있는 작은 방에 데려다놓고는 가버렸어요. 나는 그가 바깥에서 빗장을 채우고 문을 잠그는 소리를 들었습니다. 그 방은 오줌냄새를 풍겼고 고통의 흔적처럼 보이는 희미하고 어두운 자국들이 길게 새겨져 있었어요.

시간이 한참 흐른 뒤, 늦은 오후에 기관총으로 무장한 두 명의 젊은 군인이 나를 데리러 왔습니다. 그때쯤 나는 화장실이 몹시 급했고, 겁에 질린 나머지 참지 못하고 나 자신을 더럽히게 될까봐, 그래서 나의 수모에 수치심까지 더하게 될까봐 두려워하고 있었어요. 그들은 몸수색을 해서 내가 가진 얼마 안 되는 것들을 빼앗아가면서 순전히 재미삼아 소리를 지르며 나를 마구 다루고 손바닥으로 철썩 때렸어요. 그러고서 그들은 나를 복도로 마구 밀치더니, 포근한 오후의 햇볕이 내리쬐는 가운데, 모두가 지켜보는 앞에서, 당사 밖에서 기다리고 있던 덮개가 씌워진 지프 안으로 나를 밀어넣었습니다. 그곳에는 목격자들이 있었는데, 나는 그런 순간에 더 나쁜 게 범죄자인지, 아니면 가만히 서서 쳐다보며 마치 아무런 사악한 일도 일어나지 않은 양 행동하는 죄 없는 사람들인지 잘 모르겠어요. 바깥에는 목격자들, 마치 아무 일도 없다는 듯 지나다니며, 가장 좋아하는 카페로 수다를 떨러 가거나 가족이나 친구를 방문하기 위해 길을 가는 사람들이 있었어요.

십여 명의 사람들로 붐비는 작은 감방이었음에도 밝고 바람도 잘 통하던 그 감옥에 나는 겨우 몇 주 있었습니다. 모든 감방에는 창살이 달린 반쪽짜리 벽이 있어서 중앙의 마당이 내다보였는데, 혹은 어쩌면 중앙의 마당에서 모든 감방이 내다보였다고, 그래서 심지어 밤에도 누군가가 마당에서 당신이 무엇을 하는지 무슨 짓을 꾸미고 있는지 지켜보고 있을지 몰랐다고 말하는 게 더 정확할지도 모르겠군요. 그것은 적어도 우리가 약간의 공기를 들이마실 수 있고 다른 감방의 죄수들도 볼 수 있다는 의미였고, 어떤 소소한 면에서 그곳은 내 예상보다는 덜 감옥처럼 느껴지기도 했습니다. 우리가 있던 감방은 한 모퉁이에 있어서 다른 감방들처럼 바람이 잘 들지는 않았는데, 그 말인즉슨 우리가 밤에 모기 때문에 몹시 곤란을 겪었다는 뜻이죠. 콘크리트로 된 뜰에는 잎사귀나 풀잎 하나 없었고, 심지어 벽 틈에 매달린 잡초조차 보이지 않았어요.

나는 그곳에서 아는 사람들을 정말 많이 봤는데, 왜냐하면 정부가 독립 바로 다음날부터 감옥을 사람들로 가득 채우고 있었기 때문이죠. 그들 모두는 예전보다 핼쑥하고 지쳐 보였고, 그들의 옷은 너무 많이 빨아서 색이 바래 있었어요. 불결한 환경과 궁핍에도 불구하고 일종의 정중함이 그곳을 지배했습니다. 우리는 서로 공손히 말했고, 가능하면 자리를 양보했으며, 누군가가 볼일을 볼 땐 고개를 돌린 채 아무 말도 하지 않았고, 서로 아프고 고통스러운 곳은 없는지 안부를 물으며 끊임없이 이야기를 나누었어요. 나는 할말이 거의 없었는데, 어떤 경우에는 이삼 년씩 수감되어 있으면서도 바깥소식에 아주 정통한 듯 보이는 이 사람들로부터 정말 많은 것을 배웠습니다. 나는 그 열렬한 대화를 정중한 태도로, 또 어느 정도 열심히 들었어요. 어떤 대화는 정말 재미있었는데, 어려움에 처한 사람들이 그런 상황에 처해 있으면서도 때때로 할 수 있게 되는 일종의 말도 안 되는 농담이었죠. 우리는 하루에 두 번씩 감방 밖으로 나가 몸을 씻고 마당에서 운동을 할 수 있게 허락되었고, 일주일에 두 번 의사가 방문했어요. 매일 오후에는 일가친척들이 사랑하는 이들을 위해 음식이 담긴 바구니를 가져왔는데, 그렇지 않으면 감옥에서 주는 변변찮은 식량밖에는 먹을 게 없었습니다. 카사바, 콩이나 차 같은 것들 말이에요. 그 음식들이 말도 안 되는 정도는 아니었지만, 그래도 음식을 담은 바구니는 가정을 더 가까이 느끼게 해주었고, 그곳에 있는 사람들을 가까워 보이게 해주었으며, 우리가 쪼개 먹는 빵이 애정과 보살핌으로 축복받은 것처럼 느껴지게 해주었어요. 한 주에 한 번씩 바구니는 갈아입을 옷들, 티셔츠와 사루니로 채워졌습니다.

바구니는 정문에서 간수들에게 건네졌어요. 일가친척들은 죄수들을 못 만나게 되어 있었고, 간수들은 그 안에 쪽지나 무기가 없는지 확인하기 위해 바구니를 뒤졌습니다. 라벨이 붙었고, 그러고는 죄수들이 가져갈 수 있도록 전부 마당에 놓였어요. 가끔 간수들은 바구니를 조금씩 빼돌렸고, 이 일을 가벼운 장난처럼 보이게끔 만들었죠. 나는 그곳에서 지낸 지 삼 일째 되던 날에 바구니를 받고 어리석은 안도감에 휩싸였어요. 적어도 내가 어디 있는지 알고 있다는 사실이 마치 그녀에게 위안을 주기라도 할 것처럼 말이죠.

가끔 형벌과 구타, 학대 행위가 있기도 했는데, 나는 다른 이들로부터 그들이 그곳에 있는 동안 목격한 끔찍한 일들을 전해들었어요. 고무호스로 때리기, 경찰봉으로 후려치기, 깨진 유리 위를 맨발로 걷게 하기. 마치 주눅이 든 자신들의 굴욕감을 잊게 해주기라도 하듯 죄수들은 이 사건들에 대해 자세히 이야기했고 그 희생자들이 어떻게 되었는지를 낮은 목소리로 논했어요. 그 형벌들은, 그들의 몇몇 희생자들과 마찬가지로 오늘날 그 소도시의 거리를 여전히 걸어다니고 있을 사람들에 의해 개방된 마당에서 집행되었죠. 내가 그곳에 있는 동안 본 것은 고함과 학대, 그리고 대나무 대로 때리는 태형이 전부였어요.

삼 주 차가 되었을 때 공화국 대통령이 그곳에 잠깐 들렀습니다. 그는 순전히 자신의 적들이 모두 안전하게 갇혀 있는 모습, 모두 극도로 비참하고 겁에 질려 있는 모습을 즐기기 위해, 그리고 그들이 자비와 석방을 구하는 소리를 듣기 위해 이따금 나타나곤 했어요. 그는 우리의 감방 앞에는 오래 머물지 않고 끔찍할 만큼 건강한 상태로 한가로이 지나갔고, 그러는 동안 그를 수행하는 의사, 교도소장 그리고 경호원은 거의 잠행하듯 그의 뒤를 따랐습니다. 그는 우리 감방 앞에는 오래 머물지 않았는데, 왜냐하면 그에게는 늘 즐겨 방문하는 감방, 그가 만족스러운 눈빛으로 응시하며 익살스러운 농담을 주고받는 특별한 적들이 있었기 때문이죠. 그는 의사에게 그들을 정기적으로 진찰하라고, 반드시 건강하게 두라고 당부했고, 만일 건강이 상하거든 그들이 앞으로 긴 시간을 감옥에서 즐기며 살아갈 수 있도록 즉시 치료를 받게 하라고 했습니다.

어느 감방 앞에서 그는 한참 동안 멈춰 서서 죄수들 중 하나를 빤히 쳐다보았는데, 마치 그 죄수를 처음 보았으며 그에게서 무언가 아주 흥미롭거나 거슬리는 점을 발견하기라도 한 듯한 모습이었어요. 그 죄수는 초등학교 교사로, 자연 공부 시간에 참다못해 정치적 권리에 대해 열변을 쏟은 죄를 저지른 사람이었습니다. 학부모들로부터 몇 차례 선의의 경고를 받은 후에도 그는 감정을 억누를 수 없는 것으로 드러났고, 결국 한 무리의 학부모가 그를 관계 당국에 고발했던 것이죠. 키가 껑충한 그 남자는 너무 마르고 허약해 보였기에 공화국 대통령은 그 별난 사람이 누구며, 그가 무슨 무모한 짓을 저질러 그곳에 오게 되었는지는 모르겠으나 과연 그럴 힘이 어디서 생겨났는지를 궁금해했던 게 분명했어요. 혹은 어쩌면 그는 그 남자가 누구인지 충분히 잘 알고 있었고, 그저 아담의 아이들*의 예측 불가능성에 대해 곰곰이 생각해보고 있었는지도 모르죠. 대통령이 마음속으로 무슨 생각을 하고 있는지 누가 알겠습니까? 그는 그곳에 잠시 더 멈춰 있더니, 국가의 문장紋章 아래 새겨진 모토인 화합과 근면을 주제로 즉석연설을 했습니다. 이제 그는 감옥 마당에서 몸을 돌려 우리 모두를 상대로 말하길, 만일 우리가 그 인도적인 모토에 따라 살아간다면 이 나라는 더 강해지고 발전해나갈 거라고 했죠. 그렇게 방문이 끝나자 그는 중앙의 마당 밖 출입구에 멈춰 서서 만족해하며 우리를 살폈고, 그의 몸은 웅웅거리는 낮은 웃음소리로 출렁거렸어요.

내가 들어가고 삼 주가 다 지날 무렵, 나는 우리 모두가 밤을 보내도록 감방에 갇히고 난 후 초저녁에 감방 밖으로 다시 불려나갔습니다. 감방에 있는 모두가 마당의 불빛 아래 지켜보고 있을 거라는 걸 알면

* 이슬람에서 인간을 가리키는 말.

서도, 간수는 내게 소리를 내지 말라고 경고했어요. 나는 중앙의 마당 밖 출입구를 지나 그 너머에 있는 또다른 작은 마당으로 끌려갔죠. 나는 그곳이 형벌용 감방들이 있는 곳임을, 독방에 감금된 죄수가 있는 곳임을 알았는데, 그 죄수가 누구인지는 아무도 몰랐어요. 간수들은 그가 다른 나라에서 저지른 범죄, 아마도 어떤 정치적인 범죄로 영국인들에 의해 갇힌 이래 그곳에 삼십 년째 갇혀 있다고 말했습니다. 그렇게 긴 시간이 지난 후 그는 완전히 정신이 나가버렸고 전혀 사리 판단을 하지 못했어요. 어쨌든, 누구도 더는 그가 하는 말을 이해할 수 없었고, 그를 그곳에 그냥 두는 것 말고는 다른 방법이 없었죠. 나는 캄캄한 형벌용 감방들 중 한 곳에 갇혔고, 벽에서는 축축한 석회질 수성 도료 냄새가 났어요. 벽 높은 곳의 창살 사이에 난 좁은 틈으로 언뜻 별들이 보였죠. 나는 맨바닥에 앉아 두 다리를 뻗고 양동이를 더듬어 찾았는데, 있을 줄 알았던 양동이는 그곳에 없었습니다. 한동안 나는 나의 고독에 편안함과 안락함을 느꼈어요. 감옥에 처음 왔을 때부터 그래왔듯이 나는 내게 일어나고 있는 일의 의미에 대해, 혹은 나와 떨어지게 된 사랑하는 이들에게 닥쳤을 일에 대해 생각하지 않으려 애썼습니다. 애썼지만 성공하지 못했고, 다시 애써봤지만 다시 실패하고 말았고, 기운이 남아 있는 한 그렇게 계속 애쓰고 실패하고 다시 애쓰며 나의 불안한 생각들이 가까이 다가오지 못하게 했어요. 기진맥진한 상태가 되자 고통이 나를 집어삼켰고, 나는 몸을 웅크린 채 바닥에 누워 흐느꼈어요. 내 주위로 모기들이 모여들었죠.

야심한 시각, 나는 감방 바깥에서 들려오는 목소리에 가슴이 마구 뛰었습니다. 잠들어 있다가 그 목소리 때문에 깼는데, 잠시 동안 내가 어디 있었는지를 잊고 있었어요. 나는 집에 있다고 생각하면서, 그 목소리는 내게 해를 끼치려는 침입자들의 것이라고 생각했던 게 분명합니다. 손전등 불빛이 감방에 드리워졌고, 누군가가 웃는 소리가 들렸어요. 누군가가 내게 일어나라고 소리치면서 내가 어디로 가는지 볼 수 없도록 내 얼굴에 손전등 불빛을 비추더군요. 다른 누군가가 웃는 소리도 들렸어요—모두 두 명, 혹은 어쩌면 그 이상이었는데, 다 같이 웃고 있었죠. 나는 그 웃음소리 중 하나가 귀에 익다는 생각이 들었고 두려워졌습니다. 그들은 나를 덮개를 씌운 지프 뒤에 올라타게 했고, 얼굴을 아래로 한 채 바닥에 눕혔어요. 마당에 서서 이야기를 하고 농담을 주고받는 소리가 한동안 들려왔고, 그동안 나와 함께 지프에 타고 있던 누군가는 부츠로 내 목 뒤를 눌렀습니다. 내가 벌떡 일어나서 밤을 틈타 도주하지 못하게 그랬던 것 같아요. 부츠에 눌려 피가 머리로 쏠렸고, 들려오는 굉음 속에서 나는 예전에 들어봤다고 생각한 그 익숙한 웃음소리를 더는 분간할 수 없었어요.

예의상 주고받는 말들이 끝나자 다른 누군가가 지프 뒤에 올라탔고, 나를 괴롭히던 자는 마침내 내 목에서 부츠를 뗐습니다. 새로운 목소리의 주인공은 흥분해 있었고, 그전에 대화를 나눈 상급자가 보인 관심에 우쭐해 있었어요. "그분이 뭐라고 하셨는지 아나? 그분은 '이번 일은 잊지 않겠네, 젊은이' 하고 말씀하셨어. 그분은 언젠가 큰 인물이 되실 거야. 그분은 이미 부……" 부츠를 신은 자가 그의 말을 끊고는 입을 다물게 했어요. 그러자 나는 그들이 개발자원부 장관인 바로 그자, 눈부신 미래가 펼쳐질 거라는 큰 인물, 이미 부통령이나 마찬가지인 그자에 대해 말하고 있었다는 걸 짐작할 수 있었죠. 익숙하게 들린 웃음소리는 그자의 것이었던 게 분명한데, 왜냐하면 나는 압달라 할판을 그리 잘 알지 못했음에도 그가 연설하는 것은 여러 번 들어보았고 어둠 속에서도 익숙하게 느낄 만큼 그 목소리를 잘 알았기 때문입니다. 그 일을 아주 많은 열렬한 이들의 손길에 맡길 수 있었음에도 직접 나서서 나의 짧은 여행을 주선할 만큼 그가 무모하고 옹졸하다는 사실을 믿을 수가 없었어요. 어쩌면 나는 그와 아샤가 나에게 느끼는 불쾌함을 과소평가했는지도 모르고, 그가 내게 내려진 판결을 자신의 손으로 직접 집행하고 싶어한다고는 예측하지 못했는지도 모르죠. 나는 두려운 마음을 억누르지 못한 채 휘발유 냄새와 지프 바닥의 땀냄새에 숨이 막혀 침을 꿀떡 삼키고 기침을 해댔어요. 그때 나는 그들이 나를 처리하기 위해 시골의 해변으로 데려가고 있다는 걸 알았는데, 소문에 따르면 이미 다른 많은 이들이 그렇게 된 터였습니다. 하지만 나는 총살될 건 아니었어요. 지프가 멈췄을 때는 새벽이 밝아오고 있었고, 우리는 항구에 있었죠. 나는 나를 그곳으로 실어나른 군인들에게서 돌아섰고, 걷잡을 수 없는 발작적인 안도감에 마침내 항구의 조약돌 위에다 소변을 보았습니다.

나는 옆에 묶여 있던 대형 모터보트 안으로 호송되어 아래로 끌려갔어요. 그곳에는 배의 옆면을 따라 이어진 낮은 난간에 발목이 묶인 다른 두 사람이 있었습니다. 나 역시 바닥에 앉혀져 족쇄로 같은 난간에 발목이 묶였죠. 나는 그 두 사람을 알아보지 못했는데, 알고 보니 그 둘은 다른 섬에서 같이 온 것이었고, 우리가 함께 지낼 감옥으로 가는 도중이었습니다. 이윽고 나는 그들이 후원자였던 삼촌을 독살했다는 죄로, 그것도 주술로 그렇게 했다는 죄로 고발된 형제임을 알게 되었는데, 나라 안에서도 그쪽 지역 사람들은 여전히 그런 것을 믿고 있었어요. 자신들은 물론 결백하다고, 그들은 말했죠. 배는 즉시 출발했고, 몇 시간 동안 이동한 끝에 우리는 이른 오후에 목적지에 도착했습니다. 나의 동행들은 거의 내내 쾌활해서, 자신들이 알던 사람들의 우스꽝스러운 기벽에 대해 꽤나 활발히 떠들어댔고, 필요하다 싶으면 내게 필요한 배경 지식을 알려주었으며, 자신들이 놀랍다고 생각한 기이한 행동들에 대해 나의 의견을 묻기도 했는데, 마치 우리가 어느 길고 평온한 날에 마을의 망고나무 아래서 게으름을 피우거나, 카페 밖에서 커피를 마시고 대화를 나누며 시간을 보내고 있기라도 한 듯한 모습이었죠. 도착하자 우리의 족쇄가 풀렸고, 갑판 위로 올라가서 우리가 어느 작은 섬에 왔다는 것을 알게 되었습니다. 그들이 나를 부두로 데려갔을 때 나는 이곳이 우리의 목적지임을 짐작했어요.

정부는 독립하고부터 그 섬을 수용소로 사용해오고 있었습니다. 그들은 오만 출신, 특히 시골에 살거나 수염을 기르고 터번을 둘렀거나 축출된 술탄과 관련된 사람들 모두를 찾아내서 체포했고, 그들을 먼바다의 작은 섬으로 실어날랐죠. 그곳에서 그들은 감시를 받으며 구금되었고, 몇 달이 흐르고 나면 마침내 오만 정부가 전세 낸 배들이 와서 그들을 수천 명씩 실어갔어요. 인원이 너무 많아서 배들이 더이상 오지 않기까지 몇 주가 걸렸죠. 그곳에는 여전히 구금된 사람들이 있다고 알려져 있었어요. 그 섬 전체는 방문객의 출입이 금지되어 있었고, 따라서 그곳에서 일어났다고 알려진 일은 소문에, 그리고 알려지지 않은 누군가가 찍어서 케냐의 신문에 발표한 한 장의 사진에 의존하고 있었습니다. 그 사진에는 다른 참사들을 기록한 보도사진에서 익숙히 봐왔던 모습이 담겨 있었어요—수많은 사람들이 땅 위에 쪼그리고 앉아 있는 가운데, 몇몇은 고개를 숙이고 있었고, 몇몇은 녹아내릴 것 같은 지친 눈으로 카메라를 쳐다보고 있었고, 몇몇은 조심스러운 호기심을 보이고 있었는데, 수염을 기른 남자들 머리엔 모자가 없었으며 녹초가 된 모습이었고, 여자들은 머리에 숄을 두른 채 눈을 내리깔고 있었으며, 아이들은 빤히 쳐다보고 있었죠.

그 섬을 책임지고 있는 장교는 부두로 직접 내려와 배에서 내리는 우리를 맞이했어요. 그는 몸집이 비대하고 명랑한 사람으로, 우리에게 환영 인사를 외치며 자신의 약모를 벗어 우리를 향해 흔들어 보였죠. 마치 우리가 간절히 기다리던 손님이고 마침내 보게 되어 기쁜 듯했어요. 그는 늘 이런 태도로 자기가 느끼는 즐거움에 웃고 떠들었고, 삶에 가득하기 마련인 뜻밖의 복잡다단한 일들에 기뻐하며 눈을 반짝였는데, 짜증이나 화가 나기 전까지만 그랬죠. 그럴 때면 그는 입버릇이 고약해지고 난폭해졌습니다. 무엇이 그를 짜증나게 하거나 화나게 할지 예측하기란 늘 쉽지만은 않았는데, 나중에 알고 보니 그에게는 특별히 즐겨 괴롭히는 희생자들이 정해져 있었어요. 그는 오르막길을 따라 우리 셋을 호송하며 우리가 오게 된 아주 멋지고 쾌적한 곳에 대해 유쾌하게 떠들어댔고, 심지어 우리 어깨에 차례로 팔을 두르기도 했습니다. 오르막길 꼭대기에 이르자 평지가 나왔고, 그곳에는 별채가 딸린 건물이 하나 있었어요. 그 별채는 위병소였고, 그는 우리를 그곳으로 데려가서 우리의 도착을 기록했습니다. 그의 사무실은 커다란 베란다로 통해 있었는데, 그곳에서는 섬과 바다의 아름다운 풍경이 보였고, 아득히 멀리 있는 본토의 해안도 보였죠. 그는 그 베란다의 등나무 의자에 등을 기대고 앉아 천천히 배를 쓰다듬으며 미소를 띤 채 우리를 살폈고, 그러는 동안 우리는 햇볕 속에서 그의 발밑에 책상다리를 하고 앉아 있었어요. 잠시 동안 이렇게 친절한 시선을 보낸 후, 얼굴에서 미소가 서서히 사라지더니 그가 몸을 앞으로 숙이고는 우리에게 우리의 범죄와 자기 왕국의 규칙에 대해 설교를 늘어놓았습니다.

보아하니 나의 범죄는, 다행히도 그 경제적 가치가 얼마 되지 않는 공문서를 사기를 칠 의도로 소지한 것이었는데, 만일 내가 국가안보를 위험에 빠뜨리는 어떤 일을 저질렀다고 되어 있었다면 그는, 그러니까 그 구치소 섬의 지휘관은 나를 직접 총살해서 상어 먹이로 던져버렸을 겁니다. "그래, 이 근해에는 상어가 있지." 이제 그 두 형제를 바라보며 그가 말했어요. 내가 자유를 향해 돌진하고자 헤엄을 쳐서 섬을 빠져나갈 사람 같지는 않아 보였던 모양인데, 하지만 그 형제들은 그런 충동적인 일을 저지를 수 있을 만큼 튼튼하고 강인해 보였습니다. "마법 어쩌고 하는 이 말도 안 되는 헛소리는 다 뭐지?" 그가 말했어요. "자네들은 이런 터무니없는 범죄로 우리를 당황하게 하는군. 남들이 우리를 마법이나 부리는 그런 뒤떨어진 사람들로 생각했으면 좋겠나? 만일 염소 창자나 개구리 불알을 가지고 그런 멍청한 짓을 하다가 나한테 걸리면 내 손으로 직접 자네들을 채찍질할 거야. 이제 이 나라 사람들도 자격증과 학위를 가지고 있는데, 늪지와 덤불 속에 사는 자네 같은 사람들은 여전히 독과 박쥐 피로 뜻하는 바를 이룰 수 있다는 식이군그래. 내 말 듣고 있나? 만일 여기서 그런 헛짓거리를 하다가 나한테 걸리면 눈깔만 남을 때까지 채찍질을 해주겠어." 그는 우리가 섬으로 끌려온 것은 우리가 위험하고 멍청하기 때문이며, 잘못을 깨우칠 때까지 갇혀 있게 될 거라고 말했어요.

그 섬에는 세기 전환기에 영국인들이 자신들에게 항거해서 들고일어날 까다로운 현지인들을 안전하게 가두기 위해 건설한 구치소 건물이 있었죠. 하지만 그런 일은 거의 일어나지 않았고 그곳은 오랫동안 사용되지 않았어요. 내가 몇 주간 들어가 있던 소도시의 감옥은 처음에는 탈주와 반란에 취약하다고 여겨졌지만, 결국에는 편리하고 안전하다는 사실이 입증되었죠. 탈주와 반란 같은 일은 일어나지 않았어요. 그러다가 영국 식민 통치의 관대한 성격을 잘 보여주는—일단 패권을 쥐고 나면 그 전체 계획의 이면에 높은 도덕적 목적이 있음을 결코 잊지 않고 되새기는—행위의 일환으로, 그 섬은 회복기에 든 결핵 환자를 위한 요양원으로 바뀌었습니다. 새로운 방들은 거의 감방이나 마찬가지였지만 바다를 마주하고 있었고, 각 방에는 카수아리나나무가 그늘을 드리우는 빈터로 통하는 창살 없는 문이 있었어요. 그 감옥은 사용되지 않았음에도, 관리인이 한 명 있어 그곳 상태를 잘 유지하고 있었어요. 관리인은 또 19세기 말에 재앙이 있고 나서 그 섬에 묻힌 세 명의 영국 해군 장교들의 무덤을 청소하고 보살피고 있었죠. 묘비에는 그들 셋 모두가 바다에서 사고를 당해 그 섬에서 죽었다고 적혀 있었습니다. 그 관리인은 회복기 환자들 중 한 명이었는데, 그 섬의 요양원이 문을 닫고 소도시에 새 요양원이 문을 연 후에도 섬에 남았어요. 그 요양원을 폐쇄하기로 한 결정은 그 지역의 결핵이 잘 통제되고 있다는 영국 의료 당국(의사 두 명)의 자신감이 높아진 결과였죠. 그 관리인은 내가 그 섬에 끌려갔을 때도 여전히 그곳에 있었고, 그의 감옥은 비록 벽이 여기저기 무너지긴 했지만 여전히 그곳에 서 있었어요. 그리고 그 요양원 감방은 여전히 사용이 가능했고 자물쇠로 잠겨 있었으며 규칙적으로 환기도 이루어지고 있었습니다. 그리고 그 세 무덤은 여전히 세심하게 제초되었고 그 묘비에 올라타는 행위는 금지되어 있었는데, 일가친척들이 그러한 사실을 알았다면 흡족해했겠지만 물론 그들이 아직도 무덤 주인을 기억하거나 어디서 어떻게 죽었는지 기억하는지는 아무도 모를 일이었죠. 그 관리인은 교활한 눈빛의 쭈글쭈글하고 정정한 노인으로, 제국의 임무와 비축한 물건들로 비밀스러운 삶을 살면서 자신의 안전한 성벽 안으로 후퇴하고는 그를 망각해버린 제국의 기념물을 보살피고 있었어요.

나는 그 섬에서 아무 어려움도 겪지 않았습니다. 자신을 지휘관으로 부르길 좋아하던 그자는 내게 관심이 없었고, 그것은 그의 휘하에 있던 다섯 명의 군인도 마찬가지였어요. 나는 그 어떤 지시에도 저항하지 않았고 모든 규칙을 따랐습니다. 그 두 형제는 유쾌하게 적응해서 군인들과 함께 오랜 친구처럼 앉아 대화를 나누었고, 기꺼이 그들의 놀림감이 되어주었으며, 그들을 도왔고, 기회가 생기면 그들이 가진 것을 좀도둑질하기도 했고, 즐겁게 뛰노는 두 말썽쟁이처럼 나무에 오르고 수영을 했어요. 지휘관은 그들이 치는 장난에 눈을 즐겁게 반짝였고, 때로 그들이 몇 시간 동안 보이지 않으면 감시해야겠다며 자기 앞으로 데려오게 했는데, 말은 그랬지만 실은 그들이 근처에서 재주부리는 걸 좋아했기 때문이죠. 왠지 나는 그들이 감옥에서 그리 긴 시간을 보내게 될 것 같진 않다고 생각했어요. 그 섬에는 다른 억류자들이 열한 명 더 있었는데, 모두 남자였고, 모두 이송되길 기다리고 있었습니다. 그들은 아주 많은 사람을 오만으로 실어날랐던 구호선을 놓친 이들이었고, 더는 배들이 오지 않게 되자 다른 구치소들에서 그 섬으로 보내진 자들이었죠. 이제 그들은 자신들이 처한 곤경이 오만 당국에 전해질 때까지, 그리고 그들을 집으로 데려다줄 어떤 운송 수단이 마련될 때까지 그 섬에 갇혀 있어야 했습니다. 사실 그들의 조상이 그 땅에서 태어났다는 사실을 제외하면 그들은 나만큼이나 오만인이 아니었어요. 그들은 우리 나머지와 조금도 다르게 생기지 않았는데, 어쩌면 피부색이 살짝 더 옅거나 살짝 더 거무스름했는지도, 어쩌면 머리카락이 살짝 더 곧거나 살짝 더 곱슬곱슬했는지도 모르겠군요. 그들의 죄목은 이 일대에서 오만이 비열한 역사*를 가지고 있다는 것이었고, 그러한 연관성은 그들이 원한다고 포기할 수 있는 것이 아니었어요. 다른 면에서 그들은 토착민, 시민, 라이이야였고 토착민들의 아들이었는데, 하지만 여러 지휘관들의 손을 거치며 이런저런 일을 당한 후 그들은 떠나길 갈망했고, 박해자들이 자신들을 경멸한 만큼이나 그들을 경멸했습니다. 지휘관과 그의 군대가 관심을 쏟은 것이 바로 이 억류자들이었어요. 이들을 괴롭혔고, 끝없이 천한 일을 하도록 명령하고 학대했으며, 때로는 구타하기도 했죠. 그 억류자들 중 한 명은 자신이 당한 모든 박해를 일기로 남겨서, 찢어진 종이쪽지들에 담은 자신의 헛된 고발을 자기가 가진 쿠란의 책장 사이에 숨기기도 했어요.

그 지휘관은 이 악한들에 대해 생각하다가 어느 날 아침 영감에 차 자비를 베풀어야겠다는 생각을 떠올리게 되었습니다. "배가 오면 그들과 함께 가는 게 어떻겠나?" 그가 제안했어요. "아직 배가 도착한다는

* 잔지바르는 17세기부터 19세기 중반까지 오만제국의 식민지였다.

어떤 정보도 받지 못했지만, 배가 온다면 그냥 다른 이들과 함께 가는 게 어떻겠나? 자네를 막을 사람은 이곳에 아무도 없을 걸세." 나는 남은 억류자들을 데리러 배가 올 때까지 섬에 갇혀 있다가 이송되는 것으로 처음부터 정해져 있었는지도 모르겠다고 생각했어요. "아니요." 나는 지휘관에게 말했습니다. "말씀은 정말 감사하지만, 저는 그렇게 하는 건 생각조차 할 수 없어요. 저는 그런 생각을 떠올릴 수조차 없습니다. 저의 아내와 아이가 제가 풀려나기만을 기다리고 있고, 저는 때가 되면 그들에게 돌아가 함께 살 수 있도록 의연하게 행동하며 저의 죄에 내려진 벌을 받아들여야만 합니다. 그들은 그것만 바라보고 믿고 있을 거예요. 저는 다른 곳에 가고 싶지 않고 다른 식으로 살 마음도 없습니다." 나는 그가 나를 가늠하며 내가 한 말을 마음속으로 가만히 생각하는 것을, 틀림없이 자신의 관대함을 경건한 체하며 거부한 나에게 화를 내야 할지 말아야 할지 생각하는 것을 보았어요. 그러다가 그는 웃음을 터뜨리며 조롱으로 커다란 배를 들썩거렸는데, 불쾌한 웃음은 아니었습니다. "여자라." 그가 말했어요. "음, 자네를 내보내줬을 때 아내가 여전히 기다리고 있길 바라네."

나는 그 섬에서 아무 어려움도 겪지 않았습니다. 감옥 건물은 직사각형 마당의 세 변을 둘러싸고 있었어요. 뚫린 쪽은 바다를 향해 있었고, 물 위에는 단이 설치되어 야외 변소로 사용됐습니다. 그것은 사용하기에 충분히 안전했고, 바다를 등지고 흉해 보이지 않도록 사루니를 무릎에 걸친 채 구멍 위에 쪼그려앉아 있으면 때로 유쾌한 기분이 들기도 했어요. 감옥 건물에는 위층이 있었는데, 위층 감방들은 하나도 쓰지 않았어요. 아래층 감방은 다섯 개를 썼고, 그중 하나는 온전히 내

차지였죠. 형제들은 한방을 썼고, 다른 억류자들은 남은 세 방을 같이 썼어요. 그들은 그렇게 함께 갇혀 있는 것을 선호했습니다. 감방들은 해가 진 뒤에만 잠겼는데, 그 외에 낮시간에는 다들 자유로이 섬을 돌아다니거나 수영을 할 수 있었어요. 그곳은 아주 작은 섬이었고, 그래서 자신이 좋아하는 공간을 발견해서 그곳을 자기 것이라고 주장할 필요가 있었는데, 그래야 다른 사람들이 당신이 그곳에 즐겨 있는다는 걸 알고 내버려둘 테니까요. 나는 매일 그 관리인 노인을 찾아 잠시 그와 함께 앉아 그가 들려주는 영국인들 이야기와 그들이 그에게 맡긴 임무에 대한 이야기를 들었어요. 군인들은 별채에서 잠을 잤고, 지휘관은 자기 사무실의 간이침대에서 잠을 잤죠. 왜 요양원 건물을 사용하지 않는 거죠? 내가 관리자에게 물었습니다. 그 노인은 이빨 빠진 입을 벌려 장난스레 웃더니, 그곳 감방은 여전히 결핵균이 남아 있어서 그곳에서 자면 결핵에 걸릴 거라고 그들에게 말해주었다고 했어요.

"왜 그 방들을 비워두려 하시죠?" 내가 물었어요. "그러면 해풍 때문에 습기가 차서 무너지고 말 텐데요."

그는 말했습니다. "아니, 그렇게 되지 않아, 내가 그 방들을 매일 환기시키고 빗자루로 쓸고, 부패한 기미가 조금이라도 보이면 회반죽을 다시 바르니까 말이야."

"왜죠?" 내가 그에게 물었어요.

"의사들이 언제 돌아올지 누가 알겠나." 그가 말했어요.

"바부*, 그들은 돌아오지 않을 겁니다." 내가 말했어요.

---

* 스와힐리어로 '할아버지'를 뜻한다.

그의 눈은 비밀스러운 앎으로 춤을 추듯 움직였지만, 그는 아무 대답도 하지 않았어요.

이런 식으로 몇 달이 흘러갔습니다. 아침에는 우리가 해야 하는 허드렛일을 했어요—청소, 빨래, 간수들뿐만 아니라 억류자들에게도 야채를 제공해주던 작은 밭을 일구고 잡초를 뽑는 일. 그러고서 죄수들은 돌아가며 요리를 하거나 허드렛일을 서로 바꿔가며 했고, 그러고는 간수들과 죄수들이 한데 모여 식사를 했어요. 늦은 오후, 나는 위병소 아래의 해변에 앉아 아우트리거*들이 산들바람에 돛을 부풀리며 한쪽으로 살짝 기운 채 한 척씩 소도시에서 출발하는 모습을, 그 아름답고 연약한 배들이 붉게 물든 태양 아래 떠가는 모습을 지켜보았습니다. 그들은 야간작업을 나서는 어부들일 테고 섬을 피하라는 지시를 받았겠지만, 종종 우리를 볼 수 있을 만큼 가까이 와서 우리의 손짓에 손을 흔들어 답해주었어요. 간수들은 언제라도 짜증과 분노로 폭발할 수 있었고, 우리는 어두워지면 갇히는 신세였죠. 우리는 저녁에 그들이 자기들 먹으려고 요리하는 음식 냄새를 맡았습니다. 대략 두 주마다 대형 모터보트가 식량을 싣고 방문했어요. 카사바, 바나나, 쌀, 심지어 고기도 있었는데, 그것은 군인들을 위한 것이었으며, 그것을 오래 보관할 방법이 없었기 때문에 당일에 요리해서 먹어야만 했죠. 우리는 쌀이나 야채를 먹었고, 하루에 한끼만 먹을 수 있었습니다.

어느 날 우리는 평소처럼 모터보트가 오는 것을 봤는데 거기에는 보급품이 실려 있지 않았어요. 그것은 이송을 기다리는 사람들을 위해 온

* '아우트리거'는 안정성 확보를 위해 카누나 보트 등의 측면에 부착한 부재(浮材)를 가리키는 말로, 이것을 부착한 배도 '아우트리거'라고 부른다.

배였습니다. 지휘관은 자신의 군대를 보내 억류자들을 데려왔고, 그들에게 일 분의 시간을 주며 가져가고 싶은 것을 챙겨서 부둣가에 일렬로 정렬하라고 했어요. 이처럼 마지막 순간에까지 행해진 그의 또다른 박해였죠. 그들이 생각만큼 빠르게 행동하지 않자, 그는 노발대발하며 고함을 질렀고, 그들이 손찌검에 몸을 수그리고 발길질을 피하려 애쓰자 웃음을 터뜨렸습니다. 그들이 부둣가에 일렬로 정렬해서 승선을 기다리고 있을 때, 그가 나를 찾더니 자신에게 가까이 오라고 했어요. "저들과 함께 가게." 그가 얼굴을 찡그린 채, 오만인 억류자들에게 힘을 써서 여전히 숨을 헐떡이고 땀을 비 오듯 흘리며 말했어요. 나는 그의 관대한 처사를 또다시 거부하면 그가 짜증을 낼까봐 두려웠지만, 고개를 젓고는 그에게서 물러섰습니다. 그때 나는 서른일곱 살로, 내가 인생길의 중반에 이르렀다고 생각하고 있었죠. 나는 정말 예기치 않게 사랑하게 된 살하, 그녀를 간절히 그리다 흐느끼게 될까 두려운 마음에 이제는 어둠 속에서 홀로 생각할 수밖에 없는 그 여자를 버리고 떠날 마음이 없었어요. 또한 나는 풀려나면 남은 인생을 바쳐 더더욱 사랑해주고 싶은 딸을 버리고 떠날 마음도 전혀 없었어요. 만일 내가 떠났는데 살하가 나를 따라오는 일을 금지당하면, 나는 과거 그 어느 때보다, 혹은 앞으로를 통틀어 그 어느 때보다 더 망연자실하게 되었을 겁니다. 만일 내가 하찮은 목숨을 구하기 위해 그들에게 무슨 일이 벌어지든 상관없이 버리고 떠났다고 그들이 생각한다면, 나는 내가 소중히 여기게 된 유일한 애정을 잃었을 것이고, 내 삶은 황폐해졌을 거예요. 나는 내게 닥친 일을 가능한 한 의연하게 받아들이고, 살하가 겪어야 했던 것처럼 고통을 겪어낼 것이었고, 그리하여 언젠가 억압이 끝나면 온전한 몸으로 그녀에게 돌아가, 결국 우리가 그 일을 견뎌낸 보람이 있었다는 느낌을 받으며 아내가 들려주는 고난의 이야기를 들을 것이었어요. 지휘관은 물러서는 나를 보며 슬프게 고개를 내저었죠. 잠깐, 순간적으로 두려움을 느끼며, 그가 내가 모르는 무언가를 알고 있는 게 아닌가 하는, 그가 내게 예정된 일을 알고는 그것으로부터 나를 구하려 하고 있는 게 아닌가 하는 생각이 들었습니다. 하지만 그러고서 그는 싱긋 웃더니 손을 저어 나를 몰아내며 체념한 듯한 몸짓을 보였어요.

잠시 후 배가 움직이기 시작했고, 우리는 그것이 커다란 고리 모양을 만들더니 본토의 해안을 향해 속도를 올리는 것을 지켜보았죠. 억류자들은 뒤돌아보지 않았는데, 적어도 나의 손짓에는 답해주지 않았습니다. 나는 오랫동안 서서, 그들이 세계의 곡선 너머로 사라질 때까지 지켜보았어요. 다음 며칠 동안 군인들은 밤에 우리의 감방을 잠그지 않은 채로 두었고, 우리는 심지어 저녁에 그들과 함께 베란다에 앉아 그들의 음식을 나눠 먹고 함께 카드놀이도 했어요. 지휘관은 근처에 앉아서 트랜지스터라디오를 듣고 있었는데, 나는 날짜를 듣고 그만 깜짝 놀랐습니다. 나는 칠 개월 동안 억류되어 있었는데, 그사이에 라디오를 한 번도 듣지 못했었죠. 내 머리카락은 잔뜩 자라 있었고, 옷은 해져 있었어요. 내 몸은 야위고 쑤셨습니다.

"자네는 자네의 형제들과 함께 갔어야 했어." 지휘관이 말했어요.

"그들은 당신의 형제이기도 합니다." 나는 말했는데, 우리 통치자의 기분을 상하게 할까 두려운 마음에 부드럽게 말했고, 너무 부드럽게 말한 나머지 그가 내 말을 알아듣게 하기 위해 그 말을 한번 더 반복해야 했어요.

"그렇지." 그가 웃음을 터뜨리며 말했어요. "오만인들은 우리의 어머니들을 전부 강간했으니까."

"그리고 이곳은 나의 고향이고 당신의 고향인 것만큼이나 그들의 고향이기도 합니다." 내가 말했어요.

"소테 와난치." 다 안다는 듯한 우렁찬 웃음소리와 함께 그가 비꼬듯 말했어요. 우리는 모두 이 땅의 아이들이지.

매일 밤 지휘관의 라디오에서는 이런저런 저명인사들의 연설이 방송되었는데, 장광설을 늘어놓고 위협을 하는, 역사를 다시 쓰고, 압제와 고문을 정당화하는 소박한 도덕률을 내세우는 내용이었죠. 라디오 방송은 이런 시끌벅적한 설교에 절대 지치는 법이 없었는데, 물론 다양성을 위해 이따금 뉴스 방송, 왜곡되고 편파적이고 억지로 짜낸 것임에도 불구하고 삶을 더 가까이 느낄 가능성을 준다는 면에서 반가운 뉴스를 제공하기도 했습니다. 뉴스는 온통 전쟁 직전인 나이지리아의 상황과, 우리가 아프리카에서, 어쩌면 전 세계에서 비아프라*의 존재를 아는 유일한 나라일지도 모른다는 내용뿐이었어요. 아나운서는 비아프라의 지도자인 오주쿠 대령의 이름을 말하길 좋아했고, 자신의 대본에 그 이름이 등장할 때마다 그 사랑스러운 단어를 발음하기 위해 입을 부풀리느라 잠시 말을 멈추곤 했죠. 카날** 오주쿠. 우리 뒤, 주변으로는 온통 바다가 철썩이는 소리뿐이었습니다. 때로 우리는 물보라가

---

* 나이지리아 동부 지방으로, 1967~70년까지 비아프라공화국으로 분리 독립한 적이 있었다. 당시 나이지리아 연방측을 영국과 소련이, 비아프라 측을 프랑스가 지원하여 대규모 전쟁이 일어났었다.

** 영어 'colonel(대령)'의 스와힐리어식 발음.

피부에 살짝 닿는 걸 느끼기도 했죠. 우리는 카드놀이를 하던 판자 가운데에 놓은 작은 석유램프의 불빛에 의지해 앉아 있었어요. 달이 뜨지 않은 그 며칠 밤 동안 베란다에서 지휘관이 앉아 있는 쪽은 거의 보이지 않았는데, 그저 그가 앉아 있는 곳에서 살짝 짙어지는 밤과 그가 담배를 피울 때 분노로 빛나는 한쪽 눈이 보일 뿐이었죠. 베란다에서 보이는 것이라고는 바다와 별뿐이었습니다. 밤이면 마치 하늘은 사라진 듯했고, 그저 압도적으로 가득하고 자욱한 별들밖에 없는 것 같았죠. 바다는 끝없이 거품을 내고 뒤척이며 선조 세공을 한 듯한 물마루로 별빛을 반사했고, 한숨을 쉬고 무너져내리며 바람이 불어가는 우리 쪽 바위들을 향해 돌진해왔습니다. 수평선 가까이로는 소도시의 불빛이, 마치 바다의 먼 가장자리에서 빛나는 오로라처럼 보였죠.

어떤 밤에는 감옥 건물의 내 감방으로 돌아오고 나면 나무들의 우듬지 너머로 노랫소리가, 그곳에서 무언가 가볍고 비현실적인 것처럼 맴돌고 있는 공기 중의 속삭임이 들려오기도 했어요. 나는 그게 노인이 혼자 노래를 부르는 소리라고 생각했는데, 요양원 건물이 잡목림 너머 섬의 반대쪽 해안에 있었기 때문이었으나, 그에게 묻자 자기가 낸 소리가 아니라고 했습니다. 그 섬에는 뱀 한 마리가 살고 있는데, 움푹 꺼진 곳의 연못 근처에 있다가 밤이면 밖으로 나와 개구리를 잡아먹는다고, 그는 말했죠. 그 뱀은 이따금 연못을 떠나 돌아다녔고, 어쩌면 내가 들은 것은 그놈이 미끄러져 가면서 공기를 어지럽힌 소리인지도 모르겠다고 했어요. 한번은 바다에서 물기둥이 솟아올라 수면 위를 가로지르더니 섬에 와 멈추는 것을 본 적이 있다고, 그는 말했어요. 자세히 살펴보기 위해 더 가까이 다가간 그는 커다랗고 시커먼 인물, 즉 정령이 나무 아래 잠들어 있고 그의 머리 옆에 커다란 궤짝이 열린 채 놓여 있는 것을 발견했죠. 그 커다란 궤짝 안에는 한 여자가 머리카락을 매만지며 혼자 노래를 부르고 있었는데, 그러고서 마치 거기 여전히 달콤한 무언가가 남아 있기라도 하듯 보석으로 장식한 자신의 손가락을 하나씩 차례대로 핥았대요. 어쩌면 내가 들은 소리의 주인공은 그 여자였을지도 모르겠다고, 그는 말했죠. 시커먼 정령에게 납치당해 그의 쾌락을 위해 궤짝에 갇히고 만 어느 가련한 존재. 왜 그녀가 보석으로 장식한 자신의 손가락을 그렇게 핥고 있었는지 아나? 그가 내게 물었어요. 이유인즉 그녀가 정령이 잠든 동안 근처에 있는 어떤 남자든 유혹했고, 자신의 쾌락의 징표로 반지를 하나씩 가져갔다는 것이었어요. 그러니 그녀가 그렇게 손가락을 핥고 있을 때면 자신이 취한 모든 남자들의 느낌을 다시 한번 되새기고 있는 셈이라고 말이죠. 그러자 나는 그 노인에게는 그 섬이 마법에 걸린 존재로, 영국 해군 장교들과 영국 의사들과 회복기 환자들로, 뱀들과 밤공기 속에서 노래하는 갇힌 여자들로, 못된 장난거리를 영원히 찾아나서는 일에서 잠깐 쉬어가기 위해 바다를 가로지르는 시커먼 정령들로 넘쳐나는 곳이었음을 알게 되었습니다.

추방된 억류자들이 이송되고 며칠이 지난 어느 날 아침, 배 한 척이 우리를 태우러 왔어요. 우리는 그 섬을 떠나야 했습니다, 우리 모두가 말이죠. 군인들은 떠나는 걸 서두르지 않았고, 그 배는 이른 오후 무렵에야 짐을 실었어요. 나는 그 노인을 찾아서 작별인사를 전하려 했지만, 그는 그가 말한 마법에 걸린 존재들처럼 사라져서 보이질 않았습니다. 그 작은 섬에서 그가 어디에 숨어 있을지 잘 상상이 되지 않았고, 나는 섬을 두 바퀴 돌고는 내가 찾아다니는 통에 그가 혹시 불안해하기라도 할까봐 그만두었어요. 어쩌면 그는 우리가 자기를 데려가기라도 할까봐 두려운 마음에 물기둥으로 변해서 바다로 미끄러져 들어가 우리가 출발하길 기다리고 있는지도 몰랐죠. 우리가 소도시에 도착했을 때 날은 어두워져 있었고, 항구는 인적이 끊겨 조용했습니다. 그곳은 변함없어 보였고, 집이 코앞인데 그렇게 어슬렁거리고 있기란 고통스러운 일이었죠. 나는 풀려날 가능성은 감히 생각하지도 않았는데, 실제로도 그런 일은 일어나지 않았어요. 지프에 타라는 명령을 받고 몇 분 동안 실려가다가 다시 내리라는 말을 들었습니다. 본토로 이송되는 대략 서른 명의 다른 죄수들과 함께 페리에 오르고서야 나는 내가 그 선량한 두 형제에게 작별인사조차 전하지 못했다는 사실을 깨달았어요.

그 배는 어두울 때 떠나서 낮에야 본토에 도착했지만 우리는 밤이 되고서야 배에서 내릴 수 있었습니다. 그러고서 우리는 트럭 두 대에 실렸는데, 그들은 우리를 한 사람씩 호명해 어느 트럭에 탈지 알려주었죠. 그중 몇몇은 내가 아는 이름이었습니다. 우리가 출발했을 때 트럭 두 대는 각기 다른 방향을 향했고, 우리의 간수들은 우리가 남쪽으로 가고 있다고 말해주었어요. 나는 그후 이어지는 몇 년의 세월에 대해 말하지 않는 법을 스스로 익혔는데, 그렇다고 해서 그 세월을 조금이라도 잊은 건 아닙니다. 그 세월은 몸의 언어로 쓰였고, 그것은 내가 말로 할 수 있는 언어가 아니에요. 때로 나는 고통에 빠진 사람들의 사진을 보는데, 그러면 그들의 비참함과 아픔의 이미지가 내 몸안에 가득 울려서 그들과 함께 아파하게 됩니다. 그리고 그 동일한 이미지가 내게 그 억압의 기억을 억누르는 법을 가르쳐주는데, 왜냐하면 어쨌든 나는 이곳에 건강히 잘 있고, 그들 중 몇몇이 어디 있을지는 오직 신만이 아시기 때문이죠. 바로 얼마 전에 나는 그런 사진을 한 장 보았는데, 오래된 사진이었어요. 그 사진 속에는 세 명의 유대인이 넙죽 엎드려 있었습니다—한 명은 짙은 정장과 타이 차림이었고, 다른 두 명은 셔츠 바람이었는데, 한 명은 셔츠 소매를 걷고 있었죠. 그들은 바닥 솔을 쥐고 빈의 인도를 쓸고 있었습니다. 그들 주변에, 그들 아주 가까이에, 그들의 뒤와 앞의 인도에 빈 사람들이 무리 지어 빼곡히 서서 히죽거리며 그들을 지켜보고 있었어요. 모든 나잇대의 사람들, 어머니들과 아버지들과 할아버지들과 아이들이, 누구는 자전거에 기대 있고 다른 누구는 쇼핑백을 든 채 점잖고 일상적인 모습으로 서서 미소를 짓고 있었고, 그러는 동안 그 세 사람은 그들 앞에서 굴욕을 당하고 있었습니다. 하켄크로이츠 같은 것은 전혀 보이지 않았고, 그저 세 유대인의 굴욕에 웃음을 터뜨리는 평범한 사람들이 있을 뿐이었어요. 그 세 사람이 어떻게 되었는지는 신만이 아시겠죠.

나는 총 세 곳의 다른 수용소에 갇혀서 군인들의 통제를 받았는데, 형벌이나 가혹 행위를 당하는 일은 아주 가끔뿐이었어요. 군인들은 공포와 폭력, 종잡을 수 없는 감정의 폭발로 우리를 다스렸죠. 우리가 지낸 곳의 환경은 전적으로 암울하고 불편했습니다. 우리는 먹을 음식을 직접 길렀고, 변소를 짓고 청소했고, 군인들의 옷을 세탁했고, 바구니를 짰으며, 영양실조와 질병과 무료함으로 약해지고 지쳐갔어요. 벌레 물린 데는 상처가 되어 곪아갔고 좀처럼 낫질 않았죠. 우리의 배는 굶주림으로, 줄곧 탄수화물과 콩만 먹어서 생긴 변비와 가스로, 안 좋은 물과 전염병으로 인한 설사로 늘 우리를 괴롭혔어요. 배 때문에 너무 괴로운 나머지 가끔 나 자신이 배만 남은 존재가 된 듯한 기분이 들기도 했죠. 우리는 낮에 해야 하는 이런저런 일들을 하다가 지루한 밤의 위안을 맞이했어요. 가끔 우리는 바깥에서 들려오는 소식을 들었어요, 암살과 체포, 결코 실현되지 않았지만 임박했다고 전해졌던 사면, 전쟁과 쿠데타에 대한 수군거림과 소문을요. 우리에게는 라디오를 듣거나 책을 읽는 일이 허락되지 않았어요. 때로는 그 상황이 너무 증오스러워서 표현할 말이 떠오르지 않습니다. 나는 그 때문에 바르르 떨었고, 그로 인한 분노로 자멸할 수도, 불속에 뛰어들거나 절벽의 돌출부 아래로 뛰어내릴 수도, 사브르의 번쩍이는 칼날이나 총검의 뾰족한 끝에 몸을 던질 수도 있었어요.

그러는 대신 우리는 예배를 드렸죠. 신께서 명하신 대로 매일, 하루에 다섯 번씩. 그분께서는 우리를, 최악의 인간과 최고의 인간까지 모두를 찾아오셨어요. 우리는 전통적으로 명시된 정확한 시간에 예배를 드렸는데, 무의미하고 하찮은 우리의 평범한 삶을 살면서 흔히 그러듯 조금 늦거나, 다음날로 미루거나, 아예 빼먹거나 하는 일은 없었습니다. 해뜨기 전. 예배 시간은 첫번째 햇살이 나타나는 순간과 처음으로 태양이 보이는 순간 사이, 상상하기보다 더 짧은 바로 그 순간이었어요. 정오. 명시된 시간은 땅에 수직으로 박힌 막대기의 그림자가 사라진 직후, 태양이 바로 머리 위로 지나간 바로 그 순간이었어요. 오후. 우리는 막대기 그림자가 막대기와 길이가 같아지는 하루의 그 시간에 자리에서 일어나 조용히 예배를 드렸습니다. 일몰 후. 우리는 지평선 너머로 해가 저무는 순간과 석양이 사라지는 순간 사이에 예배를 드렸어요. 밤. 우리는 깊은 어둠이 내리길 기다렸다가 그제야 예배를 드렸고, 그런 후 우리의 매트에 몸을 뻗고 누워 잠들었습니다. 예배가 하루 하루를 가득 채웠는데, 우리가 각자 서로 다른 정도로 기억 속에서 되살려낸 쿠란 암송도 그에 못지 않았죠. 그것들은 우리의 허드렛일에 질서와 목적을 가져다주었고, 그게 아니었다면 생각도 못했을 금욕을 가능하게 했어요. 그리고 우리는 일부는 기억해내고 일부는 만들어낸 이야기를 들려주며, 마치 우리가 그것을 처음 들었을 때의 나이로 되돌아가기라도 한 것처럼 웃음을 터뜨렸어요.

나는 두 차례 옮겨졌는데, 한 번은 말라리아 증상이 심해져서 몸에서 피가 나오기 시작했기 때문이었어요. 피의 색이 짙어지기 시작하자 나의 동료 죄수들은 최악의 상황을 우려하며 내게 야 라티프를 읊어주었죠. 그때쯤 나는 기절해 있었는데, 하지만 나는 나의 동료들이 말라리아 치료에 관해 구전되는 요법부터 시작해 할 수 있는 모든 일을 해주었다는 걸 알았고, 나는 회복했어요. 허약해져서 며칠 동안 움직일 수 없었지만 그래도 살아남았습니다. 그 깨달음이 얼마나 감미롭게 느껴졌는지는 이루 말할 수가 없어요. 회복 후, 나는 의사의 지시에 따라 아루샤*로 옮겨졌어요. 그 의사와 그의 두 조수는 흰색 지프를 타고서 예기치 않게 나타났죠. 의사는 갈색 반바지와 흰색 셔츠 차림을 한 스웨덴 사람으로, 얼굴은 붉었고 금발은 햇빛을 받아 진한 금색으로 윤이 났어요. 우리가 진료를 받기 위해 줄을 서 있는 동안, 그의 두툼한 입술은 지치고 넌더리가 난다는 듯 아래로 처져 있었죠. 그가 거기서 뭘 하고 있었던 걸까요? 누가 그를 불러왔던 걸까요? 그가 왜 내가 옮겨져

* 탄자니아 아루샤주의 주도.

야 한다고, 그것도 그렇게 먼 어딘가로 옮겨져야 한다고 명령한 것인지는 나도 모르겠습니다. 어쩌면 그것은 우리가 처한 비인간적인 상황에 대한 항의, 적어도 우리 중 한 명을 위해 무언가를 해주려는 시도였는지도 모르겠어요. 혹은 어쩌면 그는 우리 나라 같은 나라들에서 유럽인 의사가 지니는 권한을 행사하지 않고는 배길 수 없었는지도 모르죠. 어쨌든, 그들은 자신들의 흰색 지프에 나를 태워 데려가며 올이 다 드러난 내 누더기를 소독약냄새가 나는 고상한 붉은색 담요로 덮어주었어요. 그들은 나를 몇 마일 떨어진 곳에 있는 군부대로 데려갔는데, 우리는 거기 그런 게 있는 줄도 몰랐었죠. 그곳에서 나는 군용 지프에 실려 아루샤까지 이송되었습니다.

나는 혼자 옮겨졌고, 그곳에서 완전히 낯선 사람들 사이에서 보낸 시간은 처음에는 외로웠지만 야채와 과일을 재배하는 것에 대해 더 잘 알게 되면서 예기치 않은 성취감을 느끼게 되었죠. 나는 그곳에 있는 동안 하루하루 그리고 매 순간에 목적을 부여하는 열정 없는 무자비함을 겪어야 했어요. 콜레라가 발발하여 수감자 두 명이 죽자 나는 그곳을 나와야 했고, 우리 모두는 아마 다른 사람들을 귀찮게 하지 말고 죽으라는 뜻에서 북서쪽의 군부대로 보내졌죠. 그곳이 내가 보내진 세번째 수용소였어요. 하지만 아무도 죽지 않았고, 그리하여 이윽고 우리는 각기 다른 수용소로 흩어지게 되었는데, 나는 예전에 삼 년을 보냈던 남쪽의 수용소로 돌아가서 풀려나기 전까지 다시 사 년을 보내게 되었습니다. 그사이 우리 대부분은 병이 났고 동료 가운데 두 명이 죽었지만 변한 건 별로 없었어요. 간수들이 부임하고 떠나가면서 가끔 변화가 일어나기도 했지만, 우리가 처한 환경을 크게 바꿔놓진 못했죠. 아마도 그 스웨덴 사람이 손을 쓴 결과로 의료팀이 몇 달에 한 번씩 방문했고, 가끔 근처에 사는 사람들이 와서는 멀리서 우리를 지켜봤고 밤이면 우리가 채소를 기르는 밭을 습격했어요. 우리가 불평하자, 간수들은 우리에게 분명 동물들 짓일 거라고 했죠.

나는 당사에서 체포되고서 십일 년이 지난 1979년에 사면을 받아 풀려났습니다. 사면은 형기의 절반 이상을 채운 죄수들과 반역죄나 살인죄를 저지르지 않은 죄수들에게까지 적용되었어요. 반역죄를 저지른 죄수들은 국가에서 추방될 것이었습니다. 그것은 우간다의 이디 아민*의 잔인한 독재정권에 대한 국군의 승리를 기념하기 위한 것이었죠. 배에 실려왔다가 다시 그 어두운 밤에 트럭 한 대로 이송되어 온 모든 죄수들이 풀려났어요—살아남은 모두, 즉 우리 열한 명이 말이죠. 대다수는 나라에서 즉각 추방되는 출국 비자를 수용하는 조건으로 풀려났습니다. 달리 말하면, 나의 동료들 대부분은 반역죄로 구금되어 있었던 셈인데, 아마 그들처럼 반역자와 거리가 멀어 보이는 무리도 없었을 겁니다. 그렇게 오랫동안 구금된 끝에 지난 수년 동안 매달려왔던 기억을 안고서 고작 난민이 되어버리는 비극만 아니었더라면, 그것은 우스웠을 거예요. 그리고 어느 누구도 풀려나리라고는 기대하지 않았고, 따라서 다른 어떤 나라로의 입국도 협상하지 않았기 때문에, 이러한 조건으로 풀려나려는 모든 이들은 자신들이 어딘가의 입국 비자를 받았다는 걸 보일 수 있을 때까지 기다려야만 했어요. 감옥에서는 그 일을 처

* 우간다의 군인이자 정치가로 쿠데타를 일으켜 독재자로 군림하였고, 1978년 10월에 탄자니아를 침공하였으나 탄자니아군과 국내 반대파인 '우간다국민해방전선(UNLF)'의 반격으로 패했다.

리할 수 없었지만 그 일이 처리되기 전까지는, 혹은 일가친척들이 그 일을 대신 처리해주기 전까지는 석방이 허락되지 않았죠. 그러니 그것은 전혀 석방이 아니었고, 추방 명령을 받지 않은 우리 셋은 추방된 이들이 함께 풀려나기 전까지 구금되어 있기로 했습니다. 우리는 우리가 몇 년 형을 받았는지 알 수 없었지만, 적어도 형기의 반을 복역했다는 사실은 알게 되었죠.

일단 유엔난민기구의 직원들이 개입하고 나자 어려움은 모두 사라졌고, 풀려난 억류자들은 모두 아랍에미리트연합국으로부터 망명을 권유받았어요. 그리하여 1980년 1월의 어느 날, 우리는 석방 증명서를 발급받고는 트럭에 실려 수도로 돌아와 뿔뿔이 흩어졌죠. 난민들은 유엔 직원들의 손에 넘겨졌고, 나의 동료 둘은 수도에 있는 자신들의 일가친척에게로 갔고, 나는 항구로 나아갔습니다. 마침내 나는 살하가 얼마나 변했을지, 그리고 내 딸 루키야가 얼마나 훌쩍 자랐을지 상상해볼 수 있었어요. 나는 돌아가는 배를 탔고, 아주 오래전에 아버지와 함께 그랬던 것처럼 항구에서부터 발걸음을 옮겼습니다. 누구도 내게 말을 걸지 않았고, 누구도 나를 알아보지 못했으며, 누군가가 다가오면 나는 계속 눈을 내리깔고 있었어요. 집들은 무너져 있었고, 가게들은 텅 비어 있었죠. 나의 옛 가게가 가까워지자 익숙한 얼굴들이 보였으나, 그래도 나는 지체하고 싶지 않았고 아직 나를 알아보는 사람도 없는 듯했어요. 나는 판자로 막히고 자물쇠로 잠긴 나의 옛 가게 앞에 멈춰 섰고, 마치 그곳을 마지막으로 본 게 한두 달 전이기라도 하듯 그 친숙한 모습에 깜짝 놀라며 그곳을 빤히 쳐다보았어요. 내 팔꿈치에 누군가의 팔이 닿는 것을 느꼈는데, 돌아보니 그곳에는 그 커피장수, 수년 전에 맞은편에서 하던 장사를 내가 암살해버린 가게의 주인이 늙고 병약한 모습으로 내 곁에 서 있었습니다. 그가 살하가 죽었다는, 세상을 떠났다는 소식을 전해주었고, 부디 신께서 그녀의 영혼에 자비를 베푸시길, 그리고 그보다 며칠 앞서 나의 딸 라이이야가 세상을 떠났다는 소식 또한, 부디 신께서 그녀의 영혼에 자비를 베푸시길, 그 사람이 전해주었어요. 내가 감금된 첫해에 둘 다 세상을 떠났다는 것이었습니다. 내가 체포된 후 살하와 함께 지내던 그녀의 부모는 나라를 떠났다고 했어요. 커피장수는 그들이 어디로 갔는지 몰랐는데, 누군가는 알 거라고 했죠. 어머니와 딸 모두 아마 장티푸스로 추정되는 병을 잠깐 앓은 후 세상을 떠났다는 사실 말고는, 그 일에 대해 더는 말하지 않으렵니다.

더는 일을 하지 않던 그 나이든 커피장수는 나를 지역 위원회의 위원장에게 데려갔는데, 내가 체포되기 전날에 나와 함께 당사까지 동행했던 사람과는 다른 사람이었어요. 그의 허락을 얻어 우리는 내 가게의 자물쇠를 부수었습니다. 먼지와 거미줄과 몇 군데 떨어진 회반죽을 제외하면 모든 게 누후와 내가 남겨놓은 그대로였어요. 이웃들이 와서 보고는 나의 귀환을 크게 기뻐했고, 여러 사람들이 나에게 음식과 친절을 베풀었습니다. 풀려난 뒤 그 몇 주 동안 내가 받은 친절은 이루 말할 수 없어요. 나는 그 가게에서 살았는데, 이제는 다른 방식이 되겠지만 어쨌든 다시 장사를 시작할 수 있도록 이윽고 뒷방들 중 한 곳을 청소하고는 그리로 들어갔죠. 나는 내가 가진 값비싼 물건들을 팔았고, 과일과 야채를 사서 팔았으며, 점차 비슷한 종류의 다른 소소한 물건들을 더해갔어요. 성냥, 비누 그리고 생선 통조림 같은 거였죠. 구금에 관해 이야기를 들려달라고 하는 사람은 아무도 없었어요.

너무 많은 사람들이 떠나거나 추방되거나 죽었습니다. 너무 많은 죄악과 고난이 닥쳐왔었고, 남은 이들에게 계속 닥쳐오고 있었으며, 고통과 상실을 독차지한 사람은 아무도 없었어요. 그래서 나는 가게를 열고 조용한 삶에 헌신하며, 원한을 담지 않고 할 필요가 있는 말만 했고, 우리의 운명이 된 고뇌에 찬 삶의 이야기들에 의연하게 귀를 기울였어요. 사람들은 나를 감옥생활과 개인적 비극으로 망가져버린 사람으로 대하며 웃어른에게 하듯 친절하게 말을 걸었고, 나는 고마운 마음과 크나큰 호의를 갖고 응답했죠. 그리고 나중에 나의 무너져가는 가게의 어둠 속에 홀로 있을 때면, 나는 내가 사랑한 사람들의 죽음을 애도했고 그들을 생각하며 슬퍼했고, 그 슬픔도 시들해지면 내가 살아온 황폐한 삶을 떠올리며 슬퍼했어요.

그래요, 라자브 샤아반 마흐무드는 이제 내가 예전에 살았던 바로 그 집에 살고 있었습니다. 나는 그쪽으로 지나다니지 않도록 했고, 그가 매일 가게 앞을 지나갈 때면 나는 눈을 내리깔고 그가 사그라들지 않는 증오의 눈빛으로 나를 쳐다보도록 내버려두었어요. 그는 많이 변한 모습이었습니다. 금욕적이면서도 망령이 난 것처럼 보였고, 입은 옷은 올이 다 드러나 있었고 불결했죠. 가끔 나는 감옥에 있었던 게 내가 아니라 그였다는 생각이 들곤 했는데, 왜냐하면 나는 겉모습은 그럴지언정 가능하면 더이상의 수모는 피하려는, 최대한 평정심을 가지고 나의 운명인 황폐한 삶을 살아내고자 하는 마음이 확고했고, 그것은 내게 생겨난 약간의 품위에 대한 무언의 인정이었어요. 경건하고 성스러운 체하는 것처럼 들릴까 염려되지만, 나는 감옥에서 반성하며 감사하는 마음을 배울 시간을 가졌습니다. 나는 수용소에서 보낸 그 세월 동안 그 집과 라자브 샤아반 마흐무드에 대해 신경쓰는 것을 멈출 수 있게 되었고, 그가 증오로 눈을 이글거리며 가게 앞을 지나갈 때에도 나에 대한 그의 주장에 저항하거나 알은체하지 않았어요.

그의 아내 아샤는 이 세상에 없었습니다. 그녀의 연인인 개발자원부 장관은 1972년에 짐승들 간의 유혈 사태 속에서 실각했는데, 우리는 그 소식을 감옥에 있을 때 들었죠. 대통령과 당의 사무총장은 내가 아주 옛날에 참석했던 바로 그 법정에 앉아 있다가 암살을 당했고, 그에 따른 보복 행위로 전임 장관은 체포되었어요. 그는 간신히 목숨을 건져 도망쳤고, 지금은 스칸디나비아 어딘가에서 우리의 해방을 준비하고 있다고 했습니다. 라자브 샤아반 마흐무드는 압달라 할판이 보잘것없는 존재로 전락한 것에 크게 기뻐하며 거리를 걸어다녔고, 그가 그 오랜 세월 동안 유부녀들과 간통한 것에 대해 험악한 말을 쏟아내며 스스로를 얼간이로 만들었는데, 그 오랜 세월 그 문제에 대해 아무 신경도 안 쓰는 것처럼 보이던 사람이 그랬으니까요. 그 무렵에 아샤와 라자브 샤아반 마흐무드는 우리의 옛집에 살고 있었죠. 그녀는 그곳에서 계속 살다가 몇 년 후에 죽었고, 그것은 내가 풀려나기 일 년쯤 전의 일이었는데, 그녀가 왜 죽었는지 내게 자진해서 말해주는 사람은 아무도 없었습니다. 그저 다들 그녀가 죽었다고만 했어요.

수년 동안 나는 그렇게, 다른 모든 사람들처럼 가난하고 겁에 질린 채, 우리의 지도자들이 가장 최근에 저지른 악행과 보복에 귀를 쫑긋 세운 채 살았는데, 그래도 지난 십 년 동안 우리의 상황은 조금 나아져 있었습니다. 아니요, 나는 떠날 생각은 한 번도 하지 않았어요. 어디로 간단 말입니까? 가서 무얼 하라고? 나 자신을 먹이고 입힐 만큼은 장사가 됐고, 시간이 흐르면서 나는 제법 안전하고 편안하게 살 수 있게 되었어요. 내게는 수십 년 전에 식민지 관리들이 떠날 때 얻은 책들이 여전히 조금 남아 있었고, 그중 몇 권은 이제 바퀴벌레가 씹어 먹어 구멍이 나 있었는데, 나는 그것들을 천천히 읽어나가기 시작했습니다. 어떤 이들은 옛집에 대한 소유권을 주장하라고 나를 설득하기 시작했어요. 정말 많은 사람들이 바로 그런 식으로 자신들의 재산을 되찾았죠. 나는 법정에서 유죄판결을 받은 적이 한 번도 없었고, 나를 재판했던 사람들은 모두 명예를 잃거나 죽었으므로, 그들은 나의 탄원과 관련해 아무런 영향력도 끼치지 못할 것이었습니다. 그 집의 권리증에는 나의 이름이 적혀 있었고, 등기소에 가면 여전히 나의 합법적인 소유권을 확인할 수 있을 게 분명했어요. 하지만 나는 그 집에 아무 관심이 없었고 싸울 힘도 그럴 마음도 없었기에 이런 호의를 보인 이들에게 미소로 감사를 표하며 그 일을 그냥 넘겨버렸죠.

라자브 샤아반 마흐무드는 1994년에 세상을 떠났습니다. 늘 덧문이 내려져 있고 잠겨 있던 그 집에 혼자 살던 그는 죽은 지 이틀인가 사흘 뒤에야 발견되었는데, 모스크에 모습을 드러내지 않았기 때문이었죠. 결국 이웃들이 창문을 강제로 열고는 침대에 누워 부패되고 있던 그를 발견했습니다. 부디 신께서 그의 영혼에 자비를 베푸시길. 나는 이웃의 다른 많은 사람들과 마찬가지로 장례식 후의 쿠란 낭독에 참석했어요. 하지만 누군가의 기분을 상하게 하기라도 할까 두려워 모스크의 안뜰에 머물렀죠.

몇 달 후, 작년 언젠가, 난데없이 하산이 돌아왔습니다. 네, 하산이 돌아왔어요. 고객 한 명이 내게 말하며, 신께서 사랑하신 이들은 심지어 죽어서도 몇몇 좋은 일을 불러온다고 외쳤죠. 경건한 아버지의 죽음이 그가 사랑했던 아들이 돌아오는 결과를 낳았기 때문이었어요. 네, 하산이 돌아와서 아버지 소유의 집에 대한 권리를 주장했습니다. 네, 그는 그동안 자신의 아버지에게 소식을 전할 생각은 단 한 번도 하지 않았으면서도 그 형편없는 돌무더기와 고통의 더미에 대한 소유권을 주장하기 위해 삼십사 년 만에 돌아온 것이었어요. 그냥 보기에도 그는 이제 재력가, 세상 물정에 밝은 사람이었고, 키가 크고 수염을 길렀고 잘 차려입었으며, 젊은 시절의 제멋대로였던 연인의 흔적은 전혀 찾아볼 수 없었습니다. 그는 도착하고 처음 며칠 동안 페르시아만 스타일의 옷차림을 하고 있었는데, 무거운 바프타*로 만들어진 칸주는 길고 품이 낙낙했고, 주머니는 지갑과 필로팩스**로 불거져 있었으며, 머리에는 작은 모자를 쓰고 있었고, 얼굴 대부분은 빛을 반사하는 선글라스가 가리고 있었죠. 사람들은 그를 놀라움으로 반겼고, 그는 탕아처럼, 첫번째 항해에서 돌아온 신드바드처럼 거리를 거닐며 귀환한 것이 기뻐서 활짝 웃었고, 궁핍한 사람들에게 선물과 자선을 베풀었어요.

내가 이렇게 말했을 때 우리는 바닷가에서 산책을 하고 있었는데, 라티프 마흐무드는 귀를 기울이기 위해 걸음을 멈추고는 내게서 눈길을 돌린 채 내 말에 집중하고 있었다. "그러니까 하산은 고향으로 돌아왔군요." 슬프게 미소를 지으며, 동시에 짜증스럽게 얼굴을 찡그리며 그가 말했다. "제가 그의 소식을 물었을 때 당신은 모른다고 말했습니

---

* 원래 인도에서 사용하던 거친 옷감으로, 보통 면으로 만든다.

** 낱장을 쉽게 끼웠다 뺐다 할 수 있는 수첩.

다. 아무래도 당신에게는 그저 극적인 드라마의 순간이 필요했던 것 같군요."

"아니요, 극적인 드라마 때문이 아닙니다. 나는 당신이 그가 돌아온 순간을 보았으면 했어요. 그 순간이 어떤 의미였는지를 보셨으면 했습니다." 내가 말했다.

"그는 그동안 대체 어디 있었던 거죠? 혹시 아시나요?"

나는 어깨를 으쓱했다. "나도 모릅니다. 그의 옷차림으로 미루어봐서 페르시아만, 사우디아라비아에 있었던 것 같은데, 어쩌면 중국에 있었는지도 모를 일이죠. 그는 내게 말을 걸지 않았고, 어쨌든 그것에 대해 말하진 않았는데, 나와 말을 하고 지내던 사람들도 당신 아버지와의 그 모든 비열한 일들 때문에 그에 대한 언급은 피했습니다. 그는, 하산은 여행을 많이 한 사람처럼 보였고, 여행을 많이 하고서 한 세대가 지난 후에 성공과 명예와 지식의 축복을 누리며 돌아온 사람처럼 보였어요. 그는 온 세상을 품을 준비가 된 사람처럼 걸어다니면서 양팔을 마음대로 흔들었죠. 그는 그해 무심이 끝나갈 무렵에 후세인과 함께 슬며시 떠났던 비밀스러운 젊은이의 모습과는 상당히 달라져 있었습니다."

"그렇군요, 그에게 무슨 일이 있었던 겁니까?" 라티프 마흐무드가 물었고, 그의 날선 물음에서 불안이나 근심이 느껴졌는데, 그가 두려워하는 게 무엇인지는 알 수 없었다.

"나도 모릅니다." 내가 말했다.

"말씀해주세요." 그가 얼굴을 찡그리며, 손을 내밀어 나를 붙잡으려는 마음을 억누르며, 내게 요구했다. "당신은 분명 알고 계십니다, 안 그런가요? 말씀해주세요."

"나도 모릅니다." 내가 말했다. "당신의 형 하산이 그에게서 유산을 물려받았으며, 물론 일가친척과 그 자식들 같은 다른 상속자들도 있었다는 사실밖에는요. 하산은 심지어 언뜻 후세인처럼 보이기도 했습니다. 아들이 그렇게 크게 성공한 모습을 봤더라면 당신 아버지도 자랑스러워하셨을 거예요."

"저의 아버지요, 네, 정말 끔찍한 일이로군요. 저는 아버지가 겨우 작년에 돌아가신 줄도 몰랐어요. 두 분 다 수년 전에 돌아가셨을 거라고만 생각했거든요. 어쩌면 저는 그것을 꿈꾸었고, 그런 환상을 품었는지도 모릅니다. 어쩌면 저는 그것을 바랐고, 저의 바람대로 그렇게 되었다고 생각해버렸는지도 모릅니다. 그렇게 말하는 건 말도 안 되고 비정상적인 소리처럼 들리겠죠. 가끔 저는 제가 그 일을 저질렀다고, 제가 부모님이 죽길 바람으로써 두 사람을 죽인 거라고 생각했어요. 하지만 그들은 죽기는커녕 줄곧 그곳에 있었군요. 아시겠지만, 저는 한 번도 편지를 보낸 적이 없습니다." 라티프 마흐무드가 말했다. 이때쯤 우리는 다시 산책로를 걷고 있었는데, 그가 걸음을 멈추고는 수척한 얼굴에 조소의 표정을 담은 채 나를 향해 완전히 몸을 돌렸다. "저는 GDR에서 탈출하고서 부모님께 한 번도 편지를 쓰지 않았고, 두 분은 제가 어디에 있는지 모를 것이기에 저에게 절대 편지를 쓸 수 없을 거라고 생각했어요. 나는 그분들과 아무 관계도 맺고 싶지 않았고, 그들의 증오와 요구도 원하지 않았습니다. 서로에 대한 그들의 증오, 아버지로 하여금 분노하고 중얼거리다가 자신을 좀먹는 침묵에 빠져들게 만든 그 증오. 부모에 대해 이렇게 말해서는 안 된다는 걸 알지만, GDR를 탈출해서 일종의 익명성을 얻을 수 있었던 것은, 심지어 이름까지 바꾸고 부모에게서 도망칠 수 있었던 것은 어느 정도 행운이었습니다. 다시 시작하기 위해서는요. 그런 환상을 이해하십니까?"

"하지만 사람들은 당신이 어디 있는지 알고 있었어요." 그를 더 고통스럽게 하지 않기를 바라며 내가 조심스럽게 말했다. "우리는 당신 소식을 들었죠."

"그런 것 같군요." 그가 우울해하면서도 미소를 지으며 말했다. "그러니까 하산이 돌아왔군요…… 자신의 상속을 주장하기 위해."

나는 부모에 대한 라티프 마흐무드의 완고한 태도에 놀랐는데, 그렇게 멀리 떨어진 곳에서 그러는 게 상상도 할 수 없었기 때문이 아니라—그런 곳에서는 친밀함에 대한 끈질긴 요구가 침묵으로 꺾여버리기 마련이다—그가 자신의 비뚤어진 승리를 위해 지불해야만 했을 대가가 얼마나 컸을지, 저 고통스러운 모습에 그가 필연적으로 느낄 괴로움과 죄책감이 얼마나 들어가 있는지 가늠할 수 없었기 때문이다. 그가 대담하게 굴어 스스로에게 고통을 안겨준 후 얼굴에 새겨진 수척한 불행은 그에 비하면 덜 놀라웠다.

"만일 그것이 하산이 받을 상속재산이라면 그중 절반은 당신의 것이기도 합니다." 나는 말했고, 그가 움찔하고 놀라는 것을 보고는 조금 더 장난을 쳐볼 용기를 얻었다. "당신의 아버지는 유언을 남기지 않았고, 법이 요구하는 바에 따르면 그 재산은 그의 남자 자손들에게 균등히 나누어져야 합니다."

"저도 돌아가야 한다는 말씀이신가요? 저의 몫을 요구하기 위해?" 그가 조소하는 표정으로 크게 활짝 웃으며 물었다.

나는 어깨를 으쓱했다. "나는 그저 하산이 상속을 받는다면 그 집의 절반은 당신 것이라는 말을 하고 있을 뿐입니다. 물론 복잡한 문제가 있긴 하지만요. 알고 보니 등기소에는 그 집의 권리증이 여전히 내 이름으로 등록되어 있더군요. 나는 그 증서를 사무총장의 사무실로 들고 갔는데 그것은 사라져버렸고, 그러니 당신의 아버지는 그 집의 합법적인 소유권을 가진 적이 한 번도 없었어요. 하산은 돌아와서 그 집에 살았고, 나를 그 집의 완전한 소유권을 얻는 데 있어 장애물로 여겼습니다. 그래서 그는 아주 오래전에 당사에서 내려진, 내게 사기죄 등이 있다는 판결을 합법적인 것으로 만들고자 애를 썼어요. 그는 돌아온 후 영향력 있는 사람들과 친분을 쌓았고, 모두에게 일종의 돌아온 영웅처럼 받아들여졌기 때문에 여론은 아무래도 그의 편이 될 게 분명했습니다. 어느 날 그가 나의 가게로, 내가 세심하게 조명을 밝히고 값비싼 가구를 팔던 큰 상점이 아닌, 야채와 설탕과 면도날을 팔던 작은 구멍가게로 찾아왔어요. 이렇게 말하는 것은 그때 그곳의 광경을 머릿속에 그릴 수 있게 해주기 위해서입니다. 그는 내게 물을 한 잔 달라고 부탁했고, 물을 조금 홀짝이고 의무적인 인사를 나누고는 내게 그 집과 관련된 서류가 있는지를 물었어요. 나는 그에게 아무것도 가진 게 없다고, 그 증서는 아주 오래전에 요구받은 대로 당사의 사무총장에게 건네주었는데, 그 유명인사는 이제 없다고, 분명 알고 있을 테지만 그자는 1972년의 유혈 사태 때 암살당했다고 말해주었어요. 그러자 그는 법이 다 해결할 거라고, 내가 자신의 삼촌 후세인에게 빚진 돈에 대해서도 소송을 제기할 거라고 말하더군요. 아니라고, 아니라고, 나는 그에게 말했어요, 후세인이 내게 빚을 졌다고 말이죠. 나에게는 그 사실을 증명할 서류가 있었습니다. 그가 그 서류를 요구했지만 나는 주지 않았어요. 그는 자신이 삼촌 후세인으로부터 유산을 물려받았으며, 내가 그에게 빚진 돈도 그 유산의 일부라고 내게 말했어요. 그에게도 내게 빚진 돈이 있다는 것을 증명할 서류, 1960년의 무심 때 이곳에서 거래를 목격했다고 증언할 증인들을 데리고 후세인이 몇 년 전에 바레인에서 선서한 진술서가 있었습니다. 나는 왜 그 두 사람, 후세인과 하산이 내게 그런 악의를 품었어야 했는지 모르겠고, 당신 형에게도 그렇게 말했죠. 그는, 그 덩치 큰 남자는 자신의 성공을 거리에 과시할 때처럼 웃음을 터뜨렸는데, 하지만 그것은 그의 얼굴에 나타난 증오와 결심을 얄팍하게 가릴 뿐이었습니다. 나는 나의 가게를 둘러보며 그의 관심을 그곳의 보잘것없는 모습으로 돌리려 했고, 설령 권리와 법이 그의 편이라 하더라도 나에게는 갚을 돈이 없다고 그에게 말했죠. "두고 봅시다." 그가 어금니를 악물고 분노로 입술을 떨며 말했어요. 그러고서 거리의 행인들이 볼 수 있게 가게의 출입구로 가더니, 당신의 아버지가 이따금 그랬던 것과 똑같은 방식으로 사람들이 있는 데서 나를 욕했습니다. 그는 거듭 나를 비난했고, 그러고는 자신이 승소하면 내가 감옥에 가거나 더 심한 꼴을 당하게 될 거라며 나를 협박했어요. 그가 내 옆에서 길길이 날뛰며 격렬히 화내는 동안 나는 채찍질을 당한 짐승처럼 가게 계산대 뒤에 앉아 있었고, 사람들이 모여들어 씩 미소를 지으며 그 광경을 구경했죠. 나는 그가 나를 때릴 거라고 생각했는데, 그러다가 결국 누군가가 그에게 다가가 명예와 예의로 간청하며 그를 끌고 가서 그가 자기 자존심에 더이상 먹칠하지 못하게 막았습니다. 나는 우리의 법률 체계를 신뢰하지 않았고 내 인생에서 더이상의 소란은 감당해낼 힘이 없었으므로, 나의 우드알카마리 상자를 챙겨들고 떠났어요."

바다에서 불어오는 바람이 이제 제법 매서웠고, 어쩌면 나는 약간 휘청거렸는지도 모르겠는데, 왜냐하면 라티프 마흐무드가 내 팔꿈치를 붙잡고는 바다를 향해 있던 나를 시내 중심부로 돌아가는 옆길 중 하나로 돌려세웠기 때문이다. "떠나기로 결심하셨을 때 왜 그의 이름을 사용하셨습니까?" 신호등이 바뀌길 기다렸다가 복잡한 인도를 통과한 후 그가 물었다. 나는 이제 너무 피곤했고, 그가 다시 나의 팔꿈치를 붙잡고 우리가 지나친 카페들 중 한 곳의 테이블로 데려가주었으면, 잠시 숨을 돌리며 커피나 한잔 마시자고 해주었으면 하고 바랐다. 하지만 그는 나보다 반보 앞서 걸으며 자신의 눈과 몸으로 나를 끌고 갔는데, 꼭 나를 억지로 끌어당기고 있는 듯했다. "지난번에 왔을 때 그 질문을 드렸었습니다. 굉장히 오래전 일처럼 느껴지는군요. 저는 다정하게 묻지 않았는데, 왜냐하면 당신이 일종의 조롱을 목적으로 그랬을까봐…… 당신이 그 집 문제로 그를 물리치고서 고소하게 여기며 그랬을까봐 두려웠기 때문입니다. 저는 당신의 체포에 대해, 당신의 아내 비 살하와 당신의 딸 루키야, 당신의 딸 라이이아에 대해 알지 못했어요. 하지만 이제 그 일을 알고 나니, 당신이 아버지의 이름을 선택했다는 사실이 더욱더 기이하게 여겨집니다."

"거기에는 터무니없는 사연이 있지만, 유쾌한 면도 있어요. 나의 사면 조건 중 하나는 여권을 발급받지 못한다는 것이었습니다." 내가 말했다. "내가 해외 어딘가로 가서 말썽을 부리지 못하게 하려고 그랬던 것 같은데, 물론 그냥 보복적인 성격의 조치였다는 생각이 들기도 해요. 당신 아버지가 가족이 함께 살던 그 집을 포기하면서 굳이 그곳에 두고 간 이런저런 가구들이 있었습니다—나는 당신들이 떠나길 원치 않았고, 그저 그 집에 대한 권리만을 원했을 뿐이에요. 어쨌든, 나에게는 그것을 적절한 말로 표현할 능력이 없고, 항변하면 할수록 죄책감에 사로잡혀 용서를 구하는 또 한 명의 노인처럼 보이겠지만 말이에요. 물론 나는 나의 경솔한 허영심 때문에 피해를 입은 당신과 다른 모든 사람들에게 용서를 구하고픈 심정입니다. 그가 남겨두고 간 것들 중에는 상자 하나와 서류들이 있었고, 그 가운데 그의 출생증명서가 있었어요. 다른 귀중한 것은 없었고, 그저 오래된 고지서, 오래된 편지, 몇몇 팸플릿과 설명서가 전부였죠. 나는 그때 그 출생증명서를 알아보고는, 그가 그것을 잃어버리면 약간의 불편을 겪게 되리라는 생각에 장난삼아 그것을 간직했어요. 다른 것들은 모두 처분해버렸죠. 나는 당신들이 남겨두고 간 것들과 얽히고 싶지 않았습니다. 그저 그 출생증명서, 그리고 당신도 알고 있듯 그 흑단 테이블만 간직했어요. 나는 그저 그 아름다운 작은 테이블만 간직했는데, 나중에 그것은 날마다 나의 허영과 상실을 떠올려주는 골칫거리가 되었죠. 하산이 가게에 찾아왔을 때, 옛날에 후세인에게 선물 받은 것인 만큼 그가 그 테이블을 쳐다볼 거라고 생각했지만, 그는 눈길 한 번 주지 않았어요."

라티프 마흐무드는 잠시 망설이며 거의 걸음을 멈추었다. "저는 당신이 그 물건들 중 몇 개를 골라내고는 나머지를 경매에 부쳤던 것을 기억합니다. 저는 그 광경을 기억해요." 그가 말했다. "저는 우리집에서 출발한 그 손수레를 따라갔고, 당신이 그 물건들 사이를 걸어다니며 원하는 것을 골라내던 걸 기억합니다."

나는 깜짝 놀라며 그를 쳐다보았다. "아니요, 그건 불가능합니다." 나는 말했는데, 나의 목소리는 이 새로운 비난에 떨리고 있었다. 그곳에서 있자니 나이와 비난 탓에 지쳐 쓰러질 것만 같았다. 나는 몇 발자국 떨어진 곳에 있는 카페를 가리켰고, 우리는 그곳에 가서 앉았다. "당신들이 그 집을 떠난 후 나는 몇몇 가구들이 남아 있다는 말을 들었고, 그래서 당신 아버지에게 와서 가져가라는 전갈을 보냈지만 그는 그것을 가지건 말건 알아서 하라고 대답했어요. 그래서 나는 누후에게 지시해 그것을 전부 팔아버리라고, 거기서 생긴 돈은 당신 아버지에게 보내라고 했습니다. 당신 아버지도 당신 어머니도 그 돈을 원치 않았고, 그래서 나는 누후에게 그 돈을 기부해버리라고, 나는 그것을 보고 싶지도 얽히고 싶지도 않다고 말했어요. 그 가구를 처리한 후, 누후가 그 서류상자, 그리고 가게에서 봤던 기억에 그 테이블을 도로 가지고 왔더군요. 그는 자신이 처분한 나머지 것들은 별 가치가 없었다고 했고, 나는 그에 대해 물어볼 생각조차 하지 않았습니다."

"보하라, 그 크고 아름다운 양탄자요. 어떻게 그게 무가치했다고 말씀하실 수 있죠?"

"미안합니다." 내가 말했다.

"저는 당신이 그 가구 더미 주위를 걸어다니던 기억이 납니다." 그가 이상하다는 듯이, 고집스럽게 말했다. 그는 커피와 케이크를 주문하고는 기다리는 동안 내게서 눈길을 돌렸는데, 나는 그가 그 시절의 기억을 샅샅이 뒤지면서, 내가 자기에게 거짓말을 하는 것인지, 아니면 내가 죄책감에 그 기억을 나도 몰래 없애버린 것은 아닌지 생각해보고 있는 것 같았다. "어쩌면 그것 또한 저의 바람이었는지 모르겠습니다." 여전히 이상하게 생각하며, 여전히 의심하며 결국엔 이렇게 말했다. "증오로 가득했던 우리집에서 그렇게 생각했듯 당신이 악한 사람이기를 바라는, 저의 자기만족적인 환상 가운데 하나였는지도 모르죠. 어쩌면 그 물건들 사이를 걸어다니던 것은 파루였는지도 모릅니다. 일단은 그게 제 상상이었다고 해두죠…… 하지만 그 광경이 기억나다니 정말 이상한 일이로군요. 어쨌든, 당신은 명예니 예의니 용서니 하는 말들을 너무 많이 하십니다. 그것들은 아무 의미도 없어요, 그저 말일 뿐이죠. 우리가 기대할 수 있는 것은 기껏해야 약간의 친절함이 전부라고, 그것도 운이 좋을 때나 그렇다고, 저는 생각합니다. 그러니까, 저의 생각은 그렇습니다. 그런 과장된 말들은 그저 우리 삶의 무의미함을 감추기 위한 표리부동한 언어의 일부일 뿐이에요. 어서요, 그 출생증명서에 대해 말씀해주세요, 물론 그다음에 어떻게 되었는지는 저도 알 것 같지만."

"감옥에서 돌아왔을 때 그 출생증명서는 여전히 그곳에 있었고, 나는 아무 생각 없이 그것을 보관했습니다. 떠날 생각을 하기 시작했을 때, 나는 그 증명서를 그런 일들을 하는 사람에게 주었어요. 그는 죽은 사람들, 그중에서도 죽은 아이들의 출생증명서를 종종 손에 넣었고, 누군가가 여권이 필요하다고 하면 나이가 얼추 비슷한 사람, 살아 있었더라면 그 나이쯤 되었을 아이의 증명서를 찾아서 그 이름으로 여권을 신청했습니다. 나는 그 출생증명서에 대해 신께 감사드렸고, 그래서 나는 당신 아버지가 되어 그 이름으로 된 여권을 취득했어요. 그런 후 나는 은행에 남아 있던 약간의 돈을 인출했고, 그 돈을 다른 누군가에게 주어서 티켓을 마련했고, 그러고는 망명하러 이곳에 오게 된 거죠."

그는 그 일요일에 나와 너무 늦게까지 함께 있었기에 결국 나는 그에게 거실을 내주었고, 그는 바닥에 쿠션 몇 개를 깔고는 그곳에서 잤다. 그렇게 세월이 흘러 누군가가 내 가까이서 잠을 잔다니, 이상한 일이었다. 나는 더 젊어진 기분이 들었다. 그 좁은 공간 안 바로 옆방에 있던 나는 그가 뒤척이는 소리를 들을 수 있었고, 그것은 나의 옛집에 살던 때를, 또 감옥에 있던 때를 살짝 떠올리게 했는데, 물론 감옥에서는 늘 잠을 이루기가 어려웠던 반면, 그날 밤 나는 더 생각할 것도 없이 곧장 잠에 들었다.

아침에 나는 그보다 먼저 일어나 있었고, 그래서 그를 실망시켰다고, 나는 생각한다. (그러니까, 나의 생각은 그렇다. 정말이지 말을 정확하게 사용하는 사람이다.) 어쩌면 그는 내가 그를 방종하고 자기만족적인 사람으로, 예기치 않게 손님으로 집에 묵었으면서 늦게까지 침대에 누워 있는 사람으로 여기는 게 싫었는지도 모른다. 나는 그에게 나이가 들면 늦게까지 누워 있기가 힘들다고, 그리고 침대에 누워 있으면 피곤하기 때문에 그렇게 일찍 일어난 거라고 말해줄 수도 있었다. 내가 마시려고 끓이면서 그도 함께 마실 줄은 몰랐던 쓴 블랙커피를 조금 마시고 그는 떠날 채비를 했다. 그가 커피를 홀짝이다 움찔하는 모습을 보니 미소가 지어졌다.

"전화를 들이셔야겠어요." 문가에 서서 한 팔을 문틀에 기댄 채 그가 말했다.

"나는 그럴 마음이 없습니다." 나는 말했고, 그가 미소를 짓는 것을 보았다. 나는 그가 무슨 생각을 하고 있는지 알 것 같았다. 그는 내가 그렇게 안 하는 편을 택하고 싶습니다,라고 말하는 편을 선호했을 것이다. 하지만 나는 레이철이 했던 말을 생각하고 있었고, 바틀비의 말을 존경하는 무법자의 말처럼 내뱉기 전에 「바틀비」를 다시 한번 읽어봐야겠다고 생각했다.

"그렇다면 다음 주말에 예고 없이 불시에 들이닥치는 수밖에 없겠군요." 그가 말했다.

그는 정말 그렇게 했고, 레이철은 우리를 차에 태우고 워터밸리라고 불리는 어딘가로 데려갔는데, 그곳에서는 사람들이 호수에서 수영을 하며 살수차 같은 것을 가지고 놀았고, 다른 사람들은 나일론 날개 같은 것을 단 채 둥둥 떠서 계곡의 높고 가파른 경사면에서 구릉 쪽으로 내려가고 있었다. 그러고서 레이철은 우리를 다시 자기 집으로 데려가 식사를 대접해주었고, 이튿날 라티프는 내가 그와 런던에 가서 이틀을 머물기 위해 옷 몇 벌을 챙기는 동안 나를 기다렸다. 그는 그러자고 조르며, 내가 영국에 아홉 달을 있었으면서(일곱 달이었지만 그는 개의치 않고 덤벼들었다) 불과 한 시간 거리밖에 되지 않는 런던에 안 가본 것은 범죄행위라고 말했다. 그래서 나는 런던에 가서 그와 함께 며칠을 머물게 되었다. 그는 내게 그 도시를 구경시켜주면서, 모든 방문객들이 보고 싶어하는 그 모든 곳들을 보여줄 것이었고, 나로서는 그런 곳이 있는 줄도 모르는, 그러나 아마 모노폴리 보드게임상의 장소들보다 더 즐겁게 볼 다른 곳들을 구경시켜줄 것이었다. 물론 모노폴리 게임에 나오는 장소들 또한 그 권력과 존재감이 대단한 건물과 기념물이긴 했지만 말이다. 그러고서 내가 충분히 구경을 하고 나면 그는 나를 기차에 태울 것이었고, 마치 내가 그들이 돌아가며 모시는 노쇠한 아버지라도 된다는 듯 레이철이 다른 끝에서 나를 마중할 것이었다.

그가 사는 아파트에 들어가자, 내가 십오 년 동안 매일 밤을 혼자 보냈던 가게 뒷방이 생각났다. 그 방 또한 외로움과 공허함, 오랫동안 조용히 거주한 자의 냄새를 풍겼다. 거실의 조명은 너무 환했다. 벽은 텅 비어 있었는데, 사진이나 장식품, 심지어 시계 하나 걸려 있지 않았다. 가구는 싸구려에 몇 개 없었는데, 텔레비전 앞에 놓인 커다란 의자만은 예외였다. 텔레비전 위에 놓인 재떨이에는 수북이 쌓인 재와 담배꽁초가 그득했다. 그 옆에는 레드 와인 찌꺼기로 얼룩진 와인 잔이 놓여 있었다. "치웠어야 했는데요." 그가 잔과 재떨이를 집어들어 부엌으로 가져가며 말했다. 그가 돌아와서 읽지 않은 신문, 책, 구겨진 카디건, 세탁을 해야 할 것 같은 냄새나는 가운을 그러모으더니, 그것들을 방의 한 구석에 쌓아올렸다. 그러고서 그는 양손을 허리에 얹은 채 그 더미 앞에 서서, 자신이 그 엉망으로 어질러진 것들에 대해 무언가를 했다는 사실에 만족해했다. 그러고서 그는 컵들과 더러운 접시를 모아 부엌으로 들고 갔고, 창문을 열고는 담배에 불을 붙였다. 그러고서 냉장고 안을 보더니 움찔했고, 자기가 근처 가게에 가서 먹을 걸 좀 사오겠다고, 아니면 테이크아웃 음식이 낫겠느냐고 내게 물었다. 나는 어깨를 으쓱하며 그에게 맡기겠노라고 말했다. 나는 영국에서 몇 달을 지냈음에도 아직 어떤 종류의 테이크아웃 음식도 먹어보질 못했고, 그래서 그가 그쪽을 선택하길 바랐다. 그런 어쩔 수 없는 상황 덕분에 이제 유명한 그것을 은밀히 맛볼 수 있게 될 터였다. 이 문제가 해결되기 전에 전화가 울렸는데, 아무 문제 없느냐고 묻는 레이철이었고, 그 둘은 이십 분 동안 통화를 하며 이제 막 친구가 되려는 사람들이 흔히 그럴 법하게 너무 심하게 웃어댔다. 나는 집을 돌아다니며 구석구석을 살펴보았고, 찬장과 문을 열어보았고, 창문이 열리는지 보려고 시험삼아 열어보았고, 그가 일하고 글 쓰는 곳이 어디인지 찾아냈고, 내가 잠을 자게 될 곳을 확인해보려 했으며, 그러면서 깨끗한 이불과 따뜻한 침구가 있을 가능성을 살펴보았다. 내가 나의 작은 순회를 마쳤을 때에도 라티프는 여전히 통화중이었다. 나의 섬세하고 예의바른 탐색으로는 심지어 깨끗한 이불의 기미조차 찾아내지 못했다. 그 집에서는 그 어디에도 깨끗한 이불은 없을 것 같은 냄새가 났다. 나는 그가 기쁘고 신이 난 나머지—그의 목소리를 들으면 그렇다는 걸 알 수 있었다—모퉁이를 돌아서 테이크아웃 음식을 사러 가야 한다는 사실을 잊은 건 아닐까 싶었다. 어쨌든, 나는 늘 저녁을 간단히 먹었고, 만일 최악의 상황이 닥치더라도 내게는 알폰소의 타월이 있었다.

잃어버린 인도양의 시간을 찾아서

『바닷가에서』는 탄자니아 잔지바르 출신의 영국 망명 작가 압둘라자크 구르나가 2001년에 출간한 여섯번째 장편소설로, 2001년 부커상 후보작이자 로스앤젤레스 타임스 도서상 최종후보작이다. "마법에서 깨기라도 할까봐 읽는 동안 감히 숨도 쉬지 못할 것이다"라는 〈타임스〉의 엄청난 추천사가 전혀 과하게 느껴지지 않을 수작이며, 노벨상 유튜브 채널을 통해 전한 수상자 공식 인터뷰에 이어 낭독 작품으로 택할 만큼 작가 자신이 아끼는 작품이기도 하다.

작가의 이력만 놓고 봤을 때, 그리고 『바닷가에서』가 잔지바르에서 영국으로 망명 온 두 남자가 우연히 만나며 밝혀지는 과거의 사건들을 중심으로 진행된다는 사실만 놓고 봤을 때, 이 작품에 '디아스포라 문학'이라는 단순하고도 명쾌한 꼬리표가 따라붙어도 그리 이상하진 않을 듯싶다. 하지만 작품 서두에서 살레 오마르가 "나는 난민이자 망명 신청자다. 익히 들어서 별것 아니게 들릴 수도 있겠지만, 이것은 결코 단순한 말이 아니다"라고 단언하는 데서도 알 수 있듯이 『바닷가에서』는 디아스포라 문학이라는 틀로만 읽어내기에는 너무나도 다층적인 주제들로 직조된 작품이다. 이를테면 작품 안에서 난민 문제는 '난민=아프리카인'이라는 도식에 갇히지 않고 유럽의 여러 백인 난민 자손들의 이야기로, 허먼 멜빌의 「필경사 바틀비」를 거듭 환기하는 방식으로 인간이라면 누구나 겪는 보편적 소외의 문제로까지 나아간다.

이처럼 다양한 스펙트럼을 지닌 작품의 이해를 돕기 위해 작가가 밝힌 집필 동기를 알아보고, 편의상 '인도양 문학' '디아스포라 문학' '이야기에 대한 문학' '이슬람 문학'의 네 카테고리로 나누어 작품의 특성에 대해 살펴보도록 하자.

인도양 문학으로서의 특성

카타르 조지타운대학교가 유튜브 채널을 통해 공개한 강연회 겸 토론회 영상에서 구르나는 『바닷가에서』를 처음 쓰기 시작했을 때 난민 문제가 가장 중요한 화두였다고 말한다. 하지만 시간이 지나면서 다른 모든 것에 우선하는 주제가 보이기 시작했으니, 그것은 바로 무심, 즉 계절풍의 서사였다.

세계에서 세번째로 큰 대양인 인도양의 가장 큰 특징은 바로 해류의 방향이다. 다른 대양의 해류 방향이 연중 일정한 것과 달리, 인도양 적도 이북의 해류는 계절풍의 영향으로 그 흐름이 일 년에 두 번 바뀐다. 겨울에는 동쪽에서 서쪽인 아프리카 방향으로, 여름에는 서쪽에서 동쪽인 인도 방향으로. 소설의 일부를 빌려 말하면, "일 년의 마지막 몇 달은 인도양을 지나온 바람이, 해류가 순순히 항구로 가는 물길을 제공하는 아프리카 해안으로 끊임없이 불어간다. 그리고 해가 바뀌면 또 몇 개월은 바람이 방향을 바꿔 거꾸로 불기 시작하면서 상인들을 집으로 빠르게 돌려보낼 준비를 한다."

구르나가 말하길, 잔지바르의 바닷가에 살던 어린 시절, 11월이나 12월 즈음이 되면 사우디아라비아, 페르시아만, 인도, 심지어 태국에서 온 커다란 배들 수십 척이 부두에 모여 있는 광경을 자기 방에서도 볼 수 있었다고 한다. 그리고 그런 환경에서는 자신이 더 큰 세상의 일부에 불과한 존재라는 사실, 모두가 문화적·역사적 공동체로 이어져 있다는 사실을 모르려야 모를 수 없었다고 말하며, 바로 이런 의미에서 『바닷가에서』 속 지배적인 내러티브는 바로 무심이라고 밝힌다. 무심은 소설을 탄생시킨 대전제 조건인 것이다.

물론 이런 환경이 마냥 낭만과 신비로 가득했을 리는 없다. 구르나는 잔지바르 사람들에게 무심 교역이 어떤 의미였는지 다음과 같은 문장으로 요약한다. "그들은 자신들의 물건과 신과 자신들이 세상을 바라보는 방식, 자신들의 이야기와 노래와 기도를 함께 들고 왔고, 그 지식을 흘낏 쳐다보는 것만으로도 그들이 들인 노력의 정수를 얻는 것이나 마찬가지였다. 그리고 그들은 자신들의 굶주림과 탐욕, 자신들의 환상과 거짓말과 증오를 가져와서 그것들 중 일부는 평생 그곳에 내버려두었고, 자신들이 사들이고 거래하거나 앗아갈 수 있는 것들은 가져갔는데, 사람들도 마찬가지로 사거나 납치해서 고국에 노예로 팔아먹었다."

그러니까 상인들의 배는 단지 진기하고 매혹적인 물건과 경험만을 실어나른 것이 아니라 굶주림과 탐욕, 환상과 거짓말과 증오 또한 실어 날랐던 것이다. 무심 교역의 이런 긍정적 혹은 부정적 면모는 『바닷가에서』의 등장인물 중 가장 기이하고 속을 알 수 없는 인물인 바레인 상인 후세인을 통해 그대로 형상화된다. 그는 살레 오마르에게 "오직 지도상의 지점에 불과한 그 멀고 아름다운 곳들, 아주 멀리 있고 허구적이기 때문에 아름다운 곳들에 대한 이야기를 들려주는 남자"로서 무심과 관련된 모든 환상의 화신인 동시에 "어떤 정령들과 악마들을 놀이친구로 데리고 있을지" 알 수 없을 음흉한 인물로도 그려진다. 결국 살레 오마르는 후세인이 거의 유흥거리 삼아 만들어낸 분란으로 아무 죄 없이 감옥에서 십일 년을 보내게 되고, 풀려난 후에는 후세인을 따라 도망쳤다가 돌아온 라티프의 형 하산 때문에 강제로 고향을 떠나야 하는 처지에 놓이게 된다.

하지만 정치적 혼란 속에서 무심 교역이 금지되고 오랜 세월이 흐르도록 그 시절에 가장 큰 향수를 느끼는 인물은 오히려 살레 오마르이고, 그러한 향수는 그가 잔지바르에서의 삶을 버려두고 영국으로 떠나며 가져가는 유일한 물건인 '우드알카마리'로 대변된다. 그것은 그의 '이전 삶'에서 남은 마지막 유물이다.

그리하여 당연하게도, 개트윅공항의 여권 심사원 케빈이 우드알카마리가 담긴 마호가니 "상자를 열자마자 그 작은 방이 놀라운 향기로 가득"차게 되면서부터, 마치 정령이 항아리 밖으로 풀려나며 시작되는 『천일야화』 속 어느 이야기처럼, 소설은 본격적으로 시작된다.

디아스포라 문학으로서의 특성

앞서 언급한 강연회에서 구르나는 이 작품을 쓰게 된 직접적인 계기 두 가지를 밝히는데, 그중 하나로 BBC 라디오 프로그램을 위해 영국에 망명 온 체코 집시들을 인터뷰한 경험을 든다.

그들은 구르나가 사는 지역이기도 한 켄트주의 도버, 마게이트, 램즈게이트 같은 해안 도시에 수용되었고, 구르나는 그들이 사는 곳을 직접 방문해 이야기를 나누며 동시대의 난민들이 처한 현실에 대해 자세히 들을 기회를 가진다. 이런 구체적인 경험을 통해, 그리고 여기에 자신의 경험을 더해, 그는 잔지바르를 탈출해 영국 바닷가 소도시에 살게 되는 인물 살레 오마르를 만들어내게 된다.

하지만 서두에서도 말했듯 난민은 결코 단순한 말이 아니며, 난민을 둘러싼 유럽의 사정 또한 단순하지 않다. 그 사정은 살레 오마르가 영국 개트윅공항에서 처음 만나는 영국인 케빈 에델먼이 자신의 부모는 루마니아에서 온 난민이라고 밝히는 데서부터 드러나기 시작한다.

그후로도 『바닷가에서』는 아프리카 난민들의 이야기를 전하는 한편, 유럽 백인들 또한 난민의 자손 또는 후예라는 사실을 말하길 잊지 않는다. 고국 오스트리아에서 케냐로 떠났다가 전후에 체코슬로바키아가 된 고향과 멀지 않은 독일 땅에 정착해 사는 엘레케, "엄마가 우리 집안에는 집시의 피가 흐른다고 말씀하시곤 했는데, 하긴 모든 가족들이 그들 조상 중 누군가는 집시였다고 말하곤 하죠"라고 말하는 플리머스 항구의 경찰관 월터, 심지어 "수세기 전에 우리는 하이파에 살았고, 그러고는 스페인에서 세파르디가 되었다가, 수세기 후에 트리에스테로 쫓겨났고, 그러고는 제네바로 갔는데, 그러다가 외증조부가 지난 세기말에 런던으로 오신 듯해요"라고 말하는 난민기구의 레이철에 이르기까지, 『바닷가에서』에는 등장하는 거의 모든 유럽 백인들이 자신이 디아스포라의 자손임을 밝히는 장면이 서술된다. 이를 통해 구르나가 전하려는 바는, 그가 강연회에서 한 말을 빌리자면 "난민은 모든 곳에 있다. 난민은 아프리카에서만 오는 것이 아니"라는 점이다.

고국을 강제로 떠나와 자신에게 우호적이지도 않은 낯선 환경에서 살게 된 이가 우선적으로 겪게 되는 감정은 바로 소외감이다. 이런 소외감은 살레의 목소리에 분명히 드러난다("자신의 업무를 처리하고 나 같은 거지들의 이야기와 설명을 평생 듣느라 스트레스를 받고 있는 그 사람들은 누구도 나를 제대로 보지 못했다" "나는 더이상 국가의 아가리에서 구출된 소중한 난민이 아닌 모양이었다. 이제 나는 하나의 사례였다" "나는 내가 또다른 존재의 계획 아래 내 뜻과는 무관하게 사용되는 도구, 다른 누군가가 들려주는 이야기의 등장인물이라고 느낀다. '나'가 아니라").

그런데 또하나 주목할 점은, 이런 소외감이 꼭 난민이 아니더라도 인간이라면 누구나 겪는 보편적 감정이기도 하다는 사실이다. 구르나 자신이 밝히는 바에 따르면, 소설에서 허먼 멜빌의 「필경사 바틀비」가 거듭 인용되고 논의되는 것도 바로 이런 맥락에서이다.

디아스포라(구르나의 표현으로는 'displacement')의 경험은 구르나가 작가가 되는 데 결정적 영향을 끼친 것이기도 하다. 구르나는 에세이 「글쓰기와 장소Writing and Place」에서, 자신에게 글쓰기란 잔지바르 시절에는 그저 재미삼아 하는 것이었지만 영국으로 건너와 그 압도적인 낯섦과 차이를 경험하면서부터 전혀 다른 의미를 지니게 되었다고 술회한 바 있다. 그 낯섦과 차이 속에서 그는 전에는 복잡할 것 없어 보이던 자신의 과거를 전혀 다른 시각에서 들여다보게 된다. 그는 말한다. "그러다가 나는 내가 기억을 더듬어 글을 쓴다는 것을, 그리고 그 기억이 얼마나 생생하고 압도적인지를, 영국에서 보낸 처음 몇 년 동안의 이상하리만큼 공허한 삶과 얼마나 다른지를 깨달았다."

이야기에 대한 문학으로서의 특성

작품에서 거의 시종일관 의식적으로 다루어지는 또다른 주제는 바로 '이야기'다. 일차적으로 살레 오마르와 라티프 마흐무드가 서사의 두 축을 담당하고 있음에도 불구하고 정확히 누가 소설의 주인공이라고 꼬집어 말하기 어려운데, 작품 속 거의 모든 화자가 저마다 이야기를 듣고자 하는 욕망 못지않게 이야기를 들려주고자 하는 욕망과 의지로 충만하기 때문이다. 그들은 단순히 남의 이야기 속 등장인물로 그려지는 것에 만족하는 법이 없다.

살레 오마르는 자신이 어쩌다 그런 상황에 처했는지 확신을 가지고 말하기 어렵다면서도 "그래도 무언가를 말할 수는 있고, 나는 이 이야기를 들려주고픈 충동을 느낀다. 내가 목격했고 배역도 맡았으며 그 끝과 시작이 내게서 뻗어나가는 이 사소한 드라마에 대한 이야기를 들려주고 싶다"라고 말하고, 심지어 아주 잠깐 등장하고 마는 월터는 라티프에게 "GDR에서 지낸 이야기와 중앙 유럽을 횡단한 이야기를 들려달라고 부탁"하고는 "때때로 상세한 설명을 듣고자 나의 말을 끊"기까지 하며, 라티프는 그런 월터가 "나중에 이 예기치 않은 삶의 작은 익살극으로 이야기를 꾸며내는 모습을 상상"하기도 한다.

그런데 그들은 왜 이렇게 이야기에 꼼짝없이 도취되는 것일까? 여러 이유가 있겠지만, 우선 이야기 자체가 지닌 힘 때문이다. 『바닷가에서』에서 이야기는 존재론적으로 늘 사후적이고 이차적일 수밖에 없음에도 원본으로서의 일차적 사건 혹은 대상을 압도하는 것으로 표현된다. 대표적인 예로, 후세인이 "거짓말 같은 여행, 도저히 믿어지지 않을 여행"이었다며 이야기해준 방콕 사원에 대해, 살레는 "이곳에 온 후에 그 사원을 사진으로 보았지만, 그것은 후세인이 이야기한 아름다움을 조금도 드러내지 못했다"고 말한다. 후세인의 이야기는 "그가 내게 이야기로 들려주었을 뿐인데도, 그후로 그 이야기는 내 마음속에도 평생토록 남았다"고 말할 정도의 마력을 지닌 것이었음에 반해, 실제 사진은 그 이야기 속 단어 몇 개만큼의 감흥도 전해주지 못한 것이다.

또한 이야기는 고통을 위로하는 힘을 지닌 것으로 나타나기도 한다. 살레는 감옥에서 지내던 때를 회고하며 "우리는 일부는 기억해내고 일부는 만들어낸 이야기를 들려주며, 마치 우리가 그것을 처음 들었을 때의 나이로 되돌아가기라도 한 것처럼 웃음을 터뜨렸어요"라고 말하고, 알리는 "아버지가 체포된 후에는 다들 할머니 집으로 이사를 갔는데, 할머니는 오묘하고도 좀처럼 이해하기 힘든 슬기로운 이야기들을 들려주었고, 왜 그런지 모르겠지만 그 이야기들이 그들의 기운을 북돋워주고 그들의 불안을 무언가 고귀한 것으로 바꿔주었다"고 말하며 자신들이 직접 체험한 이야기의 놀랍고도 신비한 힘을 증언한다.

이렇게 거대한 힘을 가진 이야기는 때론 이야기를 들려주는 일 자체가 주는 쾌감 때문에, 때론 기억의 왜곡이나 자기합리화 때문에 진실을 희생하고 거짓의 길로 들어선다는 혐의를 받기도 한다. 라티프는 이야기의 형식으로 자신에게 '고해'를 하는 살레에 대해 "저자는 거짓말을 하고 있어, (…) 저자는 그저 자신의 이야기에 사로잡혀 있는 거"라며 그 진실성에 의구심을 표한다. 하지만 어쩌면 진실이란 본래 이야기로 얻을 수 없는 성질의 것인지도 모른다. 이야기란 본래 엘레케의 말처럼 "늘 손가락 사이로 스르르 빠져나가고, 형태를 바꾸고, 도망치려고 발버둥"치는 것인지도 모른다.

이처럼 『바닷가에서』의 화자들은 끊임없이 이야기를 하면서도 그 이야기의 확실성을 전혀 자신하지 못한다. 화자들이 말을 떼기 전에 입버릇처럼 '어쨌든(anyway, in any case)', '어쩌면(perhaps)', '나는 상상한다(I imagine)'라고 단서를 다는 것은 바로 그 때문인데, 이런 상황에서는 이야기의 빈 구멍들이 좁혀지기는커녕 계속 늘어나게 마련이다. 라티프가 "어쩌면(maybe) 비 마리암의 애도 기간이 끝났을 때 아버지가 구혼자 명단의 맨 앞에 있었던 것은 그 일 때문인지도 모르고, 아니면(or perhaps) 비 마리암이 아버지의 도움에 고마움을 느꼈는지도 모르고, 아니면(or perhaps) 비 사라가 급히 중매를 섰는지도 모르죠. (…) 어쩌면(Perhaps) 그들은 그저 단순히 서로를 택했는지도 모르죠"라고 말하며 그 가능성의 수를 늘려나갈 때, 진실은 가까워지기는커녕 점점 더 알 수 없게 되고 마는 것이다.

또 이 작품에는 그보다 더 이상한 구멍들도 존재한다. 살레와 라티프가 어느 정령이 『천일야화』의 어느 이야기에 등장하는지를 두고 논쟁을 벌이다가 결국 라티프가 "어떤 이야기였는지는 기억나지 않지만 찾아내겠습니다. 다음번에 올 때 말씀드리죠"라고 말하는 대목이 있는데 정작 다음번에 만났을 때 둘 중 누구도 그 이야기를 꺼내지 않는다. 과연 누가 옳았던 것일까? 아니면 애초에 옳고 그름의 문제 같은 건 중요하지 않았던 것일까? 이런 사정들로 인해 『바닷가에서』 속 이야기들은 끝나고도 끝나지 않는다.

이슬람 문학으로서의 특성

구르나가 밝힌 『바닷가에서』의 집필 동기 중 두번째는 그가 1997년에 잔지바르를 방문했을 때 들은 어머니와 여자 형제들의 대화에서 비롯했다. 최근에 세상을 뜬 이웃이 탐욕스러운 조카를 속여넘기고 자신의 딸들에게 유산으로 집을 물려준 것을 고소해하는 내용이었다. 작품 안에서도 상세히 서술되듯이 이슬람 율법에 따르면 여자는 남자보다 유산을 적게 물려받게 되어 있는데, 이웃은 세상을 뜨기 몇 년 전에 공증인 외에는 누구도 모르게 집을 딸들의 명의로 바꾸어놓았던 것이다. 구르나는 이 이야기를 듣고 그동안 남자 친척들이 여자 친척들의 재산을 빼앗아가는 일이 얼마나 많았는지를 생각하고는 작품을 보다 구체적으로 구상하게 된다.

이처럼 『바닷가에서』는 특히 살레 오마르를 통해 종종 이슬람 문화에 비판적인 시선을 보낸다. 위의 경우에서도 알 수 있듯이 주로 여성의 권리와 관련된 것인데, 유산 문제 외에도 교육과 결혼 문제("어쩌면 여자아이들은 그냥 학교에서 사라져버렸을지도, (…) 모두 결혼해서 그렇다고 짐작했을지도 모른다. 시집을 갔다고, 누군가의 아내가 되었다고, 결혼을 당했다고."), 복장 문제("여자들이 정숙함을 지키기 위해 둘러야 했던 길고 검은 천 때문에 누구인지 알아볼 수 없었을 겁니다.")가 그 핵심을 이룬다.

물론 이슬람 국가에서의 여성 인권 문제가 이슬람 율법의 문제보다는 교육 수준이나 사회 문제와 더 깊은 관련을 맺고 있다는 사실, 그리고 이슬람 국가에서 여성의 지위는 시대와 지역에 따라 매우 다르다는 사실을 간과하지 말아야 한다. 이를테면 여성의 복장을 율법으로 규정한 나라는 현재 57개 이슬람 국가 가운데 사우디아라비아와 이란 두 나라뿐이고, 외부인이 보기에는 언뜻 여성 억압의 상징처럼 보이기도 하는 니캅이나 부르카를 착용하는 여성도 전체 무슬림 여성 가운데 1~2퍼센트에 불과하다고 한다. 그럼에도 살레를 통해 이야기되는 여성들의 수난사는 여전히 우리에게 대략 9억 명에 이르는 무슬림 여성들의 삶에 대해 생각해보게 한다. 어떤 의미에서든 『바닷가에서』는 이슬람에 대한 우리의 거의 전적인 무지와 무관심을 일깨워준다.

놀랍게도, 아니 당연하게도 『바닷가에서』의 가장 잊지 못할 감동적인 순간들은 이슬람 예배와 관련되어 있다. 특히 살레의 경우가 그러한데, 무슬림으로 태어나 살아온 살레에게 이슬람이란 긍정이나 부정의 대상, 하나의 종교이기 이전에 무엇보다 '삶의 방식'이다. 그는 큰 고난이 닥쳐올 때마다 신께 예배를 드린다. 감옥에서 보낸 십일 년이 그랬고, 어디에도 몸을 누일 수 없을 만큼 지저분한 실리아의 숙소에서도 마찬가지다. 다만 이제는 "알폰소의 마법의 양탄자"라고 부르는 타월,

"그들이 당신에게 무슨 짓을 하든, 몸을 깨끗하게 하고 다니세요"라는 말과 함께 건네받은 그 타월을 바닥에 깔고서.

이상으로 작품의 몇몇 특징에 대해 간략히 살펴보았다. 이 외에도 식민지 시대와 탈식민지 시대의 아프리카와 유럽의 관계에 대해, 『바닷가에서』와 그것이 문학적 뿌리로 삼고 있는 여러 작품들의 관계 등에 대해 이야기할 수 있겠으나, 생각하고 고민해볼 문제로 열어두기로 한다.

역자로서 작품 이해에 조금이라도 도움이 되길 바라는 심정에서 해설이랍시고 쓰긴 했지만, 사실 『바닷가에서』의 마법은 인도양의 계절풍을 타고 흐르는 장중한 이야기의 물결 속에만 존재하는 것이어서 머리로 분석하려는 순간 물안개처럼 사라지고 만다. 작품의 마지막 문장인 "어쨌든, 나는 늘 저녁을 간단히 먹었고, 만일 최악의 상황이 닥치더라도 내게는 알폰소의 타월이 있었다"를 읽고는 책상머리에 머리를 박고 한참을 흐느꼈던 때가 지금도 생생하다. 그 감흥을 무슨 말로 표현할 수 있을까. 어떤 상황에서도 패배하지 않으려는 인간의 긍지를 담은 그 문장의 감흥을, 불결najis을 지양하고 정결taharah을 지향하는 이슬람의 정신을 보편적 층위로까지 끌어올린 구르나의 마법을 또 무슨 말로 풀어 설명할 수 있을까.

구르나는 노벨상 수상 연설 「글쓰기Writing」에서 자신의 글쓰기가 "잔혹성과 사랑과 나약함을 관심사"로 삼고 있고 "추함과 미덕 모두를 드러내고 인간 존재가 단순화와 고정관념에서 벗어날 수 있게끔" 써야만 하며 "그렇게 썼을 때 모종의 아름다움이 생겨난다"고 말했다. 그의 기준으로도 『바닷가에서』는 틀림없이 성공적인 작품인데, 우리는 이 작품을 통해 인간과 세계에 대한 단순화와 고정관념에서 조금이나마 벗어날 수 있게 되고, 무엇보다도 그 아름다움에 흠뻑 젖어볼 수 있기 때문이다.

최근에 접한 그 어떤 작품보다도 밀도 있는 작품이니만큼, 번역 작업도 그 어느 때보다 녹록지 않았다. 때로 이야기에 도취된 나머지 엉뚱한 곳으로 흘러가버린 역자의 번역문을 다시 제자리로 되돌려 독자들이 이 아름다운 작품을 보다 온전히 감상할 수 있게 해주신 책임편집자 김지은 선생님과 문학동네 편집부께 역자로서, 또 어디까지나 한 사람의 독자로서 깊이 감사드린다. 드넓은 인도양을 오가는 '무심'처럼, 이 작품이 독자들의 마음속에 쓰라리고도 향기로운 희열을 끊임없이 실어나르길 바라며.

황유원

압둘라자크 구르나 연보

1948년	잔지바르 술탄국에서 케냐와 예멘 출신의 부모 사이에서 태어나다. 모국어는 스와힐리어.
1964년	잔지바르 혁명이 일어나다. 아랍인 및 아시아인에 대한 박해가 시작되고, 잔지바르는 탕가니카와 합해져 탄자니아의 일부가 되다.
1968년	잔지바르를 떠나 학생비자로 영국에 도착해, 캔터베리 크라이스트처치 칼리지에 입학하다.
1969년	영어로 소설 습작을 시작하다.
1975년	교사 자격증을 이수하다.
1976년	런던대학교에서 교육학 학사학위를 받다(그가 다니던 캔터베리 크라이스트처치 칼리지는 당시 런던대학교에서 학위를 수여함).
1976~1979년	병원 잡역부로 임시 취업했다가 켄트에 위치한 학교에서 교사로 근무하다.
1980~1982년	켄트대학교에서 박사학위 논문을 쓰는 동안 나이지리아 바예로대학교에서 강의하다.
1982년	켄트대학교에서 「서아프리카 소설 비평의 척도*Criteria in the Criticism of West African Fiction*」로 박사학위를 받다.
1983년	켄트대학교 영문학 및 탈식민문학 교수로 부임하다.
1984년	아버지의 임종을 지키기 위해 17년여 만에 잔지바르를 다시 찾다.
1987년	장편소설 『떠남의 기억*Memory of Departure*』을 출간

하다.

1988년 장편소설 『순례자의 길*Pilgrim's Way*』을 출간하다.

1989년 단편소설 「우리*Cages*」를 발표하다.

1990년 장편소설 『도티*Dottie*』를 출간하다.

1994년 장편소설 『낙원*Paradise*』을 출간하다. 이 작품으로 부커상 및 휫브레드상 후보에 선정되다. 단편소설 「두목*Bossy*」을 발표하다.

1995년 『아프리카 저술에 관한 에세이*Essays on African Writing*』를 편집하다.

1996년 장편소설 『침묵을 기리며*Admiring Silence*』를 출간하다.

1996년 단편소설 「호위*Escort*」를 발표하다.

2001년 장편소설 『바닷가에서*By the Sea*』를 출간하다. 부커상 및 로스앤젤레스 타임스 도서상 후보에 선정되다.

2005년 장편소설 『배반*Desertion*』을 출간하다. 이듬해 이 작품으로 커먼웰스상 최종후보에 선정되다.

2006년 단편소설 「내 어머니는 아프리카의 농장에서 살았다*My Mother Lived on a Farm in Africa*」를 발표하다. 왕립문학회 펠로에 추대되다.

2007년 『바닷가에서』로 프랑스 공영방송 RFI 테무앵 뒤 몽드 상을 수상하다. 『살만 루슈디 케임브리지 안내서*The Cambridge Companion to Salman Rushdie*』를 편집하다.

2011년 장편소설 『마지막 선물*The Last Gift*』을 출간하다.

2012년 단편소설 「왕자의 사진*The Photograph of the Prince*」을 발표하다.

2016년 부커상 심사위원에 위촉되다.

2017년 장편소설 『괴로운 마음*Gravel Heart*』을 출간하다. 켄트대학교 영문학 및 탈식민문학 교수직에서 퇴임하다.

2018년 켄트대학교 명예교수에 임명되다.

2020년 장편소설 『그후의 삶*Afterlives*』을 출간하다.

2021년 노벨문학상을 수상하다.

문학동네 세계문학전집 발간에 부쳐

세계문학은 국민문학 혹은 지역문학을 떠나 존재하는 문학이 아니지만 그것들의 총합도 아니다. 세계문학이라는 용어에는 그 나름의 언어와 전통을 갖고 있는 국민문학이나 지역문학의 존재를 인정하면서 그것을 넘어서는 문학의 보편적 질서에 대한 관념이 새겨져 있다. 그 용어를 처음 고안한 19세기 유럽인들은 유럽문학을 중심으로 그 질서를 구축했지만 풍부한 국민문학의 전통을 가지고 있는 현대의 문학 강국들은 나름의 방식으로 세계문학을 이해하면서 정전(正典)의 목록을 작성하고 또 수정한다.

한국에서도 세계문학 관념은 우리 사회와 문화의 변화 속에서 거듭 수정돼왔다. 어느 시기에는 제국 일본의 교양주의를 반영한 세계문학 관념이, 어느 시기에는 제3세계 민족주의에 동조한 세계문학 관념이 출현했고, 그러한 관념을 실천한 전집물이 출판됐다. 21세기 한국에 새로운 세계문학전집이 필요하다는 것은 명백하다. 우리의 지성과 감성의 기준에 부합하는 세계문학을 다시 구상할 때가 되었다.

문학동네 세계문학전집은 범세계적으로 통용되는 고전에 대한 상식을 존중하면서도 지난 반세기 동안 해외 주요 언어권에서 창작과 연구의 진전에 따라 일어난 정전의 변동을 고려하여 편성되었다. 그래서 불멸의 명작은 물론 동시대 세계의 중요한 정치·문화적 실천에 영감을 준 새로운 작품들을 두루 포함시켰다.

창립 이후 지금까지 한국문학 및 번역문학 출판에서 가장 전문적이고 생산적인 그룹을 대표해온 문학동네가 그간 축적한 문학 출판 경험을 바탕으로 새로운 세계문학전집을 펴낸다. 인류가 무지와 몽매의 어둠 속을 방황하면서도 끝내 길을 잃지 않은 것은 세계문학사의 하늘에 떠 있는 빛나는 별들이 길잡이가 되어주었기 때문이다. 우리가 자부심과 사명감 속에서 그리게 될 이 새로운 별자리가 독자들의 관심과 애정에 힘입어 우리 모두의 뿌듯한 자산이 되기를 소망한다.

문학동네 세계문학전집 편집위원

민은경, 박유하, 변현태, 송병선, 이재룡, 홍길표, 남진우, 황종연

지은이 **압둘라자크 구르나**

2021년 노벨문학상 수상자. 현재까지 10편의 장편소설을 펴냈다. 『떠남의 기억』 『순례자의 길』 『도티』 『낙원』(부커상 및 휫브레드상 최종후보) 『침묵을 기리며』 『바닷가에서』(부커상 후보, 로스앤젤레스 타임스 도서상 최종후보) 『배반』(커먼웰스상 최종후보) 『마지막 선물』 『괴로운 마음』 『그후의 삶』(월터스콧상 후보, 오웰상 최종후보). 켄트대학교 영문학 및 탈식민문학 명예교수이며, 캔터베리에 살고 있다.

옮긴이 **황유원**

서강대학교 종교학과와 철학과를 졸업했고 동국대학교 대학원 인도철학과 박사과정을 수료했다. 2013년 『문학동네』 신인상으로 등단해 시인이자 번역가로 활동하고 있다. 시집으로 『세상의 모든 최대화』 『이 왕관이 나는 마음에 드네』, 옮긴 책으로 『모비 딕』 『슬픔은 날개 달린 것』 『래니』 『올 댓 맨 이즈』 『짧은 이야기들』 『유리, 아이러니 그리고 신』 『소설의 기술』 『밥 딜런: 시가 된 노래들 1961-2012』(공역) 등이 있다. 제34회 김수영문학상을 수상했다.

세계문학전집 210

바닷가에서

1판 1쇄 2022년 5월 20일
1판 2쇄 2022년 6월 10일

지은이 압둘라자크 구르나 | 옮긴이 황유원

책임편집 김지은 | 편집 김경은 이현자
디자인 김이정 최미영 | 저작권 박지영 형소진 이영은 김하림
마케팅 정민호 이숙재 박치우 한민아 김혜연 이가을 박지영 안남영 김수현 정경주
브랜딩 함유지 함근아 김희숙 정승민
제작 강신은 김동욱 임현식 | 제작처 영신사

펴낸곳 (주)문학동네 | 펴낸이 김소영
출판등록 1993년 10월 22일 제2003-000045호
주소 10881 경기도 파주시 회동길 210
전자우편 editor@munhak.com | 대표전화 031)955-8888 | 팩스 031)955-8855
문의전화 031)955-3578(마케팅), 031)955-2691(편집)
문학동네카페 http://cafe.naver.com/mhdn
문학동네트위터 http://twitter.com/munhakdongne
북클럽문학동네 http://bookclubmunhak.com

ISBN 978-89-546-8650-1 04840
978-89-546-0901-2 (세트)

잘못된 책은 구입하신 서점에서 교환해드립니다.
기타 교환 문의 031) 955-2661, 3580

www.munhak.com

1, 2, 3 안나 카레니나 레프 톨스토이 | 박형규 옮김
4 판탈레온과 특별봉사대 마리오 바르가스 요사 | 송병선 옮김
5 황금 물고기 르 클레지오 | 최수철 옮김
6 템페스트 윌리엄 셰익스피어 | 이경식 옮김
7 위대한 개츠비 F. 스콧 피츠제럴드 | 김영하 옮김
8 아름다운 애너벨 리 싸늘하게 죽다 오에 겐자부로 | 박유하 옮김
9, 10 파우스트 요한 볼프강 폰 괴테 | 이인웅 옮김
11 가면의 고백 미시마 유키오 | 양윤옥 옮김
12 킴 러디어드 키플링 | 하창수 옮김
13 나귀 가죽 오노레 드 발자크 | 이철의 옮김
14 피아노 치는 여자 엘프리데 옐리네크 | 이병애 옮김
15 1984 조지 오웰 | 김기혁 옮김
16 벤야멘타 하인학교-야콥 폰 군텐 이야기 로베르트 발저 | 홍길표 옮김
17, 18 적과 흑 스탕달 | 이규식 옮김
19, 20 휴먼 스테인 필립 로스 | 박범수 옮김
21 체스 이야기·낯선 여인의 편지 슈테판 츠바이크 | 김연수 옮김
22 왼손잡이 니콜라이 레스코프 | 이상훈 옮김
23 소송 프란츠 카프카 | 권혁준 옮김
24 마크롤 가비에로의 모험 알바로 무티스 | 송병선 옮김
25 파계 시마자키 도손 | 노영희 옮김
26 내 생명 앗아가주오 앙헬레스 마스트레타 | 강성식 옮김
27 여명 시도니가브리엘 콜레트 | 송기정 옮김
28 한때 흑인이었던 남자의 자서전 제임스 웰든 존슨 | 천승걸 옮김
29 슬픈 짐승 모니카 마론 | 김미선 옮김
30 피로 물든 방 앤절라 카터 | 이귀우 옮김
31 숨그네 헤르타 뮐러 | 박경희 옮김
32 우리 시대의 영웅 미하일 레르몬토프 | 김연경 옮김
33, 34 실낙원 존 밀턴 | 조신권 옮김
35 복낙원 존 밀턴 | 조신권 옮김
36 포로기 오오카 쇼헤이 | 허호 옮김
37 동물농장·파리와 런던의 따라지 인생 조지 오웰 | 김기혁 옮김
38 루이 랑베르 오노레 드 발자크 | 송기정 옮김
39 코틀로반 안드레이 플라토노프 | 김철균 옮김
40 어두운 상점들의 거리 파트릭 모디아노 | 김화영 옮김
41 순교자 김은국 | 도정일 옮김
42 젊은 베르테르의 슬픔 요한 볼프강 폰 괴테 | 안장혁 옮김
43 더블린 사람들 제임스 조이스 | 진선주 옮김
44 설득 제인 오스틴 | 원영선, 전신화 옮김
45 인공호흡 리카르도 피글리아 | 엄지영 옮김
46 정글북 러디어드 키플링 | 손향숙 옮김
47 외로운 남자 외젠 이오네스코 | 이재룡 옮김
48 에피 브리스트 테오도어 폰타네 | 한미희 옮김
49 둔황 이노우에 야스시 | 임용택 옮김
50 미크로메가스·캉디드 혹은 낙관주의 볼테르 | 이병애 옮김

51, 52 염소의 축제 마리오 바르가스 요사 | 송병선 옮김
53 고야산 스님·초롱불 노래 이즈미 교카 | 임태균 옮김
54 다니엘서 E. L. 닥터로 | 정상준 옮김
55 이날을 위한 우산 빌헬름 게나치노 | 박교진 옮김
56 톰 소여의 모험 마크 트웨인 | 강미경 옮김
57 카사노바의 귀향·꿈의 노벨레 아르투어 슈니츨러 | 모명숙 옮김
58 바보들을 위한 학교 사샤 소콜로프 | 권정임 옮김
59 어느 어릿광대의 견해 하인리히 뵐 | 신동도 옮김
60 웃는 늑대 쓰시마 유코 | 김훈아 옮김
61 팔코너 존 치버 | 박영원 옮김
62 한눈팔기 나쓰메 소세키 | 조영석 옮김
63, 64 톰 아저씨의 오두막 해리엇 비처 스토 | 이종인 옮김
65 아버지와 아들 이반 투르게네프 | 이항재 옮 s김
66 베니스의 상인 윌리엄 셰익스피어 | 이경식 옮김
67 해부학자 페데리코 안다아시 | 조구호 옮김
68 긴 이별을 위한 짧은 편지 페터 한트케 | 안장혁 옮김
69 호텔 뒤락 애니타 브루크너 | 김정 옮김
70 잔해 쥘리앵 그린 | 김종우 옮김
71 절망 블라디미르 나보코프 | 최종술 옮김
72 더버빌가의 테스 토머스 하디 | 유명숙 옮김
73 감상소설 미하일 조셴코 | 백용식 옮김
74 빙하와 어둠의 공포 크리스토프 란스마이어 | 진일상 옮김
75 쓰가루·석별·옛날이야기 다자이 오사무 | 서재곤 옮김
76 이인 알베르 카뮈 | 이기언 옮김
77 달려라, 토끼 존 업다이크 | 정영목 옮김
78 몰락하는 자 토마스 베른하르트 | 박인원 옮김
79, 80 한밤의 아이들 살만 루슈디 | 김진준 옮김
81 죽은 군대의 장군 이스마일 카다레 | 이창실 옮김
82 페레이라가 주장하다 안토니오 타부키 | 이승수 옮김
83, 84 목로주점 에밀 졸라 | 박명숙 옮김
85 아베 일족 모리 오가이 | 권태민 옮김
86 폭풍의 언덕 에밀리 브론테 | 김정아 옮김
87, 88 늦여름 아달베르트 슈티프터 | 박종대 옮김
89 클레브 공작부인 라파예트 부인 | 류재화 옮김
90 P세대 빅토르 펠레빈 | 박혜경 옮김
91 노인과 바다 어니스트 헤밍웨이 | 이인규 옮김
92 물방울 메도루마 슌 | 유은경 옮김
93 도깨비불 피에르 드리외라로셸 | 이재룡 옮김
94 프랑켄슈타인 메리 셸리 | 김선형 옮김
95 래그타임 E. L. 닥터로 | 최용준 옮김
96 캔터빌의 유령 오스카 와일드 | 김미나 옮김
97 만(卍)·시게모토 소장의 어머니 다니자키 준이치로 | 김춘미, 이호철 옮김
98 맨해튼 트랜스퍼 존 더스패서스 | 박경희 옮김
99 단순한 열정 아니 에르노 | 최정수 옮김

100 열세 걸음 모옌 | 임홍빈 옮김

101 데미안 헤르만 헤세 | 안인희 옮김

102 수레바퀴 아래서 헤르만 헤세 | 한미희 옮김

103 소리와 분노 윌리엄 포크너 | 공진호 옮김

104 곰 윌리엄 포크너 | 민은영 옮김

105 롤리타 블라디미르 나보코프 | 김진준 옮김

106, 107 부활 레프 톨스토이 | 백승무 옮김

108, 109 모래그릇 마쓰모토 세이초 | 이병진 옮김

110 은둔자 막심 고리키 | 이강은 옮김

111 불타버린 지도 아베 고보 | 이영미 옮김

112 말라볼리아가의 사람들 조반니 베르가 | 김운찬 옮김

113 디어 라이프 앨리스 먼로 | 정연희 옮김

114 돈 카를로스 프리드리히 실러 | 안인희 옮김

115 인간 짐승 에밀 졸라 | 이철의 옮김

116 빌러비드 토니 모리슨 | 최인자 옮김

117, 118 미국의 목가 필립 로스 | 정영목 옮김

119 대성당 레이먼드 카버 | 김연수 옮김

120 나나 에밀 졸라 | 김치수 옮김

121, 122 제르미날 에밀 졸라 | 박명숙 옮김

123 현기증. 감정들 W. G. 제발트 | 배수아 옮김

124 강 동쪽의 기담 나가이 가후 | 정병호 옮김

125 붉은 밤의 도시들 윌리엄 버로스 | 박인찬 옮김

126 수고양이 무어의 인생관 E. T. A. 호프만 | 박은경 옮김

127 맘브루 R. H. 모레노 두란 | 송병선 옮김

128 익사 오에 겐자부로 | 박유하 옮김

129 땅의 혜택 크누트 함순 | 안미란 옮김

130 불안의 책 페르난두 페소아 | 오진영 옮김

131, 132 사랑과 어둠의 이야기 아모스 오즈 | 최창모 옮김

133 페스트 알베르 카뮈 | 유호식 옮김

134 다마세누 몬테이루의 잃어버린 머리 안토니오 타부키 | 이현경 옮김

135 작은 것들의 신 아룬다티 로이 | 박찬원 옮김

136 시스터 캐리 시어도어 드라이저 | 송은주 옮김

137 고독한 산책자의 몽상 장자크 루소 | 문경자 옮김

138 용의자의 야간열차 다와다 요코 | 이영미 옮김

139 세기아의 고백 알프레드 드 뮈세 | 김미성 옮김

140 햄릿 윌리엄 셰익스피어 | 이경식 옮김

141 카산드라 크리스타 볼프 | 한미희 옮김

142 이 글을 읽는 사람에게 영원한 저주를 마누엘 푸익 | 송병선 옮김

143 마음 나쓰메 소세키 | 유은경 옮김

144 바다 존 밴빌 | 정영목 옮김

145, 146, 147, 148 전쟁과 평화 레프 톨스토이 | 박형규 옮김

149 세 가지 이야기 귀스타브 플로베르 | 고봉만 옮김

150 제5도살장 커트 보니것 | 정영목 옮김

151 알렉시 · 은총의 일격 마르그리트 유르스나르 | 윤진 옮김

152 말라 온다 알베르토 푸겟 | 엄지영 옮김
153 아르세니예프의 인생 이반 부닌 | 이항재 옮김
154 오만과 편견 제인 오스틴 | 류경희 옮김
155 돈 에밀 졸라 | 유기환 옮김
156 젊은 예술가의 초상 제임스 조이스 | 진선주 옮김
157, 158, 159 카라마조프가의 형제들 표도르 도스토옙스키 | 김희숙 옮김
160 진 브로디 선생의 전성기 뮤리얼 스파크 | 서정은 옮김
161 13인당 이야기 오노레 드 발자크 | 송기정 옮김
162 하지 무라트 레프 톨스토이 | 박형규 옮김
163 희망 앙드레 말로 | 김웅권 옮김
164 임멘 호수 · 백마의 기사 · 프시케 테오도어 슈토름 | 배정희 옮김
165 밤은 부드러워라 F. 스콧 피츠제럴드 | 정영목 옮김
166 야간비행 앙투안 드 생텍쥐페리 | 용경식 옮김
167 나이트우드 주나 반스 | 이예원 옮김
168 소년들 앙리 드 몽테를랑 | 유정애 옮김
169, 170 독립기념일 리처드 포드 | 박영원 옮김
171, 172 닥터 지바고 보리스 파스테르나크 | 박형규 옮김
173 싯다르타 헤르만 헤세 | 권혁준 옮김
174 야만인을 기다리며 J. M. 쿳시 | 왕은철 옮김
175 철학편지 볼테르 | 이봉지 옮김
176 거지 소녀 앨리스 먼로 | 민은영 옮김
177 창백한 불꽃 블라디미르 나보코프 | 김윤하 옮김
178 슈틸러 막스 프리슈 | 김인순 옮김
179 시핑 뉴스 애니 프루 | 민승남 옮김
180 이 세상의 왕국 알레호 카르펜티에르 | 조구호 옮김
181 철의 시대 J. M. 쿳시 | 왕은철 옮김
182 카시지 조이스 캐럴 오츠 | 공경희 옮김
183, 184 모비 딕 허먼 멜빌 | 황유원 옮김
185 솔로몬의 노래 토니 모리슨 | 김선형 옮김
186 무기여 잘 있거라 어니스트 헤밍웨이 | 권진아 옮김
187 컬러 퍼플 앨리스 워커 | 고정아 옮김
188, 189 죄와 벌 표도르 도스토옙스키 | 이문영 옮김
190 사랑 광기 그리고 죽음의 이야기 오라시오 키로가 | 엄지영 옮김
191 빅 슬립 레이먼드 챈들러 | 김진준 옮김
192 시간은 밤 류드밀라 페트루셉스카야 | 김혜란 옮김
193 타타르인의 사막 디노 부차티 | 한리나 옮김
194 고양이와 쥐 귄터 그라스 | 박경희 옮김
195 펠리시아의 여정 윌리엄 트레버 | 박찬원 옮김
196 마이클 K의 삶과 시대 J. M. 쿳시 | 왕은철 옮김
197, 198 오스카와 루신다 피터 케리 | 김시현 옮김
199 패싱 넬라 라슨 | 박경희 옮김
200 마담 보바리 귀스타브 플로베르 | 김남주 옮김
201 패주 에밀 졸라 | 유기환 옮김
202 도시와 개들 마리오 바르가스 요사 | 송병선 옮김

203 루시 저메이카 킨케이드 | 정소영 옮김

204 대지 에밀 졸라 | 조성애 옮김

205, 206 백치 표도르 도스토옙스키 | 김희숙 옮김

207 백야 표도르 도스토옙스키 | 박은정 옮김

208 순수의 시대 이디스 워턴 | 손영미 옮김

209 단순한 이야기 엘리자베스 인치볼드 | 이혜수 옮김

210 바닷가에서 압둘라자크 구르나 | 황유원 옮김

211 낙원 압둘라자크 구르나 | 왕은철 옮김

212 피라미드 이스마일 카다레 | 이창실 옮김

● 문학동네 세계문학전집은 계속 출간됩니다